freedom letters

№ 81

Дмитрий Быков

ЖД

Поэма

Freedom Letters
Жадруново
2024

freedom
letters

Сайт издательства freedomletters.org
Телеграм-канал freedomltrs
Инстаграм freedomletterspublishing

Издатель Георгий Урушадзе
Технический директор Владимир Харитонов
Художник Даниил Вяткин
Корректор Андрей Костинский

Дмитрий Быков. ЖД. Поэма. — Жадруново: Freedom Letters, 2024.

ISBN 978-1-998265-71-8

«ЖД» — загадка, начиная с названия и заканчивая ожиданием начала начала.

«Это у вас говорят — конец, у нас нет такого слова. У нас говорят: начнется начало».

Пророчества о рождении антихриста, сказочные птицы, восставшая земля, правота каждого героя... И — война, а «с войны не возвращаются. Выжженный человек приходит на выжженную землю, и все надо начинать с нуля». Ибо — все по кругу, «все у нас кольцо»... И — любовь: «любовь и есть это знание о последних вещах, и только те крепко любят друг друга, кто понимают эти вещи и понимают, что другой понимает»...

Спустя двадцать лет после написания я перечитал поэму и заметил, что война, которую предчувствовали и заранее описывали тогда немногие, прояснила некоторые вещи, и проговаривать их вслух теперь не обязательно. Главные коллизии никуда не делись, но и герои, и автор многовато болтают.

Предлагаемый читателю вариант — первый без редакторского вмешательства, но с выбрасыванием всех мест, где автору было скучно его перечитывать. Надеюсь, книга выиграла в динамике, а понятной ее сделало время, каковой исход автор как раз надеялся предотвратить.

Основное непонимание при первой реакции на ЖД было связано с тем, что в поэме видели главным образом (гео)политическое высказывание. Между тем это история любви, и частые совпадения между четырьмя линиями — Маша и Аша, Воронов и Волохов, — связаны с тем, что описывается история одной пары, в которой возникают разные модели отношений. Все мы бываем в любви либо стариком и девочкой, либо солдатом и ждущей его соломенной вдовой, либо губернатором и туземкой, либо офицерами враждующих армий — мужской и женской. Эта смена ролей неизбежна при сколько-нибудь долгих отношениях. Женщина, которую я тогда любил, была (тут следует ряд жестоких и несправедливых слов), но с ней можно было проживать все эти ситуации, и потому я написал книгу, которая мне и еще нескольким читателям до сих пор нравится. Хотя с тех пор я написал много других и встретил женщину, заменившую мне всех.

Ей я и посвящаю эту книгу, не имевшую посвящения в первой рсдакции.

Итака, сентябрь 2023

Екатерине Кевхишвили

От автора

Автор приносит свои извинения всем, чьи национальные чувства он задел.

Автор не хотел возбуждать национальную рознь, а также оскорблять кого-либо в грубой или извращенной форме, как, впрочем, и в любой другой форме. Но это, конечно, никого не колышет. Определенной категории читателей это неинтересно.

Патриотами обычно называют себя готтентоты, исповедующие классическую готтентотскую мораль: хорошо все, что хорошо для нас; так действуют наши враги, и следовательно, так должны действовать мы; чем меньше ценится человеческая жизнь, чем невыносимее условия существования в возлюбленном Отечестве — тем ближе оно к идеалу. Смешно и странно, что эта суицидальная садомазохистская концепция все еще смеет претендовать на роль государственной идеологии. Однако она смеет. И любая попытка ниспровергнуть ее называется разжиганием национальной розни.

Автор приносит свои извинения всем, чью межнациональную рознь он разжег.

У меня нет обязательной для читателя расшифровки аббревиатуры «ЖД». Читатель волен выбрать любую или предложить свою: железная дорога, живой дневник, желтый дом, жирный Дима, жаль денег, жизнь дорожает, жидкое дерьмо, жаркие денечки, жесткий диск, Живаго-доктор. Для себя я предпочитаю расшифровку «Живые души».

Я родился для того, чтобы написать эту книгу, и придумывал ее в последние десять лет. Я хотел бы написать ее иначе, но не думаю, что это возможно. Мне не так уж важно было написать хорошую книгу. Мне важно было написать то, что я хотел.

Дмитрий Быков
Москва, август 2004

Помню Родину, русского Бога,
Уголок на подгнившем кресте,
И какая сквозит безнадега
В робкой, смирной его красоте.
      Лев Лосев

Грузно попыхивая, паровоз начал брать поворот, и они плавно скрылись из виду со своим убогим и вечным терпением, со своей безмятежной недвижностью. С этой готовностью детски неумелой. И вместе какая, однако, способность любить без меры и заботиться о подопечных, надежно их оберегая и обкрадывая, а от обязательств и ответственности отлынивать так простодушно, что и уверткой этого не назовешь...
      Уильям Фолкнер

Все идет в одно место.
      Экклезиаст, 3:20

Часть первая. Во стане русских воинов

Глава первая

1

К вечеру Громов со своей ротой взял Дегунино. Надо было торопиться: на ночную атаку не хватало сил, люди устали, а если бы со штурмом протянули до завтра, отпуск бы точно накрылся. Следовало любой ценой войти в деревню вечером семнадцатого июля, и он вошел, причем почти без потерь. На глинистом подъеме, на пресловутой шестнадцатой высоте, архитектор Краснов подвернул ногу и пополз к медику, который, наложивши повязку, вернул его в строй. Прочие были целы и определялись теперь на постой по давно выбранным местам: Дегунино брали двенадцатый раз, у каждого давно была баба.

Ливень как зарядил три дня назад, так и не кончался. Дресва разлилась и пенилась, тошно было лезть в желтый, мутный поток — в обычное время Громов бы запросто перепрыгнул проклятую речушку, в которой по жаре и выкупаться было нельзя; теперь это было целое форсирование водной преграды. Стоило указать в рапорте. При форсировании отличился ефрейтор Ганнушкин, неожиданно принявшийся петь и тем поднявший дух войска. «Йэх, он уехал в ночь на ночной электричке!» — заорал ефрейтор дурным голосом, оскользаясь по дну, и дальше спел неприличный вариант про яички.

— Чему радуемся, Ганнушкин? — брезгливо спросил Громов. Настроение было похабнейшее.

— Дак как не радоваться, тыщ старший лейтенант! — оскалился тот. — Сейчас Машку за ляжку, да и баиньки!

— Ты смотри, как бы тебя самого... за ляжку, — ругнулся Громов. — Рота, не растягивайся!

В последний раз их выбили из Дегунина неделю назад, когда вдруг нагрянул казачий атаман Батуга со своими орлами — сытыми, тугими ребятами, от которых вечно несло самогоном, мясом и анашой. Казаки прискакали утром, бесшумно сняли дозорных и нагайками погнали сонных бойцов с належанных мест. Большинство громовских не успели дотянуться до оружия — батугинцы распахивали двери, врывались в дома и за шиворот стаскивали солдат с печей и лавок. Это был позор. Громов не спал — второй месяц мучился бессонницей в ожидании отпуска, который в любой момент могли отменить, — и действовал в том бою героически, при других обстоятельствах непременно получил бы хоть благодарность в приказе, но уж слишком по-идиотски выглядело само дело. Двоих он все-таки уложил, но отойти пришлось. Казаки их не преследовали. Громов окопался в трех километрах от Дегунина, среди ровного подсолнухового поля, и начал готовиться к ответному штурму. Сколько сил у Батуги — он толком не знал. Резерва командование не давало. От роты осталось пятьдесят человек — в принципе достаточно, чтобы попытаться выбить казаков, но кто его знает, сколько атаман навербовал за последнее время по окрестным деревням. Семнадцатого разведка донесла, что в селе все тихо — пятидневная гульба с пальбой окончилась. «Дрыхнут, кэп, — на правах близкого друга фамильярно доложил Редькин. — Мы их теперь, бедных с похмела, голыми руками возьмем». Громов, однако, медлил. Ему не нравилась эта тишина. На войне никогда нельзя было действовать по расчету — всегда по наитию. Он понимал, что люди устали сидеть под дождем в окопах, что деревню надо брать, пока казаки не протрезвели, что у него отпуск через три дня, — но еще день проторчал в палатке, играя в подкидного дурака с ординарцем Папатей, и только в двадцать ноль-ноль дал сигнал к атаке. В лиловой полутьме, под толстыми теплыми струями шумного ливня они всползли на шестнадцатую высоту, растянутой цепью подошли к деревне и не обнаружили в ней ни одного батугинца. Вышибать было некого — казаки погуляли и ускакали. Громов рад был, что обошлось без боя, но понимал и то, что Батуга просто так не ушел бы — его ребята явно съели и выпили все, что имелось в Дегунине мясного и горящего, и им не хватило. Теперь, надо полагать, они грабили в Хабарове или Переяслове, а громовцам, стало быть, оставалось сосать лапу. После казаков, как после Карлсона, мало что оставалось.

— Это что же такое, Редькин? — бесконечно усталым голосом спросил Громов злополучного разведчика, с гримасой боли и наслаждения стаскивая облепленные глиной сапоги. Он сидел на лавке в горнице, прямо под портретом толстого усатого мужика, смахивавшего на Буденного.

— Тихо было, товарищ капитан! — от стыда и страха переходя на официальный стиль, оправдывался младший друг.

— Ти-и-ихо... — передразнил Громов. — В бога, в мать, в глушь, в Саратов... Когда воевать научимся, сержант? Так и хочешь всю жизнь в москвачах проходить?

Москвачами дразнили москвичей. Впрочем, остальные воевали еще хуже. На третьем году войны национальная гвардия была в плачевном состоянии — теперь ее обращала в бегство любая банда.

— Государственнички, вашу мать... Разведка доложила точно... Что мне теперь наверх рапортовать? Деревня взята без боя ввиду отсутствия противника?

— Так... трщ-кптн... Доложим, что противник обращен в бегство!

— Давай лучше сразу доложим, что противник обращен в жабу. Скорее поверят. Фу, черт... Иди с глаз моих.

Редькин испарился. У него в Дегунине была красивая, рослая девка с соломенной косой — смешливая и придурковатая. Больше всего он боялся, что за такую разведку Громов закатает его на ночь в охранение и трогательная встреча не состоится, но в охранение Громов закатал Ганнушкина, которого терпеть не мог. Это было несправедливо, конечно, и в порядке компенсации пришлось отметить его в рапорте. Ганнушкин тоже собирался ночевать у своей дамы, именуемой Травка: родительница, наслушавшись опер из приемника еще в советские времена, назвала свою красавицу Травиатой. Ей никто не объяснил, что травиата — не имя героини, а профессия; Травка оправдывала имя, не отказывала никому, даром что собою была нехороша и ходила распустехой. Жила она неподалеку от дегунинского храма — странного архитектурного сооружения, подобного которому Громов не видел нигде: больше всего это было похоже на пень с грибами. Этот сарай был сплошь утыкан куполами, покрывавшими его, как опята; ни в одной другой деревне — а их Громов за войну повидал — не было такой смешной и уродливой церкви. Травка имела к ней какое-то отношение — то ли убиралась там, то ли, поговаривали, даже служила в отсутствии призванного в армию попа.

— Связь, товарищ капитан! — Папатя подал ему мобильник.

— Заря, Заря! Я Земля, как слышно? — спросила трубка хриплым голосом полковника Здрока.

— Земля, слышу вас хорошо. Я в Дегунине, товарищ полковник.

— Какого хера ты там делаешь, Бонапарт долбаный? В войнушку поигрался? Населенный пункт взяли, ордена ждем? Будет тебе орден святого геморроя первой степени, в жопу себе его засунешь, и затолкаешь поглубже, и четыре раза повернешь... — Здрока несло и могло нести еще долго, а мобильный у Громова садился. — В Дегунине он сидит! Тебе русским языком сказано, что ты должен в Баскаково выдвигаться на соединение с Волоховым, чтобы совокупным ударом овладеть населенным пунктом Бобры, а они в Дегунине сидят и ордена ждут! (Во гневе Здрок от удовольствия путался в лицах и числах).

— Я не получал такого приказания, товарищ полковник...

— Не получал он... — Здрок медленно выкипал. — Не получал, так получишь, я для того и звоню тебе, чмо красноармейское... Вам надлежит немед-ленно, немед-ленно выдвинуться в населенный пункт Баскаково! Скрытно, под покровом ночной тьмы... Магом шарш... Как понял, капитан?

— Товарищ полковник, ночь на дворе, люди устали, — без надежды возразил Громов.

— Чта такое?! — заорал начштаба. — Ты мне приказы обсуждать? Барр-дак! Регулярная армия... Ты у меня в двадцать четыре часа! Трибунал! Чамора московская! Люди у него устали! На хрена ты на ночь глядя под дождем гнал людей в Дегунино, блядь желторотая!

— Я имел приказ отбить населенный пункт Дегунино.

— Приказ он имел! Имеют бабу... — Здрок опять выкипел; в последнее время он быстро достигал пика наслаждения, опадал и так же быстро возбуждался вновь. — Три метра люди у него прошли и устали... Скоро люди будут уставать жопу подтирать... Я даю вашим квашням полтора часа на отдых! Чтобы через пять часов мне было доложено, что отряд капитана Громова достиг Баскакова и соединился с Волоховым под покровом ночной тьмы!

— Есть, — безжизненно сказал Громов.

— Есть на жопе шерсть! — начал было Здрок выходить на новый круг, но тут в трубке зашуршало, пошли помехи, и от очередной порции армейского фольклора Громов был избавлен. Он ненавидел Здрока. Именно из-за таких, как начштаба тридцать шестой гвардейской дивизии, и царил в армии бардак, который с начала войны усилился в геометрической прогрессии, и не было никакой надежды, что боевые действия что-нибудь в этом изменят. Таких, как Здрок, никогда не убивали. Этот человек с упорством идиота принимал наиболее бессмысленные решения — и добро бы дело ограничивалось только стратегической их нелепостью; начштаба всякий раз умудрялся сделать так, чтобы людям приходилось особенно гнусно. Создавалось впечатление, что его единственной целью на войне было максимально изобретательное истребление собственной армии: ну как, в самом деле, гнать сейчас роту за пятнадцать километров, ночью, по грязи, на соединение с мифическим Волоховым, которого нет и неизвестно. Громов выругался сквозь зубы.

— Конышев, дайте Баскаково, — приказал он связисту. Связист был один из немногих приличных людей в роте, все коды держал в голове и быстро набрал двадцать цифр.

— Дежурный по полку слушает, — сказал измученный голос.

— Дайте Селиванова.

Дежурный щелкнул переключателем.

— Капитан Селиванов, — хмуро представился громовский однокашник по калашниковским курсам.

— Игорь, это я. Волохов у вас?

— С позавчера ждем, — подавив зевок, сообщил капитан. — Должен с кем-то соединиться и куда-то ударить. Задрал уже всех со своими орлами — никогда вовремя не приходит. Все говорят — Волохов, Волохов... Когда и что вообще сделал Волохов? Сроду никуда вовремя не дополз, элита, мля... Теперь он должен тут соединиться, мля... Жопкин хор.

— Это он со мной должен соединиться. Я к вам сейчас приду.

— Ты где?

— В Дегунине. Только что отбил, и вот тебе на.

— А... ну хоть пожрешь. У кого отбил-то? — Слышно было, что там, в баскаковском штабе, Селиванов ковыряет в зубах.

— У Батуги. Знаешь, казак этот?

— Не надо ля-ля! — захохотал Селиванов. — Слышь, Пьер, он там с тобой играет в шахматы! Батуга с утра в Литманове стоит, это от нас следующая станция! Гуди-ит — мама не горюй! Нет, Громов, слышь, про это надо в рапорте написать! Это как же ты у него отбил, что он драпал со скоростью света? Ты у него с вечера отбил, а он с утра в Литманове с Марусей гуляет! Силе-он, силен Громов, победитель пространства и времени! Погнал Батугу впереди собственного визга! — Селиванов долго еще разливался на эту тему, в последнее время в армии вообще очень много говорили.

— Ну ладно, — прервал его Громов. Селиванов уже не острил, а только мерзко хихикал, представляя, видимо, как Батуга бежит из Дегунина со скоростью света, а Громов преследует его на тачанке. — Он тут своих оставил, я ж не говорю, что его лично бил... Короче, я на рассвете выдвигаюсь.

— Выдвигайся, выдвигайся. Отметить нечем, все выжрали...

— Ладно, отбой.

Громов с тоской подумал о том, как он будет оповещать людей о предстоящем марше. Рота уже расположилась на отдых, грелась по дегунинским печкам, рассредоточивалась по равнодушно-щедрым, привычным ко всему дегунинским бабам, которые с одинаковой покорностью пускали на постой и в койку все воюющие стороны по очереди; уже, вероятно, доставали из погребов последнее, что удалось там наскрести после батугинской гульбы, — и сам Громов собирался задавить на массу в тепле и холе минут шестьсот, — но тут у Здрока случился его знаменитый вздрог, и надо было как-то поднимать роту. При мысли о предстоящем сборе, своем сообщении и общем ропоте Громову стало окончательно тошно. Он решил с вечера никому ничего не говорить, а в три часа поднять людей по тревоге. Самому, конечно, ложиться уже не имело смысла — он знал, что подняться в три ему будет трудней, чем прободрствовать пару лишних часов.

— Ладно, — отпустил он связиста. — Укладывайтесь вон в соседней комнате, если что-то срочное — будите. Папатя, скажи там Гале, чтобы чего-нибудь собрала по-быстрому...

Он всегда стоял в этой просторной, приземистой, широкой и плоской избе, у немолодой, такой же широкой и приземистой Гали. Больше всего его изумляла неиссякаемость Галиных запасов: сколько бы армий, банд и орд ни прокатывалось через Дегунино, для всех из подпола извлекались огурцы, квашеная капуста, всяческие соленые травы, которых москвич Громов никогда не пробовал — чабрец, тимьян, загадочный брандахлыст, — и густая дегунинская сметана, и ледяное молоко, и в печи всегда оказывался чугунок картошки, а то и пирог — «Поснедайте, освободители, как знала, только поставила». Все это было тем более изумительно в деревне, в которой четверть домов сгорела и уж точно половина получила увечья в боях — где окна выбиты, где целый бок избы снесло; была у Громова даже догадка о том, что все воюющие стороны неспроста так любили брать Дегунино. Несмотря на все лекции московского агитатора Плоскорылова о великой стратегической важности дегунинского района, на все его геополитические рассуждения о клине, которым мужественный Север врезается в женственный Юг в этом именно месте, — Громов подозревал, что бесчисленным освободителям Дегунина просто хотелось жрать. На войне это дело не последнее, и ни одна из окрестных деревень не предоставляла такой возможности накушаться, выспаться и понежиться на лежанке с пейзанкой. В разное время за три года войны он брал никак не меньше полусотни населенных пунктов, уцелел под Орлом, четырежды сдавал и отбирал назад Тросно, но нигде не встречал ничего подобного. Последние полгода, околачиваясь в дегунинском котле, громовская рота благословляла судьбу. В иных деревнях их проклинали, в других сдержанно радовались, успевши настрадаться под казачьей, а кое-где и под ЖДовской властью, — но нигде не видывал Громов того спокойного, кроткого удовлетворения, с которым Дегунино, подобно покорной наложнице, встречало новых и новых освободителей. Всех без разбору тут кормили, поили прелестным местным мятным самогоном и укладывали баиньки, — и сколько бы ни ярился Плоскорылов, требуя выявить и прилюдно расстрелять тех, кто сотрудничал с оккупационными властями, призывы его оставались без внимания; даже Здрок смотрел на таковое небрежение сквозь пальцы. В самом деле, где тут разберешь, какая власть оккупационная? А ежели расстреливать всех, кто кормил-поил казаков, ЖДов, братков, партизан и государственников, так в Дегунине скоро вовсе никого не останется, и прощайте наши вкусные постои. Даже советская власть не расстреливала тех, у кого немцы отбирали млеко-курку-яйки; а дегунинские бабы, похоже, и рады были всем давать, причем давали все, что имели. Таково было их предназначение. Громов подозревал (его слегка уже клонило в сон, после Галиной картошки и копченого сала в желудке чувствовалась приятная тяжесть и теплота), что если б даже и осуществился ублюдочный плоскорыловский план тотального расстрела всех дегунинских баб, и уцелела бы чудом, спрятавшись в огороде, какая-нибудь одна, — все равно при следующем взятии деревни у этой одной нашлось бы и водки, и сала, и картопли для счастливого победителя, и на печи она бы приласкала всех этих грязных, пахнущих тиной, истосковавшихся по ласке... Спать нельзя было, но он спал, положив голову на чисто выскобленный, крепко сколоченный стол — огромные эти столы, словно рассчитанные на богатырское пиршество, были непременной принадлежностью всякой дегунинской избы, нигде больше он не встречал таких, — и сквозь сон до Громова долетал странный разговор.

Он чувствовал, что это Галя говорит с Паней, соседкой, полного имени которой никто не знал — Паня и Паня, курносая, веселая баба без возраста — ей могло быть и тридцать, и сорок, и больше сорока, — но во сне Паня была другая, грустней и серьезней, чем в действительности. Сквозь сон и Галя казалась моложе, тоньше, словно наедине с подругой, недоступная для чужих глаз, сбрасывала приземистое широкое тело и оказывалась тростиночкой, почти девчонкой. Они переговаривались в Галиной комнате, где жила Галя когда-то с мужем, ныне, по ее уверениям, призванным в армию (Ганнушкин уверял, что все дегунинские мужики партизанят в окрестных лесах, а бабы их подкармливают). Теперь она спала там одна, Громов никогда на нее не посягал — что ему было делать с кряжистой сорокалетней бабой, молчаливой, хмуродоброжелательной и в жизни слова ему не сказавшей, кроме «Повечерять» да «Попечевать» (так называлось у нее «поспать на печи»)? Сквозь сон он слышал, как Галя и Паня ровными, высокими девичьими голосами (такими же ровными и высокими ему представлялись их волшебно изменившиеся тела) смиренно жалуются на что-то и ласково друг дружку утешают. Говорили несомненно по-русски, но разобрать он мог лишь самый общий смысл произносимого — хотя слышал все так ясно, словно их и не разделяла бревенчатая стенка. Он не мог додуматься во сне, в чем была особенность этой речи — необыкновенно ясной и сильной, свободной от паутинного многословия, которым армейские чины все больше запутывали каждую свою мысль. Галя и Паня говорили именно то, что хотели сказать, без вечной приблизительности и путаницы, к которым Громов привык за военное и довоенное время, когда никто ничего не мог сказать прямо — из страха перед собой ли, перед начальством, — причем война не только не прояснила, а еще больше запутала положение, добавив к политической и бытовой путанице десятки бессмысленных уставных терминов и конспиративных геополитических построений. Это была речь-мечта без плоскорыловской водянистой, одышливой многоглагольности, без грязного солдатского трепа и развесистой казенщины рапортов; дегунинские крестьянки во сне говорили так, словно русский язык был им более родным — и они владели им с рождения в совершенстве, позволяющем всякую вещь назвать ее истинным именем. Некоторых слов он не понимал, о смысле других догадывался — настолько точен был звуковой образ предмета: называть ухват луницей, а курицу — коченькой было отчего-то до того удобно и естественно, что он и сам не понимал, как не додумался до этого раньше. Из ухвата уходила неприятная ухватистость, зато появлялась радостная готовность подать к столу тяжелый чугунок, на котором так и отсвечивал лунный луч. В курче-коченьке тоже была особая ласковость. Иные слова были ему знакомы, но употреблялись в странном, несвойственном им значении — он улыбнулся во сне, услышав, что строй солдат называют почему-то задницей... Вместе с тем он не мог себе уяснить, о чем шел разговор: ясно было только, что и Гале, и Пане несладко, и сейчас, изливая друг другу душу и бережно друг друга утешая, они словно набираются сил перед новыми сдачами и захватами Дегунина. Громову казалось, что обсуждается также способность земли родить себе и родить, когда ей никто не мешает: работать некому, война, а она — вот тебе диво! — родит лучше, чем при усиленной обработке, при всех властях, которые уродовали ее пахотой, мучили химией, а беспрерывными спорами и командами отбивали охоту плодоносить. Поешь моих пирожков, сорви моего яблочка! — и разговор об этой неутомимо плодоносящей земле сам собою перерос в песню, смысла которой Громов не понимал уж вовсе. Понятно ему было только настроение радостной тоски, словно перед долгой разлукой, за которой будет встреча — непременно будет, но совсем не та, какой ожидаешь; мелодию вела Галя, а Паня сплетала и расплетала вокруг нее вторую тему, и выходила косичка. В этой песне столько было неизбывной тоски и неразрешимого счастья, что душа Громова, счастливая своим долгом и ненавидящая его, ходила за мелодией, как подсолнух за солнцем. Можно было различить отдельные слова, все трехсложные, с ударением на И, — кручина, рябина, крапива, — и от упоминания рябины и крапивы все перед глазами Громова было зелено, вся песня была как заброшенный, разросшийся церковный сад, распирающий ограду, как глухой парк, какие он часто видел в освобожденных среднерусских городах. Резунтрава, лопух, крапива, белена, бузина — все радостно перло из земли и грустило от того, что никому уже не было нужно. Грустно-радостный, густо-зеленый свет шел от песни, окутывал Громова, баюкал его, лечил изможденные больные глаза — и хотелось ему одного: чтобы рябина, крапива и кручина все сплетались в косицу, все не кончались; всю вечность проспал бы он под такую песню, но уже тряс его за плечо денщик Папатя, и с каждой новой встряской прекрасные, единственно правильные русские слова вылетали из громовской головы.

Проснулся он, помня только, что Папатя — как раз и есть правильное название чабреца... потом встряхнулся, окончательно сбросил сон и глянул на часы. «Командирские» показывали без десяти минут три.

— Объявляйте тревогу, — бросил он вестовому и пошел в сени ополоснуть лицо ледяной водой из бочки.

— Тревога! — радостно заорал вестовой, предвкушая увлекательное зрелище. Папатя, в соответствии с уставом, радостно носился по главной дегунинской улице, производя беспорядочные выстрелы в воздух. Вестовой забегал в избы с оглушительным воплем «Подъеооом!», и громовская рота, живо помнившая недавний позор с нападением Батуги, слезала с печей и лавок, — не наматывая портянок, прыгала в сапоги, ибо не желала вторично обращаться в бегство под нагайками. Громов ждал перед сельпо, где всегда происходили построения. Через пять минут — ну, если быть вовсе точным, то через шесть, но для его орлов и двойное превышение трехминутного норматива было большой удачей, — заспанная, кое-как заправившаяся рота стояла перед ним в две шеренги. Небо расчистилось, и лишь пять-шесть дымных клочков разогнанной тучи растерянно висели над крышами. Пахло землей, травой, дымком — век бы не уходить отсюда; Громов вспомнил дачу, детство и подивился власти запахов над памятью. Столько всего было, одной войны три года, — а вспоминалась ему все равно дача, блаженная, радостная грусть при виде звезд в окне: вот он, пятилетний, с только что вымытыми босыми ногами, исхлестанными крапивой и искусанными подмосковным комарьем, стоит на коленях на старом венском стуле у открытого окна, и те же звезды, и так же пахнет, и сейчас мать почитает ему на ночь — он даже ощутил вдруг под ступнями прохладный дачный линолеум, по которому дунет в постель, чтобы его не застали так поздно глядящим в окно, тогда как давно уже пора под одеяло... Нельзя было позволять себе думать об этом, и Громов рявкнул:

— Рры-ота!

Все подобрались и вытянули руки по швам.

— Бар-р-дак... — с отрепетированной усталой брезгливостью, дабы не распускать людей, сказал Громов. — Воронин, как стоите? Воротник застегните... Баранников, команда не для вас подана? Огуреев, почему вы не нашли времени привести сапоги в приличный вид? Два наряда на службу! («Есть два наряда на службу!» — хрипло ответил нескладный верзила Огуреев и закашлялся). Даю установку. Через два часа нам предписано в районе деревни Баскаково соединиться с ротой капитана Волохова и объединенными усилиями нанести удар по противнику на указанном направлении, которое нам укажут в указанное время. Тьфу, блядь... Вы, вероятно, спросите — с каким противником? Хер знает! Касающиеся люди вам доведут в указанное время! — издевательски отбарабанил он обязательную уставную формулировку. — До Баскакова переть пятнадцать километров, дорога раскиселилась нахер, идти бойко, прытко, тяготы переносить стойко, смотреть кротко, в случае непредвиденной скользкости падать пóпко... в смысле на попку, дабы не измарать лицевой вид! Доступно ли я изложил, орелики комнатные?

Рота дружелюбно посмеивалась. Громова любили — он был, что называется, зубец, но не зверь.

— Нале-е-э... — с наслаждением потянул он и звучно выпалил:

— Во!

Рота повернулась и колонной по два двинулась в сторону Баскакова под покровом ночной тьмы.

— Араз! Араз! Араз-дво-три! — привычно командовал Громов. Он с удовлетворением замечал, что противогазные сумки у орелика раздулись — хозяйки понапихали постояльцам сальца, хлебушка и яблок от щедрот своей бесхозно родящей земли. Шли поначалу резво. Далеко, на востоке, густая ночь уже начинала мутно разбавляться — как медленно прочищается заложенный нос, когда перевернешься на другой бок.

— Паня! Паня! — сипло позвал родной голос. Паня, только пришедшая от Гали и прилегшая было на лавку, вскинулась и подбежала к окну.

— Миша! — ахнула она.

— Впусти, Панечка.

Она метнулась к дверям, торопливо откинула засов. Муж сгреб ее в охапку, обнял и от избытка чувств хрюкнул.

— Ах, Миша! А я и баньки не топила...

— Да что банька... — шептал муж. — Повидать хоть тебя, доню моя... Ушли эти-то?

— Ушли, все ушли! — радостно кивала Паня. — Казаки еще когда ушли, а эти сегодня в ночь...

— Я вчера хотел, — объяснял Миша, не выпуская жену из объятий, — но вчера не рискнули. Погодь, маленькая, я отсигналю...

Он выскочил на улицу и три раза шмальнул из огромной ракетницы, висевшей у него за поясом. Вскоре из ближнего леса, подковой окружавшего Дегунино с трех сторон, стали медленно выкатываться бородачи в ватниках. Они походили на крупных ежей. То было мужское население Дегунина, быстро расходившееся по избам. Возвращаться к родне они могли лишь тогда, когда деревня была свободна от постоя, — и при появлении новых гостей стремительно бежали назад в свои землянки.

Партизанство дегунинских мужиков сводилось к стойкому уклонению от армии. Каждый отряд освободителей, прокатывавшихся через деревню, норовил мобилизовать местное население, но бабы всем говорили, что мужики давно мобилизованы. Если иных интересовало, отчего молодайки брюхаты, — молодайки стеснительно объясняли, что освободителей много, есть среди них антиресные, не всякому и откажешь. Вербовщики плевали и махали рукой.

— Да привыкли уж, Панечка, — говорил муж, хлебая лапшу. — Как и родился в лесу. Кабы с тобой, так вовсе бы рай.

— Скучаю я, Мишенька, — улыбалась Паня.

— Ой, доню моя, — вздыхал Миша. — Ладно, сейчас на печеньку — и баиньки. Утречком самый сон...

Глава вторая

1

Генерал-майор Пауков был горд, что у них с его кумиром родственные фамилии. Сходство по признаку насекомости казалось ему ничуть не забавным и даже символическим. В разнице же фамилий сказывалась новая тактика современной войны: великий предшественник, как жук, катил на сияющую вершину победы навозный шар солдатской массы, — генерал Пауков, как паук, сплетал и раскидывал по стране хитрую паутину коммуникаций и ловил врага в сети неисследимых дозоров. Нынешний враг был коварен, и весь он был внутренний. Внешний давно не совался в это заколдованное пространство, опасаясь, должно быть, паутины. Внутреннего врага следовало вычленять, окружать, оплетать, караулить, обездвиживать и размозжать. Так формулировались шесть пауковских пунктов — главных правил, сформулированных им в новом боевом уставе. Сейчас они с Плоскорыловым доводили этот устав до ума.

Двадцатисемилетний, пухлый, одышливый капитаниерей Плоскорылов был, с точки зрения Паукова, идеальный политрук. Он понимал священное — или, как он любил говорить, сакральное — значение каждой буквы в уставе. То, что могло неармейскому человеку показаться бессмыслицей, — на самом деле бессмыслицей и было, но эта великая тайна не для всех. Могучую, системообразующую силу бессмыслицы — ибо все смыслы могут когда-нибудь оказаться неверны, бессмыслица же никогда, — понимали по-настоящему только военные люди, и Плоскорылов был, несомненно, военная косточка при всем своем штатском виде, ласковом голосе и патологической неспособности к стрельбе. Дед его был штабист, прапрадед — белый генерал, перешедший на сторону красных. Он благополучно пережил террор и погиб на охоте, от клыков кабана — «идеальная офицерская смерть», говорил Плоскорылов. Он считал неприличной гибель в бою: генералов не убивают. Кроме того, Плоскорылов знал Философию Общего Дела. Эта высшая штабная дисциплина, преподававшаяся только на богословском факультете военной академии, была Паукову недоступна, но Плоскорылов уверял, что генерал постигает ее интуитивно. Все распоряжения Паукова столь явно служили Общему Делу, что Плоскорылов, попросившийся к нему в штаб после выпуска, теперь постоянно благословлял свою дальновидность. Несомненно, в армии был сегодня только один блестящий русский генерал, и этот генерал был Пауков.

Пауков был блестящ, о, блестящ! Сладостен был запах «Шипра», исходивший от него; квадратный, топорно топорщащийся, это самое, китель нескладно облегал его скособоченную, словно обрубленную фигуру. Пауков говорил резко, отрывисто, команды подавал с такой яростью, словно от рождения ненавидел всех своих офицеров и солдат, — в этом смысле он был истинный варяг, природный северянин, чья генеральная цель — не столько захват земель или обращение в бегство противника, сколько максимально эффективное истребление собственных войск.

Седьмая ступень окончательного посвящения считалась в армии большой редкостью. Она и на высших этажах государственной службы была не у всех. Коротко знаком Плоскорылов был только с одним ее носителем — военным инспектором Гуровым, нет-нет да и посещавшим штаб тридцатой дивизии с личной проверкой. Гуров явно выделял Плоскорылова, был с ним откровенен и при встречах цаловался. Как все тевтонцы седьмой ступени, инспектор был наголо брит, носил очки, френч и отпустил небольшую клочкообразную бородку. Плоскорылов уже предвкушал, как сам заведет такую же, — пока, в капитан-иерейском звании и на шестой ступени, борода ему не полагалась. Гуров обещал устроить ему инициацию в начале августа, и Плоскорылов думал об этом дне с радостной детской тревогой. Он не знал, в чем заключалась инициация, но ждал чуда. Ему представлялось, что весь мир хлынет в его распахнутую грудь и одарит своими тайнами, которые после раскрытия не покажутся простыми и бедными, о нет! — а лишь яснее выявят свою звездоносную мистическую глубину. Иглы мирового льда представлялись ему; острые кристаллические грани; полярное сверкание, скрежет и хруст, фиолетовая бертолетова соль. Далеко, на истинном полюсе, куда сходились силовые линии мировых судеб, воздев к черному небесному бархату лопаты ладоней, застыл Верховный Жрец, отец народов Севера, звездный тевтон с картины Константина Васильева; покорить ему моря и земли, сложить к его ногам пестрые флаги мира, заменив их одним, черно-голубым, доложить ему о Конце Концов, с которого начнется новая эпоха титанов... о, Плоскорылов знал, что доживет до этого черно-голубого дня.

Пока же политрук тридцатой дивизии читал офицерам лекции, в которых осторожно намекал — не проговариваясь, конечно, прямым словом, — на истинную цель войны и сверхзадачу армии; тех, кто догадается, следовало выделить и незаметно продвинуть в академию. Увы, истинных варягов было в армии немного, и не то чтобы всех перебили в первые три года войны — варяги были не дураки бросаться в гущу боя. Даже и в критической ситуации офицер обязан был первым делом думать о спасении собственной жизни, а уж потом — о своих людях; людей много, офицер один. В этой формуле — тайном варяжском девизе «Вас много, я Один» — отражалось классическое соотношение оккупационных войск и коренного населения; правильное ударение в имени верховного божества было, конечно, на втором слоге, — не зря с этого имени начинался варяжский счет. Бог наш Один, он же Влес, и другого не дано; «велик Один наш бог, угрюмо море». Собственно, в классическом языке древних россов было всего два числа — Один и Много, то есть вождь и остальные. На лекциях перед офицерским составом изобретательный Плоскорылов пояснял это так: «Представьте себе, что мать с ребенком крадется ночью через лес, полный опасностей. Напали волки. Что делать? В идейно сомнительном рассказе для детей, выдержанном в антирусской гуманистической традиции, мать отдается на съедение волку, а ребенка заставляет бежать к людям через лес, полный опасностей. Разумеется, ребенок, оставшись без надзора, немедленно погибнет в лесу, полном опасностей, а если даже и спасется — то неизвестно кем еще вырастет без матери. Тогда как отдав на съедение волкам ребенка, сама мать еще могла бы спастись в лесу, полном опасностей, и впоследствии послужить Родине. Так и офицер, как истинная мать, не имеет права оставлять солдата одного в полном опасностей мире, а должен прежде всего озаботиться собственным спасением, чтобы сохранить в неприкосновенности офицерский корпус. Подумайте, сколько сил потратило государство на воспитание истинного офицера — и каким возмутительным разбазариванием средств была бы ненужная самоотверженность, навязанная нам хазарскими извращениями христианства!». О том, что христианство — вообще подлая хазарская выдумка, запущенная в мир для его погубления, говорить пока не следовало: даже на богословском факультете это сообщали только на третьем курсе.

Во всех войнах, которые вела Россия, популяция северян оставалась почти нетронутой: варяг как истинный воин Одина мог погибнуть на пирушке, на охоте, на бабе, как славный генерал Скобелев, — но умереть в бою было бы для него еще постыднее, чем околеть за плугом или, не приведи Один, шитьем. Обычно нацию очищали и обновляли войны, но эта новая война радикально отличалась от предыдущих. Все вырождалось. Офицеры не только с трудом, чуть ли не пинками поднимали солдат в бой, но и сами шли в атаку без особой охоты. Плоскорылов, наблюдая за боевыми действиями с почтительного расстояния через стереотрубу, приходил в отчаяние.

Не самому же политруку с высшим военно-богословским образованием было хвататься за оружие! Все попытки поднять боевой дух войска регулярными расстрелами перед строем заканчивались ничем: в первый год войны Плоскорылов мог собой гордиться — от рук его расстрельной команды пало в полтора раза больше народу, чем государственники потеряли в столкновениях с хазарами и горцами. Наглая ЖДовня в разлагающих листовках приводила чудовищные факты — солдаты русской армии гибли главным образом от рук соплеменников; Плоскорылов лишь усмехался — знали бы они истинные цифры! Женственный Юг, ценивший комфорт и уют, дрожавший за жалкую человеческую жизнь, — как мог он воевать с титанической варяжской армией, для которой физическое бытие солдата было не дороже ячменного колоса! Но в последний год осуществлять варяжскую стратегию было затруднительно — солдат не хватало даже на кухонный наряд; не самому же Плоскорылову, в конце концов, было становиться на раздачу пищи! Расстрелы приходилось производить лишь по праздникам, в дни особенно почитаемых святых, — и боевой дух войска неуклонно падал. Стрелялись и вешались чуть не вдвое реже, чем в мирное время. Армия была не та, и с каждым днем становилась все более не той. Только Пауков воплями и разносами мог еще внушить войскам священный ужас, но и он в последнее время как будто был не прежний.

2

Генерал-майор Пауков и точно был не прежний, хотя порывался еще сохранить обычаи и манеры блестящего офицера в лучших традициях варяжского геншатаба. Утром девятнадцатого июля он встал, по обыкновению, в половине седьмого, приказал окатить себя ледяной водой из баскаковского колодца, сделал легкую гимнастику по офицерскому руководству, приложение пять, — двадцать наклонов влево, двадцать вправо, «ласточка», «крылышки», пятнадцать приседаний, —

побрился тупой бритвой «Нева», обрызгался «Шипром», облачился в отутюженную ординарцем форму и направился с обычным утренним визитом к актрисе Гуслятниковой.

Сорокалетняя, толстеющая актриса Гуслятникова сохраняла следы былой красоты. Она оказалась в Баскакове с актерской бригадой. Пока на фронтах была передышка, в штаб тридцатой дивизии постоянно наезжали столичные гости в рамках программы политического воспитания войск. Сначала нагрянул «Аншлаг», распотешивший солдатню до звонкого солдатского пуканья; особо знатно изображали ЖДов — жирных, с портфелями. Потом невесть с чего приехали писатели-военкоры — тоже целая бригада, прикомандированная отчего-то именно к Паукову; писатели задержались до сих пор — из Москвы их забирать отказывались, мотивируя отказ необходимостью своевременного освещения армейских будней в печати; тщетно объяснял Пауков, что не у него одного армейские будни, что писателей можно бы откомандировать и в другую дивизию, вон в Чехвостове стоят танкисты, а под Трухиным десантники; из Москвы упорно долдонили, что Пауков — знаменосец, орденоносец, а потому и писатели должны кантоваться у него, регулярно встречаясь с бойцами и отправляя отчеты в «Красную звезду». Пауков не знал, что делать с писателями. В конце концов ему надоели гражданские очкарики в плохо пригнанной, давно не стиранной форме, осточертели их виноватые улыбки и все более откровенные в спорах с политруком, — и он принял решение разрубить их день надвое: в первой половине дня писатели, как положено военным, занимались строевой подготовкой под руководством сержантуры, наводили порядок в расположении и зачищали картошку вместе с нарядом, а во второй — встречались с теми же солдатами уже как писатели, то есть отвечали на вопросы, задавали в ответ собственные, вели пропаганду и сочиняли очерки об отличниках боевой и геополитической подготовки. С писателями, таким образом, он разобрался — но тут на него свалились гастроли Нижегородского театра Русской Армии. Это получалась уже не служба, а бесконечное культмассовое мероприятие; может, им еще и бордель из Москвы привезти? И так уже не осталось во всех окрестных деревнях девки неотжаренной; и так подворотничков не меняли по три дня, забыли солдатскую гигиену, ходят в чирьях, — нет, им прислали театр с обязательным предписанием смотреть спектакли и все это время кормить артистов. Артисты приехали в самом деле голодные — в Нижнем, как и в прочей провинции, театры давно закрылись за ненадобностью, единственный шанс выжить во время войны был именно давать концерты в войсках; но и концерты у них были, прямо сказать, псивые, не то что «Аншлаг». Одно название, что театр. Сначала читали какие-то басни, изображали медведя и лису, потом показали солдатам отрывок из сказки «Колобок», с переделанным про ЖДов текстом, потом разыграли целое действие из пьесы «Солдатская мать» — про дезертира, который сбежал под мамкину юбку, а мамка его заложила военкому и закатала обратно на фронт; пьеса была хороша в политико-воспитательном отношении, особенно выразительна была солдатская мать — тугая, сочная женщина. У солдат это вызвало нездоровые реакции — среди рядового состава многие неприлично громко обсуждали, что хотели бы иметь такую мать и показали бы ей много интересного; в целом пьеса не вызвала нужных эмоций. Артисты отыграли три концерта и должны были наконец свалить, но захотели остаться — в Нижнем, говорили они, давно жрать нечего, а тут все-таки войсковое довольствие. Особенно нагло вел себя нерадивый сын солдатской матери, он же постановщик пьесы — уминал, сволочь, тушенку так, что ряха трескалась; Пауков побежал к политруку, тот запросил Москву — но Москва подтвердила, что артистов надо принимать, иначе сорвется план воспитательной работы. Артисты харчились у них еще неделю, переиграв весь классический репертуар. На прощание — от радости, что свалят наконец, — Пауков приказал всем выдать по стакану спирта и сам выпил, а выпив — принялся почему-то гусарить. Стыдно вспомнить. Блестящий русский офицер. Пил спирт из туфельки (не очень чистой, тридцать девятого размера). Чуть не задохся от натуги, поднимая на руки солдатскую мать Гуслятникову, и даже стал перед нею на одно колено, а уж каблуками щелкал так, что сбил набойки к чертовой бабушке. Сулил поставить на все виды удовольствия. Читал стихи — сначала из «Офицерского письмовника» («Жасмин хорошенький цветочек, он пахнет очень хорошо»), потом, по просьбе артистов, — из «Офицерской азбуки»: «Давид играл на арфе звучно, дрочить в сортире очень скучно». Распустил хвост, показал настоящий армейский шик — было бы перед кем метать бисер! В ту же ночь Гуслятникова ему отдалась, а когда все уехали — осталась.

Паукову поначалу льстило, что настоящая артистка, хоть и из Нижнего Новгорода, будет жить теперь при нем в расположении его штаба — и у него, вот уже три года как оторванного от родной семьи, толстой жены и двух уродливых дочерей, будет своя полевая спутница, как и положено на настоящей войне. Он что-то читал подобное. Гуслятникова вызвалась каждый день декламировать стихи по деревням, где были расквартированы солдаты из его дивизии, — и в самом деле, надев единственное концертное бархатное платье, терзая потный платочек, читала солдатам по вечерам, вместо телепросмотра информационной программы:

Касаясь трех великих океанов,
Она лежит, раскинув города…

Солдаты уже не решались отпускать шуток про то, как она лежит и как бы хорошо ей всунуть пушечку куда-нибудь в Кушечку, — потому что Гуслятникова была теперь уже не приезжая артистка и не солдатская мать, но полевая жена генерала Паукова, отнюдь не любившего шутить. Программа «Время», конечно, была бы интересней. Все-таки краешком глаза посмотреть на гражданскую жизнь — тетки в летнем, мороженое… За месяц актриса успела не по одному разу выступить во всех деревнях вокруг Баскакова. В услужение ей Пауков назначил солдатика — по рекомендации собственного ординарца, который обрадовался возможности пристроить земляка. Первую половину дня Гуслятникова проводила в избе, томно нежась, ежась, красясь, жалуясь на судьбу то хозяйке, к которой ее определили на постой, то денщику Тулину. Пауков с нею уже две недели не ночевал — при трезвом рассмотрении солдатская мать оказалась дряблой, неловкой и совершенно ненасытной. Паукову в сорок восемь лет было трудно удовлетворять ее прихоти, да и перед офицерами неудобно. Поэтому спать с ней Пауков не желал, а лишь иногда навещал. Сначала это казалось Гуслятниковой проявлением особого армейского шика. Пауков в ее глазах обрастал новыми совершенствами. Потом ее это насторожило и даже обидело. Теперь, после двух недель раздельного проживания, она говорила с ним низким, грудным голосом, с многозначительно-трагическими интонациями, выкатывая сливовые глаза, — и так, словно он ее соблазнил и бросил. Паукову страшно хотелось послать ее подальше, но блестящий офицер не мог кричать на женщину и отказывать ей в приюте. Он проклинал день и час, когда под действием спирта пристал к солдатской матери. Утром девятнадцатого Пауков зашел к ней, как всегда, — деликатно постучавшись согнутым пальцем.

— Ах, минутку, я не одета, — простонало из горницы.

Пауков пять минут прождал у двери.

— Что она там, химзащиту надевает, что ли, — буркнул он про себя и постучал снова.

— Да, войдите, — ответила Гуслятникова, чем-то шурша. Пауков вошел. Гуслятникова в пестром халате китайского шелку в изысканной позе лежала на широкой деревенской кровати, среди живописно разбросанного тряпья. Неряшливость ее была чудовищна.

— Здравствуйте, генерал, — томно произнесла она. Несмотря на ранний час, на лице ее Пауков обнаружил сизоватый слой грима. — Я польщена вашим посещением. В последнее время вы меня нечасто балуете. Все дела службы?

— Война, — сурово сказал генерал. — Война — наша работа, Катерина Николаевна, и требует всечасного напряжения всех сил.

— Да, да, и не говорите… Но когда же, по-вашему, кончится эта ужасная война?

— Этого я как человек военный не могу знать и разглашать, — ответил Пауков в своей манере, в которой был написан и его проект устава. — Военный человек, хотя бы даже и имея секретное сведение, не может его разглашать никому. Дата окончания войны, она же время «Щ», не может быть разглашаема ни при каких обстоятельствах, равно как и численность, снаряжение и наименование вероятного противника, а также и самое его наличие.

Пауков не мог упустить случая блеснуть перед штатским существом формулировкой из своего проекта.

— Я так боюсь за вас, — протянула актриса.

— Что же делать, это так положено. Но русской актрисе не следует бояться за русского генерала. Я при первой встрече особенно оценил вашу выправку, — подпустил генерал обязательного ежеутреннего комплимента.

— В русском классическом театре это называют ста́тью, — кивнула Гуслятникова.

— Да, да. Классическая женская выправка. Вы не должны поддаваться бабьим страхам. Всем этим, знаете, истерикам. Мы солдаты, и если нужно, то не раздумывая и грудью. И так же вы. Это такое наше русское дело.

Повисла пауза. Набор офицерских комплиментов был высказан, почтение к русскому классическому театру продемонстрировано. Паукову пора было идти к войскам, но Гуслятникова продолжала пялиться на него многозначительным не отпускающим взором.

— Но хотя бы где противник, вы можете сказать? Предвидятся ли атаки? Я страшно боюсь стрельбы… Вы должны будете предупредить меня загодя. Ваше общество мне дорого, — она многозначительно потупилась, — и я успела полюбить ваших солдат...

— Солдат есть да, да, — сказал Пауков. — Солдат есть инструмент любви к Отечеству. Тонкие энергии и все это. Возвышенное чувство проницает и направляет, и торсионные поля. — Упомянув торсионные поля, он окончательно исчерпал свой светский репертуар, но подлая баба не затыкалась.

— Что же вы стоите, садитесь, прошу вас, — глубоким контральто сказала Гуслятникова. — Мне очень нравится военная жизнь, но все-таки я прошу вас хоть за два дня предупредить меня, когда начнется наступление. И, может быть, вы дали бы мне тогда машину до станции...Сейчас, конечно, я не хотела бы еще уезжать, общение с солдатами... и с офицерами... так много дает мне... Отчего вы редко у меня бываете?

«Еще бы тебе не нравилась военная жизнь, — подумал Пауков. — Хаваешь ты, как целое отделение, трясешь перед солдатами своими телесами, прислуга у тебя опять же...»

— Мы ценим ваше мужество, Катерина Николаевна, — сказал он, как должен был в его представлении говорить блестящий офицер: отрывисто, лающе, с ледяной вежливостью рьяного служаки. — Но рекомендую вам в самое ближайшее время покинуть расположение штаба, потому что война есть непредсказуемое занятие, в котором каждый из нас не может сегодня знать того, что надо было делать вчера.

Это тоже была славная армейская мудрость, которую он намеревался со временем обнародовать в записках.

— Вы только и можете повторять одно, — сморщившись, брюзгливо заговорила Гуслятникова. — Можно подумать, что вы мной тяготитесь.

— Никак нет, этого не может быть ни при каком угле рассмотрения, — выдавливал из себя Пауков последние запасы воинского красноречия. — Как не может цветок тяготиться пчелкою, так не может старый солдат тяготиться присутствием прекрасной половины человечества, пышным букетом украшающей этот ломящийся от яств стол... (Пауков сам не заметил, как перешел на классический офицерский тост; пока офицер в силах был произнести эту фразу, полную хитрых шипящих согласных, он считался еще не пьяным).

— А между тем ради вас я оставила любимого человека, да! — не останавливалась Гуслятникова. — Святой человек, беззаветный служитель искусства. Вы говорили, что истинный ценитель женщины — только офицер. Теперь я вижу, как вы меня цените! Вы обещали мне заботу и внимание. Но вас я почти не вижу, и все это вы мотивируете делами службы! Какие могут быть дела службы в перерыве между военными действиями! Вы наверняка пьянствуете где-то со своими подчиненными и с нетребовательными местными девками, а женщина культурная вам уже не под силу, ибо в ее присутствии вы ощущаете себя бурбоном! Да, да, бурбоном! Я целыми днями заперта в грязной избе, со мной все время только этот тупой Тулин, мы не развлекаемся, у нас нет балов! Вы не можете обеспечить даже, чтобы солдаты хорошо слушали, когда я им читаю! Я несу им свою душу, а они в задних рядах подшиваются! Я не понимаю, почему, в конце концов... Я вправе требовать...

— Молчать! — заорал Пауков, багровея. Он долго был блестящ, но всему есть предел. Из-под тонкой ледяной брони воинской галантности поперла офицерская сущность. — Мне, боевому генералу! Сука! Блядь! Встать! Сесть! Я покажу тебе раскинув города, старая пердунья! — и, запустив в Гуслятникову ведром, выскочил на улицу.

В это же самое время Плоскорылов читал первую утреннюю лекцию офицерам дивизионного штаба. Пока рядовые под наблюдением сержантов занимались уже третьим за утро подметанием дворов и выравниванием плетней по бечеве, офицеры собирались на занятия по геополитической подготовке.

Плоскорылов обожал мертвого солдата. Только мертвый солдат, установленный на площади в виде памятника, назидательно поминаемый во время молебствий, торжественно называемый Неизвестным, — был абсолютным воплощением норманнского духа, ибо утрачивал личность, на войне излишнюю. Личностью мог обладать командир, она наличествовала у политрука и являлась важным компонентом СМЕРШевца, — но личность солдата упразднялась идеей варяжской доблести. Единственное устремление маленькой, некрасивой воинской единицы в серой шинели, с неумело замотанными портянками (Плоскорылову отчего-то именно таким, слегка трогательным, представлялся типичный рядовой) должно было направляться к гибели, возможно более скорой; не героическими деяниями и не совершенно излишней в воинском деле смекалкой (какая может быть смекалка, если есть твердо поставленный приказ!), но исключительно живой солдатской массой можно было завалить любого врага, решая тем самым обе генеральные задачи: порабощение противника и сокращение собственного войска. Дорогу к победе следовало мостить телами — это понимали немногие избранные военачальники, кумир Паукова и сам Пауков были из их числа. Всякое дело прочно лишь постольку, поскольку под ним струится кровь — разумеется, не драгоценная кровь элитного варяжства (Плоскорылов вел род от личного сокольничего рюриковых сыновей), а черная кровь земли, нефть войны, щедро отжимаемый сок рядовых. Солдат, солдат — есть тот же виноград; не жать из него сока — не будет и прока, гласила армейская мудрость из сборника речений преподобного Евстахия Дальневосточного, архиполковника ДальВО. Из ДальВО редко кто возвращался живым даже и в мирное время.

К сожалению, довести население до идеальной численности не удавалось никак: оно всякий раз умудрялось быстро восстановиться, и Плоскорылову виделся в этом несомненный пережиток варварства. После очередной чистки в стране становилось легче дышать — в юности, готовясь в историки, он с особенным наслаждением перечитывал источники, относящиеся ко временам таких разрядок; но как же быстро все засорялось! Как скоро опять начинали кишеть по углам какие-то дети, ныть — какие-то старики; как быстро жизнь плебса входила в колею, отторгая великие воинские добродетели! Сопливые детсадовцы, старушечьи очереди в поликлиниках, продовольственные магазины... всякому хотелось жить, жрать и испражняться, как будто в жизни не было более высокой цели! Чем дольше был мирный промежуток, тем неохотнее мобилизовывалось население; ЖДы за деньги готовы были предоставить любую справку о нездоровье (меж тем как сами воевали все отчаяннее) — короче, война назрела. Плоскорылов тщательно готовился к лекциям, подбирал слова, намекал — но всякий раз пасовал перед откровенной скукой на лицах слушателей, а рассказать всю правду не мог. Даже о варяжской оккупации сообщалось только на пятой ступени — до нее все обучавшиеся искренне считали русских коренным населением.

Несмотря на все эти трудности, Плоскорылов любил читать лекции. Он чувствовал себя отцом всех этих людей — и даже немного матерью. Как известно, любой мыслитель предпочитает выстраивать то мироздание, в котором ему, с его комплекцией и темпераментом, наиболее комфортно; Плоскорылов рожден был благословлять идущих на смерть. Он любил мертвых нежной, тонкой любовью; ему было среди них отлично. Они не могли ему возразить и не скучали, слушая его. Ему особенно удавались проникновенные, несколько бабьи интонации; его голосом могла бы говорить Родина-мать с известного плаката, неумолчно зовущая в могилу вот уже которое поколение бессовестно расплодившихся сыновей. Призывая отважно погибнуть во имя Русского Дела, Плоскорылов уже немного и оплакивал погибших, которые пока еще в живом, несовершенном виде сидели перед ним в душной избе, переоборудованной им в Русскую Комнату. Он немедленно вывесил в ней портреты Леонтьева, Шпенглера, Вейнингера, Меньшикова, Ницше и других милых его сердцу истинных норманнов, а на доске, экспроприированной в сельской школе, рисовал геополитическую схему борьбы Севера с Югом. Школа давно пустовала и наполовину развалилась.

Предметом нынешней его лекции была очередная годовщина великого танкового сражения. Излагать норманнскую концепцию последней войны надо было осторожно — даже среди офицеров не все правильно понимали подлинные задачи воевавших сторон и глубокую единоприродность норманнского духа, управлявшего обеими армиями. Плоскорылов лишь намекал на подлую роль Англии, которая в последний момент поссорила двух титанов, подписавших пакт о вечной любви. На стороне Англии активно действовали ЖДы, отлично понимавшие, что после воссоединения арийских сущностей им окончательно не жить. К этой лекции Плоскорылов готовился особенно тщательно, подбирая такие слова, чтобы думающее офицерство поняло, а обычное ничего не заметило.

— Господа офицеры! — крикнул дежурный по Русской комнате, прапорщик Круглов; все встали. Плоскорылов в длинной рясе с золотым аксельбантом протянул дежурному полную влажную руку для поцелуя и милостивым кивком благословил собравшихся. По сердцу его прошла теплая волна. Было необыкновенно приятно, хотя и чрезвычайно ответственно, в двадцатисемилетнем возрасте уже пасти народы; не зря на богословский факультет Военной академии Генштаба конкурс был до двадцати человек на место.

— Дорогие собратья, сегодня мне хотелось бы побеседовать об идее Севера, — начал он уютным богословским распевом. — Долгие годы хазарские историки-наймиты отвлекали наше внимание от главного противостояния — борьбы Севера с Югом, — навязывая русскому сознанию искусственную борьбу Востока с Западом. Между тем это было не противостояние мифических западников со столь же мифическим востоком, а смертельное объятие двух могучих титанов Севера, великих братьев, которым стало тесно в одном мире. Глубокая единоприродность связывала борющихся, русский дух противостоял могучему немецкому, — так сталкиваются в небе две тучи, производя гром и блистание и заставляя потрясенных зрителей дивиться силе Божией. Русский брат прильнул к устам тевтонского смертельным поцелуем — и мускулистый титан задохнулся в стальном объятии. Плодами победы пытались воспользоваться враги обоих режимов, и прежде всего мировое хазарство, поднявшее голову, — но дальновидным решением русского вождя хазарам была отведена отдаленная резервация, и русско-тевтонское дело продолжилось на сорок лет. За эти сорок лет было достигнуто многое — осуществился космический полет, человек шагнул в ледяную благодать Космоса, — но хазарский реванш остановил триумфальное движение русской судьбы. Сегодня мировой Юг снова тщится отнять у человечества понятие ценностей, подменив все ценности примитивной, растительной жаждой жизни, он растлевает и разлагает миллионы, и прежде всего метит в нас — в последний оплот мирового духа. История делается сегодня здесь, в дегунинском котле, где Север и Юг сошлись лицом к лицу. Под Пермью есть обелиск, отмечающий границу Востока и Запада — противостояние их нам навязано, дабы отвлечь внимание от истинного. Дегунино же — геополитическое сердце Евразии, и тот, кому оно будет принадлежать, получит власть над миром...

Так он говорил еще минут примерно двадцать, зная, что последние десять лучше всегда оставлять на вопросы. Офицеры проявляли удивительную изобретательность в придумывании вопросов. Если вопросов не возникало, Плоскорылов ябедничал в штабе, и тогда все участники политзанятий получали взыскания за незаинтересованность — прощай отпуск.

— Господин капитан-иерей, — спросил капитан Селиванов, — а как с точки зрения борьбы Севера и Юга закончился конфликт ислама и Соединенных Штатов? А то, знаете, солдатики интересуются, кто все-таки победил...

— Солдатикам, — посуровел Плоскорылов, — следовало бы больше интересоваться строевой подготовкой. Но если вы позволяете солдатам задавать вам общеполитические вопросы, рекомендую отвечать кратко: читай устав, в нем есть все. Согласитесь, господин капитан, что при вдумчивом чтении устава в нем можно найти исчерпывающий ответ на любые вопросы, от бытовых до богословских. Сошлитесь, например, на параграф пятнадцатый строевого завета, от Паисия Закавказского: «Аще же кто усомнится в своей воинской мощи, убояся вероятного противника, тому позор и поругание перед лицом товарищей и три наряда на службу».

Селиванов испуганно умолк. На самом деле у Плоскорылова не было никакого ответа на каверзный вопрос. Ислам был наш форпост на юге, друг и партнер, терпящий бедствие, но не признаваться же в этом публично! С тех самых пор, как был открыт флогистон и перестала что-либо значить черная кровь земли, — у ислама не было уже никаких шансов противостоять каганату и насквозь прохазаренным Штатам. Полная изоляция России от прочего мира, позволившая ей наконец без помех разыгрывать свою торжественную мистерию, — происходила единственно оттого, что она оказалась в числе государств, не имевших флогистона. Непонятно, как в стране, столь богато оделенной от Господа лесами, реками, нефтью, юфтью, финифтью, пенькой и ворванью, — не оказалось пустякового газа, которого никто никогда не видел и на котором таинственно держалась теперь вся мировая промышленность. На флогистоне ездили автомобили, бездымно работали фабрики, делались бешеные деньги — а Россия по-прежнему ездила на бензине, которого у нее стало залейся, ибо нефти давно никто не покупал. Можно было, конечно, делать из нефти много чего другого. Говорил же Менделеев, что топить нефтью — все равно что ассигнациями. Однако цена на эти ассигнации не поднималась теперь выше десяти долларов за баррель, и хватало ее у остального мира без всякой российской помощи. Запасы флогистона оказались везде — в Штатах, в Африке и даже в Антарктиде; в хазарском каганате его было столько, что в стране не осталось участка земли без скважины, — не было его только на исламском Востоке и на всей российской территории, строго по границе; оскорбительное издевательство природы начиналось немедленно за российскими пределами, в презренной Польше, где флогистон обнаружили почти сразу. Из-за проклятого газа прекратилась столь перспективная было война на Ближнем Востоке, где Штаты увязли накрепко; после открытия флогистона Ближний Восток вообще перестал быть кому бы то ни было интересен, и лишь раз в полгода одинокий шахид, купленный на последние гроши, бессмысленно взрывался где-нибудь в американской подземке. После того, как нефть перестала быть основой промышленности, ислам из мировой религии сделался чем-то провинциальным и почти вегетарианским. Честно сказать, Плоскорылов ненавидел флогистон. Он не до конца в него верил. Это явно было подлое хазарское изобретение, и конспирологическая теория выходила на диво стройной; оставалось понять, как на этой грандиозной ЖДовской лжи крутятся моторы.

Плоскорылов и сам сознавал, что ответ его вышел неубедителен, но основой варяжской контрпропаганды как раз и была неубедительность — поскольку солдат и младший офицер должен был верить не аргументам, а мощи. Слаб контр-пропагандист, который на вопрос об успехах вероятного противника или преимуществах хазарского образа жизни начинал отвечать всерьез и с цифрами. Ни о чем интересном больше не спрашивали — интересовались, например, следует ли наказывать нерадивого солдата лишением переписки с семьей или эта мера отметена как способствующая бегству; Плоскорылов радостно сообщил, что процент беглецов за последний год снизился почти в полтора раза, а бежавшая из заключения глава комитета матерей Стрельникова поймана на китайской границе и водворена в читинский лагерь усиленного режима.

Эту благую весть он приберег под конец, но был у него для господ офицеров и еще один сюрприз — дева Ира.

Пятнадцатилетнюю деву Иру возили по дивизиям больше полугода. До пятнадцати лет она развивалась нормально, но в начале третьего года войны у нее начались видения, она услышала голоса и ушла из дома. Первое время она проповедовала на улицах, ее сдуру схватили, начали проверять — тут-то о ней и стало известно в Генштабе, а мимо такой возможности проходить было нельзя. Плоскорылов присутствовал на ее первом концерте в клубе богословского факультета. Это была любовь с первого взгляда, единственная и окончательная. Дева Ира не блистала красотой, как и дева Жанна; у нее была худенькая подростковая фигурка, мелкие черты лица и бесцветные волосы, но все искупали огромные серые глаза и надтреснутый металлический голос — голос патриотического ребенка, истинной души варяжства. Она исполняла старые песни, которые почерпнула из приемника, из ночных ностальгических радиопередач — «Огонек», «На солнечной поляночке», «Темную ночь»; правду сказать, сам Плоскорылов не очень высоко ценил эти народные песнопения, сочиненные в окопах, — то ли дело «Война народная» с ее тевтонской поступью! — но в исполнении девы Иры они приобретали почти достоевский надлом. Так могло бы петь варяжское дитя, умученное хазарами, испускающее последнюю слезинку перед закланием; сложного музыкального сопровождения дева Ира не признавала — она лишь слегка пощипывала струны старенькой гитары. Любая другая музыка могла заглушить этот слабый жестяной голос, который походил бы на дребезжание дачной флюгарки, когда бы не надрыв и не подспудная сила, таившаяся в нем. Таким голосом можно было выкрикнуть прощальную речь перед расстрелом, а можно и скомандовать «Пли!» — если расстреливали внутреннего врага.

Плоскорылов подбежал к деве Ире знакомиться сразу после ее выступления на богфаке. Она еще не вполне вышла из транса и долго не могла сфокусировать на нем блуждающий серый взор. Все лицо ее было в бисеринках пота, она покачивалась. Плоскорылов поддержал ее за талию: от девы веяло холодом, словно, побывав в надмирных областях, она набралась ледяной благодати и теперь неохотно ее отдавала. Дева Ира внимательно взглянула на Плоскорылова, рассеянно лепетавшего что-то вроде о потрясающем впечатлении, о исбывалом откровении, — и ломким бесцветным голосом произнесла:

— Ты — избранный, но нам нельзя.

Плоскорылов не сразу понял, о чем речь. Лишь через полминуты до него дошел смысл сказанного: дева Ира сразу признала в нем небесно-избранного спутника, но отмела саму возможность плотских отношений — ибо для продолжения своего служения должна была оставаться девою. Правду сказать, молодой выпускник и сам не спешил расставаться с девством, ибо не видел достойной, а также опасался неизбежных нагрузок: все-таки сердце, сердечко, как ласково называл его истинный варяг. Он также любил слово «моторчик». Почти материнская нежность к мертвому солдату естественно распространялась у Плоскорылова и на себя, такого больного, на свои серые глазки, пухлые влажные губки. Плоскорылов обожал рассматривать свои детские фотографии и с теплым умилением обнаруживал черты величия даже и в себе шестилетнем: истинно варяжский ребенок ангелом парил над стойкими оловянными солдатиками в русских национальных кольчужках, словно говоря им: прощайте, болезные, Отечество вас не забудет! Сердце его при этом заходилось неведомым сладким возбуждением. Моторчик следовало беречь. Непонятно было, как можно сжимать в объятиях это хрупкое, жестяное или стеклянное тело, натянутое, словно струна на варяжских гуслях. Дева Ира была уже словно немного мертва. Более идеального объекта для иерейской любви не существовало.

Они виделись редко. Плоскорылов убыл к месту службы, дева Ира разъезжала по всем фронтам в сопровождении приставленной к ней суровой мамки — она кормила и обстирывала русское чудо, совершенно беспомощное в быту. В последнее время Ира все реже выходила из транса, не отвечала даже на простые вопросы и смотрела сквозь всех прозрачными серыми глазами. Плоскорылов устремлялся к ней во время кратких отпусков, а на дегунинское направление сумел залучить только сейчас, после упорной бомбардировки Генштаба сдержанно-скорбными письмами о падении боевого духа. Наконец Генштаб внял. Дева Ира с мамкой Ефросинией прибыла в Баскаково. Всю первую ночь капитан-иерей просидел около ее кровати, сжимая ее ледяную руку. Дева молчала, глядя в потолок. Ее утомило странствие. Утром ей предстояло петь перед офицерами после геополитической информации.

— Сегодня, — произнес Плоскорылов с интонациями ласковой няньки, подводящей малыша к сюрпризу (например, к бочонку с рассолом, в котором отмокают отменные гибкие розги), — мы увенчаем нашу беседу истинным чудом. Сегодня для нас поет русское диво, юная муза войны, голос русского сопротивления — дева Ира!

Господа офицеры шумно встали и вытянулись. Ефросиния неслышно распахнула дверь и вошла, подталкивая перед собою бледную деву Иру на подгибающихся ногах.

Мамка была высокая, несгибаемая женщина неопределенного возраста, тяжелая, с серым лицом и скорбно сжатым ртом: идеал варяжской вдовы. В левой руке она несла за гриф детскую гитару. Ира перед очередным трансом потерянно блуждала глазами по стенам. Ефросиния подтолкнула ее к доске, Плоскорылов услужливо подвинул стул и отошел в угол, готовясь слушать божественные звуки. Ира несколько раз сонно провела по струнам, тряхнула головой и жестяным альтом запела:

> — Ми... и... мо берега крутого,
> Ми... мо... хат...
> В се... рой шинели рядового
> Ше-о-ол со-о-лдат...
> Шел солдат, слуга Отчизны,
> Ше-о-ол солдат во имя жизни,

Землю спасая,
Мир защищая,
Шел впере-од сол... дат...

Плоскорылов закрыл глаза. Ему представился бескрайний русский простор, серый прибрежный песок, серая река и вдоль всего этого идущий серый солдат, насекомое войны, бесконечно малая человеко-единица. Солдат несомненно шел умирать, маленький, в старой шинелишке, слуга Отчизны, его было необыкновенно жалко, и утешиться можно только тем, что сейчас его наконец убьют — и он тотчас обретет гранитное бессмертие. Голос девы Иры окреп:

Ше-е-ол солдат, слуга Отчизны,
Ше-е-ол солдат во имя жизни,
Землю спасая,
Мир защищая,
Шел вперед солдат...

Она сделала паузу (офицеры не нарушили молчания ни единым бестактным хлопком) и вновь провела по струнам большим пальцем — Плоскорылов обожал этот детский большой палец с вечно обгрызенным ногтем:

— С берез... неслышим... невесом,
Слетает желтый лист...
Старинный вальс «Осенний сон»
Играет... гармонист...
Вздыхают, жалуясь, басы,
И словно... в забытьи...
Сидят и слушают... бойцы...
Товарищи мои!

Пока дева Ира детской лапкой с заусенчиками старательно зажимала басы, Плоскорылову представилась осенняя поляна в русском лесу и он сам, почему-то с баяном, хотя он сроду не умел играть ни на одном музыкальном инструменте; сейчас он доиграет вальс «Осенний сон», и его бойцы уйдут с поляны, растворятся в запахе прели, в желтой листве, просто исчезнут, как и надлежит пропадать без вести истинному солдату: молча, безропотно, не обнаруживая себя даже криком «За Родину!». Они будут уходить, истаивать в желтом осеннем свете, а Плоскорылов все будет играть, играть... словно сама эта музыка, как «Прощальная симфония» Гайдна, тихо растворяет солдат в воздухе: с каждой нотой все меньше, меньше... и вот он доиграл, переведя их всех в состояние печального совершенства, и остался на поляне один. Ползут сумерки, и желтые листья на глазах теряют свой цвет, ибо в сумерках цвета равноправны; в сгущающейся серо-лиловой тьме одинокий капитан-иерей с уже ненужным баяном сидел среди осеннего русского леса — ему нельзя исчезать, они с баяном теперь последняя память о доблестно погибшем подразделении; здесь Плоскорылову стало себя так жалко, что он зажмурился, и по круглым его щекам скатились две слезы. Офицеры, глядя на него, осторожно крутили пальцами у виска. Пение девы Иры производило на них унылое, тошнотворное впечатление. Добро бы Ира возбуждала желание — но при взгляде на нее хотелось одного: немедленно накормить и уложить спать, чтобы прекратился этот тонкий патриотический скрип на одной ноте.

Между тем обязательный репертуар не был еще исчерпан: дева Ира запела теперь гимн собственного сочинения. По сочетанию хрупкости с воинственностью песня «Звезды Севера» не имела себе равных.

То Север, сугробами светел,
С царицей на каменном троне.
Там сосны, и волны, и ветер,
Там блеск самоцветов в короне.

О, дети слащавого юга,
Где слишком все ярко и пестро!
В преддверьи полярного круга
Огнем колдовским светят звезды!

Нет сказок чудесней на свете,
Чем Север расскажет, я верю,
И нет ничего на планете
Прекрасней, чем Гиперборея!

Плоскорылов вообразил Гиперборею, ее суровые пейзажи и торжество вертикали — сосны, скалы, человек с филином. Дрожь священного восторга прошла по его спине и дыбом подняла волосы. Ах, ведь и дыба — то же торжество вертикали; не мучают, но возносят... Он вытянулся и хотел уже отдать честь, но понял, что сейчас вслед за ним поднимутся все офицеры, щелкнут каблуками и испортят песню; нет, пусть допоет...

— Товарищи! — вдруг воскликнула дева Ира, вскочив со стула и невидящими глазами уставившись в дальний угол Русской комнаты. — Умрем все! Блаженство... — и рухнула на пол, как подкошенная.

Плоскорылов бросился к ней, — но к чувству страха за божественную возлюбленную примешивалось нечто новое, труднообъяснимое. К счастью, ряса хорошо скрывала причину его беспокойства: как только Ира рухнула, уронив гитару и раскинув руки, — капитан-иерей ощутил невероятное возбуждение, прежде накатывавшее только во сне. Он боялся прикоснуться к возлюбленной, ибо вместо того, чтобы оказывать первую помощь, хотел мять и обнимать обмякшее, а может, уже и мертвое тело. Кажется, Ефросиния что-то почувствовала. Она решительно отстранила иерея и поднесла к носу девы флакон с нашатырем. Ира медленно открыла глаза.

— Сталь, — прошептала она.

— Ирина, я здесь, — повторял Плоскорылов, — я здесь... Господа офицеры, — обратился он к слушателям, — можете быть свободны. Надо очистить помещение. Дежурный, откройте окна...

За окном начал накрапывать дождь. В комнату ворвались запахи земли, травы и навоза.

— Ира, что с тобой? — лепетал Плоскорылов, припадая ухом к ее груди, хотя и так отлично было видно, что дева ожила.

Она обняла его голову ледяными руками.

— Я увидела, — услышал он слабый шепот.

— Что? Что ты увидела?

— Они инициируют тебя. Не делай этого.

— Но я должен... мне пора... почему, собственно...

— Я видела. О! Не дай, не дай им этого!

— Ирина, не бойся, это всегда так делается...

— Хорошо, — она закрыла глаза. — Помоги мне подняться.

Опираясь на его руку, дева Ира пошла к выходу. Сзади тяжело ступала мамка Ефросиния.

Глава третья

1

В это время майор СМЕРШа Евдокимов уже второй час допрашивал рядового Воронова.

Воронов был худ, черноволос и страшно нервен. Может быть, именно по этой причине выбор Евдокимова и пал на него. Бессмысленно было допрашивать тупую деревенщину, изгаляться над крестьянами с их однообразными ответами и полным неумением выкручиваться. Воронов, напротив, уже извивался ужом. Евдокимов не знал за ним никакой вины и с интересом наблюдал за тем, какую вину сейчас наговорит на себя он сам. Это было самым увлекательным в работе с интеллигенцией.

Воронов, в свою очередь, знал за собой слишком много провинностей и сейчас лихорадочно выбирал, в какой из них сознаваться раньше. Он не мог угадать, какая покажется Евдокимову более тяжкой. Наверняка все про него знают, запираться бессмысленно, — но надо еще выбрать, в чем каяться.

В первые десять минут допроса Евдокимов был добр; Воронов уже примерно представлял, как он вдруг переключится с этой доброй тактики на яростную, — как-никак, это был уже третий допрос. Однако угадать, когда это произойдет, — не смог бы и сам майор, не то что его очередной пациент.

Основой следовательской тактики Евдокимова как истинного СМЕРШевца было приведение жертвы к сознанию своей греховности. Мало расстрелять, расстрелять всегда успеется: следовало растоптать, внушить мысль о том, что кара заслужена. Воронову предстояло всех предать и оговорить, отречься от матери, заложить командира — и только после этого отправиться на казнь с твердым убеждением, что люди вроде него не достойны жизни. Если угодно, это было даже и гуманно: непростительная жестокость — убивать человека, уверенного в своей правоте. Прежде чем ставить кого-либо к стенке, следует сделать так, чтобы жертва сама себя приговорила — и по этой части у майора Евдокимова конкурентов не было, по крайней мере в штабе тридцатой пехотной.

Он был из заслуженных СМЕРШевцев, о которых слагались легенды: дзержинец, наследник подлинного чекизма, способный выбить из бойца любое признание, за три дня превратить здорового малого в трясущуюся, кающуюся мразь — и все это почти без физического воздействия. Евдокимов прибегал к нему, разумеется, — но крайне редко: маменькины сынки кололись сами, и только это он любил по-настоящему. Евдокимов любил утонченность. Он приметил Воронова давно, с тех самых пор, как привезли пополнение. Две недели ходил вокруг да около, выжидая. Приставил осведомителя — слушать разговоры. Воронов был то, что надо: скучал по дому, жаловался на портянки, один раз даже сказал, что вообще не понимает, почему и с кем они воюют... Любому другому это сошло бы с рук — да и среди офицерства велись подобные разговоры, — но Евдокимов вцепился в улику не шутя. Это был шанс. Вдобавок и Плоскорылов заказал расстрел перед строем — боевой дух вследствие дождей совсем разложился, — Евдокимов взял Воронова тепленьким, вызвав якобы для вручения письма из дома. Евдокимов знал, что значит для человека вроде Воронова письмо с приветом из дома. Он подробно изучил дело новобранца и знал, что тот взращен матерью-одиночкой, отца не видел, в мужественных играх не участвовал и вообще, несмотря на приличную физподготовку, был в душе сущая красная девица. Он отправил матери уже два письма. Евдокимов на всякий случай перехватил оба. В письмах не было ничего особенного, кроме телячьих нежностей и уверений, что Воронов устроился отлично, так что беспокоиться матери не следует.

Считалось, что сержант и вся стоящая над ним пирамида, включая обязательного СМЕРШевца, вырабатывают из солдата настоящего мужчину, хотя настоящего мужчину они как раз выдавливали из него по капле, как раба, а вместо того вещества, из которого делаются мужчины, вливали в его жилы и кости тухлую, рыхлую, дряхлую субстанцию, парализующую всякое осмысленное сопротивление. Обработанный таким образом солдат только и способен был воевать истинно варяжским способом — то есть ничего вокруг не сознавая и боясь своих больше, чем чужих. Солдаты варяжской армии маршировали в пекло с облегчением — ни один враг не мог унизить и вздрючить их так, как сержант или СМЕРШевец.

Варяжское начальство ни в чем не могло подать примера, ибо не владело ни одним из руководимых ремесел, с одинаковой легкостью руля то нефтянкой, то мобильным бизнесом, то ротой, то госпиталем; варяжский прораб не умел строить домов, варяжский генерал не умел строить оборону, варяжский дирижер не умел строить скрипку — все они умели строить только подчиненных, предпочтительно по ранжиру. Ни один истинный варяг не имел навыка ни в каком деле, кроме насилия над непосредственным подчиненным, и всякий варяжский бизнес строился по тому же принципу — здесь орали на тех, кто работал, и не могли ничего другого. Во всяком другом бизнесе в начальство выбивался тот, кто нечто умел и в чем-то преуспел; только в варяжском начальство было особой кастой, куда никто не мог проникнуть извне. Варяжскими начальниками рождались — и годились на эту роль только те, кто не был способен ни к какой деятельности, но виртуозно умел топтать способных. Евдокимов был прирожденный СМЕРШевец, элита элит: он вообще ничего не умел. И он был некрасивый. Он был словно топором рубленный. Он был неуклюжий. Он был плечистый, нечистый. Блевотное он был существо, прямо говоря. Мало кто был хуже Евдокимова. Варяги любили Евдокимова, ценили Евдокимова.

Когда Воронов явился в СМЕРШ за письмом из дома, он не заподозрил подвоха. Мало ли, может, во время войны все письма должны приходить только через СМЕРШ. Евдокимов уже знал, как будет его колоть. Воронов был удобен. Он был настолько виноват, что у Евдокимова через два дня оказался в руках букет расстрельных статей.

— Рядовой Воронов по вашему приказанию прибыл! — четко рапортовала жертва, еще не подозревая о своем новом статусе.

— Так-так, — медлительно сказал Евдокимов. — Так-так... (Это тоже была азбука СМЕРШевца — тянуть время, чтобы жертва пометалась). — Ну что же... ммм... Воронов, да? Значит, письмеца ждете?

— Так точно.

— От кого же, любопытно узнать?

— От матери, товарищ майор.

— Мать — дело хорошее. Один у матери?

— Так точно.

— А почему ждете письма? Адрес сообщили уже?

— Так точно.

— Ага. Ну ладно. А почему вы думаете, что мать вам сразу напишет?

Воронов растерялся.

— Потому... потому что волнуется, товарищ майор.

— Волнуется? А почему она волнуется? Вы что, сообщили ей в письме что-то такое, от чего она может разволноваться?

— Никак нет, товарищ майор, — густо покраснел Воронов. — Просто… ну… я подумал, что она будет волноваться. Война же.

— А вы сообщили матери, что находитесь в районе боевых действий? — Голос Евдокимова начал наливаться свинцом. Попадая на фронт, солдаты не имели права об этом сообщать. Такова была особенно хитрая, иезуитская установка Генштаба: родители знали только номер части. Любая информация в письме, из которой можно было почерпнуть намек на истинное местонахождение солдата, расценивалась как измена и немедленно каралась.

— Никак нет, товарищ майор. Просто написал, что прибыли в часть.

— Так что ж она тогда волнуется? Нервная, что ли? Может быть, больная какая-то?

— Никак нет, товарищ майор.

— Я сам знаю, что я товарищ майор. Что вы мне все время — товарищ майор, товарищ майор? Вы, может быть, думаете, что в СМЕРШе дураки сидят?

— Никак нет, това… Никак нет, я так не думаю.

— А. Интересно. А как думаете?

— Я про СМЕРШ никак не думаю, това…

— «Товарищ майор», надо добавлять. Вы в армии находитесь или где? Вы, может быть, забыли основы субординации?

— Никак нет, товарищ майор.

— Я сам знаю, что я товарищ майор! — заорал Евдокимов. Воронов дошел до кондиции. Момент для перемены регистра был выбран безошибочно. — Значит, сначала волнуем мать, доводим ее, можно сказать, до нервного стресса, — а потом вот так запросто являемся в СМЕРШ за письмецом? Я правильно вас понял, товарищ рядовой? — Это тоже был любимый прием: перечислить с грозной интонацией несколько невинных фактов, из которых сейчас будет сделан неожиданный и убийственный вывод.

— Я не являюсь, товарищ майор... то есть самовольно не являюсь... я явился по вашему вызову...

— Я знаю, что по вызову! — громко прервал Евдокимов. — Не в маразме еще, слава Богу! Или вы полагаете, что у нас в СМЕРШе служат маразматики? Отвечать!

— Никак нет, товарищ майор!

— Что никак нет?

— Никак не маразматики служат в СМЕРШе, товарищ майор.

— А вы откуда можете знать, кто служит в СМЕРШе? Вы, может быть, уже имели вызовы? Приводы? (В лучших варяжских традициях Евдокимов предпочитал ставить дактилическое ударение, хотя слова такого не знал, ибо академиев не кончал: «фуражку к осмотру», «приводы», «возбуждено», «осуждено»; «возбужденный палач взобрался на осужденную женщину»).

Так, мысленно поворачивая перед собою Воронова, как деревянный шар, ища на нем зацепку, заусеницу, шероховатость, — майор Евдокимов к концу второго дня был сполна вознагражден. Воронов впал в истерику. Биясь в майорских сетях, как обреченная муха, мечтая хоть о часе передышки (Евдокимову уже два раза подали чай, Воронов еще ни разу не получил даже разрешения пойти на двор), рядовой был уже готов каяться в чем угодно. Евдокимов припомнил ему разговор с однополчанином о тяготах и лишениях воинской службы, сетования на то, что устав трудно запомнить из-за бессмысленных повторений, и пригрозил очной ставкой с рядовым Кружкиным, донесшим, что Воронов не обнаруживал смысла в войне.

— Значит, не видим смысла в войне? — спросил он хмуро.

— Никак нет, товарищ майор.

— Не видим, значит?

— Никак нет, видим, — повторял Воронов.

— Ты издеваться надо мной, засранец?! — вскочил Евдокимов. — Я душу из тебя выбью, понял, щенок?! Ты издеваться над боевым офицером?! (Внутри у Евдокимова все пело. Он даже забыл, что ни разу не был в бою: был приказ — СМЕРШевцев в бой не посылать, ценные кадры, вдруг чего!). У меня тут такие сидели и кололись, что не тебе чета, а ты издеваться надо мной?! Никак нет видим или никак нет не видим?

Перепуганный Воронов некоторое время соображал, но мозги ему еще не отказали.

— Никак нет, видим смысл, товарищ майор!

— Кто видит?

— Мы видим!

Это была необходимая проговорка.

— Запротоколировал? — спросил Евдокимов у высокого бойца Бабуры, своего секретаря, вялого малого несколько педерастического вида.

— Так точно, — небрежно отвечал Бабура. Он был тут свой парень и давно понял, что Воронова живым не выпустят.

— Так кто это мы? — нежно, вкрадчиво спросил Евдокимов.

— Мы все, товарищ майор. Все видим смысл.

— А ты за прочих не расписывайся! Что, уже и мысли читаешь? Признался бы сразу: мы есть тайная организация, действующая в войсках противника для приведения их к небоеготовности!

— Никак нет, товарищ майор, — вскочил Воронов, — никакой тайной организации!

— Проговорился, проговорился, — глядя в стол, словно жалуясь ему на чужое вероломство, заговорил следователь. — Предал мать. Всех предал. Себя предал. Но себя — что? Кто ты есть? Ты никто, ты понял? Но мать! Как ты смел предать свою мать!

— Никак нет, я не предавал матери, — сказал Воронов, собрав остатки мужества.

— Да? А Родина тебе уже не мать? Ты запротоколировал, Бабура?

— Тык-точно, — небрежней прежнего рапортовал Бабура.

— Не считать Родину матерью! Отречься от Родины! Где вы выросли, Воронов? — Евдокимов перешел на вы, словно рядовой только что бесповоротно пересек тайную грань, отделявшую пусть провинившегося, но гражданина Родины от изменника, недостойного звания человека.

— В Москве, товарищ майор.

— Что есть Москва? По уставу! — завопил майор.

— Москва... Москва есть столица Русской земли, стольнопрестольный град, исторический центр ее объединения вокруг себя, мать русских городов и национально очищенный от всякого мусора краснобелокаменный город-герой, неоднократно отстоявший свою честь от иноплеменных захватчиков! — пролепетал Воронов формулировку гласа второго Устава российской истории и местоблюстительства.

— Ну вот, — удовлетворенно проговорил Евдокимов, и в истерзанной душе Воронова проснулась надежда. — Сами же говорите: мать русских городов. И от этой матери вы отреклись, создав боевую организацию и обсуждая в ее рядах, осмысленную или бессмысленную войну ведет ваша Родина. Хотя сама такая постановка вопроса, рядовой Воронов, есть уже государственная измена! Вы понимаете теперь, что с вами будет? Вы понимаете, что будет с вашей семьей? Купить жизнь своей семье, — отчеканил майор, — вы можете только полной сдачей всего личного состава вашей организации, поименно, тут! Мы слушаем вас, рядовой Воронов.

Рядовой Воронов молчал. Тогда Евдокимов лениво встал, поднял его за грудки так, что отлетели пуговицы гимнастерки, и несколько раз ощутимо, хоть и не в полную силу, ударил в живот.

— Я так долго могу, — предупредил он.

Воронов молчал весь следующий день и всю ночь, когда над ним трудились еще трое подручных Евдокимова — добровольцев, которым все равно было, кого бить, — но когда Евдокимов показал ему представление на арест всех его родственников, направляемое по месту жительства в связи с разлагающей пропагандой в военное время (представление было отпечатано на специальном бланке, такой метод воздействия официально разрешался Генштабом), Воронов признался в существовании тайной организации и назвал весь списочный состав своей роты. Он помнил не всех и потому попросил список.

— Все?! — спросил Евдокимов, не ожидавший такой удачи.

— Так точно, все.

— Вы издеваться надо мной?! — снова заорал майор и еще немного побил Воронова, который и так уже не очень крепко держался на стуле; однако Бабура успел запротоколировать признание, и расстреливать теперь можно было любого.

— Встать! — приказал Евдокимов. — Что ж ты, гадина... дрисня... Своих сдал, да? Всех как есть? Всю роту? А ведь у всех тоже матери!

Воронов молчал.

— Ты понимаешь, что из-за тебя все под трибунал пойдут?! Сейчас?! Сегодня?!

Воронов не отвечал. Он надеялся, что его абсурдное показание вызовет новый приступ майорского гнева, но по крайней мере в те полчаса, что он будет диктовать список, его не будут бить и, возможно, даже дадут попить. Он знал, что во время допросов тридцать седьмого некоторые тоже называли в числе заговорщиков всех, кого помнили, надеясь, что явная абсурдность показаний скоро приведет к ступору карательной машины, просто неспособной переварить столько народу; но машина была способна переварить этот народ несколько раз, с детьми, чадами и домочадцами, а хватать всех ей было вовсе не обязательно. Мало было сожрать — надо было внушить, что это еще самое милосердное и гуманное, что можно сделать с такими отвратительными людьми, готовыми, вот видите, при первой же опасности сдать чад, домочадцев, сотрудников и сослуживцев, однополчан и единоверцев: мы бы небось не сломились, если бы вы хоть раз попытались напасть на нас в отместку... но где вам, скотам!

— Унести это дерьмо, — брезгливо сказал Евдокимов. Бабура и личный денщик Евдокимова, весельчак и непревзойденный массажист Старостин, чесавший пятки так, что с этим не мог сравниться никакой минет, поволокли Воронова в сарай.

— Завтра и употребим голубчика, — сказал себе Евдокимов. Оставалось главное, ни с чем не сравнимое наслаждение. Он достал из скоросшивателя письмо рядового Воронова домой и перечел его с начала до конца. «Дорогая мамочка, маленькая моя! Пожалуйста, не волнуйся. Здесь все ко мне очень добры, я все время занят, боевых действий нет и не предвидится, и если бы не тоска по всем вам, мои дорогие, было бы совсем хорошо. Пожалуйста, не напрягайся слишком насчет посылок, у меня есть все, что надо, и даже с избытком...».

По телу смершевца пробежала приятная судорога — не эротическая, конечно, но что-то сродни пароксизму наслаждения, который всегда испытывают крупные земноводные в момент насыщения. Интеллектуальная отрыжка, если угодно, — твердое сознание исполненного долга и легкая приятность безостаточного поглощения. Жертва лежала в сарае. Сарай исполнял роль желудка. Майор Евдокимов изобличил своего сто тридцать первого внутреннего врага.

2

Плоскорылов занимался. Надо было подготовиться к завтрашней лекции — вводной по теме «Нордический путь».

«Дальняя Тула, — писал Плоскорылов круглым почерком, высунув язык и любуясь своей пухлой рукой, пухлыми буквами, пухлой тетрадью, — была вотчиной дальних северных оружейников, и, придя в новые благодатные края, они тотчас учредили здесь свою Тулу. Город прославился оружием и славится им до сих пор. Глубоко не случайно и отчество Соловья-Разбойника — Рахманович, а самые рахманы, как утверждают былины, были мудрецами и жили на краю земли. Не вызывает сомнения, что это брахманы — жрецы высшей расы, жившей на крайнем севере и исповедовавшей индуизм. Впоследствии они ушли с севера и основали вначале славянскую, а затем древнегреческую и индийскую цивилизации»...

Гуров, как всегда, возник словно ниоткуда — не предупредив, не давши Плоскорылову шанса как следует «прорубиться», то есть, в переводе с грязного солдатского сленга, выказать себя с наилучшей стороны. Плоскорылов видел особенный воинский шик в том, чтобы при встрече с личным другом — у него были все основания видеть в Гурове старшего брата, так явно выделял его московский инспектор, — соблюсти максимум воинского этикета; любо ему было аккуратно доложиться, откозырять, застенчиво подать руку для поцелуя (Гуров был все-таки лицо светское, при всех своих семи ступенях, и обязан был приветствовать капитан-иерея по всей форме), рапортовать о случившихся происшествиях и только потом по-братски, по-варяжски, влажно и троекратно расцеловаться с другом. Гуров, однако, часто пренебрегал ритуалом — вероятно, на седьмой ступени он уже не так нуждался в повседневной интеллектуальной дисциплине, а может, ритуалы там были настолько сложны, что не Плоскорылову было их понять.

Гуров всегда входил неслышно, не стукнув дверью, не скрипя половицами, и отлично ориентировался в жилищах коренного населения, словно сам не один год прожил в избе. Плоскорылов обернулся, вскочил, оправил рясу и, приняв стойку «Смиренно», приступил к рапорту, но Гуров, как всегда, не дал ему блеснуть:

— Вольно, вольно, иерей. Здоров?

Плоскорылов, не зная, куда девать повлажневшие от радости глаза, сунул ему руку, к которой Гуров быстро наклонился, и радостно полез целоваться.

— Рад, — повторял он со слезами в голосе, — рад и тронут. Спасибо. Не поленился, приехал. На передний край. Очень, очень рад.

От него не укрылось, что Гуров морщится скорее по обязанности, а на самом деле очень доволен, видя младшего друга в бодрых трудах.

— Как служба? — спросил инспектор, усаживаясь за стол. — Эх, устал. Кости ломит. Шел баран по крутым горам, вырвал травку, положил под лавку. Кто ее найдет, тот и вон пойдет.

Плоскорылова всегда удивляло пристрастие инспектора к варварским считалкам и припевкам, изобличавшим всю плоскостность мышления коренного народа, — вероятно, на седьмой ступени предписывалось заигрывать с крестьянами и даже жалеть их с недосягаемой высоты; Плоскорылов свято соблюдал иерейские заповеди о дистанции, несмешании и снисхождении без послабления.

— Слышь-ко, иерей, — с великолепной воинской небрежностью сказал Гуров. — Смершевец-то наш все бдит?

— Да, знаешь, я доволен. Он хотя и простой малый, но чудесный специалист. Одного разложенца так выявил, что любо. Оказался хазарский агент, и какой! Ничем себя, мразь, не обнаруживал. Но пораженец классический. Жаловался матери, распускал пацифистские сопли. Завтра будем кончать.

— Пораженец? — промурлыкал Гуров. Он был теперь похож на большого довольного кота — полный, уютный, — но Плоскорылов знал, какое стальное у него тело и как мгновенно, пружинно он подбирается, заслышав внятный ему одному зов боевой трубы. — Пор-раженец — это хор-рошо... пор-рождение ехидны... Когда он его выцепил?

— Дня четыре назад. Долго колол, но ты же его знаешь — он не отступится...

— Хоть без рукоприкладства?

— Зачем ему, он спец. Так его обработал — крыса в ногах у него валялась, лизала сапоги.

В варяжских кругах особенно ценилось выражение «лизать сапоги», и Плоскорылов, зная любовь Гурова к традиционной варяжской фразеологии, не упускал случая упомянуть дорогие архетипы.

— Хор-рошо. Я его сам посмотрю. Ты Евдокимова не думаешь на посвящение представлять?

— Я бы его сразу на пятую представил, — доверительно сказал Плоскорылов, чуть понизив голос. Было неизъяснимым наслаждением на равных обсуждать с посвященным представления, награды и прочие карьерные подвижки. — Но ты же знаешь, он без высшего...

— Ну и зачем смершевцу высшее? Ты думаешь, у самого, — Гуров возвел глаза, — Академия за плечами? Все сам, своим горбом. Представляй, представляй. По нему пятая ступень давно плачет. Сам-то про инициацию думаешь?

Плоскорылов смутился. Он проклинал свою способность мгновенно, девически-нежно краснеть.

— Наш долг, инспектор, — служить нордическому Отечеству, а прочее в руках Одина...

— Ну ладно, перед своими-то, — ласково осадил его Гуров. — Ты еще каблуками щелкни. Каблуками пусть Пауков щелкает, а ты, иерей, готовься. Я ведь не просто так езжу, секешь?

Плоскорылов поднял на инспектора глаза, полные собачьего обожания.

— Да, да. Ты парень не из простых, я за тобой не первый день слежу. Такие знаешь теперь как ценятся? Сам видишь, настоящий варяжский дух в войсках — редкость почти неслыханная. А у тебя в штабе все уставники один к одному. Значит, внедряешь. Ты думаешь, тебе вечно в Баскакове болтаться? Подожди, еще преподавать в академию пойдешь. Без войскового опыта ничто не делается. Сам займусь. Не красней, не красней, нечего. Мне тебя повидать — праздник. Инициировать тебя будем в августе, лучший месяц для таких дел. Знаешь, кто посвятит-то?

— Не смею надеяться, — улыбнулся Плоскорылов. Он не допускал и мысли, что Гуров доверит инициацию кому-то другому.

— Корнеев, — сообщил инспектор, заговорщицки улыбаясь.

Такого шока Плоскорылов не испытывал давно. Корнеев был вечный дневальный — нерасторопный, огромный сол-

дат с пудовыми кулачищами, тупой, как сибирский валенок,
и категорически неспособный к воинской науке.

— Рядовой? — переспросил иерей.

— А какой же? — отечески улыбнулся Гуров. — Ты думаешь,
все так просто? Нет, милый, седьмая ступень должна быть
везде. И среди рядового состава есть наши... а как мы иначе
узнаем о фактах недозволенного обращения? Кто за офицером присмотрит? Ты много не разговаривай об этом, но к Кор-
нееву присмотрись. Он у нас такой... инициатор. Через него
все лучшие прошли.

— И ты? — тупо спросил Плоскорылов.

— Почему я? — улыбнулся Гуров. — Меня... ну, узнаешь когда-нибудь. У меня вообще все не как у людей. Готовься, капитан. Числа восьмого и займемся. И вот еще что, — я, собственно, давно тебя спросить хочу... Тут девочки новой, из туземок,
не появлялось?

Ни в лице, ни в голосе Гурова ничего не изменилось, но
Плоскорылов привычным чутьем сразу угадал, что инспектор заговорил серьезно, и сквозь кажущуюся небрежность
проступила наконец внутренняя сталь.

— Никого нового не замечал. А что?

— Ты присматривай, присматривай, — не вдаваясь в объяснения, как и подобало варяжскому командиру, продолжал
Гуров. — Она может к вам прийти... причем не одна, улавли-
ваешь? Она прибудет с таким мужчинкой лет сорока пяти,
я тебе фотокарточку оставлю, — он полез в нагрудный карман
френча и вытащил фото: представительный, с проседью, типичный чиновник уставился на Плоскорылова с тем тайным
сознанием превосходства и вседозволенности, которое про-
бивалось у работников федерального уровня сквозь любой
европейский лоск. — Ее фотоморды у нас покуда нет, но я уж
расстараюсь. Если они куда и направятся, то к тебе. Либо в Дегунино, но уж там я ее лично перехвачу. Смотри, иерей, это
очень серьезно. Если ты ее поймаешь — считай, полковничья
звезда тебе обеспечена.

Плоскорылов второй раз за полчаса вспотел от неожиданности.

— Шахидка? — понимающе спросил он. — Предательство?

— Вроде шахидки, — кивнул Гуров, но Плоскорылов, отлично его изучивший, понял: все гораздо, гораздо серьезнее. — А предательство такое, что никакому Власову не снилось. Они, конечно, могут и поврозь, — но подозреваю, что явятся парой. Так уж ты, иерей, не пропусти. Я на Евдокимова надеюсь, но тут особая интуиция потребна. Не проморгай.

— Но, может, ты хоть объяснишь немного… в чем дело, чего от них ждать…

— А ничего не жди. Как увидишь новую туземку, так сейчас же мне и докладай. А ее под замок, всасываешь? Под хороший замок. Она может быть беременная, а может и не беременная. Если беременная — значит, сразу лично мне на мобилу скидывай. А как этого увидишь — так разрешаю тебе чпокнуть его на месте, своими руками. Ты человека когда-нибудь убивал?

Гуров привстал и наклонился близко-близко к лицу капитан-иерея. Плоскорылов взглянул в его птичьи серые глаза за круглыми стальными очечками и окончательно смутился.

— Вижу, — догадался Гуров; он вообще обо всем догадывался мгновенно. — Ну, ничего. Надо же начинать когда-то. Это хорошее будет начало, иерей. Полковнику без крови никак. Сам знаешь, дело прочно. В общем, много не болтай — кто знает, какие у них тут союзники… Я тебя предупредил.

— Ну конечно, — горячо сказал Плоскорылов.

— Не «конечно», а по форме! — вдруг прикрикнул Гуров. Плоскорылов вскочил, оправил рясу и после секундного позорного промедления взметнул руку:

— Служу!

— Да вольно, дурашка, — рассмеялся инспектор. Плоскорылов никогда не мог понять, серьезен он или только проверяет его. — Молодца. Любуюсь, сынок. Настоящий варяг… воинская косточка… — Он отвернулся, словно стыдился проявления отеческих чувств. Плоскорылов так любил его в этот момент, что, не колеблясь, послал бы на смерть. Это было высшим проявлением варяжской любви.

— Помолимся, инспектор, — предложил он от избытка чувств. Совместная молитва была лучшим, что он мог сейчас предложить гостю.

— Думаешь? — поднял глаза Гуров. — Прямо сейчас? Ну пошли.

3

Храм Плоскорылов оборудовал при штабе, — крестьяне построили его по чертежу дня за три. Пауков удивительно умел распоряжаться массами. Храм получился аккуратный, истинно воинский, с арктической устремленностью вверх, с чисто декоративным, несерьезным крестом и без всякой уродливой луковицы, этой неотъемлемой принадлежности православия; Плоскорылов жаждал увидеть на храме древний, любимый ведический знак и даже укрепил на концах креста маленькие, осторожные намеки на него, — собственно, стесняться было нечего, крестьяне не возразили бы, даже укрепи он на храме звезду, и такие прецеденты бывали, весь сталинский стиль тому порукой, но полностью раскрываться пока не следовало. Плоскорылов, однако, настоял, чтобы рядом оборудовали подсобку, которую он лично запирал на замок; туда никто, кроме него, не мог проникнуть. Там, в сейфе, хранилась атрибутика арийского, нордического богослужения: без этого Плоскорылов давно бы сошел с ума среди беспрерывных баскаковских дождей, тупости коренного населения и однообразия пресной крестьянской пищи. В подсобке хранился ведический знак, своеручно вырезанный Плоскорыловым в обстановке строгой секретности из куска тонкой жести, да двенадцать изображений варяжских божеств — почти весь пантеон, кроме Велеса, которого сожрали ненасытные баскаковские мыши, а набить нового было пока не из чего; да череп, который Плоскорылов всегда возил с собой для напоминания о главном; да платок, омоченный в хазарской крови (драгоценная реликвия, вручаемая на четвертом курсе); и непременный льдистый кристалл с острыми гранями — образ полюса Севера, с надписью «Привет из Арктики!» для камуфляжа: такие сувениры имперская промышленность в избытке производила в шестидесятые, но вынуждена была скрывать «Ориентацию на север» и маскировать ее дурацкой романтикой освоения новых территорий.

Гуров разлапистой, совсем не военной походкой шел к храму. Снова припустил мелкий дождичек, холодало, и Плоскорылов поеживался после теплой избы.

— Часто служишь? — не оборачиваясь, спросил инспектор.

— Стараюсь не чаще трех раз в неделю, — виновато признался иерей. — Ну а где мне силу брать, сам скажи?

— Силу нигде брать не надо, сила должна быть внутри.

— Она и есть внутри! — ругательски ругая себя за неправильный ответ (опять расслабился!), немедленно исправился капитан. — Но пойми, тут же нет ни книг, ни общества! Я скоро шерстью зарасту!

— А для того и глушь! — наставительно произнес Гуров. — Для чего подвижник уходит в затвор? Почему хазарство переняло эту ведическую практику? В душе своей обретешь неиссякаемый источник! Ты думал, ты просто так на фронте гниешь? Ты закаляешься для главного служения!

Плоскорылов сам еженедельно вдалбливал все это офицерам, но когда этим банальностям принимался учить Гуров — ощущал некоторую неловкость.

— Я знаю, — кивнул он. — Но на практике...

— На практике устав читай! — прикрикнул инспектор. — Ты должен быть как алмаз, иерей! Понял? Я в тебе, тебе одном вижу смену! А спроси тебя обязанности дневального по роте — ты поплывешь, как Вайсберг в океане! Что, нет?

— Ты шутишь, что ли? — обиделся Плоскорылов. — Я в двенадцать лет это знал! У меня с шестого класса строевой устав под подушкой... я карту Курской битвы рисовал, первый приз за реферат по району!

— Ты мне не первый приз за реферат, — холодно сказал
Гуров, и Плоскорылов опять не знал, шутит он или всерьез. —
Ты мне обязанности дневального, и стоять смиренно!

— Дневальный есть военный солдат, — бойко начал Плоскорылов, — которого первейшая обязанность есть надзирать,
следить, досматривать и докладывать, а такожде поддержа-
ние порядка в расположении роты неусыпно. Дневальный
есть принадлежность тумбочки, каковая есть принадлежность входа в расположение. Дневального долг есть натирать
краники, стоять смиренно в ожидании кто есть любезный
гость, а при появлении любезный гость производить отда-
ние чести и три выстрела: выстрел известительный, выстрел
предупредительный и выстрел контрольный, если любезный
гость окажется вероятный противник. Когда дневальный за-
ступать, то наряд принимать...

— Вот и врешь, — спокойно сказал Гуров. — Пропустил про
дежурного.

— Ах, черт, — вспомнил Плоскорылов. Ну конечно, как
он мог забыть! Отчего-то он всегда пропускал этот пункт. —
Дневального есть долг оповещать дежурного по роте, аще
кто прибыл, убыл, прибил, убил, привалил, увалил, пристал,
устал, прикололся, укололся...

— Ну?

— Черт... прости, инспектор. Не помню.

— Приложился, уложился, — небрежно продолжил по-
священный. — Дневальный есть дежурного по роте первый
помощник, правая рука и неодушевленный предмет. Достаточно. В следующий раз спрошу тебя про караульный грибок,
и аще ты мне не доложиши квантум сатис, будеши имети от
мене три наряда на кухню с отиранием стен и подносов двое-
кратным отмыванием, понятно ли я излагаю? — Он расхохотался. — У тебя строевой устав не вызубрен, а я тебя посвящаю! Ну не развал ли воинской дисциплины? Ладно, пошли
молиться.

В храме было прохладно, пахло свежим сырым деревом — то был славный запах хвои, живой природы, внушал себе Плоскорылов... хотя на деле это был запах мокрых досок, надолго зарядившего дождя и угрюмой крестьянской глуши. Надо было быстро убрать всю дешевую атрибутику полковой церкви — жалкие бумажные иконки, фанерное распятие, без любви выпиленное лобзиком и раскрашенное местным умельцем, — и расставить на алтаре арийские святыни. Пока Плоскорылов хлопотал по своему хозяйству, Гуров осматривался. Вместе они молились только однажды, при самом первом приезде Гурова; о дне знакомства Плоскорылов вспоминал с умилением. Молитвенный стиль инспектора поразил его аскетической скупостью — минимум выразительности, проборматывание, аккуратные жесты: будничность служения была важной приметой гуровского стиля, иерей даже пытался одно время копировать эту сухость, но его влажной, немного женственной природе она была покамест противоположна. «Дело молодое», — любовно подумал он о себе.

Он разложил святыни — череп, свастику, кристалл, извлек из недр рясы старинный, закапанный воском и кровью молитвенник, укрепил в специальном держателе свечу вниз фитилем, подставил под нее чашу для сбора драгоценного освященного воска, снял крест и застенчиво спрятал в специальный карман, куда всегда убирал ненавистный хазарский символ во время собственных одиноких молитв; все было готово. Гуров пропустил бородку через кулак, поправил очки и посерьезнел.

— Сам будешь читать? — почтительно спросил Плоскорылов.

— Изволь, — сухо отвечал инспектор. Он положил правую руку на кристалл и размеренно, однако без подвываний и замедлений стал читать «Молитву о даровании победы арийской расе над сыновьями хамовыми»:

— Едине Истинный Господи Боже Израилев. Ты создал еси человека по образу Твоему и по подобию, при Ное же возблаговолил еси учредити и возвестити иерархию посреде племен сынов его, падения ради Хама, последиже чрез законоположника Мойсеа и прочих пророк Ты рекл еси многократне, яко не подобает никоего смешения имети с проклятыми сынами хамовыми. Сего ради подобает Тебе, ЯХВЕ, именоватися Всеотцем расы нордическия, яко избран есть корень Симов и Яфетов духовнаго ради господьствия и обладания на земле сей. При конце же времен Ты Сам воздвиг вождя германстего, яко Кира новаго, егоже призвал еси учение о избрании расы ариев прорещи внове и свободити людей Господних от ига антихриста коллективнаго. И днесь со усердием молим Тя, о Всевышний и Всемогущий Творче, о еже вновь вознесеной на высоту быти священной свастике, бо суть символ древлий действа приснаго в людех Пресвятаго Духа Твоего. Собери воедино разсеянный Израиль и даруй нам Судию обетованнаго, яко Ты еси Бог воителей и меч Твой да пойдет пред нами во одоление над супостаты. Аминь!

— Аминь! — с чувством возгласил Плоскорылов. На глазах у него кипели слезы. Слова молитвы, даже в суховатом и сдержанном исполнении инспектора, действовали на него наркотически. На словах «расы нордическия» он всегда ощущал такой прилив сил, что забывал и о дурной погоде, и о тупости баскаковцев: нерушимая истина сияла перед ним. «Ариев прорещи...». Как смел Каганат посягнуть на звание Израиля! В такие минуты иерей готов был рвать ЖДов зубами.

— Аминь, Яхве наш Один, Влесе козлобрадый, смрадный, хвостозадый, Отче верховный, идолище варяжское злобубучее, — неожиданно подхватил Гуров издевательски высоким голоском. Плоскорылов в ужасе оглянулся на кощунствующего инспектора.

— Что с тобой, Костя?! — спросил он шепотом.

— А ты не знаешь, так не лезь, — холодно и резко отвечал Гуров. — Канон Велесу всевеликому седьмый, окончательный. А тебе только шестый положен, до инициации. Не учи отца молиться.

— Но раньше ты никогда…

— Что я «раньше никогда»? — с вызовом спросил Гуров. — Все тебе знать надо, карьеристе пухлое, полногрудое. Порядок наведи и изыди конспектировати, да не узрю тебя, пока не отбарабаниши устав гарнизонныя и караульная, полныя и краткия. Убрал свои побрякушки и кру-ом арш! Благословляю, чапай отсюда.

Плоскорылов продолжал стоять столбом.

— Вольно, вольно, — махнул рукой Гуров и дробно рассмеялся. — Что ты, иерей, дурак какой… Ты думаешь, я тебя испытываю? Я тебя, засранца, люб-лю! — и звучно чмокнул Плоскорылова в щеку.

— В храме-то, — с мягкой укоризной выговорил Плоскорылов, еле переводя дух.

— Отче наш бо воитель, при нем и не такое сказати возмогу, — улыбнулся Гуров. — Уебывай, иерей, шевели булками. Я к тебе вечером зайду, а пока схожу гляну, каков у солдат есть моральный дух.

4

В это же самое время в избе баскаковской жительницы Фроси, где вот уже три месяца размещалась канцелярия шестой роты, перед командиром этой роты капитаном Фунтовым сидела женщина лет пятидесяти, того неопределенного социального положения, в котором пребывала теперь вся отечественная интеллигенция — люмпенизированная, но все еще не забывшая манер. На голове у просительницы был пестрый кашемировый платок, какие часто носили во времена дружбы с Индией; руки ее были смиренно сложены на коленях, а лицо изображало мольбу. Женщина сильно нервничала. Это была солдатская мать Горохова.

Ротная канцелярия отличалась необыкновенной унылостью. Всякий человек, попадая сюда, почему-то чувствовал, что любые усилия тщетны. Грустны были желтые табуретки, тощие книжечки уставов, угрюм маршал Жуков на портрете.

Пол скоблили трижды в день, и все-таки он был грязен. С потолка свисали три клейких ленты, густо испещренные мушиными трупами. На окне сох ванька мокрый. Дневальные регулярно поливали его, но что-то неподвластное дневальным поселилось в самом воздухе. Оно выпивало влагу из горшка ваньки мокрого, плодило мух и покрывало пылью подоконник. Стоило укрепить на окне белую занавеску, как она немедленно желтела от тоски. Нечего было и думать о победе, если судьба армии решалась в таких канцеляриях. Кажется, если бы нарисовать на стене зайчика или, допустим, кротика — эта невыносимая тоска отступила бы; но и зайчик, и кротик наверняка получились бы кислыми и кривыми, как животные на стенах детских поликлиник или васятников. В канцелярии шестой роты всякому свежему человеку хотелось повеситься. Безысходную тоску усугублял голос Фунтова, монотонный, как мушиное жужжание, — но клейкая лента для капитана Фунтова не была еще изобретена.

Мухам при виде капитана Фунтова тоже хотелось покончить с собой. Некоторые из них не выдерживали и — вжжик! — с налету влипали в клейкую ленту, не в силах больше выносить безысходную скуку этой комнаты. Может быть, они просто завидовали Фунтову, комплексовали перед его мушиностью — ясно было, что он их пережужжал, переползал, переиродил Ирода. Как бы то ни было, от зависти или тоски мухи кидались на ленту, как на колючую проволоку, но даже смерть тут была долгая, липкая — красивой гибели не выходило, и они долго еще дергались на липучке. А нечего, нечего. Умирать надо когда прикажут, а не по личной инициативе.

— Ведь вот вы в третий раз приезжаете, — монотонно говорил Фунтов, короткий, почти квадратный человек, которому было на самом деле всего двадцать семь, но выглядел он на все сорок — полный, сонный, будто присыпанный пылью. Невозможно было себе представить, о чем можно говорить с Фунтовым на пятой минуте совместного пребывания в одном пространстве. Он мог похабно ухмыльнуться при упоминании о женщинах, мог посетовать на изнеженность и хилость молодого пополнения, мог сладко зевнуть и произнести любимую поговорку — «Эхма, была бы денег тьма, купил бы баб деревеньку да и драл бы их помаленьку», — но ничего другого в нем, казалось, не было вовсе. Особенно невыносимо бывает присутствие таких людей в минуты тоски или тревоги, когда жадно ищешь любого человеческого слова и готов благодарить за один понимающий взгляд — но Фунтов был в этом отношении совершенным кирпичом, лишенным эмоций с рождения. В школе он вечно дремал на задней парте, но славился тем, что умел быстро и решительно откручивать головы голубям. Офицер он был никакой — вялый, безынициативный, с нулевыми представлениями о тактике и технике, но именно полное равнодушие к судьбе солдат, которые в его понимании вообще не были людьми, делало его бесценным в глазах начальства. Фунтова вечно ставили в пример на офицерских собраниях, на которых Здрок произносил свои часовые кастровские речи. Фунтов был никаким строевиком, ничего не смыслил в геополитической подготовке и вряд ли толком понимал, с кем и зачем воюет, — но в нем с некоторой даже избыточностью было представлено главное офицерское качество, а именно тупость; она настолько заполняла все его существо, что не оставляла места ни для чего другого, и за это Здрок любил его отеческой любовью, и даже Пауков сказал однажды, что Фунтов способный офицер.

— Вот вы в третий раз приезжаете, — лениво тянул он, — и что? Зачем вы приезжаете? Сын ваш, это самое, ваш сын, это самое, присмотрен... Он подконтролен, это самое... Вы приезжаете, а другим обидно, к которым не приезжают. Он, это самое, не прослужил еще полгода, он имеет взыскания, он, это самое, еще не обсохло гражданское молоко на нем... Он не солдат еще, а это самое, огурец... капуста... А вы приезжаете. И что вы приезжаете?

— Понимаете, — нервно говорила солдатская мать Горохова, искренне веря, что если она сейчас найдет единственно нужные слова, Фунтов сумеет облегчить положение ее сына; нет, конечно, он не отпустит его с фронта, — военное время, ее и в часть-то пускали все неохотнее, требовалось включать все связи, звонить бывшему однокласснику, он отвечал все отрывочнее, унижение, ужас, — но, может, хоть найдется какая-нибудь тихая должность, что-нибудь в штабе, или, может быть, в тылу, поближе к дому... Она не сомневалась, что у сидящего перед ней офицера должна быть душа — надо только до нее достучаться, но как это сделать, Горохова не понимала. Она приезжала в Баскаково в третий раз за четыре месяца, потому что сын изводил ее жалобами и просьбами, — но не могла ему ничем помочь, а впереди был еще год и восемь месяцев этой пытки. За три года, предшествовавшие призыву, и первые четыре месяца его службы она состарилась на двадцать лет, и на лице ее установилось то вечно-жалкое, просительное выражение, которое сразу позволяет определить человека, махнувшего рукой на собственное достоинство. — Понимаете, он пишет, что у него флегмона... что он не может ходить, а его заставляют бегать...

— Они все пишут, что у них флегмона, — тянул Фунтов. — Никого не заставляют бегать, есть тапочки, все ходят в тапочках. Есть медпункт, в медпункте, это самое, все необходимое. Вы его не подготовили, это самое, служить, вот он и пишет. Если бы вы его подготовили, это самое, служить, он бы, это самое, не писал. Но вот он пишет, и вы едете, зачем вы едете?

— Он просил разрешить носки, — зачастила Горохова, — он не может, не умеет заматывать портянки, ну можно же, наверное, носки? Хотя бы на первое время...

— Портянка, это самое, — сказал Фунтов. — Портянка дает дышать ноге. Нога потеет, потная нога. В сапоге она гниет. Гниет в сапоге потная нога. Она гниет от пота, вы понимаете? И чтобы ей от пота не гнить, применяется сообразно устава портянка воинская суконная, также хабе, определенного образца. Она позволяет ноге дышать, и потом предки.

— Что предки? — в ужасе спросила солдатская мать.

— Предки наши, — вяло повторил Фунтов, по-бабьи пригорюнясь. — Наши предки воевали в портянках всегда. От слова порты, портянка. Еще Суворов: служи по уставу, заслужишь честь и славу. Сталинградская битва в портянках, Курская в портянках. Нога не гниет, и можно что угодно. Хоть маршировка, хоть это самое. Но надо уметь. Там хитрость в чем? Надо поставить стопу, ступню, на угол, потом натянуть, чтобы не морщило, и быстро обернуть. Потом еще обернуть, чтобы облегала стопу, давала дышать потной стопе. Тогда потом вот еще так подворачивается, — он лениво показал в воздухе, как именно, оборачивая при помощи одной короткопалой руки другую, будто солдатской матери Гороховой прямо сейчас, в ротной канцелярии, предстояло обернуть свои стопы портянками и направить их на физподготовку. — И это, и все. Тут делов на пятнадцать секунд по нормативу. Потопать еще для уплотнения. Носок не дает дышать ноге, она гниет в нем, начинаются нарывчики и это… (Сам Фунтов в училище ходил в носках, получал за это наряды, но толком наматывать портянку так и не научился). Портянка — русский солдат, это такое русское наше изобретение. Если русский солдат, то портянка. Это знают все, Европа знает, Австралия. — Он помедлил, вспоминая, что еще есть. — Африка знает.

— Но понимаете, — все безнадежнее повторяла Горохова, — он не может… Это, может быть, не всем дано… Он не может бегать. Он хорошо пишет, каллиграфически… Может быть, вы подберете ему должность какую-то, я не знаю, я не военная женщина, какие у вас есть должности… Может быть, что-то с биологией, он биолог, со второго курса…

— Я говорю вам, — пресно сказал Фунтов, — он на общих основаниях должен. Какая у нас, это самое, биология? Отслужит на общих основаниях, и будет биология. После как отслужит на общих основаниях, хоть, это самое, демагогия.

Что хотите. У нас тоже народ умный, студенты, у нас один прапорщик такие, это самое, знает слова, что ваш сын наверняка таких не слышал. Современная армия, это самое. Дружная семья, солдаты вместе кушают, вместе спят... Это мужской коллектив, необходимо. А что флегмона, то у них у всех флегмона. Когда зарядка, то у всех флегмона, а как в чипок, то у них просто хоть танцы танцуй. Как, это самое, Маресьев.

— Что такое чипок? — оцепенело спросила солдатская мать Горохова.

— Чипок, солдатская чайная, — пояснил Фунтов, — так называется, чипок. Чпок. Там культурно, пряники, сахару купить если когда... Мы же не против, это самое. Но прежде чипка надо же, это самое, Родину — так? Надо Родине служить. Ты побегай утром на свежем воздухе, и тогда и чипок тебе, и вечерняя прогулка. А если мать все время, это самое, приезжает с каструлями, то какой ты будешь солдат? В военное тем более время.

Услышав о военном времени, Горохова вышла из оцепенения и потеряла всякую власть над собою.

— Военное время! — закричала она. — У вас солдат из автомата выстрелить не может, в военное время! Мне сын рассказывал, что служит уже четыре месяца, а на стрельбище был один раз! У вас солдаты картошку чистят в военное время и в роте моют пол, и бегают по кругу, пока ноги не сотрут до кости! Вы все говорите, что мы плохо подготовили наших сыновей, а вы кого готовите! Вы четвертый год воюете, что вы навоевали?! И не надо нам, что мы плохо подготовили! У моей соседки мальчик был разрядник, его на второй месяц убили! Вам не надо, чтобы хорошо готовили! Вам надо, чтобы было быдло бессловесное, куда послали, туда пошел!

В эту секунду солдатская мать поняла, что окончательно лишила своего сына шансов на перевод в штаб или на другую халявную работу, потому что совершила неположенное, невозможное — подняла голос на офицера, от которого все зависело. Она сползла со стула, встала на колени и принялась стучать лбом в грязный, хоть и перманентно скоблимый пол ротной канцелярии.

— Простите меня, я вас умоляю, — завыла она. — Я вас умоляю, простите. Отец болен, не встает, мой муж, его отец! Я все что хотите, у нас один сын, ради Бога, что скажете, как скажете... Простите, ради Бога, я больше не могу...

— Женщина, — не пошевелившись, тянул Фунтов. — Мать Горохова! Встаньте, это самое, что вы! Вы как это, как у себя дома. Это военное место. Что вы говорите, отец не встает, — у всех не встает, вам тут любой такого наговорит... Что вы, это самое, как будто здесь вам цирк... Здесь не цирк, а канцелярия боевой роты... Что вы, это самое, как будто в первый раз замужем... Давайте, это самое...

— Я никуда не уйду, — пролепетала мать Горохова. — Я что хотите буду, я сапоги вам буду чистить. Я любые деньги. Я умоляю вас, я никуда...

— Дневальный! — крикнул Фунтов. Вошел дневальный, толстый солдат Дудукин, с лица которого не сходило выражение тупого счастья. Дудукин считался образцовым солдатом, невзирая на толщину. Он плохо бегал, но его часто ставили в наряды, — он обожал мыть полы, ловко выжимал тряпку и вообще по-женски легко справлялся с непрерывным наведением порядка. Постричь кого-нибудь, побрить сзади шею, вырезать ножичком мужика с медведем Дудукин тоже был мастер.

— Тыщ-капитан-дневальный Дудукин по вашему приказанию прибыл! — рявкнул он с наслаждением.

— Это самое, — сказал Фунтов. — Поднимите мать и это. Препроводите там. Воды дайте. На тумбочке оставите отдыхающую смену. И нечего. Скоро вообще будет не канцелярия роты, а бардак номер четырнадцать. — Почему номер четырнадцать, никто не знал. Такая у капитана Фунтова была народная поговорка.

Солдатской матери Гороховой стало невыносимо страшно. Она впервые в жизни поняла, что внутри у этого человека нет совсем ничего, и именно поэтому он командовал сейчас ее сыном. Она поняла, как жутко должно быть ее сыну, окруженному этой совершенно нечеловеческой массой, кушающей вместе, спящей вместе, наматывающей портянки. Так же должна была чувствовать муха, убедившаяся, что к человеческим или мушиным чувствам липучки взывать бесполезно. Просить было нельзя. Надо было убивать, если получится, но солдатскую мать Горохову никто этому не учил. Оставался единственный выход — дать сыну превратиться в такую же биомассу, потому что выжить иначе было нельзя. Он должен был стать, как они, иначе он так и будет стирать себе ноги, рыдать, писать жалобные письма. Отпустить сына в биомассу было еще страшней, чем проводить в армию, но ничего другого не оставалось — солдатская мать почувствовала себя так же, как чувствует себя домашний подросток, впервые избиваемый шпаной. Он понимает, что его мольбы не возымеют никакого действия, что все всерьез, что его действительно хотят и будут бить и отвратить этого нельзя никаким поведением. Солдатская мать, шатаясь, вышла из ротной канцелярии. Приезжать сюда больше было незачем. Ее сын Горохов ничего еще не знал, надеялся на послабление, сердился на мать, что она так долго, и на себя, что ей приходится унижаться из-за его неумения быть как все. Кроме того, Горохов надеялся на гостинец. Он знал, что мать привезла пирожки и прямо с пирожками пошла к ротному. На гражданке он никогда не думал, что в день приезда матери, в час, когда в ее разговоре с ротным решается его солдатская судьба, его будут занимать пирожки. Но они занимали, он видел их ясно: если даже ротный ни на что не согласится, а такое возможно, хотя мать очень настойчива, — можно будет утешиться по крайней мере едой, только съесть надо быстро, ни в коем случае не брать с собой в роту. Все можно было перенести, только не зрелище материных пирожков, уплетаемых боевыми товарищами. Горохов верил, что мать сейчас к нему придет и его отпустят под это дело с геополитики, и, может, даже не запихнут назавтра в наряд по роте.

Он не знал, что мать его в это время, согнувшись, бредет по Баскакову в сторону автобусной остановки, дальше, дальше от бывшей школы, где стояла рота. У солдатской матери Гороховой не было сил еще раз видеть сына, смотреть в его глаза и обещать перемены к лучшему. У него не должно быть надежд. Если он сюда попал, он должен стать биомассой. Сумка с пирожками била ее по ногам. Автобус пришел через полчаса и, воя, повез солдатскую мать Горохову в райцентр, откуда ей предстояло сутки добираться до Москвы единственным поездом. Выл автобус, выла Горохова, выл ослизлый пейзаж за окном.

5

В это же самое время на плацу, раскисшем после трехдневного дождя, проходила строевая подготовка писателей, прибывших в Баскаково по разнарядке газеты «Красная звезда».

Писателей прислали к Паукову по двум причинам. Во-первых, он числился в лучших боевых генералах и обладал, помимо несомненного воинского таланта, идеологической выдержанностью. Он мог серьезно, обстоятельно рассказать о целях войны, о настроениях солдат и о неизбежном торжестве русского дела. Во-вторых, Баскаково было местом сравнительно безопасным — конечно, с писателями давно не церемонились, но империя не может считаться империей, если не бережет своих бардов. Война войной, а культурка культуркой. Писательскую бригаду сформировали в Москве и отправили на южнорусское направление, где они и застряли после начала боев — верховное командование категорически запрещало отпускать их назад. Конечно, прямой опасности не было — как-нибудь не убили бы, но ЖДы могли их перехватить, а этого главнокомандованию не хотелось категорически. К ЖДам и так перебежало слишком много мелкой литературной сволочи, купившейся на посулы свободы. Никакой свободы не дали, да и вообще к этнически чуждому элементу в ЖДовской армии относились недоверчиво, — по первому каналу прошел даже сюжет о том, как перебежчики живут у них на положении военнопленных, — однако среди писателей бытовал миф о хазарской вольности, и потому немногих преданных людей следовало беречь. В результате бригада патриотически ориентированных писателей в количестве восьми душ третью неделю сидела у Паукова на шее, жрала армейский паек и встречалась с рядовым составом.

Писателей хотели было поселить всех вместе, при штабе, но из Москвы пришла директива окунуть их в жизнь. После директивы гостей рассредоточили по избам, познакомили с ротными командирами, а командирам приказали обеспечить доступ московских литераторов к наиболее героическим рядовым. Ротные оказались в недоумении — выискать героев, достойных попасть на страницу «Красной звезды», в пауковской дивизии было трудно. Армия занималась по преимуществу шагистикой, геополитикой, чисткой оружия да разнообразила будни учащавшимися расстрелами своих.

— Вот, пожалуй, рядового Краснухина возьмите. Хороший рядовой, — смущенно улыбаясь, советовал взводный, старший сержант Касаткин. — Он подвигов больших не совершал пока... но находясь на посту, в карауле, произвел предупредительный выстрел, когда проверяющий намеренно не назвал пароля. Чуть проверяющего не застрелил, хороший солдат.

— Здравствуйте, — заискивающе говорил писатель Курлович, по происхождению полухазар, но убежденный государственник. Перед ним в Ленинской комнате сидел, положив огромные руки на круглые колени, красно-рыжий, краснорожий рядовой Краснухин. — Расскажите мне, пожалуйста, о вашем подвиге.

— Да чего ж, — смущенно говорил Краснухин. — Ну это... стою. И как-то что-то мне дремлется. Но думаю: нет, нельзя!

— А что вы охраняли? — спешил уточнить Курлович.

— Да это, как его... Грибок я охранял караульный!

— А, да-да, конечно, — мелко кивал писатель Курлович, спеша продемонстрировать знакомство с воинским бытом. Однако в очерке требовалась дотошность, а зачем нужен караульный грибок, Курлович понятия не имел. Может быть, речь шла о заболевании ног, поразившем караул, который теперь надо было охранять, чтобы грибок не принял эпидемического характера?

— Простите, — уточнил писатель после недолгого колебания, — а зачем все-таки нужен грибок?

— Ну это, — нехотя пояснял рядовой Краснухин, опасаясь уже, нет ли тут какого подвоха — может, его просто таким хитрым образом проверяют на знание устава? — Согласно пункта пятого Караульного уложения... Населенный пункт в сельской местности при постое взвода, роты, полка или иного воинского формирования должен охраняться ночным дозором часовых с интервалом в пятьдесят метров один от другого, снабженных караульным грибком каждый согласно параметрам грибка. — Краснухин перевел дух, Курлович неустанно строчил. — Ну и вот, и стоит грибок. Согласно параметров, сами выпиливали. А дождь хлещет — просто в душу и в мать!

— Любите мать? — с доброй улыбкой спросил Курлович.

Краснухин опять заподозрил подвох.

— Извините, это выражение такое...

— Я понимаю! — воскликнул Курлович. — Что же я, не русский?! (Как уже сказано, он был нерусский). Но мне хотелось бы деталь, понимаете? Что вы стоите под дождем на посту и вспоминаете мать.

Рядовой Краснухин в ту ночь и точно часто вспоминал мать, но к его собственной родительнице, рослой мосластой женщине из-под Воронежа, это не имело никакого отношения. Скорей уж его слова относились к таинственной матери всего сущего, которая и породила эту ночь, дождь и караульный грибок с его уставными параметрами.

— Мать моя в больнице санитарка, — смущенно пробасил Краснухин. — Отца с нами нету, а мать ничего, пишет.

— Ну и что вы вспомнили? — наседал Курлович, почувствовав живинку, яркую и сочную деталь. — Может быть, запах домашних котлеток? Не стесняйтесь, домашние котлетки — это же тоже часть нашего дома, нашей любви к малой Родине!

— Нет, мать все больше по картофельным, — признался Краснухин. — Лепешки такие, знаете, драники?

— Знаю, конечно! — радостно закивал писатель; драники — не грибок, материя знакомая.

— Ну вот, — задумался рядовой. — Голубцы еще иногда.

— Скажите, а помните вы руки вашей матери?

Краснухин вспомнил длинные руки своей матери с распухшими суставами и плоскими ногтями. Ему стало жалко мать, от которой он, конечно, мало видел ласки, но обиды на нее не держал. Все-таки она его не била, хотя следовало бы. Несколько раз он по молодой дурости залетел в детскую комнату милиции, один раз поучаствовал в ограблении ларька и чудом не попался, — в общем, если бы не армия, запросто мог бы загреметь в места не столь отдаленные; мать была как мать, не хуже, чем у остальных, — чего эта очкастая гнида прицепилась?

— Ну, вспомнил, — сказал он с раздражением. — А чего руки матери? При чем вообще мать?

— Но вы же сами упомянули...

— Я в том смысле, что дождь в бога и в мать! — сердито повторил Краснухин.

— Скажите, а в Бога вы верите?

— В Бога? — переспросил Краснухин. — Согласно устава, Русь Святая есть боговыбранная держава, выгодно и симметрично расположенная повдоль шестой части суши и красно украшенная от щедрот Отца, Сына и Святого Духа, защита же ее есть священная обязанность православного воинства, поставленного для того, чтобы сохранять, сдерживать, препятствовать, бдить и неукоснительно блюсти.

— Это вы сами? — взволновался Курлович. — Это, вот сейчас, — ваши собственные слова?!

— Зачем мои, — смутился Краснухин, — это глас шестый общевоинского устава от Софрония Пустынника. Вы не читали разве?

— Читал, конечно, читал! — засуетился Курлович. — Просто… понимаете, вы так искренне сказали… Я подумал, может быть — вы тоже пишете что-то… стихи, поэмы?

— Нет, я не по этой части. Я караульного взвода. Устав там, пол драить, себя подшить… грибок поставить, если чего…

— Ну хорошо, — разочарованно говорил Курлович. — Вот вы стоите, и что?

— И слышу шорох, — медленно выговаривал Краснухин. — Я кричу: стой, кто идет? На это согласно устава мне должен быть отзыв «Конь в пальто». Но как я отзыва не получаю, то я провожу досыл патрона в патронник и вторично задаюсь вопросом: кто идет? Не получая ответа после третьего повторения, я провожу выстрел в воздух, и тогда проверяющий разводящий сержант Глухарев открывается мне, произнося команду «Смиренно». Но так как я не получаю отзыва, то и навожу на сержанта Глухарева личное оружие и досылаю патрон в патронник вторично, требуя парольственное слово. И тогда сержант Глухарев произносит отзыв, после чего я опускаю оружие и докладываюсь по форме.

— Скажите, — с некоторым испугом спросил Курлович, — а если бы сержант Глухарев и тогда не произнес отзыва?

— Тогда, — словно удивляясь самому себе, недоуменно выговорил Краснухин, — я произвел бы выстрел в грудную часть тела сержанта Глухарева, согласно устава, вплоть до окончательной смерти данного последнего.

— Но ведь это ваш разводящий, вы же его прекрасно знаете. Неужели…

— А что ж, что разводящий? — в том же недоумении переспросил Краснухин. — Ну, разводящий. А враг может прикидываться и проникать. А ежели его завербовал кто. Или он пьяный, что отзыва не помнит. Он нарушил, так? Нарушение означает стрельбу. И потом, я три раза обратился. Я патрон в патронник дослал. Если он сержант Глухарев, то мог среагировать, а если зомби? У нас «Ночь живых мертвецов» показывали. Видели «Ночь живых мертвецов»?

— Видел, — упавшим голосом сказал Курлович. — Но ведь сержант Глухарев на вас надвигался не с внешней стороны? Ведь он из села шел, так?

— Так, — кивнул Краснухин, не понимая, какое отношение это имеет к теме.

— Значит, — подробно, в стиле устава принялся объяснять Курлович, — он двигался в ваше расположение не из внешнего пространства, а из вашей собственной части, не имея целевого намерения захватывать кого-либо куда-либо?

— Ну, — кивнул Краснухин. Речь шла об очевидных вещах.

— Ну так за что же было его убивать?

— А мне какая разница, идет он из расположения части или из внешнего пространства? Он не выполняет уставное требование, значит, я должен действовать согласно уложения. Может, он хочет совершить побег из расположения. Так?

— Действительно, — сказал Курлович, — об этом я не подумал. И что, если бы вы его убили?

— Отпуск бы дали, — улыбнулся Краснухин, растягивая толстые, словно резиновые губы.

В таких расспросах писатели провели две недели, после чего Здроку и Паукову надоело, что люди живут рядом с солдатами, но встают когда им заблагорассудится и вообще нарушают боевой распорядок. Их было сказано окунуть в жизнь, а это получается не окунание, а так, слегка макание. К тому же из Москвы прислана была директива устраивать писательские вечера вопросов и ответов для личного состава, но личный состав не читал произведений данных писателей и потому истощил все свои вопросы уже в первый день. Уже он спросил у писателей, сколько им платят и почему, и поинтересовался творческими планами, но разнарядка была — по одному вечеру вопросов и ответов на каждого писателя, а их в бригаде было, как мы помним, целых восемь. С писателями надо было что-то делать, — судя по всему, они застряли надолго, — и генерал Пауков принял решение, какому позавидовал бы и ЖДовский легендарный персонаж Соломон. Первую половину дня писателям надлежало маршировать, ходить в наряды, выполнять погрузочно-разгрузочные работы — словом, по полной программе тянуть солдатскую лямку. Во второй же половине дня, когда солдаты занимались геополитической подготовкой или готовились к заступлению в наряд, они возвращались в свой писательский статус — встречались с рядовым составом, задавали им вопросы о службе или давали ответы о своей литературной работе.

Через неделю строевых занятий писатели перессорились. Они и до этого не особенно друг друга любили, как то и предусмотрено их гниловатым ремеслом, — но после первых же занятий по шагистике и химзащите, когда пришел конец их относительно вольной командировочной жизни, возненавидели друг друга окончательно. Ослушаться полковника Здрока и тем более генерала Паукова им и в голову не приходило — они были нормальные мобилизованные культработники военного времени, приписанные к «Красной звезде» и наделенные спецпайком, и у каждого было соответствующее воинское звание, специально введенное для культработников после начала боевых действий: краб второй статьи (первую статью присваивали только работникам зрелищных искусств — киноартистам, театральным комикам и стендаперам, ездившим по фронтам со специально утвержденной программой про ЖДов). Писатели честно маршировали, надевали химзащиту и бегали кроссы с полной выкладкой, начиная задыхаться после первых ста метров. Сержанты отечески подбадривали их пинками, а когда заслуженный писатель Осетренко упал на землю и захрипел, что больше не может, — остальным пришлось тащить его на себе, как то и практиковалось во время обычных кроссов. После этого писатели измутузили Осетренко не хуже, чем сержанты, и вообще в них начал проявляться здоровый варяжский дух. Полковник Здрок одобрительно выслушивал донесения сержантов о писательских маршировках и взъеб-тренажах, как назывались в армии занятия по химзащите. Во второй половине дня едва пришедшие в себя писатели снова встрсчались с личным составом и отвечали на вопросы тех самых сержантов, которые только что дрючили их на плацу. Так достигалось равновесие между воинской обязанностью и служением музам.

Как раз сейчас сержант Грызлов дрессировал писательскую бригаду перед зданием баскаковской школы, рядом с покосившимися баскетбольными стойками и накренившимися шведскими стенками.

— Носочек тянем! — грозно прикрикивал он. — Жопы втянуть, интеллигенция! Нажрали тут себе на гражданских харчах... Здесь армия, а не колхоз! — как будто все остальное время писатели провели в колхозах. — Что вы смотрите на меня глазами срущей собаки?! Смирно! Напра-во! Кру-гом! Левое плечо вперед, шагом марш! На месте стой, раз, два! Начинаем сначала! Левую ногу по-днять! Опустить... У вас нога или кусок говна, краб второй статьи Струнин? Ответа не слышу!

— Нога, — одними губами повторял пожилой писатель Струнин.

— Не вижу ноги! Вижу кусок говна! — с удовольствием повторял сержант Грызлов. — Всем на месте, Струнин выполняет команду один! Ногу по-днять! Вытянуть! Носочек тянем! Стоять! Стоять, сука!

Струнин покачнулся на одной ноге и рухнул в грязь. Никто из писателей не поддержал его. Все брезгливо посторонились. Струнин, если честно, был плохой писатель, никто из коллег его не любил, а сборник его очерков «Соловьи генштаба» — о российских военных литераторах — считали чересчур льстивым даже в патриотическом лагере.

— Поднимитесь, — брезгливо говорил Грызлов. — Что это такое, краб Струнин? Если бы ваша жена вас сейчас видела, что бы она сказала? Небось когда на жену лезете, не падаете? Ногу по-днять!

— Все-таки это черт знает что, — тяжело вздыхая, говорил сановитый, крупный писатель-патриот Грушин, поедая вместе с солдатами жидкий, пересоленный борщ, то есть свекольный отвар с редкими листьями гнилой капусты. — Сколько нам еще терпеть? Давно бы в Москве были!

— А кто нас в эту бригаду втянул? — с ненавистью спрашивал Грушина желчный, тощий фельетонист Гвоздев. — Кто всех собрал?

— Ну, знаете, — пожимал плечами Грушин. — Я всегда считал, что место русского писателя — в воинском строю.

— Так чем же вы недовольны? Каждое утро ходите в воинском строю, — замечал Гвоздев.

— Но каждый служит по-своему... Я служу пером...

— Вот и будете пером в заднице Здрока, — говорил Гвоздев. Грушин смотрел на него с немым укором и прикидывал, в каких выражениях вечером, когда подошьется, напишет на него донос. Все писатели писали доносы друг на друга, у особиста Евдокимова они лежали в отдельной папке и составляли перл его коллекции. Писатели умели писать, выражения у них были извилистые, цветистые, — первенствовал Грушин, называвший Гвоздева то цепной гиеной, то бешеной лисицей. Еще хорошо писал драматург Шубников, у него был крепкий круглый почерк и чеканный слог, отточенный сериалами. Слова были все больше односложные, — гад, тварь, мразь, — в сериалах двусложные давно стали редкостью, а трехсложные вымарывались продюсерами.

После обеда, как водится, писатели отвечали на вопросы. Тот самый сержант Грызлов, который только что сравнивал ногу Струнина с куском говна и интересовался его способами залезания на жену, спрашивал с самым искренним подобострастием:

— Товарищ краб второй статьи! Расскажите о ваших творческих планах!

Никакого притворства в таком поведении не было. Сержант Грызлов был то, что называется «зубец», то есть служил по уставу с намерением заслужить честь и славу. Согласно устава и сержантских правил, в первой половине дня он обращался с писателями как с молодым пополнением, которое надлежало всемерно уничижать, дабы пополнение понимало, куда попало, — а во второй смотрел на них как на писателей, приехавших в часть.

На вопрос о творческих планах Струнин в последнее время отвечал часто. Других вопросов ему почти не задавали. Он откашлялся и солидно начал:

— Знаете, в моем творчестве всегда большую роль играла наша армия. Я считаю, что если поставить рядом педагога, допустим, и офицера, — то лучшим педагогом окажется офицер. Или, допустим, дрессировщика и офицера. Во всех отношениях лучше окажется офицер. Я всегда любил русское офицерство. В нем есть, согласитесь, какая-то особенная выправка, выпушка. И вот я думаю написать сейчас книгу об офицерстве, как оно сложилось, как стало настоящей воинской аристократией, — о лучших русских офицерах со времен Ивана Грозного. Хотелось бы дать такой, знаете, групповой портрет или даже венок, хотелось бы возложить его на русское офицерство, которое грудью пробило России дорогу к морю, которое прикрыло всем телом братские славянские народы, которое отличается всегда удивительной чистоплотностью... Вот если я сочту себя достойным, то приступлю немедленно к этой книге. Думаю, что достойное место в этой галерее блестящих русских офицеров займет генерал Пауков, руководящий той самой дивизией, которая сейчас гостеприимно встречает нас. Я ответил на ваш вопрос?

— Так точно, — радостно отчеканил Грызлов. — Р-рота! Еще вопросы!

— Товарищ краб второй статьи, — неуверенно произнес рядовой Сапрыкин, — расскажите, пожалуйста, о ваших творческих планах.

Струнин откашлялся.

— Знаете, — начал он, — в моем творчестве всегда большую роль играла наша армия. Я считаю, что если поставить рядом, скажем, врача и офицера, то лучшим врачом окажется офицер. Или если, допустим, престидижитатора и офицера, то лучшим престидижитатором окажется офицер. Офицер умеет все, его этому учили. В русском офицерстве есть какая-то особенная мастеровитость, ухватчивость. И вот я думаю сейчас написать книгу об офицерстве, как оно сложилось в особенную касту, в орден меченосцев. Как вообще становятся офицером, почему не всякий, а только избранный достоин этого звания. Хотелось бы, знаете, сплести такой венок или даже косичку, и возложить это на русское офицерство, которое лбом пробивало России дорогу к морю, которое прикрыло грудью братские славянские народы, которое отличается всегда удивительно приятным запахом... Вот если я почувствую в себе силушку, то я приступлю немедленно к этой книге. Думаю, что одно из первых мест в галерее блестящих офицеров займет генерал Пауков, которому вверена сейчас наша пис-бригада. Я ответил на ваш вопрос?

— Так точно! — ответил за Сапрыкина Грызлов, которому было видней. — Р-рота! Вопросы товарищу крабу!

— Товарищ краб второй статьи, — отчеканил другой зубец, явно будущий сержант рядовой Сухих. — Ваши творческие планы!

— А волшебное слово? — грозно произнес Грызлов.

— Пожалуйста! — отчеканил Сухих.

Струнин откашлялся.

— Знаете, начал он, — в моем творчестве всегда большую роль играла наша армия. Я считаю, что если поставить рядом, скажем, мать и офицера, то лучшей матерью окажется офицер. Или если, допустим, верблюда и офицера, то лучшим верблюдом окажется офицер. Офицер умеет все, он так обучен. В русском офицерстве есть какая-то особенная округлость, уютность. И вот я думаю сейчас написать книгу об офицерстве, как оно сложилось в теремок, в сундучок. Как вообще становятся офицером, почему не всякий, и хотелось бы сплести сеть, вязь... которое ногой открыло России дверь к морю и попой, попой своей прикрыло славянские народы... Вот когда меня как следует разопрет, то я тут же. Думаю, что не обойдется без генерала Паукова... ххо! Когда же обходилось без Паукова? Весь наш писдом ему признателен... Я ответил на ваш вопрос?

— Так точно! — очнувшись от короткого сна (в русских войсках все умели засыпать в любую свободную минуту), бойко ответил Сухих.

— Р-рота! — скомандовал Грызлов. — По одному на выход! Благодарю вас, товарищи писатели!

6

Вечером, перед сном, писатели ссорились.

— А ведь вы еще в девяносто девятом году... — начинал Грушин.

— Эка вспомнили! — зевал Гвоздев. — Если вспомнить, что вы про Банана писали...

— А я помню, помню. И что я писал, и что вы писали. И вот господин Струнин что писал. Помните, Струнин? Я особисту-то могу и номерочек указать, и журнальчик...

— Вы всегда мне завидовали! — с надрывом выкрикнул Струнин. — Всегда! Вы не отличаетесь чистоплотностью, у вас от ног пахнет!

— Вы больно отличаетесь... Я знаю, что ваша фамилия Стрюцкий.

— Господа, — пытался всех урезонить Курлович. — Мы интеллигентные люди... Мы творческие люди, господа...

— А вы молчите, не лезьте в русский спор! — прикрикивал на него Грушин, тотчас забыв, что Струнин тоже не совсем чист. На фоне Курловича он был все-таки свой. — Я вот доложу особисту, что вы писали о хазарстве в девяносто шестом году...

— Прекратите, стыдно! — вступал в спор Козаев, один из творческого тандема КозаКи, сочинявшего боевики о похождениях русского спецназа.

— Мы на фронте все-таки, — поддакивал его соавтор Кириенко.

— На фронте вы... — ворчал Грушин. — Боевички... Поставщики бульварного чтива...

КозаКи его не слушали и удалялись в свою избу. Там им предстояло до утра ваять шестнадцатый роман о похождениях своего сквозного персонажа, офицера спецслужб Седого. «Мы люди государевы, — приговаривал Седой, топча ослизлые внутренности шахидки, — люди служилые...» Книга должна была уйти в издательство не позднее пятнадцатого августа — за опоздание КозаКов могли открепить от пайка.

А Грушин, Гвоздев и Струнин долго еще переругивались в темноте — и, словно вторя им, лениво брехали и чесались баскаковские собаки.

Глава четвертая

1

Плоскорылов весь день чувствовал, что вечером его ожидает нечто приятное; вечером ему предстояло соборовать Воронова, — напутствовать казнимых входило в прямые обязанности капитна-иерея, и всякое честное исполнение своей обязанности было Плоскорылову отрадно; но ни к одной из своих многочисленных обязанностей не относился он с такой интимной, почти стыдной нежностью.

Он впервые почувствовал темное влечение к приговоренным именно при соборовании молодого солдата Калинина, попавшегося на попытке самострела. Калинин кричал на трибунале, что автомат сам выстрелил, что он отработает и отслужит, и глубоко осознал, и что он единственный сын у матери, — в какой-то момент для него забрезжила надежда: время было относительно мирное, затишье между боями, взысканий он не имел, отличался даже наглостью, с которой строил молодых, — то есть мог, мог еще исправиться; известен был случай, когда он накормил молодого говном, а стало быть, вполне тянул на сержанта, — Плоскорылов на трибунале любовался этим красивым, наглым парнем с сочным ртом и широко посаженными глазами. Однако, когда Калинин профессионально разрыдался и дал несколько прочувствованных клятв отслужить и загладить, капитан-иерей ощутил легкий страх и разочарование. Ему показалось, что Калинина оправдают и он, Плоскорылов, вследствие этого лишится важного и поучительного зрелища. Он никогда еще не соборовал приговоренных и был охвачен лихорадочным возбуждением. Конечно, сохранить отважного строевика для будущей службы тоже хотелось, — но почему-то Плоскорылову казалось, что мертвый Калинин лучше, полезнее живого. Он воспользовался обычной своей прерогативой — взял слово и в два счета убедил суд, что даже если Калинин выстрелил себе в ногу по чистой случайности, это еще опасней, чем самострел. Много ли навоюет солдат, у которого автомат сам собой стреляет в ногу своему обладателю? И не будет ли в высшей степени равновесно, если Калинин за случайный, пусть так, и одиночный выстрел в ногу расплатится закономерным залпом в грудь? В казни ведь важна эстетическая соразмерность, адекватность искупления; «Сим провинился, сим казню, сим очищение свершается, аще же кто помилования взыскует — на хер, на хер!», — процитировал он с особенным наслаждением глас осьмый из свода песнопений «Нельзя помиловать».

Вечером он должен был приобщать Святых Тайн рядового Воронова, провинившегося отсутствием варяжского духа и капитулянтскими разговорами. Воронов не успел особенно напортить — слава Велесу, вовремя разоблачили, — но воин из него все равно был никакой, а для воспитательных целей он годился. Собственно, большинство неварягов или смешанных особей были никакими воинами, а потому от их публичных расстрелов было много больше пользы, чем от гибели в бою. Плоскорылов должен был подготовиться. Он переоделся во все чистое, понюхал себя, нашел свой запах приятным и здоровым, истинно варяжским, и слегка побрызгался «Юнкерским». Следовало повторить святые тайны. Варяжская вера отличалась от подлого хазарского наваждения еще и тем, что умирающему не просто предлагался хлеб и вино, но сообщалась некая информация. Информацию эту все встречали по-разному — Калинин, например, чуть не обмочился от изумления (если б не это, он бы встретил смерть без всякого достоинства и, верно, визжал бы, как свинья, — но святые тайны поразили его до того, что на расстрел он пошел в тупом животном изумлении. С варяжской точки зрения, лучше было умирать по-коровьи, нежели по-свински). Другие говорили, что догадывались давно. Третьи ничего не понимали, принимая Последнее Откровение за фигуру речи. Но Плоскорылов был выпускником богфака и знал, что все так и есть. Варяги без души любили своих и ненавидели чужих, потому что и паролем для опознания своих служило у них пустое, тесное, пыльное место там, где должна гнездиться душа.

И весь мир они хотели сделать таким же холодным, пыльным местом. И все людское — привязанность к родителям, верность друзьям, жалость к больным, — казалось им мерзостью, заслуживающей лишь преодоления, и потому они тащили к себе в союзники даже одного несчастного немца, много говорившего о преодолении человеческого; и это было похоже на то, как если бы водолаз брал в союзники канатоходца. Одни отказывались от человечности, проваливаясь глубже, в почву, к червям; другой рвался в горы, столь же безжизненные, как почва с ее слепой растительной волей, — но варягам по причине их врожденной тупости и немцу по причине его безумия было одинаково невдомек, что сверхчеловечность, если уж пользоваться их любимым дурацким словцом, — это всего лишь человечность, доведенная до высших ее проявлений: мать, не спящая пятую ночь над больным ребенком, старик, объездивший весь город, чтобы достать ему куклу… Но поскольку они не понимали этой нехитрой, в сущности, вещи, уползая в свои зловонные норы и на ледяные пики, — немец рехнулся, а у варягов никогда ничего не получалось, пока они не набрели наконец на страну, не сумевшую или не захотевшую им сопротивляться.

2

Чтобы не полностью поддаться власти машины, хотя это ничего уже не меняло, — Воронов пытался думать о том, что было в нем человеческого. Больше всего он думал о доме — о том, что варягам было всего ненавистней. Дома у Воронова были мать и сестра, и еще оставался в Москве дядя с материнской стороны. Особенно страшна почему-то была мысль о том, что в это самое время, пока он сидит тут в сарае, а за дверью, охраняя его, без единой мысли о нем ходит рядовой Пахарев, — жизнь его семьи в Москве продолжается, что эти два мира существуют одновременно. Жизнь его московской семьи этим сосуществованием совершенно обесценивалась. Если Воронов сидит теперь здесь, а Пахарев его охраняет, — все московское не имело никакого смысла. И когда Воронова будут убивать (причем человек умирает не сразу, он, читал Воронов, умирает где-то девять минут, пока агонизирует мозг), — дома еще никто ничего не будет знать, и в это самое мгновение его будут ждать, и мать его ничего не почувствует, а если и почувствует, то не придаст значения. Она никогда не давала себе воли, иначе давно сошла бы с ума только от того, что Воронов где-то вне дома, в неизвестном месте, среди чужих людей. У нее был домашний мальчик, нежный, мечтательный, сострадавший даже газете, которую выбрасывали в мусоропровод. Дома всегда всех жалели и прикармливали, все дворовые собаки ждали, когда Воронов отправится в школу и обязательно чего-нибудь вынесет. Это делалось не нарочно, не ради самоуважения, а естественным порядком. Или мыши. Дома были плюшевые мыши, весьма потертые, многажды заштопанные, но их не выбрасывали — ведь

93

жалко! Плюшевая вещь имеет душу — и, сам того не замечая, Воронов привык наделять душой неодушевленное; даже теперь он мысленно разговаривал с машиной, собирающейся его сожрать. Воронов не понимал, как может быть иначе. В его голове не укладывалось, как можно не пожалеть нищего или голодного, да всех жалко! — и потому ему трудно, мучительно было себе представить, что рядовой Пахарев, чапающий сейчас без устали слева направо и справа налево, думает не о вороновской печальной участи, а о том, как бы это ему поспать поскорей. Или пожрать. Или все же поспать? Когда жрешь, сначала меньше хочется спать, а потом больше. Когда поспишь, меньше хочется жрать. Мир был придуман для рядового Пахарева, а Воронова в нем не должно было быть, и тем, что он не сумел защитить себя, он как бы предал и мать, и сестру, и дядю с материнской стороны, ласкового врача, вечно возившегося с малолетними пациентами. Больничное начальство не раз указывало ему, что истинный врач-педагог обязан учить ребенка мужественно переносить боль и ни в коем случае не баловать обезболивающими (которые, между прочим, нужны на фронте — а вороновский дядя регулярно лазил в НЗ за анальгетиками, за что и лишился в конце концов работы, а частную практику давно запретили. Анальгетики предназначались генералитету, и дядя еще благодарил судьбу, что его не привлекли за диверсию).

Особенно ужасно, конечно, было думать, что тебя убьют, а никто не почувствует. Мать будет по-прежнему проверять свои тетрадки или медленно, тяжело идти из магазина, где она накупила чего-то для посылки ему, — на эти посылки уходили теперь почти все ее заработки, — и даже не заметит, как Воронов перестанет быть. Нельзя было умирать с сознанием, что мать еще некоторое время будет ждать его живого, — это казалось Воронову особенно изощренным мучительством, и он зарыдал бы, если бы мог. Но зарыдать он не мог — все в нем оцепенело.

В это время загремел засов, и Воронов почувствовал, что ведь не сможет встать, какой позор, столько готовился, даже попрыгал, проверяя способность стоять на ногах, а теперь не поднимется. В сарай, нагнувшись, вошел высокий, тучный капитан-иерей. Воронову этот капитан казался приличным, добрым, он любил поговорить с солдатами — Воронову и в голову не могло прийти, что некоторые иереи говорят с солдатами не потому, что любят солдат, а потому, что любят поговорить.

— Вольно, вольно, — ласково сказал Плоскорылов, расправляя мокрую рясу и суя Воронову руку для поцелуя. — Зашел для прощальной беседы. Ныне искупаеши, рядовой Воронов, вину свою и возвращаешься в ряды доблих воинов. Считаю приятным долгом напутствовать и дать несколько советов. А что это мы лежим? — Плоскорылов говорил с родительской лаской, чувствуя, что эта нежность возбуждает его дополнительно. — Что это мы не хотим встать при виде старшего по званию, тем более духовному? Или мы кашки мало кушали? Встаньте, встаньте, рядовой Воронов, и укрепитесь духом. Или когда вас будут расстреливать, — это слово Плоскорылов произнес особенно отчетливо, — вы тоже будете лежать? Перед вами будут стоять старшие по званию, а вы будете перед ними лежать, как принцесса какая-нибудь? Нет, дорогой Воронов, право лежать, как какая-нибудь принцесса, в присутствии старшего по званию покупается только смертью. Но пока этого не произошло, вы должны стоять, стоять. Возьмите себя в руки и встаньте, как истинный воин. Вот так.

Хочу вам заметить, — ласково журчал Плоскорылов, поглаживая Воронова по плечу, — что мысли многих слабых духом — к числу коих вы, несомненно, относитесь, — в последний миг обращаются вокруг того, как, собственно, все будет происходить. Я расскажу вам об этом в подробности, и вы сможете обратить свою мысль к спасению воинской чести. Вы будете выведены за околицу и установлены у края русского чистого поля. Чистое русское поле прекрасно на рассвете, и у вас будет возможность насладиться этим зрелищем. Чистое русское поле как бы скажет вам: я прощаю тебя, рядовой Воронов, и принимаю тебя в свое чистое русское лоно. Ради одного этого, рядовой Воронов, уже стоило родиться. Затем караульствующий над казнью произнесет непременную формулу — «Упраздняется раб Божий рядовой такой-то, в нашем случае Воронов, за отшествие от воинския добродетели и глаголание нечестивое». Я буду там, вы поцелуете мне руку в знак того, что прощены и готовы к искуплению. Я вас благословлю и сообразно законов воинской вежливости пожелаю доброго здоровья в такое прекрасное утро. Караульственный издаст команду «Целься». У вас будет возможность попросить прощения у рядовых, поднятых ранее подъема для вашего искупления. Караульственный издаст команду «Пли». После этого вы не сразу перестанете чувствовать себя, но испытаете как бы неприятность, легкое неудовольствие, возможно даже, упадок сил. Возможно, вы испытаете даже боль, рядовой Воронов, хотя расстреливание есть самый гуманный вид искупления. Но вы заслужили боль, рядовой Воронов, и должны понимать, что вас расстреливают не просто так. Не каждого расстреливают, хотя в принципе каждый достоин. У вас будет время задуматься о том, что это конец и что вот, собственно, все. Я вам желаю и должен открыть святые тайны, рядовой Воронов. Святых тайн числом две. Тайна номер один заключается в том, что все происходит на самом деле, в чем некоторые сомневаются. Тайна номер два, она же главная, заключается в том, что истинная цель всякого истинного воина заключается в том, чтобы погибнуть, и путь воина есть путь гибели, а потому, рядовой Воронов, ваше главное предназначение исполнено. Генеральною целью русского офицерства и всего русского воинства является истребление русского солдатства и оставление достойнейших. Полагаю, вы не догадывались об этом, но поскольку вы все равно никому уже не расскажете, то можете теперь знать святые тайны.

Воронов ничего не понял.

— Вы, кажется, недослышите, рядовой Воронов? Я повторю вам громко и раздельно: поняли ли вы святые тайны? Прониклись ли вы их дивным благоуханием?

— Благоуханием, — повторил Воронов. Ему казалось, что повторение и есть утвердительный ответ.

— Но вы прониклись? — настойчиво переспрашивал Плоскорылов. — Мой долг сделать так, чтобы вы прониклись, и если вы не готовы, я могу потратить с вами сколько угодно своего времени. Я готов, у нас до утра еще полно. Мы не воюем с внешним врагом, внешний враг сам в ужасе убегает и рассеивается, убоясь нашей храбрости. Подобно Муцию Сцевольскому, воинским своим духом потрясаем воображение и доблестию усобачиваем врага вплоть до полного раскорячивания. Никто не должен просто жить, понятно вам сие, рядовой Воронов? Жизнь есть мерзостное существование, которое должно быть преодолено. Я поздравляю вас, рядовой Воронов, с тем, что завтра на рассвете вы станете идеальным солдатом!

Воронов тупо молчал.

— О чем вы думаете, рядовой Воронов? — вкрадчиво спросил капитан-иерей.

— Я думаю, товарищ капитан-иерей, — ответил Воронов так тихо, что за шумом дождя, шелестевшего по крыше сарая, Плоскорылов с трудом разбирал его слова, — я думаю, что вот я жил и ничего не сделал, и никому не мешал. И вдруг пришли вы и остальные ваши, и я уже должен где-то служить, а потом почему-то умирать. Я у вас ничего не брал, а теперь кругом вам должен. И этого я не понимаю, товарищ капитан-иерей.

— Вас мало расстрелять, рядовой Воронов! — воскликнул Плоскорылов, чувствуя, как все больше напрягается и горячеет там, в паху, где ху. — Вас мало расстрелять! Вы и после этого ничего не поймете! Вы полагаете, ваша жалкая жизнь имеет какую-то ценность? Ценны вы будете, только когда умрете, рядовой Воронов! Пока вы существуете, вы только жрете и в рифму, а когда перестанете существовать — из вас можно будет сделать человека! Цель каждого истинного воина есть смерть, она же начало истинной жизни, а сейчас вы еще никто, личинка! В мир смерти из вас вылетит прекрасная бабочка и полетит на ледяные цветы Валгаллы.

— Я не хочу на ледяные цветы, — тупо повторил Воронов. — Я не понимаю, почему вы должны решать, жить мне или нет.

Плоскорылов вышел под дождь, хлопнув дверью сарая, и Пахарев закрыл засов. Слышно было даже сквозь дождь, как звонко Пахарев чмокает капитан-иерейскую руку.

Воронов остался один и почему-то вспомнил, что пряности у них в доме хранились в коробке из-под его детских ботинок. Он вспомнил кухню, вспомнил, как в теплом квадратном пространстве, под апельсиновым плафоном, среди холода и мрака ноябрьской ночи ждет возвращения матери с работы — она преподавала еще и во вторую смену, потому что надо было без отца тянуть их с сестрой. В ноябре ночь начиналась в пять, а в шесть делалась непроглядной. Сестры не было дома, гуляла с кавалером. Запотевало окно, по нему бежали слезы. Ключ врезается в замок, входит мать, мир обретает осмысленность. Все это было сном, и уже тогда будущий рядовой Воронов догадывался, что это сон. То, что происходит на самом деле, то, о чем говорилось в святой тайне номер один, — было дождем, сараем и рядовым Пахаревым, ходящим взад-вперед за дверью с единственной мыслью поспать или пожрать. И девятилетний Воронов, сидя в кухне и дожидаясь матери, догадывался об этой правде, от которой его лишь до времени защищала светлая коробка кухни, не более надежная, чем коробка от ботинок, набитая пряностями и переписанными от руки домашними рецептами. В их доме рецепты передавались по наследству, их накопилось очень много, и никому они не были нужны, потому что все это отвлекало от смерти — главной задачи истинного жителя их страны. Воронов догадывался и об этом, но умирать с этой мыслью ему не нравилось. Надо было найти какое-нибудь возражение, потому что коробка с пряностями и рецептами имела большее право на существование, чем сарай, засов, дождь, Пахарев и Плоскорылов. Мысль заключалась в том, что жизнеспособное не обязательно хорошо, это надо как-то продумать, но продумать он не успел, потому что засов загремел опять. Быстро прошла ночь, подумал Воронов, но она совсем не прошла.

В сарай вошел незнакомый лысый человек в круглых очках. Знаков различия Воронов в темноте не видел.

— Чего, смерти ждешь? — спросил незнакомец. — Рано, рано. Есть у нас еще дома дела. На, выпей. — Он протянул Воронову фляжку. — Не бойся, не бойся, не яд. Мы не можем разбрасываться людьми, рядовой Воронов. Надеюсь, пережитое послужило для вас хорошим уроком. Слушайте меня внимательно, около-кокола!

В этот момент Воронов узнал этого человека и понял, что сошел с ума. В сарай мог войти кто угодно, только не психолог, который в шестом классе московской средней школы семь лет назад тестировал их всех по поручению Министерства образования. Тест был профориентационный, несложный — нарисовать без помощи циркуля кружок, решить уравнение второй степени и отгадать загадку. «Ехали охали, ухали хахали, бухали бахари, бахали бухари, — кто вышел?»

— Около-коколо, — уверенно сказал тогда очкастому инспектору шестиклассник Воронов. Почему-то он один на весь класс отгадал эту загадку, вычитанную, что ли, в детской книжке, — он сам не помнил, откуда ее знал, и уж подавно не понимал смысла. Еще один мальчик из параллельного тоже знал ответ — и тоже не помнил откуда, но он скоро начал пить, и его отчислили. Воронов ничего о нем больше не слышал, да и инспектора не видал. Но внешность запомнил — не каждый день задают такие загадки.

3

Громов проснулся от слезной тоски, какой давно у него не бывало. Ему снились стихи, и этого тоже давно не было. Слава Богу, чужие — «Ты помнишь, в нашей бухте сонной». Он полежал в темноте, постепенно вникая слухом в разные, но одина-

99

ково скучные звуки сельской ночи: тикали ходики, тоненько сопела хозяйка в своей комнате, постукивал дождь в окно, и страшно было подумать, что возможны какие-то стихи.

Когда-то он и сам писал их — это было в другой жизни, от которой за два года войны, а пожалуй, что и за три предвоенных ничего не осталось, кроме Маши и призрачной переписки с ней. Память о другой жизни была запрещена, но в огромном темном поле его души и памяти шла своя разрушительная работа, какая происходит, может быть, в брошенном доме, или, если уж мыслить в привычных ему теперь фронтовых терминах, в брошенной части, оставшейся глубоко в окружении. Армия ушла дальше и забыла об окруженцах, а они еще где-то бьются, прорываются к своим, посылают бессмысленные сообщения, пропадающие на полпути, потому что прерваны все коммуникации, — и лучше не оглядываться на то, как без пищи и подкрепления вымирает обреченный полк. Иногда от них доходят смутные, еле различимые сигналы — непонятно уже, о чем и зачем. Ты помнишь, в нашей бухте сонной... Громов совершенно забыл, о чем эти стихи. Он проснулся в слезах, но сам не сказал бы, о чем плачет. Конечно, не о глупых детях, которые радоваться рады. Дело было не в словах, не в стихах вообще, а в страшной, красночерной спекшейся массе, в которую превратилась его довоенная жизнь, и в робких голосах, все еще доносившихся из-под корки.

Постой, ведь были еще ласточки. Стихи во сне как-то с ними связывались. Громов сел на лавке и закурил. С каждым глотком дыма мир обретал знакомые, успокоительно-мерзостные очертания. Любой закат, любой цветущий луг был теперь Громову еще отвратительней, чем слюнявая улыбка идиота, только что укокошившего пестиком всю семью. Но телу нельзя было запретить радоваться, и оно радовалось обеду и привалу, хотело жить и не желало привыкать к повседневному риску; душа, лишенная всех прав и радостей, по ночам жила, как хотела, — и по ночам то приходили стихи, то вспоминалось что-то из детства, невыносимое, недопустимое, расслабляющее. Как теперь эти ласточки. Ласточки прилетали два лета подряд, построили гнездо на дачной кухонной террасе, высиживали птенцов, Громов вместе с матерью наблюдал за птенцами и зарисовывал их, — а на третье лето к террасе приделали дверь; ласточки прилетели на прежнее место, но дверь их пугала, ее запирали на ночь, и они оставили гнездо, переселились неизвестно куда. Где теперь эти ласточки? Где теперь перышки, косточки, пух — куда-то же все это делось, проклятая материя никуда не может исчезнуть, и атомы, из которых все это состояло, развеяны теперь где-то в мире, и эта мысль почему-то была страшнее всего. Если бы что-то исчезало бесследно, жизнь была бы возможна: бесследное исчезновение указывало бы на дырку, в которую, глядишь, как-то можно сбежать, просочиться отсюда. Но деваться было некуда, в замкнутом пространстве одна и та же материя переходила из гнили в плоть, из плоти в гниль — как в Антарктиде один и тот же снег переносится ветром с места на место, потому что нового почти не выпадает, а старому некуда деваться. Где теперь эти ласточки? На даче, наверное, все сгнило. Громов запрещал себе помнить и дачу. Он сам не знал, откуда выползло воспоминание, из-под какого спуда прорвалась детская неутолимая тоска. Изгнать ее можно было только омерзением, и он жадно, как пьют пиво с похмелья, напитывался окружающей гадостью: сырое, грязное белье, низкий потолок, шуршание в углу — мышь? тараканы? — посапывание хозяйки, дождь, размывающий бесконечные глинистые дороги за окном... Так в детстве, проснувшись среди ночи от страха смерти или от ужаса перед собственным «я», он сразу вспоминал о школе и успокаивался.

Теперь его опять затягивала детская память и детская тоска, мучительная жалость ко всему на свете, от которой он тоже просыпался по ночам, в отчаянии глядя на вертикальный ряд голубовато светившихся окон в доме напротив — он думал, что друг над другом живут несчастные, страдающие такой же, как у него, бессонницей, пока мать не объяснила ему, что это лестница. Его кровать стояла тогда у окна, окно было разрисовано к новому году. Главное — нельзя было вспоминать дальше. Все, что не отсюда, заставляло дергаться, как от ожога. Мир состоял из несвежего запаха, шуршания, чавканья глины — существование в нем стихов и детских воспоминаний было обманом, куда более отвратительным, чем откровенное зверство. Ты помнишь, в нашей бухте сонной... Кому, чему они радовались? И ласточек, неразумных ласточек, жаль было все равно. Господи, если бы он знал тогда, где и как будет их вспоминать! Кто мог тогда подумать, что будет какая-то война? Впрочем, войны боялись все, ждали то нейтронной, то психотронной бомбы, — но чтобы вот так? Мысль о даче тянула за собой ворох ненужных, запретных воспоминаний: запах нагретой смородины, клубничина с приставшим мелким песком, иногда с муравьиной розовой норкой; желтые облака на дождливом закате... Все это было где-то, не могло же исчезнуть, только клубника небось окончательно заросла; но во всем этом Громов видел теперь соблазн и обман, и ничего не хотел знать, кроме этой ночной избы, и завтрашнего серого дня, и никому не нужной войны.

Он стал думать о Маше — единственном компромиссе между этой жизнью и собственной душой, которой он почти все запретил, кроме тоски по Маше и любви к ней. Это была странная любовь, Громов толком не знал эту девушку и только поэтому любил уже четыре года, два из которых они почти не виделись. Что-то и он, видимо, для нее значил, — не только же за неимением лучшего приезжала она к нему, писала письма, держала в курсе своих неприятностей и перемещений. Машу можно было любить, потому что ее не было жалко. Ее нельзя было представить в унижении. Мир, конечно, в любой момент мог ее размолоть — но она была бы этому только рада. Машу, как и Громова в ее годы, а может, и больше, чем Громова, — уязвляло все, и с такой силой, что к двадцати годам, когда она с ним встретилась, ее решительно ничем нельзя было обольстить. Она томилась в компаниях ровесников, с отвращением выслушивала разговоры, комплименты, признания, — и даже с Громовым позволяла себе только редкие встречи, всегда по собственной инициативе. Она не хотела привязываться, он не настаивал. Хотя именно такая свобода связывает сильнее всего — это, кажется, они оба поняли в последнюю ночь перед громовским призывом, когда она провожала его.

Познакомились они весной, за два года до войны, на Тверском бульваре. Громов шел мимо Литинститута, к которому, слава Богу, сроду не имел отношения, — но все, кто что-нибудь писал и где-то выступал, знали друг друга, и его затащили в случайную компанию, уже порядочно охмелевшую от пива. Спешить ему было некуда, он сел к ним на лавку и стал участвовать в общем трепе ни о чем. Причина была, конечно, в Маше — без нее он сроду не вовлекся бы в эту бессмысленную попойку, каких в его молодости было много больше, чем надо. Машу он заметил сразу, и долго потом изумлялся, что не все встречные мужчины падают к ее ногам. Больше того: на его счастье, не все и замечали ее красоту, казавшуюся ему идеальной. В ней все было крупно: большие зеленые глаза, прямой нос, рот с пухлыми, обветренными, никогда не накрашенными губами.

Она жила в Медведкове, у черта на рогах, в доме барачного типа. Дом построили годах в тридцатых, теперь он весь проваливался снизу и осыпался сверху, и попав к ней в первый раз, Громов чуть с ума не сошел — настолько она не вписывалась в это желтое, двухэтажное, исписанное матом убожество с вечно пьяными соседями и бесчисленной их родней. Необычайно трогательна была взаимная любовь всех этих людей: приезжал брат Коля, долго сидел с братом Мишей на кухне, они тепло смотрели друг на друга, не произнося ни слова — так только, изредка урчание или междометие; Громов нарочно три раза кряду, с получасовыми интервалами, выходил на кухню — якобы вымыть чашку, взять банку варенья, — и всякий раз видел одну и ту же картину: сидели друг напротив друга, не шевелясь, только в бутылке убывало. «Брат! — гордо кивал сосед на гостя. — Коля!». Коля лучился, как самовар. Его жена, беременная, желто-коричневая, в ситцевом халате, почему-то все время попадалась Громову в коридоре, ее было не обойти, она с горделивой нежностью показывала глазами на свой живот. Они не дрались, не скандалили, но эта молчаливая, полная до краев взаимная нежность была еще хуже беспрерывных драк соседей сверху, которые то и дело ломились к Маше и ее матери — самым беззащитным существам во всем подъезде; когда однажды Маша отпихнула пьяного соседа и захлопнула дверь перед его носом, он пошел в милицию, заявил, что она его избила, — и милиция долго приходила, разбиралась, допрашивала, проверяла документы; Громов приехал в разгар разбирательства по звонку Маши, еле говорившей, с трудом выталкивавшей слова. Она сидела у стола вся белая и показывала свои документы, договоры, обтерханные справочки, — мать с сердечным приступом лежала в постели; появление Громова ничего не изменило, да и не было у него никакого документа, способного перепугать мента. Пьяная сволочь наверху все это время буянила, и хоть бы кто бровью повел.

В ванне было шершавое дно, прямо над ней ржавчиной капала труба, и по стене, повторяя изгиб трещины, змеился рыжий потек. Прямо над ванной висели бесчисленные черные ситцевые трусы, халаты, тренировочные штаны. Под сенью всего этого березового ситца Громову приходилось отмокать, вода была чуть теплая — плохо работала газовая колонка, с которой ни Маша, ни мать, ни Громов не умели толком сладить. Через десять минут в дверь начинали колотить соседи. Когда Машина мать вернулась с дачи, куда уехала бебиситтером с умеренно новорусским семейством, впоследствии разорившимся вовсе и отказавшимся от ее услуг, — соседи долго ей пеняли, что у дочери ночует чужой человек. Они боялись, вероятно, что по ночам Громов на кухне жрет их соленья — закатки, как называлось это на их языке. Сами они щедро угощали консервами, но постоянно подозревали, что этих добровольных даяний Громову и Маше мало, непременно по ночам еще жрут, подлецы. Делать им больше было нечего по ночам.

Эти ночи Громов вспоминал с чувством счастья, тем более острого, что рядом все время ощущались теплые братья, дружные с милицией алкоголики и подростковые банды из окрестных пятиэтажек, оравшие до трех часов утра; а из открытых окон тянуло сиренью, влажной землей, дождем, а в комнате они с Машей были вдвоем, мать на новорусской даче, счастье ютилось на крошечном пятачке, осажденное со всех сторон и доведенное до невообразимой насыщенности. «Соскучилась, соскучилась», — бормотала она, тычась в него, и душа Громова выла, когда он вспоминал, что ее дом сгорел в первые же дни после ее нелепой, скоропалительной эвакуации. Она никогда ничего не боялась, а тут испугалась — потому, вероятно, что давно ждала конца света, и когда война наконец началась, немедленно увидела в ней признак последних времен. У ее матери была какая-то родня в Средней Азии. Туда они и побежали, как многие в первый месяц побежали из Москвы — а потом вернулись, поняв, что Москве-то ничего не угрожает: Громов знал из нечастых родительских писем и фальшиво-бодрых газет, что Москва живет обычной жизнью, и если газеты наверняка врали, то родителям это было без надобности. А Маша уехала, и не могла теперь вернуться, потому что занесло ее далеко, да и дом сгорел, подожженный верхними алкашами, — словно только она и хранила его.

Обычно Громов шел к ней дворами, мимо странного красного здания за бетонным забором; Маша жила тут шестой год, но что делается за этим забором — понятия не имела. Как-то он предложил ей влезть в пролом, сам протиснулся следом, — и тайна раскрылась, как раскрывались в последнее время все тайны: обнажилось гнойное скрытое безобразие. Там был интернат для оставленных детей с врожденными уродствами — не успели они войти во двор красного здания, как невесть откуда выбежали на них эти страшные дети, те, кого не разбирали даже на выходные, — все в одинаковых синих свитерках, кто с соплей под носом, кто с бессмысленно открытым ртом, кто с заячьей губой, и еще, еще какие-то, совсем уж дикие; окружили их кольцом, задирали головы, мычали и домогались любви. Так встречали тут любого посетителя. Маша пошатнулась и, верно, рухнула бы, если б он ее не подхватил.

Почему они не поженились? И мысли такой не было. Сам этот вопрос казался кощунством. Как можно было жениться, когда все кончается? Оба жили с этим чувством и не ошиблись, как показала война. Громов жил один, снимал комнату неподалеку от родительской квартиры, и привести Машу было куда, но жить с Машей? Заставлять Машу хозяйствовать? Просто притираться друг к другу, как делали до них бесчисленные пары? Он и теперь хотел поехать к ней, добивался отпуска только ради нее, а вовсе не ради родителей, которых вообще намеревался миновать, чтобы не травить душу себе и им: в конце концов, из Баскакова до Средней Азии можно было добраться и мимо Москвы. Но приехать в отпуск — совсем не то, что жить вместе. Она могла брезгливо, почти презрительно брать у него деньги, — он понимал эту детскую самозащиту, — но жить с ним не смогла бы никогда, и сам он не пошел бы на это. В браке было что-то недостойное их обоих. Все происходило так: они выбирали момент, когда ее матери не было дома, или сама Маша приходила к Громову, хотя не любила его квартиру и район по каким-то своим причинам, о которых не распространялась; они кидались друг к другу, и в этом соврать было просто невозможно, и слов почти не было, — а потом, когда Громов успокаивался, начинал расспрашивать ее или рассказывать о чем-то своем, она часто начинала сердиться, замыкалась, отворачивалась. Иному пошляку показалось бы, что дело тут известно в чем, а остальное — так, бесплатное приложение; но пошлость потому и пошлость, что всегда останавливается, не доскребаясь до дна и довольствуясь половинчатостью. Маша любила есть, ела много и с наслаждением, не стесняясь этого, и он всегда любовался ею. По тому, как она ест, или выбирает одежду, когда опять-таки случались деньги, или чинит ему рубашку, когда рвалась, — видно было, как она могла бы жить, если бы нашлось где и на что. Все привыкли соглашаться сначала на «не совсем так», потом на «вовсе не так», потом на «вовсе никак» — и не было уже ничего, с чем эти притерпевшиеся полулюди отказались бы мириться, лишь бы их оставили еще немного подышать полувоздухом, пожевать еле пахнущий хлебом жмых, послушать раздребезжавщуюся какофонию, уже почти и не выдающую себя за музыку сфер.

Она любила одеваться красиво и ненавидела одеваться по средствам; она предпочитала обходиться вовсе без денег, чем довольствоваться небольшими и вдобавок доставшимися с бою. Она жила, как королева в изгнании, по древнему кодексу королев не имеющая права пить морковный кофе, если нет настоящего, и потому пьющая по утрам холодную воду — разумеется, из последней чашки, уцелевшей от фамильного сервиза. Он рассказывал ей эту историю и удостоился молчаливой улыбки. Маша вообще говорила мало. Может быть, тогдашний Громов, еще не закалившийся до последней стойкости, и поругивал ее за это презрение ко всем и всему — он толком не помнил сейчас, мысленно дивился этому или пару раз отчитал ее вслух; кажется, вслух. Да, на Воробьевых горах. Она не убежала тогда и даже не обиделась — вероятно, потому, что сердился он по-настоящему: да, это был настоящий гнев настоящего, никем не притворяющегося получеловека, каждодневно ходящего на работу и видящего в этой никому не нужной каторге особую заслугу. А ты не делаешь ничего, и еще кочевряжишься! Он тогда в первый раз купил ей брюки, без ее ведома, в порядке сюрприза, — она довольно резко отказалась их взять, сказав, что не одевается на рынках. Ну ты подумай! Ничего не делает и не одевается на рынках! Он принялся издеваться, а она с неожиданной серьезностью, без всякой обиды начала оправдываться: пойми, я не могу в этом... лучше совсем никак... Он быстро успокоился, поняв, что совсем никак — в ее случае действительно было лучше: на такую наготу надевать блошиные тряпки... Брюки эти он выбросил за парапет смотровой площадки — и тут же к пакету поспешил пьяненький бомж, штатный местный васька, подбиравший бутылки на склоне. Бутылок было много, но неформатные, шампанские, — в пунктах приема их брали неохотно; перед войной вообще стало очень много пунктов приема вторсырья — так умирающий обирается, собирается перед смертью, шарит по одеялу, по рубахе, словно подводя жалкий итог: вот я с чем остался. Этот мир уже обирался, шарил по сусекам, подбирал бутылки, тряпки, старые книги, которые около метро скупали на вес. Во что превращался потом весь этот утиль? Вероятно, в солдатское хабе, рвущееся при малейшем натяжении; ну конечно, они готовились к войне — и шили для солдат обмундирование, какого постыдился бы китайский крестьянин. Васьки в основном и жили сбором вторсырья, и сами были таким вторсырьем, которое перед самой войной тоже начали куда-то собирать — они вдруг исчезли из города: одни сбежали, других переловили. Громов и тогда, на Воробьевке, с ужасом сказал ей что-то про человеческое вторсырье, про то, как больше всего боится стать им.

— Нет, — решительно сказала она, — это как раз самый первый сорт.

— В смысле?

— Абсолютная чистота порядка. Только эти не врут.

— А я?

— Ты врешь иногда. Мы все врем.

Перед войной настолько не было смысла ни в какой деятельности, что все, у кого был доступ к компьютерам, либо писали бесконечные и бессмысленные ЖД, либо раскладывали пасьянсы. Живой дневник был Громову не нужен — он вообще не понимал, к чему исповедоваться на публику, — а пасьянсов разложил великое множество. Все — и он со всеми — словно спрашивали ответа, что будет, но ответ каждый раз выходил разный. Перед войной в воздухе бродили и сталкивались почти видимые, скользкие, туманные сущности, из которых вот-вот должно было оформиться конкретное — но все никак не оформлялось; ясно было, что на глазах свершается поворот в сторону чего-то жалкого и грозного, кровавого, но страшно неумелого, такого же половинчатого и пошлого, как палач-недоучка. Ясно было, что на полноценный террор не хватит ни времени, ни сил, а тот, который получится, будет смешон и жертвам, и исполнителям — так и будут хохотать, глядя друг другу в глаза у пресловутой стенки. Надо было или ломать театр, или срочно тренировать в себе святую ярость. И для того, и для другого лучше всего годилась война. Не учли только того, что и война будет соответствующая — выродившаяся: ярость нарастала, театр разваливался, а гниль никуда не девалась. Громов знал, что должен доиграть эту пьесу, и доигрывал честно — с тем же чувством, с каким актер в проваливающемся спектакле раз за разом честно повторяет «кушать подано», отлично видя, что премьер пьян, трагик забыл текст, суфлер сбежал еще позавчера, а зрители постепенно, с нагловатой застенчивостью разворовывают бархатные портьеры и обдирают кресла.

Маша писала ему из Махачкалы скупо — прямым, мелким, плотным почерком; жизнь там, судя по всему, была несладкая. Но работа была — какая-то канцелярщина, связанная с прижизненным увековечением местного князька. Население все равно знало русский лучше, чем родной, и требовалось редактировать русские тексты его бесконечных речей и километровых поэм. Мать уже не работала, трудно переносила жару, расклеилась, и Маше пришлось браться за эту поденщину, хотя если бы речь шла о ее личном выживании — она ни за какие лукумы и дыни не притронулась бы к редактуре поэмы «Сорок поучений кочевника домоседу» и умерла бы с голоду, улыбаясь. Громов с первого взгляда, с первого ее слова знал, что она найдет в себе силы улыбаться в последнюю минуту. Ненадежная в простейших обязанностях, в выполнении пустяшных и суетных поручений, она была непробиваемо надежна в главном, и сколь бы ни было трудно жить с ней — умирать лучше всего было в ее спокойном и дисциплинирующем присутствии. Ни в какую загробную жизнь Громов не верил с детства, и никакого утешения, кроме последней усмешки на память всему этому гнилому цирку с недокормленными тиграми представить себе не мог.

Постукивало, сопело, тикало. Он стал вспоминать Машу, вызывать ее в тысячный раз, понимая, что при встрече все будет другим, и сама она, наверное, другая (единственный раз прислала фотографию, которую он тут же порвал — фотография была компромиссом, а компромиссы они ненавидели). Она посмуглела, сильно похудела, снималась в ситцевом цветастом халате. Снимок был блеклый, словно выцветший от жары. Волосы — как всегда, коротко остриженные, — выгорели, стала заметней складка у рта, а выражение лица он хорошо знал: ну, посмотрим, что вы все еще придумаете. Пока не придумали ничего, о чем я не догадывалась бы заранее, к чему не готовилась бы с детства, с первого класса, повторяя про себя по ночам: я могу и без этого, и этого, и этого.

Он помнил ее на Тверском бульваре, в шерстяной красной кофте в белую полоску, — помнил, как среди долгого, бессмысленного, полупьяного спора — о судьбах и перспективах, разумеется, — она вдруг подошла к нему сама, резко потянула за руку и сказала «Пошли», и судьбы с перспективами перестали что-либо значить. Помнил ее напряженные ноги и спину, когда она стремительно задергивала занавески на окнах. Помнил ее исчезновения на рассвете, бесшумные, без прощальных поцелуев и тем более записок: иногда он просыпался, но не подавал виду. Помнил весь ее гардероб — очень хороший и очень небольшой. Когда она уходила, сразу становилось невозможно поверить, что она существует, и он еле мог дождаться вечера. Иногда она пропадала на неделю, однажды даже на месяц — и, появляясь, скупо и хмуро признавалась, что опять попробовала жить без него, без всех, но на этот раз еще не смогла; когда-нибудь сможет непременно. Этого он боялся больше всего, хотя и готовился подспудно именно к такому исходу: однажды вдруг выяснится, что ее просто не было. Она слишком была сделана по его мерке, чтобы такое совпадение могло быть правдой. Ему нравилось ее угрюмое немногословие, ее нелюдимость, избавлявшая его от мелочной ревности, до конца все равно не исчезавшей, но хоть не такой острой, как в первые дни; нравился низкий голос с переливом, хотя музыкальность его она всячески прятала и никогда не пела при нем — потому что серьезно занималась пением лет до пятнадцати и бросила, а все, что бросала, — бросала бесповоротно; нравилось, как она нехотя, не сразу, глухо сопротивляясь — забывалась рядом с ним, ослабляла защиту, начинала смеяться, а во сне, когда не могла запретить себе это, все-таки прижималась к нему. Он вспомнил все это опять и понял, что спать больше не будет. К утру, может, сон и вернется, но сейчас было только три. Громов натянул сапоги и отправился проверять посты.

4

Он проверил промокшего солдатика у склада боеприпасов, — в случае нападения такого солдатика хватило бы только на то, чтобы крикнуть по-заячьи, — осмотрел пост у продсклада и направился к штрафному бараку на окраине Баскакова, когда заметил, что его уже кто-то опередил. Около барака, поблескивая мокрой лысиной, стоял Гуров.

— А, капитан, — сказал он устало. — Чего не спится, капитан? Боишься в отпуск не уехать?

Громов пожал плечами.

— Уедешь, уедешь, — рассеянно сказал Гуров. — Ты москвич сам-то?

— Да.

— К родителям поедешь?

— Никак нет, товарищ инспектор. В Махачкалу, к невесте.

— В Махачкалу? Дело хорошее. Кстати, это... — Гуров неожиданно посмотрел на Громова с интересом. — Ты в Москву-то заезжай все-таки, а? Как? Я тебе лишних деньков пять нарисую. Тебя прямо Бог принес. Дело к тебе будет, милый. Ты это, — отнесся Гуров к часовому, — можешь быть свободен.

— Оставление поста, товарищ инспектор, — робко начал часовой.

— Р-разговорчики! — тонко прикрикнул Гуров. — Совсем оборзели, с инспектором шестой ступени пререкаются! Фамилия!

— Малахов, — обиженно сказал часовой.

— Трындите много, рядовой Малахов! Вы будете у меня пять, шесть, пятнадцать караулов подряд вне всяких очередей ходить! К вам из Москвы приехал хер моржовый или кто? Я спрашиваю вас: я хер моржовый?!

— Никак нет, — испугался Малахов.

— Слава тебе, Господи, признал. Не хер я. А может быть, товарищ рядовой, я ваш боевой товарищ? По соседству сплю, во сне пержу? Я, может быть, ваш сосед по казарме? Смирно стоять, не расслабляться! — громче прежнего заорал Гуров, да так, что Громов машинально вытянулся и расправил плечи. — Я, может быть, вам солдатская мать или баба ваша, что вы можете тут панибратство разводить? Отвечать, когда спрашивает инспектор шестой ступени!

— Никак нет, — пролепетал рядовой.

— Кру-гом! Кру-гом! Кру-гом! К бою! Лег, отжался! (Малахов плюхнулся в грязь). Еще отжался! По-пластунски в караульное помещение ползком шагом марш! На брюхе, падла! Увижу, что встал, сука, — будете у меня сейчас окоп отрывать полного профиля, рядовой Малахов! Отдыхать, бля! Отбиваться ползи!

Малахов, смешно задирая тощий зад, пополз под дождем в сторону караулки.

— Поползло чмо варяжское, — непонятно выругался Гуров. — Ты, капитан, тоже чмо варяжское, ты в курсах?

— Никак нет, — сказал Громов. — Во-первых, товарищ инспектор, я не чмо, во-вторых, не варяжское, а в-третьих, я вам не рядовой Малахов, который от инспекторского крика обсирается. Я боевой офицер и на вас, крысу московскую, кладу. Внятно ли я выразился, товарищ инспектор?

Если бы ему не приснились стихи и не вспомнилась Маша, он бы, конечно, не сказал ничего подобного, но после мыслей о Маше терпеть гуровское хамство не мог ни в коем случае. Его внезапно подхватила и понесла та же волна, которую он знал по атакам. Громов сейчас не боялся ничего, вдобавок он оскорблял Гурова без свидетелей, и пойди что докажи. Инспектор инспектором, однако пробрасываться боевыми офицерами в штабе явно не были готовы. А хоть бы и были, Громова это сейчас в самом деле не волновало.

Гуров посмотрел на него с любопытством, еще более живым, чем прежде.

— Молодец, капитан, — сказал он с улыбкой. — Достойный ответ боевого офицера. Инспектор проверяет как? Инспектор проверяет разнообразно. Солдат, который не подчиняется, есть плохой солдат, говно солдат. Но офицер, который позволяет на себя тявкать хоть бы и инспектору, есть плохой офицер, дрисня офицер. Заслужил себе пять суток к отпуску, заслужил. Инспекторская проверка — такое дело, не всякий и поймет. Ты мне скажи-ка, некось на голубу дорого возбить оболок?

— Как? — переспросил Громов.

— Я тебе айно аю, расколыть переголяк ли ай за крыльцо перетоптать? — строго спросил Гуров, и Громов, кажется, узнал звуки той речи, которая долетала до него в Дегунине, пока он спал в Галиной избе. — Черешень заступ колубал, ай чекуляку гордубал? Аю ты ни упороса не продавишь, ни сумерек не разломишь?

— Не понял, товарищ инспектор, — пробормотал Громов.

— Добре, — сказал инспектор. — А то, знаешь, доверяй, но проверяй. Мне именно такого, как ты, в данную минуту и нужно. Варяг, как есть варяг, достойный сын Одина, только с легкой человечинкой. Примесь какая-то была, нет? У тебя есть примесь, капитан?

— Не понял, товарищ инспектор.

Громов пристально посмотрел на Гурова. Он явно был пьян и говорил, как пьяный, но спиртным от него не пахло.

— Не понял, и не надо. Не всем понятливыми быть, верно? Слушай меня теперь внимательно. Я выведу сейчас отсюда рядового Воронова, которого по моему личному, — ты понял? личному! — приказу майор Евдокимов приуготовлял к специальному боевому заданию. Ты возьмешь рядового Воронова и доставишь его в город Блатск, что на московском направлении. Оттуда поедете в деревню Копосово, Плахотского района, оттуда в пятнадцати километрах к северу. Не записывай, я инструкцию распечатал, Воронову лично вручу. И там, ежели Воронов все сделает, как надо, ты его возьмешь под мышку и в Москву доставишь к его родителям. После чего действуй по собственному распорядку, никто тебе не препятствует. Хорошо меня понял?

— Так точно, — ответил ничего не понявший Громов.

— Но учти, — сказал Гуров тихо и чрезвычайно серьезно. — Ты помни, капитан, такую вещь. Вы должны быть в Копосове быстро, понял? Вам надо послезавтра там быть кровь из носу, не то поздно будет, капитан. Тогда и Воронов никакой ничего не сделает, если вы там не будете двадцать первого. Поезд туда сутки идет, должны успеть. Должны, Громов, понял ты меня? Встретится тебе там, Громов, вот этот мужчина с девушкой, — Гуров достал фотографию и навел на нее карманный фонарик. Фотографию он держал бережно, прикрывая рукавом, чтобы не намокла. — Ближе рассматривай, не стесняйся. И теперь, Громов, особо внимательно меня слушай, потому что я тебе задание даю. Тебе конкретно, понял меня? Воронова сопроводить — это так, не по делу, ты мне головой, конечно, отвечаешь за Воронова, но это все так. А это уже не так, а суть. Если Воронов придет к тебе и скажет, что извини, мол, товарищ капитан, но никак — ты должен будешь этого мужчину и эту девушку застрелить на месте, понял меня?

— Никак нет, — сказал Громов. — Я вас не понял, товарищ инспектор шестой ступени, и расстрелами мирного населения как боевой офицер заниматься не буду.

— Будешь, капитан, — сказал Гуров. — Обязательно будешь, иначе в Жадруново пойдешь. Слыхал про Жадруново? Макар телят туда не гонял, куда ты пойдешь.

Гуров стоял очень близко, и Громов прямо перед собой видел его круглые очки, круглые маленькие глаза за ними и блестящую лысину.

— Я тебе приказ на бланке сделаю и к ордену представлю, и будешь у меня в масле кататься. А если не сделаешь, я тебя, Громов, под землей найду и за яйца повешу, понял меня, капитан? И невесту твою найду в ее Махачкале, хотя и не будет к тому времени никакой Махачкалы. Или ты не знаешь меня, капитан? Не слыхал про инспектора Гурова? Ответа не слышу!

— Я по штатским не стреляю, товарищ инспектор, — повторил Громов.

— Ты присягу давал? — спросил Гуров и вдруг подобрался, с доверительного полушепота перейдя на командный голос. — Капитан Гуров! Слушайте приказ: в деревне Копосово обнаружить данного мужчину и его спутницу и по сигналу рядового Воронова уничтожить объекты. Приказ ясен?

— Так точно, — ответил Громов.

— Выполнять. Сейчас возьмешь Воронова и с ним немедля отбудешь на станцию. Машину дам мою. Первый поезд на Блатск — в шесть пятьдесят три. Стой здесь, жди.

На секунду он умолк, глядя в землю. Дождь усилился.

— Мало нас, вот что, — сказал Гуров. — Очень мало, пять процентов. Кабы чуть побольше, так и без тебя бы обошлись. Ну да ладно. Я не говорил, ты не слышал.

Гуров вошел в барак. Громов стоял под дождем, не понимая, снится ему все это или происходит на самом деле. Через пять минут Гуров вышел с высоким, тощим и взлохмаченным рядовым. Ремня на рядовом не было. Гуров вручил ему мешок:

— Тут все. На станции оденешься. Документы все на тебя выписаны. Потом останешься в Москве, сиди и не рыпайся. Если в Копосове у тебя не выйдет, доложишься ему, — Гуров кивнул на Громова. — Он тебе во всем первая защита. Ну, алатырь на поступь.

— Доломянем на приступок, — ответил рядовой. — Здравия желаю, товарищ капитан.

— Машина моя у штаба, — сказал Гуров. — Оба марш туда, я сейчас шофера пришлю.

Громов и Воронов медленно направились под дождем к штабу.

— Меня вообще-то Ильей зовут, — сказал Воронов. Он, кажется, все еще не очухался от внезапного спасения и теперь в избытке счастья готов был фамильярничать со старшим по званию.

— Вас вообще-то зовут рядовой Воронов, — сказал Громов, — и будьте любезны вести себя по уставу.

5

Поезд стоял на станции Баскаково две минуты. Вагон был пустой, только несколько мешочников нахохлились на желтых деревянных лавках, прижав к себе жалкий скарб, словно обернувшись вокруг него.

Воронову очень хотелось разговаривать. Он только что чудесно спасся и все еще не мог прийти в себя от радости. Громов смотрел на него брезгливо, хотя в душе и понимал, что парня чуть не расстреляли без вины, а потому предъявлять к нему претензии жестоко.

— А вы сами москвич, товарищ капитан? — спросил Воронов.

Громов хотел отрезать, что это не его рядовое дело, но вместо этого сухо кивнул.

— Я в Москве уже полгода не был, — мечтательно сказал Воронов. — Мать не видел, девушку не видел... — Ему казалось, что упоминание о девушке разжалобит сурового капитана. Человек, у которого есть девушка, все-таки уже не выглядит полным ничтожеством.

Громов молчал. Он не понимал, почему должен тащить с собой в давно вымечтанный отпуск болтливого труса, да вдобавок с заездом в Блатск, где он вовсе не планировал задерживаться.

— Я сейчас заткнусь, товарищ капитан, — радостно сказал Воронов. — Мне просто, понимаете... я сейчас видел очень хорошего человека. Я и не знал, что такие бывают. А после этого в первое время, сами знаете, очень трудно опять думать, что все кругом вот такие, — он постучал по спинке сиденья. — Ну и разговариваешь, хотя нельзя. Я же понимаю, вы тоже не вот такой. Так что можно бы и сказать какое-нибудь человеческое слово.

Громов обалдел от этой наглости и посмотрел на Воронова молча, в упор, как он хорошо умел. Это был натренированный командирский взгляд, но Воронов не отводил глаз, словно пребывание в соседстве смерти навеки отбило у него страх перед земным начальством. По первому году боев — когда, собственно, еще бывали бои, — Громов знал эту солдатскую храбрость. По большому счету командовать можно было только необстрелянными — обстрелянные не боялись крика и уважали только компетентность. Поэтому Громов не стал кричать на Воронова, а молча посмотрел на него и наконец сказал:

— Видите ли, рядовой Воронов. Человек, которого чуть не убили, — еще не герой. Это вам понятно? Если бы вы побывали в бою, я бы мог с вами разговаривать по-человечески. А пока мне ваши подвиги неизвестны. Пока весь ваш подвиг — в том, что вы зачем-то нужны инспектору Гурову. А инспектор Гуров для меня — только старший по званию, не более того.

— Я понимаю, понимаю, — с готовностью закивал рядовой. — Я никакой не герой, точно. Но ведь с человеком иногда можно поговорить просто так, нет? Или вы только с героями?

— С человеком на фронте говорят так: смирно, вольно, разойдись, — раздельно произнес Громов. — С солдатом — другое дело. Но вы мне еще ничем не доказали, что вы солдат. То, что на вас форма, — вас солдатом не делает. Понятно я говорю?

— Так точно, — тускло сказал Воронов. Радость его словно выцвела. Вероятно, ему казалось, что человек, с которым Гуров отправил его в Блатск, — тоже должен быть чем-то сродни Гурову, родной, нормальный и правильный, видящий в других людей, а не только солдат. Но, наверное, такого человека у Гурова не было, и он просто выбрал случайного офицера, шедшего мимо, — не зверя, но и не живую душу; просто хорошо работающую машину, редкую среди ржавых и плохо смазанных машин варяжского войска.

Поезд тронулся, скрипучий и дребезжащий, как всякая варяжская машина. Медленно светало. За окном тянулись провода в каплях: плавный подъем — плавный спуск... кусты, овраги, длинная серая река с песчаными отмелями...

— Разрешите отлучиться в тамбур с целью перекурить, — попросился Воронов.

Громов оглядел его с ног до головы.

— Ремень поправьте. И пилотку. Гражданские смотрят.

Воронов вышел в тамбур и уперся лбом в стекло. Курева у него не было, ему хотелось побыть одному с проплывающими кустами и реками.

— Не одна в поле дороженька,

Не одна самодельная...

— не запел даже, а заговорил он почти про себя. Дымящий в тамбуре мужик, черноволосый, заросший бородой по глаза, поглядел на него с подозрением, и дальше Воронов пел любимую дорожную песню только про себя. Он сам не знал, откуда взял ее, — наверное, услышал по телевизору, в старом фильме,

где тоже все ехали мимо серых пейзажей в медленном поезде,
и еще мальчишки махали проезжающим из оврага.

> — Не одна в поле дороженька,
> Не одна беспредельная.
> Не одна в поле дороженька,
> Не одна самокатная.
> Не одна в поле дороженька,
> Не одна сыромятная…

Часть вторая. Каганат

Глава первая

1

Просыпаясь утром и глядя на Женьку, лежавшую всегда на спине, ровно, прямо, в том абсолютном покое, в каком никогда нельзя было ее застать днем, — Волохов думал иногда: почему умереть не сейчас? Каждый год проживаешь день рождения и день смерти — эта мысль как поразила его в детстве, так с тех пор и всплывала время от времени; в Москве, где давно уже не было никакой жизни, но смерть медлила, — умирать не хотелось, хотелось посмотреть, чем кончится; но тут, рядом с Женькой, — право, хоть и в двадцать восемь лет, а не жаль было бы сдохнуть, чтобы не смазывать впечатления.

— К тебе или ко мне? — был ее первый вопрос, когда они остались вдвоем после долгого застолья в вечер его приезда. Сидели на улице, в открытом ресторанчике, спорили о размежевании, шутили, что вон тот, мимоидущий, похож на террориста, и тот, и тот, — но кто-то вдруг вспоминал о приятеле, погибшем или раненном в последнем теракте, и шутки стихали; они с Волоховым сразу приметили друг друга, и он еще себе не верил — неужели она в самом деле выбрала его? Но каждый ее взгляд говорил: да-да, все правильно, и посмотрим, что ты теперь будешь делать. Самым незатейливым его шуткам она одобрительно смеялась, а когда рассказывала свои бесчисленные журналистские истории — хорошо, коротко, нимало не упиваясь общим вниманием, — обращалась к нему одному. «Ладно, ребята, я пошла показывать гостю вечерний город», — все понимающе загудели, и Волохов даже поймал один ненавидящий взгляд: его прожигал глазами совсем молодой парень, многословный, скучно остривший, все старавшийся привлечь Женькино внимание; парня было жалко, и Волохов даже улыбнулся ему сочувственно, — извини, не виноват, так получилось, — но парень отвернулся и сплюнул. Что поделаешь, милый, не повезло. Ко мне, сказал он тогда. Ей это понравилось — мужчина должен показать, что ему есть куда пригласить девушку; но уже на вторую ночь переехали к ней — там был комп, книги, фотоаппаратура, и вообще она не любила ночевать вне дома — и так сплошные разъезды.

Он сразу вписался в ее сумасшедший ритм, ночные выезды, отлучки без предупреждения; не навязывался, много времени проводил один, работал, заявлялся к ней поздно, о причинах ее поздних возвращений не расспрашивал. «Ты не ревнуешь?» — «Что ты, с ума схожу». Ночами, а иногда и днем, в ленивый блаженный час, когда время тянулось, как нитка сладкой лукумной слюны, — ему перепадало столько, что о сопернике не могло быть и мысли. И когда она затихала, сразу вся — покой, вся — отдохновение, — он спрашивал себя: не слишком ли для него? Каким недобором в будущем придется платить за такой избыток? Или недобором было все прежнее?

Здешняя жизнь была яростно, невыносимо сгущена, и до полного счастья Волохову не хватало только одного — сознания своего на нее права. Все-таки он пользовался всем как турист, немного понарошку, — даром что мог взорваться на любой автобусной остановке, угодить под случайную пулю, попасть под машину, наконец. Они тут черт-те как носились, словно для того, чтобы непрекращающиеся взрывы были не единственной опасностью в стране: взрываете? — ради Бога, мы и сами себе на каждом шагу устраиваем экстрим! Женька в отроческие годы не слезала с мотоцикла. И чем дольше Волохов тут жил — а всего у него было два месяца, и три недели еще оставалось, — тем обиднее ему становилось, что не привел Бог родиться хазаром.

Он начал уже приучать себя к мысли, что через три недели действительно придется лететь обратно, в осеннюю Москву, а Женька останется тут и немедленно начнет делить раскладное низкое ложе Бог весть с кем, по прихоти обильной, как делила и до него. Прекрасная ненасытность, и не нам морализировать. Правда, о Москве, институте, братьях-альтернативщиках и даже о подругах дней своих суровых Волохов думал теперь с тоской, ибо там, на Родине, как раз и располагалось царство приблизительности, сплошная вязкая недомолвка, и ежели бы не сдерживаться каждую секунду, стоило все это без колебаний послать. Но не следует путать туризм с эмиграцией — здесь его принимали славно, но так же славно могли обойтись; разве что Женька... но у Женьки установка простая: каждая секунда — последняя. Принцип достойный, но эгоистический: хочу — и все, трава не расти. Пройдет месяц, для разнообразия понадобится еще кто-нибудь. Альтернативка тут развита слабо — господствует официальная, религиозная версия истории; любопытно, российские альтернативщики были хазарами буквально через одного, если не через половину. Тут опять была их фирменная двойная мораль — все, что охотно и с поощрением разрешалось другим, запрещалось в собственной среде. Удивительна была их тяга к свободе и горизонтали в любых чуждых сообществах, — и неотменимая вертикальная иерархия, которой подчинялась любая их группа; здесь Волохов чувствовал это особенно остро — даром что в газетах, в кнессете и в каждой компании, куда его затаскивала Женька, все беспрерывно спорили и с разных сторон ругали власть. Все это, в отличие от неутихающей российской склоки, было занятием милым и почти домашним.

Есть японский соус, сам по себе, говорят, не имеющий вкуса, но делающий рыбу — более рыбной, а мясо — более мясным; так и тут, в самом воздухе, было что-то такое, что делало споры — более спорными, солнце — более солнечным, и даже смерть, разлитую в воздухе, — более смертной: когда вскакивали ночами по звонку, неслись куда-то, где опять ухнуло (он так потом и вспоминал Женьку — босой, прыгающей на одной ноге, с чертыханием влезающей в джинсы), когда она с профессиональным хладнокровием (явственно любуясь собой, что поделаешь!) по мобильнику диктовала в номер на так и непонятном Волохову языке, когда с расспросами бегала по родственникам пострадавших, умудряясь никого не обидеть журналистской навязчивостью, с каждым поплакать и оправдать в глазах публики свое настырное и бесстыжее ремесло, — все это время Волохов чувствовал, что жизнь здесь, вот она, живей не бывает. Родится иногда такая сумасшедшая горячая девка, которой всего мало. И температура у нее всегда была тридцать семь с копейками, а когда в начале июля она поймала вирус и два дня валялась дома с тридцатью девятью, ей и это шло; никогда больше Волохов не видел ее такой гармоничной, легкой, тающей. Лежала целый день в кровати, мечтательно на него глядя, закинув руки за голову, рассказывала что-то из раннего, еще уральского детства. Как все такие девочки, страшно любила отца. Отец остался где-то в России, иногда слал мейлы — только ей, с матерью не общался принципиально. Странно, как мало она помнила о России и какой сказочной представлялась ей эта страна.

В Москве у Волохова даже была одно время невеста. Они прожили вместе два года, а потом он сбежал — от ее кроткой покорности, тихой задумчивости и вечной печали. Она была странная девушка, все время плывшая по течению и никогда ни с кем не спорившая. Он уж почти забыл ее. Как ее звали? Галя, филолог-фольклорист с соседнего курса, с филфака, располагавшегося этажом выше в первом гуманитарном. С Галей жилось спокойно, тихо и уютно, но Волохову не хотелось больше так жить. Он никогда не понимал, что происходит у Гали в голове. Иногда она привозила из экспедиций странные поговорки и повторяла их по любому поводу: «Айно густо, вайно хрусто. Оболокать картошно, растолокать оплошно. Черешень заступ колубал, ай чекуляку гордубал?». Где-то он уже слышал такую речь, но не помнил, где. Должно быть, что-то южнославянское.

Еще меньше он понимал ее сказки, в которых добро никогда не побеждало — его угнетали, а оно смирялось. Яснее прочих он помнил одну сказку — что-то про старика и старуху, у которых была волшебная меленка; меленка молола сама и называлась «жерновцы». Был еще петушок, он-то и навел их каким-то образом на эту меленку, а не то сам ее приволок из лесу, где собирал, наверное, грибы; полезный петушок, делавший все по хозяйству, петушок-добытчик в семье двух бедных поселян, которые и грибов не собирали из уважения ко всему живому... Ехал богатый барин, заглянул в избу и отнял жерновцы. Петушок полетел к нему, сел на ворота и кричит: барин, барин, отдай мои жерновцы — золотые, голубые! Барин приказал зажарить петушка, а петушок взвился из печи, вылетел да и опять просит: барин, барин, отдай мои жерновцы — золотые, голубые! Самое грустное было то, что он все продолжал нахваливать эти жерновцы; да кто же после такого отдаст? Барин его в воду, а петушок выпил всю воду и опять просит: барин, барин, отдай мои жерновцы, золотые, голубые! И не то чтобы поджечь дом барина или выклевать ему глаз — это петушку и в голову не приходило; он только все просил свою меленку, золотую и голубую, и конца у сказки не было, как не было конца новым испытаниям, которым подвергали петушка. А старик со старухой, лишившиеся теперь и единственного кормильца, все сидели, должно быть, дома, доедали последнее, доскребали по сусекам, а может, шли уже по дорогам, питаясь подаянием, да вспоминали, как был у них волшебный петушок да жерновцы, золотые, голубые; Волохов послушал-послушал про все это да и сбежал, потому что чувствовал, как слабость, покорность и жалость обволакивают его. В нем с детства была предрасположенность к этой слабости и жалости, и не научись он вовремя подавлять их, жалея каждого встречного нищего и любую собаку, робея перед каждым препятствием и опасаясь требовать свое, — его давно бы уже оседлали, особенно по нынешним временам.

С Женькой все было иначе. Женька была первой, за кого он мог не бояться. За три недели до отъезда он не выдержал-таки и спросил с полузабытой уже робостью (совершенно отвык тут стесняться себя, все было пс по-русски отчетливо: да — да, нет — нет):

— Жень, поехали со мной, а?

Она уставилась на него с недоумением, улыбаясь сначала неуверенно, потом шире и шире.

— Ты что, предложение мне делаешь, морда?

— Типа того, — буркнул Волохов.

— Милый, я страсть как польщена, но я ведь ЖД. Ты разве не знаешь?

— Жэ Дэ? — переспросил Волохов. — В смысле национальность?

Первый его порыв был — утешить, в том смысле, что — подумаешь, ты же знаешь, у нас там далеко не так дремуче, а если кто посмеет тебя так назвать — я ему все оторву; но мужчинское это желание утешать и защищать тут же испарилось — не такова была Женька, чтобы чего-нибудь бояться. Она уже смеялась его непонятливости.

— Ага, национальность. Жи Ды. Живой Дневник. Jah Division. Женька Долинская. Ты что, правда не слышал? Как ты в страну поехал, ничего о ней не зная?

Такой снисходительности он не любил. Все-таки ей было только двадцать три года.

— Я, Женечка, знаю столько, сколько мне нужно. Этим историк отличается от журналиста.

— Ну не сердись, пожалуйста. Мордочка, я не могу выйти за тебя замуж, и ни за кого не могу. По крайней мере до известного момента.

— Когда Мессия придет?

— Не совсем. Когда миссия исполнится. ЖД — это Ждущие Дня, если хочешь.

— И когда день?

— Это уж ты почувствуешь.

— Хазарский заговор, — хмыкнул Волохов. Если честно, он был уязвлен. — А почему ты мне не рассказывала никогда?

— Дарлинг, я не знала. Я думала, ты в курсе и деликатно обходишь этот вопрос.

— С чего бы мне его обходить?

— Да с того, что ты не ме-е-естный, — она чмокнула его в щеку, — совсем не местный, ни на ген, хотя такой умненький, такой носатенький... Я обязательно приеду, Вол. Но тогда, боюсь, ты уже не захочешь брать меня замуж.

— Тебе будет девяносто?

— Нет, что ты, гораздо меньше. Подожди, вечером расскажу.

И она убежала на свое дежурство, к которому Волохов вечно ее ревновал, потому что никогда не мог понять, с кем в этой газете она спала, с кем — нет, с кем еще собирается спать после его отъезда и как все они относятся к нему. Тут все со всеми спали — страна маленькая, нация-семья; в ее компании разведенная девушка Лена, откуда-то из Средней Азии, рослая, с тяжелой грудью и губами Анджелины Джоли, спокойно общалась с бывшим бойфрендом, переметнувшимся к общей подруге, а тот бойфренд ласково здоровался с собственной бывшей пассией, помогал ей переезжать на новую квартиру... У Волохова были еще дела в городе, он собирался встречаться с коллегой из музея истории катастрофы и решил расспросить его про ЖД прежде, чем Женька вернется домой.

Этот коллега был Миша Эверштейн, — как говорил один московский знакомый, «хазар настолько, что это уже неприлично». Миша принадлежал к распространенной породе, подчеркивавшей и пересмеивавшей свое хазарство на каждом шагу; иногда Волохову казалось, что это обаятельней, чем изо всех сил встраиваться в русский тип, отпускать длинную бороду, говорить вальяжно, солидно, с ласковым московским аканьем, никогда не суетиться, радовать глаз русопята приятной округлостью движений... Эверштейн беззлобно и даже почтительно похохатывал над анекдотами про Рабиновича, пародировал газетный стиль, имитировал местечковый акцент — хотя у него был прекрасный, богатый и пластичный русский язык, без намека на провинциальность. Он и выглядел чересчур типично — маленький, смуглый, птичьеносый, с редкой черной бороденкой и быстрыми карими глазками, — и вел себя, как Рабинович из анекдота: мелко суетился, болтал, бравировал неряшливостью, быстро и неопрятно ел и все трогал себя: то потрет переносицу, то примется теребить мочку уха, то почешет под мышками и быстро понюхает пальцы; это, пожалуй, было у него не пародийное, а врожденное, и все остальное он подобрал по черточке, чтобы довести до совершенства гротескный образ, растворить природные черты — мелкую нервическую суету — в анекдотических, чтобы и собственные его мелкие пороки казались сознательно выбранной маской. Впрочем, была и другая версия: как иные всем телом слушают, так он всем телом думал — животом, который поглаживал, лопаткой, которую почесывал. Иногда его руки блуждали вокруг причинного места, и он явно сожалел, что нельзя как-нибудь подергать за него: все-таки люди смотрят. Наверное, и оно было связано с какой-то зоной его сознания. Наедине с собой Эверштейн наверняка не стеснялся.

Побеседовав для приличия и без особенного интереса о миссии Гесса в Англии (Эверштейн специализировался на раннем периоде второй мировой), Волохов со старательной небрежностью сказал:

— Кстати, Миша... я все хочу вас спросить... Что такое эти ЖД?

2

Он ожидал мгновенной перемены в тональности разговора, — удивления, испуга, если угодно, все-таки он прикасается к главному, о чем с ним не говорят, — но даже если Эверштейн и удивился, то ничем этого не выдал. Он комически схватился за голову:

127

— Ой, вейзмир! Таки они его уже вовлекли. Скажите же, Воленька (он смягчал «ж», как французское j): вас уже хотят туда принять? Вам-таки уже совсем скоро отрежут? (Обрезание было его излюбленной темой).

— Да я вообще не знаю, кто они такие. Мне очень стыдно.

— Ой, Боже ж мой, шо вы стыдитесь, мальчик. Я расскажу вам за ЖД, а все-таки этой вашей Долинской надо укоротить язык. И шо она болтает с этими гоем, я вам скажу... А скажите, вы-таки, когда ехали, совсем ничего не знали? И никакая тетя Циля из Житомира вам-таки ни разу не объяснила, шо это за ЖД?

Они сидели в белой прохладной комнате городского музея. За окном медленно плавилось, растекаясь в золотую лужу, огромное солнце.

Со всеми непременными ужимками Эверштейн поведал, что ЖД — контора знаменитая, но взглядов ее на многие вещи он не разделяет, это Женечка у нас радикал, а я скромный историк... Когда он перешел наконец к сути и вывалил на Волохова правду, уместившуюся в одно предложение, — Волохов в первый момент принял это за обычную местную теорию, каких наслушался уже во множестве: подумаешь, в Армении тоже вдруг выяснялось, что армяне изобрели почту и именно так следует понимать известный эпизод с голубем из библейского предания о ковчеге. На языке юкагиров слово «юкагир» значило «человек», то есть все неюкагиры как бы и не брались в расчет. Волохов уже готовился было сказать — да, Миша, я всегда догадывался, что вы славный альтернативщик, — но что-то его остановило. Волохов сидел против солнца и не видел толком Эверштейновского лица, но Мишин голос посерьезнел, местечковые интонации исчезли, лексика сделалась строже — чем дольше он говорил, тем меньше дистанцировался от ЖД. Волохов много раз потом хвалил себя за аккуратность: состри он что-нибудь — Эверштейн бы мгновенно замкнулся и никогда уже не заговорил с ним всерьез.

Стоило, однако, на секунду принять идею ЖД не за обычную придурь радикалов, а за серьезную версию, — как картина мира неузнаваемо менялась. Слишком многие вещи получали исчерпывающее объяснение, а теорию, обладающую такими свойствами, отделял от массового признания один шаг. Волохов занимался альтернативкой двенадцать лет из своих двадцати восьми и знал, что никакой истории нет — всякое событие известно в бесчисленных пересказах, и час спустя не поручишься, что сидел с Эверштейном на закате в прохладной белой комнате, слушал его болтовню и заметил вдруг, как он перестал суетиться и хватать себя за что попало, а принялся вещать, что твой оракул... Было, не было — никогда не поймешь. Весь Московский институт альтернативной истории для того и существовал, чтобы классифицировать и учесть хотя бы главные версии, и та, которую излагал Эверштейн, была лучше многих. Больше всего удивляло, что Волохов слышал о ней впервые: сейчас, через десять минут после первого с ней знакомства, он уже не поручился бы, что втайне не догадывался о чем-то таком всю жизнь.

Простая и гармоничная теория сводилась к тому, что русские не были коренным населением России.

— Под коренным населением, — сразу уточнил Эверштейн, опять снимая возражение с языка собеседника, — я никоим образом таки не имею в виду тех, кто поселился на территории раньше всех. Уговоримся сразу о том, что под коренным населением мы понимаем титульную нацию, или тех, кто считает эту землю своей. Согласитесь, Воленька, что простым большинством это не определяется.

— Конечно, не определяется, — кивнул Волохов. — Кто такие русы — вообще никто до сих пор не знает. Так называли штук десять племен на юге, севере и востоке.

Эверштейн удовлетворенно засмеялся: основное допущение прошло.

— И если вы внимательно посмотрите на вашу жизнь последних лет пятисот, — заговорил он уже без всякого акцента, — вам станет недвусмысленно ясно, что русские вели себя так, как только и может вести себя некоренное население на чужой земле. Главное, что у вас происходит, — истребление и колонизация народа, при том, что никакого прогресса в собственном смысле при этом нет. Как, впрочем, и в Северной Америке, в которую колонизаторы не принесли ничего, кроме огненной воды и костров из людей. Это вам не англичане на Цейлоне, которые лечили от лихорадки и расчищали местные древности... Знаете, когда я впервые посмотрел «Рублева», мне пришла та же мысль: отчего никакие татары не делают с русскими того, что делают с собой они сами? Архетип ведь прослеживается. Так поступать с землей, так истреблять народ, так выкорчевывать любые ростки культуры, чуть она поднимет голову, — коренное население не в силах. Эта земля вам чужая, и только гордость завоевателей вам мешает это признать. А чем особенно гордиться, скажите, Воленька? Вам же и сопротивления особого таки не оказали... (Судя по тому, что Эверштейн опять начал юродствовать, он подошел к важному пункту в изложении, и надо было рассеять внимание собеседника новой порцией ужимок и прыжков).

— А кто должен был его оказывать? — спросил Волохов.

— Как кто? — удивился Эверштейн. — Те, чья земля... Ви же умный мальчик, Воленька, ви же знаете, что не было никакого ига. Ига, фига... Дешевая подтасовка, в летописях куча противоречий. Или ви действительно думаете, что на Куликовом поле сходились русские с татарами? Что это были за татары, откуда они взялись, интересно? Нет, дорогой мой, дрались там ваш Челом-бей и наш Пэрец-вет...

— Ну да, — кивнул Волохов. — Я давно догадался.

— О чем догадались? — насторожился Эверштейн.

— Что вы этим кончите. Конечно, коренное население — вы. Очень изящно.

— А вы не иронизируйте! — Это было сказано с неожиданной горячностью. В комнате темнело — стремительно, как везде на Юге; света они не зажигали. — Вы проследите хотя бы советскую историю, и все станет ясно! Посмотрите на ваших почвенников, простите уж меня за это слово, оскорбляющее невинную почву, — где у них хоть один талантливый текст? Так можно писать только по указке, о безнадежно чужой земле... все эти березки... «Поезд ушел. Насыпь черна. Где я дорогу впотьмах раздобуду?» — чувствуете, как пишут о своем?!

— Пастернак ненавидел свое происхождение и стыдился его, — угрюмо сказал Волохов.

— Это он сам вам сказал? — язвительно осведомился Эверштейн. — Или он таким образом покупал себе таки лишний годик жизни? У него перед глазами была судьба Иосифа Эмильевича, который очень даже не скрывал, что его кровь отягощена наследием царей и патриархов. Вот и получил. А вы вслушайтесь: «Ах, я видеть не могу, не могу берега вечнозеленые: бродят с косами на том берегу косари умалишенные», — может так писать чужой человек? Нет, только тот, кто чувствует язык в его подводном течении... И сравните вы это с ужасным паном Твардовским, с частушечным Исаковским, я не говорю уже про бардов из газеты «Позавчера»... Вспомните, кто писал лучшую патриотическую лирику двадцатого века, когда нам после семнадцатого года стало наконец можно любить нашу Родину!

— О да, — кивнул Волохов. — «Там серые леса стоят в своей рванине. Уйдя от точки А, там поезд на равнине»...

— Это крик оскорбленного патриотического чувства! — не дал договорить Эверштейн. — Это вопль изгнанника, проклинающего свою землю и не могущего от нее освободиться! То же самое, что «Отвяжись, я тебя умоляю!» у Веры Евсеевны.

— Какой Веры Евсеевны? — тупо изумился Волохов.

— Ну, не прикидывайтесь младенцем. Вы отлично знаете, что за него писала она. Он был типичный балованный аристократ, продукт многолетнего вырождения, а она его без памяти любила, дура, и дарила ему всю себя, свой талант. Сравните только, как он писал до женитьбы и как после. Ведь и проза вся началась только в двадцать шестом. По-английски — это он сам, не оспариваю, потому и выходило так пусто, безжизненно. Вы серьезно допускаете, что «Дар» и «Лолиту» написала одна и та же рука? Вырожденец, эротоман... А все стихи о России — это, конечно, она. В текстах множество намеков на это, анаграммы так и рассыпаны, история рода Слоним зашифрована в биографии Цинцинната... Прочтите у Плейшмана, у него есть подробно. Я, собственно, не к тому. Вспомните эти жуткие резервации, куда под видом нашего же сохранения загнала нас ваша власть. Вспомните дикую черту оседлости. А когда мы оттуда вырвались, они придумали это, — он кивнул на окно, на сгущающуюся лиловую ночь. — Нет, ничего не скажу, ход достойный... иезуитский... Ступайте в вашу пустыню, на родину предков! Вы же знаете, что рассматривался вариант с Дальним Востоком? Уже застолбили Биробиджан, но потом он резонно подумал: зачем они мне под боком? Ведь рано или поздно все равно вырвутся! И тогда все опять по новой? Не-ет, пусть сдохнут в пустыне... без воды, среди враждебных арабов! Но только не вышло! — Эверштейн радостно захохотал. — Построились, разбили сады, подняли города, ужились с арабами, — посмотрите, скольким из них мы даем работу, — это вам не яблони на Марсе! Потом, конечно, ваши спохватились, сделали Арафата, стали тренировать у себя террористов... Не думайте, есть факты. Семидесятые годы, тренировочный лагерь под Ташкентом, в условиях, приближенных к нашим. Фотосъемка, «Вести» печатали, спросите Женьку! Но поздно. Теперь уже, батенька, не задушишь, не убьешь.

— Это все очень гладко. — Волохов говорил медленно, подбирая слова: он знал, что некоторые темы из числа архаических — нацию, родство, — лучше не поднимать и в разговорах с самыми продвинутыми постмодернистами, для которых давно нет ничего святого. — И тем не менее я тоже немножко историк, Миша. Я все больше, конечно, по Второй мировой, но первый курс кончал и знаю, что Каганат был сравнительно небольшим приволжским государством, отнюдь не состоявшим из этнических хазар. В Каганате приняли иудаизм, причем даже не в талмудическом, а в караимском варианте. Никаких следов Каганата в русской культуре нет, если не считать поединков Муромца с жидовином, и то вопрос, не позднейшая ли это былина, сочиненная в порядке стилизации кем-то из собирателей. Никаких следов хазарской государственности, кроме нескольких крепостей, опять-таки нет. И говорить, что с нее началось русское государство...

— Нет, конечно! — снова закривлялся Эверштейн. — Мне особенно нравится про этнических хазар. Кто вам вообще сказал, что бывают этнические? Много общего внешне у сефардов с ашкеназами? Много вы наблюдаете похожих типажей тут, в Каганате? Может, Женька похожа на хазарку? Следов им нет... Их-то и вытаптывали в первую очередь! Да у нас даже и эти крепости пытаются оттяпать, до сих пор. Представляете, какое упорство? Некоторые утверждают, что эти крепости имеют сейсмостойкий фундамент, а значит, строили их не хазары, а аланы! В чьих краях бывают землетрясения! Это они, значит, пришли и построили, а хазары даже строить не умели. И не было никаких хазар, это Пушкин все придумал. Знаем, знаем... Вы меня, Воленька, простите миллион раз, вы отлично знаете Вторую мировую и все вокруг, но свой первый курс вы оканчивали во времена очередного крушения варяжской империи, в которой, заметьте, давали жить всем народам, кроме нашего. У нас это называется формулой ИИ — Избирательный Интернационализм. Все объединяемся и идем бить ЖД. Так вот, в этой вашей полудохлой империи учили соответственно — вы же и марксизм изучали, разве нет?

— Он на нас закончился, — угрюмо пояснил Волохов. — В середине девяностых похерили весь марксизм. А зря — в нем есть здравые мысли. Особенно насчет того, что каждый препарирует историю сообразно своим интересам.

— Классовым, Воленька, классовым!

— Не обязательно. Классовое — так, псевдоним.

— Ну конечно, у нас свои интересы! Главная цель нашей еврейской науки — охмурять ваших жен и разрушать вашу государственность! — хихикал Эверштейн. — И шоб я стал это отрицать! Вы таки никогда не задумывались, почему мы так любим разрушать вашу государственность, а вы так ненавидите нашу? Или вас устраивают эти черчиллевские пошлости насчет того, что англичане не считают себя глупее евреев? Да англичане вообще очень мало про них думают, если хотите знать. А у вас мы виноваты даже тогда, когда нас нет. Почему, как вы думаете? Почему вы устраиваете погром из любой своей революции?

— Само собой, — сказал Волохов. Этот аргумент был, если вдуматься, сущими подарком. — Не забывайте только, что революцию делаете вы, а погром является посильным ответом. Вроде как в тридцать седьмом ответили на семнадцатый. Правда, в органах...

— В органах с революции сидели в основном наши! — триумфально, словно это не опровергало, а подтверждало его версию, воскликнул Эверштейн. — Конечно! Их вычищали, разумеется... потом, ближе к войне. Но в первое время, естественно... Скажите, Володя, — он отбросил наконец этого идиотского «Воленьку», — если бы вас двести лет хлестало плетками казачество, вы не провели бы первым делом расказачивание? Если бы вам пятьсот лет не давали работать на вашей земле, вы не согнали бы со своей земли тех, кто губил ее бездарным хозяйством? Вспомните, как после черты оседлости, уже в девятнадцатом, по всему Поволжью расцвели еврейские коммуны. Не знаете? Конечно, в ваших учебниках об этом не писали, — выговорил он с невыразимым презрением. — «Дер Эмес», «Дер Вайнес», «Вольный Хлеб» — это все под одним Саратовом! И когда на Волге был голод, только там всегда был хлеб, и мясо, и молоко — потому что на земле надо уметь работать, да! За это их и пожгли в двадцать втором, и потом, в двадцать девятом... Что, вы полагаете, с поджигателями надо было нянькаться? Титю им давать?

— Так за что же эти ваши брали своих? — не выдержал Волохов. — Почему тысячи евреев гребли в тридцать седьмом?

— Наши?! Их брали наши?! Почитайте вашего Солженицына! Наши, если где и оставались на командных постах, всячески вытаскивали своих, — а вот ваши были друг другу как волки, потому что инстинкт истребления народа вошел уже в русскую кровь и плоть! А в тридцать девятом наших вычистили из органов по-го-лов-но, и настал окончательный русский реванш за наш семнадцатый год... Между прочим, из того, что напридумывал Ленин, очень многое могло-таки сработать. Он был сомнительный стратег, плохо видел будущее, — слишком, знаете, прозаик для этого, прагматик, недооценивал власть утопии. Но тактик был гениальный, и у него могло неплохо получиться — если бы сразу не началась чудовищная усобица. А кончилось все прямым национальным реваншем — революция ведь была не только социальная, социальные никогда не поднимают такой бучи. Речь шла о нации, возвращавшей себе свое. Ваши же, не скрываясь, называют тридцать седьмой русским реваншем! В войну наших сдавали немцам сотнями, и когда еврейских девочек увозили на расстрел, им вслед улюлюкала толпа: чесночниц повезли! Чесноком больше не будет пахнуть... — Он опустил голову и замолчал. — Не говорите со мной лучше, Володя, про это. Я и так жалею, что слишком перед вами распространился.

— Скажите хотя бы, — заговорил Волохов после паузы, — почему, собственно, ЖД... и почему она отказывается ехать со мной?

— Вы уже предложили? — вскинулся Эверштейн.

Не надо было этого говорить, понял Волохов. Миша, вероятно, и сам тут не вполне посторонний.

— Не то чтобы предложил. Сказал, чтобы съездила со мной... в гости...

— А у них правило такое. Они как барбудос, — помните, Кастро и прочие: пока не будет мировой революции, не побреемся. Так и эти: они вернутся только в свою Россию. Когда там начнется.

— Что начнется?

— Последняя битва, — усмехнулся Эверштейн. — Пока идет только подготовительный этап.

— Давно?

— С восемьдесят девятого. Как дали сигнал, так и началось.

— Что за сигнал?

— Да вы его знаете. Помните — «Над всей Испанией безоблачное небо»? Вот и тут что-то вроде. «Пора вернуть эту землю себе».

— БГ? — не поверил Волохов.

— Вы знаете, что такое Б-г в нашей транскрипции? — вопросом на вопрос ответил Эверштейн.

— Если это и выдумка, — после новой паузы проговорил Волохов, — то вполне убедительная.

— Может, и выдумка, — устало сказал Эверштейн. Из него словно выпустили воздух. — Но знаете... Я не принадлежу, конечно, к ЖД, я таки ни к кому не принадлежу, я всегда немножко сбоку, потому что уже такой у меня характер, испорченный долгим рассеянием. Хазарское неверие мое. Но когда вы вернетесь-таки в свою Россию, вы все-таки вот на что обратите внимание. Вот ви приезжали сюда. Ви могли пойти к врачу — и у вас не было чувства, что этот врач ненавидит вас. Ви могли подозвать полицейского — и не боялись, что он вас за просто так схватит и отправит в участок, и там отобьет вам почки, и ви кровью будете писить три дня... А когда ви приходите там к врачу — вам с порога внушают мысль о том, что лучше бы ви уже умерли, чем отнимать время у такого занятого человека, у которого на участке еще пятьдесят глухих старух, которые смотрят на него, как на Господа Бога, а он только и думает: хоть бы ви все передохли... И когда ви служите там у вас в армии, — я знаю, ви проходили эти ваши сборы, — ви отрабатываете тупую повинность, а не защищаете вашу землю, потому что эта земля не ваша; вот почему в нашей армии никто не занят бесполезным мучительством и вышибанием мозгов, а наоборот, умные становятся главными. И поэтому наша армия воюет, а ваша жрет перловку и пускает ветры, и воевать ей давно уже не за что. Поезжайте домой, Воленька, посмотрите на все здешними глазами. Вспомните, как умеют любить наши девушки, и посмотрите, как по особой милости, в порядке особого снисхождения, отрабатывают любовь ваши. Посмотрите, как не хочется им рожать новое поколение чужих людей на этой земле. И подумайте, что мы могли бы сделать с ней, если бы в самом деле вернули ее себе.

— Элегантно, элегантно, — спокойно сказал Волохов. — Вы упустили одно. Вас ведь уже почти не осталось... там, у нас. (Он почему-то не хотел в разговоре с Эверштейном употреблять слово «Россия» — словно уже почувствовал себя оккупантом: наверное, когда-то эта страна называлась иначе, и Эверштейна ее нынешнее название оскорбляет так же, как коренного петербуржца оскорблял «Ленинград», а старого москвича — Кропоткинская вместо Остоженки). Почему же продолжается... это истребление населения? Ведь плохо у нас не только хазарам, и если позволите — если мы не будем затевать вечный матч за первенство в страданиях, — русские потерпели от собственных властей уж как-нибудь не меньше... Все наши старухи в очередях у врачей, все избиения в милиции... волна расправ с олигархами...

— Знаю даже прелестную шутку про ходоркост.

— Если бы дело ограничивалось ходоркостом, — терпеливо продолжал Волохов, — я бы принял вашу версию без возражений. Но берут далеко не только хазар, и в российскую армию — со всем, что вы о ней говорили, соглашаюсь, — призывают главным образом своих; вы не находите?

— О, конечно! Но ведь вы сами не замечаете, как добавляете мне аргументов, — радостно кивнул Эверштейн. Он зажег настольную лампу, и Волохов поразился мягко-сочувственному, почти отеческому выражению его лица. Или это тени так легли, и лампа была специальная, хазарская? — Почему ваша армия не хочет воевать? Потому что не чувствует эту землю своей. И в самом деле, вам же там ничего не принадлежит! Власть — не ваша, промышленность — не ваша, закона о собственности на землю до сих пор нет! Это вам случайность? Или можно уже вслух наконец признать, что для вашего правительства страшны сами слова «собственность на землю»? Как можно умирать за чужое, это я вообще не понимаю! Даже у Галкиной, главной вашей специалистки, сказано: захваченное население не ставят оборонять рубежи! Во время последней войны ведь можно было поднять в атаку только при помощи заградотрядов — что, нет?

— Слышал я и про это, — хмуро сказал Волохов. — Но вы историк, Миша, и уж к таким откровенным спекуляциям прислушиваться...

— А что, вы скажете, этого не было? Не было? Есть тысячи свидетельств, тысячи...

— Было и это, было и другое.

— Было, кто же спорит! И героизм случался, нет слов, — но почему этот ваш героизм всегда такого самоубийственного толка? Вам не приходило в голову, что люди бросались на амбразуры потому, что начинали ненавидеть свою жизнь? Вы, может быть, не знаете, кто на самом деле был Матросов?

— Замученный русскими хазар? — не удержался Волохов.

— Гораздо, гораздо хуже, — не принял шутки Эверштейн. — Он был замученный русскими русский. Детдомовец, маленький, плюгавый, которого в армии все били. Вот он и кинулся тощим животом на пулемет, с отчаяния... Или ваш русский Астафьев не писал о том, как люди искали смерти с голодухи, с холоду, надеясь хоть в земле выспаться? Русская власть все сделала для того, чтобы и жизнь самих русских превратилась в ночной кошмар. Потому что никакого другого стимула умирать за чужую Родину у них не было. Вся стратегия вашей власти применительно к своим людям — полное обесценивание жизни, чтобы на гибель смотрели как на избавление. Вы думаете иначе? И у вас есть на то основания? Может, вы там, в вашем альтернативном институте, не знаете, как девушки шли добровольно на фронт, чтобы искупить грехи отцов? Имя Нины Костериной, зэковской дочки, оставившей дневник, — вам ни о чем не говорит?

— Говорит, — кивнул Волохов. — Продвинутый вы человек, Миша. Хорошо читали продукцию издатсльства «Молодая гвардия».

— А как же ж! Из нее же ж сделали ж героиню! И она была-таки героиня, но умирала не за родину, которая была чужая, а за папу, который был свой! И таких было много, много — у каждого своя причина скорей умереть, чем дальше так жить! Был, не скрою, небольшой процент идеалистов, искренне считавших, что это их земля. Любивших елочки, березочки. Но эти-то люди как раз и были в основном из числа интеллигенции, нет? Я не говорю вам даже, что вся интеллигенция в России была хазарская. Боже паси, сколько было настоящей русской! И эта русская интеллигенция, кстати, всегда догадывалась о том, кто настоящее население России, — отсюда ее дружелюбие к нам, хазарофильство, обструкция всяким мишигинерам вроде Розанова... Ну так ведь этой интеллигенции в войсках и приходилось хуже всего! Кто шел добровольцем по идейным мотивам — того и мучили в войсках отцы-командиры и свои же братцы солдатики из крестьянства! Почитайте Гроссмана, у него в первой части романа об этом подробно. Почему-то только Гроссман написал всю правду об этой войне, вы не находите? В том числе о том, как городской мальчик Сережа, очень идейный и вообще большой патриот, терпит утеснения от крестьянства. Тем, кто считал эту землю своей, было еще хуже: им на каждом шагу напоминали, что она чужая. Потому и крестьянство у вас, кстати, такое тупое и злобное: я не поверю, Воленька, что вашу маму или вашего папу не возили в свое время «на картошку». А может, вам повезло и вы сами как-нибудь соприкасались с вашими земледельцами? Почему ваша земля — находящаяся, между прочим, на широте Канады, — не родит так, как в Канаде?

— Вероятно, ждет, пока вернетесь вы, — хмыкнул Волохов.

— Ну зачем эта мистика? Я понимаю вашу иронию, но не я начал этот разговор. Вам обидно, конечно. Голос крови ой какая страшная штука! Но земля не родит потому, что вы не хотите на ней работать. Работать на чужой земле — совсем не то, что на своей. Вы, конечно, думаете, что она теперь ваша, — но есть же генетическая память о земле предков. В России все не ваше, и потому она при всех своих богатствах так неохотно у вас родит и производит. Вспомните, какие леса и недра, посчитайте, сколько земли не возделано... Я ведь бывал в Москве, видел ближнее Подмосковье: бесконечные свалки, череда недостроенных домов, брошенных воинских частей, заросших пустырей... Всю эту землю ни заводами, ни коттеджами не застроишь. Куда вам столько?! Откусили больше, чем можете по своим способностям проглотить, — вот и застряло. Потому и нет никакого движения, никакой истории, как здраво рассудил наш общий друг Чаадаев. Или вы тоже считаете его сумасшедшим?

— Нет, сумасшедшим он не был. У него геморрой был, потому он и смотрел на вещи так мрачно.

— Ну да, конечно, у всех, кто мрачно смотрит на вещи, был геморрой. А у вас все хорошо, у вас нет геморроя, с чем я вас и поздравляю. Хватит, может быть, на первый раз? Я чувствую, что вы обиделись, а вы мне, ей-Богу, симпатичны, не хотелось бы портить так успешно завязавшийся контакт...

— Нет, что вы. — Волохов был сильно задет и сам на себя за это злился. Уж ему-то, манипулятору со стажем, следовало обладать устойчивостью к чужим спекуляциям. — Я одного не пойму: ну ладно, солдаты не хотят воевать за свою землю. Но остальные... остальных изводить зачем? Только ради грядущей войны? Чтобы легче отдавали жизнь за чужую землю? Но никаких новых войн не предвидится... Больших конфликтов нет уже семьдесят лет...

— Да? А то, как ваши чуть не устроили войну из-за Кубы? А как они влезли в Афганистан? С явным расчетом на хорошую, большую мировую войну! Поживи Сталин еще годик, а Андропов — еще годика два... Ваши ребята воинственные, им без войны не житье! Хорошо, в восемьдесят пятом наши ненадолго смягчили ситуацию, — но за этот кратковременный приход к власти им теперь воздается ого-го. Вы думаете, мы не знаем, кто поддерживает наш терроризм? Я же не говорю, Воленька, что вы крайний. Я просто ставлю вас в известность, что ничего тайного на самом деле нет. Понимаете? Плохому пахарю плуг мешает. Вы пустите нас на эту землю — и вы увидите, как она будет родить.

— Может, и флогистон найдете?

— А что вы себе думаете, и очень может быть, что найдем! Флогистон ведь где появляется? — вы не думали об этом? Он там, где дышит дух истории. У вас история стоит, вот и флогистона нет. А пустите нас, и сразу будет и флогистон, и апейрон, и что хотите.

— Что же вы на этой земле не работали? — съехидничал Волохов. — Солженицын на огромном материале доказывает, что у вас были все возможности для возлюбленных сельскохозяйственных трудов! Организуйтесь, и вперед! Но что-то пахать никто не рвался! — Он замолчал и перевел дух. Что-то страшное лезло из него, что-то, к чему он сам не был готов; еще немного — и он, казалось, ударит Эверштейна, которому происходящее доставляло массу удовольствия.

— Наблюдаю пробуждение национального духа! — с восторженной улыбкой кивнул он. — Видите, как это легко? Убедились, что генетическая память о захвате жива и в вас, доброжелательном интеллигентном человеке, захватчике в пятьдесят каком-нибудь поколении? Предупреждаю вас, Воленька, что драться со мной не нужно, я-таки немножко служил, и кое-чему меня учили...

Злорадство его было так откровенно, он так явно вызывал на драку, что до нее и в самом деле оставалось полшага.

— Хватит! — прикрикнул на него и на себя Волохов. — Хватит, — повторил он уже тише. — Хотите вы того или нет, бить я вас не буду. Я тоже кое-чему учился... в нашей плохой армии. Еще не хватало тут... в музее катастрофы... вы из этого потом такое сделаете...

— Я тоже думаю, что хватит, — миролюбиво кивнул Эверштейн. — Тем более, что на ваш вопрос мне ответить легко и приятно. А вот что вы ничего не слышали о сорочинской клятве, это вам чести не делает. Могли бы и поинтересоваться вместе с вашим Исаичем. Вы, может быть, слышали, где Илья Муромец схватывался с богатырем-жидовином?

— Слышал. В степи Цецар, под горой Сорочин. Где она была — никому не известно.

— Во всяком случае, к Сорочинской ярмарке это не имеет прямого отношения. То есть местность, конечно, носит название именно в честь этого события, и ярмарка в ней проводится по той же причине. Знаете, сколько по великия и малыя Руси всяких Сорочинов, Сорочинсков и Сорокиных? Все не можете забыть, как наш Элия Эмур-омэц перешел на вашу сторону и предательски напал на своих?

Волохов расхохотался.

— Среди трех богатырей Илья Муромец еврей, — выговорил он сквозь хохот.

Эверштейн смотрел на него невозмутимо:

— Вы полагаете, это возникло на голом месте? И Васнецов просто так сделал ему откровенно семитическую внешность? Вы знаете, с кого он его писал? С выдающегося толстяка Якова Толмачевского, адвоката-выкреста. Васнецов-то знал историю. Простите, я не в упрек вам говорю. Собственно, в «Богатырях» многое зашифровано — но вы, может быть, потом сходите к специалисту? Русская историческая живопись и литература — это же отдельная тема. Там тьма намеков. Обратите внимание на сбрую, убор коня, хазарскую палицу... Вы никогда не замечали, что Муромец начал свою деятельность только в тридцать лет и три года? До этого он, стало быть, сидел на печи — ситуация вполне мифологическая. Мимо шли три проходимца, как пишут ваши русские школьники в своих сочинениях... Вы обращали внимание, кстати, до какой степени эти школьники не владеют так называемым родным языком? Неграмотность поголовная; упразднили сложный ять, оставшийся в наследство от хазарской письменности, убрали всякие юсы, перезабыли половину правил — и все равно по нулям. Проходимцы, да... Загадочные калики перехожие его чем-то таким напоили, тут он возьми да и вскочи: спасибо вам, калики перехожие! А знаете вы, Воленька, что такое на древнехазарском печь? Степь, дорогой друг; слово «печь» потому и вошло в русский язык — вообще полный хазарских заимствований, — что обозначает, в русском представлении, плоское жаркое место. Отсюда русский миф о путешествиях НА печи, хотя в хазарском подлиннике речь идет всего лишь о том, что герой пересек степь, прошел ПО печи... Отсюда и печ-эн-эг, степной житель. Так вот, Элия Эмур-омэц до тридцати трех лет был степным воином, начальником стражи кагана, пока не рехнулся и не перешел в навязанную русами веру. Ему вечно казалось, что его зажимают по службе: он государственную мудрость в голове имеет, а его все в стражниках держат. А тут русские лазутчики вовремя сыграли на тщеславии: переходи к нам, Элия, мы тебя сделаем начальником над всем войском! Да и возраст у тебя такой — наш Бог в этом возрасте вознесся; дерзай! Что ви думаете? Принял христианство, хотя до этого был яростным его противником. Видали картинку Константина Васильева «Илья Муромец сшибает кресты с христианских церквей»?

— Видал, — признал Волохов. — Вы-то откуда знаете Васильева?

— Ну, как же не знать Васильева! Врага надо знать, особенно такого откровенного... Его ваши же и убрали в свое время, потому что слишком о многом проговаривался. Элия Эмур-омэц посшибал немало крестов с русских церквей, пока калики перехожие — а перехожими, или перебежными, называли у вас именно разведчиков и прочих засланных казачков, — не объяснили ему, что пришло его время. Тридцать три года — наилучший возраст для перехода в христианство и начала славных дел. Смотри, Эльюша, тот тоже был хазар — и вознесся! Приходи, будешь наш мессия! Да еще вдобавок — последняя капля — на пиру у кагана чарой обнесли. «Но обнес меня ты чарой в очередь мою — ну, шагай же, мой чубарый, уноси Элью!».

— И Алексей Константиныч, выходит, знал?

— Алексей Константиныч вообще много знал. Если вы внимательно перечтете «Князя Серебряного», то ведь там все понятно насчет тех, кого истреблял Грозный. Князь Серебряный, он же Зильбер... ну, если хотите, я вас к потомку отправлю. Но чтобы закончить про Элью: он перешел-таки к вашим, да. И крестился. И его даже не распяли — его наши достали, потом. Мы же всегда достаем, никто еще не ушел. Это у нас, если хотите, национальная гордость. Но под Сорочином нас разбили великолепно. Каган ушел чудом. Столицу пожгли. Цецар — это ведь столица, степь тут совершенно ни при чем... Цецар — старое хазарское слово, его и римляне у нас взяли для обозначения своих царей. Обозначает не столько «главный», сколько «богоданный». Знали, сволочи, что спереть...

— Минутку, минутку. Вы хотите сказать, что и Рим...

— Ну, что Иудея была провинцией Рима, вы знать обязаны, — с изумлением воззрился на него Эверштейн.

— Да, знаю, знаю... но не хотите же вы сказать, что вся территория римской империи изначально была...

— За всю территорию не скажу, — сокрушенно покачал головой Эверштейн. — Но таки значительная ее часть... Ведь до римской цивилизации была хазарская, достигшая беспримерного культурного уровня. И это сейчас никем не отрицается, благо мы, хазары, хорошо умеем хранить свои документы. У нас есть Ветхий Завет — прекрасно разработанная история. Все нас завоевывали — все, кому не лень. Потому что, начиная с известного культурного уровня, нация уже не может зверски сопротивляться — она, если бы даже и хотела, не способна отступить на предыдущую ступеньку эволюции. В этом вся досада, вся трагедия истории... Но ирония ее в том, что нацию, достигшую такой высоты, до конца тоже не истребишь. У Господа все предусмотрено. В такой нации достигается высочайшая внутренняя солидарность — основанная не на этнической, а на этической близости. Ты мне брат не потому, что мы родились в одном месте, — так рассуждать умеют и ваши примитивные землячества, — а потому, что у нас одна культура. Зов культуры сильнее зова крови, понимаете вы это? Когда нация этого достигает, уровень взаимопомощи в ней исключительно высок — вот Исаич и завидует. Римляне нас поработили, не скрою. Римляне попытались нас искоренить, свалив на нас казнь бродячего проповедника, которого они же и распяли. Видели вы «Страсти Христовы»? Это, значит, мы Христа распяли... Из этого потом целая религия выросла, любимая религия завоевателей, вера для рабов: терпи, и воздастся. На том свете. А здесь не ропщи. Ее все завоеватели быстренько приняли — римляне, гунны, ваши любимые русы... Знаете, как Владимир крестил Русь? Дело было в хазарской столице Цецар, километров на двести по Днепру выше нынешнего Киева. Загнали всех в воду — женщин, стариков, детей... И не выпускали, пока не согласились перейти в новую веру. Называлось «крещение». Некоторые так и утонули.

Волохов уже не знал, смеяться ему или плакать. Он отлично представлял себе способы подгонки летописей и свидетельств под любую требуемую версию — в конце концов, ему за это платили деньги. Он все ждал, что Эверштейн засмеется или потрет ручки в своей манере — «Ловко? Смотрите, Штирлиц, как старина Мюллер перевербовал вас за пятнадцать минут и без всяких этих штучек!» — но ничего подобного не происходило. Эверштейн был серьезен, как проповедник. И об очередной катастрофе хазар, частично потопленных в Днепре жестоким русским князем Владимиром, он рассказывал с тем же скорбно-многозначительным лаконизмом, с каким говорил о прочих трагедиях своего народа, слишком культурного, чтобы сопротивляться варварству.

— Ну, а что все-таки насчет сорочинской клятвы? — спросил он, хотя все ему уже было понятно.

— А насчет сорочинской клятвы — в тот самый год, после первого разгрома хазаров руссами, порабощенные хазары поклялись под горою Сорочин никогда больше не работать на этой земле, пока она будет чужая. Прекратить сопротивление, коль скоро оно бессмысленно, — незачем губить свои и чужие жизни, нас и так немного оставалось, — и искать любые лазейки для выживания и сохранения своей веры. Но на чужой земле — не работать: не пахать, не сеять, не строить. Какие у хазар землепашцы — вы, может быть, видели в кибуцах. Но пахать, пока там хозяйничаете вы... Сами пашите, это теперь ваша земля. В тысяча девятьсот девятнадцатом нам было показалось, что на этот раз — победа... И тогда, если помните... Меморандум от 20 декабря читали?

— Я 20 декабря родился, — хмуро признался Волохов.

— Таки я вас поздравляю с таким совпадением! В один день с Ве-Че-Ка, какая честь! — кривлялся Эверштейн. — Но позвольте вам заметить, что 20 декабря случилось еще как минимум одно великое событие. Так называемое Главбюро евсекций при ЦК КП(б) приняло постановление о том, что еврейского вопроса не существует. Не существует, и все! Я вам процитирую, — он взгромоздил на нос тяжелые очки и жестом фокусника извлек из ящика стола зеленоватую брошюру с закладками на нескольких страницах, словно такие просветительные беседы ему приходилось проводить уже не раз. — Так, так, так... это все бла-бла-бла... вот: «РСФСР стала Родиной для еврейских трудящихся, защищавших ее с оружием в руках, — никакой другой страны им не нужно. Права на Палестину полностью принадлежат трудящимся массам арабов и бедуинов». Не читали? Газета «Правда». И до самой середины тридцатых искренне ведь полагали, что сумеем возродить национальное государство, как вам это понравится! Нас, конечно, пугали. Раввин Мазе даже сказал, что революции делают Троцкие, а расплачиваются за них Бронштейны.

Что вы хотите, тысяча лет под пятой. Таки перепугались. Но боевитые ребята не перевелись — пятнадцать лет мы держали страну, и это были не самые плохие пятнадцать лет. Вся индустриализация, вся коллективизация...

— В результате которой вымерла половина крестьянства, — вставил Волохов.

— Ну батенька, ну что за перестроечные штампы! Как в вас вбивал свою ложь этот ваш позднесоветский агитпроп! Вымирали те, кто работать не хотел. Кто по своему русскому обыкновению нанимал рабочих, обирал их и жировал. У русских ведь не принято было обеспечивать батракам пристойную жизнь. Воинственный народ, со слугами привык обращаться как с пленниками! Так, собственно, и было... Что ж, вечно терпеть? Или вы думаете, революцию мы одни сделали? Нас столько уже не было, мы только попытались поучаствовать. Небезуспешно, как видите. Был такой КомЗет — Комитет по земельному устройству еврейских трудящихся. В девятнадцатом было решение о том, чтобы отдать нам Северный Крым (Южный, пожалуйста, берите себе, отдыхайте, вы ведь так устали!) — и часть Белоруссии. Не вышло. Отдали Поволжье, таки мы и там неплохо себе пахали. А в тридцать шестом ваши решили, что хватит. Что лучше нас переселить в Биробиджан. И очень удивлялись — почему мы не хотим туда ехать? А нашим гаврикам урок: не договаривайся с захватчиком! Думали, что вместе победили, помирились, теперь все будет по-другому... Не вышло! Полезла хваленая захватническая сущность, вот как сейчас из вас. Землю, пожалуйста, берите — но на Дальнем Востоке, в малярийных болотах. И на госслужбе, пожалуйста, не служите, это для вашего же блага, иначе сделают погром. В пятьдесят третьем совсем задумали извести — да спасибо, черт прибрал вашего Сосо...

— Черт прибрал? Или доктора помогли? — прищурился Волохов.

— Ну, про заговор еврейских врачей ваши давно изобрели, — безнадежно махнул рукой Эверштейн. — Я все-таки лучше о вас думал...

— Шучу, шучу. Но скажите, Миша... Сами видите, я стараюсь воспринять вашу версию без моральных оценок, как специалист... Разве русское население не потерпело от вас как следует?

— Потерпело! — с вызовом и чуть ли не с удовлетворением сказал Эверштейн. — И очень! Потому что сопротивлялось, до последнего не желало признать, что земля эта наша и им она даром не нужна. Не освоена, запущена, разграблена... Мы говорили: отдайте нам добром. Не хотели. Массовый саботаж. Антисемитские выходки. Ну и — сами понимаете. Война. В белых перчатках революция не делается. Однако даже самый красный террор никогда не достигал таких масштабов, в каких русские принялись истреблять участников революции в тридцать седьмом. Всех гребли — и наших, и, не в силах остановиться, своих.

— А ведь после восемьдесят пятого вы тоже хорошо погуляли, — медленно сказал Волохов. — Потери населения за следующие двадцать лет, по самым скромным подсчетам, составили никак не меньше, чем за все сталинские годы... Такое шло вымаривание, что любо-дорого смотреть...

— Ну а вы как полагали? — осклабился Эверштейн. — Мы, между прочим, открыли границы — пожалуйста! И дали все возможности зарабатывать — сколько хотите! И никогда не было такого, чтобы мы закрывали вам дорогу к образованию, как вы нам...

— Почему все физматшколы в семидесятых и были наводнены хазарами — будущими владельцами «Бета», «Гамма» и «Дельта»-банков! — не выдержал Волохов.

— А куда им было податься? К управлению страной путь закрыт, один путь был — в науку! И то приходилось менять фамилии при поступлении — поскребите половину Сидоровых, такой каганат откроется! Немудрено, что они устремились к власти — и заметьте, у них получилось. Потому что страна — наша, чего вы в упор не желаете видеть. И показатели у нее сразу стали превосходные — мир залюбовался. Просто очередной захватнический реванш не заставил себя ждать. Сначала в девяносто первом попробовали, потом в девяносто третьем, а в девяносто девятом все получилось. Только горцы наши не сдаются, так что вы еще с ними помучаетесь...

— Какие горцы?! — Волохов уже ничему не удивлялся, но это «наши» его все-таки встряхнуло.

— Обычные, Воленька. Не приходило ли вам в голову, почему тихий советский летчик Алексей Шварц вдруг взял себе псевдоним Жохар Дудаев? Что в итоге дает нам столь знакомую аббревиатуру ЖД? Только вы, русские, «Жохар» произносите слишком твердо. Джо-хар. Джон О’Хара. Хихи. Чеченцы — последний отряд тех, настоящих хазар, наследники каганата. Их оттеснили в горы — они и там умудрились цветущие города построить. После семнадцатого задружились было с вами, но поняли все еще быстрей нас. Как вы сами-то не догадались, честное слово? Посмотрели бы на эти носы и усы, послушали бы язык, в конце концов... Ничего ведь общего с грузинами. Грузины, адыги, армяне — совершенно другие племена. А чеченцы, с их рыцарственным духом и откровенным самурайским зверством, — последние остатки той стражи, которую предал Элия Эмур-омэц. Один из них его и достал потом. Некто Саул Ой-Вэй, в вашей транскрипции — Соловей. Свистом он был действительно знаменит, а вот насчет разбойника — это ваши сказители погорячились. Разбойником он только прикинулся: пять лет с отрядом вернейших скрывался в окрестностях бывшего Цецара, выслеживая Элию. Был когда-то его правой рукой. Стал грозой окрестностей, а уходил от ваших виртуозно. Часто спасался чудом, почему его и прозвали — угадайте как?

— Чудо-юдо, — покорно кивнул Волохов. — Был анекдот такой. «Я чудо-юдо!» — «Юде, юде? Ахтунг, фойр!».

— Может, у вас есть своя гипотеза происхождения этого прозвища? — любезно осведомился Эверштейн.

— Нет, нет, конечно! Богатыри-жидовины, чудо-юдо... все сходится...

— А знаете, что сделал Саул Ой-Вэй с Элией?

— Обрезание по самый корень, — хмыкнул Волохов.

— Нет, это скорей в манере вашего вождя. Он подъехал к нему на коне, близко-близко, вот как сейчас я подхожу к вам... — Эверштейн встал с кресла и приблизился к Волохову. Волохов отчего-то захотел встать, учитывая, что ли, торжественность момента, — но тот властным жестом руки остановил его. — Сидите, сидите. Он сказал ему всего одну фразу — но ее хватило. Ее не все знают. Это серьезные слова, Володя, и то, что я вам сейчас их скажу, подтверждает, как серьезно я отношусь к вам на самом деле.

Волохову стало не по себе.

— Было очень тихо, — понизив голос, таинственно и властно продолжал Эверштейн. — Только лес и звезды, и два бывших друга-соратника. Шайка Саула молча смотрит, встав полукругом. И тогда Саул Ой-Вэй сделал то, что хазары редко делали даже со злейшим врагом. Он отчетливо сказал, глядя в глаза Элии: «Ты пойдешь в Жадруново» — повернулся и ушел прочь с поляны, на которой его солдаты подстерегли Элию. Элия упал на колени и кричал ему вслед: «Отмени! Отмени проклятие!» — но он был хазар, хоть и выкрестившийся, и должен был помнить, что это проклятие не отменяется.

— И что? — стремясь сбросить оцепенение, спросил Волохов. — Пошел в Жадруново?

— Вероятно. Во всяком случае, больше его никто не видел.

Эверштейн вернулся на место и захихикал.

— Эффектно, да? Красивая легенда.

— А что такое Жадруново?

— Понятия не имею. Никогда там не был. Звучит похоже на какой-то населенный пункт, да? Вернетесь в Россию — изучите.

— Интересно, а Соловья-Разбойника кто-нибудь видел? Или такое проклятье даром не проходит?

— Да, оно забирает много жизненных сил, — устало подтвердил Эверштейн. — Я тоже что-то устал, Воленька... Давайте потом договорим. Что касается Соловья, то он сделался народным сказителем и, ослепив себя в знак траура по лучшему другу, стал ходить по русским деревням, сказывая былины о богатырях-жидовинах. Впоследствии русские, конечно, их отредактировали до неузнаваемости, убрали внутренние рифмы, погубили распев... Извращена была и история бегства Элии, который якобы бился с жидовином, что-то такое делал с Соловьем... какому-то чуду-юду головы рубил... Мы попытались реконструировать оригиналы, они изданы. Есть, кажется, даже сидюк с хазарским распевом, но это уж совсем левые дела. Поговорите с Женькой, она расскажет.

Он встал и принялся с прежней суетливостью (без следа исчезнувшей при рассказывании легенды о страшной гибели Ильи-Муромца) собирать бумаги, бессмысленно перекладывать брошюры на столе, с десятком сложных ритуалов открывать и закрывать портфель, упихивать туда что-то, уминая и утрамбовывая...

— Вы Женьку правда расспросите, — повторял он рассеянно, — потому что она прицельно этим занималась. Ви же знаете, я специалист только по второй мировой... и хотя вполне разделяю мысль о том, что русские не имеют никакого морального права называться коренным населением, — но ви же знаете, все народы переселяются. Нормальная практика. Этак, знаете, американские индейцы потребуют сделать в дельте Амазонки свой индейский Израиль, сколько их там еще осталось... да? Я вполне разделяю все эти аргументы. Нельзя переиграть историю. Надо довольствоваться нынешним местом и по мере сил его отстаивать. Так? Согласны? Нет, они хотят куда-то в Россию... Зачем вам обратно в Россию? Россия давно не та страна, с землей черт-те что сделали, недра разграбили, леса и те остались только в Сибири, а Сибирь скоро будет китайская… Грибов нет… Правда, что этим летом совершенно нет грибов? Я в детстве очень любил… еще там… мы ведь уехали, мне одиннадцать лет было…

Эверштейн наконец завершил ему одному понятные утрамбовки и перекладки и теперь смотрел выжидательно, давая понять, что им обоим пора.

— Миша, — спокойно спросил Волохов, и не думая подниматься. — Вы теперь ослепите себя и пойдете петь народные баллады?

— Воленька, — мягко сказал Эверштейн, — ну к чему издеваться? Я вам поведал одну из легенд моего народа. Вам сейчас мало кто расскажет настоящую хазарскую сказку. Не Павича же читать, этого Маркеса недоделанного… Пойдемте, правда.

— Последний вопрос. Можно?

— А по дороге никак нельзя? — жалобно промямлил хранитель. — Башка раскалывается…

— Нам не по дороге, — терпеливо объяснил Волохов. — Я отношусь ко всему как к обычной гипотезе, сколь бы оскорбительной она мне ни казалась. Нельзя вполне абстрагироваться от национального чувства, но я пытаюсь как могу. Скажите, вам не кажется, что вы совершаете довольно опасную подмену? Что, приписывая хазарам либертарианскую доктрину, вы смешиваете национальность с идеологией? То есть пользуетесь, по сути, уже готовой концепцией прохановцев?

— Но прохановцы абсолютно правы, — изумленно произнес Эверштейн, часто моргая. — Разве это для вас не очевидно? Стал бы Березовский издавать Проханова, будь это иначе! Они в одном врут, в главном, — что это их земля. А что существует непримиримый антагонизм между хазарами и русами — с этим и у нас никто не спорит. Какая может быть дружба у захватчика с захваченным? Я ведь вам докладывал уже: наша нация была этическим понятием… она и вообще далеко не сводится к генетическому коду… В хазары, если вы знаете, принимают всех. Даже и вам путь открыт, хотя вы, я чувствую, не рветесь…

— Вы не поняли, — поморщился Волохов. — Вы просто подобрали национальный псевдоним для убеждений, а это опасно, — вот что я хочу сказать. Это все равно что у нас патриотами себя называют наиболее кровожадные почвенники. При чем тут вообще Patria?

— Именно при том, — терпеливо проговорил Эверштейн, так и стоя перед ним с портфельчиком, — что ваша местная любовь к Родине предполагает не созидание, а именно и только истребление чужих. У вас всегда война. Оборона рубежей. Потребность в подвиге. Молитвенное разбивание лбов. А если лоб не разбит, так это не молитва. Вспомните, как на одной летней олимпиаде ваши призвали всю страну молиться за спортсменов — потому что они приравнены к воинам, защищающим честь Отечества. И православные попы молились за прыгунов с шестом, а прыгуны слезно жаловались, что их судьи зажимают. Мешают, понимаете, защищать честь Отечества. Еще бы немного — и стрелки начали бы стрелять по судьям... Вы обратили внимание, что вашим теперь везет только со стрельбой? Все периоды созидания относились, увы, к нашим кратковременным засильям. Когда построили всю промышленность? В начале тридцатых. Инженеры Маргулиесы из повести «Время, вперед!». Когда Москва ваша эклектическая приобрела свой нынешний облик? В девяностыс, при власти ненавистных вам либертарианцев.

— Когда недра грабили с особенной силой.

— Когда крупнейшей нефтяной компанией мира стала русская, — поправил Эверштейн. — Когда месторождения начали наконец научно разрабатывать, а прибыль щедро отдавать на образовательные проекты. Когда в России появилась свободная печать — где, между прочим, и вы сотрудничали квантум сатис, с необременительными историческими очерками и столь симпатичными мне прогнозами. А издавалось все это на нефтяные деньги, которые при вашем патриотическом правительстве перекачиваются в основном на оборонку, не так ли? Очень может быть, что сельское население в то время сокращалось, да и интеллигенции приходилось поторговывать на рынках. Но сейчас, когда ваши окончательно запретили эту торговлю, стали преследовать за попрошайничество и отбирать дачные участки у семей призывников-«альтернативников»... стало таки сильно лучше, n'est ce pas?

— С этим я не спорю, — мрачно согласился Волохов. — Но нельзя в этом не увидеть реакции на ваши собственные художества...

— Которые были нашей реакцией на ваши художества, которые в свою очередь... Это порочный круг, Воленька, и началось коловращение с 862 года, когда на беззащитные и плодородные земли хазар случайно набрело мрачное и глупое северное племя, шатавшееся с воинственными целями по всей нынешней среднерусской равнине. Другие благополучно давали им отлуп, а хазары не смогли. Верней, их и хазары лупили, пока в хазарских рядах не нашлось собственного предателя. В семье не без урода. А теперь это глупое и воинственное племя называет себя патриотами России и любое, даже самое мирное дело умудряется организовать как войну — потому что война все спишет. И даже самые умные и терпимые их представители совершенно неспособны к творческой дискуссии, а вечно норовят увидеть в оппоненте оскорбителя их национальной идеи и засветить ему в зубы, чтобы он перестал порочить бедных и обиженных нас. Мне пора, Володя. Извините.

— Ну, про бедных и обиженных... — проговорил Волохов, вставая. — Про бедных и обиженных, наверное, не надо, товарищ хазар, — а? И про способность абстрагироваться от национальных корней... Вы ведь и во мне видите прежде всего руса, похитителя ваших земель?

— Ваши постарались.

— Я одного не пойму, Миша! Вот, возьмите, у меня есть солпадеин — наш, захватнический, но действует.

— Да-да, спасибо, — Эверштейн взял таблетку и проглотил без воды, сильно двинув кадыком.

— Одного не пойму, — повторил Волохов. — Вы сами-то верите в то, что говорите?

— А не знаю, — сказал Эверштейн, глянув на Волохова просто и честно. — Верю ли я, что Иисус Навин остановил солнце? Меня там не было, я историк, работаю с источниками. Я одно знаю: стоит русскому с хазаром заспорить на исторические темы — только титаническая воспитанность или профессиональная близость могут их удержать от кулачного боя. И еще знаю, что ничего у русских на их якобы родной земле не получается. А после всякой вашей революции, как, знаете, в мочевом пузыре при простатите, — что-то остается. Это не ваша земля, понимаете, Володя?

Он был очень серьезен и смотрел Волохову прямо в глаза. Волохов молчал.

— Ладно. Пойдемте, пожалуйста. Мне правда пора.

— Да-да, пойдемте... — Волохов пошел с Эверштейном к выходу, но внезапно остановился, пораженный самоочевидной мыслью. — Что-то остается? То есть вы призываете... к окончательному решению русского вопроса?

— Или еврейского, — вымученно улыбнулся Эверштейн.

— Стало быть... «Нам двоим на земле нет места»?

— Почему же нет. Есть. И вам есть. Только вам надо вернуться на это место. Куда-нибудь на Север, который вы все так любите. Только не на наш — наш вы уже отдали Абрамовичу, Вексельбергу... и правильно сделали. У них сразу дело пошло. Вы идите куда-нибудь к себе, в заброшенную Гренландию, в землю мирового льда, который так любят ваши наци... Попробуйте сделать, чтобы там яблони зацвели. Это вообще большая беда, что у русских нет своего Израиля, — вы не находите? Но когда мы вернемся в Россию, — если эти наши безумные ЖД добьются-таки своего, — вы, если хотите, можете заселиться в Каганат. Махнем не глядя, как на фронте говорят?

— Мы подумаем, — в тон ему ответил Волохов.

Очнулся он только на улице, машинально идя к Женькиному дому. Кругом шумел, орал, жрал, хвастался, назначал свидания, ехал на автобусах Каганат — пестрый и избыточный во всем; странно было бы представить себе все эти яркие глаза и черные волосы среди среднерусской природы, слышать громкую гортанную речь на улицах русских городов. Русские — захватчики... бред собачий! Достаточно посмотреть на то, как похожи эти ненавистные всему миру русы на собственный пейзаж. Эти соломенные волосы, прозрачные глаза, распевная речь-речка... Волшебный язык со смещенными ударениями, повторяющий неравномерные, непредсказуемые подъемы и спуски пыльной русской дороги... Вечная тоска русской песни, тревожной, как островерхий черный ельник на закате... Он вздрогнул и остановился. Мысли, приходившие ему в голову, были шаблонны, как передовица почвенника. Тоска и тревога... Откуда тоска и тревога? Что это за русская тайна, об которую все обламывали зубы? Может, она в том и есть, что...

— Тьфу, черт, — выругался он вслух. Любимый прием всех альтернативщиков: идея внедряется как бредовая, потом ты веришь, потом понимаешь, что только так и могло быть. Любая интерпретация истории верна, пятый пункт «Памятки альтернативщику», которую он же сам вывесил на двери отдела. Пункт раз. Никто не знает, как все было. Пункт два. Все источники в той или иной мере сфальсифицированы. Пункт три. Нет истины, есть лишь ряд асимптотических приближений к ней (Набоков). Пункт четыре. Фоменко и Носовский — дураки, но их дело не пропало. Пункт пятый: смотри выше. *Шестой, или главная логическая теорема. Если какое-либо утверждение является верным, то верно и обратное.* Седьмой: забудь все прочитанное и марш работать.

В конце концов, каждый верит, как хочет. Им проще верить так. Ну и милости просим. А что такого? Хазары были на российской территории, кто бы спорил. Кого там Женька упоминала? Кестлера? Надо прочесть Кестлера…Да, были. Но каганат преувеличивать не следует. Гумилев уже на этом обломался, выдумав, по сути, целое государство. А у него любой школьник десять подтасовок на главу найдет… Да и потом, разве можно было так защищать чужую страну, как мы во время последней войны?

Можно, сказал внутренний Эверштейн, которого Волохов тут же попытался виртуально задушить. Еще как можно. Вошедшая в кровь и плоть привычка распоряжаться собственным народом, как чужим. Захватнические приготовления — проверить по Суворову, но ведь он, Волохов, занимался этим детально: насчет танков и переправ возразить нечего, готовились… И кого немцы истребляли первыми? Почему они так набрасывались именно на… Да, и на коммунистов. «Я выхожу, в меня стреляйте дважды». Господи, какая пошлость! Но ведь у себя они тоже истребляли именно их. Всеобщая мишень. Почему? Потому что не умеют сопротивляться? Потому что не работают на земле? Или потому, что все когда-то и в самом деле было их собственностью?

Нет, нет, черт его знает. Все это надо строго продумать. С этим надо серьезно спорить, как со всякой концепцией национальной исключительности. Но ведь они не претендуют на Германию, тут же возразил себе Волохов. Они не требуют Италии, им не нужна Польша. Им с избытком хватает России, им нужна она. Может быть, потому, что — как пишет та же «Позавчера» — они уже захватили все остальное, а мы — последние, кто сопротивляется? Да нет. При желании можно представить их сосуществующими с немцами, итальянцами, чехами. Даже с поляками, хазарофобами, каких поискать. Только с нами у них вечная неувязка, и даже сейчас я чуть не бросился на Эверштейна, несчастного Эверштейна с птичьей грудью… Господи, что за бред!

Ночь, ночь — а ведь еще час назад по улице тек пыльный розовый зной, смотри Бабеля. Кто писал по-русски лучше

Бабеля, и Зощенки, в чьем хазарстве не сомневалась Ахматова? А сама горбоносая, черноволосая Ахматова? Мне от бабушки-хазарки были редкостью подарки... Я никогда ничего не дарю Женьке. Подарить бусы, дешевые, дурацкие, на память? Я ведь скоро уеду домой, к своим захватчикам, а что у нее останется от меня? Да и надо ли ей? Он поймал себя на том, что думает о ней с явной, ревнивой враждебностью. Ревновать ее случалось ему и прежде, но чтобы так злобно... Боже мой, так вот чего добивался Эверштейн! Ну конечно. Как все просто. Он ревнует и пытается вбить клин — самый простой, национальный; и как я сразу не врубился!

Сзади оглушительно бибикнули. Он подпрыгнул и оглянулся: Женькина древняя «мазда» стояла у тротуара.

— Я уже минут пять за тобой еду. Ты что, не чувствуешь ничего? Где ты торчал столько времени?

— Это ты где торчала? — отозвался он, чувствуя, как с первым звуком ее голоса испаряются враждебность и подозрительность; тоже мне — «Мой сексуальный партнер, мой классовый враг». Вот Женька, какой еще искать правды?

— Я-то на репортаже, а вот ты-то?

— А я-то у Эверштейна, — с отвращением признался он, с трудом, при своих почти двух метрах, влезая в машину. — Устала?

— Да нет, надоело. И что, просветил тебя Эверштейн?

— Сверх всякой меры. Женька, скажи мне честно, он в тебя влюблен?

— Эвер? — Она расхохоталась и тронула «мазду» с места так, что Волохова бросило на спинку сиденья. Он никак не мог привыкнуть к ее манере водить — да и все тут гоняли как сумасшедшие без всякой на то причины, это странно сочеталось с пресловутой левантинской леностью. — Эвер влюблен в Россию и больше никем не интересуется. Не представляю себя с Эвером. Да ну его к черту. Ты есть хочешь? Я — как сорок тысяч братьев.

— Хочу, — сказал Волохов и понял, что голоден, счастлив, влюблен, как сорок ласковых сестер, и знать не хочет про территориальные споры тысячелетней давности. Мир, дружба, жвачка, make love, not wars. Как смел он забыть все это? Колдовство, чистое колдовство. Ужо тебе, чертов гипнотизер! Ты у меня пойдешь в Жадруново.

Глава вторая

1

По большому счету у Волохова не было еще случая, когда он по-настоящему, ни в чем себе не солгав, мог бы жить с женщиной в одной квартире, разговаривать обо всем на свете и при этом постоянно ее хотеть. Что-то ему подсказывало, что дело тут нечисто. Это было частью всемирного заговора. Он никогда еще не рассматривал Женьку как представительницу чуждого мира. Ощущения были новые, неизведанные и не сказать, чтобы вовсе неприятные.

— Что-то ты нынче расстарался, — сказала она подозрительно. — Еще немного, и я бы заорала. А это дурной тон, нет?

— Будто трахаешь дочь врага, — отозвался он.

— Это откуда? — Она мгновенно стряхнула оцепенение и уставилась на него любопытными сощуренными глазами. Горел ночник. Волохов лежал на животе, свесив левую руку на пол.

— Лимонов. Как он хороводился с богатой девочкой в красном платье. Снял ее в каком-то клубе году в девяносто пятом, а очерк напечатал в «Экзайл». Чувство, будто трахаешь дочь врага.

— И почему ты вспомнил?

— Ну, тут сложный ход. Я думал: вот, если все человечество действительно живет на чужих, захваченных местах... Где гарантия, что каждый из нас не спит с дочерью врага? Не бери в голову.

— Но почему? Ты все правильно подумал. В нашем случае особенно интересно.

— Женька, — сказал Волохов мягко и по возможности терпеливо. — Если ты играешь в эту ерунду — дело твое. Она в самом деле очень заразительна. Я знал в Москве одну толкиенистку, все хорошо, только говорила о себе в мужском роде — я пошел, я сказал... Но меру-то надо знать, верно? Не можешь же ты всерьез полагать, что Россия — ваша земля?

— Зачем мне всерьез полагать, — пожала плечами Женька. — Я знаю, и все. И ты знаешь, только не хочешь себе признаваться.

— Ага. И вся мыслящая Россия догадывается.

— Вол, но это азбука. Об этом тома написаны.

— Никаких томов я не читал.

— Как я тебя люблю, моя радость. «Чего я не знаю, того не существует». И все вы, русские, таковы, прости дуру за обобщение.

Больше всего Волохов боялся, что прорвется высокомерная снисходительность, как сегодня у Эверштейна; с ним он сдержался — кто ему Эверштейн?! — но на Женьку наорал бы обязательно.

— Ну не злись, не злись на меня. Я не знала, что ты так невинен в этом отношении. Я тебя познакомлю с людьми. Очень милыми и совершенно нормальными. Ты увидишь, что это решительно ничем тебе не угрожает. Своего рода движение за возвращение на Родину, не более того. Ну считай, что у нас эмигрантский союз вроде евразийцев. Только без шпионажа.

— Нет, я не к тому... — Волохов потянулся за бутылкой «Липтона»: духота была невыносимая, и как он в прежние ночи не замечал ее? — Я вдруг почувствовал... черт его знает. Я просто не понимаю теперь, как ты можешь со мной...

— Тебе разонравилось?

— Господи, ну о чем ты вообще?! Ну представь, что я русский, а ты немка. Или, того хуже, наоборот. Каково тебе с завоевателем, что ты должна испытывать — вот чего я понять не могу.

— Ну, Вол, прости меня, пожалуйста, но до тебя — пока бедная девушка еще не встретила свою true love, — здесь несколько раз ночевал один немец, такой себе немец, хорошая паровая машина. И ничего, никакой катастрофы, ни даже мстительного чувства...

— Ах да, я понял, — сказал Волохов гораздо злей, чем ему бы хотелось. — Утонченное удовольствие. Виктимность и реванш в одном флаконе. Особенно в моем случае, когда мы видим поработителя столь порабощенным, да и на родине его, прямо скажем, без вашего хозяйского пригляда все до такой степени ай-лю-лю...

— Во-ло-дя! — сказала она раздельно и с такой тоской, что он сразу устыдился. — Ну что это такое, в конце концов! Все это сделали не я и не ты, мы оба заложники! И зачем вообще выяснять отношения, когда времени так мало... можно сказать, вообще уже нет...

— То есть после моего отъезда, если я правильно понял, все будет кончено? Будем друг другу благодарны за миг блаженства и не станем его омрачать долгими прощаниями, так?

— Слушай! — Она резко села на кровати. — Я, кажется, не давала тебе никакого повода... вообще... что такое?! Ты один раз поговорил с Эверштейном — и теперь всякое мое слово истолковываешь наихудшим для себя образом, так?

— Похоже, что так.

— Я вообще не о твоем отъезде говорю! У нас вообще мало времени, вообще, ты понимаешь? До того момента, когда ты знать меня не захочешь, а если и захочешь — так все равно уже ничего не получится. Какая разница, сколько ты раз до этого успеешь приехать... и сколько я к тебе... Я бы с тобой жизнь прожила и не устала, у нас могла с тобой быть огромная жизнь, понимаешь? Я с первого твоего слова, дурацкого, выпендрежного, когда ты нес там какую-то самодовольную чушь про свой институт, поняла, что — вот жизнь, вот то, что меня заставило бы кинуть к чертям все это и ни о ком больше не думать, бывают такие ужасные вещи, я не думала, что их надо проговаривать вслух! — Она говорила быстро, сердито, злясь на себя и на него: признания вообще были не в ее стиле. — Я все эти ночи... и частично дни... пытаюсь тебе втолковать доступными мне способами, что никого, кроме тебя, мне не было бы нужно на свете, ни в моем fucking прошлом, ни в моем fucking будущем.

— Что fucking, это точно, — заметил он и получил подзатыльник.

— Русская свинья... Ты ни черта не хочешь понять. Есть вещи, которыми я не распоряжаюсь, есть история, в конце концов... ты что-то должен в ней понимать, если не врешь... Я не знаю, сколько у нас там — месяцев, лет... Знаю, что все ненадолго, ну и только. И не говори со мной больше об этом. У нас с тобой не как у русского офицера с немкой, а как у Монтекки с Капулетти, если хочешь. Когда мы придем, я тебя пощажу.

— Женька! — Волохов уставился на нее, уже спокойную и почти веселую. — Ты что... всерьез думаешь, что вы придете?

— А куда же мы денемся, Вол? Каганату пыхтеть осталось совсем мало. Каганат просто не протянет ближайшие десять лет. Да и у вас там дела не лучше, сам должен понимать. И после этого у нас с тобой так же ничего не получится, как у аристократки с разночинцем, которые случайно росли вместе, а потом встретились году в восемнадцатом. Есть вещи непреодолимые, еще удивляться будешь.

— Уже удивляюсь.

— Чему? Глубине моего цинизма?

— Это не цинизм, это ум. Ты умная девочка.

— Спасибо, ваша светлость.

— Скажи... а меня тогда не будут пускать в кафе, да? Как представителя некоренной национальности?

— Что за ерунда. Здесь же тебя пускают?

— Здесь не все рассуждают, как вы с Эвером.

— Во-первых, здесь просто не все признаются. А во-вторых, возвращаться ведь тоже будут не все... Кто-то наверняка останется или поедет ассимилироваться на историческую родину. В Марокко там... Но среди ЖД, между прочим, не только бывшие наши. И англичане есть, и даже, не поверишь, один мулат.

— И что со мной будет в случае вашей победы? Если до нее, конечно, дойдет?

— А я не думаю, что тут может быть окончательная победа. Разве что вы надумаете устроить себе наконец какой-нибудь русский Израиль и все уедете восвояси, с Дудугиным во главе...

— Ага. Возродим русский иврит, на котором говорило наше несчастное северное племя...

— Что-нибудь вроде церковнославянского. Представляешь себе государство, где все говорят на церковнославянском? Газеты выходят: «Аще же американьский империализм восхощет нас отымети... коемуждо... лаяй»...

Они захохотали.

— Ты уходишь от разговора, — сказал Волохов. — Я так и не понял, что будет с некоренным населением.

— Я же тебе сказала. Дойдет до открытого столкновения, как уже много раз доходило. А окончательной победы, боюсь, не видать. Правда, учитывая ваше бедственное положение и полную неспособность трудиться на вашей любимой почве... есть некоторый шанс. Да, допустим. — Она мечтательно закинула руки за голову. — Допустим, что мы победили. Тогда лучше всего тебе будет уехать.

— Куда? В каганат?

— Почему в каганат? Мир большой...

— И что, все уедут? Старики, дети?

— Ну, наши старики и дети ехали и не жаловались...

— Вам отвели Каганат.

— Нам отвел его Сталин, сыскал такую резервацию — без него бы до сих пор ничего не вышло. Но эта резервация доживает последние дни. Сколько ее ни возделывай, а своей земли она не заменит...

— Это и есть ваша историческая страна! Здесь происходила вся ваша история! — Он сам не заметил, как опять начал орать на нее.

— Ну, далеко не вся. Ты что же, действительно думаешь, что здесь — наша единственная Родина? Это твое право, конечно, но ведь об этом даже спорить смешно... Здесь наша колыбель, а потом началось множество отдельных историй... Мы выиграли конкурс на эти земли, зверь. При нас они чувствовали себя лучше всего.

— Я очень хорошо помню, как они чувствовали себя при вас...

— И что? По крайней мере тебе не затыкали рта. Только не надо мне рассказывать про миллионы голодающих стариков, вынужденных торговать малосольными огурцами. Сегодня им и огурцами торговать не дают. Вы очень интересно исправляете то, что делаем мы: все то же самое, только хуже. Это, понимаешь, как если бы... если бы у человека были сломаны ноги и при этом насморк: ноги вы не лечите, а нос отрубаете. Мы для спасения страны вынуждены обычно делать какие-то крайние вещи. Революцию. Приватизацию. Это шоковые меры, но они спасительны — иначе больной просто сгнил бы заживо, ты вспомни, в девяностом ведь на прилавках стояло одно сухое молоко!

— Я был дитя.

— А меня вообще не было, но газеты-то не спрячешь! Мы приходили и делали то, что полагалось бы сделать вам — но вы, конечно, никак не могли взять на себя исторической ответственности! Страшно! Народ не поймет, еще скинет, чего доброго! Заметь: коренное население активизировалось только тогда, когда вы прогребывали страну! А потом вы говорите: опять хазары все погубили! Хазары сделали величайшую из европейских революций, произвели гигантскую модернизацию, построили промышленность, сделали две бомбы, а когда вы вернули себе власть и благополучно все загноили, снова вынуждены были спасать положение и перестраивать страну! Потом вы с этим вашим дирижером опять все погубили местничеством, пьянством и воровством — и опять у вас виноваты хазары, благодаря которым вас по крайней мере стали в общество пускать! Ты не заводи меня лучше, морда, а то я тебе много чего порасскажу про вашу славную историю.

— Особенно про то, как вы выиграли войну, — сказал Волохов, отлично чувствуя, что он не должен был этого говорить.

— Тебе напомнить, среди какой народности самый высокий процент героев Советского Союза? — Она даже пристукнула кулаком по подушке. — Или, может, рассказать, кого немцы принимались истреблять в первую очередь?

— Они и у себя вас истребляли в первую очередь... И у норвежцев... И у французов...

— Но, может быть, в Европе хоть где-то было что-нибудь похожее на Бабий Яр?

— Ничего похожего на Хатынь в Европе тоже не было...

— Вол. — Она отвернулась к стене. — Спокойно. Слушай, войну давай не трогать. Там все настолько страшно... и настолько еще не зажило... Я объясню тебе когда-нибудь... как сама это понимаю. Ты же не можешь не знать эту вашу любимую версию о том, что именно хазары стравили русских с немцами, а вообще-то они были лучшими друзьями. Два единоприродных режима, похожих до мелочей, не ужились на одном континенте. Вот и все, Вол. Не надо мне доказывать, что фашизм от коммунизма чем-то серьезно отличался...

— Он многим отличался, — упрямо сказал Волохов. — Фашизм — средневековая мистика, а коммунизм — библейская утопия, без сатанизма и эзотерики. Но допустим, что речь идет не о теории, а о тоталитарной практике. Тут не без сходств, да. Разница в том, что при ненавистном тебе сталинизме у хазарства был шанс, почему Фейхтвангер и написал свой известный панегирик...

— До поры — был, — сказала она, все еще лежа лицом к стене. — А потом не стало. А был он, между прочим, только потому, что революция, в результате которой стал возможен твой любимый сталинизм, была в огромной степени хазарской — и позиции наши вплоть до сорок восьмого были еще кое-как сильны...

— Слушай, мать, прости меня. Я больше не буду, — сказал вдруг Волохов, не отрывая взгляд от ее лопаток. — Я правда скоро уеду, ну нельзя же в постели с главной женщиной своей жизни обсуждать двадцатый век. Для выяснения отношений нам даны многие другие возможности. Не сердись, честное слово.

— Я не сержусь.

— Я слышу, что сердишься.

— Просто есть вещи, которые будут болеть всегда. Просто я знаю, как много на самом деле общего у вас, со всем этим вашим варяжством-гуннством, и у них... И вот в такие минуты мне действительно кажется, что ты чужой. Хотя я и прекрасно знаю, что...

— Не чужой, не чужой, — Волохов ее обнял и почувствовал, что она дрожит. — Что с тобой, Женька?

— Я боюсь. Вдруг мне с тобой воевать, к чертовой матери...

— Ну, ну. До убийства не дойдет. Что, вы устроите нам русский погром? Будете вспарывать перины?

— Нет, конечно. Все это ерунда. Но могу я быть немножко человеком? Могу я элементарно бояться за тебя? Ты такой дурак. Ты до такой степени русский, что никогда ничего не поймешь. И надо мне было попасться... мало, что ли, хорошеньких хазарят...

2

Этих хорошеньких хазарят она ему показала, как обещала, в самом скором времени. Публика была странная, отчасти знакомая ему по Москве; странной она казалась ему только теперь, когда он пытался представить хазар представителями коренного населения. Большинство ЖД — по крайней мере тех, которых ему предъявила Женька, — были не старше сорока, но это как раз и понятно — не могла же она слишком выпрыгивать за границы своей возрастной категории. Чем больше Волохов на них смотрел, тем меньше их любил — и тем больше ненавидел себя за это. Выходило, что Эверштейн его вроде как инициировал (само слово «инициация», бесперечь встречавшееся как в русских эзотерико-патриотических изданиях, так и в хазарском талмудическом литературоведении, Волохова раздражало до головной боли: в нем была первобытная магия, риффенштальская любовь к ритуальным танцам у костра — странно роднившая Дудугина с Лоцманом).

Дело было, конечно, не в том, что он видел в них будущих победителей и своих гонителей: надежда на реванш ЖД представлялась ему чем-то вроде ожидания мессии — удобной, почти ни к чему не обязывающей национальной конвенцией. Бытие нации получало как бы отсроченный смысл. Дело было в ином: его раздражала именно эта веселая легкость, гостеприимство, вечная игра — отношение к миру, естественное для балованного ребенка. Было чувство, что все они выросли вместе, в одной системе паролей, в пространстве цитат; некоторые так все время и говорили цитатами. У всех были прекрасные отношения с родителями. Все принадлежали к советской элите — то есть и в России чувствовали себя очень неплохо; некоторые гостили в Каганате, иные по полгода проводили здесь и там, а кое-кто вообще проводил большую часть времени в беспечных гастролях по всему свету. Все говорили, будто постоянно перемигиваясь: строчки, фамилии и филологические термины служили для этой же цели. Он ловил себя на том, что само слово «хозяин» звучало для него теперь как «хазарин». Он завидовал им дико, страстно, не признаваясь в этом и себе.

Вообще он заметил вдруг, что Кочетов и Шевцов, неутомимо описывавшие такие же сборища московской богемной молодежи, испытывали, вероятно, те же чувства и наталкивались на то же веселое недоумение в ответ: ну чего беснуетесь? Это была реакция будущих победителей, ответ сильной стороны, не удостаивающей противника даже злобы. Никто не говорил ему грубого слова. Его просто не принимали всерьез, тогда как между собой спорили яростно, подчас забывая об его присутствии. В первый же день, когда Женька знакомила его с ЖД, он стал свидетелем спора о Каганате: тридцатилетняя переселенка Елена, оказавшаяся тут пять лет назад по беспримесно идейным соображениям, наскакивала на сорокалетнего, тихоголосого, очкастого программиста Илью, приехавшего в гости. В Москве они принадлежали к одному кругу и здесь, разумеется, увиделись — а увидевшись, сразу заспорили.

— Только здесь я стала человеком, ты понимаешь? — кричала Елена. — Ты можешь сколько угодно врать себе и всем, что не боишься жить там, но ты не можешь не видеть, что все они на самом деле ненавидят тебя, и ты делаешь все, чтобы понравиться им! Каждый твой шаг там — заискиванье. Ты хочешь быть, как они, говоришь, как они, пьешь, как они, ты готов ассимилироваться до полного скотства, ты хочешь стать даже большей скотиной — и все это время смотришь на них с мольбой: скажите, я уже достаточно надругался над собой, чтобы вы мне позволили тут пожить?

Все это она выпаливала на страшном и очевидном самоподзаводе, жадно куря, размахивая сигаретой, бешено жестикулируя, и голос у нее был низкий, страстный, идеально подходящий для оплакиваний и проклятий, — и видя таковую страстность по столь абстрактному поводу, Волохов не верил ни одному ее слову.

Илья — он был по идеологии ближе к ЖД, шепотом пояснила Женька, просто продолжал жить в России и потому в их компании не состоял, — флегматично отвечал, что его предки жили на этой земле, и он не понимает, почему должен оставлять ее на откуп мерзавцам и бездарностям; если все уедут, существование этой страны будет уже вовсе нечем оправдать... «И прекрасно! И пусть все уедут! Тогда, может быть, ее перестанут щадить ради нескольких праведников, и с ней случится то, что давно должно случиться!». На это Илья грустно улыбался и отмалчивался. Но Елена не переставала наскакивать на него, размахивать руками, дымить, — ее не остановили даже тихие слова одного из ЖД, высокого, мрачного красавца с томными восточными глазами: «Солнце, не забывай, что это все-таки не их страна». Они часто обращались друг к другу так — «солнце».

— Мне плевать, чья это страна! — крикнула Лена, переключив ярость на мрачного юношу. — Я живу мою жизнь, и я буду жить ее там, где мне не приходится каждую секунду выпрашивать себе право на существование!

— Живи свою жизнь, — спокойно отвечал юноша, — но не навязывай всем бегство как единственно верный путь.

— Почему ты говоришь «бегство»?! — ярилась Лена. — Я выбрала жизнь среди моего народа, я вошла в этот народ, я расчистила в себе свою душу, которая от долгого страха почти исчезла, — какого хера я должна была делать там, где меня все равно никогда не признают своей?!

— А тебе так нужно их признание? — спросил маленький, ехидный, налысо обритый, с двумя серьгами в левом ухе. В России он был отчаянным энтузиастом дальних походов и фотографом-любителем, в каганате увлекся параплана-ми. — Ты хочешь, чтобы тебя любили, да, Лена?!

—Да! — и она расхохоталась, и по легкости перехода от трагической ярости к беззлобному хохоту Волохов окончательно себе уяснил, что она ни на минуту не переставала играть. Волохов с ужасом понял, что женский тип, всю жизнь им ненавидимый, был по преимуществу хазарский. Он даже головой затряс, чтобы вытрясти из нее жуткое подозрение: в нем явно просыпался имперец, он уже готов был произнести вслух инвективу не хуже той, что вылетали из кочетовских партийных писателей, попадавших на сомнительные вечерники со всякой бугой-вугой и пепси-кокой, — Женька посмотрела на него в изумлении; «Башка трещит», — шепнул он ей на ухо. А интересно, подумал он, я сам-то не отказался бы с Леной? Лена была смугла, черноволоса, кареглаза, тяжелогруда, ее распирала энергия — пожалуй, не меньшая, чем у Женьки, но здесь это была уже энергия чистого самоутверждения. Впрочем, почти все в каганате были уверены, что мир принадлежит хазарам и только по неразумию — а может, чтоб Б-гу было интереснее, — пока не сдался им окончательно. Они мягко, но решительно вступались за честь своих девушек. Их девушки могли говорить любые резкости, но любой, кто осмеливался им возразить, должен был извиниться перед девушкой. Девушку выставляли вперед, как свободу на баррикадах. Это тоже был их метод — самые сильные аргументы исходили от слабых, от женщин и детей, от тех, с кем нельзя воевать.

Страшно вспомнить, Волохову приходилось однажды драться с женщиной, то есть какое драться — она попросту била его, а он стоял, как идиот, и ничего не мог сделать. Это было во время его долгого и безвыходного романа с нежной, ленивой, капризной однокурсницей, никогда не умевшей позаботиться о себе и спокойно выбиравшей того, кто позаботится о ней лучше, так, чтобы самой вовсе не пришлось шевелиться. В нее влюблялись — в том числе и ровесницы, жесткие, мужеподобные, начисто лишенные женского обаяния; они ей служили. Однажды пьяный и злой Волохов, до смерти уставший от ее измен, караулил ее в подъезде, они с подругой возвращались из театра, он наорал на ленивую возлюбленную, и тогда подруга принялась ее защищать — то есть попросту бить Волохова, причем без всякой жалости, по-настоящему. Она где-то занималась чем-то восточным — вероятно, на случай самообороны от насильника, который все медлил где-то и тем добавлял ей ярости на тренировках. Он не мог ни убежать, ни дать сдачи, а ленивая подруга, прислонившись к стене, заводила глаза, но не вмешивалась: почему я, такая нежная, должна на все это смотреть? К счастью, эта ситуация навеки излечила Волохова от прилипчивой страсти.

Он всегда догадывался об этой тактике — подкладывать щепки во все чужие костры, чтобы хранить свой невидимый град, которого не было на карте, который был поэтому неуязвим для любых пушек. Всякое истребление отдельных граждан этого града было только на руку его тайным правителям — потому что становилось аргументом в спорах: это был новый кирпич в стену неуязвимости, ибо хазары ничем на это не отвечали. Они были на стороне врага, которого нельзя увидеть: они желали гибели всем царствам, чтобы на их руинах наконец утвердить свое — тактика поистине безупречная, потому что они выступали в союзе с самим временем, самой вечностью, которой некуда торопиться.

Собственно, «Протоколы» именно об этом и были написаны, хотя являлись, конечно, чистейшим плодом фантазии Нилуса, не придумавшего ничего лучше, как переписать французский памфлет. Но то, о чем в них говорилось, было реальностью, нимало не зависящей от нравственных и умственных качеств Нилуса. Когда древние полагали, будто ветер — дыхание Перуна, они описывали то же самое явление, которое мы называем перемещением воздушных масс; нам так больше нравится, только и всего. Слог был слаб, автор — глуп, но то, с чем он так неумело бился, несомненно существовало. Жалкость этого инструментария не вызывала ничего, кроме брезгливости, погромы — ничего, кроме омерзения, однако и погромы казались беспомощными по сравнению с этой прекрасно продуманной громадой, обреченной в конце концов победить мир. Волохов это чувствовал, но объяснить не мог, как язычник не мог объяснить ветра, как Иоанн Кронштадский отделывался бессильными проклятьями; он чувствовал, что никакое добро нельзя утверждать с той яростью, с какой защищали его в каганате, и никакая свобода не предполагает такого рабства, какое царило в стане ее защитников, — но кроме интуиции, доказательств у него не было. Нилус, Иоанн Кронштадский, идиот Крушеван и прочая шобла начала века стала представляться Волохову грязной, пьяной, бездарной врачебной командой, которая негодными средствами бьется с раковой опухолью — но от грязи и глупости врачей, от омерзительности их тактики опухоль не перестает быть злокачественной и никак не тянет на символ добра и свободы. Все добро, вся свобода нужны были только до поры, до окончательной победы. После этого можно будет отбросить гуманистический антураж, с которым в Каганате так хорошо научились отождествляться; о, человечность была тут главным оружием, старики, женщины и дети шли впереди войска, чтобы противник не мог стрелять, — но как только опухоль доест противника и распространится повсеместно, она установит такой режим, на фоне которого детской игрушкой покажется любой погром.

Все рухнет, расколовшись, запутавшись, провалившись в себя — не без нашей осторожной помощи; и тогда на развалинах воцаримся мы, потому что нас ржавчина не коснется, наш благородный металл не окисляется. И это привлечение в союзники заведомого победителя бесило Волохова особенно. Ямщик лихой, седое Время. Не зря главный наш прозорливец написал об Олеге, которому за мечи и пожары, за разграбление неразумных хазар отмстили не сами хазары, а змея, живущая в черепе: лучшего символа мудрой вечности не выдумать, но стоит ли брать сторону змеи, поселившейся в трупе? Мертвый череп был для них идеальной средой: падет конь — тут-то они и заселятся. Где был мозг, хотя бы и конский, — будет шипеть змея.

Вот почему Волохову так не нравились в его подростковые годы, пришедшиеся на самый конец века, злорадные комментаторы российского распада: если бы его родина погибала от врага — гибель ее была бы достойней и красивей, но она умирала на гноище, хрипя и дергаясь, крича на преданных сиделок и вымогая сострадание у презрительно наблюдающих чужих; с терминальными больными такое случается — бить своих, призывать чужих, чтобы тем вернее добили, потому что мучиться нет больше сил. Они смотрели и подмигивали, в любую секунду готовые ринуться на освободившееся пространство. И Волохову было не легче от мысли, что это их земля.

Волохову даже казалось, что Женька, становящаяся рядом с ним по-детски послушной и ласковой, на самом деле все крепче забирает его во власть — но тут он вспомнил шевцовские рассуждения о хазарских женах и устыдился окончательно. На ненависть к хазарским женам экстраполировалась догадка о женственной природе самой хазарской власти — власти матерей и так называемых девушек, наших девушек, которых мы никогда не дадим в обиду; позор мне, позор — до чего я дошел, «Тля» дрожащая! Впрочем, примитивные натуры вроде шевцовых и кочетовых всегда чувствуют врага тоньше, по-звериному, просто не могут высказаться — и воют в бессильной ярости, пока понимающие люди улыбаются и подмигивают. Как я смею так ненавидеть их? Неужели это в самом деле генетическое, захватническое?

Впрочем, он успокоился, припомнив простую закономерность: любой мужчина, полюбивший женщину из определенного клана, скоро начинает ненавидеть этот клан, потому что хочет, чтобы женщина принадлежала только ему. Он презирает ее обязанности перед другими и их права на нее. Если бы Монтекки и Капулетти не враждовали, вражда началась бы с Ромео, возненавидевшего всю семью Джульетты — как она смеет быть еще чьей-то, не только его? Ах, все это не хазарофобия, а банальная ревность, сказал себе Волохов и перестал терзаться. Один вопрос мучил его до самого отъезда: если я так схожу по ней с ума здесь, что будет со мной там?

Глава третья

1

— Ну... Ты лучше мне не пиши, наверное, — сказал Волохов, когда она — ни слова не проронив — отвезла его в аэропорт и теперь стояла с ним у стеклянных дверей; у нее опять была какая-то не то редколлегия, не то пресс-конференция, не то дежурство, которого она, разумеется, отменить не могла, да никогда и не стала бы. Оба были великолепно сдержанны — хоть сейчас в самый паршивый фильм семидесятых годов. Молодой сибирский город, он командированный, она местная, три дня счастья, расстаются навек, она идет к выходу из аэропорта (советский семидесятнический дизайн: хлопцы в робах и штанах, молодицы с детьми на плечах, фоном — комсомольская стройка или космическая ракета).

— А чего писать? — Ей, в отличие от него, спокойствие давалось легко. — Разве что-нибудь непонятно? Пишут знаешь когда? Когда отношения недовыяснены. У нас с тобой все понятно, даже обидно. Ты любишь меня, я люблю тебя, это навсегда. Лично я сразу поняла. Правда, жуть?

В эту минуту он все ей простил — все прегрешения, бывшие и будущие; и во время их последней встречи, несколько лет спустя и при непредсказуемых обстоятельствах, стоило ему вспомнить эту минуту — как все тотчас стало чудесно, и прежняя любовь обдала его жаром, и он задохнулся от нежности, как тогда, в аэропорту.

— Ну да, жуть. Писать вообще — пошлость. Начинается какое-то иссякание. Слушай, я, может быть, вернусь.

— Наверное, да, — сказала она. — Я так полагаю, что вернешься. Ненадолго, но все-таки.

— Или ты к нам.

— Это вряд ли. — Она сказала об этом абсолютно ровно. — Придется подождать.

— Ты меня хоть предупредишь? О начале боевых действий?

— Это нескоро. Посмотрим, конечно, как у вас будет сыпаться.

— А я приеду, наверное, — повторил он. — Не знаю, когда. Ты это... я не должен этого говорить. Ревность — слабость, так? Женя, ты это... не спи тут очень уж много с кем.

— Почему? Буду, обязательно. Как мне иначе без тебя обходиться? Не хочешь же ты, чтобы я рехнулась.

— Это, знаешь, — он не выдержал и подавился смехом. — Не помню, кто... чуть ли даже не Алек Болдуин... когда его кинула Наоми Кэмпбелл, он провел ночь с пятью мулатками. Но и пять мулаток, по его признанию, не заменили ему ее. Не думаю, что я похож на пятерых хазар...

— Не похож, — кивнула она серьезно.

— Я довольно заурядный любовник.

— Абсолютно. Это-то и обидно.

— Что обидно?

— Что заурядного любовника, которого любишь, можно вытеснить только десятком незаурядных. Не волнуйся, когда ты вернешься, я разошлю их на все четыре стороны. — Она хихикнула. — По два с половиной в каждую.

— Может, мне эмигрировать?

— Ну, подумай. Этого я тебе не могу запретить. Учти, тебе здесь будет трудно.

— Я уже понял.

— И вообще, ты такой патриот... менять Родину на бабу...

— Ты перестанешь меня уважать?

— Нет, я как раз зауважаю.

— А что, нормально. Русь — она всегда мать. Можно же поменять образ Родины. О Русь моя, жена моя. Все беды именно от того, что путают жену с матерью. Либо желают мать, либо чересчур уважают жену. Это будет такой новый патриотизм...

— Все очень мило, но я-то не Русь.

— Да, это точно. В общем, я подумаю. Женька...

— Я тебя тоже, очень и навсегда, — сказала она и убежала.

Из аэропорта он набрал ее номер — она отключила мобильный. Волохов догадывался, что она так сделает. Молодец девка, подумал он. Экая война самолюбий. Не завидую я Отечеству, если она все это всерьез.

В самолете он надрался до бесчувствия и ехал из Шереметьева со страшно тяжелой головой, клюя носом и плохо понимая происходящее.

2

Волохов вернулся в Москву в начале октября, и скоро ему стало куда как худо.

Он проглядывал иногда женькин ЖД — живой дневник, с особенным сладострастием залезал в подзамочные записи, но и там не находил ничего сверх обычного. Личная жизнь у нее, вероятно, была — как не быть, — но либо не затрагивала женькиной души, либо не предназначалась для обсуждения. Женька писала о терроре, политике, новых людях и местах, подробно расписывала свои бесконечные разъезды, вывешивала фотографии — жизнь ее без Волохова шла совершенно как при Волохове и до него, и это его уязвляло, но и исцеляло. Он не мог позволить себе сходить с ума по женщине, так легко без него обходившейся. Через неделю он все-таки ей позвонил.

— О-о! — пропела она спокойно и ласково. — Здравствуй, зверь!

— Здорово, — сказал он хмуро, поскольку не любил признаваться в слабости. — Как ты?

— Как обычно. Ну, скучаю, конечно.

— Одолжений мне только не делай, — буркнул он.

— А никто и не делает. Давай, пообижайся на меня, это помогает.

— И советов не давай! — вконец вызверился он, но тут же сменил тон. — Я чего звоню-то, собственно. Ты все-таки... Ну, не знаю. Жень, может, мы бросим весь этот бред к черту и ты приедешь сюда?

— Вол, я тебе все уже так красиво рассказала, а ты все думаешь, я шутки шучу. Приезжай лучше ты, я всегда тебе буду страшно рада.

176

— Это успеется, — сказал Волохов. А какого черта, подумал он, я никогда с ней не лукавил, почему должен сейчас изображать непонятно что?! — Я вообще тоскую очень сильно, и больше того — ревную.

— Ну а как же, — сказала она. — Ты же меня любишь, наверное.

— А ты меня?

— Никогда об этом не спрашивай. Я дала тебе все доказательства.

По голосу Волохову показалось, что она торопится.

— Ты на задание бежишь?

— Почему, по номеру дежурю. Говори, говори.

— Кто там тебе сейчас целует пальцы?

— В данную минуту — никто. А вообще мы договорились, что это не обсуждается.

— Мало ли мы о чем договорились.

— Мало. О двух вещах. Можно бы и соблюсти.

— То есть ты не едешь сюда и живешь там, с кем хочешь?

— У-умница, — ласково протянула она. — Правда, с кем я хочу — ты знаешь, но моя одинокая трудная жизнь тебя не касается. Уговор есть уговор, эту сторону жизни мы не трогаем.

— Вот об этом я с тобой не договаривался.

— Ну, можешь в одностороннем порядке отчитаться о своих успехах.

— О да, — сказал Волохов, — я успешен.

— Что у тебя с работой? Понял теперь, кто коренное население?

— Не твое дело, — сказал он. — Это будет третья вещь, которая не обсуждается. Война есть война, а в ней военная тайна. Я, наверное, выберусь ближе к весне.

— Давай.

Он повесил трубку. Была еще пара писем, таких же гладких и безликих, с парой утешительных признаний, которые она, скорее всего, подпускала нарочно, из чистого человеколюбия.

Гораздо серьезней оказалось другое — обычно, возвращаясь в Россию, Волохов испытывал род злорадного удовольствия. Что говорить, он поездил, но всякий раз по приезде с тайным наслаждением думал: а вот посели сюда любого из тех, с кем я только что так мило проводил время, обсуждая альтернативку или сочиняя прогнозы, — и все эти люди спекутся на другой день, а я, слава тебе Господи, чувствую себя как глубоководная рыба в родной, илистой, мутной воде. Он никогда не брал такси из Шереметьева, чуть ли не с национальной гордостью втискивался в маршрутку, а то и вовсе в автобус, не поддерживал разговоров о том, как Родина-мать с порога встречает детушек грязью и бардаком, злобой первого же таможенника, вонью первого же сортира, — ему нравилось думать, что в нетепличных условиях вырастают приличные люди, умеющие думать о великих абстракциях (потому что думать о конкретике в таких условиях выходило себе дороже). В Штатах, где о почетном госте заботились, как о родном, — ему все время было неловко, казалось, что за все это радушие придется платить Бог весть чем, его больше устроило бы честное безразличие и минимум комфорта, с номером без отопления и обедами в китайской забегаловке. Ему вечно казалось, что взамен удобной и надежной жизни Россия способна предложить уроженцу что-то не в пример большее — масштаб, если угодно; долгое сырое эхо, подзвучивающее каждое слово. Сами неудобства и гнусности местной жизни представлялись ему непременным условием честного и осмысленного бытия. Именно поэтому возвращение всегда бывало для него грустным, строгим, но желанным праздником — и только после Каганата что-то в этой системе эмоционального самообеспечения вдруг нарушилось. Сколько бы он сам ни издевался над теорией Эверштейна, — придумал которую, впрочем, не Эверштейн, — в этот раз все в Москве подтверждало эту спекулятивную чушь, и скоро Волохов сам — бессознательно, а потом и сознательно — отыскивал новые и новые доказательства в пользу того, что родился и прожил жизнь в захваченной стране.

Ничем другим нельзя было объяснить местного отношения к собственной земле, избыток которой словно раздражал обитателей — непонятно было, что с ней делать; всякий раз, как урожай превосходил ожидания, его стремились сгноить, злясь на пресловутые лишние центнеры с гектара: так в бедной семье смотрят на нежеланного ребенка, от которого все равно никакого толку, а теперь корми! Никто не чувствовал своими ни улицу, ни двор — и оттого все загаживалось с тем же гордым, сладострастным наслаждением, с каким сам Волохов, бывало, ломился в вагон метро в разгар часа пик: он словно доказывал невидимому соглядатаю, что может жить и даже мыслить в этой банке сардин, где каждый с ненавистью смотрел на соседа, умудрявшегося вдобавок читать книгу или тереться носом о щеку спутницы — не смей отвлекаться, страдай! Непонятно было одно — почему Волохов всегда чувствовал над собою этого соглядатая; даже те, кто затаптывал клумбы во дворах или опрокидывал урны, делали это для того же невидимого Бога. «Вот!» — как бы говорили они, а что «вот» — Волохов никогда не задумывался.

Он только теперь заметил за собой эту постоянную оглядку: еще в армии ему все время приходилось доказывать свое право на существование людям, которые ни при каком раскладе сами такого права не имели. В армии им помыкал сержант, сержантом — майор, майором — комбат-полковник, и по всем параметрам — от интеллекта до человеческих качеств — полковник был хуже сержанта. Святой и неизменный принцип отрицательной селекции являлся во всей своей красе. Даже взбегая по лестнице и с неудовольствием замечая усилившуюся одышку, даже заготавливая дрова на даче и сетуя, что не всегда с первого раза раскалывает сырую липовую чурку, — Волохов все время отчитывался перед незримым сержантом, наблюдавшим за ним с истинно начальнической брезгливостью, и притом заранее знал, что сержант не одобрит его: таковы условия игры. Начальник-гуманист расписывался в слабости, а слабость была всего непозволительней, ибо ничто, кроме страха, не могло заставить подчиненного трудиться на такую харю и в таких условиях. Любой стимул, кроме ужаса, отсутствовал, — ибо все заработанное либо немедленно отбиралось, причем демократы и тоталитарии словно соревновались по этой части, либо обесценивалось унижениями, которые пришлось претерпеть.

Штука в том и заключалась, что работать никому не хотелось. Те немногие, для кого это было потребностью, считались идиотами и возбуждали в лучшем случае сочувствие, а в худшем ненависть, с какой профессиональный лентяй-забастовщик, наевший ряху на профсоюзных протестах, смотрит на трудягу-штрейкбрехера. Всякая работа была работой на дядю, никто ничего не делал для себя — и это было первым признаком жизни в захваченной стране, признаком, в котором Волохов не мог ошибиться, ибо изучал жизнь захваченных народов и понимал, как она устроена. Главной приметой подневольного человека была ярость с утра и умиротворенность к вечеру: раб злился на каждый новый день за то, что он нес с собой новые труды и унижения, — и радовался всякий раз, когда от его бесконечного срока откалывались еще сутки, а значит, предстояли шесть часов рваного, тяжкого сна в вечном ожидании окрика. Обиднее всего было, что и начальство от своей начальственности не получало никакой радости — Волохов отлично видел, что с утра в России злы решительно все, вне зависимости от чинов и рангов. Над начальниками были другие, над другими третьи — и все они служили таинственному племени, которое тоже, казалось, уже не радо, что захватило столько земли и живущего на ней народа. Над захватчиками, наверное, тоже кто-то стоял — не своею же волей пошли они войной на эти леса и болота, покорили их себе, а теперь не знали, куда деть; и стоявший тоже не получал от своей верховности никакого удовольствия — наверняка захватил у кого-то эту слишком большую Вселенную, выгнал истинных владельцев, а теперь вымещал разочарование на подчиненных. Слишком ясно было, что Россией он правил без любви.

Никто в России не чувствовал своей ни землю, ни квартиру, ни женщину. Все могло быть отнято в любой момент, и в глубине души никто не удивился бы такому исходу. Волохов — вечный противник революций, отлично знавший, как они делаются, в любом бархате распознававший наждак, а в любой вольнице оргию, — начал даже задаваться вопросом: почему, собственно, терпят?! — но тут же ответил сам себе: терпят, потому что так надо, потому что заслужили, черт возьми, и прав был некто (таких авторов, впрочем, нашлось не меньше дюжины), заметив, что если заклепать во узы любого россиянина или вдруг лишить его всего имущества — он, возможно, и поропщет для виду, но в душе не удивится. Если же вдобавок не сказать ему причины — он таковую причину немедленно найдет, самостоятельно подобрав исчерпывающие мотивировки для своих мучителей. Все было по заслугам, по давным-давно заведенному порядку; захватчик не нуждался в том, чтобы доказывать свои права. Он захватил эту землю раз и навсегда, и рабство успело войти в кровь всех, кто выжил под железной пятой.

И еще в одном был прав Эверштейн — прав настолько, что отступали любые логические возражения: можно было еще оспорить предположение насчет хазарских прав на Россию, отыскать источники, опровергнуть домыслы, — но никто не мог объяснить, почему задачей любой русской власти, вне зависимости от ее происхождения, характера и продолжительности, было в первую голову уничтожение собственного народа, и уж потом все остальное, не более конструктивное. Именем народа совершались революции, начинавшие с масштабных истреблений, и реформы, превращавшиеся в гекатомбы; народ уничтожали закрепощениями и свободами, нищетой и шальным богатством, десятками экзотических способов — и все при прямом соучастии народа, не без мазохистской готовности кидавшегося в новые и новые затеи, лишь бы оборвать это невыносимое насильственное существование. История захваченной страны в точности копировала хроники древних победоносных армий, в которых жизнь солдат, изнуренных походами, холодом и скудостью рациона, была настолько невыносима, что они радостно бросались в бой навстречу всеобщей избавительнице.

Эта ненависть к жизни, к ее продолжению, к робкой, рабской надежде как можно дольше влачить тоскливую неволю, — в России прежде всего обнаруживалась в повадках трех главных воспитателей и утешителей человека: священников, врачей и учителей. Волохов отлично помнил свою первую учительницу, оравшую на перепуганных, а потом и озлобленных детей так, что стекла дрожали; Бог миловал его от частых обращений к врачам — но заходя иногда в поликлинику ради справки для дальней поездки, он наблюдал интонации и манеры несчастных участковых медиков, чьего пятиминутного гневного приема по многу часов дожидались жалкие старики. Тут Эверштейн был прав неоспоримо — дети мешали учителям, отвлекая их от чего-то главного, больные препятствовали врачам заняться настоящим делом, и даже попы с отвращением крестили новорожденных и отпевали усопших, торопясь поскорее вернуться к заветному, от чего их оторвали ради нужд низкой жизни.

Хуже всех было попу — прямо над ним нависал непреклонный русский Бог. Бог, которого навязывали захватчики, ничем не отличался от сержанта. В отличие от прочих, иногда милосердных и даже сентиментальных, русский Бог умел только требовать и никогда не бывал доволен: любые жертвы были недостаточны, любые просьбы — обременительны. Этот русский Бог мог быть придуман только для угнетения пленного народа — никакая низовая религиозность, ничья сердечная тоска по иной жизни не могла бы породить этого монстра с пронзительным взором; ни один народ не в силах был бы молиться черной доске — закоптелому прообразу черного квадрата; а если вдуматься, русский Бог именно и был черным квадратом, и напрасно реставраторы тщились расчистить наслоения черноты, под которыми якобы сияли божественные краски. Под одной чернотой зияла другая, еще черней. За долгой жизнью в плену должна была наступить такая же несвободная смерть, и в загробном пространстве вся разница между грешниками и праведниками состояла в том, что праведники маршировали на плацу, горланя строевые псалмы, а грешники занимались их жизнеобеспечением в жарком и смрадном кухонном наряде или бесконечно чистили сортир, дежуря по роте.

3

В любом другом обществе людей объединяла хотя бы страна, которую они в какой-то момент переставали губить раздорами и начинали вытаскивать коллективным трудом, — но в том-то и штука, что здесь страна была всем чужой, а потому никаких платформ для объединения не существовало. Каждый был сам за себя, а Бог-завоеватель — против всех.

Русский террор причудливым образом нарастал снизу, по первому толчку: стоило власти убить или убрать десятерых, как народ начинал самоистребляться сотнями. Первый же арест заговорщика порождал лавину доносов о том, что все — заговорщики; революция, начавшаяся на диво бескровно, немедленно превращалась в вакханалию бессмысленных убийств — и если любая другая нация выходила из кровавой купели обновленной и не желающей повторять ошибки, в России пароксизмы самоистребления ничего не меняли.

В России единой нации не могло быть по определению: у захватчиков и захваченных не бывает общих принципов. Им ни о чем не договориться, да они и не хотят договариваться. Их главная цель — взаимное истребление; и поскольку хазар в обозримом пространстве почти не осталось, они истребляют теперь того, кого назначают в туземцы самостоятельно.

Первый закон захваченных территорий можно было сформулировать так: «Временная администрация покоренной территории, назначаемая из туземцев, копирует манеры и приемы захватчиков, продолжая осуществлять их цели. Исключения, когда туземная администрация пытается добиться послабления для коренного населения, единичны и плохо кончаются для всех сторон конфликта». Чтобы вывести этот закон, не обязательно было читать римскую историю или американскую фантастику. Достаточно было отыскать мемуары уцелевших обитателей гетто или свидетельства о концлагерях.

Отсюда с неопровержимостью явствовало, что любая страна, администрация которой, даже принадлежа к самому что ни на есть раскоренному населению, полагает главной целью истребление и унижение собственного народа, — в недавнем прошлом была захвачена; если же в этой стране воруют и мародерствуют, как в поверженном Багдаде или захваченном Берлине, — это означает, что вместе с былой властью рухнули и законы, и захватчик тщательно следит за тем, чтобы побежденное население не сумело сформулировать их заново. Захваченные должны были жить не по законам, которые написали сами для себя, — а по правилам, которые им спустили сверху, и составлены эти правила были так, чтобы число уцелевших противников сократилось со временем до размеров среднего штата вышколенной прислуги. В слишком большом количестве рабов победитель не нуждался. Сам он, разумеется, следовал каким-то законам и даже, рискнем сказать, принципам — но население на принципы не имело права: чтобы оно не успело их выработать — и взбунтоваться, — следовало каждые десять лет внушать ему новую веру, и в русской истории именно так и делалось: все ее причудливые зигзаги получили вдруг исчерпывающее объяснение. Людям годами внушали, что они боги, а потом так же старательно вдалбливали, что они твари, — с единственной целью: добиться, чтобы они окончательно утратили понятие о богах и тварях и никогда не объединились на простейших базовых принципах, дабы раз и навсегда опрокинуть гнет.

Нынешнее население не верило уже ни в один закон, божеский или человеческий, — а потому и надеяться на то, что оно выгонит обнаглевших завоевателей, более не приходилось. Нечто подобное наблюдалось в Латинской Америке — да, в сущности, и на любой территории, население которой покоряли и истребляли с особенной жестокостью. На континенте, где вплоть до пятнадцатого века хозяйничали инки, — не удавалось ничто, кроме сериалов: пресловутое сходство России с Бразилией или Аргентиной, как понял Волохов, держалось именно на этом. Воровали все, кто умудрялся дорваться до власти; военные перевороты и смены национальных мифологий происходили раз в десятилетие, если не чаще; ни одна революция не меняла положения народа, ибо все начальники вели себя как захватчики, а все подчиненные — как рабы. Главный ужас заключался в том, что земля, которую захватили, сама диктовала захватчикам воспроизведение одного и того же убийственного стереотипа. Можно было уничтожить все коренное население, сжечь его памятники, забыть письменность, можно было огнем и мечом выморить или выгнать всех, до последнего человека, — но посмертная месть несчастных жителей заключалась в том, что захватчики уже не могли остановиться: они начинали колонизировать сами себя, безжалостно угнетая всех, кто умел работать, и возвышая исключительно тех, кто умел убивать. В захваченной россами Хазарии хазаром становился любой, кого стоило называть человеком, а гордое право называться русским доставалось тому, кто первенствовал по части жестокости и бездарности. Все это было столь типично для закрытых подневольных сообществ, в которых хозяйничают чужие, — что Волохов проклинал собственную недальновидность: как он с первого взгляда не понял, что живет в колонии?

Что обмануло его? Литература, вечно бившаяся над тем же неразрешимым противоречием: мы живем здесь, но ничто не наше? Пейзажи, наводившие всю на ту же мысль о бесконечном и бессмысленном кротком терпении? Само население, от любой власти ожидавшее прежде всего массовых отъемов нажитого? Все говорило об одном, все указывало на то, о чем Волохову сказали в каганате; не может же быть, чтобы другие в упор этого не замечали!

4

Но даже это не было еще главным.

Самым грозным выводом из открывшегося ему закона было то, что у захваченной страны нет линейной истории. Цикл русского развития нарисовался ему мгновенно, с той убедительностью, с какой обнаруживаешь вдруг убийственную закономерность в хаосе линий собственной судьбы. Ни одно русское преобразование, будь оно революционным или реформаторским, не могло дойти до конца, потому что логическим концом было бы изгнание из России русских — а они держались за эту землю крепко, привыкнув жировать за счет порабощенного большинства.

Страна, у которой не было человеческого закона, обречена была жить по законам природы. Примерно раз в век, в начале столетнего цикла, случалась очередная революция, не ведущая ни к чему: оно и понятно, Россия так и оставалась колонией, власти которой выслуживаются перед незримым Куком. Вслед за революцией наступал заморозок, вслед за ним — легкое послабление для выпуска пара, называемое «оттепелью». После этого режим впадал в маразм, и никакого способа преобразовать его, кроме революции, не было: он давно не реагировал ни на что, кроме топора. Всякая новая топорная революция отбрасывала страну на полвека назад, отнимала немногие завоевания и губила тех, чьим именем затевалась; после чего новое закрепощение порождало новых правителей и протестантов, — протестанты взрослели и умнели, правители старели и тупели, власть падала, протестанты в хаосе вымирали с голоду, и новый тиран на руинах прежнего противостояния запускал часы по новому кругу.

У каждого из этих четырех секторов русского круга обнаружились особые приметы. Революция всегда заканчивалась военным путчем — иногда отсроченным, но неизбежным, как стрелецкий. Заморозок совпадал с большой внешней войной, которая и позволяла придать ему видимость перестройки общества на военные рельсы; если войны на горизонте не было — ее инспирировали. Оттепель сопровождалась расцветом искусств, тогда как при тиране-морозильнике талантов было меньше, а сами они — больше. В конце оттепели обязательно высылали или сажали того, кто горячее в нее поверил и больше себе позволил: Радищев ехал в Илим, Чернышевский — в Вилюй, Синявский — в Потьму. Главное же — эта закономерность не зависела ни от одной личности, и роль этой пресловутой личности в истории стремилась к нулю. Единственное, что оставалось, — спасать лицо. Очень немногие догадывались, что любая деятельность по преобразованию страны успешна лишь постольку, поскольку совпадает с ее собственным циклом — так женщина в известное время неспособна забеременеть, хотя бы над нею трудился сам Казанова, а неделю спустя может понести даже от ваты из матраса матроса. Когда Россия в очередной раз пребывала в маразме — революцию могла сделать горстка маньяков во главе с посредственным публицистом, понятия не имевшим о русской реальности; в любое другое время подпольными кружками могла кишеть хоть вся страна, и во главе их могли стоять хоть Желябовы, хоть Рютины, — и все их усилия ни к чему не приводили, ибо было еще, по излюбленному российскому определению, «не пора». Во времена заморозка можно было устроить народные волнения или случайное цареубийство, но царь, приходящий на смену, оказывался таков, что убитый рядом с ним выглядел агнцем; в канун оттепели можно было пропихнуть во власть законченного самодура — и он оказывался обречен на благие дела, массовые амнистии и чуть ли не публичный гопак. Всего занятнее было наблюдать эти закономерности на примере конкретного лица, которое в одном секторе круга действовало как заправский революционер, а в другом, сохраняя прежние черты, принималось за выжигание каленым железом всего, что еще торчало над поверхностью льда. Иван Грозный, чью канонизацию Волохов с омерзением пронаблюдал вскоре после возвращения, начинал как революционер, кончил как душитель и даже, кажется, планировал оттепель — осуществлять которую пришлось Годунову; только смерть Петра спасла его былых соратников от высылки и опалы, — однако выслать их успели наследники; Александр Благословенный, с чьего благословения устраивались в шестнадцатом военные поселения, был тот же самый Александр, который затевал скромную революцию своих первых лет, чуть было не увенчавшуюся освобождением крестьянства, и даже тот, в чье царствование открылась Волохову истина, провел девяностые годы в самом что ни на есть демократическом стане, искренне удивляясь, как его критики могли настолько не понимать причин перерождения.

Попасть в русскую власть мог любой, кто в предложенной ситуации принимал наихудшее решение, — а подняться до высшей ступеньки способен был всякий, кто чувствовал, куда ветер дует, и не пытался зимой собирать грибы, а летом играть в снежки. Главный же парадокс состоялся в том, что достижение высшей ступени власти как раз и означало переход к полному бессилию, ибо если политик в России мог еще что-то сделать с собственной карьерой или с горлом ближайшего соперника, — то уж сделать что-либо с Россией не мог ни при каких обстоятельствах: в ней все делалось само, и убежденный демократ превращался в душителя, а отчаянный противник государства вроде Ленина начинал выстраивать самую византийскую из всех государственностей, которые видывала страна. Выходило, что престолонаследие давало правителю шанс просидеть у власти лет двадцать, а то и более, и не сойти с ума: любой, кто завоевывал власть своими руками, испытывал такой шок от ее иллюзорности, что почти сразу умирал от удара, подобно Ленину или Годунову.

Разумеется, если бы страна принадлежала населению, сознающему ее своей, — она бы давно порвала этот круг и двинулась путем всея земли, колеблясь периодически от чересчур наглой личной свободы до слишком сильной государственности, — петляла бы, взлетала и съезжала по синусоиде, но в любом случае не повторяла круга дословно. Захватчики же шествовали даже не по опрокинутой спирали, а по дантовой модели ада — сужающимся концентрическим кольцам, последним из которых было девятое: полный мрак и вечная мерзлота. От момента создания империи Россия прошла уже пять кругов — круг Грозного, завершившийся маразмом семибоярщины; круг первого Романова, сменившийся революцией Петра; петровский круг с заморозком времен «Ледяного дома» и двадцатилетней оттепелью Екатерины; золотой круг, начавшийся реформами Сперанского и окончившийся реформами Столыпина; ленинский круг, завершившийся в восемьдесят пятом... начинался шестой, очень простой, с постепенным и неукоснительным сокращением всех, кто знал длинные слова и иностранные языки. По Данту, до окончательного конца оставалось еще три круга, — но кто сказал, что дантова девятка срабатывает в истории? Волохову все чаще казалось, что этот цикл — последний; точней, ему хотелось так думать, ибо после него могло начаться нечто новое. Он страшно устал от этой печальной карусели, на которой почти тридцать лет кружился, не замечая того.

5

Но странное дело — вместо законного отвращения к Родине он почувствовал к ней необъяснимую жалость. Казалось бы, самым правильным выходом из ситуации было немедленно взять сторону ЖД, помочь им вернуть эту землю, найти в ней флогистон (отсутствие которого, верно, и не позволяло России разомкнуть цепь) и устремиться вместе с ними по новому пути. Волохов, однако, чувствовал себя русским и ничего не мог с этим поделать. Что-то мешало ему покинуть эту скрипящую, разваливающуюся карусель и пересесть на поезд, несущийся в светлую даль эмансипации. Подозрительно мелка казалась ему идея личной свободы; подозрительно мало личной свободы видел он в каганате, где либерализм проповедовался на экспорт, но далеко не соблюдался. В сущности, идея ЖД заключалась в том, чтобы как можно шире распространить учение о зловредности всяких вертикалей — с той единственной целью, чтобы все эти ржавеющие вертикали заменить своей, последней и окончательной. Волохов с удовольствием уступил бы Россию тому, кто сохранил и преумножил бы лучшее в ней, — но не тому, кто вырвал бы ее с корнем, заняв возвращенную почву чем-нибудь более полезным. Главное же — Волохов чувствовал за Россией слабость, а за ЖД силу, и переходить на сторону силы мешала ему совесть, рациональных доводов не признающая и о справедливости не слышавшая.

После каганата он уже нимало не сомневался в том, какую именно Россию построят ЖД на месте прежней, столь отвратительной ему теперь. Вольно или невольно они окажутся в роли угнетателей, а потому воспроизведут все ту же схему... хотя — все-таки не девятый век на дворе? — вдруг да не отважатся на полное истребление или изгнание нынешних хозяев своей несчастной земли?! Однако в том, что они не отважатся, Волохов как раз уверен не был. Несколько раз они уже были весьма близки к успеху, — и их решимость сделать так, чтобы никакой России не было вовсе, пугала его по-настоящему. Они, кажется, не остановились бы перед тем, чтобы вчистую отменить всю литературу, которую так хорошо знали и цитатами из которой так весело обменивались — старательно низводя ее, однако, именно к набору детских игр и сомнительных острот. Они не просто так ее пересмеивали, стараясь выглядеть в ней уж настолько своими, что ни один русский не мог бы с ними соперничать в этой кажущейся укорененности; они превращали ее в цитатник, в объект каббалистического исследования, в набор непристойностей и ошибок, обусловленных трудным детством авторов и их тайными сексуальными комплексами, — и не было более верного способа уничтожить эту культуру, кроме как подвергнув ее анализу по системе Лоцмана или разложив на составляющие по Фрейду. В конце концов, деконструкция тоже была отнюдь не французским изобретением. Впрочем, если бы все ограничилось культурой — Волохов, скрипя сердцем, согласился бы уступить страну; его никто ни о чем не спрашивал, но он вел теперь с воображаемым ЖДовским оппонентом непрекращающийся внутренний диалог. Да, говорил он, да, я отдал бы. Возьмите. В конце концов, народу, весьма возможно, даже лучше без всего этого — а главное, я уверен, что он опять сотворит все это с нуля, и лучше. Все-таки вся наша пресловутая литература, все наши Толстые и Достоевские, и диагностики-агностики Чеховы, — не что иное, как следствие комплекса вины захватчика перед захваченным, и оттого так тягостны даже лучшие их страницы, оттого в русской прозе нельзя ни вдохнуть сырого, последождевого воздуха, ни обозреть вечернего пейзажа, ни съесть спелую, горячую от солнца клубничину без мучительного чувства вины. Пускай себе. Может, освобожденный народ напишет на освобожденной земле новую лирику, какую начали было сочинять ваши Пастернак с Мандельштамом, и будут всюду Бахуса службы, как будто на свете одни сторожа и собаки, — Господи, как я люблю эту вещь! Лучше нее, ей-Богу, ничего никогда не было по-русски, даже у Пушкина, хотя он не хуже, конечно. И у Лермонтова нет ничего лучше, хотя — по камням струится Терек, плещет мутный вал... Господи, я все отдал бы вам, даже это, если бы у меня была хоть тень надежды, что без этого будет лучше. Но не будет, — и я знаю, что будет взамен. Пусть после переноса сюда вашего тайного общества уже не останется вечных каганатских склок, отличающих всякое правительство в изгнании. Пусть будет прочное и ровное государственное устройство. Но ведь у вас тут почти уже было свое государственное устройство, ведь вы почти отказались от идеи каганата! И что вы начали делать прежде всего? То, о чем наш несчастный Шмелев, чьего сына убили по приказу вашей Землячки, сказал в «Солнце мертвых»: нет, тут не русская злоба и не русская методичность! Вы могли бы угнетать, но это поддела — угнетение бывает разным, бывает благотворная колонизация и окультуривание, в конце концов, — я отчего-то знаю, что вы будете делать нечто совсем иное, не заставляйте, о, не заставляйте меня говорить об этом вслух! Он говорил вслух, и прохожие оглядывались на него. Отчего-то я знаю, что вам мало будет угнетения. Вы захотите разорвать круг, потому что вечно меняться местами вам надоело. И это объяснимо, это слишком понятно — вы захотите истребить, уничтожить, чтобы не было и духу, и на новой земле начать новую жизнь... разве не так? Вы придете не для того, чтобы нас поработить. Вы придете для того, чтобы нас вообще не было... Я правильно понял? И внутренний голос — тенорком Эверштейна — отвечал ему: а разве вы с нами не так?

— Нет, мы с вами все-таки не так, — ошеломленно отвечал Волохов.

— Да? А с самого начала, когда вы жгли наши города? А потом, когда выгнали нас в Германию? А при первой попытке возвращения, когда ваш Державин придумал для нас черту оседлости? Хотите черту оседлости — ради Бога, мы вам это устроим. Но если не хотите — звиняйте, дядьку. Кроме того, границы будут открыты. Ступайте на все четыре стороны. Убирайтесь в свою Россию, откуда пришли когда-то на нас. Знаете, где она? Вероятно, где-нибудь в Кремле до сих пор хранятся реликвии оттуда. Понятия не имеем, откуда вас принесло в нашу Хазарию — видно, из каких-то северных земель, где почва не желала родить и снег лежал чуть не весь год; вот туда и убирайтесь — welcome Grenlandia! Не любо — оставайтесь, но тогда уж не взыщите.

— Поглядим, — с тоской и ненавистью думал Волохов. —
Поглядим.

Несомненно, они были кем-то вроде мокрецов. Несомненно, они желали блага. Правда, в первоисточнике не было учтено, что и с детьми они потом сделают что-то такое. Ведь это были не их дети. Уничтожат родителей их руками, а потом и с самими разберутся... Волохов затряс головой, отгоняя дикую мысль. Ну с чего я это взял?! Ведь они так чадолюбивы, так нежны... Ни о каком уничтожении, конечно, и речи быть не может. Запишут навеки в люди второго сорта, и только. О, подлая моя русская голова! Почему ее посещают только такие видения?! Но каких еще ты ждал? — спрашивал он у себя. Ты живешь на захваченной земле, по законам захватчиков, и сам ты захватчик, если к тридцати дорос до завсектором. И ведь как силен в тебе этот инстинкт поработителя! — ты не желаешь отдать страну тем, кто явно прав, тебе почему-то отвратительны эти самые мокрецы, которые, между прочим, могли бы построить тут наконец что-то человеческое... Могли бы, соглашался он. Но как раз человеческим это и не было бы. Я не желаю покоряться еще одной нерассуждающей силе, еще одной абсолютной правоте. Я отчего-то знаю, что истинные хозяева земли так не приходят. Так приходят хозяева жизни, а это совсем другое дело.

Поначалу, когда теория захваченного хазарства еще казалась ему бредовой, он особенно внимательно присматривался к немногим оставшимся тут хазарам, к собственным друзьям из их числа, даже к людям смешанной крови («полухазаров не бывает» — любимая поговорка патриотов). Ему казалось, что все они объединены тайнознанием, все в курсе своего происхождения и предназначения, — но разговоры на эту тему либо сразу гасились, либо ни к чему не вели. Хазары давно уже не скрывали, что ненавидят Россию и русских; самые умные из них говорили, что Россия-то им как раз очень нравится, но гордиться фактом рождения здесь — и любым другим имманентным признаком — способен только негодяй. Некоторые повторяли заезженные истины конца восьмидесятых: истинно русским должен называться тот, кто владеет языком, языком лучше владеем мы, литература, наука и даже политика лучше получается у нас, — хватит, вы себя дискредитировали, у вас уже ничего не получилось, отдайте! Про ЖД никто ничего не знал, аббревиатура прочно увязалась с Живым Дневником (может, сами ЖД и придумали его для конспирации?), а стоило Волохову намекнуть на существование молодежной организации — его поднимали на смех. «Слушайте, в Каганате каждые три хазара — тайная организация; вы что, не знаете Каганата?». О Каганате принято было отзываться с иронией, но любовной, почти нежной — вообще обычай высмеивать себя, как заметил Волохов, был у хазар одним из механизмов самозащиты. Они экспроприировали насмешку над собой, чтобы не дать другим возможности насмехаться над ними; так мать шлепает ребенка, чтобы не дать отцу выпороть его по-настоящему. Русские хазары, ругавшие Каганат, чувствовали его своим; россияне, ругавшие Россию, ненавидели ее, как чужую.

Только один раз Волохов серьезно сцепился с хазаром — и то потому, что напился, чего делать ни в коем случае не следовало. Водка, как известно, усиливает настроение, в котором ее пьешь — радостное опьянение ведет к эйфории, а грустное к полному отчаянию. Волохов был в гостях у выпускницы РГГУ, активистки ОГИ, девочки из хорошего круга — давно не девочки, конечно, хотя манера по-детски присюсюкивать, играть в вечное младенчество никуда не девалась с годами. Эта девочка любила собирать и стравливать поклонников, ей нравилось сочетание невинности с порочностью — хотя невинность была крайне искусственна, а порочность очень второсортна. Но главной, любимейшей ее игрой было дворянство, принадлежность к аристократии: она жила в огромной квартире, владела двумя дачами, одну из которых сдавала, и старательно закашивала под дворянку. Этого Волохов и не выдержал во время первого же посещения богемистой квартиры, где большая компания собралась по случаю чьего-то очередного окончательного отъезда. Волохова сюда привела очередная кратковременная подруга.

— И откуда все эти хоромы? — зло спросил Волохов.

— У нее дедушка был академик. Видный марксист. А папа — специалист по Всеволоду Вишневскому. Десять книг о нем издал.

— А. Остатки былой роскоши.

— Типа того. Но сама Соня совсем другая. Она Маркса вообще не читала, как и Вишневского, впрочем.

— Неблагодарная какая, — сказал Волохов. — Наизусть должна знать. Первый матрос, к залу: «Люди, львы, орлы и куропатки, рогатые олени, пришедшие сюда для забавы и смеха, — вот пройдет перед вами жизнь женщины-комиссара с ее темным началом и темным концом. Кто из вас хочет комиссарского тела?» Советская драматургия, кровавое наследие символизма.

Подруга засмеялась, но ничего не поняла.

Выпив, стали думать, что бы спеть. В стране давно не осталось песен, которые все знали бы, — не считая чего-нибудь вроде «Привет, подушка — привет, подружка» или «Билайн — Джи-Эс-Эм!». Впрочем, такие песни и всегда были в дефиците — захватчики пели одно, захваченные сквозь зубы тянули другое, и «Эй, ухнем», спетое в обществе захватчиков, звучало так же оскорбительно, как Вертинский в кругу фабричных рабочих. Правда, последняя революция основательно смешала ряды, и Окуджава, казалось, примирил всех — однако и его терпеть не могли в так называемых русских кругах. Там вообще не пели — как ни странно, захватчики были начисто лишены вокальных данных. По идее, им следовало бы, хоть для маскировки, затягивать «Лучинушку» — но «Лучинушка» была песней угнетенного большинства, и вообще в кругах профессиональных русских стиль рюсс популярностью не пользовался. Там не любили косовороток, предпочитая френчи. Варяги не умели даже делать вид, что любят захваченную страну: сквозь все их увлечения и разговоры проступала угрюмая северная атрибутика, и фолку они предпочитали рок, ценя в нем ненависть и жизнеотрицание — любимые воинские добродетели.

Что до ЖД — они как раз любили Окуджаву и пели его тихие грузино-арбатские песенки со странной страстью, не особенно идущей к материалу. Здесь был родной прием — пылкость настаивания на очевидном, и если Окуджава посмеивался над собственными банальностями, диву даваясь, до чего должны были дожить слушатели, чтобы им приходилось напоминать о таком, — хазары исполняли эти зонги с проповеднической страстью, трагическим надрывом, настаивая на том, что и так всем понятно. Эту мысль следовало додумать, тут была причина, — Волохов отвлекся на вспыхнувший спор: кто-то ради шутки затянул старый гимн — хозяйка дома, Соня, грубо оборвала шутника: «Что за плебейство!». Певец стушевался, заговорили о плебействе, о том, как Соня ненавидит хамов и о том, что, стоит выйти за пределы «своего круга», как тут же вляпываешься в быдло; разговор велся с поразительной откровенностью, постыдной еще десять лет назад, когда полагалось хотя бы ритуально приседать перед народом; кривясь и кривляясь, Соня изображала манеры простонародья. Народ, по ее мнению, не заслуживал лучшей участи, чем доживание по хрущобам; народ мешал Соне и таким, как она. С этим народом ничего нельзя было построить. Народ отстал от своей элиты и не желал тянуться за ней. Рядом с Соней сидел невысокий, лысый, крепкий малый и нагло улыбался.

Впрочем, элита была не единственной темой разговоров. Особенно много говорили о благотворительности, добре, борьбе со злом. Тут было то самое, о чем только что думал Волохов: в кругу ЖД, особенно в тактике их девочек, принято было отчаянно доказывать аксиоматичное. Волохов поначалу — о, святая простота! — вообще не понимал, зачем это нужно, и лишь затем вывел для себя ответ: отчего так раздражает банальность, на которой настаивают? Ведь человек не говорит ничего особенного — защищает, скажем, пользу пожертвований или утверждает, что нехорошо убивать детей; почему же хочется не просто возразить ему, но пресечь этот пылкий монолог? Дело в том, что повторение банальностей не бывает бескорыстным: человек прислоняется к общеизвестному, чтобы после десяти бесспорных тезисов осторожно внедрить свой спорный, а то и неверный, но уже привязанный к ним намертво, хитрым ходом выведенный из общепринятого.

В качестве бесспорного прикрытия брались так называемые общечеловеческие ценности, против которых, казалось бы, уж никак спорить нельзя — тотчас попадешь в людоеды. Соня помогала больным животным, содержала приют для них, возилась с ними, и хотя во всем остальном была чудовищной, непроходимой дурой — к ней прислушивались, берегли ее, как юродивую, и едва она, старательно округляя глаза, просюсюкивала — «Я вообще не понимаю, как люди могут спорить о каких-то принципах, когда каждый день в городе умирает десять бездомных собак?!» — сворачивали любой принципиальный разговор, в котором Волохов уже начинал было одерживать верх. Вы продолжайте, продолжайте, словно говорили ему, пусть последнее слово будет за вами, неважно, все это так незначительно в сравнении с бездомными собаками... Были аргументы и посерьезнее — например, больные дети. В каганате очень увлекались благотворительностью, причем именно в отношении русских детей: о хазарских заботилось правительство, вся страна и так добровольно жертвовала на них, а вот русская благотворительность была позорно не развита. Молодая кучерявая художница Ида с криком, со слезами доказывала, что дети, больные раком, не получают ни малейшей помощи, и это первый, первый признак вырождения страны! Потому что если в ней такое происходит — она не имеет, не имеет права больше жить! Ида с таким пылом убеждала всех в необходимости помогать больным детям, так рассказывала о своей благотворительной выставке, которую устроила ради них, так подробно перечисляла всех детей, которых подержала за руку, — словно и сам ее приход к больным детям был подобен Божьему дару, кратковременному визиту ангела в ад, — что Волохов начинал подозревать ее в нечеловеческих грехах: чего надо было натворить, чтобы так оправдываться? Впрочем, он скоро успокоился: Ида занималась чистым самоутверждением, ее рисунки вне благотворительности не имели никакой ценности, рисовала она откровенно так себе, но в свете гуманитарной выставки все эти розочки и козочки начинали приобретать особую подсветку, и Иде уже заказали роспись больницы в одном из пригородов Лиона. У нее был роман с французским аристократом, чьей аристократичностью она упивалась особенно, — она-то и сподвигла его пожертвовать пять тысяч евро на московские больницы. На нее, впрочем, он жертвовал много больше.

Она много еще чего говорила, и все это обретало статус непреложной истины — ведь Ида помогала больным детям! Аргумент был выбран точно: рак и сам по себе страшен, а когда речь о детях... «Матери закладывают свои квартиры! И когда дети... я не могу... в общем, когда этих детей уже нет — долг приходится выплачивать все равно!» — Ида рыдала, закрывала лицо руками, за столом воцарялась скорбная тишина, и обязательная тихая девочка уже кидалась утешать ее неизменным «Ида, солнце мое, сердце мое...».

— Все, что вы говорите, Ида, — это вещи бесспорные, — не выдержал Волохов. — Но не кажется ли вам, что благотворительностью вы только упрочиваете существующее положение?

Глаза у Иды мгновенно высохли. Волохова давно поражала хазарская способность переключаться и успокаиваться.

— Вы хотите сказать, что я не должна помогать обреченным детям?

— Ну, обреченным никто не поможет. Остерегитесь называть их обреченными. Давайте договоримся о термине «больные», — Волохов уже понял, что в этих дискуссиях договариваться о терминах надо с самого начала, иначе подмена произойдет так, что моргнуть не успеешь. — Итак, мы говорим о больных, и вы собираете деньги, по сути, на взятки. Поскольку...

— Поскольку без взяток у вас здесь ничего не делается! — пошла в атаку Ида. — Чтобы вовремя попасть на томограф, надо платить семь-десять тысяч рублей, а счет идет на дни... на минуты!

— Подождите. Во-первых, насколько я знаю, томограф в Москве не один, и далеко не везде недельная очередь. Во-вторых, собирая деньги на взятки, вы тем самым конституируете взяточничество...

— А что вы предлагаете? — презрительно спросил неизбежный, тонкий, очень бледный и очень красивый юноша с почти дворянским грассированием. Волохов узнал триаду и восхитился: как тевтонцы даже на льду норовили выстроить свою свинью, так и эти в любых географических условиях строились треугольничком с женщиной впереди.

— Я предлагаю не придавать столь большого значения собственным подвигам, — пожал плечами Волохов. — Вы не делаете ничего особенного, и не стоит, по-моему, так уж гордиться собой. Вообще докладывать о своих добрых делах, учили меня в детстве, стыдно. Вы помогли больным детям, очень хорошо, добродетель сама себе награда...

— Мой пример может разбудить десятки людей! — заорала Ида. — О чем вы говорите, вы не в теме, вы ничего не понимаете! Если мы все будем молчать, я, она, они, — она обвела широким жестом всех присутствующих, в том числе и тех, кто ни сном, ни духом не был причастен к благотворительности, — такие, как вы, вообще не узнают о ситуации!

Спорить с ней было трудно, почти невозможно — именно в силу пресловутой хазарской тактики; благотворительность выступала тут в функции розы, подвешенной к танку, но Волохов знал и видел танк. Он чувствовал, что кругом неправ, но чувствовал и то, что всякая белоснежная правота, не желающая никого жалеть, не знающая снисходительности к побежденным, неразборчивая в приемах, хуже его неправоты — умирающей, слабой, грязной, как февральский снег.

— Вы напрасно думаете, что мы не знаем о ситуации, — мягко сказал Волохов. Он уже выучился тут говорить мягко и размеренно — только это непрошибаемое спокойствие действовало на хазар, заставляя их выходить из себя и явно грешить против логики. — Я помогаю нескольким семьям инвалидов, мой институт регулярно жертвует ближайшей больнице — но это наше личное дело, понимаете? Это не есть общественная добродетель. Вы, может, и разбудите кого-то, и напомните о необходимости благотворить, — хотя, замечу, гораздо больше добра вы сделали бы, громко обнародовав хоть один факт взятки. Это, конечно, не так красиво, как жертвовать на детей, но тоже полезно...

— Вы уволите одного взяточника — придут десять других! — перебила Ида.

— Почему десять? — не понял Волохов. — Но вообще я договорю, ладно? Вы принесли бы больше пользы, обнародовав одну взятку, но самое главное — занимаясь этими благими делами, вы необратимо разрушаете себя. Понимаете, почему я против смертной казни? Потому что казненному уже все равно, а вот палача она уродует серьезно. Это же убийство, пусть и с государственного разрешения. Так и благотворительность: ребенку, конечно, все равно, государство ему помогло или Ида Кирпотина. Но вот Ида Кирпотина уже почувствовала себя святой и не терпит никаких возражений, а это первый признак неадекватности. Более того, Ида Кирпотина уже начинает оценивать свои акварели не с точки зрения живописи, а с точки зрения приносимой ими пользы, — разве нет? То есть святость уже распространяется и на живопись, нес па? Тысяча извинений, если я вас оскорбил...

— Вы никого здесь не можете оскорбить, — ответил за потрясенную Иду очень красивый юноша, явно ее паладин. — Чтобы оскорбить человека, надо находиться с ним на одном уровне. А вы должны понимать, какая честь вам оказана тем, что вы сидите за одним столом с Идой Кирпотиной... Впрочем, понятия о чести у вас известно какие, но следует по крайней мере помнить свое место.

— А какие у нас понятия о чести? — очень спокойно спросил Волохов.

— Они отсутствуют в вашем обществе, — невозмутимо ответил молодой красавец.

— Очень может быть, что ваши понятия о чести у нас действительно отсутствуют, — не повышая голоса, произнес Волохов. — Но сообразно нашим, дрянь этакая, я сейчас вобью тебе в глотку каждое твое слово. Ты хорошо меня понял? Встал! — заорал Волохов, вскакивая на ноги. — Встал быстро и вышел со мной! И я объясню тебе, мразь, кому и какая честь тут оказана! — Он сгреб красавца и потащил в прихожую, но несколько крепких рук растащили их.

— Ты тут под элиту особо не закашивай, — крикнул Волохов, которого на всякий случай как следует держали, но на пол из гуманизма не валили. — Баре нашлись, аристократия, мать вашу... Наследники великой культуры... Славное имя Кирпотиных, стукачей из Союза писателей... Дедушка-марксист, папа-вишневед... Я дедушку-то твоего знаю, не пальцем деланный. Товарищ Коган, видный специалист по раннему товарищу Марксу. Это по его доносу, если ничего не путаю, погиб товарищ Гельфанд, специалист по позднему Марксу, грешивший рационалистическим механицизмом и метафизическим мистицизмом? Вот и квартирка в высотке, правильной дорогой идете, товарищи. Аристократия. По Вишневскому специалисты. По Федору Панферову и его брускам.

— Выведите его! — завизжала Соня.

— Не бойся, успеется. Понятия о чести. Где, откуда у вас понятия о чести? Каковы ваши права на культуру, на честь, на все? Вы можете делать что угодно... Вы победите, и это правильно... — В глазах у Волохова стоял туман опьянения и ярости, комната плыла, лиц он не видел. — Не надо только тут этого... Аристократии тут не надо! Вы не аристократия, потому что все сдали с концами, а когда ненадолго пришло ваше время — вы оказались мелко мстительны, тупо мстительны! Вы доносили друг на друга! Вы вели себя как классические захватчики, потому что ничего другого давно не умеете! Вы ненавидите культуру захватчиков — и правильно делаете, была эта культура и вся вышла. Все наше дворянство — потомки завоевателей, кто б спорил. Но все-таки завоевателей, а не местечковых страдальцев! Вы! В-вы... только и умеете, что жаловаться по углам, трепаться на кухнях, кусаться под одеялом! Да, захватчики... культура захватчиков... Но они хотя бы огнем и мечом, а не кухонными шепотками! У них хотя бы какие-то аргументы, а у вас — только «наш-не-наш»! Вы, если хотите знать, вы худшие расисты, чем все скины... Что вы сделали, когда у вас был реванш? Вы, может быть, великую культуру построили? Хрена с два! Вы ничего... ничего не можете! Из вашего Мандельштама получилось что-то только потому, что он думал и писал по-русски! Быдло не нравится, да? Да — быдло! Но не ваше быдло! Наше помирает достойнее, наше падает, как дерево... аристократы... Какие вы аристократы? Вы черви в трупе, заведшиеся ходом вещей... но не надо претендовать на то, что вы высшая форма жизни!

Никто, конечно, не понимал, о чем речь и в чем дело, — казалось, Волохов просто перепил. Сильная рука взяла его за плечо и подтолкнула к выходу.

— Я уйду, уйду, — сказал Волохов. — Не надо меня... торопить. А вы тут останетесь, праздновать будущую победу. Но только вот не надо... про аристократию, да? Ты тоже, что ли, аристократ? — обернулся он к невысокому лысому ровеснику, который аккуратно, но уверенно подталкивал его к выходу.

— Аристократ, аристократ, — промурлыкал ровесник. — Пойдем, поговорим.

— Ну, поговорим, — кивнул Волохов. Триада достроилась. Хотя его и пошатывало, в силе своей он был уверен. Он набросил плащ и вместе с лысым гостем вышел на лестничную площадку.

— Драться будем? — спросил он с вызовом.

— Почему драться, — миролюбиво ответил лысый. — Айно густо, вайно хрусто. Оболокать картошно, растолокать оплошно. Да бурно достать, али норно плескать?

— Не понял, — тупо сказал Волохов. — Я, кажется, перебрал немного... а?

— Ладно, спросим проще, — еще спокойнее предложил лысый. — Пестрый кошак на толстый лешак, справа стука, слева крюка, ан что посередке?

— Соколок, — уверенно сказал Волохов. Он сам не знал, откуда помнил эту загадку — то ли вычитал в детстве в фольклорном сборнике, то ли слыхал от старухи-няньки, тамбовской уроженки, но что-то в этих дурацких словах было невыносимо родное. Чистая нескладуха, конечно, но потому и смешно, и мило. Только в очень сильном опьянении можно было проникнуть в такие глубинные пласты собственной памяти; Волохов сразу вспомнил деревянные грибки, елки и матрешек, которыми играл в трехлетнем возрасте, — матрешки ходили искать грибки под елками. В загадке про кошака и лешака говорилось про волшебный лес около дачи — там наверняка жил леший, а в подчинении у него пестрый лесной кошак, животное вроде рыси. Кажется, Волохов даже видел его однажды.

— Хоть это помнишь, — удовлетворенно сказал лысый.

— А ты почем знаешь?

— Что ж мне, языка своего не знать? Ты, окулок, соколок-то видал когда?

— Не бывает никакого соколка, — сказал Волохов назидательно. — Это нескладуха.

— Это нескладух не бывает, — в тон ему назидательно ответил лысый, широко улыбаясь. — Соколок — это вот. Здесь кошак, здесь лешак, тут крюка, тут стука, и все это вместе качается. Неужели не видел? Вверх-вниз, три-четыре.

— Типа качели? — в недоумении спросил Волохов.

— Ну да, только похитрей. Да ты небось сам его в детстве делал сколько раз.

— Никогда.

— Стало быть, все впереди. А вот так: хомка на почку, домка на точку, бурка на ступку — кто на зарубку?

— Шмяк, — радостно сказал Волохов. — Это у нас во дворе так считались.

Лысый хлопнул его по плечу.

— Хороший был двор.

На лестничную площадку робко высунулась волоховская подруга:

— Мальчики, у вас тут все в порядке?

— Даже слишком, — сказал лысый. — Скажи там Соне, что мы пойдем, наверное.

— Я сейчас оденусь...

— А ты посиди, — властно, словно имея право приказывать волоховской подруге, произнес странный гость. — У нас свой разговор, не для женских ушей.

— Сиди, правда, Галя, — успокоил ее Волохов. — Я завтра позвоню.

6

— Вот так оно все и выглядит, — закончил Гуров, аппетитно затягиваясь сигареткой. Он все делал аппетитно и везде выглядел, как хозяин, — даже на волоховской кухоньке, где сидел впервые. Лысая его голова уютно блестела под лампой.

— Дурак я, — без выражения сказал Волохов. — Такая простая вещь, а...

— Почему сразу дурак? Ты просек ровно половину, а многие и этого не понимают.

— Половину, и о той в Каганате рассказали.

— А ты поверил, и правильно. Значит, сам чувствуешь что-то такое. Уже полдела.

— Подожди. Когда, ты говоришь, они пришли?

— Хазары? Примерно в шестом веке.

— А варяги? В девятьсот шестьдесят втором?

— Да, когда Итиль пожгли. Кстати, Кестлер цитирует прелестную запись одного путешественника: русы, утверждает он, всегда по трое ходили испражняться. Один испражнялся, а двое караулили. Боялись внешнего нападения. Дурак, да? Он просто никогда не жил здесь и не знал, что русы все делают по трое. Это обычай.

Волохов очень любил Гурова в этот момент. Гуров был первым, кто наконец избавил Волохова от главного проклятия — от любви-ненависти к своим. Теперь их можно было спокойно ненавидеть и не считать своими, и так же спокойно можно было ненавидеть хазар, имевших на эту землю не больше прав, чем его родной гнусный народ. Волохов сам не понимал, почему так легко поверил незнакомому человеку. Гуров говорил то, о чем сам Волохов давно догадывался, добавлял последний штрих в картину мира — что ж было не верить ему?

— Хазарский каганат — то самое тринадцатое колено, так что все правильно. Они пришли и довольно быстро построились. Это же пора великих переселений, сам должен знать. Шестой-седьмой века. Мир трещит, все по новой. Бродят народы, ищут непонятно чего, срываются с места... Все борются за лакомый кусок. И тут мы — сам видишь, место злачное, народ кроткий, что ж не захватить? У них это быстро. Но только недолго музыка играла — шаталось тут еще одно безземельное племя, только северное. Не знаю уж, за что их погнали, — тоже, наверное, согрешили, а может, просто бродяги, вроде цыган. У меня даже знаешь какая была теория? Что первородный грех — он не один. Его каждое племя совершило и за это было изгнано, и поэтому теперь все живут не на своей земле. А хотят на свою, только не помнят, где она. Вот и скитаются в поисках. Веке в шестом-седьмом точно что-то такое было, все как с цепи сорвались. Галлы пришли в Рим, монголоиды — на Чукотку... А эти к нам. Ну, насчет первородного греха — сам понимаешь, завиральное.

— Но красиво: каждый ищет свою землю — элегантная мотивировка. Надо было тебе к нам идти.

— Мне в моем Генштабе неплохо. А дальше смотри: приходят варяги, выдумавшие потом, что их призвали. Я, кстати, не исключаю даже, что действительно призвали — потому что уж очень надоело под этими сидеть. Они пришли — видят, народ действительно незлобивый. «Попытка ведь не шутка — пойдем, коли зовут!». Ну и вот, и остались. Тех пожгли, они обиделись — пришли и опять захватили. А мы молчим, ждем, пока они друг друга перебьют. Никак. Ладно, в восемьсот сорок пятом вроде бы опять хазары победили, а сто лет спустя — варяги, и уже окончательно. Владимир, как ты знаешь, специально от хазар запер русские земли. Попытки реванша, само собой, были — в воззвании Минина упоминаются наряду с поляками именно хазары, под игом которых подыхает народ...

— Да воззвание-то поддельное.

— Какое? «Мужие, братие»? Самое что ни на есть подлинное. А дальше все по заведенному образцу. Действительно по кругу, тут ты уловил, и объяснение наглядное. Где никто ни во что не верит — там, кроме круга, никакого пути нет. А почему не верит — ты и сам понимаешь. У варяг с хазарами общей веры не бывает, а нашу они и вовсе вытаптывали.

— Что за наша?

— Будет время, расскажу. Все сразу нельзя. Это ведь тоже так, знаешь... травматично. Я в тринадцать лет все узнал от отца, и то чуть с ума не сошел, хотя ребенку легче. Нас мало, беречься надо.

— И почему мы их терпим?

— Тут сложно, — сказал Гуров. — Не так однозначно, по крайней мере. И ты мечом не маши, а то некоторые сразу начинают... тех свергать, этих гнать... Я иногда думаю, что мы их не терпим. Мне кажется даже, что мы их разводим — не в бандитском смысле, а примерно в том, в каком муравьи разводят тлей. Тлям, вероятно, тоже кажется, что они угнетатели. Я допускаю даже, что так кажется коровам. Не жалким, колхозным, а нормальным таким коровам, типа голландских. Корове кажется, что она священная. Верховное божество, все ее обслуживают, делать ничего не надо, знай доись. Как тебе, альтернативщик?

— И что мы имеем с гуся? — спросил Волохов цитатой из любимого анекдота. — Чем доятся эти коровы, которых мы тут на себе развели?

— Ну, во-первых, они друг друга убивают, — ответил Гуров.

— А нам какой прок?

— А иначе кто-нибудь убивал бы нас. Или мы друг друга. Я бы даже сказал, что они за нас живут и умирают. А мы, избавленные от нужд низкой жизни, делаем что-то гораздо более важное. Живем высшей формой жизни, в которой нет ни захватов, ни аннексий, ни контрибуций, ни революций, ни терроров. То есть находимся практически в ангельском состоянии.

— Ну уж и в ангельском? — не поверил Волохов.

— Во всяком случае в лучшем, чем они. И то, что их двое, — большое наше преимущество. Они все время отвлекаются друг на друга. Захватывают, тузят. Нам при этом, конечно, тоже достается, но не в такой степени. Любой другой захватчик нас с нашими данными давно бы уже... под корешок.

— Погоди. Мы, стало быть, их действительно позвали? Как бы наняли? Как нанимают одних бандитов, чтобы они защищали от других?

— Это похоже, — усмехнулся Гуров. — Очень похоже. Только мы наняли двух бандитов, враждующих. Они защищают нас от всех внешних — потому что в мире знают, что мы под ними ходим... И при этом друг друга мочат, и никогда не могут замочить до конца. Чрезвычайно удобная схема, ты не находишь? Так что это еще кто кого терпит...

— Мне одно непонятно, — задумчиво произнес Волохов. — Почему при такой истории — с ее кругами, неверием ни во что, угнетением и прочая, — такая культура? Уж никак не захватническая, верно?

— Отчасти захватническая. Нашей настоящей ты, небось, и не знаешь почти — ее в книгах мало печатают. Меня тут знаешь что больше всего умиляет? — доверительно сказал Гуров, сам, кажется, очень довольный тем, что нашел нового соотечественника. Вероятно, ему нечасто случалось вот так трепаться с безоговорочно своим. — Что у истоков так называемого золотого века стоят две хрестоматийные фигуры — раскаявшийся хазар и раскаявшийся варяг. Оба двигались друг другу навстречу и могли пересечься в некоей точке — но Бог не дал. И, может, к лучшему. Вдвоем-то они живо сдвинули бы дело... С одной стороны — Пушкин, классический хазар, атеист, смещавшийся всю жизнь к варяжству, государственничеству, северу... и на этом погиб, потому что кому велено чирикать — не мурлыкайте. Что интересно, убили не свои, а именно чужие: не примазывайся. То же и с Лермонтовым: начинал как классический варяг. Патриот, культ гибели, могучие северные образы, антихристианство, дурной вкус, Бородино — а в конце: «Прощай, немытая Россия». Они вечно стараются доказать, что это не он написал. Но «Люблю Отчизну я» — это-то явно он? «Ни слава, купленная кровью... ни темной старины заветные преданья» — все, что его так волновало в оны времена. Ведь и в военные-то пошел почему? Он искренне упивался всей этой романтикой, а потом, как пошла муштра, фуражировка-маршировка... В отставку захотел, покаялся. Я думаю, это его на Кавказе перевербовали. Был у него такой кунак — явно хазарский. «Чеченец посмотрел лукаво и головою покачал».

— Ну, про чеченцев ты мне не вкручивай.

— Я и не вкручиваю. Сам поймешь. Языки нормально посравниваешь — и поймешь.

— Да ладно, не в чеченце дело, — мечтательно сказал Волохов. — Красиво получается. Действительно, раскаявшийся варяг и раскаявшийся хазар... И потом — эта парочка всегда соблюдается. С Толстым и Достоевским, например.

— Точно. Сообразительный.

— Погоди, погоди, — Волохов с наслаждением развивал теорию. — Толстой: его любовь к Лермонтову — «Пришел как право имущий»... Общий интерес к Бородину... Начинал как офицер... Упивался аристократизмом, кичился дворянством... После — резкий перелом, ненависть к государству, любовь к хазарству и защита его, вплоть до изучения древнехазарского... И с другой стороны — Достоевский, начинавший как бунтовщик, а закончивший гостем и другом царской фамилии. Да? И эта его пушкинская речь в конце, про такой же предсмертный каменноостровский цикл... Слушай, как все сходится!

— Ну, это просто. — Гуров все время улыбался, и Волохов ловил себя на той же беспричинной улыбке: так радуются только своим. Он чувствовал себя так, словно попал в теплую ванну после ледяного заснеженного пространства. — Как только варяг или хазар начинают немного соображать, они тотчас ссорятся со своими. Вся так называемая великая культура стояла на раскаявшемся варяжстве и раскаявшемся хазарстве.

— Кстати, Толстой же говорил о Достоевском: «Что-то хазарское было в нем!».

— Точно, Горькому. Этот, кстати, был из классических раскаявшихся варягов. Культ силы, Ницше, сантиментальность — только под конец начал что-то понимать. А напротив него — раскаявшийся хазар Андреев, чистый ученик Достоевского, закончивший патриотической «Русской мыслью», государственничеством и всяким угарным квасом.

— Страшное дело, страшное дело, — радостно кивал Волохов. — Сходится! И все-таки... Мне, знаешь, унизительно было бы думать, что все детерминировано только национальностью. Или историей, хоть это и мое прямое дело. Родился хазаром — и осуществляешь хазарскую программу, родился варягом — варяжскую... от личности-то хоть где-то зависит или нет?

— Обязательно, — кивнул Гуров. — У нас.

— У коренного населения?

— Да. Самоназвание я тебе со временем скажу, а слово «славяне» забудь. Оно гнусное, клейменое. Происхождение его сам знать должен.

— И в чем критерий?

— Да очень простой. Если тебе не подходят ни хазарство, ни варяжство — стало быть, ты и наш. Они детерменированы, да, им деваться некуда. Если ты хазар или рус — это клеймо в чистом виде. А если тебе и с теми не по дороге, и от этих воротит — стало быть, наш и есть. У меня, брат, чутье на это дело. А уж у них какое чутье! Нашего каждый чует. И — либо убить, либо припахать.

— Но ведь нас в результате почти нет? От нас, от третьих... то есть первых... хоть что-то осталось?

— Довольно много, — пожал плечами Гуров. — Кстати, ты в Москве их видишь каждый день. Как правило, на Кольцевой линии метро. Догадался, почему?

— Нет, — удивился Волохов. — Почему?

И Гуров объяснил.

<h1 style="text-align:center">7</h1>

Вдоль главной среднеазиатской транспортной артерии, носившей имя Рус, в первом тысячелетии нашей эры селилось множество племен, сведения о которых частью ненадежны, а частью нарочно перепутаны. Западноевропейское раннее средневековье известно нам в мельчайших деталях, жизнь и география Ближнего Востока тех же времен тщательно задокументированы, а огромное пространство Южной и Восточной Европы, Придонье и Приволжье выглядит не то белым пятном, по которому хаотически бродят кочевые племена, не то лоскутным одеялом, которое никак не могут поделить между собой сторонники разных версий. Существует четыре концепции возникновения русской государственности — хазарская, русская, норманнская (варяжская) и истинная.

Согласно хазарской версии, так называемая салтово-маяцкая культура с ее белыми замками и многочисленными ремеслами была государственной культурой обширного государства — Хазарского каганата, занимавшего большую часть Южной Европы вплоть до левого берега Днепра. Славяне платили дань каганату (упоминания об этой дани содержатся в «Повести временных лет»), а русы воевали с ним. Некоторые исследователи отождествляют славян и русов, тогда как в анонимном арабском трактате «Пределы мира от востока к западу» (предположительно X век) ясно сказано: река Рута — приток Руса — «от русов течет к славянам». «Пределы мира» целиком на русский язык не переводились и по-русски издавались только фрагментарно, в переводе с английского (на который переведены В.Минорским). До последнего времени анонимная рукопись, обнаруженная в 1892 году, вообще считалась подделкой английских русофобов. Сами русы в «Пределах мира» охарактеризованы так: «Это огромная страна, и обитатели ее плохого нрава, непристойные, нахальные, склонны к ссорам и воинственны. Среди них есть группа славян, которая им служит. Кияба — город русов, ближайший к мусульманам. Это приятное место и есть резиденция царя. Слаба — приятный город, и из него ведется торговля со страной булгар. Уртаб — город, где любого чужеземца убивают». Среди жителей страны русов выделяется отдельная группа Мирват (мурруват, морроват): «Они пришли сюда, завоевали эту страну и поселились здесь». С этим, возможно, связано происхождение глагола «замуровать», означавшего первоначально «поглотить», «захватить». Мурруват пришли «из безлюдных земель Севера».

Восточнее страны русов находится страна хазар. «Это очень приятная и процветающая страна с большими богатствами. Оттуда поступают коровы, овцы и бесчисленные рабы. Атиль — город, разделенный рекой Атиль (Итиль, позднее Волга, — пер.). Это столица хазар и место пребывания царя, который называется Таркан каган. Тула и Лугх — два региона страны хазар. Люди здесь воинственны и обладают большим количеством оружия».

Главным источником сведений о Хазарии является так называемая еврейско-хазарская переписка. Состоит она всего из двух писем: обращения министра финансов омейядского халифа в Испании Абдуррахмана Второго Хасдаи ибн Шафрута к хазарскому царю Иосифу и ответа царя Иосифа. Эта переписка датируется серединой десятого столетия. Краткая версия ответа Иосифа сохранилась в сочинении еврейского писателя одиннадцатого века Иехуды бен Барзиллая (Барселонского). Ее обнаружил и впервые опубликовал Исаак Акриш в 1577 году. Более полная и содержательная версия была обнаружена Абеном Решефом (Авраамом Фирковичем) в рукописном хранилище при каирской синагоге. Сложность заключается в том, что Решеф был караимом — представителем иудейской секты, отрицающей Талмуд и обращающейся непосредственно к Библии. После смерти Решефа-Фирковича его коллекция попала в руки еврея-талмудиста А. Гаркави, и Фирковича назвали фальсификатором, поскольку документы его коллекции свидетельствовали о том, что хазарские евреи тоже были не талмудистами, а караимами. Полная версия письма царя Иосифа надолго оказалась под вопросом. Однако крупный советский востоковед П.Коковцов в своей публикации «Еврейско-хазарской переписки» (Ленинград, 1932) обосновал ее подлинность.

В своем письме Хасдаи ибн Шафрут интересуется, правда ли, что на востоке Европы есть страна, где свободно исповедуют иудейскую веру. «Я живу у реки по имени Итиль, — отвечает Иосиф. — Я еще сообщаю размеры пределов моей страны, в которой я живу. В сторону востока она простирается на 20 фарсахов пути до моря Гарганского, в южную сторону на 30 фарсахов пути до большой реки по имени Угру, в западную сторону на 30 фарсахов до реки по имени Бузан, вытекающей из Угру, в северную сторону на 20 фарсахов пути до Бузана и склона реки к морю Гарганскому». Перечисляя племена, платящие ему дань, Иосиф упоминает эрьзя («арису») и черемисов — восточных славян, живущих в Поволжье. Один фарсах, то есть час, пути равен 5-6 километрам. В начале тысячелетия хазары кочевали по Предкавказью от Каспия до Дербента, в пятом веке осели на Волге и в Крыму, после чего царь Булан принял иудаизм. Сведения Иосифа относятся к позднему, последнему периоду хазарской истории. В 962 году киевский князь Святослав захватил и разграбил столицу Итиль, и Каганат перестал существовать.

Противники хазарской версии утверждают, что она не подкреплена археологическими аргументами. В частности, на обширной территории салтово-маяцкой культуры обнаружены рунические надписи, принадлежащие к средневековой осетинской (аланской) системе письма, не имеющие никакого отношения к письменности хазар. Царь Иосиф, видимо, преувеличил процветание своего государства: Географ Мукаддаси упоминал его исключительную бедность — «Ни скота, ни плодов»; известно, правда, что на территориях Хазарии были поля, сады и виноградники — но, как подчеркивают источники (Истахри, Ибн Хаукаль), все это было в этом районе и до хазар. «Хазары не производят и не вывозят ничего, кроме рыбного клея», — сообщают источники. Некоторые атихазарские исследователи считают, что «рыбный клей» в этом контексте — фразеологизм, нечто вроде рыбьего меха, означающий, что хазары неспособны ни к какой работе, а только к угнетению; при всем уважении к чувствам антихазар нельзя не заметить, что рыбный клей существовал реально и стоил дорого. Правда, Хазария поставляет рабов, как утверждается в «Пределах мира».

О зависимости русов от хазар не упоминает ни один арабский автор, зато «Генеалогия тюрок» свидетельствует о конфликте между хазарами и русами: «Русы вторглись в земли хазаров и поселились там». Конфликт этот восходит якобы к древней вражде Руса и Хазара — основателей племен, но это интерпретация сугубо мифологическая.

Противники хазарской версии считают, что Хазарский Каганат был небольшим государством в восточном Предкавказье и дельте Волги, захватившим в девятом веке низовья Дона. Господствующим народом между Доном и Днепром считают русов и асов, которые кочевали по юго-востоку Европы и пришли в равнину между Доном и Днепром в шестом веке. Некоторые указывают, что асы — вариант самоназвания русов, другие считают их родственными племенами. Асы обладали европеоидной внешностью и передавали из поколения в поколение легенды о своих «светлых», «царственных» предках, что дает сторонникам «гиперборейской теории» причислять их к потомкам таинственно исчезнувших истинных арийцев, обладавших сакральными знаниями и ушедших с Севера в силу географических катаклизмов III–IV веков. Асам был присущ культ оружия (без оружия хоронили только старцев). Русская историография ссылается на странное сообщение Маврикия Стратега: рабы у русов живут на правах «свободных и друзей». Е.Галкина даже называет славяно-русский союз «взаимовыгодными отношениями». Между тем арабские источники ясно свидетельствуют о том, что «постоянно по сотне или двести они ходят на славян, насилием берут у них припасы... Многие из славян служат русам». Славяне, в отличие от русов, знали множество ремесел. В основе их культуры лежала идея круга: круглые жилища, «круговая керамика», круглые головные уборы. Тезис о «дружбе» и «взаимном влиянии» двух племен — славянского и русского — не подтверждается ничем, кроме сообщения географов школы Джайхани о том, что многие русы похожи на славян, а стало быть, между ними бывали смешанные браки. Чтобы славянка родила от руса, равноправие совершенно необязательно. Сомнительно, чтобы арабы школы Джайхани этого не понимали.

Согласно русской версии, именно русы были наследниками мудрецов и воинов — северных волхвов, живших в Гиперборее и обладавших запасом оккультных знаний. Во время великого оледенения они отправились в глубь материка, покинув родной Север. Отдельные сторонники русской государственности полагают, что легенда об Атлантиде сложена как раз о великом оледенении, а атланты — легендарные люди «из Алтынской земли», пришедшие к славянам и научившие их письменности. Отсюда, возможно, и поговорка, в истинном своем варианте звучащая как «Не было ни гроша, да вдруг Атлант». О мере добровольности славянского приобщения к ведическим ценностям спорят даже сторонники русскоатлантической гипотезы: одни полагают, что воинственные жрецы-атланты покорили славянские племена, другие же — что подчинили их мирно, силой арийского авторитета. Наконец, есть самодеятельные авторы — большею частью из числа геофизиков и яхтсменов, — уверенные, что асы и есть новое самоназвание атлантов, образованное, вероятно, как аббревиатура: «Атланты Славянские».

Наиболее близка к истине гипотеза Иловайского, впоследствии развитая Львом Гумилевым: согласно ей, территория восточных славян делилась между двумя могучими государствами — варягами на северо-западе и хазарами на юго-востоке. Варяги явились с севера в результате некоей геофизической катастрофы и исповедовали суровые воинские ценности, хазары принадлежали к гедонистической культуре юга и более всего увлекались торговлей, а производством не интересовались вовсе. Некоторые реакционные историки пытались обнаружить общие корни у британского «раб» (slave) из самоназвания славян — мол, славяне назывались так потому, что они рабы; прогрессивные историки аргументированно возражали, что это рабы назывались так потому, что они славяне. Варяжская историческая школа настаивает на том, что славян называли так за их воинскую славу (в варяжстве отрицается любая слава, кроме воинской): к этому аргументу прибегали, когда коренное население надо было в очередной раз заставить умирать за варяжские ценности. Хазары утверждали, что название славян происходит от названия второй хазарской столицы — «Слаба», упоминаемой не только в «Пределах мира», но и в ряде других источников. Согласно хазарам, никаких славян не было, а были безымянные кочевые племена, которым хазары принесли культуру и сельскохозяйственные навыки. Сами они, правда, сельским хозяйством не занимались, ограничиваясь тонкими ремеслами вроде варки рыбного клея. Создается впечатление, что они валандались по Южной Европе в поисках племени, которое согласилось бы на них работать, — и наконец на такое племя набрели.

От «круговой», циклической и концентрической культуры славян уцелело очень немногое — сначала она старательно вытаптывалась, а потом, когда коренному населению Приволжья и Придонья стал очевиден сугубо захватнический характер насильственной колонизации, эту культуру унесли глубоко в подполье, передавая только своим. Язык славян подвергался такой же колонизации — слова меняли смысл, ибо захватчики употребляли их, не понимая. Тонким и сложным языковым аппаратом славян они пользовались по-захватнически, грубо и поверхностно. Не в силах сопротивляться колонизации, славяне стонали то под варяжским, то под хазарским игом. Упоминания о стычках варягов и хазар сохранились во многих источниках. Согласно некоторым историкам, все они носили характер не только территориальный, но, так сказать, принципиальный: вертикальные иерархии севера сражались с горизонтальными установками юга. В действительности варяги никогда не исповедовали собственных вертикальных установок, что подтверждается и варяжским образом загробного мира, в котором идеальные воины знай себе дерутся да пируют без всякого повода; иерархии соблюдались только в захваченных варягами сообществах, тогда как между самими варягами царили взаимопонимание и равенство, а воинские добродетели вроде отваги и аскетизма вообще навязывались лишь побежденным: никто из поклонников Одина не отличался воздержанностью. Точно так же и никто из хазар не соблюдал приписываемых им правил: хазарское сообщество было жестко структурировано, не отличалось ни гедонизмом, ни леностью (бешеная энергия хазар вошла в пословицу) — а отсутствие вертикальных иерархий, свобода и распущенность предназначались для побежденных, чтобы воля их сломилась и душа растлилась. Варяги и хазары сражались не за свои ценности, а за славянскую территорию и кроткое славянское племя, обслуживавшее их по очереди. Ценностные различия служили всего лишь предлогом, ибо в жизненной практике нет большего варяга, чем хазар, и лучшего хазара, чем варяг.

От коренного населения России к началу двадцать первого века осталось очень немногое. Вот почему почти никто в стране не умел и не хотел работать, а главные споры шли между теми, кто желал воевать, и теми, кто хотел торговать. Но немногие уцелевшие славяне по-прежнему исповедовали культуру круга, и потому...

— Ты понимаешь теперь, кто остался от нашего племени? — спросил Гуров.

— В смысле?

— Те, кто ездят по кругу. Те, кто удерживают мир от окончательной гибели. Те, кто не имеют права покидать Кольцевую.

— Васьки, — прошептал Волохов. — Этого не может быть.

— Может, — сказал Гуров. — Такое может быть, знаешь...

Очень скоро то, чего не может быть, началось.

Глава четвертая

1

Теперь Волохов во главе небольшого отряда, называемого Бог весть почему его летучей гвардией, шлепал по мокрому смешанному лесу к северу от Дегунина, снимал с лица паутину, отводил ветки, чтобы не хлестали по щекам, и чувствовал себя неприлично счастливым, потому что ночью ему предстояла встреча с Женькой — комиссаром ЖД, стоявших в соседней деревне Грачево.

Летучая гвардия — да, это они вмастили. Вполне в духе позднего варяжства с его напыщенной, самоочевидной тупостью: в последнее время всякий стыд потеряли, бесконечно юбилействуя. Черные дни календаря все наглядней вытеснялись красными, большей частью воинскими: все они в сознании Волохова сливались в одного Всеархистратига Стратилата, чернокрылого дракона, пожирающего собственный хвост и оттого невыносимо страдающего, — змееборца и мученика в одном лице. Праздновали пышно, жирно, со сбитнем и гулянками, но в каждом празднестве все отчетливей проступал погром.

Война эта принципиально отличалась от того, что устроили в оны смутны времена гражданин Минин и товарищ Пожарский. Впрочем, кому ж, как не альтернативщику, знать: о том, что они устроили, достоверно ничего не известно. Да и про Сусанина мы мало что знаем — особенно если учесть, как лепило варяжство своих героев: ничем не брезговало, отовсюду подбирало. Вспоминал же бывший диссидент, впоследствии главный борец с либерализмом Зиновьев: прыгали курсанты с парашютами в сорок четвертом году, один забоялся, облевался, обосрался, а будучи вытолкнут из самолета — умер от разрыва сердца. Когда покойник благополучно приземлился на автоматически раскрывшемся парашюте, его немедленно канонизировали и даже наградили посмертно: был бы труп, подвиг присочиним. Минина и Пожарского засахарили до полной неузнаваемости: каждый год, да не по одному разу, демонстрировалась художественная картина о них, статуарная, позднесталинская, с грозной лающей музыкой, древнерусскими буквицами в титрах, с многословно-интеллигентным, коварным польским королем Жигимонтом подозрительно неарийского вида. Положительные сверкали глазами из-под гневно супящихся бровей: «Головы прозакладываем!». В прессу вовсю проникало слово «супостат». В детстве Волохову, увлекавшемуся тогда физикой, супостат представлялся прибором, регулирующим температуру супа, наподобие реостата, коим можно было умерять громкость; теперь мы на него бесперечь супились. Новая волна самоистребления началась сама собой, без верховного сигнала — ибо власть, что-то смекнув, давно уже не ставила задач: видно было, что призови ты хоть к разведению помидоров — завтра же начнется бойня. Быстро прикинули возможные выгоды войны, списали на нее все за милую душу и объявили тотальную мобилизацию.

Как несложно было предположить, от нее откупались кто во что горазд, и в первых рядах — противники нелегальной миграции. Погромить они очень были горазды, но служить в прославляемой ими же армии, где давно уже не полагалось и двух воскресных яиц, охотников не находилось. Поначалу, к чести власти, мели всех. Волохов давно ждал подобного исхода — особо после знакомства с Гуровым; в день объявления войны, случившийся аккурат после его тридцать третьего дня рождения, незадолго перед новым годом, он с Гуровым встретился на Поклонной горе. Место выбрали людное — шел патриотический митинг, можно было побалакать незаметно.

О таинственных его делах Волохов понятия не имел: Гуров служил в Генштабе и постоянно ездил в командировки. Он инспектировал войска, проверял училища, интересовался непредсказуемыми вещами — то рыбными промыслами, то сталью, — имел знакомства в деловых и эзотерических кругах (а впрочем, все российские круги были перемешаны, и деловые мало отличались от эзотерических); с Волоховым они виделись редко — не в последнюю очередь потому, что первая приязнь сменилась некоторой взаимной подозрительностью. Волохов догадывался, что Гуров бережет его для тайного дела, на которое он, Волохов, еще, может, и не подпишется — тогда как для Гурова сама его принадлежность к коренному населению была залогом готовности на все. Волохов вообще не очень желал прислушиваться к голосу крови — апелляция к этому голосу равно отвращала его в варягах и хазарах, и почему надо было делать исключение для таинственного населения, к которому они с Гуровым принадлежали, — он не понимал. Что из того, что он помнит пароль «соколок» и питает равное отвращение к обоим поработителям? Волохов подозревал, что Гуров отвел ему роль в своем плане, а Гуров подозревал, что Волохов не желает больше играть какую-либо роль в чьих-либо планах, а злится потому, что собственных у него нет.

— Что, дождался? — в лоб спросил его Волохов.

Гуров кивнул. Он был спокоен, как всегда, но очечки поблескивали.

— Значит, все сделалось силою вещей?

— А то. Ты меня слушай, я зря не скажу.

— Перебьют, думаешь, друг друга?

— Непременно. Долго терпели, да теперь уж, видать, окончательно.

— И чем все кончится?

— А ничем. Я давно говорил, что победы тут не будет — друг друга пожрут, да и сдохнут. Им поврозь помирать неудобно, а вместе, думаю, даже радостно. Сам не ам и никому не дам. Достойный венец двух бесполезных племен.

— Непохоже пока, чтобы друг друга. Похоже, что наша возьмет.

Гуров пожал плечами.

— Думай, как знаешь. И что это за «наша»? Когда ты уже перестанешь к варягам примазываться?

— Нравится мне так.

— Ты и в армию пойдешь?

— Почему нет. Призовут — пойду. Мой год пока не трогают, молодых гонят.

— Ну, давай. Варяг выискался. Убьют тебя, дурака, — с кем страну будем поднимать?

— И что, думаешь, будет кого поднимать?

— Обязательно, — сказал Гуров. — Откуда и возьмутся...

— Немного же ты с ними наподнимаешь, если они тысячу лет такое терпели.

— А они не терпели, — все так же ровно и весело ответил Гуров. — Они часа ждали. Знаешь ты про реку Неглинку?

— Как не знать. В трубе течет.

— Вот рухнет со временем Москва, разлезется труба, — думаешь, Неглинка течь разучится? В землю уйдет? Нет, Волохов.

Это Глинка их вонючая в землю всосется. А Неглинка — НАША река, — прибавил он со значением. — Священная река. Они, сволочи, в трубу ее заковали, а мы и терпим, верно? А почему, спроси? А потому, что реке ничего не сделается. Она выйдет на свободу и потечет себе, как прежде. Ты про Глинку слыхал?

— Как не слыхать. «Жизнь за царя».

— Дурак ты, ваше благородие. Глинка — та, от которой Глинские пошли. Была такая река, варяги крепко ее жаловали. Михал Иваныч ихний специально в ее честь назвался. Это и есть правильное название Москва-реки, его только истинное варяжство знает. Им, вишь ты, некрасиво казалось, что у них главная столичная река — Глинка. Но что от глины пошло, в глину и возвратится. А Неглинка останется, чуешь, историк?

— Чую, чую, — сказал Волохов. Спорить ему не хотелось. Он давно знал, что сделает в случае войны, но рассматривал эту возможность как гипотетическую, отдаленную. На его глазах сама собой, из воздуха ткалась война; она нужна была всем, ею можно было оправдать любые заморозки, списать на нее все художества, она становилась окончательным оправданием нового диктата — и вот начиналась, на ровном месте, не во враждебном даже, а в безразлично-брезгливом мировом окружении. И война была, судя по всему, не на жизнь, а на смерть — окончательное решение русского вопроса.

Так думалось ему в первый год, и поначалу действительно как будто шли сражения, затевались масштабные операции, печатались сводки потерь — начались даже перебои с продуктами, как и положено при войне; только на второй год стало ясно, что продуктовые перебои существуют сами собой, а война потому и нужна, что надо их объяснять. Тут-то и выскочила иррациональная, Божья ирония: в стране, где все протухло и оскудело, мало что осталось и от войны. Открыли банку стратегической тушенки — а оттуда пахнуло, как от ржавого гнилого ручья, вытекающего из щели летнего помойного бака: не война то была, а такое же издевательство над самой идеей войны, как поздние варяжские праздники в честь крылатого архистратилата. Варяги бесперечь расстреливали своих перед строем, хазары не знали, что делать с захваченной землей, — и обе стороны лихорадочно убегали от крупных столкновений: варяги разучились умирать за эту землю, а хазары усомнились в том, что она того стоит. Война длилась и длилась, но воевать давно уже было не за что: разойтись по домам казалось стыдно, да и нельзя было после всего жить рядом, — а уничтожить друг друга никому не хватало сил. Это не могло продолжаться дальше. Это должно было кончиться, совсем, бесповоротно, — чтобы начался новый человек на новой земле; и этого нового человека выращивал Волохов.

2

Он знал, что надо делать. Он давно понял хазарское ноу-хау и ждал только момента, чтобы его применить. Как только его призвали и, сообразно капитанскому званию, дали роту, — он представил грамотно обоснованный, старательно составленный план: диверсионный отряд должен был действовать во вражеских тылах, нанося бесшумные, внезапные удары. Бумагам в русском штабе верили фанатично, гладкие слова ценились, ибо нужно было все более витиевато обосновывать перед начальством тоскливое, вязкое бездействие; Волохову утвердили его отряд, а дальнейшее было делом техники. Он знал, что главная его задача — избегать столкновений; знал и то, что очень многие скоро от него побегут. Раскрыть истинную свою задачу он не мог никому — даже тем, кого без толку таскал за собой по лесам и пустеющим деревням центральной России. Четыре года нужны были ему, всего четыре года. Три были уже позади. Женька знала истинную его цель. Женька знала все. Перед ней он лукавить не мог.

Врет Гуров, что новая жизнь начнется сама собой. Новой жизни не будет, если все останется как есть; из трубы Неглинка выйдет вялым, безжизненным ручьем. Волохов знал это — перед отправкой на фронт он зашел к бывшей подруге, с которой так бесповоротно порвал после появления Женьки, и то, что он увидел, окончательно его отрезвило. Он и поныне мучался этим воспоминанием.

Бывшая подруга по-прежнему жила в их однокомнатной квартире, которую он ей оставил; по-прежнему ходила на работу и даже поливала цветы, но это было, кажется, последним, что она делала осмысленно. В остальном жизнь ее и квартира зарастали, как брошенное поле, ненужными, сорными вещами: она жила так тихо, так жалобно и кротко, что Волохов всерьез возненавидел себя. Это было беспомощное, покорное увядание; в доме не на что было сесть и нечего съесть, а она часами выклеивала коллажи, играла с соседской дочкой, рассказывала ей сказки — из тех, от которых так привязался к ней поначалу Волохов: неизменно жалобные, унылые, бесприютные, как свист ветра за окнами щелястого дома. Она не злилась на Волохова и никого ни в чем не винила, говорила все тише, ходила в черном, напоминала монашку; его она встретила с той же кроткой ласковостью, которой он так умилялся прежде и которую так возненавидел после женькиного веселого буйства. Ей ничего не хотелось. Она не доводила до конца ни одного дела. Предложила ему починить рукав — он донашивал старую куртку, которую бывшая подруга штопала много раз, — и пришила один рукав к другому, сама того не заметив. Она ни на миг не выходила из мечтательной задумчивости, из тихого, сладкого безумия, в которое жизнь не вторгалась даже военными новостями. Телевизор давно не работал, экран пылился, раковина была полна немытой посуды, из крана капало — а когда Волохов попытался его починить, хлынуло; прокладка была ни к черту, он еле сладил с потопом, вырезав новую из старой подметки. Так жила она, тихая девушка из коренного населения, о которой он почти забыл за два последних года; только теперь он понял, почему в одиночку ему было легче, чем с ней. В ее квартире все было в упадке, кроме цветов: они разрослись щедро, пышно, словно чувствуя, что это теперь их территория. Цветы не знают добра и зла, наш прах — лучшая для них почва, а в этой квартире все постепенно становилось прахом: пепел подругиных сигарет, пыль, хлам старой одежды. Подруга что-то шептала цветам, и они, казалось, слушали, поворачивались к ней, тянулись за ней, когда отходила; с ними она легко находила общий язык, и Волохов с облегчением вздохнул, уйдя из этого растительного царства. Она слегка всплакнула, провожая его, но тут же утешилась. Она, кажется, не поняла, куда он уходит. Он оставил денег — она машинально сунула их в шкаф, видимо, чтобы тут же забыть и о них.

Он думал было показать ее Гурову, чтобы тот понял наконец, с каким населением придется иметь дело, — напрасно было надеяться, что оно не деградирует за годы попеременного угнетения, — но что-то было стыдное в том, чтобы показывать бывшую подругу чужим людям; и он остался со своим знанием, надеясь на свое хазарское хождение. Не может быть, чтобы это помогло только хазарам. Этот способ годился для всех.

Он и сам замечал, что люди, которых он таскал за собой, становились все осмысленней, все умелей и быстроумней — словно только им и недоставало сорваться с места, чтобы наконец обрести себя. С ним был Яков Битюг, чью настоящую фамилию давно позабыли, — толстый, высокий малый, незаменимый в походе человек, в последнее время подобравшийся, избавившийся от глупого добродушия; была медсестра Анюта, которой давно не приходилось перевязывать раненых, чему она несказанно радовалась; был возлюбленный Анюты диверсант Федька Цыган, утверждавший, что в их цыганском племени давно поняли осмысленность и пользу скитаний — а потому командир все делает правильно; в Цыгане проснулась цыганская кровь, и он недурно играл на гитаре. Снайпер Михаил Моторин, которого любили девки во всех окрестных деревнях; бывший учитель Климов, рассказывавший всем на ночь шедевры мировой литературы; повар Дровненьков, сочинявший деликатесы из подножного корма и подручных средств вплоть до древесной коры; много их было, медленно просыпавшихся душ, и разве не сработал уже один раз этот способ во время последней великой войны, когда все сорвались с места да и побрели сначала на восток, потом на запад? Разве наступавшие части, делавшие в день до сорока километров, не вошли в Берлин новыми людьми? Разве не потребовалось еще пять лет до окончательного их закрепощения? Жители России чувствовали единственную панацею и всегда втайне желали сорваться с места — кочевники, беженцы, строители, подниматели целины и осваиватели нехоженых земель бороздили страну во всех направлениях, зная, что стоит закрепиться, как у них тут же отберут работу и свободу; рабство не зря называлось в России прикреплением к земле — земля была чужая, и только дорога всегда своя. Дорога была прирожденным, естественным состоянием беглого раба — ни с чем другим свобода для него не связывалась; глупый Гуров, он не желал этого понимать, все колесил по стране и армии, выискивая своих, проверяя их на оселке соколка, — тогда как своих давно почти не осталось, делать их предстояло с нуля, и годился для этого только древний Моисеев способ, о котором Волохов не рассказывал никому.

В отряде были в основном коренные с небольшими варяжскими примесями; он отбирал их сам, безошибочно чуя кротость и незлобивость. Он берег их от столкновений, отвираясь по мобильному, да никто и не разыскивал их — такая неразбериха царила на фронте с обеих сторон. Хваленая хазарская боеготовность загнивала на глазах, здесь от нее не было никакого толку; варяги никакими расстрелами не могли поднять армию в бой, да и состояла эта армия из тех, у кого не нашлось денег откупиться. Волохов странствовал, питаясь манной небесной — всем, что удавалось добыть в деревнях; он совсем было вознамерился двинуться со своими людьми в Сибирь, где было и хлебно, и свободно, и почти не чувствовалась война, — но не мог оторваться от Женьки и презирал себя за это. Хазары стояли в Грачеве второй день.

Теперь Волохов шел в Грачево. Своих он думал разместить в бесхозном покамест Дегунине, откуда только что ушел Громов, — а утром снова увести и решительно двинуться на восток. Что-то надо было делать с этой зависимостью, отказываться от нее — в конце концов, они с Женькой принадлежали теперь к двум враждующим племенам, и несмотря даже на волоховскую тактику неучастия в боевых действиях, он понимал, что полным и окончательным его предательство станет в первую же ночь с ней. Однако делать было нечего. Может, вся война затеялась для того, чтобы они встретились опять. И вот он шел через смешанный мокрый грачевский лес, обходя муравейники, пиная валуи, срывая иногда бледно-алую костянику, и летучий его отряд, сократившийся до полусотни, шел за ним, не спрашивая, куда.

Зажужжал мобильник.

— Седьмой, — без выражения сказал Волохов.

— Ты где ходишь, еб твою мать?! — привычно заорал Здрок. — Ты еще позавчера, еб твою мать, должен был выйти на воссоединение с силами капитана Громова, чтобы объединенным ударом ударно ударить по позиции главного удара!

— Я хожу вокруг Грачева, товарищ полковник, — спокойно ответил Волохов. — Есть уникальный шанс взять живой комиссаршу третьей армии. По сведениям моей разведки, штаб третьей армии развернут в избе крестьянина Малахова. Имею возможность ночью внезапным ударом обезглавить третью армию. — Волохов улыбнулся, представив, как будет брать комиссаршу этой же ночью, если, конечно, комиссарша даст.

— А, — сказал Здрок слегка разочарованно, как показалось Волохову. Он желал устроить нагоняй офицеру, и тут, на тебе, такой облом. — Ну бери. Действуй как знаешь. Ты летучий отряд, гордость армии. Смотри, чтоб твои орлы там дел не натворили. — Эта отеческая фраза была у Здрока неизменна — он как бы страховал своих детей-командиров от поощрения слишком уж безудержной храбрости.

— Я доложу утром, — сказал Волохов и отключился. Мобильный тотчас завибрировал снова.

— Брать, значит, хочешь? — спросил веселый родной голос.

— А вы уже и переговоры сечете? — ответил Волохов, не удивившись.

— Давно сечем.

— А. То есть ты в курсе, куда я?

— Естественно. Только я тебе не понравлюсь. Не мылась нормально тыщу лет, косметики никакой. Походно-полевая жена, в чистом виде.

— Да Господи, — сказал Волохов глупым счастливым голосом. — В этом ли суть. Я буду часа через полтора.

— Один?

— Да, ребят размещу в Дегунино. Слышь, ты хоть караул-то предупреди.

— Уже. — Она засмеялась так, что у него закружилась голова, и отключила связь.

С веток капало, пахло мокрой хвоей и корой, трава хлестала по сапогам. Чужая Родина была кругом — не женькина и не волоховская, и она изо всех сил старалась не пустить одного захватчика к другому. Волохов оглянулся на летучий отряд.

— Подтянись! — крикнул он. — Запе-вай!

— Не одна в поле дороженька, — затянул высоким, слегка задыхающимся голосом рядовой Чудиков.

— Не одна самоцветная, — подхватил нестройный хор. Невозможно было выучить коренное население строевым песням — оно, кажется, только «Дороженьку» и знало, но она никак не тянула на марш.

> — Не одна в поле дороженька,
> Не одна неприветная.
> Не одна в поле дороженька,
> Не одна, быстротечная.
> Не одна в поле дороженька,
> Не одна, бесконечная...

Интерлюдия

Когда гусарский полк входил в уездный город N, уездные мужчины вымирали, а женщины, построившись вдоль деревянных стен, гусарский полк глазами пожирали. Бросали в воздух чепчики, и лифчики, и проч. Гусары на лету ловили юбки. Потом лилось шампанское, и опускалась ночь, и начинались яростные рубки.

Гусарский полк не воевал: летал туда-сюда и отдавал досуг увеселеньям, исправно выбирая для постоев города с преобладавшим женским населеньем. Там жили полчища ткачих, вязальщиц и врачих, и всяческих валяльщиц завалящих. Мужчины прятались в лесах, давно уже ничьих, — да их и мало было, настоящих.

Зато каков гусарский полк! Полковник Гребанько, известный широтою и азартом; метал ножи, джигитовал и выпивал легко бутылку рома — залпом, суки, залпом! Седой, квадратный, с мордой цвета печени сырой, весь в шрамах от бесчисленных дуэлей — он ехал впереди полка, как истинный герой, любимец женщин в возрасте дуэний.

О, что до свеженьких девиц, — для них на всякий вкус хватало лиц. В любом собранье женском всегда фурор производил Д'Эрве, силач-француз, чей прадед в плен попался под Смоленском. Французу-прадеду весьма понравилось в полку, и он остался, несмотря на толки, — игрок, жуир, бретер, в долгу буквально как в шелку... Служили там и все его потомки. Грузинов первый, из грузин, воспитанный жарой и вольницей Колхиды плодородной, — его ближайший конфидент был Муромцев второй, хотя блондин, но очень благородный. Ужорский, слава наших дней, вязавший кочергу морским узлом, — пленительный Ужорский! — и Бурцев, назначавший всем свидания в стогу. Такой его был способ ухажерский.

Когда гусарский полк входил в уездный город N, от прочих городов неотличимый, — сам мэр протягивал хлеб-соль и не вставал с колен, не в силах ощутить себя мужчиной. Мужчины — вот! Петров четвертый, Батеньков шестой — ты не сравнишься, как бы ни извелся. Они вставали на постой — и это был постой! Стояло все, включая производство.

«Скажите, как там на фронтах?» — нежнее ранних птах стонали толпы барышень покорных. «Да что ж, мамзели, на фронтах? Все то же — трах-тах-тах!» — им сдержанно ответствовал полковник. «Когда закончится война?» — «Не знаю, не штабной. Боец. Скажи-ка, дядя, ведь недаром? Да что нам, собственно, война? Мы вскормлены войной! И так ли жали нас под Кандагаром!».

Под Кандагаром никогда, как сказано уже, он не бывал. Всегда, в жару и стужу, не отвлекаясь, он на том сражался рубеже, откуда вылез род людской наружу. И весь его гусарский полк — как, в сущности, любой гусарский полк, других полков страшнее, — хотя и двигался вперед, разбуженный трубой, но устремлялся в эти же траншеи.

«А ну-ка, цыпочки, за мной! Повзводно! Те-те-те!» — кричал полковник, бил себя в лампасы — и полк со свитой из девиц шатался в темноте по кабакам и пожирал запасы. Когда же съеден был запас и взяты в сладкий плен все женщины (все женщины рыдали), — полк неохотно покидал уездный город N и устремлялся в глинистые дали. Копыта вязли. Дождь хлестал, и было далеко до города, который обозначим N+1. И впереди полковник Гребанько качался на коне своем казачьем, Д'Эрве — вальяжный, как Самсон, уставший от Далил, мурлыкал по-французски под сурдинку, а пьяный Муромцев, блондин, с Грузиновым делил последнюю уездную грудинку.

Часть третья. По Моэму

Глава первая

1

Губернатор едет к тете, нежны кремовые брюки. Пристяжная на отлете вытанцовывает штуки. Губернатор прошел в столовую и сел завтракать. Дождь хлестал в стрельчатые окна столовой, за ними размывалась зеленая масса сада. Никита, верный слуга, в одном лице официант и камердинер, внес гречневую кашу с грибами в серебряном судке — вместо овсянки, почитаемой многими за символ европеизации, губернатор предпочитал гречку: и сытней, и здоровее. Две куриные котлетки, аккуратно-округлые, украшенные веточками укропца, лежали себе с краю; соусница с грибным соусом явилась следом. Черный хлеб — любимый, с тмином, выпекаемый по специальному заказу, — был уже разложен на тарелке. Кофию губернатор не признавал — только чай, крепкий, сладкий, нынче был с мятой, по особому, с вечера, распоряжению.

Он завтракал рано, не поздней половины восьмого, чтобы успеть просмотреть почту и к девяти уже быть во всеоружии. В девять он принимал. Прием начинался с выслушивания жалоб населения — многие в своих округах начали подражать ему и пропускали туземцев вперед сановников, но первым это ввел он — демократично и эффектно, туземцы ценят. Жалобы были однообразны, он чувствовал себя в такие минуты немного сельским врачом, к которому обращаются лишь с двумя недугами — «Инда в боку колет» и «Нутре жжет». Рассудить имущественные споры было делом пяти минут, но он выслушивал внимательно, не торопя, не прерывая. Особенно смешны были наивные туземные хитрости, но он и их разоблачал не сразу, давая сторонам проявить невеликие актерские таланты. Иногда ему казалось, что туземцы только притворяются идиотами, разыгрывая перед ним свои спектакли, а на деле отлично зная цену его правосудию — и лишь давая ему ощутить себя белым человеком; но не все туземцы были таковы, как его любовница Аша — девушка редкого ума и проницательности, не той грубой, животной проницательности, какой обладают подчас крестьяне, но той глубокой и продуманной деликатности, какая свойственна лишь утонченным натурам. В Аше губернатор не чаял души.

Отправившись полтора года назад в Сибирь с крайнею неохотой, он теперь представить себе не мог, что никогда не встретил бы эту девушку, ставшую для него оправданием рутинных обязанностей и удаленности от столиц. Он никогда бы не причислил ее к туземному населению: стройная, бледная — ничем не напоминала смуглых, приземистых, с китайской примесью крестьян и пролетариев русского Востока. Правда, необыкновенна была ее выносливость и способность ко всякой домашней работе — но она давно уже была необыкновенна и для местных работяг, ни к каким систематическим занятиям не способных. Народ был ленивый и хитрый, и это губернатор первым ввел словцо «туземцы» — нововведение так же прижилось, как и первое, насчет утреннего приема. Преувеличения тут не было: Россия давно уже распалась на крошечный сжимающийся центр и отдаленные колонии, и окружной представитель (округов было теперь восемнадцать, и число их ежегодно росло) вправе был зваться губернатором. «Я хочу, чтобы все было по Моэму», — говаривал губернатор, и это была третья его придумка, пользовавшаяся общей любовью. Он был человек начитанный, гордился библиотекой в три тысячи томов, из которой в Сибирь поехали пятьсот любимейших, и на все случаи жизни подбирал литературную аналогию — отчего-то так было легче.

Губернатор не был похож на бессмертный тип самовоспроизводящегося советского чиновника: в конце советских времен, когда всех уже тошнило, казалось, что все эти типы вымрут — тетки в высоких шапках, тугие, с ногами-тумбочками; секретарши, бесконечно пьющие бесконечный чай и занимающие друг другу очередь в какой-нибудь «Ятран» или «Балатон» за сапогами, которые выбросили (только выбрасывать и стоило); старухи на лавках, зорко следящие за жизнью домов, по неделе пережевывающие беззубыми ртами любое событие так же, как жевали они хлебный мякиш, долгими часами, до полного усвоения, по телевизору сказали, что так здоровее; был и тип чиновника, который губернатор встречал на всех сборищах государственной партии, тип, одним видом вызывающий ту смесь отвращения со страхом, горестного узнавания с робкой надеждой, которая и называлась в России государственным чувством. Свое государственное чувство есть у каждого народа, он, помнится, защищал диплом именно на эту тему; русский государственный образ как раз и сводился к этому самовоспроизводящемуся чиновнику, который был абсолютно недоступен, непостижим, неумолим — и в то же время оставался свойским. Свойскость была в самой его неумолимости: да, он таков, но это наше, нам другого не надо, с нами иначе нельзя; без такого, как он, все развалится, и сами мы перестанем существовать. Он был омерзителен — но привычен, любой другой действовал по другим законам, а потому был страшнее. Тип строгого, подтянутого, вежливого, даже доброжелательного чиновника не приживался тут — вот почему губернатор точно знал, что достиг пика своей карьеры. Он не мог рассчитывать на место в Москве — именно потому, что не носил кока надо лбом, не хлопал нижестоящих по плечу с великолепной панибратской покровительственностью, не обращался к равным по имени-отчеству и на ты — «Что, Фрол Титыч?», — не школил секретарш, не спал с ними, не любил саун и застолий, а дистанцию между собою и туземцами устанавливал не с помощью грозных окриков, а посредством ледяной вежливости, самой осанкой давая понять, что они принадлежат к разным цивилизациям. То ли дело Фрол Титыч! В сущности, губернатор был тут, в Сибири, на своем месте: он по призванию был истинным цивилизатором, далеким от туземных слабостей. Кроме Аши, у него слабостей не было, да и что это за слабость — любовница из туземок? У кого из окружных смотрителей не было такой девушки?

Впрочем, сам губернатор понимал, что его связь с Ашей давно уже не похожа на заурядный affair чиновника с местной красоткой. Прежде всего — он был разведен, и это могло быть косвенной причиной той призрачной опалы, легчайшего недовольства, которое он ощущал всякий раз, когда вызывался на верха. Может быть, и отправка в Сибирь — при его-то способностях! — была своего рода почетной ссылкой, ибо сколько ни демонстрируй лояльность, сколько ни потакай мелким слабостям начальства — своим можно стать только на генетическом уровне. А с этим были проблемы. Губернатор соображал чуть быстрей, запоминал чуть лучше и прогнозировал чуть точней, чем полагалось чиновнику; а впрочем, он давно понял, что при выборе объяснения своих неудач лучше выбирать лестное, наименее травматичное. Повинуясь этому рефлексу, он и о губернаторстве своем думал по-моэмовски, по-британски: лучше было представлять себя сыном могучей империи в южных краях, нежели сыном бывшей империи в краях северо-восточных. Отсюда был и белый шлем на летних прогулках, и привычка строго одеваться к завтраку, даже когда он завтракал один, и отсутствие фамильярности со слугами; коллеги в отдаленных провинциях поразительно быстро опускались, но губернатор был не таков. Страшно было вспомнить, с какой бабой жил Климов... Но Аша! Он заметил, что его мысли все чаще возвращаются к ней, и понимал причину: вот уже третью ночь он спал один. Аша ушла, как она выражалась, к своим — ей надо было что-то обсудить; уж эти загадки! Но никакого насилия. Девочка имеет право участвовать в жизни своего социального слоя. Мысль о женитьбе, естественно, не приходила ему. Нет-нет да и появлялось опасение: что, если она слишком привыкнет к своему положению губернаторши? Но она скорее тяготилась этим статусом, нежели гордилась им. Он видел ее сейчас перед собою так ясно, словно она, по обыкновению, сидела напротив: рослая, но тонкая, бледная, даже с чертами вырождения, но сколь прелестного вырождения! Пальцы рук и даже ног почти неестественной длины, маленькая грудь, худоба, которая казалась бы болезненной, если бы не природная грация и естественность всех движений, и потом — за время жизни с ним она все же стала хоть немного женщиной: раздалась в бедрах, на хорошей пище набрала килограмма три... Он заметил, что думает о ней, как о дочери, и действительно годился ей в отцы — ему сорок три, ей девятнадцать; вспомнил ее круглые карие глаза, всегда наполнявшиеся слезами так внезапно, — в последнее время она беззвучно плакала по дурацким, необъяснимым поводам: закат... птица... Должно быть, что-то не так. Он никогда не умел заботиться о женщинах, всегда был с ними суховат и холоден — все это от неуверенности, конечно; одна Аша научила его истинной нежности. Надо было, однако, читать почту.

Почта была обильная — две московские газеты, прибывшие с двухнедельным опозданием, пять писем, служебная записка... Записку он отложил и взялся за газеты. У губернатора давно выработалась общая для всех государственных людей привычка выдумывать дополнительные смыслы, будто бы вычитанные между строк, — и на совещаниях окружных смотрителей он обсуждал эти смыслы с коллегами, тонко маневрируя, чтобы показаться проницательным, но не слишком умным; наедине с собой губернатор признавался, что никаких смыслов давно уже вычитать не может и тычется в газету, как щенок в угол. За последние три года нарос комплекс причин, не позволявших высказываться прямо; война странным образом не разрубила ни одного узла, но все их еще запутала, да и велась небывалыми средствами, долго, вязко, с неясной целью. Боевые действия осуществлялись все увеличивающимся числом сторон, которые, однако, опасались входить в прямое столкновение и ограничивались таинственными маневрами, бессмысленными, как стояние на Угре. Было похоже, что противоборствующие силы готовы схлестнуться намертво в последнем сражении, но предчувствуют его единственный итог — полное взаимное уничтожение. Ни у одной из сторон не хватало решимости первой вступить в бой. Подкусывали друг друга по мелочам, отрезали дороги, окружали мелкие группировки, и каждый день гибли три-четыре человека, а иногда сразу двадцать шесть (почему-то это была наиболее частая цифра: то ли ее ляпали куда ни попадя по аналогии с Бакинскими комиссарами, то ли каждая из сталкивающихся сторон теряла в бою по тринадцать — несчастливое число). Тлел Кавказ, но оттуда приходили вовсе уж разноречивые сведения — только из репортажей западных радиостанций, трудно ловившихся на его территории, узнавал он о новых взрывах и стычках. В Сибири покуда, слава Богу, было тихо, но такая тишина была хуже войны — все медленно, неуклонно осыпалось, остаточную нефтедобычу давно осуществляли китайцы, свое производство прекратилось вовсе — работала в каждом городе пара китайских же мебельных фабрик, переводивших лес на уродливую, хрупкую мебель, а население вело темную, полуподпольную жизнь, в которой не просматривалось смысла. Губернатору самому было смешно вспоминать, как он ожидал внезапного краха, катастрофы, завоевания страны извне — ее не было смысла завоевывать, силой берут то, что представляет ценность. Что тут было ценного — иссякающая нефть, без которой большая часть мира выучилась обходиться? Золото, давным-давно проданное и вывезенное? Земля? — но кому нужна была топкая, заросшая земля в таком количестве, да еще с непредсказуемым населением? Весь внешний мир давно махнул на нас рукой, как на заколдованное место. Губернатор не боялся в кругу коллег высказываться на этот счет — не слишком резко, конечно, дабы не донесли наверх, но ему нравилось поддерживать репутацию западника.

ЖД до сих пор именовались ультралиберальными силами, хотя весь мир знал, что войну ведут хазары; почему-то ни в коем случае нельзя было сказать, что русские воюют с каганатом. Известно было, что Запад держит принципиальный нейтралитет, несмотря на все разговоры об американских винтовках и консервах, которыми якобы пользовались ЖД; американские консервы, положим, были у обеих сторон — равно как, впрочем, и китайские. Об этом губернатору рассказал китаец, организовывавший поставки. Относительно прочих воюющих сторон господствовала неясность: казаки претендовали теперь уже на всю европейскую часть России, продолжалась эвакуация, в Ташкенте открылся Новый драматический театр, репортаж с премьеры занимал подвал в «Красной звезде», которую нельзя было не читать государственному человеку, — но вместо того, чтобы радикально обновить и омолодить дряхлеющую страну, война только обнажила полную ее нежизнеспособность. Война шла, все списывала, была предлогом и оправданием мобилизационной экономики, распределения, карточек и прочих решительных мер, — но самой войны, в сущности, не было; таковы, по крайней мере, были газетные сводки. Русские (которых губернатор наедине с собою принципиально не называл нашими) все время отходили на заранее подготовленные позиции, и страшно было подумать, сколько успели наготовить этих позиций; видимо, только этим и занимались все предвоенные годы, когда уж вовсе было непонятно, куда уходят деньги. Губернатор тонко улыбнулся при мысли об этих позициях: ящики с консервами, сауны для командования... ЖД наступали то по двум, то по трем направлениям, и все это медленно, вязко — в последние полгода боевые действия сосредоточились вокруг двух населенных пунктов: на юге, ближе к Украине, вокруг одной из крупных деревень образовался загадочный дегунинский котел, причем деревню считали почему-то стратегическим пунктом исключительного значения, — второй такой стратегический пункт по засекреченным соображениям обнаружился в деревне Жадруново, названия которой губернатор не слышал отроду. Жадруново находилось восточнее Москвы, на казанском, что ли, направлении, и там боевые действия шли особенно вяло: к деревне стягивались войска, намечались противостояния, потом все рассасывалось и циклически обострялось. Губернатор читал сводки, изучал карты и ничего не понимал.

На фоне всего этого распада удивителен был буйный рост злаков и небывалые урожаи яблок — земля плодоносила с прощальной страстностью, словно торопясь накормить страну, пока есть кого. Это был необъяснимый, ломящийся избыток — казалось, яблони стонут под тяжестью плодов, зерна вытекали из колосьев, природа изнемогала от изобилия, истекала им, переливалась через край — и все это среди полного запустения. Чувствуя, что люди ничего уже не смогут с нею сделать, она радостно захватывала заброшенные заводы, пустые деревни, городские окраины, где редко-редко проглядывали среди травы ржавые рельсы; казалось, еще немного — и брошенные на путях старые паровозы прорастут лианами из проводов и железными цветами — что еще может вырасти на такой экзотической почве, как металл, уголь и машинное масло?

Губернатор прочел об урожае, о маневрах в районе Дегунина, о переброске войск под Жадруново, о новом массовом отключении воды и газа в Детройте (ах, и у них скоро будет, что у нас!), о землетрясении в Греции, о Новом драматическом театре, где ставили «Русских людей», — и взялся за письма. Инструкции по вакцинации не представляли интереса, требования неукоснительно усиливать патриотическую пропаганду приходили ежедневно, приказ о начале подготовки к осеннему призыву ничем не отличался от аналогичной директивы насчет призыва весеннего, — конечно, норму и тогда недовыполнили, но кто ж ее теперь выполнял? Туземцы покорно являлись на призывные пункты, многие через полгода возвращались, говоря, что получили отпуск, — губернатор прекрасно знал, что это заурядное дезертирство, ибо не может отпуск длиться месяцами, но ловить дезертиров в местной глуши было некому, да и не ему судить людей, уходящих по домам с такой войны. Тем не менее он исправно выставлял оцепления вокруг лесов, где будто бы скрывались дезертиры. Директива дня состояла на этот раз из предупреждения о начале партизанской войны. Губернатор не удивился. Он давно понимал, что истинная директива обязана быть абсурдна — она напоминает о непостижимости государственных целей; в этот день, 15 июня, когда все, собственно, началось, — губернаторам и наместникам сообщали, что в последнее время участились нападения партизанских банд на железные дороги. Партизаны перерезали коммуникации и деморализовали население придорожных деревень. В связи с этим предписывалось активизировать розыскную работу «вплоть до прочесывания лесов» — губернатор тонко усмехнулся, ибо для прочесывания бескрайних лесов его округа понадобилось бы снять с железнодорожных работ всех туземцев до последнего. Кстати, насчет строительства железной дороги он тоже ничего не понимал. Дорогу строили, сверху с нею торопили, это была единственная работа, которую туземцы выполняли с охотой — потому, вероятно, что на ж/д строительстве полагались пайки; строительство железной дороги в его округе контролировала почему-то ФСБ, а вовсе не МПС, но это бы ладно — округ приграничный, неподалеку Китай; губернатор вообще не понимал, куда ведет эта железная дорога. Одна транспортная артерия, связывавшая его город с центром, тут уже была, и ладно; какого черта было тащить ветку через безлюдные леса, вдоль границы? Конечно, в государственных делах доля бессмыслицы необходима — не то, чего доброго, страна лишится иррационального величия; но одно дело — управления, директивы, публичные выступления, и совсем другое — реальная железная дорога в никуда. Каждый месяц его запрашивали о темпах строительства, требовали их взвинтить, показательно наказывать лентяев (как человек цивилизованный, он старался не злоупотреблять публичными порками), — к чему воюющей стране железная дорога через тайгу, и какие это партизаны могут на нее напасть? Кто такие вообщс партизаны? Если это ЖДовские банды, хоть что-то понятно, — но в его краях никакими ЖДами не пахло. Губернатор перечитал директиву, пожал плечами и набрал мобильный номер начальника областного МВД.

— Михаил Николаевич, — сказал он официально, без тени панибратства. — У меня директива о борьбе с партизанщиной. Я на ближайшем совещании оглашу. Скажите, у нас в области были случаи партизанщины?

— Никак нет, — отозвался Михаил Николаевич, толстяк с милой фамилией Хрюничев. Его основным занятием давно была рыбалка: может, и к лучшему — другой бы со своим рвением давно запорол остатки населения. — Дезертирщина имеется, оцепление в районе Захаровки стоит — там вчера двоих видели, беглых. А партизанщину я не знаю, какая партизанщина?

— Я тоже не знаю, — осторожно сказал губернатор. — Все-таки не усилить ли охрану на строительстве ж/д?

— А кого там охранять-то, — сказал начальник МВД. — Там и поезда еще не ходят. Я поспрошаю у своих, что за партизаны. Но вы, Алексей Петрович, не берите в голову. Я думаю, директивы давно машина пишет. В области вор на воре, все провода срезали, а они — партизаны. Делать здесь нечего, только партизан ловить.

Губернатор вежливо попрощался и продолжил разбор почты. Московская администрация с двухмесячным опозданием поздравляла его с днем рождения и желала свершений. Последнее письмо — отложенное потому, что корявые печатные буквы на конверте выдавали туземную жалобу, наверняка тупую, как все образцы местного сутяжничества, — содержало в себе, однако, сюрприз столь неприятный, что губернатор встал, прошелся по комнате, закурил, чего давно себе не позволял, и еще раза три перечел отвратительный донос.

Из доноса явствовало, что ашины участившиеся отлучки связаны с изменами — да, с изменами, хотя само это слово, естественно, в письме отсутствовало. Указывался адрес, по которому она в городе сняла квартиру для свиданий (вот на что уходили деньги, которые он ей давал! Она клялась, что тратит на семью). «Пойди проверь на Чайковского 8 она там будет всяку ночь что не с тобой» — с отвратительной фамильярностью, на ты, что было мерзее всего, советовал неизвестный доброжелатель. Разумеется, ехать или посылать кого-то по этому адресу было нельзя — мало ли, засада, покушение, да и нельзя же идти на поводу у анонима! Губернатор заметил за собой, что покушение представляется ему вариантом почти идеальным в сравнении с ашиной изменой. Но если правда? Эта тоска в последнее время, эти внезапные слезы, эти участившиеся отказы от близости под предлогом нездоровья... Впрочем, в ночи, когда близости не было, она как раз казалась трогательно нежной, по-другому, по-детски близкой ему. Да и нельзя было представить... Туземки не умели врать! «Гони ее гони не позорся». Как можно верить хоть единому слову такого доноса? Но Аши рядом не было, и некому было развеять подозрение, которое — анонимный автор знал — застрянет теперь в голове губернатора надолго.

Он был недаром англоман, а потому взял себя в руки и, брезгливо выкинув послание, аккуратно подшил распоряжения в архив (с тех пор, как прекратилась электронная почта, папки этих многословных, паутинистых, ничего не объяснявших распоряжений пухли с каждым днем, и пойди выброси!). Надо было принять туземцев, но он испытывал теперь такую ненависть к ним, что не чувствовал себя в силах выслушивать жалобы. Злоба его душила. Чертова баба, чертов народ! Нет, это, конечно, зависть. Завидуют, что приблизил. Он кликнул Никиту и потребовал воды со льдом.

2

Жалобы в этот день были самые рутинные, и он слушал вполуха. Надо было утвердить несколько порок, и он утвердил порки. Это ввели недавно, в Москве сомневались, как он сможет, — он смог, не возразил, хотя недоброжелатели ожидали демарша. Он был не так глуп, чтобы подставляться по мелочам. Лучше он два раза в месяц выпорет явных тунеядцев и алкоголиков, нежели его сместят из-за идиотского конфликта и новый губернатор будет сечь уже всех поголовно. Он знал, такое бывало. Впрочем, секомые и так орали вовсю — но это входило в ритуал. Губернатор знал, что Никита или его подручный Артем наказывают скорее символически. Артем, Артемон. У Рякиных и Стрешиных тянулась бесконечная тяжба за дом. Перед губернатором на специально отведенном серебряном подносе выросла гора обтерханных справок. Места, где их выдавали, были непредсказуемы. Была даже квитанция из ломбарда — не пойми почему долженствовавшая доказать, что дом принадлежит Рякиным; губернатор давно отчаялся разобраться в этой коллизии, иррациональной, извилистой, приземистой, как все хитрости темных людей. У Рякиных вдобавок было страшное количество родни, состоявшей в запутанных имущественных отношениях друг с другом; младший Рякин женился на Стрешиной, отписал ей полдома и пропал без вести, но у Стрешиной осталось трое детей, которым требовалось все больше места, — обратно же и Рякиным требовалось больше, нежели полдома, а распоряжение свое младший Рякин сделал в помрачении ума, в котором находился все последнее время и от которого, собственно, пропал без вести. Человек в нормальном уме (Рякины говорили: в уму) нешто без вести пропадет? Пропадание без вести рисовалось губернатору чем-то вроде прижизненного перехода в иной мир, где все продолжается по непонятным и вовсе уж бесчеловечным законам: вот так зайдешь на Чайковского, 8, а там странные люди, чужие, и смотрят по-чужому, но ты уже вовлечен в их игры и живешь по их ужасным законам, где, допустим, нельзя открывать дверь правой рукой… и ни одной естественной человеческой реакции, никто не пожалеет, никто… как, должно быть, страшно безвыходными, туманными синими вечерами! Дальше, дальше от этой жизни; почему он должен выслушивать туземные жалобы, копаться в их справках, путаться в семейственных связях? «Вот квитанция от его пальта, он сдал пальту в ломбард, нешто в здравом уме под осень стал бы сдавать пальту?». И Стрешина, конечно, от него гуляла, дети не его, вот справка, у детей искривление носовой перегородки, у двух из трех, а у него нешто было когда искривление перегородки? Вся деревня любовалась, какой справный. И с этими справными справками они ездили в город из деревни через день, когда он принимал, и занимали очередь, и он выслушивал их сагу с самого начала, хотя иногда умудрялся запомнить, на чем прервал их в прошлый раз, и просил: вот с этого места, пожалуйста. С отравы, с зеленых соплей… с пятого такта…

— А и то поди пойми, от кого она прижила, — говорил представитель Рякиных, бабообразный, приземистый, беспрестанно прижимавший к груди пухлые ручки. — Пригуляла, не погнушалась. Никого не пропускала. А ён знал, ён все как есть знал.

— Тю! Ты что?! — визгливо негодовал представитель Стрешиных, такой же маленький, круглый, но с раскосыми бурятскими глазами, и пухлые ручонки он не прижимал к груди, а хлопал себя ими по ляжкам. — Никогда она ни с кем не гуляла, она думать не думала про тако! Про тако как можно думать?! Полдома отписать, кому! Яму все говорили: кому ты отписываешь? А он говорил: то не ваши полдома, то мои.

— А что с того, что полдома? Кому толку, что полдома? У меня около Талдома тож было полдома, так там и солома едома…

— А что солома, так против лома нет приема.

— Около-то кокола, да Вукола-то сокола…

— А что у Вукола-то буркала, да кыркала-то экала…

В какой-то момент губернатор перестал понимать, что за действо перед ним разыгрывается. Тяжба Стрешиных и Рякиных постепенно перешла в песню и танец, коронный номер фольклорного коллектива: один бил себя по груди, второй по ляжкам, один подпрыгивал, второй приседал, и оба по-бабьи взвизгивали, тошно кружась. Наконец Рякин вынул платочек, а Стрешин стремительно переобулся в шитые сапожки, и они пошли друг на друга, выкрикивая странные слова. «Тьфу!» — «Тьфу!» — крикнули они друг на друга и вновь пошли кругами, и каждый кланялся губернатору и немного подшаркивал перед ним ножкою. Наконец, утомясь ходьбой, прыжками и взвизгами, оба одновременно низко поклонились и, отдуваясь, замерли.

— Народный танец «Тяжба»! — прохладным голосом ведущей консерваторского концерта объявила личная секретарша губернатора, появившись из-за портьеры. — Сказанного достаточно!

— Не понял, — осторожно улыбаясь, сказал губернатор. Он долго откладывал рассмотрение тяжбы, опасаясь, что придется принимать непопулярное решение, но настоящего туземного имущественного спора не видывал еще никогда. Он и не знал, что это заканчивается так забавно. — Спасибо, конечно, за танец, но чего вам нужно все-таки?

— Мне нужно? Тю! — воскликнул Стрешин (или Рякин) и ткнул Рякина (или Стрешина, в общем, того, который остался) в круглое плечо. — Это ему нужно!

— Да не мне, ему нужно!

— Не мне, ему!

— Да не мне, ему!

— Тю! Ничего не нужно.

— А что нужно? Ничего не нужно. Все есть.

— Вот ей-Богу, все есть!

— Как есть ей-Богу, все есть!

— Народный танец «Божба»! — прохладно и звучно объявила секретарша.

— Довольно, — властно сказал губернатор. — Я вас жалую и милую. Ты возьми этого, — он указал Рякину на Стрешина, — а ты этого, — и показал Стрешину на Рякина. — И оба пошли отсюда, живо.

— Спасибо, губернатор, — сказал один и поклонился.

— Ай, пасибо, бубернатор.

— Пасиб, гублинатор.

— Паси, блинатор...

 И кланяясь, повизгивая, похлопывая себя по груди и ляжкам, просители удалились.

— Народный танец «Дружба»! — вслед им объявила секретарша.

— Что это было? — спросил губернатор.

— Это у них, Алексей Петрович, главное развлечение. Тяжба, народный ритуал. Иногда годами длится. Как добьются приема, так празднуют.

Губернатор работал в регионе второй год, но всех туземных обычаев не знал — не потому, что они были так уж сложны или многочисленны, а потому, что совершенно бессмысленны. Все туземные драки заканчивались примирениями, а жалобы друг на друга здесь подавали, кажется, только для того, чтобы лишний раз повидаться с начальством. К начальству относились с благоговением, словно само прикосновение к нему служило залогом процветания. Губернатор выслушал и разобрал жалобу Семеновны на местного врача, который не желал определять ее болезнь и вообще не уделял должного внимания, а главное, сообщила Семеновна, стыдясь, он на нее льстился, ластился. Семеновне было восемьдесят пять. Губернатор не понимал, почему он должен был выслушивать этот бред. В другое время Семеновна была бы даже забавна, но сегодня его скребло подозрение. Он еще не виделся с Ашей, с этими отлучками определенно пора было кончать. Дождь усиливался. Губернатор принял еще трех туземцев — двум задержали зарплату, у одного протекала крыша, все это было вне его компетенции, сами должны были, мерзавцы, латать крыши и выяснять отношения с работодателями, но без верховной власти ничего не решалось. Он встал и прошел к себе: с двенадцати до обеда полагалось работать с документами. Губернатор, как все государственные люди, отлично понимал, что никакого смысла в этой работе нет, но писать отчет о поиске новых нефтяных месторождений было, кроме него, некому. Правда, он не знал, кому нужны месторождения: страна и так захлебывалась нефтью, сделала стратегический запас на пятьсот лет, выучилась гнать из нефти масло, которое без устали рекламировали по телевизору, — но государственные люди не спрашивают о смысле. Они делают дело, и все тут. Дело, однако, не делалось. Он набрал ашин мобильный — она не отвечала. Черт-те что делалось в регионах с мобильной связью. Позвонил ей домой — лично распорядился провести телефон в их гнилой барак, — перепуганный отец пролепетал, что ушла еще вчера утром. Губернатор никогда не понимал, откуда в такой семье Аша: отец огромный, топорный, корявый, мать крошечная, забитая, с бесцветными волосами; один раз он даже заставил себя у них отобедать — все было невкусно, нечисто, Аше кусок в горло не лез от стыда... И все-таки — куда она делась? Он написал полстраницы доклада, дважды разложил пасьянс «Косынка» в самом жестком варианте — на деньги, по три карты, — оба раза не вышли даже тузы, что вовсе уж никуда не годилось. Посмотрел в окно: пожалуй, сад в резиденции был единственным ухоженным местом в городе. Губернатор лично заботился о гравиевых дорожках, выписывал дорогую рассаду, следил, чтобы не протухала в бассейне вода и чтобы вовремя вычерпывали оттуда листья, — ежели бы каждый из туземцев делал для своего дома и огорода половину того, что глава региона делал для собственного сада и кабинета, можно было бы жить. Но туземцы словно провалились в складку времени, в щель, в неразрешимый вопрос, над которым задумались раз навсегда: ничто не имело смысла. Их нельзя было заставить работать и даже сознавать свое положение. В провинции это было нагляднее, а в Москве, видимо, зрело подспудно. Как ни зализывали кадра в московских газетах, даже на праздничных, лощеных фотографиях с народных гуляний или презентаций в объектив непременно попадала примета распада вроде дохлой кошки. Государственный человек обязан был верить, что тайный ресурс власти огромен, — но государственный же человек обязан был знать истинное положение дел. Кроме Аши, в этой провинции вообще не было ничего, что стоило бы губернаторского внимания. Он посмотрел на себя в зеркало: залысины, да, и морщины, но неужели можно было предпочесть ему хоть кого-то в этой глуши? Она настолько не отсюда... Конечно, он был у нее не первым, — какой-то из дядьев или шурьев растлил ее, четырнадцатилетнюю, в бане; но ведь это не в счет, это ни при чем. Она ждала одного его, и то, что было между ними, нельзя было сыграть. Он уже знал, что не сразу, пусть ругая себя, пусть ненавидя себя за недоверие к ней и доверие к неизвестному мерзавцу, — но поедет на Чайковского, 8. В конце концов ее могли держать где-то в плену и теперь шантажировать судьбой главного государственного человека в регионе. Кавказцы пошаливали и тут, хотя диаспора была минимальна — китайцы не терпели конкуренции.

3

— Чайковского, восемь, — сказал он шоферу. Тот глянул вопросительно:

— А что там? Вроде не ездили...

— Дом аварийный, — неохотно пояснил губернатор. Шофер с фамильярностью прислуги, которой многое позволено, заворчал: вот, из-за каждого аварийного дома лично ездим черт-те куда... время позднее, другой бы давно почивал. Губернатор посматривал в окно. В городе сохранилось кое-что советское, а ничего нового не построилось; был дом культуры, был кинотеатр, впоследствии ярмарка, впоследствии опять кинотеатр и потом сразу ночлежка, как будто в кинотеатре так и крутили закольцованный ролик про жизнь дна, с современными технологиями, включая запах. Афиши в фойе еще висели, хотя и их постепенно скуривали на самокрутки. Странное дело: он выстроил для васек ночлежку, но васьки в ней ночевали неохотно и только в самые ледяные холода: в прочее время бродили по городу и спали где попало. Он пробовал распоряжаться насчет отлова — распоряжения на их счет ужесточались, — но и отлов ничего не давал: численность не убывала. То ли выпускали, брезгуя возиться, то ли их место тотчас заполнялось новыми, словно для поддержания какой-никакой жизни города васек должно было в нем оставаться строго определенное количество.

В начале улицы Чайковского губернатор приказал остановиться. Дом восемь ничем не отличался от других — это был старый, двухэтажный купеческий особняк, каких полно в Сибири, явно конца позапрошлого века, уже с трещиной сверху донизу, давно не крашенный и не ремонтированный. Судя по забитым окнам, тут было пусто. Дверь, однако, оказалась не заперта. Шофер вызвался сопровождать — губернатор был неумолим: в случае, если все подтвердится, он не желал свидетелей своего позора. Что делать с Ашей, коль скоро... неважно, он все равно уже придумал. Он ее посадит, докажет антигосударственный умысел и посадит. Классическая месть государственного человека; все остальное недостаточно. Семьей она не дорожит, ссылать некуда — дальше Сибири не сошлют; но пусть она, разбаловавшись с ним на всем дорогом и готовом, окунется в иную среду и что-нибудь, возможно, поймет. Он просто забыл, что она туземка, а мягкость с туземным населением никого еще не доводила до добра — хоть в Британии, хоть в Алжире...

Он толкнул дверь. Света не было. Хорошо, в машине нашелся аварийный фонарь. Велев водителю оставаться в машине, губернатор вошел в помещение, пропахшее затхлостью и древесной гнилью. Прежде тут, верно, был обычный барак — но расселили ввиду аварийности (эк он предугадал! — а впрочем, половина домов в центре города выглядела еще и похуже). Внизу никого. Он прислушался. Что могло ее заставить ездить сюда, в пустой гнилой дом, к грязному туземцу? Только голос крови, самый страшный из голосов. Так Марокка у Мопассана, что ли, уходила от красавца француза к грязному бедуину. Дитя пустыни. Потом возвращалась тощая и потасканная. Думать о чем угодно, кроме того, что он может сейчас увидеть. Осматривался: пусто, туземцы редко бросают вещи. Ужас, какая им свойственна жадность, в сочетании с тупостью: полная деменция. Подбирают старые газетки, тряпочки, никогда не выбрасывают детские игрушки. Он попытался как-то спросить об этом Ашу, но она обиделась: «Жалко же!». Проще новое купить, сказал он; глупый, ответила она, не в том смысле жалко. Сама подбирала даже его записки, которые он шутя писал; нет, тут не скопидомство, тут странная сентиментальность, которой вроде неоткуда взяться в народе, лишенном интеллекта и воли. Все они словно раз навсегда загрустили и от грусти не были способны ни к какой осмысленной деятельности. Губернатор обошел первый этаж, пустые комнаты с выцветшими квадратами на стенах — фотографии, конечно, сняли и увезли, куда ж теперь делись эти жуткие вытаращенные крестьяне, смотрящие в объектив так, словно вот-вот вылетит птица Рух; на треснувших стеклах виднелись дождевые потоки. Никого. Розыгрыш, конечно, и ни единого звука. Он поднялся на второй этаж и зашел в пустую квартиру. Фонарем обшарил стены. Что-то было не то. Здесь явно был след чужого пребывания — не пустота нижнего этажа, где подобрана каждая щепочка, а остаток темной, жалкой, потаенной жизнедеятельности; снова с фонарем осмотрел пол — и точно, в углу валялась консервная банка с остатками еды. Почувствовал странную скованность в движениях: что это, боюсь я, что ли?

— Эй, кто здесь? — позвал он негромко. Ни звука. Половицы поскрипывали, когда он прошел в соседнюю комнату. Что-то пошевелилось сзади: даже не звук, а колебание воздуха насторожило его. Он стремительно развернулся. В коридоре, высоко подняв топор, стоял длинный бледный мужик с вытаращенными глазами.

Губернатор выронил фонарь, и мужик внезапно завыл — тонким, жалобным голосом, как старый волк. В ту же секунду губернатор выстрелил. Он редко выходил в город без оружия — мало ли, к тому же по военному времени носить с собою пистолет предписывал регламент. Вой оборвался. Губернатор стремительно нагнулся за фонарем, поднял, направил перед собой. Мужик сидел на корточках, по-прежнему держа над головой топор и упираясь спиной в стену. На лице его застыл тупой ужас.

— Ты кто? — резко спросил губернатор осипшим от напряжения голосом. Он явно промазал, да и не целился толком, — мужик не был ранен, просто перепугался. По лестнице уже топотал шофер, услышавший выстрел.

— Кто тут?! — заорал он, распахивая дверь.

— Ничего, Васильич, я справлюсь, — сказал губернатор уже спокойнее. — Кто такой? Чего задумал?

Мужик промычал невнятное.

— Ну! — шофер пнул его. Тот наконец выронил топор и опустил руки. Он был почти комичен — у стены, на корточках, с вытаращенными глазами; но губернатор понимал, что если бы не его реакция, лежать бы ему сейчас на втором этаже аварийного дома с раскроенным черепом. Впрочем, в мужике с самого начала было что-то странное: хотел бы убить — убил бы. Передвигался он бесшумно, как настоящий васька, и пахло от него соответственно. Дело было в том, что пощадил он губернатора не по своей воле. Он хотел его убить — и почему-то не мог.

Отвечать, судя по всему, он не был способен тоже. Сидел, с мольбой глядя на губернатора, и выл непонятное.

— Да что ты воешь-то! — заорал шофер. — Сейчас как дознавателям тебя отдадим, живо все выложишь...

— Уезжай, — внятно выговорил наконец мужик. — Ее оставь и езжай. С ей без тебя разберутся. Ты человек не злой, на тебе греха нет. Уезжай, не будет ничего. А ее оставь, ей нельзя.

— Кого оставь? — строго переспросил губернатор. — Ты про кого?

— Все ты знаешь, про кого. Езжай, честно прошу. Нельзя тебе было с ней. Оставь, разберемся.

— Где она? — заорал губернатор.

— Не знаю, ищем, — промычал мужик. — А тебе нельзя, езжай. Хотел тебя положить, не могу. Правду наши говорили — не дано нам этого. Вишь, не тронул я тебя. Так езжай, будь человек, иначе всем погибель. Долыкать не долыкать, мамкать не плямкать, а обыкуло не разотолочишь.

— Вызови наряд, — спокойно сказал губернатор шоферу. — И Ашу в розыск.

Шофер вынул мобильник и принялся вызывать милицию. В этот момент у губернатора в кармане запел его собственный телефон. Кроме кремлевских, номер знали только секретарша и Аша.

— Да! — крикнул он.

— Быстро приезжай домой, — сказала Аша. — Прямо в резиденцию. Ты цел?

— Да, все в порядке. Где ты была?!

— Приезжай, все расскажу. Только сразу. Пожалуйста, ладно?

— Еду. — Он перехватил взгляд шофера. Внизу уже ревела мигалка. По губернаторскому вызову полиция приезжала быстро.

— Пока я лично не допрошу, — не трогать, — бросил губернатор непомерно толстому сержанту. — Осмотрите место происшествия, проверьте, откуда топор... Там еще банка консервная... — Здесь всем приходилось объяснять их прямые обязанности.

— Уезжай! — закричал мужик. — Не я достану, другой достанет!

Сержант врезал ему в печень, и мужик снова сполз по стене.

— Сильно не обрабатывайте, — предупредил губернатор. — Виктор, едем.

Водитель стремительно ссыпался по лестнице, губернатор шел следом, силясь унять дрожь в ногах. Трус боится до опасности, храбрец — после.

— Домой, — сказал губернатор. Шофер привычно ворчал насчет того, что добрые люди шагу не делают без охраны. Губернатор не вслушивался. Недавний ужас и чудесное спасение — все потускнело перед тем, что Аша жива и, кажется, в безопасности. Он еще раз набрал ее номер, желая проверить себя — вдруг померещился и звонок, и голос, бывает такое в минуты крайнего напряжения...

— Быстрей, — повторила она. — Пожалуйста, быстрей.

Глава вторая

1

С первой их ночи она много ему рассказывала о туземной вере. Ей ли было не знать — Аша принадлежала к туземной аристократии, к древнему роду жрецов, хотя и ненавидела слово «жрец».

— Оно чужое, ваше. Что-то жрущее. Мы называем — волк.

— Это, вероятно, восходит к волхву, — сказал губернатор. Он даже помнил стихи — «Я волхв, ты волк, мы где-то рядом в текучем словаре земли».

— Волхва придумали ваши, — упрямилась она. — Не умели произносить наше слово и придумали лишние буквы. Волк, самое высокое звание. А ваши из него сделали звериное имя, потому что нас боялись.

— Что же вас бояться? Что вы такого умеете?

— Увидишь еще. Вот то, что ты со мной, — это разве не наше искусство? Это я захотела, чтобы ты был со мной.

— Сразу-сразу?

— Сразу-сразу. Как увидела. Ты ведь тут главный, ты государев человек. А я кто? А вот я у тебя во дворце, и в твоей спальне. Это все волчье слово. И от врага помогает, но про это я тебе не буду говорить.

— Почему? Научила бы.

— У тебя враги?

— У государства, Аша, у государства. Мне бы пригодилось.

— С государственными врагами, губернатор, сам будешь разбираться. Мне твое государство без надобности.

Она была, вероятно, из какого-то племени, покоренного еще Ермаком, — много их тут бродило, и какие-то отголоски легенд долетели до нашего времени. Губернатор понятия не имел, как выбить у нее из головы идиотский предрассудок насчет завоевателей и коренного населения. Он отлично знал, что население всегда завоевывает само себя и выдумывает бесчисленные оправдания, изобретая внешнего врага. Прием, известный любому психологу: персонификация собственной вины. Придумали агрессора, наделили внешностью и биографией — интересный излом туземной психологии; как будто не сами себя колонизировали! Сами же угнетали и бунтовали, нечего оправдываться. Конечно, он сильно отличается от туземца — примерно как элой от морлока, но тут уж не захват, а два пути эволюции. В конце концов, туземцам никто не препятствовал выйти в элои: к их услугам было образование, он лично открыл две сельских школы (и закрыл десяток, напоминал он себе; но что же делать, если на иную деревню народу-то — два старика?). Найдись кому учиться, учили бы... Пьянство, вырождение, грязь, безволие, безответственность. Этих людей ничему не научишь, ни в какое счастье силой не загонишь — вечно построят себе одно и то же. Так зачем тогда эта легенда про захват? Для самоуважения?

— Ты говоришь глупости, — сердилась она, и он тоже сердился. Хотя и дочь волка, и древнего рода, но все-таки простая туземка, и распускать ее не следовало. — Тебя выучили дураки, и ты повторяешь их дурацкие слова. Ни один народ не угнетает сам себя, никакую нацию не заставляют забывать свою веру. А нашу веру вы потоптали, и помнят ее только волки.

— Ты про язычество? Про Велеса?

— Велес — ваш бог, — говорила она с ожесточением, какого он никогда не мог бы в ней предположить: слабая, бледная... — Вы принесли козлобородого Велеса, волосатого северного бога. Вы приняли потом Христа, но из него опять сделали Велеса. Вы из кого угодно его сделаете, страшного, грубого... А все равно ничего у вас не вышло. Мы как праздновали свои праздники, так и празднуем.

— Что за праздники?

— Их у нас два, — сказала она важно. — День жара и день дыма.

— Жар и дым? — переспросил он.

— Да. Год идет по кругу, катится колесо, а держит его палка, что поперек колеса. Где она упирается в колесо, там два праздника. День жара — весной, как апрель закончится и май начнется. А день дыма — осенью. Свиней, гусей коптить. Ой, красивый праздник! Я покажу тебе. У бабушки в селе празднуют. Сейчас мало кто помнит. Но вы на этот день все равно праздновали, только свое. На день жара — то Пасху, то Первомай свой с флагами. А на день дыма — то в честь главной иконы праздник, то седьмое ноября, то четвертое. Сами же видите — его нельзя отменить. Ты его в дверь гонишь, он в окно влезет. Толобок на колобок, а он убок и оболок, у нас говорят.

— А на день жара что у вас делают? Впрочем, погоди, я догадываюсь. Парни за девками бегают, так?

— Да ну, глупости, — сказала она презрительно. — Что ты, на Ивана-купала насмотрелся? Мы народ тихий, к чему нам эти игрища? Это знаешь какая красота — день жара! Все ходят по лугу и поют, девушки в венках, парни в кольцах. Это такое... вокруг шеи.

— Гирлянда это называется.

— У вас гирлянда, у нас кольцо.

— А на руке что?

— И на руке кольцо. Кольцо — это вещь круглая, любая. Вот шапочка у меня кольцом, я сама вязала. Это наше главное — кольцо. Ты же видал, к тебе часто в наших шапках приходят.

Кольцом она называла круглую вязаную шапочку, немного похожую на сванскую, а отчасти на кипу. Туземцы действительно часто являлись на прием в таких шапочках, но снимали их, кланяясь, из уважения к власти. Почему-то они называли это «ломать шапку».

— Ну да, ломать, — объясняла она. — Снимать — это когда с кем вместе ходишь. Я с ним, снимаю его. Тебя снимаю. А ломать — шапку, дурака...

— Дурака-то почему?!

— А вот если надоел тебе дурак — ты его от себя убираешь, как шапку с головы...

Он никогда не мог понять, сама она импровизирует весь этот туземный язык или вправду передает ему тайнознание, состоящее, как всякое тайнознание, из чужих ошибок, обмолвок и самых тупых суеверий. Губернатор ненавидел язычество и презирал древние культы: все тайны веков представлялись ему набором глупейших страхов, да и Библия-то, если честно...

— И все у нас кольцо. Ваши дураки придумали: живем в лесу, молимся колесу. «Колесо» — тоже кто-то из ваших недослышал, а все за ним повторяют. У вас все за одним повторяют. Правильно — «кольцо». Трехколечный велосипед.

Он засмеялся.

— Да вы все врете, ни одного слова правильно сказать не можете, — повторила она.

— Аша — это я правильно говорю?

— Это — правильно.

— А почему два бога? — Это было ему в новинку, он много читал о языческом пантеоне, где под конец все усложнилось до полной незапоминаемости, свой божок появился у каждого ручья, каждой лавки — и все они путались у Зевса под ногами, и требовали бессмертия, и тогда система кардинально упростилась, как оно всегда и бывает; пришло единобожие, более простое и решительное, чем язычество, без напряженных и прихотливых притяжений и отталкиваний в синклите божеств, — но зато и возник неразрешимый вопрос: если прежде противоречия в людской участи легко было объяснить ревностью Афины к Артемиде, ссорой Аполлона и Марса — единый Бог лишился этого оправдания, и ему пришлось провозгласить, что в его действиях по определению нельзя искать логику. Сегодня так, завтра сяк — но не пытайся уловить удою левиафана, делай, что я сказал, и смотри, какие у меня горы! Двоебожие, однако, никогда не встречалось губернатору; некие зачатки его были, конечно, в монотеизме, где главному божеству непременно вредил Сатана, падший ангел, божий Троцкий, начинавший вполне прилично, но возгордившийся; кажется, гордыню в нем с самого начала пестовали нарочно, возносили, чтоб тем разительнее низринуть — и после все уже валить на него; в сущности, так же было и со старательно надутым Тухачевским, и с Ходорковским, которому позволяли до поры пухнуть и дуться (где он теперь? По последним сведениям, где-то у ЖДов). Он потому и не любил никакой религии, что все это было человеческое, слишком человеческое: в сущности, всякий начальник известного ранга должен начинать с того, чтобы вырастить соперника, неглупого малого, одержимого гордыней; старательно раздувать в нем искорку тщеславия, даже и подставляться, чтоб захват власти показался сопернику вовсе уж плевым делом, — тут-то мы его и бабах, за пять минут до того, как он сам на нас замахнется! Кажется, именно в таком гомеостазисе и пребывал мир коренного населения, где два бога взлетали, словно на качелях, возносясь поочередно и поочередно же правя.

— Два бога потому, что всего два, — объясняла Аша. — Полгода правит Даждь-бог, полгода Жаждь-бог. Даждь все дает, Жаждь берет. Где правит Даждь — там всегда все есть. А где Жаждь — никогда ничего. Даждь правит со дня жара до дня дыма. А потом Жаждь. Потом зима.

— А, — догадался губернатор. — Ну конечно. Знаешь, что я понял? — Вообще, когда он был с ней, говорил с ней, просто лежал рядом и думал — голова делалась удивительно ясной, потому, вероятно, что в присутствии Аши он не помнил ни о службе, ни о тысяче обременительных мелочей. — Единобожие хорошо для стабильного климата. Где зимы нет. Оно потому и зародилось в жарких краях, где смена сезонов почти незаметна. А многобожие — в мягком климате, где резких смен нет (и заметь, у греков почти нет божеств однозначно злых), зато разнообразных вариантов одной и той же погоды — тысячи. Средиземноморье, мягкость, погода на дню пять раз меняется. Я тебя свожу обязательно, все покажу. А у вас... у нас... здесь все понятно: полгода жизнь, полгода смерть.

— Все у тебя с ног на голову, — говорила она без осуждения; вообще в разговорах о вере не впадала в дурной фанатизм и никогда не повышала голоса. — Ты говоришь, что такой климат, и поэтому два бога. А на самом деле — два бога, и поэтому такой климат.

— Ну да. Две точки зрения, как кому удобнее. И что делает Даждь-бог?

— Он все подает. Кого он любит — у того все само произрастает и ни в чем отказа нет. Он добрый. О чем ни попросишь — все делает. Щедрый. А Жаждь-бог — этот все отбирает. Жизнь отбирает, на урожай мороз шлет. Когда кто радуется — он очень не любит. — Губернатор заметил, что Аша, с ее богатой, гибкой и правильной речью, передразнивает язык пословиц и даже, кажется, слегка окает, как было принято у туземцев. Пословицы коренного населения отличались своеобразным лаконизмом, но не римским, чеканным, а невнятным, порченым, словно туземцы боялись договорить все до конца. Более-менее внятными были только те, в которых доказывалась необходимость труда: готовь сани летом, телегу зимой; без труда не выудишь рыбку из пруда; как потопаешь, так и полопаешь. Эти тезисы, часто рифмованные, больше всего напоминали лозунги со стройки, с доски почета или позора, словно сочиняло их в самом деле не коренное население (кому же в здравом уме придет в голову воспевать труд), а пришлые и более цивилизованные, да все без толку. Туземцы обращали на эти призывы не больше внимания, чем на конституцию, и всю жизнь работали словно на дядю, без малейшей охоты. Впрочем, они и на себя уже почти не работали — думали, вероятно, что все подаст Даждь-бог.

— А после смерти как? Кто хороший — попадает к Даждю, а плохой к Жаждю?

— После смерти? — Аша посмотрела на него с удивлением. — После смерти ничего не бывает. Куда же всех девать-то?

Представления о бессмертии у туземцев не было вообще. Их мир не знал слова «конец» и не имел начала, он жил по кругу, в неизменном чередовании двух божеств, в их динамическом равновесии на двух чашах мировых весов, — и самая смерть тут ничего не значила, потому что отдельная личность не существовала. Туземцы мыслили себя только вместе, как единый народ, не помнящий рождения, не знающий смерти, — они водили бесконечный хоровод под двумя солнцами и не желали его прервать.

— У нас всего по двое, — повторяла Аша. — Два светила на небе, два бога, два захватчика.

— Какие захватчики?

— Будто не знаешь. То вы, то другие.

— Аша, хватит молоть ерунду. Вас никто никогда не захватывал, вы мучаете себя сами.

— А зачем?

— Затем, чтобы не работать, — сказал губернатор, начиная слегка раздражаться.

— Да кто же работает, кроме нас? — не поняла она. — Это вы друг друга мучаете, а мы себе все за вас делаем. А вам только повод дай — бах, бах!

— Ну ладно. Мы захватили, да. Покорили Сибирь. А кто вторые?

— Степняки, вот кто. Из жарких мест. Вы с севера, они с юга. И тоже приходите по очереди, как Даждь-бог и Жаждь-бог. Полгода одни, полгода другие.

Он не стал ее переубеждать, подумав, что со временем напишет занятное эссе о праязыческих верованиях — это будет открытие поинтереснее Аркаима, и счастье, что ему встретилась дочь волка. Прочие губернаторы жили рядом с туземцами, но не замечали их, как не замечают деревьев; он первый вгляделся в таинственное расположение ветвей. Аша знала туземный язык, который и ему казался смутно знакомым — и то сказать, большинство слов совпадало с русскими или отличалось парой букв, но смысл был совершенно иной. «Это все вы сделали, потому что просто переняли. Вы половину слов неправильно говорите. Это вот что такое?»

— Кресло, — говорил он ласково, потакая ее выдумкам. Наверняка сама все придумала, вообще была хитрая, и очень может быть, что даже история с захватчиками — плод ее собственного воображения. Замаскировала под народное, как делают многие стихийные таланты — Шевченко, кажется...

— Вот видишь. Кресло — это когда две дороги в лесу крест-накрест, а совсем не это. Это потолок, в нем сидят. Стул — толокно, а кресло — потолок.

— А вот это что такое? — указывал он на потолок.

— Небо, — удивлялась она. — Это же так просто: во рту нёбо, свод рта, как бы крыша... Все, что сверху, граница верха — небо. Потому что дальше небо: нет больше, стой.

— А пол? — спрашивал губернатор.

— Пол — половина, и мужчина, и женщина — все половины. А то, что внизу, — это недо. Нет дальше. Небо и недо, а не пол и потолок. Но ты все равно не выучишь, уж и наши-то почти все забыли. Только волки помнят, но их мало.

Она рассказывала ему, что все самые священные слова они, захватчики, объявили запретными, грязными, хотя знаменитое трехбуквенное, которым исписаны были все заборы, — слово волшебное, призывное: в нем слышится вой западного ветра, его призывают волки, когда нужно принести удачу или унести врага; убийство запрещено волкам, туземцы на него неспособны, и когда крикнешь волшебное слово — западный ветер сам примчится и все за тебя сделает. Волчий вой тоже похож по звуку на это слово. Правда, в последние годы, после того, как захватчики смсняли друг друга все быстрей, — старое заклинание не действовало и ветер приходил только к немногим избранным. «Даже я не всегда могу вызвать», — грустно признавалась она. Губернатор хохотал. Это объясняло, конечно, почему все заборы и лифты были исписаны древним заклятием, — и ветер с Запада в самом деле неутомимо приносил в Россию новые и новые бесполезные заимствования.

— Ну хорошо. А как же тогда называется это самое?

— Это самое? — В голосе ее он различил почти презрительные интонации. — Это не называется.

Если верить ей, язык прошел через два фильтра — сначала его осваивали северные захватчики, потом непонятные степняки, и ни те, ни другие не знали настоящего значения слов, не желая снисходить до изучения туземной речи. Это было туземцам даже на руку — их настоящей речи почти никто не понимал; но поскольку захватчиков становилось все больше, а коренное население истреблялось все неутомимее, — скоро носителей языка осталось раз и обчелся. Спасение туземцев было в том, что захватчики истребляли друг друга, все чаще отвлекаясь от главного своего дела — порабощения несчастного коренного народа и сведения его численности к штатному расписанию необходимой прислуги.

— Ата, что ты говоришь! — начинал он сердиться по-настоящему. — Что за чушь позорная. Что плохого ты видишь от меня? Я ведь обидеться могу, в конце концов.

— Я — ничего. Но я не все, верно?

— Может, мне гарем набрать? Чтобы уже всех облагодетельствовать?

— Шутишь все, шутишь, — вздыхала она.

— Какие шутки! Ты говоришь, что захватчики вас только
и морят. Во-первых, грязь и тупость, лень и пьянство — это
все никак не захватническое, это ваше собственное, и посмотри толком на то, что с вами стало...

— Это вам — лень и тупость! — вскидывалась она. — Мы так
живем! Нам не надо работать, как вы. Ваша работа — убийство! Вы все убиваете, что трогаете. Мы иначе работаем. Нашу
работу не видно.

— Ага. Даждь-бог подает, а хуй приносит.

В эту секунду за окном резко и внезапно подул ветер. Аша
вскочила, подбежала к раме, распахнула окно и зашептала
что-то.

— Закрой окно немедленно! — закричал губернатор.

Аша гневно обернулась:

— Никогда зря не говори это слово! Особенно когда волк
рядом. Видишь, ты не волк, ты простой человек, а и то подей-
ствовало.

— Я его миллион раз говорил в разных обстоятельствах, —
улыбнулся губернатор. Он не умел долго на нее сердиться,
и слишком она была хороша у окна, вся белая, длинная, тонкая в свете блеклого садового фонаря.

— То не при мне было. А при мне не смей.

Случайные порывы ветра пугали ее, в дождях она видела
приметы, считывала морзянку веток, стучавших в стекло. И,
наверное, что-то заговаривать действительно умела: у губернатора в ее присутствии сразу проходили насморки, терзав-
шие его, случалось, по две недели; вот голова у него почти никогда не болела, давление космонавтское, сказывался спорт
(велосипед, гребля) — он никак не мог по-настоящему занеду-
жить, чтобы проверить ее знахарские способности. Зато однажды отправился с ней в лодке через Камыш-озеро, показать,
как гребут настоящие мастера, — поднялся ветер, разгулялась
волна, и ей долго пришлось шептать что-то, уговаривая воду.
Губернатор знай смеялся — ему не привыкать было грести по
бурной воде, а лодка была хорошая, крепкая, — ему ли было

не выгрести! Правда, в какой-то момент ему и впрямь показалось, что ветер чересчур разгулялся, не опрокинуться бы, — но инстинкт самосохранения, предупреждал тренер, был у него несколько занижен, и он быстро успокоился. И почти сразу улегся ветер — до того берега, знаменитого диким малинником, они доплыли как по зеркалу.

— Ваша работа — она вся без смысла, — сказала она как-то. — Вот работаешь ты. Я же вижу — работаешь. За столом сидишь, глаза портишь. Бумаги перекладываешь, как большой. А толку?

Губернатор знал, что от его работы нет никакого особенного толку, но знал и то, что он государственный человек. Главной чертой всякого русского государственного человека была способность не думать о последствиях, не представлять себе временную перспективу, ограничиваясь ближайшим будущим: если задуматься о дальнем — неизбежно встанет вопрос о смысле, а русский государственный человек тем и отличался, что прекрасно знал об его отсутствии. Способность работать в отсутствии смысла как раз и была главной особенностью русского государственника, слова «государственное» и «бессмысленное» выступали синонимами, это было азбукой для всякого чиновника на известной ступени умственного развития, а в военных академиях, на богфаках, это, говорят, излагалось в специальной дисциплине. Само понятие смысла пришло из позитивизма, из французского просвещения, оно считалось подлым хазарским порождением — да им, в сущности, и было. Истинно русскому чиновнику не полагалось задумываться о причинах и целях — и чем бесцельнее, бессмысленнее было дело, тем с большим жаром чиновник отдавался ему. Сейчас, во время войны и почти повальной нищеты, которую нельзя уже было залить никакой нефтью, губернатор регулярно получал предписания улучшить работу сельских музыкальных школ (которых в подведомственных ему волостях вообще не было), организовать для крестьян лекции о пользе подсолнечного масла (как будто крестьяне готовили на чем-то другом!) и установить во всех присутственных местах анемометры, регулярно снимая их показания; все эти мероприятия были бы, возможно, уместны в невыносимо процветающей стране, где все настолько хорошо, что уж и не знаешь, чем занять руки свободного и пресыщенного населения: уж и то у нас есть, и этого избыток, только что анемометры не везде еще поставлены! Высшая воинская доблесть не в том, чтобы правильно рассчитать атаку и сберечь максимум людей, а в том, чтобы отважно положить всех. Положим, с этим варяжским воинским максимализмом губернатор спорил, вызывал даже пару раз губернского военкома с тем, чтобы тот не греб в строй хотя бы явно увечных, а то уж и одноногие жертвы дребезжащих городских трамваев дважды призывались в течение прошлой осени; положим, сам Алексей Петрович был цивилизованный государственник, — однако в том, чтобы удалить из государственной деятельности последние остатки смысла, он тоже видел некую грандиозность. Старайся, не старайся — результат один; все прагматические правительства кончали хуже бессмысленной северной державы. Европа выродилась, исламизировалась, Штаты бесперечь воевали — а сколько было смысла, рации, взвешенных подходов! какая гордыня! Россия продолжала вариться в своем черном нефтяном соку именно потому, что местные государственники отрицали саму идею рационализма: государственный муж постигает необходимость интуитивно. Именно поэтому государство на переломах своей истории позволяло себе заниматься литературой, благозвучием в музыке, Павел Первый лично регламентировал, на какую сторону закладывать известный орган, когда лосины надевались в обтяжку... Вопрос «зачем?» да «на что?» был особенно любим коренным населением: лишь бы ничего не делать! Государство никому не служит, оно само себе цель и никому не дает отчета! В чем цель Бога? Человек тем и отличается от зверя, что способен заниматься вещами, не приносящими немедленной выгоды, — а лучше бы не приносить никакой, ибо выгода есть понятие хазарское, мелочное, вечная торговля со Всевышним. Я тебе так, а ты мне за это так. Нет! Я тебе так, и так, и так — а ты мне, если хочешь, никак, ибо в монастырях не спрашивают, зачем. Сказано тебе сажать редьку хвостом вверх — и будешь сажать, ибо не здравомыслие твое подвергают проверке, а послушание. Этого из губернатора было не выбить. Он не вовсе отрицал прагматизм, но ашино «А толку?» вывело его из себя.

— А о толке не тебе судить, — ответил он грубо.

— Да мне что, мучайся, пожалуйста, — сказала она ласково. — Вот все вы такие: сказали вам, что надо работать, — вы и работаете, как белка в колесе. Ну бегает она, и зачем?

Он понял: Аша ревнует. Назавтра ему надо было на два дня лететь с докладами в Москву, вечером присутствовать с депутацией прочих губернаторов на очередном открытии сезона — давали «Лебединое озеро», русский балет, символ государственности, очередной триумф бессмысленной дисциплины. Если вдуматься, государство и есть балет, только на войне все статисты погибают, отрепетировав перед этим несколько тысяч раз балетный строевой шаг; строевые парады на Красной площади давно уже больше походили на балет, чем на воинские мероприятия...

— Я же вернусь скоро.

— Да ладно, — она махнула рукой. — Лети, я с тобой не набиваюсь.

— Ты прекрасно знаешь, что я не могу тебя взять.

— Я не про то... Вот сам посмотри: ты губернатор, ладно. Но при тебе двадцать человек — помощники, вице-помощники, еще какие-то помощники... Что они все тут делают? Ты погоди, — перебила она его, и в глазах ее светилась ласка, мигом погасившая вспыхнувшее было губернаторское раздражение: если она получила доступ в резиденцию и видела, как все они работают, — это был, в конце концов, не повод, чтобы глупая девятнадцатилетняя туземка судила о государственной необходимости. — Я понимаю, что не мое дело. Но хоть раз сам себя спроси: тебе надо заместителя, чтобы я любила тебя? Чтобы слушалась тебя?

— Аша, — усмехнулся он, — я не могу спать со всей губернией.

— Тебе не надо с ней спать. Но если бы вы не были захватчики — для чего тебе было бы столько людей, столько солдат? Вы не умеете главного, вы не можете заговаривать, не умеете плавать.

— Не можем чего? — переспросил он.

— Плавать. Вы и слова не знаете. «Работать» — это вы придумали. Раб работает, он подневольный, у него палка вместо совести. Вы и сами работаете, как рабы, потому что все тут не ваше. Вы воинственное племя, где вам плавать на земле? Вас земля не слушает, вы не умеете с ней. Вы ее душите, ковыряете, режете почем зря — разве она будет так родить? С землей надо разговаривать, вот так, — она подошла к окну и стала что-то шептать цветам: чахлой фиалочке, непременному бюрократическому столетнику, словно олицетворявшему вечность власти... Ничего не происходило.

— И что теперь будет? — злорадно спросил губернатор.

— Погоди, вот будет весна, я покажу тебе, как плавают. К бабке не повезу, нельзя — это тебе, как мне в Москву: не положено. Но съездим на поле, посмотришь.

2

Этот разговор у них был осенью, а весной, в конце апреля, Аша напомнила ему свое обещание.

— Поедем, покажу тебе, как плавают.

Весна была теплая, ранняя, и близился День Жара — его полагалось отсчитывать от какой-то природной приметы, ведомой только волкам. Губернатор отвез Ашу в летнюю резиденцию, приказав ее расконсервировать: дом был скромный, отапливался плохо, зимой он туда не ездил. Дача как дача, не лучше остальных. Чиновничество в последнее время не слишком жировало: украсть было давно уже нечего.

— Отошли всех. Никому не надо видеть.

Он отдал распоряжение, прислуга отбыла в город, осталась только охрана у въездных ворот, от которой он не мог избавиться, даже если бы хотел.

В полночь Аша накинула халат, велела ему одеться и вышла с ним в холодный прозрачный сад, где едва проклюнулась первая зелень. За дальнейшее он бы не поручился — вероятно, она и впрямь была старого шаманского рода и знала темные гипнотические практики; волнообразно взмахивая руками, плавно кружась и приседая, Аша обращалась к земле, деревьям, кустам со страстной и вместе виноватой проповедью, словно просила их об одолжении:

— Уж вы старайтесь, уж вы старайтесь. Оболонь, посолонь, толоколь, охолонь, расти, кусти, усти, пусти, выстынь, ростань, пустынь, вестынь. Размелись, земля, заэмеись, земля, разлети, замети, выползень, вызелень. Росла зелена, трусла пелена, мелет, мелет, зеленит, белит. Шепотом, ропотом, опытом, копытом: выбелом, выделом, выпалом, выгулом... Плавься, плавься, славься, славься! Стройся, ройся, бойся, кройся! Встал, встрял, сдал, взял: брошенное, ношеное, прошеное, кошеное...

Все это сопровождалось странными, плавными движениями на все четыре стороны: вся она извивалась, колыхалась, притягивала и отбрасывала что-то, — и губернатору уже казалось, что в одном ритме с ней покачиваются березы и яблони; ночь запомнилась ему двухцветной, черно-зеленой, — зеленела звезда в небесах и вода в пруду, зелень словно прорезывалась сквозь черноту, как острый лист травы проклевывается сквозь почву, и сам воздух грезил будущей листвой; Аша продолжала что-то бормотать, словно из Хлебникова, изгибаясь, змеей бросаясь вправо и влево, то клонясь к земле, то вытягивая к небу руку в широких, спадающих рукавах; то вскрикивала, то шептала, то умоляла, то требовала, — так что и сам губернатор не мог ничего разобрать, хоть стоял в двух шагах. Одно время, казалось, у нее с незримым собеседником начался торг; она переспрашивала, качала головой, один раз даже топнула ногой, — но поклонилась и продолжала спокойнее. Скоро шепот ее стал ласков, колыбелен, — губернатор почувствовал, что и его неумолимо клонит в сон; а она все продолжала свои плывущие, легкие движения, отгонявшие холод, нагонявшие сонное тепло. Плавился воздух, плавилась и плавала луна в небе, приплясывая, корча рожицы — такой губернатору часто снилась луна его детства, особенно в полнолунье, когда он лежал в кровати у самого окна и не знал, спит или бодрствует: она ныряла, подпрыгивала, подмигивала... У них с луной был заговор, оба не спали — она смотрела на него дружелюбно и покровительственно, как на младшего брата; теперь та же детская разноцветная луна, медленно и задумчиво меняя цвета с красного на голубой, с голубого на желтый, — кувыркалась в апрельском небе, свободно плавала с Запада на Восток; наконец, после часа камлания, Аша покачнулась, и губернатор еле удержал ее — она повалилась к нему на руки, не в силах держаться прямо. Так он и отнес ее в дом, а утром она разбудила его ликующим смехом:

— Посмотри! Говорила я, а?

Холода этой ночи оказались последними, черемуховыми. Вокруг губернаторской беседки зацвело все, что могло цвести: сирень, которой в этих краях выпадал срок еще только месяц спустя, огромный старый черемуховый куст, посаженный на этой госдаче еще при советской власти, и все шесть вишен губернаторского сада. Никакими чудесами погоды объяснить это было нельзя.

— И... ты можешь это делать каждый день?

— Нет, только перед Днем жара. Мы все эти дни плаваем. Сам же видишь — земля плавится, вода плавится...

И точно: вокруг него дробилась, плавилась, золотилась весенняя вода, растворившая солнце. От земли шел пар, в нем мелькали и тут же таяли голубоватые фигуры, сгущения, призраки, Аша носилась по саду и хлопала в ладоши. Никогда он не видел ее такой счастливой.

— Удалось, все удалось! Урожай будет — пять лет такого не было!

Он и тогда, конечно, не поверил в ее способности. Земля не могла послушаться туземки, хотя бы и самого древнего шаманского рода. Это был отголосок древней местной сказки — о том, что ничего не надо делать самому, скажешь волшебное слово — все и сделается; местный герой никогда не работал, ограничиваясь заклинаниями. Аша страшно обиделась, когда он напомнил ей про Емелю, про Фому и Ерему и дюжину других персонажей, не знавших труда.

— Вам надо тут работать, потому что это не ваша земля! Нам — не надо, нас она и так слушается.

— Но позволь, — рассердился он, — во всем мире люди живут на своей земле, и им приходится пахать, как милым!

— Где? — Она сузила глаза и посмотрела на него с девчоночьим ехидством. — В Америке? Те, что там раньше жили, не то что плуга, а колеса не знали — и земля им давала все! Во Франции? Там тех, кто умеет с землей договариваться, человек пятьдесят осталось! Но у них хоть захватчики давно по местам расселись, они за тысячу лет успели почувствовать, что вот — их земля! Привыкаешь, с чем хочешь сродниться можно, вот она и начинает понемножку у них родить, потому что уже своя! А у вас — когда привыкнуть? Вы друг с другом никак не разберетесь, то одни, то другие — вот вам и приходится ее ковырять. Те-то вообще ничего не умеют, да и вы, правду сказать… С ней надо говорить, а чтобы она понимала — язык знать, а чтобы язык знать, не захватывать надо, а нас слушать.

Он еще раз поразился тому, как строго продумана эта мифология, как все в ней гармонично и пригнано одно к другому: два бога, два захватчика… И как два бога не позволяют разомкнуть круг, устремившись по линейному пути, — каждый сводит на нет завоевания предыдущего, то усыпляя, то пробуждая природу и всякий раз возвращаясь к исходной точке, — так и два чередующихся захватчика снимали с туземцев всякую ответственность, направляя их историю по вечному кругу. Конечно, все это было частью одного мифа — и двоебожие, и двоевластие; от народа при таком раскладе в самом деле ничего не зависело, а вечная его лень и безразличие к собственной судьбе обретали окончательную легитимность. Ленивое, праздное племя, не знающее дисциплины. Стыд ему за минуту слабости, когда он уж почти готов был поверить, что с землей можно договориться чем-то, кроме плуга, а с туземцем — чем-то, кроме палки.

3

Из того, что она рассказывала, мало-помалу вырисовывалась следующая картина. Их племя, не знавшее письменности и не желавшее ничего записывать («потому что все и так есть, и всегда будет — зачем же сохранять?»), жило в этих краях с незапамятных времен, рассеявшись по огромной территории. Волна, по неразумию захватчиков писавшаяся Волгой, и Дон, и Нева, за которую к северу селиться было нельзя, потому и не ва, не ваша земля дальше, — все было их собственностью, их заговариваемой и свободно родящей землей, на которой стояли печки-самопеки, яблони, клонящие ветки долу под тяжестью даровых плодов, и вся земля была сплошной скатертью-самобранкой, не требовавшей ухода: бери не хочу. Она кормила их вольно и щедро, без принуждения, как мать кормит сына, как корова поит телка, — и длился этот золотой век, пока не набрели на них степняки, не знавшие никаких ремесел, но умевшие столь хитро и изобретательно торговать плодами чужого труда, что вскоре все чувствовали себя их должниками. Главное, учили они, — не работать, но отобрать и продать, не сделать, а рассказать, и мир держится не теми, кого слушается земля, а продажей и обменом, да таким, чтобы главная выгода досталась посреднику. Кроткое коренное население покорилось им без спора, да так, что влезло в вечную долговую кабалу, из которой не было выхода; и как это сделалось — объяснить никто не мог. Да и то сказать, сколько ни чи-

268

тал губернатор туземных сказок в собрании Афанасьева — все были о том, как у добра молодца хитрым обманом выманили его победу: побеждать добрый молодец умел, и то все больше добротой да простотой, — а отстоять отобранное и оборонить отвоеванное никогда не мог. Мудрено ли, что в конце концов от мягкого степняцкого ига туземному населению захотелось другой власти? В степняках губернатор не без легкого изумления признал ЖДов; он догадывался, конечно, что русский народ не любит хазар, но что вражда эта уходит корнями в столь глубокую древность — понятия не имел. Официальная историография утверждала, что ЖДы пришли на русскую землю не ранее восемнадцатого века, после очередного раздела Польши, а до того князь Владимир настрого запретил им даже приближаться к границам, отчего Россия и выстояла, не поддавшись бесовскому влиянию, погубившему Европу; хазары порывались, конечно, присваивать наши коренные земли — но с тех пор, как им радикально отмстил вещий Олег, о них не было ни слуху, ни духу. Правда, ЖДы упоминались в послании Минина, но мало ли кто приперся тогда на Русь с ляхами! Из сказок Аши выяснялось, что хазарское иго было прежде монгольского — да, пожалуй, и пострашней; из дальнейших рассказов Алексей Дмитриевич с ужасом понял, что в темной народной памяти все перепуталось и монголы давно уже были тождественны степнякам — собственно, и на поле Куликовом хазар бился с русским; но печальнее всего было ему сознавать, что и русские были тут, судя по всему, пришлыми.

Аша столь решительно отмежевывалась от них, что это не могло быть ее личным заблуждением: речь шла о древнем и общем предрассудке. «Ты не наш, и грех мне, что я полюбила тебя», — повторяла она; напрасно губернатор поначалу убеждал себя, что у этого странного племени всякий личный проступок отчего-то приобретает черты национального предательства и всякая любовь к чужаку преображается в любовь к захватчику. Аша считала его представителем чуждого племени. «Посмотри на себя — разве ты наш? У тебя и руки не те, и глаза не те. Оттого я так и люблю тебя».

Так, в изложении Аши, и выглядела вся русская история: коренное население отчаялось умилостивить хазар и, стеная под их каббалой (слово «кабала» тут же получило исчерпывающее объяснение, — то-то зря лингвисты ломали над ним голову!), обратилось к воинственному северному племени, кочевавшему поблизости и собиравшему дань со встречных: вы воины, придите, выгоните хазар! Те пришли и выгнали, и пожгли хазарскую столицу, и принялись княжить сами — да так, что коренное население взмолилось о пощаде и заплакало по хазарам. На смену так называемому призванию варягов, о котором русская историография сообщала подробно и со вкусом, случилось призвание хазар, о котором оная историография по понятным причинам молчала; то, что получило название ига, было не чем иным, как возвращением хазарства по личной просьбе коренного населения. Иные князья, объявленные потом предателями, прибегали к помощи татар вовсе не ради братоубийства, и искали союзничества степняков не в усобицах — они звали хазар на Русь, чтобы сместить ненавистное северное иго. Под северянами оказалось не легче, чем под хазарами: они не торговали, брали не хитростью, не уговорами, а грубой военной силою, — и вместо того, чтобы дать несчастному коренному населению тихо работать на родной земле, принялись вербовать его в свои косматые дружины. Коренное население воевало плохо, а потому варяги кидали его в бойню, как дрова в печку: воевать не всякий может, но умереть ума не надо. И шли, и умирали, и забирали ненужные земли, — а те, кто мог еще бежать, подавались дальше, в бега, в леса, прочь от родной плодородной земли. Так осваивали они сырые пустоши, за которыми нет жизни, холодные снежные пространства, где, чтобы уговорить землю вырастить хотя бы луковку, приходилось часами отогревать ее собственным убогим теплом; так уходили они в горы, на каменистую почву, отродясь не родившую ничего, кроме волчцов и терний; так забирались во мшистые леса севера, откуда даже варяги сбежали, отчаявшись договориться с неплодной, болотистой землей, — и часами, днями, месяцами вымаливали у нее росток, клубенек, ягодку. Не в силах стряхнуть варяжское иго, туземное население разбегалось — и скоро в Сибири начинал произрастать дикий лук, леса заселялись ягодой, из болот проклевывались кислые стебли щавеля.

— Слушай, — не выдержал губернатор. — Почему вы терпели это иго? Почему вам было не сбросить его?

— Да ведь мы не по этой части, — изумленно ответила Аша. — Плавать — мы, договариваться — мы. Но воевать... у нас силы на это нет.

—Ты хочешь сказать, нет воли?

— Воля — наше слово, — ответила она упрямо, — воля — это то, что у волков. У волков есть, но волков сколько? Пять, много шесть из ста. Можем и мы, вот Олега ихнего смогли. Он наших волков встретил, они ему и сказали волчье слово. От волчьего слова смерть где хочешь достанет, это никогда не ведомо. Может, от коня, а может, шишка на голову свалится: от волчьего слова нет спасения. Но волков мало, а народу еще много было. Что же мы могли? Вот и расходились. А на иное и у волка воли нет. У меня вон сколько воли, а я с тобой. Есть и на меня сила.

— И вам проще было сбегать в леса и болота, и договариваться с этой землей, чем один раз как следует вломить степнякам?

—Да как же им вломишь, — тоскливо говорила Аша. — Мне булочку убить трудно, а ты говоришь — вломить.

— Булочку? — переспрашивал губернатор. Все-таки иногда, лунными ночами, ему становилось страшно с ней: существо из другого, вовсе чужого мира лежало рядом.

— Курицу по вашему, — поясняла она со вздохом. — У нас курица — тот, кто курит, костер палит.

Были, конечно, попытки разделить Россию — так, чтобы отдать половину варягам, а половину степнякам, но терпеть друг друга рядом они никак не были готовы. Первую такую попытку предпринял Иван Красный — Грозным его, кажется, прозвали варяги, потому что это звучало красивее, а Красным он был провозглашен по причине кровавости. Красный отдал опричнине лучшие земли, а прочее выделил земщине, — но и этой мерой ничего не добился, ибо сосуществование было немыслимо. Когда с разделением не выгорело, Красный задумал помириться с хазарами, приблизил степняка Курбского — но и того пришлось удалять, и переписка их дышала неподдельной взаимной ненавистью. Хазары вечно отстаивали свободу — хотя это почти всегда была свобода подыхать голодной смертью; северяне отстаивали долг — хотя это всегда был долг подыхать за других; коренное население чувствовало краткую передышку лишь во время очередной стычки — и потому каждой революции ждало с надеждой, хоть и знало, что никакой свободы им это не принесет: «Просто, пока вы раз в сто лет друг друга колошматите, нам вздохнуть можно».

— А как же Смутное время? Когда людей ели?

— А вот это самое страшное было. Мы тогда и поняли, что — навсегда. Нельзя прогонять. Это же как было? И тех выгнали, и этих. И даже одно время сами хотели. А земля родить перестала, и снег летом выпал. Ой, не говори. — Она рассказывала обо всем так, словно помнила, сама брела по вымерзшему полю неведомо куда, сама побиралась по избам, словно бесприютность была в ее генах, в самой природе, — потому и песни ее всегда были так тоскливы. — Ой, страшно было. И опять северных позвали. А после уж...

— Постой. Так у тебя получается, что Петр был хазар?

— Он самый и был степняк. Ты посмотри на него: он не ваш, не северный.

— Тьфу, глупость. Он же немцев привел!

— Да не таких немцев, не всяких, — объясняла она. — Он привел тех степняков, которые на север бежали. Они потом по всей Европе ходили, жили там… Ты посмотри, кого он привез: все рыжие, все голубоглазые. А русских он не любил. Почти всех извел. То-то и бунтовали.

— Господи, Аша! И Меншиков, стало быть, степняк?

— Степняк, — убежденно говорила она. — На севере и помер сразу.

— Скажи, — спросил он ее как-то в сухой, ломкий осенний день, незадолго до последнего Дня дыма, когда она прощалась с летней дачей и помогала растениям погрузиться в зимний сон — нашептывала, уговаривала, утешала. — Что, если я уйду от тебя? Я вспомнил рассказ, старый, про туземку и чиновника. Она его любила и прокляла. Он отплыл в Англию, жениться на богатой, и едва корабль отвалил от берега — у него началась мучительная икота. Икал день, два, три, а через неделю умер, потому что не мог ни пить, ни есть. Скажешь какое-нибудь волчье слово — и что со мной будет?

— Не скажу я тебе волчьего слова, — ответила Аша, плача. — Если захочешь жениться, иди куда хочешь, у нас не бывает так, чтобы за это проклинать…

Тут он и понял окончательно, что никогда, никуда не уйдет; что сильнее, чем похотью, она привязала его жалостью, что стоит ему представить ее оставленной, тихо плачущей, молча все терпящей — как он бросит все, любой долг, любую государственную необходимость. Может, долг еще и не бросит, утешил себя губернатор. Но женщины, которая сумела бы его переманить от Аши, — нет в природе.

— А ты меня не оставишь? — спросил он.

— Не оставлю.

— Даже если бабушка скажет?

Аша вскочила и уставилась на него с ужасом.

— Почему бабушка скажет?

— Мало ли. Иногда бабушкам не нравятся внучкины женихи. Что такого, что ты всполошилась?

— Не знаешь ты, — выдохнула она, — не знаешь. Если мне с тобой нельзя — значит, все; тут и волчье слово не спасет.

— И что, уйдешь?

— Тут уж уходи, не уходи. Тут уж конец, — и больше он не добился от нее ни слова.

5

— Уходить мне надо, — сказала она, едва он вошел; в кабинете, у окна, высматривала его.

— Погоди, погоди. Нельзя меня сейчас так огорошивать, меня и так, знаешь, только что не убили.

— Кто?! — она в ужасе прижала руки к груди; никогда он не видел ее такой потерянной.

— Какой-то васька, странный мужик. Впервые видел его. Лопотал непонятное — уезжай, уезжай... Можешь ты мне объяснить, в чем дело?

— Обо мне говорил?

— Говорил что-то. Погоди, сейчас... Да сядь ты, наконец! Почему ты света не зажигаешь?

— Нельзя свет! — вскрикнула она.

— Почему?! От кого ты прячешься? Что за ерунда, черт возьми, это мой дом, в конце концов...

— Я все скажу, все! Не сейчас, погоди. Не надо свет. Пойди сюда. Ну, что он про меня говорил?

— Говорил, чтобы я тебя оставил. Аша, это черт-те что. Я не могу разбираться в этой белиберде туземной. Мне эти ваши верования...

— Тут не верования! — застонала она. — Что ты знаешь! Говори: он сказал, чтобы ты ушел?

— Да. Он так говорил — черта с два поймешь. Говорил, чтобы я оставил тебя и уезжал, с тобой разберутся. Кто с тобой должен разбираться, что ты натворила? Покрывала коснулась?

— Какого покрывала?

274

— Успокойся, я просто забыл, что ты не все читала. Была такая легенда про девушку, которая коснулась покрывала богини.

— Я не касалась, ничего не касалась, — повторила она, дрожа. Губернатор обнял ее и зашептал в ухо:

— Ну хватит, хватит. Что за глупости. Пьяный дурак замахнулся топором. Он же и ударить не смог. Ты права, он еще сказал, что они убивать не могут.

— Мы не можем, да, — закивала она. — Иногда волки могут, но потом знаешь, как мучаемся? Я не смогу. Мне уйти надо.

— Почему уйти, куда? Объясни ты наконец! — Он решительно шагнул к выключателю, зажег свет, и через секунду в окно влетел огромный булыжник — Аша еле успела отскочить. На пол брызнуло стекло. Внизу затопотала охрана, послышались свистки и ругань. В комнату ворвался телохранитель.

— Что, Алексей Петрович? Не ранены?

— Аша, ты как?

Она молчала, закрыв лицо руками.

— Мы эту сволочь поймаем, за ним Михалыч побежал. Как же это он, откуда? — Телохранитель шагнул к черному окну, оскалившемуся осколками. — Напротив стоял, гадина... *Отловим* — лично допрошу. Не уйдет, Алексей Петрович, верняк, не уйдет.

— Ко мне его, когда поймаете, — сказал губернатор. — Позовите там водителя, скажете, что мы поедем на дачу.

— Нет! — закричала Аша. — Нельзя! Только тут, только в городе!

— Черт, — устало выговорил губернатор и потер левый висок. — Ну, усильте охрану... пусть постелят на первом этаже, а ваши ребята стекла проверят. (В спальне на первом этаже стекла на всякий случай стояли не простые, а бронированные, — но покушений на власть в этом городе не было с незапамятных, досоветских времен, туземцы были известны мирным нравом и почти буддистской пассивностью). Идите сейчас, мы чай пить будем.

— Да накрыто, — сказал телохранитель. — Вы не сердитесь, Алексей Петрович, я по периметру посты выставлю… Мне уж водитель сказал — что это вы без меня-то? Ведь такое могло…

— Ничего там не могло, — сказал губернатор. — Вы не очень распространяйтесь, что я туда ездил. Это мои дела, сами разберемся. Аша, идем.

Он взял ее за руку. Она шла за ним вяло, безвольно, опустив глаза, еле передвигая ноги.

Глава третья

1

— Черт-те что, — повторил губернатор. Сходить с ума было положительно не из-за чего. Тревожило его по-настоящему только одно — да и то не тревожило, а так, вечный червячок внутри посасывал: во всяком триллере страшно не тогда, когда убивают, — это бы полбеды, жанр такой, — но когда убивают неумело. Страшно не просто получить письмо, написанное кровью, — но письмо детским почерком, с грамматическими ошибками. Во всей этой истории его пугала именно детскость, неуклюжесть попыток: его бездоказательно уверяли в ашиной неверности, его караулил с топором мужик, не умеющий нанести удара даже и в благоприятнейшей обстановке, когда враг явился без охраны и без спутника; в его окно метнули булыжник, как только там загорелся свет и обозначились силуэты, — но ясно же, что булыжником никого не убьешь… Он сумел вызвать в местном населении, которое сроду ничего не делало, кроме тупой сельхозработы, — не просто ненависть, а желание его убить, убрать; чтобы эта публика дошла до такого намерения — надо было в самом деле привести в действие серьезные силы. Это он понимал. Он не понимал только, почему дурацкая легенда о конце времен так живуча именно в сознании этого несчастного народа. Впрочем, если верили в Кашпировского и Белое братство, последнее он застал первокурсником, — почему не верить, что от их с Ашей брака родится антихрист. Придет человек из старого северного рода, встретит девушку-волка из другого старого рода, они познают друг друга, она понесет от него, — и тот, кто от них родится, положит конец обоим захватчикам, да и самому коренному населению. А потому никак нельзя, чтобы он рождался. Пока они были вместе, туземцы терпели, да большинство из них ничего и не знало; но стоило Аше поехать к бабушке и признаться в беременности (туземцы говорили — «в тягости», беременем у них называлась грибная корзина), как волки забеспокоились. Тут же прознали — откуда, по какому телеграфу?! — что варяг того самого, северного рода.

— Почему ты не говорил мне? — спросила Аша с жалобным укором, действовавшим на него особенно неотразимо; он тут же чувствовал себя виноватым за все ее бывшие и будущие беды.

— Чего не говорил?!

— Что ты рюрикова корня.

— Господи, Аша! Откуда мне было знать, что это имеет значение! Я Кононов по отцу, никогда не носил этой фамилии, всю жизнь писался Бороздиным. Это фамилия отчима, мать вышла замуж, когда мне был год. Кононов никогда и не жил с нами, я понятия не имею, кто он такой...

— Что ж ты так, губернатор. Это же самый варяжский род. Конунг, конан — или не знаешь? Предводителев сын, вот оно что значит. Ты бы хоть мне сказал, я б к тебе на полок не пошла.

— На какой полок?

— Сто шагов, мера наша, — сказала она с виноватой улыбкой. — У вас переврали, говорят — «порог».

— Где же я это читал? — хмуро спросил губернатор. — Он полюбил местную ведьму, а ей с ним было нельзя. Ее за связь с человеком и свои проклянут, и деревенские камнями побьют... Вспомнил! «Олеся», да? Ты же, Ашка, начитанная девочка, только притворяешься дурой. В библиотеку небось ходишь, да? Вот дурак, как я сразу не отгадал. — Он улыбнулся, и она робко ответила ему — улыбка вышла кривая, жалкая, но он и ее принял за подтверждение. — Это чтобы я посерьезнее к вашим относился, да? Бедная моя, да я и так отношусь к тебе и твоим сказкам серьезнее некуда! Ведьма местная, надо же... Там тоже бабка была, все глупости говорила... Да таких сюжетов пропасть: полюбил паныч ведьму, а ведьму камнями закидали. Брось, хватит! Вот увидишь, сейчас этого поймают, что камнями тут разбросался, — окажется, что я какую-нибудь тяжбу не в его пользу решил. Погоди, увидишь...

Видимо, губернатор и впрямь обладал даром предвидения, важным для государева человека: дзенькнул телефон на столе, и охрана доложила по внутреннему, что злоумышленник пойман, да не особенно и убегал; что их оказалось двое; что оба они готовы предстать перед губернатором для снятия первичного допроса и впредь до особого распоряжения их толком не трогали.

— Ну, давайте, — сказал губернатор. — Вот увидишь сейчас. Я, кажется, даже знаю...

Предчувствие и тут не совралo. Охрана втолкнула в столовую Рякина и Стрешина, или Стрешина и Рякина, или Стряшина и Рекина — словом, сладкую парочку, полгода изводившую его тяжбой, а сегодня с утра (чувство — будто год назад) распотешившую божбой и дружбой.

— Драсти, губернатор, — сказал Стрешин.

— Драсти, драсти.

— Не серчай, губернатор.

— Прости, гублинатор.

— Оно так вышло.

— Вышло, чего уж.

— Нельзя тебе тут.

— Нельзя, нельзя.

— Полгода смотрим.

— Думаем, думаем.

— А сегодня поняли.

— Ты самый и есть.

— А ну молчать! — заорал губернатор. Рякин и Стрешин испуганно заткнулись. Охрана врала — их-таки потрепали при задержании: под глазом у того, что слева, набухал багровый фонарь, а у второго раздулось и пылало ухо, по которому от души засветили.

— Все время лопочут, — пожаловался телохранитель. — Ничего, посидят, подумают...

— Посидеть можно, — завел дуэт Рякин.

— Можно, можно.

— Теперь можно.

— Теперь все можно.

— Мы всем сказали.

— Всем, всем сказали...

— Что вы сказали?! — не выдержал губернатор. — Быстро, внятно и по одному.

— Вот она все скажет, — показал Стрешин на Ашу.

— Скажет, скажет, — подхватил Рякин.

— Она все знает.

— Теперь знает.

Губернатор обернулся на Ашу. Она сидела неподвижно, опустив глаза.

— Ты их знаешь?

— Знает, знает, — залопотал Стрешин, но телохранитель двинул его кулаком по затылку, и тот заткнулся.

Аша подняла на него полные слез глаза. Он понял, что это утвердительный ответ.

— Откуда? Кто они такие?

— Наши, — сказала она. — Из бабушкиной деревни.

— Они что, следили за тобой?

— Значит, следили, — сказала она.

— Вы со своей тяжбой идиотской за этим ко мне ходили? — спросил губернатор.

— Не за этим, не за этим, — испуганно проговорил Стрешин.

— У нас правда тяжба.

— Мы по делу, губернатор.

— По делу, гублинатор...

— Мы не следить, не следить...

— Нам нельзя следить...

— Мы люди маленькие, губернатор...

— Маленькие, гублинатор...

Телохранитель слегка столкнул Стрешина и Рякина лбами. Парный конферанс ненадолго стих.

— Они камень бросили? — спросил губернатор.

— Вот этот, — телохранитель вытолкнул вперед того, что стоял слева, черт его разберет, как зовут...

— Мы не в тебя, губернатор...

— И не в нее, гублинатор...

— Просто чтоб ты знал...

— Чтоб уехал.

— Дальше хуже будет...

— Земля поднимется!

— Нельзя, чтоб поднималась.

— Нельзя, гублинатор!

— Уже и земля? — язвительно спросил Бороздин. — Это что же, всем миром, что ли?

— Это хуже, — сказала Аша. — Они правду говорят, ты не знаешь. Земля в последний раз давно поднималась, старики не упомнят. Это наша земля, заговоренная. Если мы не уйдем — тут весь город посыплется.

— И село, и село, — закивал Стрешин.

— И лес, и лес, — зачастил Рякин.

— Ямы!

— Овраги!

— Реки!

— Горы!

— Тихо! — крикнула теперь уже Аша. Губернатор никогда не слышал у нее столь властного голоса и не предполагал, что она может так командовать. Туземцы испуганно притихли.

— Что я в тягости — вы знаете, — начала она решительно. — Теперь и ты, губернатор, знаешь. Я четвертый месяц молчу, пять осталось.

Губернатор только теперь вспомнил, что еще ничего ей не сказал о судьбе будущего ребенка — до того его поразила ашина вера в пророчество и само это пророчество, говорившее о нем; он никогда, конечно, не принимал всерьез такие вещи — но она была явно не в том состоянии, чтобы говорить с ней о радостях материнства и о его готовности если не заключить брак, то по крайней мере признать ребенка. Сначала надо было утешить, успокоить, а уж потом... Только теперь до него дошло главное в этой истории: она на четвертом месяце, а он ничего не замечал! Вот откуда эти слезы при виде заката, и страхи, и впечатлительность; он знал, что многие во время беременности и родов сходят с ума — вот почему она так поверила этой позорной ерунде... Врача, и немедленно! Он-то ее отучит от этих глупостей, объяснит их происхождение, — если найти хорошего специалиста, она быстро придет в себя.

— Я уйду, — продолжала она после недолгого молчания. — Но дитя мое убить я не дам, у меня не будет другого. Я свою судьбу знаю, у волков всегда так. Дитя не дам трогать. Убить дитя — дело страшное, толочное, соколобное. Кто бы он ни был, а он мой, и это уж мое дело — кто из него вырастет. Мать не захочет — дитя никогда злодеем не будет, за то я отвечу. С тобой, губернатор, я не уйду, нам нельзя вместе.

— Никуда ты не уйдешь, — начал губернатор.

— Молчи, слушай! Тут мои дела начались, тебе лезть нечего. Рожу — вернусь, за мной не ходи. Я одна пойду.

— Без моего разрешения отсюда никто не выйдет, — спокойно сказал губернатор. — Охрану предупредите там, — и он снял трубку внутреннего телефона. Телохранитель буркнул в рацию: «Первый! Седьмой, повышенная».

— Ты не знаешь, что будет, — с неожиданной мягкостью сказала Аша. — Ты не видел, как земля встает.

— Я всякое видел, — махнул рукой губернатор. — Без меня ты никуда не пойдешь, а я найду, куда тебя отправить. Надо будет — я готов и...

— Ох, благодетель! — протянула Аша. — Жениться хочет на местной, ай, молодец! Что теперь жениться? Ты все сделал, дальше моя забота. Сама виновата, не разглядела. Правду ты говорил — все выродилось. Да тебя и старые-то волки чуть не проглядели. Хорошо, эти братцы, — она кивнула на Стешина и Рякина, — заметили: не иначе, говорят, ты самый и есть. А я и не знала, что они к тебе ходят.

— Не хватало еще, чтоб ты всех знала, кто ко мне ходит, — угрюмо сказал губернатор. — Ладно. Проследите, чтобы этих сегодня же допросили, — держать отдельно от васьки, которого на Чайковского взяли. Сговорятся — никогда правды не узнаем. И насчет стекла распорядитесь там... Никита! Еще чай.

Никита бесшумно внес стакан в толстом серебряном подстаканнике с гербом.

— Пойдем со мной, Аша. Сегодня здесь останешься.

Она покорно подошла к нему, но на полдороге обернулась к охране.

— Думаете, я выйти не могу? Я осталась, чтобы с ним быть. Если земля встанет, плохо ему быть одному. А выйти я могу, дяденьки. Возьму и выйду, и ничего не сделаете. А, дядя Егор?

— Может, может, — закивал Стрешин.

— А ты что скажешь, дядя Кузьма?

— Может, она может, — подтвердил Рякин.

— И допрашивать их не надо, я сама про них все расскажу.

Губернатор, к вящему своему изумлению, увидел, что его личный телохранитель покорно кивает Аше.

— Спать отведете да накормите, — повелительно сказала она. — А ты, губернатор, прыгни.

— Куда прыгни? — тупо спросил Бороздин.

— Да хоть на месте. Можешь?

— Знаешь что, Аша, — очень тихо сказал губернатор, — ты все-таки не забывайся, хорошо? Не то я такое волчье слово скажу, что тебя и беременную выпорют.

— О как, — спокойно ответила Аша. — Мне бы, дуре, давно догадаться. Никакой моей власти над тобой нет. Лаской еще могу что-то, а командой — никак. Значит, ты самый и есть, давно бы поняла. Все случая не было — приказать да обломиться.

— Ладно, — сказал губернатор. — Время позднее. Идем спать.

— Смотри, губернатор, — сказала она. — Не жалуйся потом. И помни: если я пойму, что земля встает, — все равно уйду, у тебя надо мной тоже власти немного.

— Кое-какая есть, — возразил губернатор и за руку повел ее в спальню. Он знал, что к утру восстановит логику в пошатнувшейся картине мира и надумает, как быть с Ашей и с ребенком. Дождь усиливался, и резиденция, казалось, мелко вздрагивала под его внезапно налетающими порывами.

2

В его спальне на первом этаже она как будто успокоилась. Ушла эта жреческая страстность, она снова была его Аша — покорная и медленная.

— И что ты скажешь? — спросил он мягко. — Как мне понимать всю эту ерунду?

— Да чего уж теперь понимать, — сказала она. — Вытравлять его поздно, да и не дам я. Волкам нельзя вытравлять. А у меня другого не будет, сама знаю. Надо мне в Дегунино идти.

— В Дегунино? — переспросил он, не понимая. Что-то он сегодня уже читал о Дегунине. — С какой радости?

— Старшие наши там живут. Тетка моя там. Если скажут, чтоб осталась, — значит, можно, значит, не сбудется еще. А если нельзя, уйду отсюда. Может, если куда в горы уйти, тихо жить, то не страшно.

— Подожди. Можешь ты мне объяснить все с самого начала, как оно есть?

— Ох, — она села на кровать. — Что ты еще не понял? Я сама не знаю ничего. Кто родится, чего натворит — этого мы никогда не знаем. Мы про детей своих одно знаем: волк будет или не волк. А этот будет всем волкам волк, и от него всем конец. Я и чуяла, что конец. Думаешь, знамений нет? По всему видно — все из последних сил скрипим, по дну скребем. Но как-то я верила все, что обойдется. Столько раз обходилось.

— Подожди. Кому от этого конец? Нам, вам, всему свету?

— Нет, свету-то ничего не будет. Мы же не свет, как ты не понял-то, губернатор? Это я всю жизнь тут сижу, колесу молюсь. Ты ездил, мир видел, — должен как-никак понимать, что здесь все не так. Третью тысячу лет бережемся — все думаем, не будет ничего, если с круга не соступать. Весь-то мир сколько раз уж кончился да начался, а у нас все то же. Одного только нельзя — нельзя, чтобы один из ваших любил одну из наших; это старая тайна, наши все знали. Это с Рюрика еще. Как пришел Рюрик, так и запретили.

— А от хазар? — поинтересовался губернатор. Он не мог бороться с суеверием, пока не уяснил его вполне; надо было выспросить у нее все об этом странном предрассудке. Наверняка отголосок древнего табу на близость с захватчиком. — От хазар вам можно рожать?

— Я про хазар не знаю, я свой запрет знаю. Он у нас давно наложен. Мне с тобой нельзя, с человеком северного государя. У других, может, другой запрет. Может, от нашего волка хазарка родит — и конец всему.

— Вот странность, — улыбнулся губернатор. — Почему так? Почему хазарка? Они что, женственная нация? Я читал такое...

— Ни при чем тут женственная нация, это старый запрет, что ты хочешь от меня? — Она подняла на него глаза и посмотрела с такой тоской, что он почувствовал полное свое бессилие перед этим древним унылым бредом. — Как хазарка от волка родит, так и всему конец; и уж верно, сейчас какая-нибудь хазарка уже в тягости... Бабушка говорит, беда одна не ходит. У нас все парами — может, и там уже конец... Ты что же, сам не видишь, человек государев?

Сказать, чтобы губернатор вовсе этого не видел, — было нельзя; но он и подлинно был человек государев, ставящий долг выше разума. Разумом он понимал, что время близко, — но дух подсказывал ему, что оно близко всегда, что Россия никогда не жила иначе, а потому не следует поддаваться слабости. Как политик он начал думать и действовать в эпоху, получившую название первой стабилизции — эпоху дорогой нефти, накануне того самого момента, как в мире запахло флогистоном. Кто из верящих разуму смог бы предсказать тот сказочный период, вожделенный российский подъем, взявшийся ниоткуда, из высоких нефтяных цен? Все уж и надеяться перестали на стабильность, и на тебе — зарплаты, кредиты, планирование жизни на десять лет вперед, словно и катаклизмов никаких не предвидится... И какой разум предсказал бы, что пять-шесть лет спустя никакая нефть не будет уже никому нужна, а отапливаться весь мир станет тем, чего у России нет и никогда не будет? Кто подумал бы, что какой-то чертов зеленоватый газ, фонтанами бьющий по всей Европе и по Штатам, найденный, говорят, даже в Гренландии, глубоко залегающий, но заменяющий собою любое прочее топливо, — резко переменит конъюнктуру и оставит Россию наедине с эпохой второй стабилизации, то есть с нынешней, когда нефти стало хоть залейся и не осталось ничего, кроме нефти? Никаким разумом нельзя было предугадать этот путь; пусть разум его отлично сознавал, что никакой стабильности на самом деле нет и что под тонкой коркой по-прежнему зеленеет зыбкое болото, — но люди ходили по этому болоту, не замечая, как оно булькает, качается, вздувается пузырями.

— Знамений нет, Аша, забудь о них. Я слов таких слышать не хочу.

— Ну, не слушай. У вас, северных, всегда так: чего я не слышу, того нет.

— Что ты намерена делать?

— Сам посуди, — тихо сказала она, не глядя на него. — Тут мне жизни не будет, наши везде достанут. Они куда хочешь просочатся, это просто ты не знаешь еще. Ничего, узнаешь. Я в Дегунино пойду, и если там примут меня — там останусь. А не примут, скажут — нельзя, так в Азию пойду. Волки, когда их свои выгоняют, в горы уходят. Там буду ребеночка растить, выращу — погляжу. Увижу, что и вправду злой, — не выпущу оттуда. Но я так выращу, что у меня злого не будет.

— Подожди. Они же все говорят, чтобы я уходил.

— Они говорят, потому что думают: ты уйдешь, а они у меня ребенка вытравят. Вытравлять нельзя, поздно, он живой уж, — а они свое: вытравим. Я бабке говорила, ее ничем не собьешь.

— Как же она тебя отпустила ко мне?

— А чего ей бояться. Она же знает, что наши везде пройдут, если надо. Это убить меня они не могут, силы у них нет на это, — на такое сила не у всякого волка есть. Это им нанимать кого-нибудь надо... Ну, наймут. Всегда находили, когда им надо было.

— А если я не уеду?

— Значит, при тебе все сделают. Ты им не такая большая помеха.

— А вместе нам никак нельзя остаться?

— Разве если ты со мной в горы уйдешь. — Она впервые усмехнулась — как ему показалось, неприязненно. — Уйдешь со мной в горы, гублинатор? Будем там вдвоем ребеночка растить?

Даже если бы он был готов ей ответить «С тобой — на край света», даже если бы возможна была эта пошлость, он никогда не произнес бы этого вслух — вся его долго воспитываемая сдержанность противилась открытому выражению чувств; но он отлично знал, что никуда и никогда с Ашей не уедет. Он любил ее, в том сомнений не было, и даже хотел, пожалуй, чтобы она родила ему ребенка, но бежать куда-то с туземкой? Положительно, он ее распустил!

— Да знаю, — сказала Аша устало. — Никуда не пойдешь. Где тебе. Будешь тут сидеть, дела делать, бумаги перекладывать.

— А ты бы хотела, чтоб пошел?

— А то нет. Страшно одной, в горах-то. Я с тобой привыкла, жила, как за стеной, кормили опять же. А туда пойдешь — что делать будешь? До Дегунина-то, и то далеко.

— Скажи на милость, какое Дегунино? Прямо как сговорились все. В газетах каждый день — Дегунинский котел, у тебя тот же бред... Ты газет, что ли, начиталась?

— Сам бы съездил, все бы понял, — сказала Аша. — Дегунино — место непростое, потому туда все и едут. Все едут, всех принимают, да не все задерживаются. Там надолго не задержишься — другие едут, надо их принимать, а всем места нету. Дегунино — это где Даждь-бог живет, так наши говорят. Ну, навряд он там живет, но храм его там, это я тебе, губернатор, точно говорю. Главный наш храм, красоты необыкновенной. У Даждь-бога мало храмов, до сейчас достоял один всего. Знаешь, почему мало?

— Догадываюсь, — сказал губернатор. Он знал, какие из коренного населения вырастали строители, и ненавидел убожество сельских построек, сараюх, развалюх — всего национального зодчества. Особенно его бесила манера строить без гвоздей: все разваливалось, но жителям, кажется, этого и нужно было. Аша говорила, что щелями дом дышит.

— Ни о чем ты не догадываешься. Гадатель тоже. — Она засмеялась, уже без злости, и он с облегчением подумал, что, кажется, оттаяла. — Беспокоить его не хотим. Ему от храмов беспокойство одно, они у него как приемная. Ты бы небось с ума сошел, если б у тебя в каждой деревне приемная была. И всюду езди, всех слушай... Это ваши как пришли, сразу — давай храмы строить. Подсмотрели у наших, что мы луковки делаем, и стали свои купола лепить. Ведь нигде больше луковок нет, это наше, сами придумали. И мир весь — луковица, знаешь почему?

— Тоже догадываюсь. Ваши, чтобы начальство разжалобить, очень любят лук разводить. Разведут, глаза им потрут — и бах на колени, просить о чем-нибудь...

Этой шутки она не приняла.

— Много у тебя плакали в приемной?

— Бывало.

— По такой жизни, какую вы устроили, побольше надо плакать, губернатор.

— Ладно, ладно. — Он мог бы поспорить, но не хотел: знал, что чувства благодарности тут не ведают, а потому и незачем перечислять благодеяния.

— Луковица — это потому, что так все устроено. Человек — луковица, земля — луковица... Сдираешь, сдираешь, раз слой, два слой — а там ничего. Пусто там. Потому что не в человеке смысл, а там, — она показала на потолок, в свое низкое коренное небо. — Туда и луковица тянется. Ее закопаешь, а она прорастет. И репка так же. Потому и человека закапывают. Если не закопать, он так просто сгниет, и все. А если зарыть, то из него душа прорастает. Это все, зеленое, что растет, — это души растут, понимаешь теперь? Вот почему без погребения оставлять нельзя.

— Что ж ты мне говорила, что у вас бессмертия нет?

— А его и нет, — сказала она, — какое же бессмертие? Помер, и все. А что из человека растет — это ведь уже не человек, это дерево. Ни поговорить, ничего. Спилить можно, срубить можно... А растет при любой погоде и не жалуется. Это и есть душа, самое в тебе ценное. Из одних ель растет, из других дуб. Из кого-то яблонька. Из тебя, губернатор, будет расти лопух, потому что ты простых вещей не знаешь.

Это она говорила прежним ласковым голосом, и он уже подумал, что наваждение прошло; в качестве жрицы, приказывающей прыгать на месте, она никак его не устраивала.

— Ты сама придумала — про деревья?

— Да как же такое придумаешь? Это просто так и есть. Человека почему зарывают? Можно сжечь, как ваши делали. Ваши никогда не зарывали. Это для того, чтобы из него не выросло ничего. Ваши боятся, что вырастет. Сожгут, и прах по ветру. А так нельзя. Из человека должно дерево вырасти, для того, может, и люди нужны, чтобы деревья не переводились.

Очень логичная мифология, подумал он. Человек родится для того, чтобы стать деревом: утратить душу и речь, превратиться в молчаливую растительную сущность; христианство считает главным в человеке человеческое, а потому все природное отмирает и делается глиной, — а эти придумали в своем духе: душой, то есть лучшим в человеке, как раз и называется растительное. Все людское сгниет — и культура, и долг, и память, — а то, что здесь зовут душой, как раз и есть слепая, тупая растительная сила. Друидическое обожествление деревьев, предпочитание деревянного зодчества, попытка соблюдать растительный цикл жизни — зимой спать, летом совокупляться и плодоносить... Потом настроят домов из этих душ, другие души сожгут в печке — и нормально: послужил человек.

— И что, ваших подлинных храмов только и осталось, что в Дегунине да в паре других мест?

— Ну. А Жаждь-богу и храмов не ставят. Чего ему молиться? Сам придет и свое возьмет, просить не надо.

Губернатор и здесь поразился точности мифа. Добро нуждалось в постоянных подсказках, молитвах и разъяснениях — вдруг не того облагодетельствует?! — тогда как зло приходило само и действовало без указаний. Жаждь-бог был ветхозаветней, жестковыйней Даждь-бога. Он, вероятно, и появился раньше, но туземной версии происхождения мира Аша ему пока не рассказывала. Он и о душах-деревьях никогда не слышал, но, вероятно, теперь ему как отцу ребенка было положено знать побольше; кажется, в последнее время она и впрямь с ним откровеннее, чем прежде, вот и плавала при нем...

— Но он же обитает где-то? — спросил губернатор.

— Обитает, — серьезно сказала Аша. — Две главных деревни у нас. Дегунино — Даждь-божье, а еще второе должно быть. Видишь, ты сам и догадался.

— Москва! — победоносно крикнул губернатор. — Угадал, да?

Аша не поддержала и этой шутки.

— Жаждь-бог в своей деревне живет. Мы ее вслух называть не любим, а чужой и не доберется туда. А и доберется — ничего ему не будет, на него наши законы не действуют. Та деревня глубоко в лесах, и знать про нее тебе не надо.

— Ладно, не томи. — Ему казалось, что она успокаивается, рассказывая ему свои сказки.

— Не скажу, губернатор. Кому мы, волки, про это скажем, тот туда и пойдет. А оттуда никто не приходил еще.

— Ты мне скажи хоть — где она? Не у меня в округе?

— Успокойся, не у тебя. Она далеко отсюда, и леса кругом. Туда так просто не зайдешь.

— А как зайдешь?

— Надо, чтобы кто-то слово тебе такое сказал. Тогда ты по этому слову сразу туда и попадешь. Понял?

— Даже догадываюсь, какое слово, — кивнул губернатор. — Надо западный ветер попросить.

— Шути, шути.

— Слушай, ну а чем оно так хорошо-то? Дегунино это?

— О! — Тут она снова повеселела. — Я там один раз всего была, бабка меня возила. Даждь-богу посвящала, в храм носила. Ты не знаешь, как там! Это самое красивое место, верно говорю. Оболочное, постолочное, колокольное. Я там и печку видела, слыхал про печку?

— Что за печка?

— Такая печка, наша, пироги печет. Мне с ревенем испекла. Она не каждому ребенку печет, даже волку не всякому. А мне взяла и испекла, это, говорят, особая судьба. А если кому в пироге боб, тот самый великий волк, но из наших давно никому боба не было.

Бедная девочка, подумал он. Старуха повезла ее в гости к дальней деревенской родне, и там, среди сельской скудости, чтобы хоть как-то скрасить жалкую жизнь, ей рассказали сказку про волшебный пирог с ревенем. Мало же было в ее жизни сказок, мало чудес — если пирог с ревенем до сих пор для нее чудо, а несчастная деревня в средней полосе выглядит островом изобилия!

— И яблоньку видела, — продолжала Аша. — Прямо в лесу стоит, ветки до земли. Сама растет, сама плодоносит, ни поливать, ни копать — ничего! Мне яблоко дали, ох, какое яблоко! Вот такое, с голову твою. — Она обняла его голову и прижала к груди. — Ах, хорошо в Дегунине, как хорошо в Дегунине! Если выпадет мне уходить, я хоть посмотрю напоследок.

— Что ж ты туда каждый год не ездила?

— А нельзя, — просто ответила она, удивляясь, как он может не знать таких несложных вещей. — Если каждый все будет — в Дегунино да в Дегунино, остальная земля совсем запаршивеет. Люди на своей земле должны жить. Туда и так все едут, вот и на войне вашей все только туда... Сколько деревень кругом, ты погляди, — ни за одну больше не дерутся! Ее и на той войне десять раз штурмом брали да обратно отбивали, почитай, написано.

Все-таки надо почитать, подумал он. Бред бредом, а кое-что его точило: положим, Аша все врет, все это дурацкие выдумки от начала до конца. Но отчего в самом бессмысленном населенном пункте, чье стратегическое значение стремится к нулю, образовался дегунинский котел? Почему это несчастное Дегунино берут и отбирают, с какой радости?

— И ты туда поедешь? Со мной не останешься?

— Завтра же поеду. Если только земля не встанет. Может и земля не пустить. Хотя такое — вряд ли. Вряд ли, сам посуди, — кажется, она уговаривала не его, а себя. — Пока в Дегунине не решат, как ей встать? Неизвестно же еще. Мало что старики говорят. Пусть в Дегунине посмотрят, да?

— Да, да. — Он погладил ее по спине — и поразился тому, как сведены у нее все мышцы, в каком страшном напряжении остается она до сих пор, хотя вот уж час как они лежат рядом и он пытается ее разговорить. — Спи, тебе надо много спать. Я не знал, а то бы давно уже не...

Он хотел сказать, что не допускал бы никакой близости, признайся она ему, что беременна: на четвертом месяце, знал он, уже опасно, да ей и не до того сейчас. Она все поняла.

— Мне от тебя никакого вреда не будет. Мне от другого вред будет.

— От чего?

— Узнаешь еще. Погоди, много всего узнаешь.

Губернатору казалось, что они проспали всего час, но когда его разбудил оглушительный, показалось ему, телефонный звонок — уже светало. Снов не было, спал он путано, часто просыпался, мерз, смотрел на Ашу — все казалось, что сбежала; прыгнув к телефону, взглянул на часы — половина седьмого. Вызывала Москва.

— Слушаю, — буркнул он, не заботясь принять этакий бодрый и гордый вид, как бы еще не ложился, весь в государственных делах. Напротив, ему хотелось показать, что ради Москвы он не станет притворяться чрезмерно деятельным — стесняться нечего.

— Примите распоряжение, — равнодушно сказал секретарь. — Бороздину Алексею Петровичу, от пятнадцатого июля. Цитата дня: от святителя Евстахия Дальнобойного глас шестый. Аще же кто не чтит белоснежные памяти предков, кровью своею поливших землю Отечества, широко распространенного во все пределы, того отрыгнем из уст своих, как отхаркиваем склизкую мокроту. Слово дня: консервативная модернизация. Солнце в овне, Венера благоприятствует эксперименту. По друидическому календарю день традесканции, благоприятствует гаданию. Вам надлежит сего дня двенадцать часов Москвы прибыть Архангельское получения дальнейших указаний самолет выслан категория срочно, срочно, как поняли, прием.

— Вас понял, — севшим голосом сказал губернатор. Вызов в Москву после всей этой непременной гороскопно-цитатной пурги, в последнее время открывавшей все распоряжения, был для него как удар обухом. Он мысленно приготовился к идиотскому распоряжению вроде анемометров, но дело было серьезнее. Он отчего-то с самого начала знал, что ситуация связана с Ашей, и тут же вспомнил ее слова о том, что волки пролезут, коли понадобится, в любую щель; однако допустить самую мысль о том, что на самом верху знают о туземцах и беспокоятся об их смутных верованиях, он не мог ни при какой погоде. Если наверху солидарны с Рякиным и Стешиным, это означает конец безоговорочный и бесповоротный.

Аша проснулась и села на кровати.

— Вызвали, да? — хрипло спросила она.

— Да, — он не видел смысла врать.

— Ну, я ж говорила. Значит, и они знают.

— Аша, ну что такое! — закричал он, перестав сдерживаться. — Ты же не дура, не дикарка, в конце концов! Вас же всех учили чему-то! Ты всерьез веришь, что меня вызывают в Москву, потому что ты можешь родить антихриста?!

— Я не верю, я знаю, — почти беззвучно ответила она.

— Ты полетишь со мной.

— Никогда. Они меня прямо там заберут.

Господи, как в них укоренился страх, что заберут, подумал губернатор. А с другой стороны, что еще с ними тут делали?

— Хорошо. Что ты предлагаешь?

— Прямо сейчас в Дегунино меня отправь. Или на поезд посади, или машину дай.

— Где твое Дегунино?

— От Курска будет километров двести, но там петлять надо. Я дорогу знаю.

— Если там действительно боевые действия, ты никак туда не попадешь.

— Я-то попаду, — сказала она, глядя в сторону. — Я туда всяко попаду. Мне лишь бы по дороге никто зла не натворил.

— Что, могут?

— Ой, могут. Все уж знают небось. Наша почта быстрая.

— Я сам отвезу тебя.

— Далеко везти, губернатор. Тебе нельзя отлучаться на столько. Ну, а скажут мне, чтоб я в горы шла? Ты куда денешься — со мной пойдешь?

— Ничего тебе не скажут, брось глупости.

— Ладно, не о том речь. Как ты отправишь меня?

— Мне сейчас надо вылетать, самолет выслали. Я тебя отправлю, когда вернусь, а пока ты здесь пересидишь под охраной.

— Нет! — крикнула она. — Здесь я ни под какой охраной сидеть не буду. Здесь без тебя что угодно сделают. Есть у тебя в городе где прятать меня?

— А у своих тебе негде пересидеть?

— К моим мне нельзя теперь, я для своих теперь зачумленная.

— О черт. — Губернатор принялся лихорадочно одеваться. Прятать Ашу ему никогда не приходилось, да и не от кого было. Черт бы их побрал с их древними поверьями. И тут он вспомнил о Григории — безобидном местном алкаше, не из туземцев, который приторговывал изделиями местных промыслов и пару раз консультировал губернатора по истории края, когда требовалось выступать на городских праздниках. Знания у Григория были самые поверхностные, о волках он только слышал и личным знакомством похвастаться не мог, но город и его окрестности знал, как свои пять пальцев. Как его занесло в эти края — никто толком сказать не мог; сам он смутно намекал, что жил когда-то в Москве и работал на расхазаренного впоследствии олигарха; «расхазаренный» — был его собственный неологизм, по аналогии с раскрестьяниванием и расказачиванием. Еще до того, как олигарх был взят к ответу со всей семьей, пиарщик бежал в леса: закатиться в Сибирь, в щелку дальнего и темного округа, представлялось ему единственным спасением, и он не ошибся. Его, быть может, искали в Москве, а может, он преувеличил опасность, — но в Сибири ему жилось славно, он взял в жены туземку из простых, полуграмотных и по-гогеновски смуглых, с блинообразным, но не лишенным миловидности лицом; жил на окраине, в разваливающейся хрущобе, работал на разбитом рядом с нею огороде, печатался за копейки в местной газете — словом, вел нормальную жизнь провинциального интеллигента, отличаясь от такого интеллигента только тем, что было у него кое-что припрятано с пиаровских времен. Удивительней всего в бывшем пиарщике была его бытовая непритязательность: судя по его рассказам, он должен был привыкнуть к роскоши, — но то ли в профессиональный кодекс людей его круга входила полезная способность быстро привыкать и отвыкать, то ли он так уж был рад уцелеть, что и хрущобу на сибирской окраине считал счастьем. По всему выходило, что Григория напугали крепко; его олигарха расхазарили уже в те времена, когда нефть не была никому особо нужна, и потому отбирать ее не имело смысла — сами отдавали, приплачивая; но дело было, как всегда, не в нефти, а в показательном наказании зарвавшегося хазара. О том, что с ним сталось, Григорий умалчивал, да и губернатор знал не больше — с укреплением вертикали на нижних ее этажах все меньше узнавали о том, что делалось на верхних. У Григория Ашу точно никто не стал бы искать: он умудрился так хорошо закатиться в щель, что о нем в самом деле забыли. Он и губернатору не раз советовал поступить так же: «Погодите, сейчас всех будут менять, дойдет и до вас. А если вы просто так отползете в сторону, вашего отсутствия в первый год никто и не заметит. Поставьте за себя хоть Никиту — он этикет знает. Помяните мое слово: сейчас уже ничего никому не нужно, кроме как сажать. Иначе государство просто не прокормится.

Оно тихо жрет само себя, и вас обязательно схарчат — потому что надо же брать и начальство, чтобы народ не возроптал».

Губернатор поднялся в кабинет (стекло уже вставили, славно, не распускаю), распечатал на всякий случай показатели последнего месяца, сложил их в портфель и вызвал водителя. Тот явился незамедлительно, словно и не спал.

— Васильич, через четверть часа поедем в аэропорт. Ашу возьмем с собой. Меня высадишь там, а ее кружными путями, на всякий случай, чтоб никто не засек, отвезешь к Григорию Емельянову, мы у него были, на Саврасовской.

— Знаю, — кивнул шофер.

— Там высадишь, проверишь, чтобы все чисто, — я ему позвоню, предупрежу. Не болтай особенно. Из Москвы позвоню, встретишь.

Шофер снова кивнул. Пожалуй, из всей обслуги это был человек наиболее надежный — привык иметь дело с механизмами и сам почти превратился в машину.

Губернатор позвонил Григорию, извинился за ранний звонок и с места в карьер приступил к главному:

— Григорий, у меня просьба к вам. Можете взять к себе на сутки девушку? Ее надо спрятать, туземцы принимают ее за ведьму и угрожают убить.

— Почему ко мне? — испугался Григорий. — Посадите куда-нибудь к себе в каталажку...

— Я не могу оставлять ее под присмотром местных. Они по сарафанному радио живо разузнают, где она, и будет погром. А своих кадров у меня — только обслуга. Не в резиденции же мне ее держать. Люди подумают черт-те что.

— А потом куда вы ее?

— Отправлю в соседний округ, неважно. Вы же знаете, они в последнее время верят любой ерунде. Колдуны, знахари. Не волнуйтесь, ее к вам осторожно подвезут, никто вас громить не будет. Я охрану дам.

Некоторое время в Григории боролись два страха — он одинаково боялся ссориться с любым начальством и ввязываться в любые истории.

— А охрану точно дадите? — спросил он наконец.

— Обязательно, из моих. Сами понимаете, я первый не заинтересован, чтобы в городе были волнения. А цивилизованных людей, на которых можно полагаться, у меня тут раз и обчелся.

— Ну, черт с ней, пусть везут. Я отошлю свою к родне, нечего ей смотреть на колдуний.

— Очень здравое решение, — похвалил губернатор.

Бледная и напряженная Аша в машине молчала.

— Васильич тебя отвезет к надежному человеку, — сказал губернатор. — Там тебе бояться нечего, а я к ночи прилечу, тебя заберу.

— Никуда ты не прилетишь, — сказала она спокойно.

— Почему, интересно?

— Потому что никто тебя сюда больше не отпустит.

— Что, заберут? — поддразнил он ее.

— Забрать не заберут, а куда услать — найдут. Хоть на войну, хоть еще куда. Им главное — выманить тебя отсюда. Без тебя тут со мной...

— Но пойми, я не могу тебя брать в Москву. Там меня встретят у трапа, куда я тебя дену?

— Я не говорю, чтоб ты меня брал. В Москве они меня сразу...

— Пережди сутки, я приеду и отправлю тебя в твое Дегунино.

— Я сама в Дегунино уйду, — упрямо повторила Аша. — Мне другого пути нет.

— Хорошо, хорошо! Подожди один день. — Он не сомневался, что сумеет по возвращении уговорить ее остаться или хоть выработает оптимальный маршрут для бессмысленной поездки в Дегунино к неведомой тетке. Быть не может, чтобы Москва вызывала его из-за Аши. Да откуда в Москве и знать про Ашу? Кто из туземцев способен был написать донос? «Во первых строках моего письма доводим ваше сведение, что гублинатор живет с девушкой как с жиной примите экстрыные меры»? В Москве давно уже не читали доносов, потому что все доносили на всех; брали не тех, на кого писали, а тех, кого нужно было.

Правительственный самолет ждал его на взлетной полосе; ничего удивительного, внутренних рейсов давно не было из-за износа самолетов, хоть горючего теперь было залейся. Летали редко и по крайней необходимости; на московские совещания за губернаторами высылали несколько самолетов из кремлевского авиапарка, да и совещания бывали раз в году, больше для проформы. Никаких признаков опалы не наблюдалось: стюард спокойно приветствовал его, отдал рапорт, о причинах вызова, естественно, ничего не говорил, потому что не знал. Губернатор оставил Ашу в машине, даже не поцеловав на прощанье: вечером вернусь, долгие проводы — лишние слезы. Васильич резко стартовал и скрылся. В восемь утра по местному и в пять по Москве они были уже в воздухе.

3

Во Внукове-2 его встретили у трапа, как и предполагалось; здесь тоже не было заметно опалы — как всегда, провели через вип-зал (он набрал газет — в Сибирь к нему доходили только правительственные, выписывать прочие он не видел смысла, в правительственных хоть какая-то информация, пусть между строк; читать прочие — глаза сломаешь). Машина уже ждала. Архангельское было расположено в часе езды от Москвы и получасе от Внукова. Устроившись на заднем сиденье, губернатор немедленно набрал Григория — межгород жрал страшные деньги, но надо было убедиться, что Аша в порядке.

— Девушка у вас? — спросил он.

— У меня, у меня, — проворчал Григорий. — Вернетесь — я с вами хочу повидаться.

— Случилось что-то?

— Ничего особенного. Привет Москве. Вы в городе?

— За городом, на совещании.

— Все равно привет. Будете на Тверской — расскажете, как и что.

Несколько успокоившись насчет Аши, губернатор развернул газету. Это были неправительственные «Известия», по-своему боровшиеся с государственной монополией на русский письменный, введенной еще в позапрошлом году (налог на русский устный был применен ко всем пользователям языка за год до этого). Из-за этой-то монополии ему и пришлось отказаться от чтения всех изданий, кроме «России» и «Российской газеты», да еще «Парламентский вестник» приносили в нагрузку, — но как государственный человек он понимал и тех, кто ввел эту монополию. Стране надо было на чем-то навариваться. Попытки брать деньги с Запада за употребление слов «Россия», «русский», «консервативная модернизация» — ни к чему не привели, да если бы и привели — о России там почти не упоминали, ибо в ней не происходило даже катастроф. Пришлось вводить монополию сначала на все государственные понятия — «президент», «парламент», «Отечество», — но это поначалу привело лишь к тому, что газеты отказались писать о власти либо стали пользоваться эвфемизмами; тогда собственностью объявлен был язык как таковой. Для книг делались существенные скидки, учебники издавались на государственный счет, благо базовое образование свелось к пятиклассному и в шестой пускали меньше половины; но периодика платила по полной, отчего стремительно сокращалась. Газет в Москве осталось не более шести, плюс две правительственных, совпадавших почти полностью. Каждая искала свой способ обойти монополию. Так, «Известия», ныне читаемые губернатором, изменяли одну букву в каждом слове, причем всякий раз разную, так что законодательство за ними не поспевало; читатель все понимал, но слова не попадали под налогообложение, ибо в фундаментальном словаре Ушакова, принятом за языковую норму, не содержались. «Крупномасштубное наступрение крайнелеберальных сыл нна йужном напровлении захлюбнулось вслядствие отсуздтвия уу противняка достапочно разфитых коммуникуций. Чрезвычяйное полошение, фведенное ф Фолхове ф сфязи з утэчкой химыческих вешшеств з коммбината имяни Солокалетия Октябля, отминено. Племьера блокбустера «Ф лясах» ф киноконцептном сале «Охтябрь» зобрала везь столичный момонд, срети кодорого блястали...» — следовал перечень, знакомый губернатору до последней буквы, ибо столичный момонд оставался неизменен уже лет тридцать. «Власть» выходила из положения хитрей — там выдумывали целые слова, могли себе это позволить, поскольку выходили еженедельно, и весь штат был занят придумыванием альтернативного словаря. Почти все это новое эсперанто состояло из русифицированных заимствований: «Чейнджи, шейкинги, транзакции гавернмента мастуют эвидентствовать интенсификайшен сеарча инхеританта, дьютого стопить милитарию, брингующую мэссовые шединги маний». Патриотические издания, чей патриотизм, однако, не простирался так далеко, чтобы платить правительству за каждое слово, шли иным путем, изобретая своеобразное антиэсперанто — новый русский язык с безусловно родными корнями и смутно брезжущими смыслами: «Хитроумудреннейший возглавитель управительства возгласовал перенаправленность усиливаний ко преускореннейшему распровыполнению восторгательно провоспринятых перенаселением планирований созидательства прожилого распространства во рамульках национальненьких проектищ». Разумеется, такое изложение отнимало много времени, но поскольку в стране почти ничего не происходило, выпускать газету не составляло труда — в редком еженедельнике набиралось теперь четыре страницы собственно газетных материалов, а ежедневки ограничивались одной. Прочий объем газет составляла реклама — она преобладала теперь во всем: в фильмах, состоявших на девяносто процентов из продакт-плейсмента, в литературе, герои которой только и делали, что питались продуктами от «Русойла»... «Русойл» заполонил своей рекламой все аэропорты, прессу и телепрограммы; по дороге от Внукова-2 к Архангельскому все было уставлено их билбордами. «Известия» сообщали о трых новух мясторождениях, отклытых «Русойлом» (это слово шло без искажений — иначе «Русойл» по суду отсудил бы штраф втрое больший, нежели экономия на монополии). Месторождения плодились, как грибы. Из нефти делали уже и колбасу, и масло, и свиную тушенку, все вполне питательное, несмотря на запах, — на ж/д строительстве в крае только этим и кормили. Губернатор на открытии первого участка дороги лично пробовал нефтяной обед — ничего, проглотил три ложки. Рекламой нефтяного кофе «Черное золото», нефтяного хлеба «Тюменский» и нефтяного молока «Дар земли» была переполнена вся «Комсомолка», и эти тексты шли без ошибок — пусть за все слова приходилось уплачивать налог, рекламщики башляли щедрей. Прессу читали исключительно в силу привычки, да еще потому, что интернет регулярно действовал только в Москве и Петербурге. Газетный Финнеган второй год оставался одним из немногих развлечений населения. Распрознав, что испускательство автоматичнейшей мобилы «Москвитянин» превоскращено во всевремении, причинностию чаво изъявилось спадение высококачества машинушки, гублинатор помыслякал, что жить на окруине импарии в самым делле во многих релейшенах преферабельнее.

Они подъехали к Архангельскому — правительственной резиденции, где происходили заседания и отчеты Губернаторской палаты. С тех пор, как многократно умножилось количество округов, губернаторы перестали входить в Совет федерации и составляли особую палату, контактами с которой ведал спецпредставитель правительства; в последний год это был Тарабаров, приземистый, краснорожий, вовсе уж неотличимый от обкомовского секретаря где-нибудь в хлебородном крае на юге России лет сорок-пятьдесят назад. Все советские типы оказались неистребимы, как, впрочем, и все русские: это служило лучшим доказательством непрерывности истории, и если Аша в чем-то и была права насчет циклов, то по крайней мере в этой форме бессмертия. В царской России Тарабаров был бы кучером, ибо все в его характере и облике располагало к добиванию и без того загнанных кляч. Губернатор презирал таких чиновников, но как государственный человек понимал, что если бы не они, быть омерзительными пришлось бы нам. Он и мысли не допускал, что Тарабаров вызовет его из-за Аши: главный региональщик до такой степени не верил ни во что трансцендентное, что разносить губернатора из-за легенды не мог бы и в кошмарном сне. Вдобавок погода в Москве была прелестная, после вчерашнего дождя благоухали придорожные хвойные леса, в Архангельском щебетали уже почти забытые губернатором птицы средней полосы — в Сибири все было другое, да и погода этим летом стояла отвратительная. Губернатор вышел из машины, барственно кивнул шоферу — он умел держать дистанцию с чужой прислугой — и легко взбежал на крыльцо трехэтажного новостроя, где заседали теперь вызываемые в Москву наместники.

Это был типичный квазидворянский, классицистский особняк эпохи второй стабилизации — стилизация и стабилизация не случайно различались всего двумя буквами; правда, при воспроизведении усадебного стиля начисто выпадало главное в нем, а именно удобство. Особняк в Архангельском выглядел как жилище помещика, задумавшего любой ценой доказать свою преданность державности. Сам особняк был велик и широк, к нему были пристроены два невысоких и узких крыла — левое и правое, долженствовавшие, вероятно, символизировать торжество центризма над крайностями; центризм вообще преобладал в визуальных искусствах последнего времени, даже и бабочек в детских книгах изображали с маленькими крыльями и непомерно развитым, мускулистым тельцем — не бабочка, а прокладка с крылышками. В особняке размещался зал заседаний, тоже непомерно огромный — всех губернаторов не набиралось и восьмидесяти человек, даже и при самом полном сборе, случавшемся только в день Родины (главный государственный праздник, установленный взамен Дня независимости вот уже пять лет как и отмечавшийся в день обретения Влесовой книги). Зал вечно пустовал, а бесчисленным службам, всему аппарату федерации и консультантам Тарабарова приходилось ютиться в крошечных комнатках второго этажа. Иррациональность хороша, но зачем еще и неудобства? Охраны у здания было мало — двое курсантов да швейцар; оно и понятно — главный фильтр стоял на въезде в Архангельское; те, от кого стоило защищаться, внутрь не попадали.

На втором этаже, в приемной Тарабарова, пришлось долго ждать, хотя назначено было строжайше. Прочих посетителей не наблюдалось вовсе. Вероятно, Тарабаров разгадывал кроссворд. Бесшумный секретарь (на известном государственном уровне вся прислуга была мужская) предложил посмотреть телевизор. Губернатор без энтузиазма согласился. Мужской прислуги он терпеть не мог: во всех этих пожилых вышколенных мужчинах чувствовалось невыносимое двуличие. Ясно было, что истинное их предназначение — вовсе не стаканчики подносить и телевизор включать, а пытать несогласных в случае необходимости, охранять хозяина от покушений, пробовать за него пищу; ясно было, что это не столько прислуга, сколько охрана, — и в их мягких движениях, в абсолютной бесшумности, в покорности, которую не всякая горничная изобразит, чувствовалась скрытая жестокая сила. Так, вероятно, отвратительны руки брадобрея — сильные, но вынужденно нежные; вообще в этих секретарях-мужчинах было нечто педерастическое. То ли дело Никита — Никита был совершенно иное дело, и не секретарь, а камердинер, почти друг. Он позволял себе ворчать, как Савельич на Гринева, и смотрел на губернатора без подобострастия. Его придали не из Москвы — губернатор сам нанял на месте и школил полтора года, пока не вытравил рабства и не насадил достойного, сдержанно уважительного отношения к себе: что значит полтора года общения с внутренне свободным человеком! Здесь же, в придыхательном произнесении формулы «Обождите, Савелий Иванович занят», во всем облике подтянутого пожилого служаки чувствовалась такая нега, почти страсть — что губернатор почувствовал неловкость, словно подглядел акт любви или, того хуже, мастурбации.

Секретарь включил телевизор; на первом транслировались пытки пленных ЖДов, пытали аккуратно, чтоб на подольше хватило, на втором и последнем шло ток-шоу о губительности флогистона, экологически вредного и морально опасного. На минуту губернатор задумался о том, почему со времен первой стабилизации, когда нефть еще была нужна всему человечеству, а о флогистоне никто не подозревал, — им и некоторыми другими бесспорно патриотичными, лояльными людьми, любящими Родину не для фразы, так синхронно овладело одно чувство, которое проще всего будет назвать тошнотой. Губернатор отлично чувствовал, что стабильность достигается ценой активизации худших качеств населения и отказа от всего лучшего, на что это население было способно. Чтобы поддержать стабилизацию, каждый, включая правительство, губернаторов и военных, обязан был ориентироваться на посредственность, работать вполсилы, душить в себе интеллект, что отлично удавалось при помощи такого вот телевизора, — потому что любое сильное государственное решение или даже талантливая книга уже означали бы дестабилизацию. Ясно было, что Россия постсырьевой эпохи, Россия во времена флогистона — не выдержит ни малейшего яркого события, и даже простое чувство самоуважения в людях ей уже невыносимо. Губернатор был, кажется, государственник без государства; рад был послужить, но знал, что истинное служение немедленно скомпрометирует его перед высшей властью, а то и убьет всю стабилизацию. Здесь теперь все надо было делать спустя рукава, вполсилы, лучше бы медленно — чтобы все вновь не сорвалось в хаос; в результате первая стабилизация привела к формированию небывалого класса — ничтожеств, которым очень хорошо жилось. Губернатор отнюдь не завидовал новому классу — он просто знал, что в результате такой селекции государством скоро будет управлять кухарка; более того, безграмотность этой кухарки станет залогом самого существования государства, потому что любой грамотный правитель начнет что-нибудь делать, а это и есть главная угроза. Губернатор представил себя десять лет спустя. Должность сведется к чтению почты. Он вышел на лестницу и отзвонил Никите.

— Что, без происшествий?

— Все штатно, не извольте беспокоиться.

— Ладно.

Пожалуй, в Сибири ему и впрямь было лучше — там хоть не так замечалось убожество. Он взглянул на расписные, под хохлому, потолки, на самовар, украшавший приемную, на березовые и ягодные мотивы в орнаменте, — приемная по росписи походила то ли на палехскую шкатулку, то ли на жостковский поднос; со всем этим никак не гармонировала могучая северная живопись настенного календаря. Тяжеловесные грудастые Брунгильды, ожидающие жениха (конечно, с сечи — чем еще может заниматься правильный жених?); готические леса; рыцари с ястребами, филинами и только что не альбатросами на плечах. Варяжский мотив по-настоящему не был увязан с фольклорным, — чтобы их сочетать, надо было иметь вкус, а чтобы иметь вкус, надо было родиться не Тарабаровым. Губернатор подробно осмотрел календарь, выпил две чашки чаю из самовара и съел конфету «Коровка».

— Просят, — прошелестел секретарь, мягко ступая огромными, павианьими ступнями в войлочных тапочках и бесшумно распахивая дверь.

Тарабаров сидел за столом карельской березы, под инкрустацией, изображавшей девушку на берегу реки. Кабинет был весь деревянный, как и сам Тарабаров. В деревянном пейзаже на инкрустации дул ветер, но странный: березы отдувало в одну сторону, а платок, которым девушка помавала непонятно кому, — в другую. Вероятно, дули два ветра. В начальственных кабинетах постсырьевой эпохи часто вешали или вырезали на стенах изображения вот таких девушек (впрочем, преобладала чеканка). Девушки всегда были полногруды, спелы, увесисты и по-телячьи грустны. Тут было не без садомазо. В учебнике истории для пятого класса, где подробно излагалась норманнская теория образования российской государственности, сочувственно сообщалось, что многие русские девственницы добровольно давали зарыть себя под сторожевыми башнями родных городов, ибо башня, возведенная на девственнице, никем не могла быть взята; города брали сплошь и рядом, но поверье держалось. Здесь же, на картинке, изображалась патриотичная девственница, вся в белом, добровольно вызывающаяся лечь в основание будущей Девичьей башни; лицо ее выражало отважную покорность судьбе и любовь к родному городу, который коллективно совокуплялся с ней этим непорочным и несколько варварским способом. На девственницу-доброволицу были похожи все женщины в начальственных кабинетах — вероятно, такой на верхних этажах власти воображали Россию.

Тарабаров что-то писал, обмакивая перо в большую лиловую чернильницу. Это был ритуал. Губернатор стоял в дверях, ожидая, пока уполномоченный допишет. Он был почти убежден, что Тарабаров пишет «Хорошая погода» или «Еб твою мать».

Наконец уполномоченный поднял на губернатора белесоватые глазки — цвета бутылки из-под кефира, кефир только что выпили, бутылка осталась.

— Присаживайся, Алексей Петрович, — сказал он, не здороваясь. Губернатор сел к темно-коричневому полированному столу.

— Чайку хочешь?

— Спасибо, пил.

— С чем пожаловал?

— По вызову, — спокойно ответил губернатор.

— Я знаю, что по вызову, — посуровел Тарабаров. Вероятно, в этот момент он сам о себе подумал именно этими словами: посуровел. От него попахивало. От всех чиновников этого ранга и типа попахивало каким-то недавно съеденным бутербродом, недавно выпитым кофием с молоком... — Я думал, ты сам доложишь чего. Как твой край, как жизнь краевая...

— Жизнь краевая в норме, Николай Филиппович. Отчеты шлю, вы читаете, разве нет?

— Отчеты я читаю, — еще больше посуровел Тарабаров. — Но отчет — мертвая бумажка, так? — Он покашлял, в горле булькнула мокрота. — Мне интересно послушать, как ты, Алексей Петров Бороздин, мне расскажешь жизнь краевую. (Манера говорить «Петров» или даже «Петров сын» вместо «Петрович» тоже была в аппарате неискоренима).

— Жизнь краевая в норме, — повторил губернатор. — Население не жалуется, дороги строятся, нацпроекты выполняются, анемометры устанавливаются.

— Как ты сказал?

— Анемометры, — раздельно повторил губернатор.

— Гм. Добре. Добре, добре. — Тарабаров выдержал паузу. — А что моральный облик в крае, как ты об этом думаешь?

Губернатор похолодел. Происходило то, во что он отказывался верить.

— Моральный облик в крае наличествует, — сказал он. — Я на него не жалуюсь.

— Да? — Тарабаров в упор уставился на него кефирными глазками. — А вот на тебя жалуются. Пишут, что твой моральный облик, Алексей Петров, оставляет желать, так сказать. Мы и письма трудящихся читаем, не только отчеты ваши. От вверенного края, так сказать, нашему столу. Догадываешься, к чему веду?

— Никоим образом, — спокойно ответил губернатор.

— Гм. Разрешите не поверить, губернатор Бороздин. И знаете, и догадываетесь. Дело молодое и все такое, и отсылая вас на данный пост, имели в виду и допускали. Учитывая, что разведен и многие другие аспекты. И я со своей стороны предупреждал, когда меня там, — он многозначительно ткнул в потолок, — спрашивали. Я там сказал: уважаю способности, но зная, так сказать, моральный облик, я усомнился бы. Тогда сказали: справится. Сегодня говорят: не справляется. И я должен подтвердить: при всей симпатии — не справляется. Я имею сигнал, не один сигнал. Вы живете с местными, губернатор Бороздин, не особенно даже скрываясь, губернатор Бороздин. Без тени смущения.

— Я должен это скрывать? — с ледяной надменностью осведомился губернатор.

— Вы не можете себе позволять! — взорвался Тарабаров. — Вы что, вы с кем! Куда вы роняете, это самое, образ представителя власти! Вы говорите — анемометры. Вы вот выучили разные слова, Алексей Петров Бороздин, но вы посмотрите на губернатора соседнего края! Этот человек шестой десяток разменял, и тоже, наверное, кое-что имеется в штанах! Старый боец не портит борозды, извиняюсь, конечно. Тоже знаем, всякое было. Но кто видел, чтобы Сергей Михайлов Батюшкин жил с девушкой из вверенного края? Русскую баню любит человек, молодец, боец, пускай любит русскую баню. Это наше, русское, выбежать, похлопать себя... похлестать веничком, шваброй... наладить всяко... Сергей Михайлов, может быть, не ставит себе анемо-ометров, — он передразнил губернатора, растягивая ненавистное слово. — У него без анемоментов в крае порядок. У него партизан ловят, план по весеннему призыву выполняется, зерновые у него значительно лучше, чем у соседей. И при этом Сергей Михайлов Батюшкин не позволяет себе, как вы! Вы думаете — кругом безграмотное быдло, и оно не напишет куда надо. Оно, может, и не шибко грамотное, но написать то, что надо, оно очень может. И если губернатор недооценивает свой народ, то завтра он может недооценить... понятно?

— Моя личная жизнь, Николай Филиппович, — не повышая голоса, произнес губернатор, — касается только меня.

Мы государственные люди, и не наше дело копаться в белье друг друга. — Он отлично знал, что дать слабину в этой ситуации нельзя: еще немного, и ему начнут предписывать, сколько раз в день испражняться.

— У вас нет личной жизни, губернатор Бороздин! — крикнул Тарабаров. — Вы будете личную жизнь иметь, когда лишитесь государственного поста, и я вам обещаю, что вы ее поимеете, потому что будете его лишены! Вы поедете сейчас в свой край, полетите, вы полетите и поедете, и отошлете девушку в ее родное место, ей присущее! И будете там готовить дела к сдаче, а мы посмотрим на ваше поведение. И если мы ваше поведение найдем и впредь аморальным, и неудовлетворительным, и недостаточно полноценным, то вы и сдадите дела, а мы найдем присущую данному случаю замену! Если я получу еще один хотя бы сигнал о том, что вы с местной девушкой, с этой или с другой, я приму по всей строгости! (Слово «меры» он пропускал; на совещаниях часто рекомендовал просто «принять» — губернаторы между собою посмеивались). Вы можете идти сейчас.

— Вы вызвали меня из Сибири на казенный счет, чтобы сделать мне это внушение? — спросил губернатор.

— Я? — опешил Тарабаров. — Я вам внушение? Я не внушение вам делаю, Алексей Петров, я тебя отечески предупреждаю. — Он сразу сбавил тон, перейдя с официального на так называемый кумовской — внутренний жаргон чиновничества, обозначающий, что все мы тут свои. — Мы свои здесь люди. Я не хочу тебя натыкать, как щенка, но ты пойми, ты поимей себе в виду, как это выглядит. Ты представь, Алексей Петров, какой ты подаешь и все такое. Куда ты опускаешь власть в регионе. Как, кому ты сможешь приказывать, когда тобой девка вертит. При этом я проверял, девка сомнительного роду. Это род бунташный. — Откуда проникали в речь чиновничества подобные архаизмы, губернатор представить не мог. — Бунташный род, давно всех там бутетенит. Они особенные, говорят они. Я знаю, какие они особенные. Ты лучше там не мог найти? Посмотри, в чем душа держится. Это сопля, так сказать.

— Не забывайтесь, Николай Филиппович, — тихо сказал губернатор.

— Чего?! — взвился Николай Филиппович. — Кому ты говоришь? Ты где, вообще? Ты понимаешь, где ты и кто ты?

— Я-то понимаю, — кивнул губернатор. — А вот понимаете ли вы, как далеко заходите сейчас за рамки своих полномочий, — это можно обсудить.

— Ты мне не очерчивай мои полномочия! — орал Тарабаров. — Мои полномочия — это все, это последняя собака в крае! Васька последний! Ты до чего довел, на тебя васьки уже с топорами бросаются! (Ого, отметил губернатор, здесь и это знают — не они ли и скоординировали?). Я рассусоливать не буду с тобой, Бороздин, ты в двадцать четыре часа вылетишь к себе и приведешь ситуацию в пристойность, и чтобы доложил мне ее сегодня же! Вечером по Москве чтобы я имел доклад от тебя, если ты не хочешь своей девке сурьезных неприятностей! Мы можем ей так сурьезно сделать, что из Сибири в Сибирь повезут, и следов не найдешь! Ты думаешь, край света, — а за краем столько еще краев, что не считано! Я повторять тебе не буду, губернатор Бороздин, и на анемометры твои смотреть не буду. А слетишь ты у меня как два пальца, и нечего смотреть на меня! На меня уж так, милый мой, смотрели, и такие смотрели, что ты! (Тут Тарабаров не врал — он был когда-то районным прокурором в Москве и выдвинулся на разгроме олигархических империй). Иди, губернатор Бороздин, и вечером желаю иметь отчет.

— Я вам хочу напомнить, Николай Филиппович, — тихо сказал губернатор, — что ваши полномочия так далеко не простираются. Не вы нас назначаете, не вы будете снимать, а с кем нам спать — это наше дело. Государственный престиж, Николай Филиппович, надо укреплять на других фронтах. У меня в крае школы работают, дети не нищенствуют и в поликлиниках рентгеновские аппараты стоят. Покажите мне другой край в Сибири, о котором можно сказать то же. А кто у меня при этом бывает по ночам — это дело мое и моей совести. Анонимки читать — не дело для человека вашего ранга, верьте слову. И простите за резкость, но ворошить мою личную жизнь я с молодости никому не позволял. Не надо пошленький свой интерес к чужой постели выдавать за интерес государственный. Сам понимаю, возраст такой, — но уж отнеситесь вы и к моему возрасту с пониманием.

Против ожидания, Тарабаров не стал устраивать истерику после этого выступления (дерзкого, как понимал губернатор, но необходимого). Он посидел за столом карельской березы, уставившись в его скучно-желтую поверхность, а потом встал, давая понять, что аудиенция окончена.

— Губернатор Бороздин, — сказал он официальным голосом. — Сегодня в восемнадцать ноль-ноль по московскому времени ожидаю вашего прибытия на место постоянного прохождения должности, а в двадцать ноль-ноль желаю получить от вас по настоящему факсу, — он кивнул на факс, стоящий на тумбочке, — рапорт об исполнении моего распоряжения. Директива отдана в... — он посмотрел на массивные часы с гирями, тоже в стиле второй стабилизации. — Тринадцать часов ноль семь минут. Предлагаю выбыть по назначению, автомобиль ожидает.

Губернатор сухо поклонился и вышел. Все в нем так дрожало от бешенства, что включить мобильный он догадался только в машине. Сразу же пришли три сообщения подряд от Григория, во всех содержалось требование немедленно позвонить. Когда губернатор набрал его номер, телефон Григория не отвечал. Отключен был и телефон Аши — его, впрочем, губернатор лично потребовал выключить на весь сегодняшний день, чтобы никто не вычислил ее по сигналу. Чем черт не шутит, может быть, сс и вправду ужс ищут. Зачем **его** вызывал Тарабаров? Что ему за дело до морального облика того или иного губернатора? Все это было похоже на отвлекающий маневр — его явно решили на день оторвать от Аши, чтобы за этот день успеть сделать с ней что-то ужасное; он понял, что на этот маневр почти попался, ибо не было никакой гарантии, что Григория уже не вычислили. Что им всем далась девушка? Почему из-за одной девушки в отдаленном краю, в военное время, затеялось столько хлопот? Губернатор полагал, что он сходит с ума. Он вовсе не собирался прощаться с должностью: его ценили наверху, у него были связи в кабинете, и если захотеть — он мог бы при желании побороться и с самим Тарабаровым, которого наверху откровенно считали дундуком. Не понимал он одного: ради чего вся эта мерзкая суматоха?

Страннее всего, однако, было то, что молчал телефон резиденции. Он позвонил в свой секретариат. Ответил грубый мужской голос, которого губернатор не узнавал:

— Аппарат краевого управления.

— Это Бороздин. С кем я говорю?

— Курьер, — после недолгой паузы ответил голос.

— А что, из сотрудников подойти некому?

— Обед, — не очень уверенно сказал голос.

— Что происходит?! — прикрикнул на странного курьера губернатор.

— Штатно все, — сказал курьер и повесил трубку.

Глава четвертая

1

Губернатор едет к тете, губернатор едет к тете... Васильич встретил его хмуро.

— Сначала к Григорию, — сказал губернатор.

— Может, в резиденцию сперва?

— А что такое?

— Да увидите.

— Нет, ты выкладывай.

— Да приезжали там...

— Кто?

— Да Хрюничев со своими...

— И что?

— Обыск был.

— Хрюничев? У меня? Обыск? По чьей санкции?

— Ну не знаю я, Алексей Петрович. Не предъявляли мне санкции.

— Нет, но что это такое?! В моем отсутствии?

— Да, без вас. А они и нарочно так сделали, без вас. Понятно же, чего искали.

— Чего?

— То есть кого, — со значением сказал Васильич.

Губернатор набрал Хрюничева.

— Михаил Николаевич, — сказал он строго. Машина неслась среди леса из аэропорта в город, пахло хвоей, сыростью, небо было лиловое, зловещее, и никогда еще губернатор не чувствовал себя до такой степени чужим в собственном крае. — Мне доложили, что вы обыскивали без меня мою резиденцию.

— Кто доложил? — неприветливо спросил шеф МВД.

— Какая разница?! Это так или нет?

— Вы на месте? — не отвечая, спрашивал Хрюничев.

— Я еду туда. Я был у Тарабарова по вызову.

— Что вы были у Тарабарова, я знаю, — досадливо сказал Хрюничев. — У вас не было никакого обыска. У вас было рядовое, это, рутинное было у вас розыскное мероприятие.

Им все казалось, что если они переименуют серьезную вещь, она сделается несерьезной: контртеррористическая операция, локальный конфликт, снижение жизненного уровня...

— С какой стати? Я что, партизан укрываю?

— Вы партизан не укрываете, вас лично никто не обыскивал. Вас досматривали? Нет, не досматривали. У нас лично к вам претензий нет, — одышливо, с паузами говорил Хрюничев.

— Это черт знает что! — заорал губернатор. Ситуация до такой степени выбила его из колеи, что он не думал сейчас даже об Аше и о Григории, которому позвонил еще из самолета — и опять тщетно. — Какие мы? Кто такие мы?!

— Соответствующие ведомства, — важно сказал Хрюничев. — Что вы меня спрашиваете, Алексей Петрович? Я человек подневольный. Вам следовало с Тарабаровым. Вы же были у Тарабарова. Вы могли спросить лично.

— Это что, с его санкции?

— Я не знаю, с какой санкции. У нас свое ведомство и своя санкция. Вы доедете до места, Алексей Петрович, и тогда позвоните. У вас не пропало ничего. Если у вас что пропало, то вам надо заявление по форме. Но я вам отвечаю, что ничего не пропало. Если пропало, то это обслуга потом это, пользуясь случаем... Вы приезжайте на место и дайте знать.

Черт-те что, думал губернатор, черт-те что. Губернатор едет к тете. Приехали. Здравствуйте, тетя. Я не понимаю: губернатор я или кто? Что здесь еще входит в мои обязанности? Кто в моем распоряжении — только туземная шваль? Значит, силовые ведомства мне уже не подотчетны — да и были ли когда? Санкция явно не тарабаровская; Тарабаров требовал, чтобы я убрал Ашу, — а здесь в это время уже ищут Ашу без меня; значит, Тарабаров вызвал меня с их же санкции, чтобы развязать им тут руки; значит, это люди, которые могут приказывать Тарабарову... Получается, что никакой защиты на самом верху у меня теперь нет; а ведь я хотел, хотел позвонить Калядину. Калядин руководил пресс-службой всего совмина, обычно они с губернатором обедали в Москве, когда наместников собирали на рутинные совещания, — в этот раз губернатор ему даже не позвонил, не было секунды толком поговорить, прилетел за взбучкой, получил и с накрученным хвостом вернулся... Но что может Калядин, если включились такие силы? И почему они включились? Если они ищут Ашу, все еще как-то понятно; но что, если они ищут не Ашу? Что на мне есть? Он стал вспоминать — и не мог вспомнить; воровать в крае было нечего, золото давно выковыряли, нефти не больше, чем везде, и что ему делать с этой нефтью, которой давно уже захлебывалась вся страна? Но если все эти силы включились из-за нее... и если на самом верху, с этими их друидическими гороскопами и цитатами из Конфуция, верят теперь в туземную легенду о девушке из рода волков, понесшей от северного наместника... значит ли это, что все окончательно сошли с ума?

После звонка Хрюничеву он ожидал многого, но все же не того, что застал в резиденции. Резиденции, собственно, больше не было. Снаружи она еще сохраняла прежний вид, — но вверху все было перевернуто вверх дном, с явным намерением не просто отыскать кого-то, но и навести максимальный беспорядок. Это было сделано не просто так, с несколько виноватым усердием, с надеждой не потревожить, — нет, так могли себя вести только с человеком, с которым больше не считались; первого чиновника в крае так обыскивать не могли. Обыск был произведен нагло, с вызовом, — и главное, что к поиску Аши дело далеко не сводилось. Не в ящиках же стола они искали ее! Он, конечно, нигде не хранил ничего лишнего — ЖДовских брошюр в доме и так не водилось; но личные вещи... Весь его безупречный гардероб, галстуки, сорочки... Он арестовал бы за такое любого — стоило позвонить Хрюничеву, но не звонить же Хрюничеву с тем, чтобы он сам себя арестовал!

Номер он, однако, набрал, не удержался.

— Что вы у меня искали, Хрюничев?

— Я вам уже докладывал, — засопел чертов боров, — я уже докладывал вам все...

— С чьей санкции вы посмели все это устроить?!

— С санкции министра внутренних дел.

— Какого министра?

— Нашего министра, российского министра. Никакие другие мне пока, слава Богу, санкций не выписывают.

— Там была санкция именно на весь этот бардак?!

— Вот у меня здесь сказано, — Хрюничев зашуршал бумажкой, — у меня здесь сказано: розыскное мероприятие под шифром бе пять, по первому разряду. Это на языке должностной инструкции означает: полный розыск, с досмотром личных вещей. (Как все они, он говорил «дόсмотром», с ударением на первом слоге). Я вам могу предъявить, это все не самодеятельность, я не в игрушки играюсь. Я действую, как мне предписано.

— Почему меня никто не ввел в курс? Я должен присутствовать при таких мероприятиях, вы же рылись в моих вещах!

— Никак нет, это нигде не предписано, что вы лично. Это можно с вами, а можно без вас. Понятые были, спросите камердинера вашего и кухарку. («Господи, они все выворачивали при них! Как я буду им приказывать после этого?!»).

— Пришлите по крайней мере людей навести здесь порядок!

— Этого нигде не написано, — сказал шеф МВД. — Они ничего не взяли, и это я отвечаю. А присылать их все рассовывать по местам — это, извините, не наше, это вы можете лично силами прислуги.

— Вы с завтрашнего дня здесь не работаете, Хрюничев, — бесцветным ломким голосом сказал губернатор. — Я доложу в Москву. Я вас отстраняю.

— Никак нет, — засопел Хрюничев, — вы не отстраняете меня и никакого права, вы полномочий не можете иметь даже на расспросы, это я вам лично по человеческому отношению... Если вы так будете разговаривать, мы можем по-другому разговаривать... Если у вас розыск по категории бе пять, то вы под подозрением, и вам может быть предъявлено! Вы обязанности свои исполняйте, а на чужие вы посягать не можете! Я лично, если хотите, вам могу продемонстрировать, решайте свои вопросы наверху, а меня вне рабочего времени трогать не можете, и я не обязан вам тут!

Он нажал отбой. Это была наглость неслыханная, небывалая. Губернатор всегда допускал, что у МВД может быть отдельное руководство, но в разговоре с ним, личным наместником, который пусть раз в год, но принимал от президента ежегодную верительную грамоту... в разговоре с ним самолично отключиться... Это было неслыханное нарушение служебной этики, плевок в лицо, и этот тон! Что-то переменилось, переломилось, он хотел проснуться.

Он вызвал заместителя по общим вопросам — по сути, шефа своей канцелярии, занимавшегося должностной перепиской и готовившего отчеты для Москвы.

— Константин Васильевич! Распорядитесь там, пожалуйста, чтобы люди навели порядок в резиденции.

— Сейчас, — ласково отозвался заместитель; по крайней мере этот еще его не предал. — Они только в офисе закончат...

— А что, в офисе тоже обыск?

— Так, небольшой. Они тут сделали беспорядочек слегка, но ребята уже опять сделали порядочек. Они требовали, чтоб я им компьютерные пароли сдал, но я не сдал. Не имеете права и все. Они сказали, что завтра с вами поговорят.

— Завтра я с ними поговорю так, что они у меня никакого пароля не захотят, — пообещал губернатор. — Из Сибири в Сибирь, а? — проговорил он, обращаясь уже к самому себе. — Я знаю, кто поедет из Сибири в Сибирь...

Совсем стемнело. Он стоял один среди разоренной спальни, в которой еще сегодня утром прощался с Ашей. Аша, да, Аша. Надо забрать ее немедленно и везти куда угодно. Видимо, все действительно очень серьезно. Если завтра не примут мер по его жалобе и не уберут Хрюничева с командой, он тут же подаст в отставку. Приземлиться есть где. В конце концов, чем терпеть все это... Он давно уже чувствовал, что не может больше встраиваться в государственную пирамиду, где ни один его плюс не требовался, а минусы горячо приветствовались; где у него были все основания для успешной карьеры, кроме единственно необходимого — бездарности. Губернатор едет к тете.

— Никита!

— Слушаю-с, — Никита возник по первому зову.

— Сейчас сюда Мстиславский пришлет людей наводить порядок, проследи. Я поехал за Ашей, приеду с ней. Распорядись насчет ужина.

— Сделаю.

Губернатор стремительно вышел из разоренной спальни и приказал Васильичу гнать на Саврасовскую. Охрану он на всякий случай прихватил.

— Что ж вы, сволочи, — горько сказал он телохранителю в машине. — У вас на глазах такое творили в доме, а вы?

— Что ж нам, отстреливаться было, Алексей Петрович? Мишка полез к ним, да они его положили мордой вниз... («Ответят и за Мишку», — отметил про себя губернатор). Они бумагу предъявили. Сами знаете, мы люди служилые.

Служилые, знаем. Это универсальное местное оправдание для всех, кто не хочет ни за что отвечать. Я и сам до последнего времени был такой служивый: надо пороть — порол, дезертиров ловить — ловил, и правильно. Что будет, если служивый забудет службу?

— Но могли вы хоть сказать, чтобы они не свинячили так?

— А кто видел? Нас всех услали вниз, в служебку, там мы и пересидели, пока они тут... Хрюничев сам был. Сказал, вам все объяснит и чтобы не злились.

— Ну, объясню я ему и сам кое-чего...

В окнах Григория не было света. Губернатор взбежал на третий этаж, за ним тяжело топотал телохранитель.

2

Бороздин готов был застать полный разгром, выломанную дверь, а то и труп, чем черт не шутит, — но дверь была заперта; на первый же звонок отозвался испуганный Григорий.

—Да?

—Откройте, свои.

Григорий приоткрыл дверь.

—Вы один?

—С телохранителем.

— Входите.

— Аша где?

— Здесь, в кухне.

— Чего вы без света сидите?

— Была мне охота лишний раз светиться... Я весь день боюсь, что за ней придут. В местных новостях объявили приметы. Я вашу машину услышал, потому и отозвался.

— Почему приметы? Что сказали?

— Сказали, по подозрению в покушении на губернатора.

— На меня?

— А что, вы уже не губернатор — после поездки? Разжаловали?

— Попробовали бы они, — сказал Бороздин, хотя и без особенной уверенности.

Они прошли в кухню. Аша сидела у стола на шаткой табуретке, уронив руки. Весь ее вид выражал тупую, странную покорность — губернатор никогда не видел ее такой.

— Сняли? — спросила она тихо.

— Да почему сняли, так, вызывали по рутинным вопросам...

— Ты не ври про рутинные. Они тебя вызывали, чтобы без тебя меня тут... Ты другое скажи: куда думаешь деть меня? Меня теперь быстро надо отправлять отсюда, они все приметы сообщили.

— Где жена? — спросил Бороздин у Григория.

— Жену я отослал. Нечего местным про это знать. Я так понимаю, что на нее зуб не только у ваших, но и ее собственной родни. Так? — обратился он к Аше. Она молча кивнула.

— Слушай, — Бороздин не выдержал и сел на пол, прислонившись спиной к древнему холодильнику. — Скажи ты мне русским языком: чем ты им так мешаешь?

— Им не я мешаю, — устало сказала Аша. — Им дитя мешает.

— Что такого сделает это дитя?

— Никто не знает этого. Пророчество есть. Если древнего северного рода начальник спознается с девушкой древнего рода волков, плод их погубит весь мир, разорвет круг, и начнется то, чего еще не было. Или если южного рода дева полюбит мужчину из волков, то же самое будет. Этим, кто пришел, — захватчикам, — все у нас можно, одно нельзя. Нам нельзя, чтобы мы их любили. Владеть — пусть владеют, а тяжелеть нам от них нельзя. Волкам нельзя с захватчиками. Если от них родится что, то от этого человека выйдет начало. Это у вас говорят — конец, у нас нет такого слова. У нас говорят: начнется начало. Тогда никакой нашей жизни не будет. Чтобы начала не допустить, мы всю жизнь настороже. А вот не устерегли. Я же не знала, какого ты рода. Да я и не думала, какого ты рода. Любила я тебя очень, и теперь люблю, — говорила она спокойно, но у губернатора по коже побежали мурашки.

— Аша! Когда, в какие времена власть руководствовалась пророчествами?!

— Во все времена, — тихо заметил Григорий. — В Риме гадали по внутренностям, чем вы лучше Рима? И в пророчестве этом, кстати, глубокий смысл. Как только местное начальство полюбит свой народ, вся эта канитель кончится и начнется нечто совсем другое, только никто из этого начальства уже не уцелеет. Им же не надо, чтобы что-то начиналось, — понимаете? Их устраивает эта вечная русская жизнь, какая она есть. А от вас может что-то такое родиться. Я в это верю вполне. Вы же славный малый, губернатор. Приличия знаете. Вам не место на госслужбе, я вам еще когда говорил. Вам одного не хватает — немного самодостаточности, этого, знаете, доверия к судьбе... Так у вашей пассии этого хоть отбавляй. Короче, от вашего союза вполне может получиться человек, с которого здесь начнется нормальная жизнь. Если, конечно, вы спасетесь — в чем я крепко сомневаюсь. У меня вам оставаться нельзя, я не святой. Если вас у меня найдут, мне выйдет полное начало. На меня кое-что есть, вы знаете.

— Ладно, ладно, — поморщился губернатор. — Пока еще я первый человек в крае.

— Это вам так кажется, — сказал Григорий. — На самом деле МВД вам никогда не подчинялось, вот они и есть тут первые люди. А вы — так, витрина московская. Вы отлично знали, что менты грабили губернаторов и драли их, как сидоровых коз, за любую провинность. Вы думали, что вы человек государственный и так надо. А теперь это государство хочет вытравить вашего ребенка и убить вашу женщину, потому что ему страшный сон приснился в ночь на пятницу. И вы как человек государственный должны этому способствовать, нес па? За это у вас будет возможность и дальше насаждать тут науки, открывать школы и ездить ко мне отводить душу в разговорах. Не хотел бы я быть на вашем месте, губернатор, и никогда не буду, слава тебе Господи.

У губернатора заиграл мобильник. Номер не обозначился.

— Алексей Петрович, — сказал осторожный голос Мстиславского, — у меня есть подозрение, что вам надо уходить, и быстро. Мои ребята слышали, как ваш камердинер вас закладывал. Вы, может, не знаете, но Никита — человек Хрюничева, его не просто так к вам подставили. Короче, Никита доложил, что вы поехали за Ашей. Если за вами не было хвоста, они вас найдут не сразу, но так или иначе следовало бы уходить. Или по крайней мере поместить ее в безопасное...

— Костя, — перебил его губернатор, — откуда вы говорите?

— Я говорю из автомата, тут не слушается. Но скоро они начнут слушать все. Город у нас маленький. Я не знаю, где вы сейчас, и вы не вздумайте говорить...

— Не дурак, знаю. («Вдруг именно он подкуплен и начнет выманивать меня туда, где уже ждет эта свинья со своими мордоворотами?»).

— Я бы вам посоветовал уходить на Захаровку, но вы там, кажется, выставили облаву на дезертиров. Лучше бы всего брать Васильича, он ваш без глупостей, и гнать с ним куда угодно, если есть надежное место. У меня, к сожалению, нет. Учтите, что спрятать ее у своих не получится...

— Черт возьми! — шепотом крикнул Бороздин. — Вы-то откуда знаете?

— Туземцы с утра по всему городу рыщут. У них оказалась приличная самоорганизация, мы-то и не знали. Они бы так работали, как ее ищут... В общем, мое дело вам сказать, а там как знаете. Тут у вас, кстати, факс пришел от Тарабарова с запросом — вы ему какое-то подтверждение должны...

— ...в рот я ему должен! — просто сказал губернатор. — Спасибо, Костя, жив буду — не забуду.

— Облава? — спросил догадавшийся Григорий.

— Не без того. Обложили немного. Черт с ними. — Бороздин выглянул в окно: его машина была на месте; машину знали, в городе ее обнаружить нетрудно. Он набрал номер Васильича.

— Да?

— Васильич, быстро гони в резиденцию, — сказал губернатор. — Будут спрашивать, куда ездили, — скажешь, на ж/д строительство.

— Не дурак, — понятливо отозвался Васильич.

— Ну, спасибо. Я завтра вернусь.

— С Богом.

Во дворе раздался рев машины — машина у губернатора была громкая, БМВ.

— И что вы думаете делать? — поинтересовался Григорий.

— Я думаю прежде всего вызвать такси, — сказал губернатор, — и ехать до границы области. Там я думаю сесть в поезд и везти Ашу в Дегунино, это трое суток, Мстиславский порулит без меня.

В этот момент он рассуждал, конечно, не как государственный человек. Впрочем, он рассуждал и не как любовник, поскольку любовь к Аше была в этот миг ни при чем. Дело было в нем самом, в оскорбленном государственном чувстве. Он принес на алтарь своего дела все, что у него было. Он готов был служить на любом посту, куда бы его ни бросили. Двадцать лет его безупречной службы в разных качествах и на разных должностях были перечеркнуты разом, в один день, из-за того, что он отказался прислушиваться к дурацкому суеверию. Ну а что такого, спросил ненавистный внутренний голос, чем ты недоволен? Разве не из-за таких же идиотских суеверий вроде недостаточного почтения к куску тряпки или набору бездарных рифм люди шли на каторгу, а то и на виселицу? Разве не такими же суевериями ты упивался, называя их прекрасной бессмыслицей? Разве не спорил ты с либеральной сволочью, утверждавшей, что государство — большая жилконтора или прачечная? Разве не доказывал ты, что государство — наместник небесной Родины на земле? Получи, хлебай полной ложкой: если государство, как ты полагал, живет великими мифами, — вот тебе один из них, древнее пророчество; принести в жертву ты должен свою женщину и своего ребенка. Черт с ней, с этой женщиной, — в конце концов, ты всегда считал ее своей слабостью. О ребенке ты пока ничего не знаешь, он пока зародыш и человеком станет через пять месяцев, если до того его не выбьют из матери сапогами. Дело в принципе: тебя, кажется, что-то не устраивает? Тем, кого ты сек, тоже, вероятно, казалось, что делать это не обязательно. Заткнись, сказал он себе. Любой обиженный немедленно начинает проповедовать свободу, понимаемую как отказ от любой ценности. Я не дам допустить сюда свободу, я не допущу ее даже в свое сознание. Я ненавижу этот ЖДовский фантом, нужный ЖДам только для того, чтобы искоренить уже всякую память о свободе как таковой. Два главных врага человека — свобода и простота. Я не дам ничего упростить, не дам отменить ни одного ритуала, ни на секунду не ослаблю самодисциплины, ибо свобода начинает с того, что упраздняет порядок, чтобы на место его водрузить произвол. Я государственник и умру государственником, но мое государство вечно перехлестывает, плодя врагов.

Заиграл мобильный. Его вызывала Москва.

— Я вас слушаю, Алексей Петров, — сказал в трубке сиплый голос Тарабарова.

— Это я вас слушаю, Николай Филиппович.

— Нет, Алексей Петров, это ты мне должен сказать, как ты выполнил директиву. Время отчетное, сам должен помнить.

— Я выполнил директиву, — ровно сказал Бороздин.

— Каким образом, Алексей Петров?

— Я отвез девушку к ее родне и больше с нею видеться не намерен.

— В уши-то мне не ссы, Алексей Петров! — прикрикнул Тарабаров. — Думаешь, у ее родни поста не поставили? Я тебе что сказал, Алексей Петров?! Государева служба — это цицю сосать, ты думаешь? Ты цицю хочешь сосать? Я на тебя возлагаю в двадцать четыре часа...

— Это я на вас возлагаю, Николай Филиппов, — сказал Бороздин. — Не тяжело вам там, нет? С большим прибором возлагаю. Пошел на хуй, рожа красная.

При этих словах порыв мокрого ветра распахнул форточку и ворвался в окно.

— Никогда при мне это слово не говори, — раздельно произнесла Аша. — У него при мне сила есть.

Губернатор представил, как западный ветер хуй в эту самую секунду налетел на Тарабарова и опрокинул его вместе с креслом. Ему стало весело.

— Ладно, надо собираться. Спасибо, Гриша.

— И куда вы сейчас? — спросил Григорий.

— Да есть куда, — вдруг ответила Аша. — Я знаю тут дороги, выйдем. На краю города машину возьмем, деньги у меня припрятаны. Я все припрятывала, что ты давал. Там на попутной доедем до другого города, где не ищут пока. В электричку сядем да в Дегунино поедем. Я все деревни тут знаю, знаю, где волки, где так себе люди. К волкам нам нельзя, но до Дегунина и они не тронут. А так себе люди везде мне приют окажут. Слово я такое знаю. Пойдем, губернатор, а то, неровен час, и сюда сейчас припожалуют...

Они спустились по темной лестнице. Дождь перестал, и крупные мохнатые звезды показались в тучах, как заплаканные глаза между слипшимися ресницами.

— Вот ты и бегаешь, как заяц, государев человек, — сказала ему Аша. — И все твое государство.

— Подожди, недолго мне бегать, — сказал Бороздин.

— И то, недолго. Хорошо еще, если добежим. Ладно, пошли.

Она долго вела его темными дворами, среди каких-то ям, рытвин, канав, брошенных тряпок, мотков проволоки, свалок... Много, слишком много было земли. Ее не обрабатывали, она замусоривалась, на ней рос бурьян, ее рыли и уродовали, начинали прокладывать дороги и бросали, строили дома и недостраивали. Губернатор никогда еще не ходил по окраинам. Его пронзила внезапная мысль о том, что именно среди этих еле освещенных халуп, на свалках, в ямах и колодцах, где живут васьки или прячут трупы, ему придется теперь ночевать. Запах мокрой земли мешался со смрадом помоек. Все раскисало, разлелось, пузырилось, и ничему больше он не был хозяин.

— Долго нам идти? — спросил он.

— Долго, кружной путь. Много у тебя денег с собой?

— На карте хватает.

— Надо будет снять. Заблокируют они тебе.

— В городе снимем.

— Ты не робей, — сказала она вдруг. — До Дегунина довезу, а там, глядишь, все получится. Этот ребенок, что во мне, — он ребенок не простой. Большую силу мне дает, кстати. Я до него помнишь какая слабая была? Ветром шатало. А теперь дойду. До Дегунина дойду, и до гор дойду. И тебя доведу, куда скажешь. Ты потом сюда вернешься, тебя наши любят. А твои простят, у них мало таких, умных-то.

— Видно будет, — сказал Бороздин.

— Нам бы до электрички добраться, — сказала она. — Где железная дорога, я проживу.

3

В соседнем городе он снял с карточки все деньги, и вовремя: когда два часа спустя, на вокзале, решил проверить, заблокировали ли счет, — доступа к нему и впрямь не оказалось. Деньги Аша заботливо рассовала по его и своим карманам; он думал, что после бессонной ночи и пяти часов в тряском междугородном автобусе она будет чуть жива, — но она словно крепла с каждым шагом, и состояние бездомности было для нее самым естественным. И то сказать, она не радовалась, когда он ввел ее в свои хоромы, — с чего ей было огорчаться, когда всего этого больше не было? Оно ведь было чужое, не свое.

— Мы давно так привыкли, — сказала она, угадав его мысли. — У нас своего, почитай, и нет ничего. На своей земле, как на чужой. Странствие — самое наше дело. Васьки тоже все странствуют, их за это святыми людьми зовут. Они потому и странствуют, что мир этим спасают.

— Как спасают? — машинально спросил Бороздин.

— А чтобы начало не началось. Они по кругу ходят, вот и спасают. Может, весь мир на них держится.

— Почему?

— Должность такая, кружиться. Вы их васьками называете, а у нас они соколы. Сокол — он окол ходит, круг рисует. Они кружатся, а кольцо ими держится. Теперь-то можно и тебе знать, — добавила она снисходительно, — теперь ты сам вроде как без дома, без дела. Немного — и сокол станешь.

— А волк?

— Волком родиться надо, — обиделась она.

— И что, васьки у вас — святые?

— Святые. Святей — только те, что дорогу строят.

— Какую дорогу? — не понял Бороздин.

— Разную. Раньше такую топтали, теперь железную делают. Железную дорогу строить — это самое святое дело.

— Это зачем? — не понял он.

— Это еще не время. Будет пора — тогда расскажу.

Она рассказывала ему это, как раз когда они подходили к вокзалу. На вокзале в этот день отчего-то проводилась спецоперация по отлову васек, так что Бороздину с Ашей, можно сказать, повезло. Сам Бороздин в бытность губернатором, случалось, несколько раз санкционировал прямые отловы — в особенности когда дело касалось васят, развозимых по приютам, — но особенно старался не зверствовать: в конце концов, от васек не было особого вреда, а что такое распределители, он знал, ездил в показательный московский васятник, когда для губернаторов сделали экскурсию под руководством все того же Тарабарова. Прежде чем они попадали в васятники, их подолгу морили в обезьянниках, досматривали, выясняли обстоятельства, а проще сказать — выбивали из них сведения; половина васек никаких сведений не помнила, и за это их били снова, уже без всякого смысла. Если бы по страшной, невообразимой немилости судьбы губернатору выпала бы судьба работать в обезьяннике или васеприемнике, он бы, вероятно, тоже бил васек. Хуже такой участи была только участь самого васьки.

Решительную зачистку сулили ежегодно, но до нее как-то не доходили руки, да и иностранцы к нам почти уже не ездили — для кого было стараться? Впрочем, то, что происходило теперь на вокзале, по жестокости и масштабности было очень похоже на окончательное решение васятского вопроса. Васек вытаскивали из всех углов, где они обычно ютились, сапогами гнали в открытые грузовики, а кто не шел — тащили волоком; на вокзале густо пахло бомжом. Публика смотрела с явным одобрением, лишь немногие в ужасе отворачивались, кто-то пытался объясняться с милицией — милиция никого не слушала. Большая часть васек шла в машины покорно, тупо, с тем вечным неопределенно-несчастным выражением лица, с которым они скитались по своим темным маршрутам; лица у всех были темно-желтые, опухшие, клочья волос на головах — свалявшиеся, как шерсть в старой куртке; почти у всех непременно была в одежде какая-то красная деталь — некогда красная, точней сказать, ибо на васьках вся одежда была одного бурого цвета; несмотря на лето, многие были в вытертых кацавейках. Некоторые из них сопротивлялись, но молча; только одна машка, в которой от женщины был только пронзительно-визгливый голос, цеплялась за все фонарные столбы и умоляюще орала менту:

— Зая! Зая! Зая!

Мент продолжал тащить ее к машине, потом ему надоело ее беспомощное сопротивление, и он одним движением зашвырнул ее в грузовик; она пролетела, кажется, метра три. Как только она плюхнулась в машину, на другие дряблые тела, визг тотчас прекратился. В суматохе отлова губернатор и Аша, оба прилично одетые, даже не без некоторого лоска, спокойно прошли к поезду, идущему на Барнаул.

— И ты скажешь — это ваши святые?! — не выдержал губернатор.

— Молчи, — сказала Аша. Губернатор видел, что она до крови прикусила губу.

— Что с тобой?

— Одного слова... одного слова моего хватило бы — отпустить их всех, — сказала она. — Я бы ментам сказала, и все. Твоим когда говорила, всегда отпускали.

— А ты говорила? Не знал.

— Не все тебе знать.

— Что за слово?

— Нельзя мне сейчас, сам знаешь. Да и не примут они теперь ничего от меня.

Она оглянулась. Грузовик уже заводился, васек увозили — но некоторые из них стояли у борта и смотрели вслед губернатору и Аше со странным, сосредоточенным вниманием.

— Узнали, — просто сказала Аша. — Меня что ж не узнать. Наше радио работает. Не бойся, не скажут никому.

— Куда их? — спросил губернатор, словно не он, а она должна была это знать.

— Откуда я знаю. Это твоим видней. Не слыхал вчера в Москве, зачистку делают или так?

— Не слыхал, — признался губернатор, поражаясь тому, что еще вчера его официально встречали во Внукове-2. Если честно, он был втайне рад тому, что хотя бы к этой зачистке непричастен — и если она действительно началась, и окажется вдобавок тотальной, то на нем не будет хотя бы этой вины.

Они сели в зеленый грязный поезд, шедший на Барнаул; билетов не взяли — сунули денег проводнику. Брать билеты было опасно: кассиры спрашивали документы. Правда, в городе на них пока не оглядывались — видимо, розыск еще не начался или шел плохо, как и все тут в последнее время. Слава Богу, подумал губернатор. Я просто не подумал, что в выродившейся стране и репрессии вырождаются, нам на радость. Впрочем, расслабляться не следовало. Мобильник он отключил, отправив на всякий случай эсемеску Калядину — «Нуждаюсь в помощи, напиши, если сможешь», — и получив естественный для государственного человека ответ: «Ничем не смогу». Хорошо, подумал Бороздин, на его месте я поступил бы так же. Когда вся эта ситуация распутается и Тарабаров ответит за самоуправство, а Хрюничева сошлют из Сибири в Сибирь, — я позвоню Калядину и кое-что расскажу ему, и он, возможно, поймет.

В конце перрона показался милиционер. Он вальяжно шел вдоль поезда, заглядывая в окна. Аша побледнела. Губернатор сидел против хода поезда и не видел милиционера — видел только Ашу и по выражению ее лица обо всем догадался. Он оглянулся: мент был уже близко, вагонах в пяти от них.

— Даждь-бог, Даждь-бог, — повторяла Аша, еле шевеля губами; он скорее угадал, чем услышал.

— Он не успеет, — сказал Бороздин, имея в виду мента. Поезд уже скрежетнул, готовясь тронуться.

— Даждь-бог, — лепетала Аша.

Поезд, однако, все не трогался, а мент был все ближе; можно было перейти в следующий вагон, можно сбежать назад — в тот, мимо которого он уже прошел... В руках у мента уже был виден листок с фотороботом.

— Не одна в поле дороженька, — пронзительно выкрикнула Аша, и мент остановился.

Бороздин уставился на нее в недоумении.

— Не одна ненаглядная, — быстро заговорила Аша. Мент остановился и посмотрел вокруг.

— Не одна в поле дороженька,
Не одна безлошадная.

Мент постоял в задумчивости, выбросил листок и пошел вдоль поезда обратно. В ту же секунду колеса опять заскрежетали, и состав медленно тронулся в путь.

Аша улыбнулась гордо и открыто — он давно не видел у нее такой улыбки.

— С волками жить — по-волчьи выть, — сказал губернатор.

— И то правда, — ответила она. — Погоди, завоешь. Выть по-нашему — петь.

— А петь — что?

— А петь — ничего, имя такое. Петь, а петь, дай посмотреть!

Она засмеялась, и он неуверенно улыбнулся в ответ.

За окном потянулись гаражи, заборы, исписанные заклятьями, и заросшие сухим бурьяном пустыри.

— Не одна в поле дороженька, — пела Аша,—
Не одна безотрадная.
Не одна в поле дороженька,
Не одна беспощадная...

Часть четвертая. Васька

Глава первая

1

После пятого класса Анька стала мечтать о ваське.

— Через мой труп! — сказал отец. Своим трупом он распоряжался широко — укладывал его на пути у всех домашних инициатив: хотела ли мать сменить мебель, телевизор, шторы, просила ли Анька хомяка или крысу — все могло осуществиться только после смерти отца, при его скептическом загробном неодобрении. В результате после въезда в трехкомнатную так и жили со старой хозяйской мебелью, спали на полупродавленном диване с неудобной ложбинкой и смотрели пятилетний телевизор, который от показываемой мерзости словно ослеп и оглох, так что звуки пригасли, а краски выцвели.

Анька пыталась было объяснить, что васька ей нужен никак не для развлечения, а просто ему же так будет лучше — вид нескольких бездомных васек ежедневно надрывал ей сердце по дороге из дома в школу, она даже присмотрела одного, сравнительно здорового, усатого (благотворительность ее не простиралась так далеко, чтобы брать больного; для них, в конце концов, есть специальные приюты, хоть лучше и не думать, каково там на самом деле). Мать почти сдалась, мать она бы уговорила. «Только не с улицы», — скажет мать. Хорошо, пускай не с улицы. Можно из васятника, как у нее в классе называли приюты. Там выдавали уже отмытых, здоровых, вполне пристойного вида, некоторых даже с профессией (обучали в приюте, были специальные классы — им рассказывали об этом в школе, на уроке москвоведения, когда речь зашла о гуманности мэра). Например, родители ее друга Кости взяли ваську-столяра, он еще немного плотничал и за лето отлично подновил им дачу, а еще вырезал Косте качели, на которых поочередно взлетали два толстых бородатых существа. Костя очень огорчился, когда осенью, после ремонта дачи, ваську сдали обратно в приют. Он говорил, что васька к ним привязался — хотя анькина мать после разговора с костиными родителями рассказывала иначе.

— Все-таки, — говорила она, — у них с эмоциональной сферой что-то не то. Безнадежная узость. Маша сказала, он даже не попрощался.

— Может, это шок, — кисло сказал отец. — Прикинь, они на лето взяли в дом живое существо, поили, кормили, семейная атмосфера. А осенью — наверняка не предупредив — говорят: спасибо, вы очень хорошо все сделали, можете возвращаться в приют.

— Ничего подобного! — возмущалась мать. — Они по договору обязаны были сразу сказать, он должен подписывать, если умеет...

— А если не умеет?

— Все равно его предупредили...

— Слушай, я отлично знаю, как это делается. У меня у парня на работе точно так же работал васька. Ему если скажешь, что берут только на лето, — все, он сделает как попало. Чтобы старался, он должен надеяться, что его оставят. Это, знаешь, как ослу под нос вешают морковь. Вот и они с ним так. Вообще Худяковы очень неприятные люди, я сто раз тебе говорил...

— Но Анька дружит с Костей!

— И это зря, если хочешь знать...

Вообще поступка костиных родителей Анька не одобряла и сама, но здраво рассуждала, что если васька три месяца провел на даче, среди клубники и свежего воздуха, то это в любом случае лучше, чем все душное лето торчать в приюте. И то хлеб, как говорила бабушка. Но сама она, конечно, будет брать не на время, а насовсем. По крайней мере на год. А дальше — как получится: даже мышку завести — огромная ответственность. Очень бывает жалко, если сдохнет. Катя однажды три урока проплакала. Хорошо хоть, что васьки почти не дохнут: они закалены своей трудной жизнью. Правда, у Вали Фирсовой в третьем классе сдох васенок, Валя страшно огорчилась и даже пропустила неделю — она к нему сильно привязалась, он уже почти заговорил. Ее сочинение «Мой домашний любимец» даже послали на городскую олимпиаду, и тут на тебе. Васеринар сказал, что любимец, конечно, любимцем, но сладостями обкармливать нельзя. Первые девять лет жизни ее васенок провел в условиях далеко не комнатных, конфет вообще в глаза не видел — нельзя же так сразу. Потом на эту тему был классный час: даже взрослые васьки не всегда умеют ограничивать себя, что уж говорить о детях, поэтому надо следить за питомцем и не закармливать. Классная со слезами в голосе прочла отрывок из «Маленького принца» — вы в ответе за тех, кого приручили и так далее.

Брать васенка Аня не хотела — в конце концов, маленьких вокруг нее и так полно. В пятом классе она вдруг вымахала до метра шестидесяти, стала выше всех (умнее всех была и так), и со сверстниками ей вдруг стало скучно. Нет, если брать ваську, то уже опытного, ручного. Честно говоря, молодых васят она боялась. У них были какие-то странные игры, они кусались, трудно приручались — старшие ели из рук и вообще делали все, что скажут. Бабушка говорила, что жизнь всему научит. У Светы Бабаш был васенок, смышленый, говорящий, с блестящими черными глазками, — но он оказался опасный, сманил Свету шляться, поймали ее уже на вокзале. Мать всю милицию на уши поставила. Васенка отдали в приют. Когда его уводили, он хохотал и кривлялся, и кричал про Свету ужасные гадости, хотя до этого жил с ней, как говорится, вась-вась. Светина мама пошла добиваться досрочной стерилизации — ей казалось, что он уже мог научить Свету чему не следует, но в приюте ей сказали, что васенок еще незрелый и никакого ущерба девочке причинить не в состоянии. Ей даже показали злосчастного васенка, уже обколотого и совсем смирного, — но о том, чтобы брать его обратно, и речи не было.

Анька, однако, знала, что в принципе отца прошибить можно — если, во-первых, правильно выбирать моменты для атак, а во-вторых, не терять настойчивости. Большинство детей быстро забывают о своих просьбах и после первого родительского отказа начинают хотеть чего-нибудь другого, — но Анька была не такова, она даже задачку решала до тех пор, пока не сойдется с ответом, и мать не могла ее переупрямить: ребенок не засыпал, пока не добивался своего. Так что после окончания пятого класса с похвальным листом и дубовым венком (школьное нововведение, гордость директора) она с периодичностью пресловутой китайской капли долбила отцу темечко разговорами про ваську.

— Это кошмар какой-то, — пожаловался отец верхнему дяде Шуре, когда тот со своим васькой, чинным, говорящим, модно подстриженным, зашел к ним в гости пропустить рюмку коньяку.

— Ну, хочет ребенок — что тут такого? — равнодушно отвечал дядя Шура, снисходительно глядя, как его васька (его звали Петька — говорящим иногда давали имена) развлекал Аню, позволяя себя чесать.

— Как — что такого?! — кипятился отец. — Ты меня, Шура, прости, я человек старорежимный, но я не понимаю вообще, как это можно...

— Ну а что, раньше лучше было? — так же лениво спрашивал дядя Шура. — Когда они в метро по последним вагонам сидели? Когда в подземный переход было не войти? Ты сам тогда, я помню, в каждом номере писал: пора решить, пора решить! Вот тебе, пожалуйста, решили. И ты недоволен еще. Я эту оппозиционную интеллигенцию, моя бы воля... Всем недовольны, вообще всем, всегда!

Но дядя Шура говорил все это так снисходительно, что ясно было: ничего он не сделает оппозиционной интеллигенции, даром что работает известно где. Петька умильно жмурился: как все васьки, он быстро стал похож на хозяина — вальяжный, толстый. Впрочем, иногда он принюхивался, настораживал уши, стремительно мчался к двери — наверное, дядя Шура тоже в иные минуты подбирался и менялся до неузнаваемости; Анька не хотела в этом убеждаться.

— Но тебя самого ничто не коробит? — спрашивал отец. — В этом «Плане спасения»? В операции «Добрый Хряков»?

Хряковым он называл Грекова.

— Насчет Грекова у тебя бзик, — веско говорил дядя Шура. — Тебе везде мерещится Греков. Греков рвется к власти, Греков украл миллион...

— Он и не один миллион украл...

— Ну а что делать, Слава? Делать что? Посади туда тебя — ты бы еще неизвестно чего наворотил, а Греков сам живет и другим жить дает. При Лужкове они на каждом углу стояли, а в подъездах — ты сам помнишь, что делалось. Что ты предлагаешь? На колбасу их пустить?

— Ребята! — умоляюще говорила мама, давясь македонским салатом и закрывая руками рот.

— Это ты не мне говори, Галя, это ты мужу своему говори, — распалялся дядя Шура. — Вам чего ни сделай — все будет не так! Вот скажи: что ты на цирки наехал в прошлом номере у себя?

— Читает! — радостно говорил отец; по мере того, как закипали окружающие, сам он помаленьку успокаивался, словно поделившись с ними избытком энергии.

— Да нипочем бы я не читал эту пачкотню, если бы не работа! Но вот скажи: цирки-то тебе чем не нравятся?! Если бы там убивали по-настоящему, я бы еще понял. Хотя скажу тебе честно, Слава, — если они сами на это согласились...

— А выход у них был?! — снова вскипал отец.

— Но ведь ты, или я, или любой, — дядя Шура показывал на окно, за которым виднелись бесконечные ряды других освещенных окон спального района Митяево, — мы же не на улице, так? Ты же не сбором бутылок зарабатываешь, так?

— Пленка, которая меня от этого отделяет, очень тонка, — угрюмо отвечал отец. Такие споры случались у них регулярно, и васька Петька внимательно к ним прислушивался, — Аня чувствовала, как он напряжен, хотя и не препятствует ей учесывать себя, сколько угодно. Где дядя Шура взял Петьку — она не знала: мать как-то сказала, что он попался во время одной из облав и показал замурзанный диплом Горного института. Сделать из Петьки человека, конечно, было уже нельзя, но для мелких домашних поручений он годился, и дядя Шура, давно холостяковавший, взял его к себе. Петька чистил картошку, исправно мыл посуду и сторожил дом, когда дядя Шура уезжал в командировки.

2

Цирков Аня тоже не любила, и ей не нравилось, когда мальчишки в классе бурно обсуждали будущие игрища и делали ставки. На день города уже третий год подряд устраивались представления в цирке на Вернадского, все как положено — с трезубцами и сетями, и хотя трезубцы были тупые, но сети зато самые настоящие. Костя болел за «Спартак». Спартаковцы на подбор были раскормленные, как для борьбы сумо; получалось это не нарочно — заставить васек как следует тренироваться не мог никто, побои они переносили с необычайной легкостью, потому что привыкли, а потому вся еда уходила в жир. Зрелище было некрасивое, Аня один раз увидела его по телевизору и почти сразу переключила. Дрались без правил, тыкали трезубцами то в глаз, то ниже живота (за это удаляли с арены), многие кусались (за это не удаляли). Один раз на поединок заехал президент и показал большой палец, — устроители боя поняли его неправильно и присудили победу не тому. Проигравших, конечно, никто не добивал — классная объяснила, что это было бы негуманно; просто отчисляли из команды и отправляли обратно в приют, а там кормили гораздо хуже. Гладиаторы получали много мяса, иногда даже ветчину (Аня читала статью в «Московской правде», там была фотография двух крупных котлет). В приюте мясо давали только по праздникам, так что в цирк просились все.

— Костя, — сказала Аня однажды, когда Худяков провожал ее домой после очередного москвоведения, всегда шедшего восьмым уроком. — Я все-таки не понимаю: неужели интересно смотреть на драку?

— Ну, а бокс? — солидно спросил Костя. По росту он был пока меньше Ани, но солидности уже набрался и говорил басом.

— В боксе правила, и вообще это спорт. А это никакой не спорт, а издевательство.

— Ань! — снисходительно, почти как дядя Шура, стал объяснять Костя. — Ну ты что, не понимаешь, что ли? Ты биологию не учишь? Они же не совсем люди! С тех пор, как Василенко доказал, что у них даже генный набор другой, все иначе стало! Одни рождаются с умом, а другие без ума. Им же самим весело, ты не видела? Они потому и бродяжничают, и пьют, что ущербные. Лучше же так, чем раньше...

Как раньше, Аня толком не знала. Иногда, на даче, ей случалось листать старые журналы (читать детское ей было давно неинтересно), и там встречалось загадочное слово «бомж», похожее на удар в басовитый гонг, который не только отзывается, но и производит долгое жужжащее эхо: боммм-жжж! Васьками их прозвали совсем недавно, когда в рамках гуманитарной программы вымытых, подлеченных и стерилизованных бродяг стали разбирать по домам. Между прочим, среди васек были далеко не только бродяги: иногда в приют просилась старушка, которой нечего было кушать, или беженец, которому негде жить. Тогда справку о принадлежности к васькам (научно это называлось «синдром Василенко») приходилось покупать за деньги у врачей: без нее в приют не брали. Несколько таких сделок вскрылось, и по телевизору долго обсуждали получившийся скандал. Но папа говорил, что еще больше историй остается в тени.

Однажды Анька спросила у матери, можно ли заболеть синдромом Василенко. Мать объяснила, что это врожденное и если до ее возраста не проявилось, то теперь уж и не проявится. Василенко, кстати, иногда сам читал лекции по телевизору, объясняя, что заразиться его синдромом от васек никак нельзя, иначе бы все давно перезаражались, поэтому после стерилизации их можно брать домой совершенно безбоязненно. У него самого жило семь васек, двое на даче и пятеро в московской квартире, — точней, четверо васек и три машки, все очень ласковые и вполне обучаемые. Он показывал с ними удивительные штуки: васьки прыгали через стул, отвечали, сколько будет трижды пять, и ловили на лету куски ливерной колбасы.

Анька уже придумала все, чему она выучит своего ваську. Возможно, она даже вылечит его от синдрома Василенко, хотя синдром, говорят, неизлечим. Тогда это будет первый случай, и она прославится, — но важно же не прославиться, а подарить человечеству избавление.

3

Шестой класс она закончила вполне прилично (тройка только по основам выживания: Анька вообще не уважала этот предмет, считая, что выжить не главное, главное — сохранить лицо). Мать предложила на выбор неделю в Крыму или поездку в пекинский диснейленд — там бесплатно давали целый тюк пластмассовых игрушек, удобных тем, что на другой день все они ломались и везти их домой было уже не нужно. Анька, однако, гордо отказалась от обеих поездок: ей нужен был васька, она уже почти все придумала и даже разметила план экспериментов, о котором, однако, родители не должны были знать ничего.

— Ну что ты будешь делать! — совершенно по-бабьи сказал отец. — Ребенку хочется живого человека.

338

— Ей же не для игры, — осторожно пояснила мать. — Она хочет помочь... Знаешь, когда мне было лет шесть, я тоже мечтала подобрать бездомную девочку из сказки, сделать ее подругой...

— Это и есть ущербность, — тихо выговорил отец.

— Конечно, я всегда была ущербная...

— Да я не про это, — поморщился он. — Просто... когда человек чувствует, что он не стоит настоящей дружбы, он придумывает себе спасение обездоленного. Чтобы обездоленный его любил из благодарности. Меня это и тревожит: одноклассникам она неинтересна — может, потому, что они глупее, не знаю... Теперь она хочет купить себе друга. Чтобы она его кормила, а он за это выслушивал ее фантазии. Как ты не понимаешь: ваську же каждый заводит для какой-то одной роли. Кому чего не хватает. Шуре нужен свой Ватсон, глуповатый и надежный боевой товарищ. Худяковым нужен плотник. Калошину, это у нас в отделе общества есть такая скотина, требуется восторженный слушатель. Между прочим, половина редакции время от времени берет машек для известных целей...

— Но это же... — не поверила мать.

— Что «это же»? Издевательство над животными? Они же никому не скажут, их за это кормят. Галина, между прочим, с васькой в отпуск ездила — ты что думаешь, он ей только чемодан носил?

— Но они же обработаны...

— Можно и необработанного достать, сейчас все можно. Ты пойми, я только потому и не хочу, что это ведь... подмена отношений! Не может человек завести друга, или любовника, или самостоятельно поклеить обои — пожалуйста, на тебе ваську. Но так можно, знаешь, расслабиться окончательно! Зайцу будет гораздо полезнее съездить в лагерь, я могу достать «Дубраву», очень приличное место, сплошь дети президентской администрации...

Анька не все поняла в этом разговоре, но судя по тому, что отец назвал ее Зайцем, он был в недурном расположении духа. То есть мысль о ваське уже не вызывала у него однозначного неприятия. Можно сказать, он даже привык.

Васьки вообще на диво быстро стали частью общей жизни. Шоу «Мой Вася», в котором они соревновались, таская тяжести и показывая всякие штуки, из ежемесячного стало еженедельным. Для тех, кто выезжал с васькой в отпуск — например, в короткий тур за границу, Египет там или Таиланд, — появились льготы и скидки. В троллейбусах и метро для васек выделили места в конце каждого вагона. Даже лаосские «зеленые», в очередной раз посетив Россию, заметили, что обращение с васьками самое человеческое, и пока не найден способ лечить синдром — следует признать русское решение проблемы оптимальным. Оставалось только понять, почему синдром Василенко так распространен именно в России (хотя, разумеется, свой процент васек наличествовал везде, самый большой — в Африке). Вышло даже «Очевидное — невероятное», в которой дискутировали о таинственных «мутагенных факторах» — один говорил, что во всем виноват климат, а другой винил историю.

Как бы то ни было, к августу отца доломали. Всей семьей они отправились сдавать анализы (процедура была не слишком приятная, особенно когда стеклянной палочкой лезли в попу, но Анька была готова и не на такие жертвы). Получили в ЖЭКе справку о достаточности жилищных условий. Отец, смеясь и ругаясь, сам на себя написал положительную характеристику, которую ему не глядя подмахнул пофигист-начальник. Мать принесла справку о том, что после школы окончила медицинские экспресс-курсы. Чтобы подстраховаться, Анька сняла копию с дневника: ей отчего-то казалось, что отличнице ваську доверят охотнее. Ближайший васятник находился на Юго-западе, рядом с огромным, так и не достроенным стеклянным карандашом, предназначавшимся когда-то для академии Аганбегяна.

Глава вторая

1

Анька радовалась, ложась спать, и радовалась, засыпая, и даже ночью, когда ей захотелось в сортир, шлепала туда радостно; однако утром ей вдруг стало тревожно. Чем ближе они подъезжали на своей «пятнашке» к длинному, серому бетонному васятнику, тем кислей становилось у нее во рту и горше — на душе. Здание было противное. Помнится, точно так же во рту у нее закипала кислая слюна, а к горлу подступала тошнота, когда ей первый раз в жизни пришлось идти в школу: все вокруг были праздничные, а она уже знала, что ничего особенно хорошего их тут не ждет. В васятник она вошла, как в тюрьму; мать вела ее за руку и почувствовала, как у Аньки враз вспотели ладони. Правда, в коридоре их сразу встретила симпатичная тетя в белом халате: они за три дня, как полагалось, предупредили по телефону, что появятся, и потому их сразу провели к заведующей, в конец длинного коридора первого этажа.

В васятнике пахло, как в детской поликлинике: успокоительная составляющая этого запаха слагалась из лекарств, а тревожная так сразу не определялась. Так пахнут больные дети, это был запах стыда и беспомощности. И такие же, как в поликлинике, веселые картинки были на стенах: жираф, зайчик, Белоснежка и семь гномов. У жирафа было почему-то пять ног.

— Подопечные рисуют, — радостно сказала тетя в халате.

— Что вы говорите! — воскликнула мать. — Сами?

— Конечно, — кивнула тетя, — у нас кружок. У нас много кружков, сейчас подопечные покажут вам свое искусство... Вы же знаете, мы просто так никого не выпускаем. У нас все выходят, имея в руках дело.

Заведующая была толстой и добродушно-строгой, как все заведующие. Именно так выглядела завстоловой в пансионате, куда Анька с матерью ездила на прошлые каникулы. Толстая внимательно просмотрела документы, особенно долго изучала копию дневника и вдруг улыбнулась Аньке совершенно по-человечески.

— Значит, учимся? — спросила она.

— Стараемся, — ответил за Аньку отец.

— Ну и славно. Если проблемы с математикой, то у нас есть один, он поможет...

— С математикой все хорошо, — сиплым от волнения голосом сказала Анька.

— Ну, еще лучше, — снова улыбнулась заведующая. — Вообще, если понадобится репетитор, у нас можно брать на время... Хорошо. Марь-Степанна, проведите товарищей к подопечным, пусть они посмотрят, а я пока приготовлю выписной лист.

Они пошли на второй этаж, в большую залу, на дверях которой висела заляпанная масляной краской табличка «Смотровая». Вероятно, табличку привинтили еще до того, как перекрасили дверь; вообще все в васятнике было сделано не очень аккуратно, кое-как, вроде вот пятиногого жирафа. Похоже, эти васьки только еще учились, а может, синдром мешал им как следует работать. Надо было обсудить эту проблему с отцом. Анька слышала, что васьки хорошо работают только за бутылку, но бутылку им нельзя, потому что она сводит на нет все достижения по их воспитанию. Биологичка говорила, что надрессировать можно любого, нужен только стимул и индивидуальный подход.

— Ну, вот, — сказала Марь-Степанна. — Подопечные вас уже ждут.

Она распахнула белую дверь, и с детских игрушечных стульчиков — привезенных, вероятно, из ближайшего детсада, — повставали разновозрастные, бедно, но опрятно одетые васьки и машки. Анька никогда еще не видела столько васек в одном месте. Тут было несколько васят — почему-то сплошь черноглазых и гнилозубых, — несколько молодых, но в основном васьки были подержанные, смирные, лет сорока на вид.

— Здравствуйте, — сказали они нестройным хором.

— Что же так недружно? — укорила Марь-Степанна. — К вам пришли гости, одному из вас сегодня повезет. Постарайтесь им понравиться, покажите свое искусство. Ну, дружненько!

— Здравствуйте! — сказали васьки уже гораздо дружнее и заулыбались, обнажая беззубые десны.

Тут же в смотровой началось хаотическое движение: две пожилые машки принялись прыгать через скакалочку, еще две стали играть в резинку (видимо, обитателей васятника предупредили, что домашнего любимца выбирают для девочки, а потому требовалось показать, как они умеют играть; наверное, подумала Анька, если бы мы выбирали плотника, они показывали бы поделки). Один васька лет сорока лег на спину и стал смешно дрыгать ногами, изображая велосипед. Васенок взобрался на плечи другу, и они стали носиться по всей зале с гиканьем и разбойным присвистом. Молодой черноволосый васька с перебитым носом и широко расставленными вороватыми глазами влез на стульчик и начал читать:

— Как ныне взбирается вещий Олег

Замстить неразумным базарам...

Ясно было, что он не понимает читаемого, но очень старается. Глаза его, однако, продолжали бегать, словно он и здесь надеялся что-то стырить.

Анька заранее знала, что выберет самого несчастного — не для того, чтобы тем вернее его подкупить и стать для него всем, а просто чтобы не благотворительствовать зря, помогать ведь надо тем, кому трудно; но тут все были несчастны и одновременно очень противны, так что она с трудом преодолела искушение уткнуться в мать, просто чтобы почувствовать родной запах и не видеть всего этого. Однако терять лицо перед васьками было нельзя — они очень старались, и каждый краем глаза косил на посетителей: нравится ли. Один жонглировал тремя мячиками, другой безуспешно пытался встать на руки, наконец подошел к стене и, упираясь в нее ногами, привстал-таки, но тут же опять рухнул. Двое немолодых васек вдумчиво играли в шахматы, но Анька заметила, что фигуры они переставляют просто так — видимо, проклятый синдром мешал выучиться как следует этой умной игре. Еще две машки, каждая лет по шестьдесят, играли в ладушки, а одна пела русскую народную песню. Слов было не разобрать, но именно поэтому, да еще по уныло-разгульному мотиву, Анька сразу поняла, что песня была русская, народная.

Васят она отмела сразу — не за этим пришла; ей понравился было очкастый васька лет тридцати пяти, с длинным лицом и крупными зубами, — но он вдруг с такой ловкостью сделал кувырок через голову и так по-собачьи, снизу вверх посмотрел на нее, ожидая одобрения, что у Аньки пропала всякая охота с ним связываться. Наконец взгляд ее упал на пожилого, тихого ваську с редкими соломенными волосами: он тихо сидел себе в углу и клеил какую-то коробочку, не стараясь особенно никому понравиться.

— Ну что, выбрала любимца? — весело спросила Марь-Степанна. — Мы можем еще посмотреть выставку поделок, там такие мягкие игрушки есть — удивительно. Вот у нас были работники с фабрики игрушечной, и даже они удивлялись. Качество почти китайское. Можете купить что-то, а потом мы вас познакомим с мастерами...

— Я выбрала, — тихо сказала Анька. — Вон тот, в углу.

Марь-Степанна прищурилась; стало видно, что она слегка близорука, но очки носить стесняется.

— Вон тот? — спросила она так же радостно. — Отличный выбор! Это Василий Иванович. Василий Иванович, подойди сюда, пожалуйста!

Все васьки, как по команде, прекратили свои игры и уставились на Василия Ивановича.

— Это очень хороший подопечный, — не смущаясь присутствием выбранного васьки и наступившей тишиной, сказала Марь-Степанна. — Он у нас уже два года, раньше почти ничего не помнил, а сейчас знает все. Газеты читает, — гордо добавила она, словно чтение газет было Бог весть каким даром, доступным немногим счастливцам. — Василий Иванович, скажи нам, когда человек полетел в космос?

— Двенадцатого апреля, — тихо ответил Василий Иванович приятным глуховатым голосом.

— А сколько будет пятью восемь?

— Сорок, — улыбнулся Василий Иванович.

— Ну что, нравятся тебе наши гости?

— Мы гостям всегда рады, — кивнул Василий Иванович.

— Вы наши правила знаете, — утвердительно сказала Марь-Степанна, — у нас рекламация принимается в течение месяца. Если не уживетесь, ничего страшного, мы другого подберем, а за этого вернем деньги, за питание... Но вообще должна сказать, что девочка сделала очень хороший выбор. Пациент смирный, доброжелательный, на прогулке защитит и вообще, если что...

— Василий Иванович, — осмелев, спросила Анька. — А что вы клеили... ну там, в углу?

— Коробочку, — тихо и как бы смущенно ответил Василий Иванович.

— А для чего? — жслая подбодрить его, поинтересовалась мать.

— Ну... просто, — пожал плечами Василий Иванович.

— Он все время их клеит, — вставила Марь-Степанна. — У нас учат конверты клеить и коробочки; конверты — для тех, у кого пространственного мышления нет. А у него есть, он вам наклеит их столько — сможете все мелочи распихать! Он еще копилки может глиняные, у нас очень хороший мастер преподает керамику...

— Василий Иванович, — решительно сказала Анька. — Я хотела бы вас... пригласить к нам. (Слова «взять» она все-таки избегала). Вы не возражаете... пожить у нас?

— Ваш выбор, — тихо сказал Василий Иванович, — вам решать.

— Я постараюсь, чтобы вам было у нас хорошо, — твердо закончила Анька. — Если можно, пожалуйста, пойдемте с нами.

— Пойди, Василь-Иваныч, соберись, — сказала Марь-Степанна. — Я за тобой зайду. А вы, товарищи, спуститесь сейчас со мной к заведующей, я дам вам инструкции, и все оформим.

2

— Ну что, выбрали? — доброжелательно спросила заведующая.

— Василь-Иваныча взяли, — рапортовала Марь-Степанна.

— Ну, я очень рада. Давно ему пора, а то берут всех, кто помоложе... Значит, Марь-Степанна, сходите за личным делом, а я пока проинструктирую в общем плане.

Марь-Степанна вышла.

— Ну, вы знаете, конечно, — начала заведующая, — что никакого алкоголя, никакого курения, пища строго по распорядку. Никаких жиров, у большинства подопечных плохо с печенью (Анька нервно хихикнула, заметив созвучие подопечных и печени). Подвижные игры хорошо, это и девочке хорошо, а то, я вижу, немножко астения... Одного свободно можно отпускать в магазин, если в нем спиртное не продается. Хотя этот подопечный очень дисциплинированный, и вряд ли он сам купит. Только если угостят... Обязательно прогуливать раз в день, это и девочке хорошо. Железа побольше, хлебушка черного, девочке тоже хорошо... — Анька в ужасе загадала, что если девочке будет хорошо еще хоть что-нибудь из рекомендованного Василию Ивановичу, значит, у нее точно синдром Василенко, — но, по счастью, на этом заведующая прервала инструктаж, поскольку вошла Марь-Степанна с личным делом.

— Вот, можете посмотреть, — она открыла папку перед отцом, сразу поняв, кто в семье главный. Отец попытался пролистать дело, но все страницы, кроме первой, были тщательно заклеены.

— Там служебная информация, извините, — улыбнулась Марь-Степанна. — Это только для персонала.

— Что-нибудь важное? — забеспокоилась мать.

— Нет, не волнуйтесь, — мягко произнесла заведующая. — Там история... ну, после нашей терапии он почти не помнит весь этот ужас. Как дошел до жизни такой, как бродяжил, как подобрали... Мы эту информацию стараемся стирать, и напоминать ни к чему. Наш распределитель гарантирует здоровье подопечного и полную безопасность его проживания в семье. Он не нападет, не обидит девочку — не надо только его много расспрашивать про прежнюю жизнь. Она была, сами понимаете, не очень веселая... Ты же тоже не любишь вспоминать, как двойку получила?

— Я двоек не получаю, — сказала Анька, испугавшись еще одной параллели с васькой.

— Ну и отлично, — улыбнулась ей заведующая. — Марь-Степанна, приведите васю... Вы на машине? Очень хорошо! Пожалуйста, через неделю позвоните нам и расскажите, как идут дела. В экстренных случаях звоните дежурному, это круглосуточно.

Анька и сама была ужс нс рада, что затеяла все это. Но Василий Иванович со своим синим рюкзачком ждал у выхода, и отступать было некуда. В машине она заметила, что отец нервничает, а мать облизывает губы, как всегда, когда надо что-то сказать, а она не находит слов. Так же она делала, когда Анька приводила домой кого-нибудь из подруг и надо было с ними поговорить, а было не о чем. Тогда она дежурно спрашивала про учебу или про любимую музыку: ничего не говорить ей было неловко, а притворяться она не любила.

— Василий Иванович, вы, пожалуйста, сразу говорите, если что не так, — сказал отец. — У нас, сами понимаете, опыта нет, даже родня редко гостит... у нас, собственно, и родни-то мало. Поэтому если какое неудобство, обязательно...

— Какое же неудобство, — тихо сказал Василий Иванович. — Я вам благодарен, постараюсь, чтобы без нареканий...

— Я тоже постараюсь, — сказала Анька, чтобы снять неловкость. — Со мной вообще трудно. У меня это, ночные страхи.

— А какие? — заинтересованно спросил Василий Иванович.

— Всякие. Летучих мышей я боюсь. Потом иногда боялась, что змея заползет.

— Что ты несешь, какая змея?! — возмутилась мать.

— Обычная, — тараторила Анька. — Я специально замеряла, у нас большая щель под дверью или нет. Вдруг пролезет?

— Ань, откуда в городе змея?

— Почему, бывает, — вступился Василий Иванович. — Например, у кого-то жила и уползла.

— А, — сказал отец. — Я читал, это бывает. Или попугай улетает.

Он расхохотался.

— Короче, Василий Иванович, у нас весело. Не соскучитесь. У нее и страхи, и ахи, и жалко ей всех... Она к матери в постель до семи лет прибегала по ночам и ревела.

— Пап! — возмутилась Анька.

— Честное слово. Ей, говорит, краба жалко. Я ей купил краба сушеного, привез из командировки. А она говорит — он же маленький. Его поймали, мама, наверное, плачет по нему... Представляете? Всех жалела вообще!

— Очень хорошо, — совсем тихо сказал Василий Иванович.

— Ничего хорошего. Я, знаете, не люблю, когда из-за всего ревут. Слышала, Анна?

— Слышала, — буркнула Анька.

— Меня часто дома нет, мать тоже у нас работает, время сами знаете какое. Так что я думаю, что вы будете ей хороший и надежный друг. Дисциплинируете, так сказать, и вообще. В смысле учебы у нее все в порядке, ее подтягивать не надо, хотя лично я бы приналег на всякую алгебру... А насчет раннего вставания, зарядки, своевременного укладывания — это очень бы желательно. Читает до часу ночи, утром не добудишься. Страхи опять же дурацкие. В общем, пожалуйста, не особенно смущайтесь, вы человек взрослый и распускаться ей не дадите...

Судя по тому, что отец назвал Василия Ивановича человеком, он, кажется, был доволен приобретением.

В квартире Василий Иванович поначалу сильно робел. Ему казалось, что он всех стеснит, хотя какое же стеснение — ему выделили старую анькину кровать, которая стояла теперь на кухне; она была ему, конечно, коротковата, но уж как-нибудь лучше приютской койки с железной сеткой. Анька подробно объяснила ему, где места общего пользования (хотя на двери в сортир и так был наклеен писающий мальчик, а на двери в ванную — моющаяся девочка, словно девочки только и моются, а мальчики только и писают). Он послушно зашел в уборную и ванную, осмотрелся, Анька чуть ли не силком заставила его выложить там красную зубную щеточку — такие всем выдавали в приюте. Василий Иванович наотрез отказался поставить ее в общий стакан с щетками, убрал в шкафчик. Мать купила новый набор белья — почему-то детский, расписной, с бегемотами («Другого не было!»). Василий Иванович кивал и за все благодарил. Анька захотела показать ему балкон.

— Так я знаю, знаю, — закивал он.

— Что знаете?

— Ну, где балкон... и какой вообще вид отсюда...

— А почему?

Она с ужасом подумала, что когда-то он жил здесь, что квартира была его, — бывают же такие совпадения, и чего-то такого ужасного она и ожидала с самого начала. Вот, берут они Василия Ивановича, привозят к себе — и тут же оказывается, что он тут жил, что они въехали в его квартиру, откуда его выжили каким-то ужасным образом, мало ли бывает, она смотрела в передаче, ужасные цыгане выманивают алкоголиков за город, покупают у них квартиры, а их селят по деревням, и привозят туда водку с клофелином, и там алкоголики спиваются окончательно... Может быть, и у Василия Ивановича была квартира именно здесь, и теперь, по роковому совпадению, она его сюда вернула?

— Да у меня похожий дом был, — сказал он.

— Похожий или этот? — страшным шепотом прошептала Анька. — Вы не отсюда?

— Не отсюда, не отсюда, — быстро заговорил Василий Иванович, — что ж ты, маленькая. Что ты сама придумываешь, да и веришь всему? Это хорошо, конечно, это ты и дальше так делай, но так не бывает, Анечка, не бывает...

— Но вы мне расскажете? — спросила Анька, тут же поняв, что совершила чудовищную бестактность и напомнила о том, о чем лучше забыть, — о том, что заклеено в истории болезни.

— Все, все тебе, Анечка, расскажу. Вот как вспомню, так и расскажу.

Но на балкон Василий Иванович вышел так уверенно и окрестности оглядел таким узнающим взглядом, что Анька уверовала: он несомненно отсюда, и даже жил когда-то в их доме, выстроенном еще в семидесятые годы прошлого века, когда здесь была окраина. Она решила со временем обязательно выпытать у Василия Ивановича правду о том, как он здесь жил и почему ушел. Это было важно еще и потому, что ей обязательно надо было понять — как уходят. Одно дело, когда тебя крадут. Ходил слух — в газетах, конечно, ничего такого не писали, — что однажды недалеко от них, в так называемых генеральских домах, где жили генералы генерального штаба, одного генерала украли ЖД, чтобы он выдал им секреты. Правда, другие говорили, что генерал сам сбежал, и не к ЖД, а в Америку, и хотел выдать там секреты, но его все равно не взяли, потому что секреты никому не были особенно нужны. Аньке, однако, запала в душу именно история с похищением. Она даже боялась некоторое время гулять одна. Хотя было что-то ужасно захватывающее в том, чтобы выйти ненадолго осенней ночью во двор, где так тревожно пахло листьями, горели желтые фонари и налетал порывами уже холодный, как на морском берегу, ветер, — выйти, постоять и стремительно кинуться в дом, прикидывая, добежишь ли до двери. Вдруг кто-нибудь кинется наперерез. Ее, конечно, похищать нельзя — ведь она не знает секретов, — но вдруг дело не в секретах? Вдруг она знает или умеет что-то другое, о чем сама не догадывается? Анька с ужасом представляла, как это страшно — ехать в чужой машине, откуда не можешь высунуться и крикнуть, и при этом видеть (а если накрыли мешком — то просто чувствовать) все знакомые места вокруг, и понимать, что мимо них тебя провозят в последний раз. Самое страшное было прощаться окончательно, и ведь никто ничего не знает. Ходят вокруг люди, мимо них едет машина, и они не знают, что в этой машине. Впрочем, они вообще ничего друг про друга не знают. Если бы кто-то узнал, что у нее в голове, — ей стало бы невыносимо стыдно, но и облегчение какое-то получилось бы, да. Можно было бы с этим человеком говорить совсем иначе, как с собой. Аньке представлялось неправильным, что люди умирают в одиночку, потому что такое трудное дело, как умирание, должно совершаться только сообща. Между тем сообща делали что попало — праздновали день рождения, встречали Новый год, — а умирали поодиночке, и это было неправильно. Легенда о конце света нравилась ей уже тем, что все по крайней мере умрут вместе. Вместе, конечно, не так страшно, а по отдельности совершенно невыносимо. Конец света представлялся ей чем-то вроде общего праздника, когда ничего уже не надо делать и некуда спешить.

Все это она посильно излагала Василию Ивановичу, к которому с первого дня почувствовала безоговорочное доверие — именно потому, что он постоянно нуждался в помощи и всецело зависел от Аньки. Он никак не мог обратить во зло то, что она ему рассказывала. Он вообще ничего не мог с этим сделать. Анька впервые в жизни увидела существо, у которого не было никакой корысти. Василий Иванович нигде не работал и ничего толком не умел. Он порывался, конечно, помогать по дому, но вместо подметания только поднимал пыль, вещи клал не туда, шкафы после этого не закрывались; даже родители вскоре стали ему доверять во всем, поскольку убедились в полной его неспособности взять что-нибудь аккуратно и незаметно. Он, конечно, обстирывал себя, но и это делал неумело; удавались ему только коробочки, которые он клеил без устали. Коробочки были самой причудливой формы. Некоторые раскрывались, как цветок, в других была масса отделеньиц, третьи были восьмигранные. В васятнике, объяснил он, кое-чему учили, но большинство форм он придумал сам, потому что чувствовал к этому делу талант. О прежней своей профессии он не распространялся. Анька вообще не хотела расспрашивать его о прежней жизни, но ей обязательно нужно было понять главное: нельзя ведь жить с другим существом и не понимать о нем главного. Это главное было: как можно вот так вдруг уйти странствовать? Лишиться дома не принудительно, а добровольно? Она так боялась уйти, так мучилась при одной мысли, что может однажды ночью, стараясь не разбудить родителей, просто так закрыть за собой дверь, и это уже будет навсегда, — что в глубине души догадывалась: когда-нибудь она так и сделает. Так можно бояться только того, что уже в тебе есть. И ей надо было понять, что однажды вытолкнет ее из дома, из уютной жизни, вне которой она не могла себя представить. Ей казалось, что каждый выход из дома — надолго, навсегда, — превратит ее в улитку без домика, в существо с сорванной кожей, со сплошной кровавой раной, которая вспыхивает болью даже от ветерка. Школа не считалась, школа была частью дома. И чем дольше Анька жила, тем яснее понимала, что когда-нибудь это с ней случится. Вот, может быть, зачем ей был нужен васька, а вовсе не затем, чтобы подарить дом еще одному живому существу.

<h2 style="text-align:center">3</h2>

Василий Иванович обжился у них довольно быстро. Больше всего он был похож на Акакия Акакиевича. Но и прожив у них первый месяц, после которого полагалось посетить васятник и предъявить подопечного для собеседования и осмотра; и оставшись на второй; и прожив первые полгода, во время которых к присутствию васьки привыкли даже гости, — Василий Иванович не обретал той вальяжности, что была у васьки Петьки, и не научился свободно садиться за общий стол. Он по-прежнему деликатничал, ел мало, просился выполнить какое-нибудь поручение, а вернувшись из магазина с хлебом, предъявлял всю сдачу до копейки, как будто кто-нибудь его подозревал. С этим ничего нельзя было сделать — он все время чувствовал себя в чем-то виноватым.

Анька к нему очень привязалась, а после полугода, пожалуй, и полюбила. Она никогда еще не видела столь деликатного, беспомощного и зависимого существа. Василий Иванович по-прежнему трогательно благодарил за каждое яблоко, которое она ему давала; провожал ее в школу и встречал оттуда — свои васьки были у многих, но никто не умел так радоваться появлению хозяина, как Василий Иванович; он ходил с ней в кино и многое объяснял, если она не понимала. Познания Василия Ивановича были хаотичны, но разносторонни. Больше всего он знал об инженерном деле, но исключительно теоретически, поскольку сам не мог завернуть шурупа. Отец провел с ним несколько уроков по заколачиванию гвоздей, но все гвозди у Василия Ивановича гнулись, да и по пальцам он попадал с редким постоянством. Отец оставил эти попытки — не затем брали.

О себе Василий Иванович рассказывал скупо. Анька поняла только, что у него была жена и сын, и что когда у Василия Ивановича проявился синдром Василенко, то есть началась тяга к беспорядочным скитаниям и пропала память о повседневных обязанностях, ему было лет тридцать с небольшим.

— Мальчик был, да, — мечтательно говорил Василий Иванович. — Мальчик Мишенька. Я лодку ему делал.

— Вы умеете лодку, Василий Иванович?

— Когда-то умел, Аня, когда-то. Сейчас не сумел бы, наверное.

— Почему же вы ушли?! — в который раз спрашивала Анька. Она готова была услышать что угодно — страшную историю о тюрьме, или о квартире, отобранной обманом, или о государстве, которое подло засудило Василия Ивановича из-за отсутствия прописки, — но у него все было не так, как рассказывали в передачах другие васьки. Он ушел как-то вдруг, на ровном месте.

— А почему уходят? — переспрашивал в ответ Василий Иванович. — Ты много-то не слушай, когда говорят, что это из-за тюрьмы все или квартиру отобрали. Просто чувствуешь вдруг, что надо уйти. Ну и уходишь.

— Это болезнь?

— Болезнь, наверное, — говорил Василий Иванович. — Медики если говорят, то им видней. Меня тоже все спрашивали в приюте: почему ушел? А что я скажу? Я не помню даже, как ушел. Иногда помнят, а чаще не помнят люди. Меня, говорят, в Иркутске нашли. А как я попал в Иркутск, ежели в Москве жил? Меня потому и в Москву в приют отправили, что я про Москву-то помнил. Только адреса не помню. Но квартира похожая была, да, и вид похожий. Тоже на краю города где-то. Мне снится иногда, так живо снится, что вот хоть сейчас вспомню. Иногда кажется, что жену Валя звали. А иногда не знаю. Потом приснилось однажды: Сиреневый бульвар. Бывает, слова снятся. Я очень хотел бы поехать на Сиреневый бульвар, посмотреть. Вдруг вспомню. Но это далеко, наверное.

— Почему?! — загорелась Анька. — Давайте поедем на Сиреневый бульвар!

Сиреневый бульвар располагался неподалеку от метро «Измайлово». Они выбрались туда в мягкий, серый весенний день. Был май, только что прошел дождь, светлые капли его скатывались по листьям. Василий Иванович прошел вдоль всего Сиреневого бульвара, но ничего не узнал. Анька специально завела его во двор — обычный московский двор со скрипучими качелями, — и он постоял там, около качелей и клумбы с недавно проклюнувшимися острыми ирисами;

он даже зажмурился от блаженства, вдыхая запахи, но ничего знакомого не обнаружил.

— Просто так приснилось, наверное, — сказал он. — Красивое название.

Во двор вышел мальчик с молодым сутулым васькой и принялся учить его играть в футбол. Ваські кивнули друг другу и обменялись чуть слышным приветствием, которого Анька не поняла.

— Что вы ему сказали, Василий Иванович? — спросила она по дороге в метро.

— Кому?

— А там был еще один ва... в смысле там помните, мальчик вышел с другим человеком, и вы с ним поздоровались?

— Ну, сказал «Здрасьте», — немного смутившись, признался Василий Иванович.

— А мне послышалось что-то вроде «кусок»... «кулок»...

— Да так, не помню. Может, «дружок»? Или «браток»?

У Василия Ивановича не было памяти даже на самые простые вещи.

Глава третья

1

Каждое утро Василия Ивановича надо было выводить гулять. Вообще-то он был не собака, чтобы ежедневно его выгуливать, но, во-первых, ему при его слабости полезны были прогулки, а во-вторых, Аньке при ее слабости они были просто-таки необходимы. Поскольку выгнать ее из дома на свежий воздух, оторвав от книжки или компьютерной игры, не представлялось возможным, родители взяли с нее слово, что после обзаведения васькой она будет ежедневно с ним гулять, и слово приходилось держать.

В Москве многие гуляли с васьками, это было удобно — можно было зайти в магазин и навьючить на них сумку, или, допустим, припахать ваську для мытья машины, или попросить его присмотреть за детьми, пока родители судачат друг с другом в сквере. Васьки были, конечно, неважными наблюдателями и сторожами, но им так не хотелось обратно в приют, что они старались изо всех сил. Да и вообще, мода на васек укоренялась, за них начали платить пособие, «Русойл» в порядке благотворительности выплачивал единовременную стипендию семьям, где было больше одного васьки (за машек платили даже больше, поскольку машки труднее поддавались перевоспитанию) — поэтому в скверике рядом с анькиным домом по утрам прогуливались не меньше пяти васек. Иногда случались инциденты — васьки дрались, но это случалось очень редко. Гораздо чаще они чинно здоровались, даже слегка раскланивались и тихо разговаривали между собой. Хозяева следили, чтобы васьки не подбирали еду с земли.

Иногда с ними заговаривали посторонние. Несколько раз Анька приметила одного и того же человека — невысокого, лысого, очень крепкого, с аккуратной рыжей бородкой и в очках. Он разговаривал с Василием Ивановичем подолгу и смотрел на него чрезвычайно уважительно.

— Вы с ним знакомы? — спросила Анька однажды.

— Нет, — поспешно сказал Василий Иванович, — он просто так приходит. У него в нашем приюте знакомый был. Ему интересно узнать, как там, вот и спрашивает.

— А вы знали этого его знакомого?

— Да не помню, — сказал Василий Иванович. — Я много кого знал. Он человек неплохой, ты не бойся.

Анька и не боялась, ей просто было непонятно, почему это с ее васькой разговаривает посторонний, да еще так уважительно. Она замечала, что лысый появляется не чаще раза в две недели и понемногу расспрашивает всех, но охотнее всего проводит время именно с Василием Ивановичем. Стоило Аньке подойти и прислушаться к разговору, лысый улыбался и нарочито громко спрашивал:

— Ну, а масла-то, масла сливочного дают?

— Дают, — кивал Василий Иванович с несколько искусственной басовитостью. — Обязательно, по утрам, а в выходные и по вечерам тоже.

— Ну, прекрасно. Я еще зайду.

— О чем вы говорили, Василий Иванович? — спрашивала Анька.

— Да он все про приютские условия хочет узнать.

— Так подъехал бы в приют и сам расспросил!

— Ну, может, времени у него нет — подъезжать, расспрашивать... — путался в оправданиях Василий Иванович.

— Василий Иванович, — сказала однажды Анька, — может, он хочет вас похитить?

Василий Иванович улыбнулся.

— Кому я нужен, Анечка? — спросил он, глядя на нее честными голубыми глазами.

— А тогда зачем?

— Я, знаешь, когда бродил — очень много выучил стихов, сказок, всяких прибауток... Он собиратель, так вот ему интересно.

— Собиратель? — Анька никогда не видела, чтобы собирали стихи и сказки.

— Да, специалист.

— Как Афанасьев?

— Вроде Афанасьева, да. Я же тебе рассказываю, вот и ему интересно.

— А откуда он знает?

— А он всех нас расспрашивает. Просто я побольше других помню.

И это было правдой. Сказок Василий Иванович знал великое множество, и именно за эти сказки Анька любила его больше всего. Можно даже сказать, что она без них уже не могла.

2

Это были очень странные сказки. Анька никогда не слышала ничего грустнее.

Он приходил по вечерам и робким, тихим голосом, но грамотными и словно давно сложенными фразами рассказывал бесконечную сагу об игрушках, которые остались в брошенном доме. Это была деревенская изба, из которой переехали хозяева. Им дали квартиру в городе. Дети забыли взять игрушки, потому что уже выросли, и игрушки жили в старом ящике. Когда хозяева съехали, плюшевый пес сумел отодвинуть крышку и выпустить остальных. Потом избу снесли, чтобы построить на этом месте новый квартал, и игрушки остались под дождем. Сначала они жили в картонной коробке, а потом наступила зима, в коробке стало холодно, и они пошли в город искать своих хозяев.

Анька старалась прятать зареванные глаза, чтобы родители не увидели и не подумали чего. Они обязательно устроили бы Василию Ивановичу серьезный втык за неправильные сказки. Их и так раздражало, что Анька плачет над книгами и жалеет даже бандитов, когда их убивают по телевизору. Им это казалось безволием, отсутствием нравственного стержня и много еще чем — отец в минуты гнева забывал, что ругает семиклассницу, и начинал употреблять всякие мудреные слова. Анька, впрочем, хорошо их понимала, поскольку прочитала много больше, чем полагалось по программе. Она знала, что родителям не нравится ее жалость, и самой ей, честно говоря, она тоже не слишком нравилась. Ей было даже противно, что в крайней ситуации на нее, наверное, совершенно нельзя положиться. Человек, который жалеет даже выброшенную тряпку, никогда не станет ни бойцом, ни строителем счастливого будущего. Счастливое будущее в изложении учебников представлялось царством такой кромешной скуки, что Анька и не рвалась в его строители. В счастливом будущем хорошо себя чувствовали бы только те ее одноклассники, которые с наслаждением давили весенних жуков во время субботников, а друг над другом издевались так глумливо и изобретательно, как издеваются только в очень скучных странах, во время самого безвыходного безвременья. Анька примерно представляла, почему так бывает.

Сага об игрушках тянулась почти полгода. У всех в ней были свои характеры, своя речь, и Василий Иванович никогда не забывал, о чем говорилось в предыдущей серии. На это у него почему-то память была отличная. Правда, в его сказках почти ничего хорошего не происходило. Игрушки все время от кого-то убегали. Их пыталась арестовать милиция, их хотели присвоить жадные дети, а наиболее прилично выглядящую куклу одна жестокая девочка даже взяла к себе, но выбросила, когда кукла отказалась играть в ее жестокие игры. Еще там был бобренок, добрый дух того самого дома, который теперь снесли. Этот бобренок хуже всего себя чувствовал во время скитаний, потому что его предназначение было — хранить очаг, а вне дома ему было очень страшно. Он все время просился в какой-нибудь дом и непременно принес бы этому дому счастье, но его никто не брал, потому что он был уже достаточно потертый. Наконец его взял какой-то мальчик, но бобренка выкинули родители. Тогда бобренок вернулся, потому что хотел отблагодарить мальчика, — но в доме в ту же ночь случился пожар. Бобренок уцелел, он не спал и успел сбежать, но дома у него теперь опять не было. Заодно дома лишился и мальчик, и бобренок обязательно спас бы его, но мальчик его не заметил. В общем, в этих сказках никто никого не находил, все со всеми умудрялись разминуться, и даже бывшие владельцы игрушек не узнали их, когда игрушки пришли наконец в их новый городской дом. Тут Анька засмеялась, потому что с самого начала ждала чего-то подобного. Когда слишком грустно — уже смешно.

— Это ты, Василий Иванович, пересолил, — сказала она. Как-никак ей было уже тринадцать лет, и она давно была с Василием Ивановичем на ты.

— Взрослая стала, — обиженно сказал Василий Иванович, но тут же улыбнулся.

— Я теперь сама так умею. Я сначала не понимала, как это у тебя так грустно получается, а теперь сама могу. Хочешь, я тебе завтра расскажу сказку про бедный мячик, которого все во время футбола пинали, а он всех любил, но никому не мог про это сказать?

— Хорошая ты девочка, Анечка, — сказал Василий Иванович, но в душе, кажется, все равно несколько обиделся.

После саги об игрушках было еще несколько таких же печальных историй, в которых главные герои всегда были беспомощны и никогда ничего не могли сделать с торжествующим, наглым, сознающим себя злом. Зло приходило и отбирало, что ему нравилось, и никто не мог остановить его, и даже само оно не лопалось, как бывает в некоторых историях, а только росло и пухло, как на дрожжах, наслаждаясь абсолютной безнаказанностью. Очень часто в этих сказках не было вовсе никакого зла, а только бесконечная грусть. Была история о мальчике, который побежал за разноцветной бабочкой и не вернулся, потому что бабочка увела его куда-то далеко-далеко, за каменную стену, а его мама все ждала его у калитки и горевала, и плакала: «Ты опять заигрался, ты опять забегался и забыл про меня». Потом мальчик шел и шел вдоль каменной стены, рос, старел и возвращался к матери пожилым, усталым человеком, а она укладывала его спать и пела над ним. Эта сказка добила Аньку окончательно. Это было грустней и страшней, чем все, что рассказывал Василий Иванович про игрушки.

— Ты сам это сочинил, Василий Иванович? — спросила она.

— Нет, где же мне так сочинить. Это старая сказка, ее один из наших написал.

— Тоже из ва... из ваших?

— Нет, он не ходил, — понял Василий Иванович. — Не ходил, нет. Наши разные бывают. Но язык знал замечательно, он один так умел писать нашим языком.

— А у вас другой язык? — Анька даже перестала хлюпать.

— Немножко другой. Почти как обычный, только слова чуть иначе стоят.

— Это как же?

— Ну, вот так: «Людей так много, что существовать необязательно — без того найдется кому сделать необходимое и достойное».

— Ну и ничего особенного.

— Это только кажется. Спи, я тебе завтра еще расскажу, — и Василий Иванович, не слушая никаких просьб и уговоров, отправился к себе на кухню, где долго еще скрипел и кряхтел на старой кровати.

С этого дня он начал читать Аньке стихи на своем языке. В стихах этих почти все слова были как обычные, но другой была, если можно так выразиться, сама мелодия языка: слова стояли не прямо, в ряд, а как бы слегка под углом друг к другу, образуя изломанную, но единственно естественную линию. «И когда легла дубрава на конце глухом села, мы сказали «Небу слава» и сожгли своих тела». Иногда это были довольно воинственные стихи, но и в них речь шла о поражении, о битве, в которой певец проиграл и теперь отпевал павших. «Чу, последний, догоняя, воин, дальнего вождя, крикнул: «Дам, о, князь, коня я — лишь беги от стрел дождя!». Все бегали от дождя стрел, спасались от противника, отпевали убитых — но о том, как воевали, не говорилось ни слова. «Это не наше», — коротко объяснял Василий Иванович.

— Откуда ты все эти стихи помнишь?

— Как же мне родной язык не помнить, — говорил Василий Иванович.

— Ну, скажи что-нибудь по-вашему!

— Подожди, будет время — скажу.

— Скажи: Анечка, девочка.

— Так ведь так и будет: Анечка, девочка. Слова все те же самые, только смысл иногда другой.

Этого Анька понять не могла и решила, что у Василия Ивановича в долгих скитаниях несколько, как говорили в школе, снесло крышу, — но древние песни ей нравились, а сказки у Василия Ивановича были лучше, чем у Афанасьева. Больше всего она любила историю про петушка и жерновцы. У старика со старухой был волшебный петушок, главная надежда семьи. Он пошел на небо поискать зерна (видимо, на земле его уж совсем не осталось), но вместо зерна нашел жерновцы.

— Что такое жерновцы, Василий Иванович? — спрашивала Анька.

— А это... ну, как бы... Завтра сделаем тебе, — пояснял он, и точно: на другой день по просьбе Василия Ивановича васька Леша с соседнего двора сделал ей деревянные жерновцы, такую меленку, которая вертелась, а от этого терлись друг о друга, перетирая в пыль невидимое зерно, две чурочки покрупней. Так вот, нашел петушок жерновцы, и для того, чтобы делать муку, не нуждались они ни в зерне, ни в ветре. Так и сыпалась сама собою мука, крутилась сама собой меленка, и была та меленка золотая, а сами жерновцы голубые. Ехал мимо злой барин немецкий, увидел жерновцы и отобрал. Почему барин был немецкий — Василий Иванович объяснить не мог.

— А в школе говорят, что всех иностранцев называли немцами, — сказала Анька.

— Нет, это ерунда. Немцы — это немцы. Ну, слушай.

Полетел за барином петушок, сел на барские ворота и кричит: «Барин, барин! Отдай мои жерновцы, золотые, голубые!». Барин приказал кинуть петушка в колодец. Петушок сказал: «Носик, носик, пей воду!» — видимо, к своему клювику ему тоже надо было обращаться отдельно, такой уж был петушок, всех упрашивал, даже собственному клювику не мог приказать. Клювик выпил воду, петушок — видимо, весь раздувшись, но об этом сказка умалчивала, — вспорхнул на барские ворота да как закричит: барин, барин, отдай мои жерновцы, золотые, голубые! Приказал барин бросить его в печку, а он там закричал: «Носик, носик, лей воду!». Вся вода и вылилась, и погасло пламя, и барин, убоявшись таковой мощи сообразительного петушка, отдал ему жерновцы — видимо, потому, что никаких других спасительных применений для носика ваські выдумать не могли. Петушок опять победил не силой, а кротостью. Правда, по логике васькинских сказок петушок обязан был вернуться на пепелище — скажем, за это время барские холопья пожгли избу, а деда с бабой пустили по миру, так они и ходят, и ищут своего петушка, а он вечно скитается, не в силах их найти, чтобы отдать жерновцы. Анька стала рассказывать Василию Ивановичу этот свой вариант продолжения в сквере, где они как раз гуляли с жерновцами, — и васька Леша, который все это слышал, усмехнулся:

— Что, Василий Иванович, а славно ты девочку выучил. Еще чуть — и...

— Ладно вам, Леша, — сказал низкий веселый голос откуда-то сзади; Анька обернулась — и увидела лысого, очкастого.

— Это кто же такие жерновцы сделал? — сказал он, оглядывая анькину игрушку.

— Это Леша, — тихо сказала Анька. — А кто вы? Я вас часто тут вижу.

— Это друг наш, это друг, — залопотал Василий Иванович, на глазах съежившись и почему-то испугавшись. Анька не понимала, с какой стати он боится лысого. Вид у лысого был самый мирный, и разговаривал он с васьками почтительно — совсем не так, как некоторые тетки в подъезде.

— Я вас тоже давно приметил, Аня, — сказал лысый. — Я вам в следующий раз принесу соколок. Знаете, что такое соколок?

— Да я сам сделаю, — закивал Леша.

— Не знаю, — честно сказала Анька.

— Напрасно, очень интересная вещь. Такое как бы яблочко на блюдечке, слышали об этом? Но яблочко не простое, вроде волчка — так по кругу и бегает, удивительные штуки показывает. Сейчас почти уж и перевелись мастера-то. Не у всякого показывает, не всякий и видит.

Леша понурился, словно он-то как раз был не из мастеров.

— А как вас зовут? — спросила Анька.

— Зовут меня Константин Гуров, — сказал лысый. — И если я вам когда-нибудь понадоблюсь, то вот, — он вытащил визитку с фамилией и телефоном, без указания должности или адреса.

— Вы фольклорист? — выговорила Анька, гордясь знакомством с трудным словом.

— Иногда и фольклорист. В общем, завтра же принесу соколок.

Гуров не появился ни назавтра, ни через неделю, но ближе к осени, когда Аньке предстояло идти уже в восьмой класс, вдруг возник ниоткуда, по своему обыкновению. Он извлек из потрепанного портфеля деревянное блюдце, а потом — деревянный шар.

— Что, Василий Иванович, — сказал он ваське, смотревшему на него робко и уважительно. — Запустим?

Дело в том, что Анька прогуливалась на этот раз не одна, то есть не только с Василием Ивановичем, но и с двумя подругами. Василий Иванович на них покосился, но Гуров все понял.

— А что ж, нам посторонние не помеха. Здравствуйте, девочки. Я анин приятель, правда, Аня?

Анька кивнула. Почему-то ей казалось, что Гуров человек неопасный.

— Вот и запустим соколок, пусть побегает да покажет чего, — сказал Гуров и ловко запустил шар по блюду. Василий Иванович внезапно подобрался и пристально уставился на шар, хотя Анька ничего особенного не видела — бегает и бегает одна деревяшка по другой. Гуров между тем смотрел на Василия Ивановича пристально и даже как-то сердито, словно ожидал услышать от него неприятное.

— Ну и что видим, Василий Иванович? — спросил он с несколько нарочитой бодростью, когда шар остановился.

— Ничего почти не видим, — одними губами ответил Василий Иванович. Девчонки прыснули, и Анька вместе с ними (за эту усмешку она долго корила себя потом — получалось, что она ненадолго предала Василия Ивановича).

— Ну, а все-таки? — не отставал Гуров.

— Уходить надо, — пролепетал Василий Иванович.

— Ну, ну. Так уж сразу.

— Не сразу, — сказал Василий Иванович. — А больше не спрашивайте меня.

Глава четвертая

1

Вскоре после того единственного запуска соколка в сквере около прудика началась война, а вместе с ней то самое лавинное осыпание жизни, с которого Анька почувствовала себя взрослой. Она даже перестала на какое-то время всех жалеть, потому что жалости больше не хватало.

Собственно, ни о какой войне разговоров не было. Сначала вдруг кончилась стабилизация, о которой все время говорили по телевизору. Прекратилась она в одночасье, когда открыли флогистон. До этого стабилизация была такая, что в страну стали возвращаться почти все уехавшие из нее. Их было много, и все они раскаялись и вернулись. Пускали охотно — на радостях-то почему не пустить? Цена на нефть была такая высокая, что процветание казалось бесконечным. Государство даже начало немного заниматься благотворительностью. Больше всего народу возвращалось из Каганата. Некоторые из вернувшихся каялись по телевизору. Лица у них были при этом подозрительно веселые. Анька догадывалась, что на самом деле они не очень-то раскаиваются. Когда она сама за что-нибудь просила прощения у родителей, у нее никогда не было такого хорошего настроения.

Вероятно, они о чем-то догадывались. Потому что ехали в страну, где их не очень любили и даже устраивали против них демонстрации по случаю дня народного единства или в другие праздники. И когда начался флогистон, а вскоре после него и война, эти раскаявшиеся возвращенцы оказались тем самым десантом, с которого начались боевые действия.

Кое-какие ЖД, или ультралиберальные силы, оставались еще и в России. Они ждали только, когда начнется флогистон. Потом говорили, что они знали о нем заранее, потому что именно ЖД и изобрели этот отвратительный миф. В школе всегда учили, что флогистона не бывает, как нету в природе и апейрона; химичка подробно объяснила, что флогистон — вражеская выдумка, что формула его содержит множество ошибок и что никаких универсальных горючих веществ, которые могли бы заменить нефть, нет в природе. Это враги России запустили слух про то, что флогистон есть везде, кроме России. В Африке, например, флогистона тоже почти нет, и в Австралии его мало, а в Гренландии он не обнаружен совсем, — но враги России как-то так умудрились поставить дело, что на выдуманном газе работала вся мировая промышленность. Можно было бы проводить флогистон из-за границы, но это оказалось очень дорого. Правда, он был не особенно нужен, потому что ездить машины могли и на нефти, — но теперь эту нефть нельзя было продавать, а больше в России ничего толком не умели. Скоро появились нефтяные продукты, стали закрываться предприятия, отец боялся потерять работу и ходил мрачнее тучи, но вовремя успел перепрыгнуть из своей газеты в «Русойл». Там он теперь писал рекламные тексты про нефтяную колбасу и нефтяное масло, продуктов ему на пробу давали достаточно, и их даже можно было есть, хотя живот потом болел страшно. Василий Иванович окончательно затих, не рассказывал сказок и всем своим видом старался показать, что страшно благодарен за корм и крышу: в семье и так денег нет, а тут еще ваську держать... Васек сдавали в васятники целыми партиями, и скоро государство не могло прокормить приюты: их закрывали, васек распускали, и они опять начинали ходить. К соседке Нелли Александровне зашел васька Леша — оборванный и вонючий; их васятник закрыли, обратно он не просился, потому что у Нелли Александровны была больная старая мать, и им самим есть было нечего. Он зашел просто попрощаться и сделать на прощание деревянный сувенир — два бородача на качелях. Почему-то почти все васьки любили этот сувенир и часто оставляли его хозяевам. Васьки утверждали, что он приносит счастье.

В октябре, когда все уже летело в тартарары, неожиданно появился Гуров. Анька гуляла одна, без Василия Ивановича, потому что его молчаливое и всегда грустное присутствие бывало ей теперь в тягость. Он хорошо это понимал и не мешал ей гулять в одиночестве. Анька шла по сухим листьям, шуршала ими и думала о том, что до снега осталось совсем немного. Гуров вышел к ней из-за ближайшего дерева. Он был строг и непривычно серьезен.

— Я хочу вас поблагодарить, Аня, — сказал он вместо «здравствуйте».

— За что? — спросила Анька. Ей было неловко называть взрослого человека вот так, без отчества, Константином.

— Вы очень хорошо относитесь к Василию Ивановичу. Знайте, это только благодаря вам ваши родители до сих пор не вернули его в приют.

— Они не собираются никуда его возвращать! — обиделась Анька за родителей.

— Я знаю. Но если бы не вы, обязательно собрались бы. Я хочу вас также поблагодарить за то, что вы взяли именно его. Я тогда обратил на вас самое серьезное внимание.

— Вас же там не было! — не поверила Анька.

— Там — не было, но в том приюте я бывал часто. И для меня очень важно, что Василий Иванович у хороших людей.

— Вы его сын?! — догадалась Анька. Василию Ивановичу было за пятьдесят, Гурову за тридцать, хоть и лысый, так что они вполне могли...

— Хорошо придумываете, Аня, — одобрил Гуров. — Нет, не сын, мы вообще не родственники. Василий Иванович, как вы понимаете, человек не простой. Он замечательный сказитель, и мне его судьба не безразлична.

— Но тогда... тогда почему... — начала Анька и осеклась.

— Почему я не взял его сам? — спокойно спросил Гуров. — Вы ведь это хотели сказать? Потому что я, видите ли, почти не живу дома. Много разъездов, работа такая. А постоянно таскать его с собой — выше моих сил. Вы, наверное, заметили, что он совершенно беспомощен в быту. Оставить его одного в квартире — значит почти наверняка убить.

— У него этот синдром... в самой крайней стадии? — испугалась Анька.

— Я бы сказал, в самой высшей. Но не в синдроме дело. Забудьте про синдром. То, что с ним, — это не болезнь. Это особый склад характера, не более. И я рад, что вы с ним подружились. Теперь слушайте меня внимательно. Именно в этом человеке может оказаться спасение и для вас, и для всей вашей семьи.

Анька испугалась, и было отчего. Они были одни с Гуровым в скверике, где уже болезненно краснел холодный закат и быстро темнело.

— Наступают плохие времена, Аня, очень плохие. Вы сами это понимаете, и я хочу, чтобы у вас не было иллюзий. Страна при нынешнем правительстве никак не выдержит кризиса, а кризис будет обязательно, и кончится дело войной. Мы сейчас никому особо не нужны, кроме одного нашего давнего врага, и враг этот обязательно воспользуется моментом. Поэтому война будет, что бы вам ни говорили в школе. Это будет не совсем обычная война. Ее никто не будет так называть. Но имейте в виду, все по-настоящему. И убивать будут, и врагов везде искать. Вам будет очень трудно сберечь Василия Ивановича. Может случиться всякое. Я не все время в Москве, говорю вам, поэтому от вас зависит очень многое. Пожалуйста, если что-то заметите, звоните сразу. Или мне, или вот, — он протянул ей клочок бумаги с телефоном и адресом. Анька мельком взглянула на адрес: Сиреневый бульвар.

— Да ведь мы там были, — еле выговорила она.

— Я знаю. Там живут верные люди, они помогут в случае чего. Берегите Василия Ивановича, Аня. Это очень важный человек. Мы с вами гадаем, а он все знает, только не обо всем говорит.

— А... чем все кончится?

— Да ничем, как обычно, — сказал Гуров и вдруг улыбнулся. — Вы же знаете, тут при всяком ужесточении бывает большая война. Или небольшая, неважно. Два народа всегда дерутся за эту землю. Я не стану вам сейчас забивать голову всей этой ерундой. Моя задача одна: чтобы в этой войне погибло как можно меньше коренного населения. У меня, собственно, всегда такая задача. Василий Иванович — из самых главных представителей этого населения. Пусть вас не удивляет, что он васька. Васьки — непростые люди.

— Я поняла, — кивнула Анька.

— Я понял, что вы поняли. Кстати, откуда родом ваши родители?

— Папа из Москвы, мама из Саратова. А что?

— Ничего, неважно. Вы каких-то хороших корней. Аболок на потолок, косолоток на позолоток?

— Чего? — испугалась Анька.

— Ничего, присловье такое. Я же фольклорист. В общем, я очень прошу вас беречь Василия Ивановича, что бы ни случилось. Ладно?

Анька кивнула.

— Слово даю.

— Я и так верю, — и Гуров, отступив за деревья, исчез, словно его и не было. Анька побежала домой.

А потом начались столкновения в центре, демонстрации, драки и самая настоящая война, которая шла не в Москве, а почему-то все больше на окраинах. Все московские ЖД стремительно бежали из столицы в ночь накануне войны — это у них было очень хорошо придумано, потому что в Москве была армия и милиция, здесь они еще кого-то слушались, а в остальной России, как оказалось, ни армии, ни милиции толком нет. Все только качали нефть, а когда она закончилась, остались без дела и без денег. Москва стойко удерживалась правительственными войсками, а насчет остальной страны никто ничего не знал. Целые банды ЖД свободно хозяйничали почти по всем южным губерниям, где было тепло, и по северным, где была нефть; ЖД захватывали целые деревни, как сообщали радиоголоса, но в Москве стояли хорошие глушилки, и слушать радиоголоса было почти невозможно. Анькин отец рассказывал ужасы. Получалось, что ЖД морят захваченные деревни голодом. К войне подключилась Украина, но ЖД попросили ее не лезть. Это рассказала мать со слов какой-то коллеги. Вероятно, они были настолько уверены в победе, что не хотели ни с кем делиться.

Из каганата поступали огромные средства. С нашей стороны воевать толком никто не умел. Москва была настолько отрезана от страны, что сведения с остальных территорий поступали противоречивые и смутные. Бабушка из Саратова писала, что ЖД дважды входили в город, но их выбивали. Еще появились какие-то партизаны. Они все время взрывали железные дороги — думали, наверное, что если их взорвать, ЖД не доберутся до Москвы. Впрочем, на чьей стороне они действовали — никто не знал. Наверное, им просто нравилось взрывать дороги.

2

После голодной и холодной зимы, когда даже школа работала не каждый день, потому что учителям опять перестали платить, как в конце прошлого века, в эпоху дестабилизации, — родители впервые заговорили о том, чтобы сдать Василия Ивановича в приют. Анька подслушала этот разговор и ворвалась в родительскую комнату с криком и слезами. На этот раз обошлось, но не было никакой гарантии, что они не вернутся к этому разговору.

Анька превратилась к концу девятого класса в высокую, стройную и симпатичную девушку, только лицо у нее было нервное и тревожное. Она почти не плакала теперь, но все время боялась. Телевизор она старалась не смотреть — по нему не говорили ничего ужасного, но уровень показываемого стал таков, что ужасное стало очевидно без всяких сводок. Страна больше не принадлежала себе. Ни федералы, ни ЖД не знали, какая часть страны у них в руках. В Москве кое-что еще было, а в Саратове уже почти ничего. В программе «Время» показывали какие-то репортажи с посевной, но они были старые, явно прошлогодние — Анька их помнила, у нее была фотографическая память.

Гуров объявился к началу июня. Он похудел, сбрил бороду и уже не улыбался. На этот раз он не стал подкарауливать Аньку в скверике, а заявился прямо домой: где только адрес взял, неужели в приюте дали?

— Здравствуйте, Игорь Викторович, здравствуйте, Марина Андреевна, — поздоровался он с Анькиными родителями. — Можно позвать Василия Ивановича? Разговор и его касается.

— С кем имею честь? — напряженно спросил отец.

— Гуров Константин Антонович, инспектор генерального штаба, — Гуров показал красную книжечку с орлом. Вот какой он был, оказывается, фольклорист.

— Чем обязаны? — так же напряженно спросил отец.

— Прежде всего я очень вас прошу никому не рассказывать об этом визите, — сказал Гуров. — Я существенно нарушаю должностные полномочия, навещая вас тут. Но ничего не поделаешь, ситуация критическая. На следующей неделе в стране будет введен план «Антициклон». Начинается масштабная зачистка. Всех так называемых васек отловят, вывезут из города и... — Гуров сглотнул. — И, по моим сведениям, уничтожат.

Все оглянулись на Василия Ивановича. Он был очень бледен, но спокоен.

— Я не думаю, что вы сможете спрятать Василия Ивановича, и не уверен, что захотите этого. Я могу забрать его сейчас и приехал именно за этим. Если вы к нему привязались, простите меня.

— Я знал, — тихо сказал Василий Иванович.

— Давно знали? — вскинулся Гуров.

— Соколок, — ответил Василий Иванович.

— И молчали?! — укоризненно спросил Гуров.

— Что говорить, коли ничего не сделаешь. Я не поеду с вами, Константин Антонович.

— Почему?!

— Я знаю, куда мне надо. Я в Алабино пойду.

— В Алабине опасно, Василий Иванович.

— Давно там не опасно, врут все. Наших много там.

— Но почему? В конце концов, я собираюсь в Дегунино в июле, я там бываю часто...

— Вы меня не трогайте, других спасайте. О них-то никто не позаботится, а обо мне есть кому.

— Василий Иванович, поймите, — Гуров даже прижал к груди короткие ручки. Ни на Аньку, ни на анькиных родителей он не обращал теперь ни малейшего внимания. — Поймите, что вами рисковать невозможно, таких, как вы, у нас раз и обчелся...

— Мне ничего не будет, — сказал Василий Иванович с непривычной твердостью. — Мне они никогда ничего не сделают. А вам надо остальными заняться. Я все равно с вами не поеду, потому что есть еще неделя. Я за эту неделю три-четыре города успею обойти, всем скажу.

— Я уже работаю, люди предупреждены...

— Всех-то вы не предупредите. Да не все вас и послушают. А меня послушают, я как-никак им свой брат. Пойду, скажу. Я и чувствовал, что пора, но думал — может, мерещится... Вы же знаете, у меня с решениями трудно...

— Знаю.

— Но одно мое решение твердо, — сказал Василий Иванович. — Мной не занимайтесь, другими занимайтесь. Благословение мое вам на это, а чтобы со мной возиться — нет вам моего благословения. Спасибо, что предупредили, Константин Антоныч. Не забуду.

— Я и не ждал от вас другого, — после паузы сказал Гуров. — Не было такого, чтобы человек вашего склада позаботился о себе.

— Было, — горько сказал Василий Иванович. — Всяко было, но больше не будет.

— Василий Иванович, — с тоской проговорил Гуров. — Вы же беспомощны, простите меня...

— В чем беспомощен, а в чем и нет. Ходить — много ума не надо. Двадцать лет ходил, еще похожу. Поезжайте, Константин Антонович, у вас дел много. Я о себе позабочусь.

Гуров рассеянно оглядел Аньку и родителей Василия Ивановича, словно не понимая, зачем они тут и что делают, и стремительно вышел.

Некоторое время все в оцепенении молчали.

— Пойду я собираться, — сказал Василий Иванович. Он был по-прежнему бледен, но руки у него не дрожали, голос тоже, он даже как-то выпрямился.

— Никуда ты не пойдешь, Василий Иванович, — твердо сказала Анька. — У нас есть куда тебя спрятать.

— Меня-то ты спрячешь, а остальным кто скажет?

— Можно, наверное, написать им или позвонить, — не сдавалась Анька.

— Да, по мобильному. У каждого васьки мобильник, — усмехнулся Василий Иванович. — Нет, Анечка, тут надо по-старому. Своими ногами, своим голосом. Полетел соколок, не догонишь. Завтра соберусь, послезавтра уйду.

— Подождите, Василий Иванович, — сказал отец. — Что за глупости? Что за уничтожение, какой-то человек из геншатаба, темные слухи... Неужели вы верите, что кого-то будут... уничтожать?

— Что ж не верить, — сказал Василий Иванович. — Прокормить не могут, так уж конечно, уничтожать. Варяги — они как? Они народ жалостливый. Они, если прокормить не могут, всегда убивают. Сказки наши любят. Слезливый народ. А когда жрать нечего — так и убьют, опять же из жалости.

— Варяги? — переспросила мать.

— Ну, русы, — объяснил Василий Иванович. — Да как хотите назовите. Ладно, спасибо вам за все. Пойду я собираться.

И отправился на кухню, где под старой анькиной кроватью все эти два года лежал в неизменной готовности его синий рюкзачок.

3

Следующая ночь была дождливая, сырая и холодная. Анька рано легла спать, сославшись на головную боль. Василий Иванович с ней попрощался и сказал, что уйдет ближе к утру, когда на улицах не останется даже случайных прохожих, да и милиция расползется греться. Кажется, он все понял, поэтому прощался с Анькой тихо и сдержанно, словно понарошку.

— Как так можно? — шепотом стонала мать. — Ребенок успел привязаться к нему, это же больше, чем собаку потерять...

— Он вернется, все это глупости, — повторял отец. — Какая зачистка, какое уничтожение? Я бы знал... Лично мне этот Гуров не внушает никакого доверия.

— А генштаб?!

— Мало ли подделок. Я тебе за час три таких наклепаю. Ты скажи, ты Василию Ивановичу с собой еды положила?

— Положила... Бутерброды там, термос я ему отдала...

— Зачем ему термос?! — взвился отец. — Ты бы лучше яблок там, хоть витамин какой-то...

Анька лежала под одеялом, не раздеваясь. Не то чтобы она боялась заснуть, но просто вылезать из-под теплого одеяла ночью неприятно. Лучше уж в одежде. Она никогда еще не выходила из дома по ночам. Все-таки ей было всего четырнадцать.

— Ну, вы ложитесь. Мне так спокойнее будет, — сказал Василий Иванович.

Отец и мать ушли к себе. Анька знала, что они не спят, но к трем часам ночи, надеялась она, заснут. До трех она читала под одеялом при помощи фонарика. Книжка была дурацкая, приключенческая, — этим она никогда не увлекалась. В четверть четвертого послышались шаги в коридоре. Василий Иванович встал и тихо пошел к дверям. Вскоре щелкнул замок — это Василий Иванович закрыл за собой дверь. Анька мысленно сосчитала до двадцати, вскочила, подхватила школьную сумку, куда с вечера сложила все необходимое, и выскользнула за ним.

Она догнала его уже в подъезде. Шел дождь, размывая классики во дворе. Василий Иванович стоял у подъезда — то ли ждал ее, то ли не знал, куда пойти. Все-таки отвык скитаться за два года.

— Что ж ты, Василий Иванович? — тихо сказала Анька, тронув его за плечо. — Или думал, что я тебя одного отпущу? После всех твоих сказок-то?

— Анька! — залепетал Василий Иванович. — Живо домой, я кому говорю!

— Мне, мне говоришь. Пошли, что ли?

— Вот хитрая какая! — зашептал Василий Иванович. — Ты думала, я всех перебужу дома, да? Потому и дождалась, пока выйду?

— Умный ты, Василий Иванович, — уважительно сказала Анька. — Но я тоже, видишь, не совсем деревянная.

— Ну, попрощались, и хорошо. У меня сердце болело, что не попрощаемся. Иди давай, видишь — дождь сыплет?

— У меня зонтик есть, — сказала Анька, только сейчас вспомнив о зонтике. Все-таки ей было очень тяжело уходить из дома, и она только сейчас поняла, что уходит отсюда в последний раз. Ну, пусть не в последний, но в любом случае надолго.

Она раскрыла зонт. Василий Иванович попытался перехватить его, чтобы держать над ней и над собою, но рукоятка выскользнула у него из руки, и зонт ветром понесло по двору. Анька еле догнала его.

— Вот видишь, — сказала она, запыхавшись. — Куда тебя одного отпускать, такого-то? Я до Алабина твоего тебя довезу, а там и вернусь. Нельзя же, чтобы тебя ловили, как бродягу. Понимаешь? А когда ты со мной, ты не бродяга, ты как бы меня сопровождаешь к родне в Саратов. Нормально? У меня и адрес тамошней бабушки записан, я у нее гостила однажды.

— Вот хитрая, — повторял Василий Иванович, и его мокрое лицо умильно морщилось. — Все придумала, все рассчитала... Что ж ты храбрая такая, Аня? Ты же знать не знаешь, какое оно — Алабино.

— Я тебя зато знаю, — просто сказала Анька. — Пошли, Василий Иванович. У нас тут недалеко от дома станция, сам знаешь. Электричка ходит. Первая будет в пять. Где Алабино твое?

— Под Белгородом, — прошептал Василий Иванович.

— Вот и хорошо. У нас тут направление как раз южное. Электричками поедем, так безопаснее. Я и денег взяла.

— Ах ты! — умилился Василий Иванович, но тут же посуровел. — Твои же решат, что я взял.

— Не решат, — сказала Анька. — Я записку оставила. Ну, скорей, а то вдруг они проснутся.

4

В электричке Анька задремала. Народу в ней почти не было, только хмурый парень напротив исподлобья смотрел на нее. Василий Иванович явно очень боялся этого парня и отчего-то все время поджимал ноги, пряча их под скамейку.

Анька не понимала, почему парень так зол и почему Василий Иванович его боится. Это был обычный пьяный парень. Ну, не выспался, возвращается из каких-то гостей... Сиплый голос машиниста сказал, что поезд проследует до Тулы со всеми остановками, кроме Силикатной и Покровского. Анька свернулась калачиком и впервые за ночь провалилась в сон.

Проснулась она от того, что на нее кто-то навалился и, сопя, пытался раздвинуть ей ноги. Со сна она не соображала, чего хочет от нее парень напротив, который теперь сопел ей в лицо чесночным духом и лез то под свитер, то в штаны.

— Ааааа! — заорала Анька. — Спасите!

Вся надежда была на Василия Ивановича, но на Василия Ивановича в таких делах, прямо скажем, надежда была плохая. Он топтался рядом, воздевая руки к небу, и причитал: «Ах! Горе-то какое! Ах, Господи, что делается! Анечка! Анечка, что делать-то!».

— Кнопку! — заорала Анька. — Кнопку нажми!

Она знала, что в электричках бывает экстренная связь с машинистом, но знала и то, что от этой связи нет никакого толку, не бросится же машинист в вагон, оставив управление поездом; а бригад милиции в поездах давно не было — все были брошены на отлов ЖД в Москве, в которой никаких ЖД давно уже не было, да и кавказцы как-то вдруг исчезли, словно тоже решили поучаствовать в войне.

— Ааа! — орала Анька, и никогда в жизни ей не было так страшно. Холод наполнял ее, холод и ужас, от которого руки и ноги отказывались повиноваться. Парень был тяжелый, навалился на нее всем телом, грязным губастым ртом залеплял ее рот, и она содрогалась от страха и гадливости. Она плохо себе представляла, что будет, но понимала, что сейчас это будет, и будет неотвратимо, потому что помочь некому. Ночью в электричках всегда некому помочь.

— Ааа! — так же визгливо, по-заячьи, кричал со слезами в голосе Василий Иванович. — Анечка, детонька, что делается!

Он пытался хватать парня за руки, за скользкий плащ, — но тот ногой отшвырнул Василия Ивановича, и несчастный васька, пролетев полвагона, рухнул в проход.

Аньку спасло только то, что на остановке в вагон вошел рослый мужчина средних лет. Он быстро понял, что происходит, — часто, наверное, ездил в электричках, — подбежал к парню, схватил его за шиворот, поднял и без церемоний врезал в челюсть. Парень повалился, но тут же вскочил; новый пассажир встретил его ударом в нос. Парень понял, что дело нешуточное, и побежал; новый пассажир погнался было за ним, но оглянулся — и понял, что помочь Аньке сейчас важней, чем настигать несостоявшегося насильника.

— Цела? — спросил он.

— Цела, — дрожащим голосом ответила Анька, кое-как прикрываясь растерзанным свитером.

— Что ж ты одна в поезде в такое время? — укоризненно сказал пассажир.

— Я не одна, — сказала Анька. — Я с дедушкой.

— Дедушка... Много толку от твоего дедушки! — сказал пассажир, вынимая термос. — На, глотни. Вставай, дедушка. Сам-то цел?

— Я-то цел, — пролепетал Василий Иванович.

— Василий Иванович, — сказала Анька, все еще дрожа. — Выйдем в тамбур...

Васька поплелся за ней. Светало. Рассвет был дождливый, мутный и серый. За окном тянулись сизые капустные поля.

— Что ж ты так, Василий Иванович? — сказала Анька.

Она впервые разговаривала со своим васькой так резко.

— Анечка, — залепетал он, — я потому и хотел один... Одному мне не страшно, а с тобой что хочешь сделают... Что же я могу, Анечка? Я не умею этого, Анечка...

— Это что же, — догадалась она, — мне от тебя никакой защиты, так? Это, значит, мне тебя защищать?

— Зачем защищать, Анечка, — лопотал он, — мне-то что сделается...

— Эх, Василий Иванович, — сказала Анька со взрослой горечью в голосе. — Трудно нам с тобой будет, милый друг.

— Трудно, трудно, — закивал Василий Иванович. — Возвращайся, Анечка...

— Да куда уж теперь, — сказала Анька и пошла обратно в вагон — благодарить нового пассажира и пить кофе из его термоса. Она, впрочем, не забывала оглядываться на тамбур, чтобы Василий Иванович не сбежал.

Он и не думал бежать. Он стоял, прижавшись лбом к холодному стеклу, и беззвучно шевелил губами. Анька ничего не слышала. Она пила кофе из жестяной крышки и со стыдом чувствовала, что не может унять дрожи. Только сейчас ей стало по-настоящему страшно.

— Не одна в поле дороженька,
Не одна колокольная,—

тихонько мычал Василий Иванович, обливаясь слезами.

— Не одна в поле дороженька,
Не одна подневольная.
Не одна в поле дороженька,
Не одна баламутная.
Не одна в поле дороженька,
Не одна бесприютная...

Ну вот, все и поехали. Чух-чух-чух.

Не одна в поле дороженька,
Не одна беспечальная.
Не одна в поле дороженька,
Не одна безначальная.
Не одна в поле дороженька,
Не одна бессердечная.
Не одна в поле дороженька,
Не одна бесконечная.

Конец первой книги

Интерлюдия

— Что же спеть тебе? — говорил как бы в задумчивости как бы слепой как бы старец с бандурой в руках. Он сидел на лавке в избе подполковника Лавкина, офицера, блин, ух, какого офицера! Такой офицер. В первый год войны, когда еще стреляли по-настоящему, Лавкин лично расколол на допросах до пятидесяти ЖДов. Сам он был собою контрразведчик. В нем было даже немножко варяжского духу, то есть стрельбе по своим он все еще предпочитал стрельбу по чужим. Были ведь когда-то времена, когда варяги не угнетали, а кочевали и убивали. Годы угнетения несчастного захваченного племени испортили варяжство, как портит это занятие любого приличного человека. Одно дело — завоевать, другое — удерживать. Какими-то своими флюидами их растлил несчастный покорный народ — как рядом с трупом, говорят, охватывает иногда живого странный сон, вялость, нежелание шевелиться. Так русалка сманивает руса — иди, мол, ко мне: спокойно... прохла-а-адно... Что-то в них стало не то.

— Про войну спой, — небрежно заказал Лавкин. Он сидел напротив старца и по-варяжски глодал кость — надо ж беречь хоть какие-то воинские традиции. С утра приказал сварить козу и вот глодал. В боевых действиях настало затишье. Да оно, в сущности, уже два года длилось. Противники бегали друг от друга, иногда захватывая лазутчиков и всласть на них оттягиваясь — пытая, подвешивая на крюк; в остальном давно перешли каждый к излюбленным занятиям. Варяги расстреливали своих, хазары колонизовали местных, — ни те, ни другие в этом не преуспели. Расстреливать всех бессмысленно, а колонизовать, как знало варяжство по долгому опыту, бесполезно.

— Что же спеть тебе про войну? — как бы в задумчивости как бы спрашивал как бы слепец, а на деле зоркими глазами из-под мохнатых бровей постреливал по углам избы. — Или про Анику-воина, или про Добрыню-воина, или про Иулиуса Кесаря, тоже воина, или же про вавилонянина Мардохея-воина, по древним вавилонским писаниям?

— Про Мардохея давай, — ковыряя желтым ногтем в зубах, откликнулся атаман Батуга, угощавшийся козою в лавкинской избе. Он дружил с контрразведчиком, в контрразведчике был хоть какой-то дух.

— Ой, трудно, трудно, — говорил бандурист, перебирая струны. — Древняя то песня, и не всю я ее припомню.

— Ништо, валяй, — рыгнув, разрешил Батуга. Он знал, что истинный воин любит послушать музыку, в особенности народную.

— Как во городе то было Вавилоне, — начал старец раздумчивым речитативом. — Во граде Вавилоне, да. Вот, песня Мардохея-воина. Пошел я войной на супротивников, на злых слуг Аштарота, да. На них я пошел войной, и грохотали мои колесницы, да. Всех же моих колесниц было двадцать десятков и одна.

— Много, — ухмыльнулся Батуга.

— Двадцать десятков было их и одна,—

уже не слушая, продолжал слепец. Он нащупал наконец мотив, поначалу подозрительно похожий на «Подмосковные вечера», но с каждой спетою строчкой от них отдалявшийся. Это было нечто странное, ни на что не похожее, лишенное гармонии, но звонкое, боевитое.

— В первой сам я воссѣдал, имѣя шлем на мне,
Шлем имея золотой, с изображением причудливых вещей,
Называть которые и перечислять было бы долго.
В руке имел я копье весом три меры веса,

Длина его была пять мер длины и еще другую меру длины,
В другой щит шириною шесть мер ширины,
Такой щит, что за ним могло бы защититься много народу, да,
Потому что царь подобен множеству, да!
И я ехал, ехал, и колесница моя была как бы сноп,
Сноп как бы лучей, упавших от солнца на воду
И от воды упавших назад на солнце, да!
Как просо, были мои воины, как пятнадцать и одна сотня
    горстей,
И всеми ими руководил я, и в каждом был я,
Сердце я имел коровы, воинственной коровы, да!
Хитрость ящерицы я имел и много голубиных желудков,
Внушающих проглотившему стойкость, да, твердость, да!
Мясо мое было мясо льва, мускул мой был мускул коня,
Зубов я имел до нескольких тысяч и каждым кусался я!
Автор имеет в виду ножи своих воинов, да!
И я ехал, ехал, и мы громыхали, в натянутые шкуры мы били,
    ага!
Били, били, земля дрожала, копыта стучали, ну! ты
    представляешь! Вообще.

— Чего-то долго едет, — сказал Лавкин. — Пусть бы уже дрался.

— И тут нас увидели враги, слуги Аштарота, дети червей,
Склизкие клубки змей, пивная слизь, мешки потрохов,
И от вида моего их ноги стали как ноги дев,
И от дрожи земли их руки стали как огурцы,
И как плети пивного хмеля стали их мускулы, да,
И как жгуты волос стали их жилы, да,
И как дрожь листвы стали их души, да,
А я все ехал и грохотал, ехал и грохотал.
Ты, поклонник Аштарота, жалкий жрец Манамуна, убогий
    слуга Бататута, да!
Думал, ты будешь рулить, а я буду сосать, да?
Нет, не я, не я буду сосать, воинственный я муж,
А ты, ты будешь сосать по моему хотению, да!
Еще чего думал, я буду сосать, а ты рулить!

Никогда так не будет, чтобы ты рулил, а я сосал.
Так будет, чтобы я рулил, а сосал ты, ты,
Я буду рулить, а ты будешь сосать,
А то выдумал еще — каждый такой будет рулить, а мы сосать,
Мы сосать не имеем охоты, воины мы,
Имеем мы охоту рулить, а сосать не мы,
Не мы будем сосать, но ты, ты будешь сосать!

— Ишь, — обрадованно сказал Батуга. — Все как у нас.

— И он понял, что будет, будет сосать,
И повернул свои колесницы, и пошел обратно,
В смрадные норы свои пошли они, а я настигал,
Двадцать колесниц и одна ехали как одна,
И в одной сидел я, и колебал копьем,
И доехал до жреца Манамуна, и заколебал,
Совершенно его заколебал, веришь, нет?
И отрубил ему руки, как отрубают початок, да,
И отрубил ему ноги, как отрубают капусту, да,
И отрубил ему уши, как отрубают уши, когда хотят
        отрубить уши, да!
И бросил псам его уши, как бросают уши псам,
И отрубил ему зубы, как отрубают еще что-нибудь,
И то отрубил, чем он думал рулить, а я чтобы сосал,
И вложил ему вместо зубов, чтобы сам сосал,
И сказал ему: «Вот, да! Видишь, что такое война!
Война — дело молодых, лекарство против морщин,
Хорошее времяпрепровождение для того,
        кому делать нечего, ну!»

Глаза старца, как бы незрячие, перестали хаотически перебегать с предмета на предмет и осмысленно уставились на
Батугу, а потом на Лавкина.

— И мы взяли всех их дев и сделали их женами, да,
И взяли всех их жен и сделали рабынями, да,
И сделали всех их рабынь и сделали котлетами, нет,
Потом передумали и тоже сделали рабынями, да!
И мы взяли всех их воинов и сделали наложниками, да,

Потом передумали и сделали наложницами, да,
Потом передумали и сделали гладиаторами, ну,
Потом надоело и сделали дворниками, слышь,
Потом взяли дворников, скормили их собакам, а то,
Потом взяли собак и трахнули в задницу, эге,
И трахнули кошек, и трахнули овец, ну,
И всех тараканов отымели в их владениях, веришь, нет?!
А потом передавили, потому что остановиться не могли,
И собак передавили, и кошек, и наложниц, вообще,
Всех передавили, а кого не успели, скормили ежам,
А потом ежей передавили слонами, потому что иначе никак,
Потом передавили слонов, потому что достали трубить,
Конь лучше слона, лучше, лучше слона!
Но и коней передавили, потому что война такая вещь,
Пока всех не передавишь, не можешь остановиться никак!
Сначала трахаешь, потом давишь, все дела!
Пусть знают все вокруг, какой есть славный город Вавилон!

Старец пел все более грозно. Когда дело дошло до перетраханных собак, по спине Лавкина пробежал священный озноб. Он вспомнил, что такое война, и проклял себя за многодневное сиденье в тупой крестьянской избе, где он для чего-то мучил уже пойманных людей. Сам дух войны пел перед ним, живой, свежий дух варварства.

— Вот что такое город Вавилон, а не то что говорят!
Не то что какой-нибудь другой, про который не говорят!
Город Вавилон когда кого-нибудь идет воевать,
То живой души не останется, трахнут всех,
И овец, и тараканов, и себя, и весь город Вавилон!
Кровью перемажемся и так прыгаем, да!
А вы не Вавилон и вообще непонятно кто,
Вы так себе воины, и мне, грозному духу войны,
Стыдно смотреть на вас, стыдно трахать вас, стыдно давить!

Старец выпрямился и отшвырнул бандуру.

— Да, я грозный дух войны, Мардухей и сколько нас еще,
И я гляжу тут на вас и стыжусь, какое вы фуфло!

Нету в вас силы духа, нету в вас силы брюха, нет у вас зубов,
Вы не можете ни рулить, ни сосать, а только жрать козу!
Полное вырождение, распад сознания, не знаю что,
Ухожу от вас на фиг, воюйте сами, большой привет!

Он с негодованием топнул ногой и растаял в воздухе.

— Черт-те что, — после долгой паузы выговорил атаман Батуга, пытаясь успокоить себя звуком собственного сиплого голоса. — Что за ерунду он тут нес? Прямо сорок бочек арестантов, а не старик.

— Нет, он дело говорил, — мрачно сказал Лавкин, отшвыривая кость. — Ни хрена это не война, Батуга. Он настоящий дух войны, он понимает.

— А куда он делся-то? — испуганно спросил атаман.

— Не знаю, — сказал Лавкин. — А какая разница? Куда вообще все делось?

Глава первая. Bella ciao

1

— А деревня та большая-большая. В середине ее столб, на столбе лик прибит, кто на тот лик посмотрит — там и останется. И вокруг все столбы, столбы. Это те, кто взглянул на лик, да так и остолбенел.

По краям ее тучи ходят, низко стоят, никогда в ней света не видано. Земля там вся плоская, далеко видать, лес видать и поле, а не дойти. За лесом станция. Со станции в деревню десять минут ходу, а из деревни до станции и за год не дойти. Нету выхода из деревни, и никто еще не возвращался.

Избы высокие, просторные, а все черные. Люди в них живут голые, им одежда без надобности. В любой холод голые ходят, сами тоже черные. Попадет туда живой человек, спросит, сколько времени, а никто ему не скажет, потому что с живыми они не разговаривают.

«Часов нет, — подумал Громов, — вот и не скажут. — Надо было прибить вместо лика часы. Никто бы не столбенел, и все бы время знали».

— А почему они не разговаривают? — спросил ребенок.

— Не понимают по-живому, — вздохнула мать и продолжила описывать деревню, куда проводник сдаст ребенка, если он немедленно не заснет. Все проводники, если верить ей, обходили поезд и проверяли, кто спит, кто не спит. Если ребенок в неположенный час бодрствует, проводник его берет и сдает в Жадруново. Почему Жадруново? Громов знал, что такая деревня есть, и даже шли вокруг нее смутные боевые действия в первые месяцы войны, но потом о ней перестали сообщать — видимо, федералы были там неуспешны. Именно туда пообещал закатать его Гуров, если он не доедет до Копосова. Темная деревня представилась ему чем-то вроде огромной гауптвахты, где вместо лика был Здрок, перед которым все замирали; на эту гауптвахту проводники, разводящие, водопроводчики и другие профессионалы с корнем «вод» собирали солдат, которые, вместо того чтобы бодрствовать, спали на посту. Всех их сдавали в Жадруново, и все они там замирали столбами в том же состоянии полусна-полуяви, в котором и сам он вторые сутки тащился в поезде, спотычливом и вялом; Воронов бесшумно, не всхрапывая, спал на нижней полке древнего плацкартного вагона, куда они пересели пять часов назад из такой же вялой дегунинской электрички. В соседней плацкарте долго голосила сумасшедшая старуха, раскрывала розовый, беззубый, кошачий рот, мявчила чего-то; ее вез с чьих-то похорон, непременно требовавших присутствия прародительницы, толстый лысый сын, все умолявший мать успокоиться, а потом пристукнувший на нее кулаком; еще через стенку орал младенец, так они вдвоем голосили, старый да малый, в бледном полусвете июльского вечера. Электричества в вагоне не зажигали. «Цыцю, цыцю ему дайте!» — прикрикнул толстый сын прародительницы на соседку с младенцем; та огрызнулась, что младенец только что ел и кричит не от голода. Только заснул младенец и успокоилась старуха — проснулся мальчик лет шести напротив Громова и принялся трясти мать, повторяя, что ему страшно; мать не нашла ничего лучшего, как рассказать ему сказку, которой перепугался бы и более уравновешенный дошкольник. Она уныло, монотонно описывала ему деревню Жадруново, куда он немедленно попадет, если вот сейчас не заткнется; деревня Жадруново, по легенде, располагалась где-то на юге, на Волге, за Казанью, и сведения о ней были очень сомнительные, потому что оттуда никто не вернулся; откуда же знали, что там? Может, звонил кто, или писал... здравствуйте, дорогие родители, во первых строках моего письма хочу сообщить вам, что нахожусь в деревне Жадруново Казанской области, куда забрел сдуру и выбрести теперь не могу. Умоляю прислать что-либо, поскольку еды здесь тоже нет никакой, коровы доются черным молоком, а на всех окнах желтые занавески. После третьего обращения «Который час?» они срываются с этих, о Господи, забыл, как это называется, с этих, короче, штук, вот же как выбили из меня все приметы штатской жизни, о, вспомнил, карнизы, и душат задавшего несвоевременный вопрос. Несвоевременным его следует признать потому, что времени в деревне Жадруново нет, как нет и ничего другого. Там исчезает все, включая посылки. Шли скорей посылки, сало, масло шли, зашипит старуха — в рот ее еби. Отечественный фольклор, переписка внука-зэка с дедом-крестьянином. Дед-крестьянин явно был из Жадрунова — он решительно отказывает внуку в сале, масле, да и старуху, вероятно, ебать не стал, перетопчется. Если бы он жил в Дегунине, он бы точно собрал посылку, огромную, со сливками, ее не приняли бы на почте... В Дегунине живут добрые белые бабы, а в Жадрунове — странные черные люди, вероятно, негры, потомки Пушкина, и все сведения о деревне исходят именно от них: призывают же их в армию, или ездят же они куда-то за солью... Откуда ты, хлопец? — спрашивают его. — Я из Жадрунова. О как! И тут же все столбенеют, решительно все, потом на эти столбы натягивают провода и прокладывают железную дорогу, чтобы хоть на что-нибудь сгодились. До чего я ненавижу эти провода и поезда. Стоят остолбеневшие люди, а мимо них тянется поезд с такими же столбами. Столб маменька-прародительница все время орет кошачьим ртом. Дайте мамыньке цыцю! Мамыньке дают цыцю, и она затыкается. Когда же все это кончится, ведь мы давно должны были приехать. В эту секунду они приехали.

Поезд дернулся, заскрежетал и остановился. Это была не первая остановка, и Громов не ждал от нее ничего особенного, — то полустанки, то просто замрем среди ровного поля не пойми почему, отдыхаем, переводим дух, плетемся далее... но вскоре в окно, совсем рядом с его головой, решительно постучали. По вагону побежала перепуганная проводница.

— Батюшки, партизаны, — причитала она, — партизаны напали! Мальчики, не погубите, мы за вас! Ей, пуэбло унидо хамас сера венсидо!

Молодой человек в ватнике с оранжевой повязкой на рукаве прошел по вагону, оповещая пассажиров:

— Господа и товарищи! Рельсы взорваны молодежной боевой организацией «Революционная альтернатива». Можете оставаться на местах, но предупреждаю вас, что это бессмысленно. Поезд дальше не пойдет, просьба освободить вагоны. Просьба не оставлять в вагонах свои вещи. Боевая организация «Альтернатива» действует бескорыстно. Ваше барахло нас не интересует, — чувствовалось, что партизан любит поговорить. — Наша единственная задача — разрыв коммуникации и прекращение бессмысленной бойни. Так всем и передайте, если спросят. А спросят, кто взорвал, — передайте привет лично от бойца Петра Каланчева, по кличке Каланча...

— Каланча! — неожиданно крикнул с нижней полки рядовой Воронов.

— Ктой-то? — дурашливо отозвался Каланчев.

— Это я, Воронов.

— Господи! Ворона! Ты откуда? Ты же на фронте, Ворона!

— Да я в Копосово тут... по заданию еду, — уклончиво отвечал Воронов.

Громов понял, что роли поменялись и что теперь он у Воронова в руках. Сейчас рядовой сдаст его партизанам, которые вряд ли благоволят к офицерству, тем более федеральному, — и прощай, моя блондинка. Воронов, однако, никого сдавать не собирался.

— Товарищ капитан, — зашептал он доверительно, — разрешите обратиться!

В него настолько вбили воинскую вежливость, что теперь, в экстремальных обстоятельствах, он не мог слова сказать в простоте.

— Обращайтесь, — кисло сказал Громов.

— Это мои товарищи, я сам когда-то был в «Альтернативе», — шептал Воронов. — Знаете, еще когда они просто... ну, в армию не шли и все такое... Это уж потом я узнал, что они поезда под откос пускают. А тогда ничего такого, поэтому я с ними и был. Они нормальные ребята, товарищ капитан. Никому ничего не сделают. Может, еще до Копосова добросят... нам же срочно, да? Я договорюсь, да?

— Договаривайтесь, — пожал плечами Громов. В этой ситуации от Воронова могла быть хоть какая-то польза.

На все купе голосила проснувшаяся мамынька. Боец Петр Каланчев по прозвищу Каланча, хилый и малорослый, проталкивался к Воронову.

— Ты с кем тут? — спросил он, потискав друга в суровых подростковых объятиях.

— Это капитан Громов, следует в отпуск, в Москву, — сказал Воронов. — Лучший у нас офицер, очень солдат бережет.

— Вы, Воронов, погодите мне характеристики давать, это вам пока не по чину, — брезгливо сказал Громов. — Здравствуйте, Каланчев. Я хочу говорить с командиром вашего отряда.

— Мало ли чего вы хотите, — засмеялся Каланчев. — Тут не вы командуете.

— Каланча! — укоризненно прошипел Воронов. — Он приличный человек. Чего ты, в самом деле...

— У тебя все приличные, — сказал Каланчев, не отводя глаз от Громова. Громов хорошо видел, что Каланчев — зеленый пацан и что на дне его глаз плещется страх. Надо было не сбавлять тона, и пацан поплывет. — Вы, капитан, в отпуск, значит, следуете?

— Я вам отчитываться не буду, — спокойно сказал Громов. — А вот с командиром вашим мне есть о чем переговорить.

— Ну, положим, я командир, — нагло заявил Каланчев.

— Что положим, так это точно, — заметил Громов. — На такого командира только положить. Вы зачем взорвали дорогу, Каланчев?

С ним не стоило особенно церемониться. Это был революционер, интеллигент, мальчишка, вчерашний студент, начитавшийся прокламаций, неудачливый в любви, покупавший успех у девчонок экстремальными акциями, и ему было решительно все равно — раскидывать листовки, швыряться помидорами или в военное время взрывать дороги. Обычно от этой публики не бывало ни вреда, ни пользы, но в военное время они занимались прямым саботажем. Громов слышал о каких-то партизанах, но считал их частью федеральной мифологии — где-то по чьему-то раздолбайству пошел под откос или попросту был украден поезд со жратвой или боеприпасами, вот и свалили на партизан, как валили на них все во всех войнах. Громов знал цену партизанскому движению — плохо организованное, хаотичное, трусливое, оно годилось для демонстративных акций, никак не для систематической черной работы, которая и есть война.

— Ну ладно, — с угрозой проговорил Каланчев. — К командиру хотите? Будет вам сейчас командир. Эй, Ворона! Этот федерал тебя обижал? В наряды ставил?

— Кончай, Каланча! — почему-то вполголоса проговорил Воронов. — Ну чего ты, в самом деле... Говорят тебе — он нормальный человек...

— А то у нас быстро, — сказал Каланчев. — Ну чего, если вы все еще хотите к командиру, то марш-марш. Он сейчас машинисту справку выдает, что машинист не виноват. У вас же, сами знаете, строго теперь. По законам военного времени.

Они вышли из вагона. Было темно, пахло гарью, росой и тринитротолуолом. Далеко впереди насыпь была развороченна взрывом. Около паровоза стоял рослый малый, тоже в ватнике, но без шутовской повязки, и втолковывал что-то машинисту. Пищала птичка. Прочие партизаны покуривали поодаль. Пассажиры предполагали пойти пешком. «Пиздец!» — подумал положительный персонаж, представив последствия. Потом плюнул. «Пошли», — приказал потешный партизан, показывая перстом прямо.

2

Искры взлетали в сырое небо, чертя огненные зигзаги. Вокруг костра располагалась боевая организация «Революционная альтернатива». Воронов с Громовым на правах почетных гостей допивали двойные порции рома. Было три часа ночи. Высокая темноволосая девушка длинными пальцами перебирала струны обшарпанной гитары, явно побывавшей во многих походах еще в бардовские времена.

— А я вас читал, если вы тот Громов, — неожиданно сказал командир отряда Черепанов, высокий, носатый и непримиримый. Ему было лет пятьдесят. Он был из тех гуру, учителей-новаторов, сектантов-подпольщиков, что заражают детей поголовной ненавистью к миру взрослых и в конце концов уводят в леса. Начинается все с театра-студии или кормления бездомных собак, а кончается растлением или волной самоубийств. — У вас что-то было про первую любовь. Та-та-та первая любовь. Очень музыкально, только с надрывом. Я тогда подумал, что этот автор точно долго не выдержит, обязательно бросит. Вы до каких лет писали?

— Я не помню сейчас, — сказал Громов. — Это все глупости.

— Почему — глупости? У нас тоже свои поэты. Вот, Ваня. Вань, прочти.

— Да ладно, — буркнул Ваня.

— Да прочти! Не каждый день поэт в гостях.

Ваня прочел что-то о том, что он всегда будет против. Стихи были резкие и бутафорские, будто автор опасной бритвой резал куклу.

— Ну как? — гордо спросил командир.

— Не знаю, — сказал Громов. — Я ничего теперь не понимаю в этом. Наверное, хорошо.

Черепанов был разочарован, а Ваня, кажется, подмигнул.

— Я другое хочу понять, — продолжал Громов. — Почему надо взрывать пути?

— А вы не знаете? — недоуменно спросил Черепанов. — Вы же федерал...

— Не только федералы ездят. У нас весь вагон был — простые люди, кто-то ехал с похорон, кто-то к отцу в другой город... Если бы вы эшелоны взрывали, я бы понял. Но это ведь совершенно штатский вагон.

— Так мы вагон и не трогаем. Мы пути взрываем.

— А смысл?

— Вы правда не знаете? — спросил Черепанов. Он даже обратился к Воронову: — Что, серьезно не в курсе?

— Глупости это все, — сказал Воронов. — Это ты, Че, придумал, а ребятам вкручиваешь. Я тебе когда еще говорил.

— Испортили они тебя в армии, — разозлился Черепанов. — Тупой ты стал, как все они, извините, конечно, поэт... Вы про ЖД слышали?

— Я с ними воюю, — ровно сказал Громов.

— Да не про тех, Господи! Я говорю про железнодорожный проект.

— Какой именно?

— Видите ли, — начал Че, — это все общие места. Я этой историей давно занимаюсь. Я по первому образованию железнодорожник, окончил московский институт инженеров транспорта — знаете такой?

— Я там работал недалеко... на первой работе, — кивнул Громов.

— Нам там не говорили, конечно, ничего. Я просто сам додумался: зачем было строить весь этот БАМ и массу других магистралей, еще при позднем совке? Почему они сейчас с такой силой тянут ветку по Дальнему Востоку? Там же одни китайцы давно, только администрация наша, и то не везде. И вдоль Ледовитого океана зачем железная дорога — особенно сейчас, когда только шоссе бы и строить, потому что нефти залейся?

— Да, может, там нельзя шоссе, — не очень уверенно сказал Воронов. — Там же мерзлота. Там только рельсы, рельсы, шпалы, шпалы...

— Да? А столкновение на КВЖД из-за чего было? — без всякой связи продолжал Че. — А почему в войну поезда под откос пускали? Что, немцы столько вывозили всего? Да они взрывали иногда в таких местах, где никакие немцы не ездили. А мужики во всех деревнях почему по лесам прячутся?

— От армии бегут, — объяснил Громов. — От мобилизации.

— Вы хоть видели, что они делают в этих лесах? А я видел! Они все строят железную дорогу! Здесь вообще никто ничего другого не делал. Вся промышленность работала только на железнодорожный транспорт. Вы посмотрите, сколько инженеров-железнодорожников один наш вуз готовил. Столько ни в одной стране не надо! Нигде столько не было!

— И зачем эта железная дорога? — терпеливо спросил Громов.

— По кругу, — полушепотом сказал Черепанов. Стало очень тихо. Слышался только треск костра. Даже темноволосая скво, смуглая в красноватых отсветах, перестала щипать гитарные струны. — Они придумали железную дорогу вокруг всей страны!

— Зачем?! — не понял Громов.

— А, ну конечно. Вы же не инженер… Понимаете, они хотят пустить поезд. Это давно, с самого начала. Этот план восходит к последним годам царствования Николая Первого. При нем, если помните, чугунки и начались. Ни в одной другой стране нет столько железных дорог. Все в конце концов пересели на автомобили и стали строить шоссе. А в России на автомобилях ездят только на рыбалку. Попробуйте проехать по шоссе из Москвы в Казань — это не шоссе, а черт-те что! Здесь все делается для того, чтобы люди ездили только по ЖД. Потому что ЖД — это предопределение, понимаете? С нее нельзя свернуть. Она железная.

Ковалев сделал паузу, давая неофиту переварить услышанное.

— Именно поэтому, — продолжал он важно, — хазарские отряды и называют себя ЖД. И если вы не знаете… хотя я уверен, что это-то вы обязаны знать… тайный боевой отряд ваших федеральных сил, ОМОН нового поколения, называется Жароносная Дружина!

— Как? — переспросил Громов, стараясь не расхохотаться. — Жароносная?

— Ну, значит, вы не из академии, — разочарованно протянул Ковалев. — Высшее офицерство все в курсе…

— Да, — подтвердил Громов. — Это, наверное, очень секретный отряд, если даже я, капитан федеральных сил, никогда о нем не слышал.

— Или не хотите колоться, — равнодушно добавил Ковалев. — Это бессмысленные прятки, всем давно все известно.

— Хорошо. И почему все они называются ЖД?

— Да потому, — громко, с силой и жаром закончил Черепанов, — что все это название одного проекта! И то, что хазарские вооруженные формирования и русские федералы называются одной этой аббревиатурой, подчеркивает, что в главном у них расхождений нет! Они борются только за то, чья это дорога. А что она должна быть, никто из них не сомневается!

— Да зачем она нужна-то?! — не выдержал Громов.

— Она нужна затем, чтобы ни при тех, ни при других тут ничего не менялось, — торжествующе проговорил Черепанов. — И местному населению все это очень нравится. Пусть угнетает кто хочет — лишь бы самим не думать. Кстати, очень многие и при немецкой оккупации прекрасно себя чувствовали, и вспоминали потом, что при немцах был порядок... Они всю жизнь хотят строить железную дорогу! Чтобы она их отсекла от всего остального мира, от любых соседей. Это местный вариант великой китайской стены, если вы не в курсе.

— И что, она должна обходить всю страну? — начал догадываться Громов о пуанте этого бреда.

— Дошло наконец! — расхохотался партизанский командир. — Как ни тужилась, а родила.

Партизаны добродушно заулыбались.

— Они пустят по ней вечные поезда, почти без интервала. Это будет как бы один замкнутый поезд по всему маршруту. А внутри пространства, по границам которого бегает такой поезд, возникают токи Максвелла — это-то вы знаете? После этого у всех, кто здесь живет, отрубятся последние мозги, и с людьми окончательно можно будет делать что угодно. Они хотят, чтобы история вечно шла по кругу, понимаете? Весь мир погибнет, а эти останутся. Я до этого круга, кстати, сам не доходил. Мне приятель рассказал, историк московский. Он сейчас тоже в армии, как раз в каком-то секретном летучем отряде... Волохов его фамилия. Не встречали?

— Слышал, но никогда не видел, — покачал головой Громов. — У него настолько летучий отряд, что его, по-моему, вообще никто не знает. Вроде как вашу Жароносную дружину. Я должен был выйти на соединение с ним, но он в очередной раз пропал.

— Рано или поздно он к нам присоединится, — сказал Че. — Он же сам понимает, что все идет по кругу. Только не понимает, почему. А я понял. Они хотят обвести Россию гигантской окружной дорогой, буквально вокруг пальца — в этом и смысл поговорки. Вы никогда не замечали, что русские в любом городе первым делом начинают строить окружную дорогу? На Московское кольцо знаете сколько истратили? И это не потому, что мэр воровал или надо грузовики пускать в объезд... Любое село начинает с того, что строит околицу — круговой забор.

— Во всем мире так, — возразил Громов.

— Да? Серьезно?! Вы были во всем мире? Вы еще где-нибудь, кроме России, видели околицу? Главное местное занятие — городить огород, отсюда слово «город». А когда додумались до железной дороги и узнали про токи Максвелла, первая их мысль была — отгородиться от всех поездами, бегающими по кругу. Замечали вы у какого-нибудь народа такое количество хороводных танцев?! Нигде больше этого нет! Я был в Швеции: там пары сбегаются и разбегаются. Был в Германии: там парень девку догоняет. И только в России по любому поводу — каравай, каравай, кого хочешь выбирай! А чего выбирать-то, если дорога — железная?

Громов с самого начала понял, что партизаны рехнулись, что нормальный человек не станет ходить в оранжевой повязке и взрывать рельсы под носом у паровоза, — но только теперь увидел систему этого безумия и несколько испугался. Черепанов самым искренним образом верил в то, что говорил.

— А мне надоело по кругу! — повторял он с жаром. — Мне надоело без выбора! Я не могу жить и растить детей в ощущении, что все предопределено! Мне неважно, какие ЖД победят в конце концов. Понимаете, за что эта война? Эта война — за вечную власть во внеисторическом пространстве, за порабощение народа, который сам только и хочет, чтобы его поработили! Поэтому они сами, сами строят ЖД. Воевать не хотят, только дорогу строят. Они думают, что когда она достроится, здесь наступит вечность. А я не хочу этой вечности! Они всю жизнь надеялись — то железный занавес, то железная дорога... А я не дам! Это сейчас мы взрываем рельсы. А будет время — начнем взрывать все эти бесконечные московские кольца! Я покончу с этим язычеством, я этот круг порушу. И вы еще к нам придете, вот увидите. Все мыслящие люди — непременно придут, потому что нельзя вечно вот так, вот так, — он в экстазе замотал головой. — С братьев Черепановых вся эта ЖД-история началась — Черепановыми и кончится. Круг замкнется... и разомкнется!

Он показал на двух своих сыновей — восьми и двенадцати лет, — робко смотревших на гостей круглыми черными глазами.

— Да ладно тебе, Че, — сказал Воронов. — Ты и нам все это рассказывал...

— А ты бы, дурак, слушал, — сказал Черепанов. — Тогда бы и в армию свою дурацкую не пошел.

— Ага. Так бы с тобой по лесам и валандался.

— А чем плохо? Свободная жизнь, свободные люди!

— Вы его не слушайте, товарищ капитан, — снисходительно, на правах старого знакомого сказал Воронов. — Я его очень люблю, конечно. Че — замечательный, он меня классным вещам научил. Костер вот разводить... Мы столько в походы ходили! Меня к нему Каланча привел. Время-то было — сами помните. Все как сговорились спать. Ничего не происходит. Разве похолодает иногда или сгорит что. То есть сыпалось уже, конечно, помаленьку, но как-то решили про это не думать. Спят и спят. А Че — он замечательно будил, спасибо ему, у меня до него вообще вместо мозгов каша была.

— У тебя и сейчас каша, — плюнул в костер Черепанов.

— Я тогда понял... да он не очень и скрывал, правда, Че? Это все про железную дорогу — выдумка пацанская, нам ведь всем по двенадцать лет было. У нас рядом с домом была желездорожная ветка, он нас к ней водил и рассказывал. Что вот, это часть огромного кругового движения, благодаря которому страна ограждена от всех. А на самом деле он просто людей воспитывает, нормальных. Кому больше нравится жить в лесах. И я считаю, он правильно делает. Я в педагогическом когда учился — сразу понял: настоящая педагогика — вот она.

Это просто я в коленках слаб, а то обязательно бы с ним в леса ушел.

— Где тебе, рыбья кровь, — беззлобно заметил Черепанов. Он, кажется, не особенно огорчался, что бывший воспитанник разоблачает его.

— Он таким образом воспитывает храбрость, — продолжал Воронов. — Если человек может железную дорогу взорвать, то он и власти не боится. Мы еще склады боеприпасов в последнее лето перед войной немножко грабили... Так что если не убило кого, может, это благодаря нам. В общем, это воспитание такое.

— Догадываюсь, — сказал Громов.

— Ну, а хоть бы и воспитание? — горячо заговорил Черепанов. — Пусть это даже игра в войну, вы можете придумать сейчас более осмысленную игру? Может, вот эта война ваша? Да по мне, пусть дети толпами идут в партизаны, а не в эту вашу поганую, извините, армию, где из них сапогами выбивают все человеческое!

— Может быть, — сказал Громов. — Ну, а зимой вы тоже по лесам?

— Че — по лесам, — ответил за учителя Воронов. — И когорта славных тоже с ним. А остальные по домам, холодно.

— А армия воюет всегда и не понарошку, — сказал Громов. — Вот и вся разница.

— И за что вы воюете? — вскинулся Черепанов. — Лично вы? Чтобы угнетать самим и не давать другим?

— Нет, — сказал Громов. — Я воюю за свой долг. Я здесь родился, это накладывает определенные обязанности. И это единственный способ разорвать круг, если вы этого действительно хотите. Здесь действительно многое по кругу, но это из-за того, что каждый уклоняется от своих прямых обязанностей. В результате и получается круговое движение, которое вы ненавидите. Должен быть человек, который, не задумываясь, не оглядываясь, не спрашивая о смысле, просто выполняет свой долг. Твой долг больше жизни, больше смерти, больше всего. И ничего с этим нельзя сделать. Ты свободен, потому что ты лучше всех делаешь свое дело, и плевать на то, как делают его другие. Это их проблемы, а лучше всех должен быть ты. Но до этого надо дорасти — я не исключаю, что когда-то дорастете и вы.

— Как же, как же, — протянул Черепанов. — Насилие — это свобода, ложь — это правда... Граждане вроде вас очень удобны для любого режима. Это их руками построены все Освенцимы.

— Про Освенцимы говорит тот, кто ничего не умеет, — устало ответил Громов. — Я не буду с вами спорить, потому что слишком хорошо знаю демагогию всех партизан во все времена. И все эти ваши «Я всегда буду против» мне тоже очень хорошо известны. Вы купили себе правоту, вам очень легко себя уважать, и все, что вы делаете, — тоже ради чистого самоуважения. Подросткам, наверное, это нужно. А взрослому человеку — скучно.

— Вы не взрослый человек, вы мертвый человек, — высокомерно сказал Черепанов. — И долгом своим маскируете обычную трусость. Вам страшно лишиться государственной опеки.

— Ага, я трус и именно поэтому пошел на фронт.

— Пойти на фронт — не храбрость, а тупость. У вас нету силы взять и перестать заниматься бессмысленными убийствами. Просто сказать: я не хочу воевать ни на чьей стороне.

— Ага, — повторил Громов. — Очень знакомо. Занимайтесь любовью, а не войнами. Че Репанов. Боливийские леса под Блатском. Будьте реалистами, требуйте невозможного, совокупляйтесь в сельве. Вы-то и запускаете мир по кругу. Кто-то строит, а вы взрываете, и поэтому все всегда не достроено.

— Каждому свое, — сказал Черепанов. Видимо, он тоже часто вел такие споры. — Тут никто никого не переспорит. Лучше просто не пересекаться.

— Не пересечешься тут, как же, — сказал Громов. — Едешь по заданию, а тут вы...

Самая темная ночь бывает перед рассветом. Было темно, и потрескивал костер. Скво сыграла красивый проигрыш и низким голосом запела старинную партизанскую песню «Белла чао».

Это была песня итальянских партизан, сочинявших ее в куда более драматических обстоятельствах. О чем может петь регулярная армия? В худшем случае о Родине, в лучшем о том, как дотянется до ближайшей деревни и отжарит там всех девок. Регулярная армия скучна, как все регулярное. Партизан — прелесть беззаконного и неразрешенного; партизанские песни лучше всего поют в Италии, Испании и Латинской Америке, в благодатных землях, где никто ничего не умеет делать, потому что все немедленно отбирают. Партизанский фольклор рождается там, где идет борьба за независимость, а борьба за независимость всегда идет в пышных, ботанически цветущих местностях, где не надо работать, потому что земля родит сама или население умеет с ней договариваться. Там-то появляются захватчики, вроде как в центре Мезоамерики, где жили сначала тихие земледельцы, потом пришли воинственные ольмеки, их выгнали воинственные тольтеки, тольтеков погнали ацтеки, ацтеков покорили инки, а на инков нашлись испанцы, которых потом, впрочем, тоже колонизировали американцы при молчаливом злорадстве коренного населения. Те же из коренного населения, кому надоело ничего не делать, — потому что делать что-либо значило немедленно отдавать все хозяину, — подались в партизаны, уничтожая всех захватчиков по очереди; вот почему в Латинской Америке так много партизан.

Партизанские песни поются о быстрых, слезных расставаниях под крупными звездами; о ночлегах в горах и о походной любви с маленькими, смуглыми, отчаянными партизанками, которым жить осталось недолго. Да, впрочем, всем жить осталось недолго, поэтому в партизанских песнях есть гордая жалобность, заранее ощутимое сострадание ко всем участникам сюжета. Девятнадцатилетние генералы входили в разрушенные дворцы и вырезали прислугу, а пожилые писатели из бывших журналистов писали об этом короткие романы длинными фразами. Остатки свергнутого режима уходили в горы партизанить и тем покупали моральную правоту. Президентский дворец горит, в роскошном саду при дворце не смолкает перестрелка, американские вертолеты обстреливают окрестности, отряд уходит в горы, у меня пятнадцать минут, ночь, океан, бетонная набережная, запах гнили и водорослей, прощай, Росита, больше мы никогда. Смуглая скво еще перебирала струны, и партизаны, продолжая петь, поднимались, затаптывали костер и строились в ряды.

— Наш час! Настал! К оружию, мой друг!

Студент! Шахтер! Крестьянин, металлург!—

пели они по-испански, потому что по-испански красивее. Все так же, не умолкая, они построились в колонну по три и ушли куда-то в глубь леса. Девушки любят партизан — вероятно, еще и потому, что партизаны всегда ненадолго, не успеваешь соскучиться, как уже убили или спрятался.

— Вот едут партизаны подпольной луны, — сказал Громов, когда они с растерянно улыбающимся Вороновым остались вдвоем около догорающего костра. — Пускай их едут. Черепанов мне объяснил, что Копосово отсюда в десяти километрах на восток. Подъем, Воронов. Ино еще побредем.

Глава вторая. Банька по-черному

1

— И долго ты рассчитываешь водить всех за нос? — спросила Женька.

— Года четыре, — беспечно отозвался Волохов. — Этот ваш Моше водил сорок лет... за нос.

— Не трогай мою религию, Касс Кинсолвинг!

— Ладно, Жень. Не в Каганате, в конце концов.

В деревенской бане, где они украдкой встречались второй месяц, пахло березовыми вениками. Тускло мерцало квадратное оконце зеленоватым светом июльской ночи. Скоро август, начнут падать звезды, природа зацветет в полную силу, прежде чем умирать.

— Сколько раз мне говорили — «Иди ты в баню!», — сказал Волохов. — Я и не предполагал, что это заклятие. Видишь, я в бане, и моя бы воля — никуда бы не уходил отсюда. Знаешь, что меня больше всего огорчает?

— Ну?

— Я где-то читал... у Брэдбери, что ли... что человек — это и есть машина времени. Время проходит, а человеку ничего не делается, как во время путешествия, скажем, по проселочной дороге. Я не видел тебя три года, с того раза перед самой войной, а до того еще сколько-то, и еще сколько-то. И вот как будто ничего не было — понимаешь?

— Ты, Вол, забавный, у тебя все такие америки...

— Ну, жизнь и состоит в постоянном подтверждении давно известных вещей. А у нас с тобой все понятно с первого раза, значит, мы скоро умрем.

— Ну, ты как знаешь, а мне еще не надоело. Ужасно мне чаю хочется, — сказала она, переворачиваясь на живот. — Но это же надо звать ординарца, а лень одеваться. Видишь, я заговорила стихами. Можно самой пойти вскипятить, но лень тем более. А тебя не пошлешь — при виде варяга весь штаб переполошится, я и так к тебе огородами, огородами...

— Я в следующий раз захвачу чайник, — пообещал Волохов.

— Когда ты рассчитываешь здесь появиться?

— Завтра же и рассчитываю.

— У тебя это так свободно?

— А конечно. Я сам себе начальник, летучий диверсионный отряд.

— И сколько, по-твоему, продлится все это удовольствие?

— Сам не знаю. Могу допустить, что это уже навсегда. Я боюсь, случилось самое ужасное. На эту землю не хватает уже ни ваших, ни наших сил. Мы даже друг друга уже укусить не можем.

Это было правдой. Обе цивилизации в ужасе пасовали перед самим фактом будущей победы. Они категорически не знали, что делать дальше. И Женька не знала, и понимала это. Впрочем, признать это было бы еще самоубийственней, чем заявить в штабе: «Я иду на свидание с местным». И так уж охранник в штабе, штабес-гой, смотрел на нее в высшей степени подозрительно — хотя комиссар полка имеет право ходить, куда хочет, ни перед кем не отчитываясь.

— Бог с тобой, золотая рыбка, — сказал Волохов. — Закрывай фермы, открывай банки, насаждай рынок, упраздняй культуру, проповедуй каббалу. Тебе все равно нечего сюда принести. Вся ваша прекрасная идеология шикарно годится для того, чтобы выживать под спудом, и еще лучше — чтобы исподволь подтачивать чужую, но сами по себе вы ничего и никому предложить не можете. Вы безусловные гении, когда надо выживать, потому что еще не пришло время захватывать. Вы тем более гении, когда приходит подходящее время — тогда можно захватить ослабленный организм в считанные часы. Но вы абсолютно бессильны, когда надо предложить ему новую жизненную программу; бессильней вас — только варяги, которые прямо и грубо начинают брать людей пачками, придумывать и разоблачать заговоры, вводить казарму... Люди успевают кое-что сделать только в крошечных паузах, в переходах между вами. Вы больше всего похожи на два вируса — и надо же было случиться такому чуду, что вы накрепко вцепились друг в друга. Оба вы — народы-вирусы, ничего не способные принести человечеству; гениальные, абсолютные захватчики с пустотой за душой. Они ведь тоже не знают, что делать со страной: убивать уже сил нет, так они дошли до того, что расстреливают перед строем больше, чем в бою гибнет...

— А мы? Что плохого делаем тут мы?

— Вы? Ничего плохого. Вы гениальные посредники и пиарщики, промоутеры и пересмешники чужих ценностей, вы отлично их перепродаете, разрушаете, низводите и укрощаете, вы даже умеете их интерпретировать, хотя и не без чернокнижия, и переводить на чужие языки, хотя и не без наглой провинциальной отсебятины. Но больше вы не умеете ничего, прости меня тысячу раз, богоизбранная моя.

— Ты рассуждаешь, как Гитлер. В точности как он! Ты читал «Застольные разговоры»?

— Читал, и не один раз. На редкость идиотская книга. Не только Гитлер, которым вы всегда теперь отмахиваетесь от любых упреков, — тысячи людей говорили то же самое, только делали из этого разные выводы. Гитлер был маньяк и развязал бойню, другие думали так же и терпели... Мало ли было людей, которые вас не любили и притом не участвовали в погромах? Женя, может, мы перестанем наконец, а? Может, мы наконец признаем, что когда мы вместе — мы не варяги и не хазары, а нечто третье, пятое, десятое? Может, у нас появится наконец некая общая идентификация и мы прекратим наконец это идиотское выяснение, кто из нас высшая раса?!

— Ты хочешь, чтобы я ради тебя отказалась от себя, — угрюмо сказала она. — А этого не будет никогда.

— Да не от себя! — закричал он шепотом. Баня стояла на отшибе, около сгоревшего, давно брошенного дома, в который еще год назад угодил снаряд, — и все-таки приходилось осторожничать: вдруг услышат, войдут, застанут комиссара полка ЖД и командира летучей гвардии федералов в неглиже, за бурным выяснением отношений, хоть сейчас в бой. — От вшитого этого микрочипа откажись, от памяти о великой миссии, от богоизбранности, от чего угодно! Здесь ты моя, а я твой, и ничего больше!

— Это у тебя ничего больше. У вас во всем так: призвали в армию — служи, отпустили из армии — не служи... Как собака, честное слово. Я не так служу. У меня отпуска не бывает.

— И со мной — ты тоже на службе?

— Да нет у меня этой разницы — на службе, не на службе... Нас не военкомат призывает, понятно?

— Да, да, конечно. А мы — низшая раса, никуда без военкомата.

— Мы никогда не выжили бы без этого, как ты называешь, чипа! Без чипа мы погибли бы в рассеянии!

— Без чипа вы не попали бы в рассеяние, to begin with.

Он подсел ближе и обнял ее, она не отстранилась.

— Ужас, — сказала она вдруг горько и беспомощно. — Вшиты в меня две программы, и ни одна не пересиливает. Одна — ЖД, вторая — ты, и то и другое явно сильней меня. Как мне это совмещать — ума не приложу.

— Ну, потерпим, — сказал Волохов. — Говорят, если долго терпеть, само рассасывается.

— А что я беременна — тоже рассосется? — спросила она.

Некоторое время Волохов безмолвствовал, крепко прижимая ее к себе.

— Прости, Жень, — сказал он.

— Ничего, я сама давно хотела.

— Да не за то, Господи... Это да, это как раз отлично. Прости, что я это... распространился.

— Ты еще не так распространишься. — Единственное хазарское, что в ней было, — так это кажущаяся отходчивость, легкость перемены настроения, да еще неутомимость, конечно. — Ты будешь теперь все чувствовать, как я. Мы же связаны крепче некуда, это самый абсолютный союз. И будь уверен, когда у меня начнется токсикоз, тебя тоже начнет тошнить — не только от хазарства, но и от твоих друзей варягов, и от коренного населения, в которое ты веришь...

— Да от коренного населения, если это тебя утешит, меня давно тошнит. Что это за народ, интеллектуальная элита которого живет в метро на кольцевой и ездит по кругу?

— Как ты сказал? Интеллектуальная элита?

— Да, объясню как-нибудь. Говорят, сейчас на них облавы начались — варяги, как всегда, борются не с внешним врагом вроде вас, а с теми, до кого могут дотянуться.

— Это ты мне расскажешь, да. Но не расскажешь ли ты мне, что мне делать с нашим будущим метисом? — Она похлопала себя по животу.

— Ну, что делать... Сама понимаешь, возвращаться в каганат я тебе не посоветую. У меня в Москве квартира. И мы бы с тобой туда вернулись.

— А как же наш гениальный план водить людей четыре года по долинам и по взгорьям?

— Ну, пусть нация начнется с нас. С меня, с тебя и с него.

— Почем ты знаешь, может, будет она, а не он.

— Меня все устроит. Кто бы ни был.

— Ага. И я, значит, дезертирую.

— Почему дезертируешь? У вас в армии декрет не предусмотрен?

— У нас в армии по законам военного времени это считается дезертирство. И потом, даже если я как-то отмажусь от этого, как я объясню свой переезд в Москву? Перебегу на сторону врага, да?

— Я тебя так вывезу, что никто не узнает.

— Каким образом?

— Придумаю. Я ведь все-таки из местных, меня тут все слушается, включая удачу. Приходи завтра, все сочиним.

— Приду, если смогу. Но учти, ничего придумывать я не намерена. Я останусь со своими — по крайней мере, пока смогу.

— Не вздумай вытравлять ребенка! — еле слышно запретил Волохов.

— Не вздумаю, — кивнула она. — Это у нас не принято. Но насчет тихой семейной жизни в Москве ты все-таки не обольщайся. Я — ЖД и всегда буду ЖД.

— Хорошо, я потерплю.

Ему вдруг стало невыносимо жаль ее. Он понял, куда она возвращается. У хазар критерий был один: наш — не наш. И не наш, обладай он всеми добродетелями, о необходимости которых так долго говорили хазары любого призыва, никогда не мог удостоиться одобрения. Частью всего этого была Женька, и то, что при всем своем ЖДовстве она была человеком, — становилось главным залогом ее будущей гибели. Да еще она и беременна теперь — нет, уводить, только уводить.

— Жень, а ты не могла бы уйти со мной? Пожалуйста?

— Давай лучше ты уйдешь со мной. Я как бы захватила командира летучей гвардии. Он чапал тут огородами морковку воровать, я схватила его за морковку и привела в штаб. Давайте все, товарищи, посмотрим на живого варяга.

— Я не варяг, ты знаешь.

— Это ты себе придумал, чтобы не казаться захватчиком. Очень понятный психологический трюк.

— Слушай, я серьезно говорю. Тебе же так и так скоро нельзя будет там находиться.

— Не беспокойся, я найду убежище.

— В Европе? Типа у коллег?

— Нет, отсюда я никуда уже не денусь. Я дождалась дня, это моя земля, и я с нее не уйду.

— А, понятно. Ты дождешься вашей полной победы и примешь меня в семью, но только в качестве угнетенного. Дворецким назначишь? Или сразу в дворники?

Она хотела влепить ему затрещину, но он удержал ее руку.

— Ладно, не дерись, я от тоски.

— Идиот.

— А чего ты хочешь? Ты ведь была и будешь ЖД, сама сказала. Следовательно, можешь меня рассматривать только в качестве потенциального дворника, — нет?

— Да какой из тебя дворник, ты в комнате ни разу не убрал, когда жил у меня...

— Ну, тогда это не было моей обязанностью.

— Если мы победим, — а мы победим, — сказала она серьезно, — я, конечно, буду растить ребенка одна. Ты мне не нужен в качестве побежденного. А ты, вероятно, будешь скитаться с остатками своей гвардии, вынужденно бегая по России, потому что придется скрываться. Иногда будешь забегать ко мне, и мы будем опять урывками встречаться в какой-то бане.

Сыну я буду рассказывать, что ты на опасном задании, а дочери — что ты сволочь и вообще все мужики сволочи. Потом ты пробегаешь со своей сворой четыре года и добегаешься до национального сознания. Придешь и убьешь меня, потому что это единственное, что надо со мной сделать. А ребенка похитишь и будешь воспитывать в лесах, чтобы получился Тарзан или Тарзанка. Универсальный мститель.

— Никогда. Я наймусь дворецким в соседний дом и буду тобой любоваться, когда ты будешь ходить мимо… за молоком…

— Когда мы придем к власти, молоко будет течь из крана, — сказала она.

— Господи, как я люблю тебя, Женя.

— И я тебя тоже, Володя. — Она редко называла его Володей, и он боялся, когда это случалось. Он вспомнил, как она прощалась с ним тогда, в каганатском аэропорту; он готов был разнести по бревну жалкую баньку, служившую им убежищем, и сжечь всю эту проклятую сырую землю вокруг, из-за которой они должны были теперь вот так… да и всю жизнь вот так…

— И спросить некого, да? Никто ведь не учил, как теперь со всем этим жить, — сказала она.

— Тысячи людей жили, и ничего.

— Тысячи людей жили до войны. А теперь война, причем, как всегда, гражданская.

— Тоже было. «Сорок первый».

— Нет, совсем другое дело. Там они оба варяги, только разного происхождения. Такое еще бывает. А мы два разных племени, совсем разных, и такое родство… Самое ужасное, что ты ведь тоже выполняешь программу, только не знаешь, какую. Я знаю, а у вас она скрыта. Наверное, такой ужас, что вы можете не выдержать. Что-нибудь гораздо страшнее, чем у нас.

— Нет у меня общей программы, — сказал Волохов. — Моя программа — быть с тобой, и только.

— Нет, так не бывает. Ладно, мне пора.

— Никуда тебе не пора.

— Точно пора. Главная драма в мире знаешь что? Что надо вставать.

— Я первым выйду.

— Никуда ты не выйдешь первым. Здесь наша территория. Если тебя возьмут, а я в это время в бане — что люди подумают? Помыться пошла? Сиди и выходи только по моему звонку. Я тебе по мобиле прозвонюсь, у меня не слушают.

— Женька!

— Все, Вол, все. Завтра на том же месте, в тот же час.

Она быстро обхватила его голову, чмокнула в угол рта и вышла, прихватив уродливую полевую сумку-планшет. Волохов сидел на полке и тихо ненавидел себя. Через десять минут заверещал мобильник.

— Да!

— Выходи, все чисто. До завтра.

— Женька! — простонал он, но она уже отключила связь. Волохов вышел из баньки и огородами пошел в Дегунино — деревню в трех верстах от Грачева, где расквартировалась по избам его летучая гвардия, будущий оплот национального самосознания.

2

Да, август, скоро август. Женька огородами возвращалась в штаб и думала, что все плохо, то есть все никак. Критерии исчезли окончательно, а главное, ей было страшно. Она шла по чужой земле с чужими запахами, как пробирался бы колонизатор по острову, полному змей, тарантулов и воинственных туземцев. И самое удивительное, что во время русского детства эта земля была ее собственной — она могла поверить, что это и впрямь ее Родина. Это и заставило ее вступить в ЖД — святая вера в то, что она тут на месте. Почему-то при последних судорогах империи, которую она еще застала, ей можно было считаться тут своей, хоть и теснимой со всех сторон: люди вредили, но земля была родная. С березками, блин. Теперь эти самые березки, как назло, плакучие, страшными черными силуэтами выделялись вокруг, пахло травой и сыростью, под ногами хрустело и чавкало, и все, решительно все гнало ее отсюда — причем та самая природа, у которой она в детстве находила столько целебных секретов и ненавязчивых утешений, особенно усердствовала.

Самоубийственней всего было признаться, что ЖД тут не на месте, что и ей, и прочим давно пора поворачивать оглобли. Выходит, все было зря — ожидание, подготовка, многолетнее изучение местной истории, привязка к местности будущих роскошных зданий и грандиозных кибуцных оранжерей, утопические проекты, насаждение просвещения и свобод. В пустыне и яблони цвели, и картошка урождалась — в сыром климате России, на идеальном черноземе Дегунина ничего не желало всходить. Все уходило в болото, гнило, размокало, амуниция на солдатах рвалась, автоматы не стреляли. Вдобавок Женька сама уже не представляла, — позор для комиссара, вечный источник комплексов! — какую часть страны они в конце концов контролируют: вроде бы Воронеж только что был наш, а вот уже и не наш; из Вологды были такие оптимистические сводки — но оставлена и Вологда... Во всем этом не было и тени логики: обычно города оставляются после битвы, так? Но здесь так называемые федералы и ЖД перемещались по стране хаотически, и никакое командование не могло точно сказать, по каким мотивам оставляется тот или иной город. Они входили в деревни, не оказывавшие сопротивления, и уходили из них, не встретив ни федералов, ни партизан. Так импотент слезает с бабы — не потому, что она его сбросила, она-то как раз ждет, что он начнет что-нибудь делать, а потому, что ему стыдно. Так и им было стыдно — ходили-ходили, что-то пытались совершить, терпели сокрушительное, сугубо мирное поражение и шли себе дальше, не нужные никому. Федералы демонстрировали вечную кутузовскую тактику: не надо никаких боев, пространство само сожрет... Женька думала раньше, что это будет родное, дружественное пространство. Но оно было чужим, алчным, ненасытным. Оно глотало их и глотало, а они, как бродячие артисты, шли в глубь России все дальше и дальше, показывая одни и те же фокусы: свобода, предпринимательство, пресса... ну? Нерентабельное закрывалось, новое не открывалось, крестьяне покорно выходили на работу, ничего не ладилось, все слушались — но так, как слушается кисель, принимая форму стакана и оставаясь неизменным по сути. Женька не знала, что ей тут делать, а деваться ей было некуда.

Страшно сказать, на комиссарской должности она тосковала по журналистике. Темперамент, который она чувствовала в себе, ненасытность, пожиравшая ее изнутри, — все было захватническим, идеальным для экспансии, но кроме этой экспансии, ничего не было. Может, оттого ее и тянуло к Волохову с его тугодумием, медлительностью, молчаливой, не сознающей себя тяжелой силой — вместе они составляли поистине идеальное единство, но этого-то единства им и не разрешалось. Может, прав он и надо быстро договариваться с варягами, чтобы вдвоем создать универсальное русское правительство? Нет, вместе мы ничего не можем. Только взаимно уничтожаться. Господи, кто же так проклял эту землю, что никто и никогда на ней не чувствует себя своим?

Она торопилась в штаб, ей страшно было среди сырой ночной России с темно-синим небом, сырой травой, недавно отшумевшим дождем; ей все казалось, что вот сейчас она провалится в болото — и никто не хватится. В штабе горел свет, топилась печь, издали пахло уютным березовым дымом. Женька вошла и села к столу. Ее томили всяческие дурные предчувствия.

За столом сидел очкастый полковник, известный всем под кличкой Гурион — из бывших нелегалов, загодя готовивших вторжение; теперь он был крупная шишка, но контрразведка избегала выдавать имена и звания своих. Фактом оставалось то, что у очкастого откуда-то были серьезные полномочия. Женька не знала, кто за ним стоит и что ему в действительности можно. Иногда он казался ей уютным и надежным, но чаще — хитрым и опасным; его маленькие белесые глазки из-под очков глядели на нее, прямо скажем, без любви и даже без вожделения. Кажется, он не принимал ее всерьез. Женька машинально выпрямилась и проверила верхнюю пуговицу гимнастерки: под его взглядом ей всегда хотелось подобраться, и она ненавидела себя за это. Гурион был чужой, это она чувствовала отлично. В нем не было ничего хазарского — лысый, круглый, весь белесый, идеальный для нелегальной работы здесь; таким, вероятно, и следует быть настоящему разведчику — чужой всем, в том числе своим. Женька охотней поверила бы, что он варяжский нелегал в хазарском стане.

— Прогулялись? — спросил он, как показалось ей, со скрытым ехидством.

— Да, гуляю. Сна ни в одном глазу

— Дело, дело. Мне вот тоже не спится. Литературку почитываю, — он показал ей обложку сборника афанасьевских сказок.

— Не скучно?

— Что вы, удивительное чтение. Ничего не знаю откровеннее местных сказок. Вы хоть в детстве-то читали их?

— Читала, но не любила. Мне Толкин больше нравился.

— Отравленное поколение. Я бы вам хоть как комиссару посоветовал ознакомиться — вы же гораздо лучше будете понимать, с кем имеете дело. Безнадежный народец, скажу вам.

— Ну, это не народец безнадежный. Это условия такие. Варяжская оккупация сковала инициативу, а мы разбудим.

— Да? И много уже разбудили?

— Порядочно, — сухо сказала она. — Люди хотят работать. Верят, что результаты их труда теперь не будут от них отчуждаться. Кстати, вы лучше меня должны знать, что сказки Афанасьева — грубейшая фальшивка.

— В самом деле? — Гурион, казалось, заинтересовался. — Кто же ее изготовил?

— Афанасьев, как вам известно, работал по личному поручению царя и организовывал все экспедиции на деньги варяжского правительства. Подлинный хазарский фольклор был под строжайшим запретом. И в этих настоящих сказках — если вы их читали — главными чертами героев выступает как раз инициативность и ненависть к угнетателям. К попам, к военачальникам...

— Женя, вы меня простите за вопрос, — он снял очки и, не глядя на нее, стал протирать их, — вы давно в ЖД?

— С шестнадцати лет.

— И вы что же, действительно полагаете, что мы с вами и есть истинное население данной страны?

— Никогда не сомневалась в этом. Я тут родилась.

— Дело, дело, — повторил Гурион любимое бессмысленное выражение. — Я вас на твердокаменность не проверяю, не подумайте. Просто есть такая чрезвычайно распространенная ересь. И я отлично знаю, где ее корни. Ересь эта сводится к тому, что варяги и хазары — в равной степени угнетатели. А здесь якобы живет прекрасный народ, которому что наша цивилизация, что варяжская — в равной степени враждебное, чуждое угнетение. Слыхали?

— Слыхала.

— От кого? — цепко спросил Гурион.

А вот интересно, мелькнуло у Женьки в голове: скажу-ка я ему, что от Волохова, командира варяжской летучей гвардии, только что, в бане, лежа с ним на досках буквально без всего. Интересно, как он отреагирует. Никак он не отреагирует, чудь белоглазая.

— Ну, это не новое учение, — сказала она суше прежнего. — В каганате многие занимались такими играми...

— Да, да, — кивнул Гурион. — Я, вы знаете, давно уже здесь, но кое-какие публикации до меня доходили. В каганате в последнее время развелось слишком много свободных дискуссий. Это сильно снижает боеспособность, вы не находите?

— Я нахожу, что вы меня в чем-то подозреваете, полковник, и предпочитаю играть в открытую, — сказала Женька, закуривая. — Если у вас на мой счет какие-то подозрения, доложите контрразведке, и пусть меня допрашивают официально. А все эти прощупывания...

— Бог с вами, Женя, никто вас не прощупывает, — широко улыбаясь, сказал Гурион. — Еще чего придумали. Применительно к вам само слово «прощупывать» звучит ужасной двусмысленностью, — он гнусно захихикал, но Женька чувствовала, что и это он делает понарошку, что ему совершенно не до шуточек и шутит он их только ради непонятной покамест маскировки. — Я тоже предпочитаю играть с открытыми картами. К сожалению, мы столкнулись с прямой изменой.

Женька вздрогнула.

— Не бойтесь, речь не о вас, — очень спокойно сказал Гурион. — Ваш случай не имеет с изменой ничего общего.

— Какой мой случай?

— Мы же играем в открытую, — пожал плечами Гурион. — Если вы любите мужчину, это ваши личные проблемы и никак не сказывается на боеготовности. Проблема в другом. Восстал Жадруновский гарнизон. Солдаты кричат, что им надоела война и что они не подписывались быть оккупантами. Я не знаю, кто разлагает войска, но уверен, что это не варяги. У варягов хитрости не хватит. Это свои, Женя, только свои. Из тех мразей, которые уже и в каганате заняли капитулянтские позиции. Очень трудно воевать на два фронта, Женя, но у нас никогда не было борьбы с инакомыслием. Поэтому-то мы не расстреливаем Жадруновский гарнизон, хотя могли бы. Я надеюсь, вы справитесь. На флоте в подобных ситуациях хватало одной женщины-комиссара.

Женька была так потрясена его заявлением насчет любви к мужчине и личных проблем, что остальное слушала вполуха. Гурион это заметил.

— Вы слушаете, Женя?

— Да, полковник, да. Конечно.

— Вы должны выехать в Жадруново, Женя. Немедленно. Мы теряем гарнизон. Никакой силой оружия их переубедить нельзя. Вы должны поехать туда, объяснить им ситуацию и вернуться. Я слушал ваше обращение к солдатам позавчера. Это именно то, что нужно.

— Немедленно? — спросила Женька.

— Немедленно. Это недалеко — километров семьсот отсюда. Это не приказ, Женя, это просьба, но вы должны понимать, что в нашей армии и в наше время просьба полковника разведки значит больше приказа.

Он говорил мягко, но был страшно напряжен — Женька почти физически ощущала концентрацию воли, с которой он не оставлял ей ни малейшего отходного пути.

— Понимаю, полковник, — сказала она.

— Думаю, вы понимаете не все. Это миссия совершенно секретна, поэтому вы не сможете предупредить Волохова об отъезде.

Ну да, поняла Женька. Последняя надежда рухнула: он знает все. Он не думает ни на Эвера, ни на кого-либо из штабных, заигрывающих со мной без толку и без надежды. Выследил, жирная морда. Теперь они дождутся, пока Вол, как идиот, припрется в эту чертову баню на следующую ночь и возьмут его теплым, и виновата буду я. Они не могли брать его, пока там была я, я им еще зачем-то нужна, а при мне убить его никак бы не вышло. Вот мы и попались, да как глупо.

— Никто не собирается брать вашего Волохова, — с некоторой брезгливостью сказал Гурион, явно обучившийся тут еще и читать мысли. — Он никому не нужен со всей своей летучей гвардией. Думаете, нас не устраивает такая летучая гвардия? Да это идеал спецназа. Я очень рад, что он ходит с ними по среднерусской пустыне, старательно избегая столкновения. Или вы действительно полагаете, что отряд из сорока вооруженных варягов может безнаказанно шариться вокруг Баскакова, а я сижу тут и не знаю ни хрена? Глупышка, — добавил он по-хазарски, хотя и с небольшим местным акцентом, от которого Женька сама так и не избавилась в каганате.

— У вас полчаса на сборы, Женя. Моя машина вас отвезет на станцию. С вами отправятся пять охранников, которых я отобрал лично. Это абсолютно надежные люди. Уверен, что в Жадрунове с вами ничего не случится. Постарайтесь распропагандировать гарнизон предельно быстро. Там есть мой человек, от него я и получаю сведения. Гарнизон расквартирован в деревне Жадруново под Казанью, это наша резервная часть, вы на вашей должности могли о ней не знать. Никогда не слышали про Жадруново?

— Название где-то слышала, не помню.

— Ну, мало ли. Обычная деревня недалеко от Волги. Чем скорее вернетесь, тем лучше. И даю вам слово офицера, что Волохов не пострадает. И никто ничего не узнает — это моя вам личная гарантия. Контрразведка своим не врет.

Женька понимала, что происходит нечто неправильное, что ее отсылают на гибель или на заведомо невыполнимое задание, а может, просто подальше от Волохова, которого она, глядишь, в самом деле больше никогда не увидит, — но понимала и то, что деваться ей некуда.

— Отказаться я, наверное, не могу, — сказала она с последней надеждой.

— Не можете, — кивнул Гурион. — Никак не можете. Я не стану вас шантажировать судьбой Волохова, Женя, но если придется — сами понимаете, его со всей этой летучей гвардией взять не проблема. Он думает — война, в стране хаос, но и в хаосе, видите ли, остались люди, на что-то способные.

— Ну, а если... если я усмирю этот ваш мятеж? Если я вернусь благополучно и с выполненным заданием?

— Тогда, — сказал Гурион с гнусной улыбочкой, — вам будет предоставлено куда более комфортабельное помещение, чем эта ваша банька. Встречайтесь с ним хоть в Баскакове. Правда, они с Эверштейном виделись еще в каганате, — кажется, вы в курсе... Но с Эвером я как-нибудь договорюсь.

— Я могу оставить для него письмо?

— Нет.

— Хорошо, — сказала Женька, встала и оправила гимнастерку. — Я буду готова через полчаса.

— Вот и славно, — сказал Гурион. — Мобильничек сдайте, пожалуйста. Не мне, не мне, — штабес-гою. У меня уже есть мобильничек.

— Гурион, — сказала Женька. — Я, конечно, понимаю субординацию и все такое. Но я вам, вам лично клянусь, — а у ЖД, как вы знаете, ложная клятва считается серьезным грехом, — что если с Волоховым без меня тут что-то случится, я вас под землей найду и голыми руками удавлю, понимаете, полковник?

— Женя, — холодно сказал Гурион, — вы теряете время. Поезд в половине седьмого, пересадка в Копосове. А угрожать будете Жадруновскому гарнизону. Поняли меня? Кру-гом!

3

В этот же вечер, пока Волохов, ни о чем не догадываясь, совокуплялся с Женькой в последний раз перед очередной долгой разлукой, Эверштейн в своей избе осуществлял колонизационную политику по каганатскому сценарию.

Эверштейн, само собой, никогда не принадлежал к ЖД — наивной подростковой организации, годившейся для воспитания молодежи, но категорически непригодной для строительства нового мирового порядка. Варяжская пресса, обзывавшая хазаров ЖДами, играла на сходстве аббревиатуры с традиционным уничижительным обозначением. Войну вели вовсе не ЖД. Война была делом людей серьезных, знающих, чего они хотят, и не питавших никаких иллюзий насчет своих изначальных прав на эту землю. Право было, но куда более тонкое, нежели врожденное. Это было право сильного, и земля обязана принадлежать не тому, кто на ней родился, — к черту глупые имманентности! — а тому, кто с нею лучше справится. Воевать за принцип труднее и почетнее, чем воевать за Родину. Эверштейн понимал это с рождения.

Он не понимал другого — что делать теперь с этой Россией, доставшейся в полное их распоряжение. Надо было как-то обеспечивать идеологией захваченные деревни, разбираться,

419

что ли, с коренным населением, черт бы его побрал совсем... В пятом веке было, конечно, проще. Что они тогда делали? Установили власть, четкую структуру... построили крепости... дальше? Навык завоеваний, к сожалению, утрачен. Что поделать, полторы тысячи лет мы были поставлены в такие условия, когда не очень-то повоюешь. Приходилось самоутверждаться иначе.

Перед Эверштейном сидел Вова Сиротин — действительно очень сиротливый, небритый, грязный молодой человек, столь глубоко проникшийся идеями хазарства, что впору было принимать его в ЖД, где сидели такие же розовые идиоты.

— Благодарю вас за службу, Вова, — проникновенно говорил Эверштейн, контролировавший деятельность Вовы еще из каганата. Вова смотрел на него счастливыми собачьими глазами. — Я очень вами доволен. Теперь ваша миссия выполнена. Можете поискать себя в чем-нибудь другом. Ну, во-первых, землепашество — забирайте любой участок и возделывайте, людей в помощь я вам дам. Во-вторых, само собой, когда дойдем до Москвы, я вас приглашу, и место советника вам обеспечено. Идеологическая работа — ваш козырь, я в этом не сомневался. У нас каждый наконец отыщет место по заслугам, вертикальная мобильность, все по-людски. Ну и, само собой, если вас еще что-то заинтересует... исторические, например, разыскания... или автомеханика... У вас есть автомобиль?

— Нет, — преданно отвечал Вова.

— Ну, дадим вам... В общем, подумайте, в чем вам теперь лучше всего себя реализовать, а Гражданское общество осталось в прошлом. Мы не забудем, конечно, и впоследствии в Москве обязательно будет мемориал... Просто в память о людях, которые, так сказать, подготовили и осуществили...

Боже, думал Эверштейн, какой безнадежный идиот. Хоть бы он перестал кивать и улыбаться, я же его, в сущности, посылаю ко всем чертям!

— Скажите, — говорил Вова, заглядывая Эверштейну в глаза, — а как же комитет матерей? Ведь я убежден, что и теперь, когда призывать в армию будете вы, останется необходимость в общественном контроле?

— Ну что вы, Вова, — устало отвечал Эверштейн. — Какой же общественный контроль? Или вы нашей армии не знаете? В нашей армии нет дедовщины, Вова. Это касается и собственно хазар, и граждан оккупированной территории. У нас никогда не бывает дедовщины. У нас мороженым кормят. У нас все солдаты по выходным домой ездят, и никто не уедет из дома дальше, чем на пятьдесят километров. Это святое, Вова. Это принцип. Сами посудите, зачем нам общественный контроль над армией, если со всеми контрольными функциями у нас отлично справляются офицеры? Это же наши офицеры, Вова, нормальные. Они умеют заниматься не только шагистикой. Они психологи, Вова. Они поэты... — Черт его знает, подумал Эверштейн, этак я совсем заговариваться начну. Вова все еще смотрел на него по-собачьи.

— Позвольте, — все так же улыбаясь, говорил он. — А как же с «Голосом общества»? Как же с «Набатом»?

— Поймите, — ласково сказал Эверштейн, — «Набат» имел смысл, когда было бедствие. Во время бедствия бьют в набат, понимаете? А какое же теперь бедствие, когда общечеловеческие ценности? Пришла нормальная власть, Вова, не оккупационная, а родная, исконная власть. Пришли люди, умеющие управлять. Нормальный политический менеджмент. Мы не нуждаемся в насилии, Вова, у нас другие принципы. Зачем же бить в набат, когда все прекрасно?

— Но, знаете, — пролепетал Вова, — контроль прессы над обществом...

— Ну какая пресса, Вова! — отечески увещевал его Эверштейн. — И какое общество? Сколько у вашего «Набата» было тиража?

— Пятьдесят экземпляров! — гордо ответил Вова. — По числу дворов!

— Ну да, вы его размножали на моем же принтере, который я вам же прислал...

— Вспомните о подвиге Фуфлыгина! — возопил Вова, поднимая палец. Он не мог говорить о Фуфлыгине спокойно. Фуфлыгин в самом деле на короткое время стал в России символом свободной печати.

— Вова! — не выдержал Эверштейн. — Вы же отлично знаете, что Фуфлыгин замерз по пьяни. Да, нам надо было — стратегически надо, подчеркиваю, — написать о том, что он отважно разоблачал и все такое. Но кого он разоблачал-то, Вова? Он же и спецкором вашим не был, вы сами писали все, что подписывали его именем! Нельзя же так верить всему, что пишешь в собственной газете!

— Но... но... — заметался Вова, до которого начало наконец доходить. — Вы хотите сказать, что у оккупационной власти не будет ошибок? Которые надо разоблачать Гражданскому обществу?

— Я вас просил не называть эту власть оккупационной, — сказал Эверштейн уже несколько жестче. — Вова, зачем заниматься бесоизгнанием в раю? В раю, Вова, бесов не бывает. Или вы хотите быть святее Папы Римского? Или думаете, что вы, человек, скажем так, нехазарского происхождения, можете научить хазар соблюдать права человека? Это смешно, Вова, друг мой. Это самонадеянно. Это все равно как если бы разведчик дождался прихода своих — и все равно продолжал собирать разведданные, уже про них, понимаете? Это совершенно, совершенно не нужно. Вы свободны, короче, Вова. У меня еще много дел. А в помещении Гражданского общества будет теперь новая администрация, понимаете?

— Но права человека... — сказал Вова совсем тихо.

— Я теперь соблюдаю права человека! — прикрикнул на него Эверштейн. — Мы, мы теперь гаранты прав человека! Каких вам надо прав, человек вы этакий? Я вас пять лет поюкормлю! Кто бы вы были без каганата? Хуже Фуфлыгина были бы вы! А так вас три раза Си-Эн-Эн показало, когда вы с крыши навернулись и руку сломали! Марш отсюда, пока я вам не показал ваши действительные права. Совершенно невозможно работать, никто уже по-русски не понимает! Свобода — это что, самоцель? Свобода — только средство для установления окончательной справедливости, и будь у вас хоть какое-то образование, вы бы понимали... Знаете, в чем главная беда туземцев, Сиротин? Вам можно что угодно внушить, и вы будете повторять. Но усвоить, переварить, пять минут подумать — это уже выше ваших сил. Какая свобода нужна людям, которые умеют только повторять за другими? Вот вам лично, Сиротин, какая свобода нужна, если я вас столько лет учил простым вещам, а вы до сих пор не поняли, зачем нужны общечеловеческие ценности?

— Я пожалуюсь, — прошептал Вова. — Я в конгресс США напишу.

— Пишите, Вова, пишите. Конгресс США только этого и ждет. Лучше сразу пишите в Китай, это теперь более влиятельная сила. Только меня больше не утомляйте, у меня от вас голова болит, и у вас изо рта пахнет.

Вова густо покраснел, еще немного помялся и вышел.

Следующим на прием к Эверштейну был записан местный учитель, он же директор сельской школы, преподававший тут все предметы. Учителю надо было деликатно объяснить, почему школа больше не нужна. Вошел изможденный сельский интеллигент, отброс варяжства, явный неумеха — кого и чему способен был научить такой человек? Эверштейн не поверил бы ни одному слову такого человека.

— Здравствуйте, Иван Андреевич, — сказал он мягко, вставая навстречу вошедшему. — Я хочу от имени командования поблагодарить вас за многолетнюю работу по просвещению, так сказать, учащихся. Так сказать, спасибо вам большое.

— Школу, я так понимаю, вы закрываете, — не отвечая, сказал учитель. Рукопожатие у него было вялое, чахоточное. — Это правильно, наверное, потому что действительно мало народу... Сказать же я вам хочу, что есть очень талантливый мальчик, Андрюша Дылдин, фамилия, может быть, не совсем благозвучная, но мальчик крайне одаренный, играет на баяне.

— Очень, очень хорошо, играет на баяне, — говорил Эверштейн. — И мальчик, так сказать, что играет на волынке. Разумеется, мы все это учтем, милейший Иван Андреевич. У меня, однако, есть к вам несколько принципиальных вопросов. Присаживайтесь. — Эверштейн с наслаждением передразнивал варяжскую интеллигенцию — эту плесень на болоте, уродливый нарост на теле бронтозавра, колонию микробов, страдающих половым бессилием. Они, конечно, любили хазар, но не по убеждению, а из трусости; как всякая слабая, вырождающаяся особь, они тоньше чувствовали опасность, только и всего. В душе, конечно, все они были законченные чудофобы, как и этот их пресловутый Чехов, геморроидальный чахоточный медик, ходячее исцелися-сам, автор прочувствованной новеллы «Хазарка». Нет уж, Эверштейну был милее какой-нибудь искренний воинственный враг, годный хоть на пахоту в случае порабощения: эти, со своими общечеловеческими принципами, вовсе уж никуда не годились. Ни одна армия мира не любит предателей, даже если пользуется ими; предателя кормят брезгливо, из милости, ибо ни один перебежчик не перебегает по идейным мотивам, нам ли не знать.

— Слушаю вас, — насторожившись, сказал Иван Андреевич. Казалось, он даже поднял одно ухо.

— Вы, милейший Иван Андреевич, преподаете ведь около тридцати лет? Не так ли?

— Тридцать два, — все так же настороженно отвечал учитель.

— Ага. Так-с. Следовательно, большая часть вашей карьеры прошла при варяжской оккупации?

— Я работал при той власти, которая была, — растерянно сказал учитель.

— Очень хорошо-с, назовите это так. Но ведь та власть, которая была, — насаждала и соответствующую идеологию, разве не так?

— Я учил детей грамоте и счету, — сказал Иван Андреевич с некоторым даже вызовом, весьма забавным в устах человека, шатаемого ветром.

— О да, и письму, — подхватил Эверштейн. — Учат нас и грамоте, и письму, а не могут выучить ничему. Но ведь и истории, верно? И основам права, не знаю уж, как это у вас называется после очередной реформы? И вдалбливали детишкам, что это их земля?

— Это их земля, — эхом отозвался учитель.

— Вы отлично знаете, Иван Андреевич, что это не их земля, — спокойно сказал Эверштейн. — Что и подтверждается фактами. Большая часть населения сбежала, стоили приблизиться настоящим хозяевам. Все это были варяжские оккупанты, не умевшие элементарно обработать поле. Те, кто остались, — допускаю, да, очень может быть, действительно давние жители этой территории. Но они никогда не были тут хозяевами, потому что вообще ничем не умеют управлять. В силу полного, полнейшего отсутствия исторической воли. А теснимыми, изничтожаемыми, всячески репрессируемыми хозяевами этой земли были, вот именно, те самые, которые наконец сюда добрались. Представьте себе. Такая история.

— Если угодно, вы можете сами объяснить это детям, — сказал Иван Андреевич после некоторого раздумья.

— Не хотим, Иван Андреевич, потому что это совершенно не нужно. Я настаиваю только на том, что и вы не имеете больше права увеличивать свой педагогический стаж. Тридцать два годика, и будет. Поработали ретранслятором, повнушали деткам варяжскую версию истории, порассказали о великом собирателе земель князе Владимире, при котором нас окончательно выгнали с нашей земли, — и спасибо вам большое, пожалуйте на почетную пенсию. Полагаю, вы не станете претендовать на слишком большие суммы? Потому что, сами понимаете, ежели у вас один способный Андрюша Дылдин на все село — уровень вашего преподавания становится ясен сам собой, разве нет?

— Я ничего другого не ждал, — прошептал Иван Андреевич.

— Правильно, что не ждали. Учителю трезвая самооценка даже и положена, не правда ли? А на досуге — у вас теперь много будет досуга — подумайте, как и чему надо было учить подопечных, чтобы получались нормальные люди. В музей истребления зайдите. Вам полезно будет посмотреть, что проделывали с настоящими хозяевами земли ее захватчики. Те самые захватчики, Иван Андреевич, чью политику вы здесь осуществляли. Растлевая — не побоюсь этого слова — детей. Детей растлевая, вы понимаете? Вы понимаете вообще, что такое дети?!

Иван Андреевич спокойно сидел на шатком стуле, глядя куда-то в угол.

— Мы, конечно, все это заслужили, — сказал он тихо. — Но я одного не понимаю: вы что же все это, всерьез?

— Что именно? — полюбопытствовал Эверштейн, быстро переходя на деловито-спокойный тон, поскольку истерика явно не прохиляла.

— Ну... вот это все... про вашу власть... Неужели вы действительно думаете, что это теперь — навсегда? Что у вас получится?

— У нас всегда получалось, — сказал Эверштейн. — На своей земле, да чтоб не получилось? Или вы опять думаете победить при помощи генерала Мороза? Так мы, знаете, и на Колыме не дохли, что нам ваши нынешние морозцы...

— Я не к тому, — отмахнулся учитель. — При чем тут мороз, пространство... Вы что, в самом деле не понимаете, что никому из вас никогда не взять верх? Ни вам, ни нашим? Вы же неглупый человек, наверное. Ну, закроете вы школу. А дальше что?

— А дальше — доведем до конца то, что вы нам своим варяжским реваншем не дали сделать в семнадцатом, — сказал Эверштейн. Он не был настроен на историософские прения, тем более что на вопрос «А дальше?» у него самого не было стопроцентно вразумительного ответа.

— А что, без варяжского реванша у вас все получилось бы? — спросил Иван Андреевич. — Я же немного знаю вопрос. Я знаю, что у вас уже к двадцать третьему году все посыпалось из рук. Ничего не прижилось, буквально ничего! Поймите, вам можно сколько угодно бороться за власть, но брать ее нельзя. Мы-то выживем, но вы очень скоро перережете друг друга — как этого-то не понять, я не знаю! Ведь сколько попыток уже было, сколько крови пролито своей и чужой...

— Варягам вы, вероятно, этого не говорили? — осклабился Эверштейн. — Они бы вас за такие речи — живо чик-чик?

— Говорил и варягам, — закивал учитель, — и Здроку ихнему говорил — он у меня всех детей с уроков снимал, на марш-броски гонял... Толку-то? Я это кому хотите скажу, и ничего мне не будет, потому что старый учитель никому не нужен. Но как вы сами-то не видите?

— Что же вы нам предлагаете? — спросил Эверштейн, чувствуя, что сам этот вопрос — уже поражение.

— Что? Я не знаю, что вам предложить... Может быть, и им, и вам попробовать взять немного земли и начать работать на самих себя? Но ведь вы не можете жить, никого не захватывая. Это ваша сущность, судьба. Значит, я ничего не могу вам посоветовать. Я вам только могу сказать, чем все кончится.

— Кончится все тем, старая блядь, — сказал Эверштейн, — что ты сейчас пойдешь к себе в избу и там останешься, и скажешь мне спасибо за то, что я тебя не шлепнул, как собаку. В метафизические прения он со мной будет тут входить, Лоханкин фигов. Я тебе не интеллигенция, понял, сопля зеленая? Я твою интеллигенцию на очке видал. И место ваше будет теперь на очке. Увижу, что детей у себя собираешь, — самого выгоню, дом попалю. Разводить мне тут антимонии. Пшел!

Учитель встал и бочком вышел, избегая поднимать глаза. Некоторое время Эверштейн молча курил, возвращая себе утраченное душевное равновесие. Смешно, в самом деле. Кто смеет давать мне советы? Несчастный отпрыск народа, умеющего только запрещать? Ведь они любой свой успех использовали только для самоистребления; ведь вся их программа — возьмем власть и расстреляем! Ничего другого не надо — только расстрелять врагов, и сразу же наступит благоденствие; а врагов они наживать умели, это точно! Впору нам поучиться. Нет врага — сделаем, воспитаем, под пыткой заставим признаться, что враг! И представитель этого народа — слабый, болезненный, хилый представитель, но терпели же его, не убили, не попался на зубок к своим! — будет мне тут рассказывать про непобедимость этой земли. Они думают, что эта земля покорится только им, слушается только кулака и сапога — ничего, мрази. Бывает другой кулак и другой сапог... Он выбросил окурок и улыбнулся. Надо было срочно войти в образ весельчака, своего парня, — следующим на прием был у него назначен местный хулиган Паша Звонарев.

— Здорово, Паша! — произнес Эверштейн, когда в дверь просунулся ладный, гладкий Паша. Паша после каждого движения делал любующуюся паузу: вошел, полюбовался тем, как вошел, прикрыл дверь, полюбовался тем, как прикрыл. Отошел, еще полюбовался. Он был то, что называется справный: классический варяг с его белокурой варяжской красотой, которую ни с чем не перепутаешь. Баской, басковитый. Другим варягам при хазарском приближении стоило бежать, потому что хазары, по слухам, с ними не церемонились. Эти слухи были так устойчивы, что хазарам даже и не нужно было проявлять особенного зверства — варяги разбегались сами, и только коренное население встречало захватчиков спокойно, привычно. Однако Паша Звонарев, истый варяг, никуда не убегал — он не первое нашествие переживал и отлично знал, что такие, как он, будут нужны всегда. В этом и заключался ответ на вопрос: что будут делать хазары с варягами, если победят. Основой хазарской тактики как раз и было это бесстрашие перед поверженным врагом: ни в коем случае не изгонять, держать для самоутверждения от противного. И потому немногие продвинутые варяги, вроде Паши

Звонарева, отлично понимали, что им при хазарах ничего не будет. Раньше они били и насиловали из любви к искусству, а теперь — ради наглядной агитации, да еще и за общечеловеческие деньги; вот, собственно, и вся разница. Это все равно как если б при немецкой оккупации несколько комиссариков были оставлены комиссарить для скорейшего привлечения населения к немецкому порядку — но немцы были ребята плоские, где им дотумкать.

— Доброго здоровьичка, — приветно поздоровался Паша и протянул Эверштейну ладошку дощечкой. Эверштейн ладошку пожал, неприятно дивясь ее шершавой твердости.

— Как спали-почивали? — заговорил Паша округлым, ладным говорком. — На пуховой-то подушечке больно хорошо: ровно как бы мамка тебя в люльке укачивает! Сладко эдак дремлется. Каково кушали?

— Не жалуемся, не жалуемся, — тем же говорком ответил Эверштейн. — У вас-то самих каких жалоб нет ли? Не забижают ли наши солдатики, не утесняют ли законные власти?

— Никак нет-с, никаких жалоб не имеем, хозяйским доглядом оченно довольны, — ласково рапортовал Паша.

— А скажи, Паша, не странно ли тебе, русскому человеку, что вдруг развелось столько ЖДов? — прямо спросил Эверштейн. — Ведь они вас, русских людей, споить могут, очень свободно. Ась?

Паша уже просек, как его, русского человека, будут сейчас использовать, но для порядку выразил изумление.

— Да это как же-с, как же такое возможно-с? — расшаркнулся он. — Веселие Руси есть пити, не можем без того писати!

— Э, нет. Это ты мне не вкручивай. Нешто стали бы на Руси пить, кабы не ЖДовские шинки? — тем же дурашливым распевом принялся уговаривать Эверштейн. — Энто все мы, сердешные.

— Точно вы? — как бы в недоумении спросил Паша.

— Дык! И я больше скажу тебе, Паша. Ежели бы ты и остальных подсобрал, да напомнил бы им, откуда пошло главное зло, иродище хазарское, — то это и было бы самое что ни есть благое дело. Ась?

— Да ведь ежели мы вас, пожалуй, побьем, — рассудительно заговорил Паша, — то вы нас теперь, пожалуй, убьете!

— Отнюдь нет, — еще ласковей сказал Эверштейн. — Вы надобны. Вы разбойнички лихие, люди удалые, ушкуйные. Что ж дух томить, в затворе перепревать? Вам надобно разгуляться, раззудеться, потешить силушку. Конечно, времена таперича не прежния, так что вы особо-то, голуби мои соколы, не ушкуйтеся. Слегка тушуйтеся. Но пошумливайте, пошумливайте. Иначе оккупационная власть обнаглеет уже совершенно. Со своей же стороны могу пообещать вот это, — и Эверштейн вручил Звонареву стилизованный кожаный кошель с червонцами.

— Без, говорите, членовредительства? — с некоторым злорадством поинтересовался Паша.

— Без, говорю, — кивнул Эверштейн. — А то ведь и мы членовредить можем, ай не слышали?

— Так-то оно так, — сказал неисправимый варяг, быстро переходя с дурашливого на общечеловеческий. — Однако мировому сообществу, как могу наблюдать, сейчас не очень-то до вас, милые, да и не до нас, сирых. Так что ежели что вдруг ненароком того-сего случится, то и жаловаться будет особенно некому. Я хоть и коллаборационист беспринципный, вырожденец алчный, а все ж таки варяг природный, и если мы вас, хазарские морды, чуток пощиплем на оккупированных территориях — война нам все это дело спишет, не находите?

— А мировому сообществу, думаешь, теперь без разницы? — подначил Эверштейн.

— Точно так и думаю-с, ваше препархачество. Ежели бы оно не так, все мировое сообщество давно бы уже тут кучковалося, нашей землей наслаждалося, трудовым нашим потом питалося. Но поколику мы более никому не надобны, а место наше пропащее, погиблое, то и мировому сообществу до всего тут делающегося никакого дела более нет, ему бы с муслимами разобраться. Надоели вы, скажу, всему мировому сообществу по самое не могу, оттого и кагана́та вашего никто уже не спонсирует, и нет более никакого кагана́та, если начистоту. Ась?

— И то резон, — легко согласился Эверштейн. — На черта нам теперь кагана́т, когда мы на свою землю вернулись?

— Ну, какая она вам своя, про то мы хорошо знаем, — мрачно заметил Звонарев. — И ты смотри у меня, рожа хазарская, не бери на себя много, а то покоцаю. Будешь руководить патриотическим движением — так в тыкву дам, что семечки посыплются. Патриотическое движение есть самочинный порыв народных масс, а не хрен хазарский обрезанный. Понял ли?

— Как не понять, — слаще сахару осклабился Эверштейн и вытащил второй кошель.

<h2 style="text-align:center">4</h2>

— Ты здесь? — осторожно спросил Волохов.

Женькин мобильный весь день не отвечал, но он все равно отправился в баню в условленный час — мало ли, не могла ответить ему прилюдно... В конце концов, если бы у нее что-то случилось, она бы просто отключила телефон, и все. А тут гудки. Надо идти.

— Да-да, милый, — ответил визгливый глумливый тенорок. — Я здесь, я вся твоя!

Волохов включил фонарь. К чертям безопасность, все равно уже накрыли. Тенорок был ему смутно знаком. Прямо на лавке, поблескивая очками и лысиной, сидел и широко ему улыбался Константин Гуров собственной персоной.

— А где наша Женя? — пищал Гуров. — А нету нашей Жени! Вместо подруги мы обрели друга. Обними же меня, любимый, займемся любовью, а не войнами.

— Какого хера ты тут делаешь? — спросил Волохов, пряча глаза. Ему казалось, что от страха и злости у него все лицо дергается. Вдобавок ему было стыдно.

— Жду тебя, — продолжал глумиться Гуров. — А ты мне словно и не рад, милый. Жди меня, и я вернусь, только очень жди! Жди, когда наводят гнусь желтые ЖД... Тебе не кажется, что это сущий манифест ЖД? — сказал он уже обычным своим голосом. — Сплошное ЖД, прямо-таки рефреном. Жди, когда снега метут, жди, когда жара, жди, когда других не ждут... И вообще, было в нем что-то хазарское. Картавость эта, и «Убей его» — совершенно ветхозаветные стихи... Интонация какая! Сколько раз увидишь его, столько раз его и убей. Ему, как известно, очень нравилось быть хазаром среди варягов и наоборот. Знаменательный случай слияния варяжской этики с хазарской эстетикой, — первый признак того, что злейшие враги уравнялись...

— Позвездеть ты, Гуров, любишь, это точно.

— Ну а что еще делать? Мешки ворочать? Варяги пусть мешки ворочают...

— Где она?

— Она довольно далеко, — вкусно затягиваясь сигареткой, сказал Гуров. — И скоро будет еще дальше. Сильно подозреваю, что увидитесь вы нескоро, если увидитесь вообще. Ай, ай, какое горе. Руки распускать не вздумай, оружие при мне, и владею я им прилично. А теперь настало время познакомить нашего мальчика с некоторой частью его родной мифологии. Надо же знать свой край, как говорят варяги. Кстати, лишний пример полного непонимания нашего праязыка. Край по-нашему — предел, граница. А часть территории — крой. Местность, которую кто-то покрыл. Отсюда же и кройка — ткань делится, как карта. Надо знать свой крой. Смешно же знать свой край, то есть предел. Его никто не знает.

Волохов молчал.

— Короче, — сухо продолжал Гуров, — я тебе, Володя, не враг, ты мне, Володя, брат. И тебя я сроду никуда не пошлю, потому что мне мой край очень хорошо известен. А хазаркам нечего крутить амуры с коренным населением, особенно теперь, когда всякий час на счету. Что сроки близятся — вижу, а откуда шандарахнет — не вижу, такой у меня край, а Василий Иванович ушел, спросить не у кого.

— Какой Василий Иванович? — спросил Волохов.

— Не обращай внимания, считай, что Чапаев. Ну так вот, друг милый. Что ходим мы по кругу — это мы с тобой обсуждали многократно. Хождению этому не было бы края, кабы не одно специальное пророчество, известное нашему племени с давних времен. Угнетать нас по очереди можно сколько угодно, а вот в брак вступать с угнетателями можно избирательно. Потому что родиться от этого брака может тот, кто всему нашему роду положит начало. Что такое начало, надо тебе объяснять или сам догадаешься?

— Где она? — снова спросил Волохов.

— Жива-здорова, прояви терпение. Мог бы и не перебивать старшего по званию. Начало, милый друг, — это самый и есть конец нашей истории в той версии, которую мы доселе знаем. Привет всему, проще говоря. И настанет этот привет в одном из двух случаев, либо в обоих сразу, чего, как я понимаю, можно сегодня опасаться. Либо славного рода наш человек полюбит хазарку, либо славного рода наша девушка полюбит варяга. И тогда амба, пожар, потоп и короткое размыкание. Случаи подобные бывали, примеры суть многи, и всякий раз история хитроумно вмешивалась. Или не история. Или не хитроумно. Пару раз совсем уж было на грани останавливали — царевич Алексей, нашей девушки отпрыск, почти-почти батюшку сдвинул, но оговорили и царевича. Много, много было разного, а ты как думал. История — жестокое дело. Но тут уж, как говорится, выбирай: либо ты одного царевича оговоришь, либо всю страну к чертям провалишь. Так и дожили до двадцать первого, и еще проживем, хотя отдельные знамения подсказывают... подсказывают... — Гуров глубоко вздохнул и затушил сигарету. — А прочие цивилизации — где они, желал бы я знать? И Риму привет, и Византии привет, и Америке скоро то же самое, а Европа, мнится, давно уже. В то время как мы себе живем в прекрасной неприкосновенности, и убыль от всех захватов и тираний не превышает естественной убыли от старости и пьянства, которое, кстати, одних губит, а другим открывает высшие миры. Об этом подробнее в свое время. Вопросы, майор Волохов?

— И ты хочешь сказать, — медленно выговорил Волохов, — что из-за этого вашего мудацкого суеверия... я больше не увижу Женьку?

— Ну, это дело твое. Захочешь — увидишь.

— Где она?! — в третий раз повторил Волохов, сжав кулаки.

— Есть такая деревня — забыл, как называется, — сказал Гуров. — Деревень, собственно, две. Все остальные созданы по их образу и подобию. В одной деревне все есть, и она называется Дегунино. В другой ничего нет, и ее названия никто толком не помнит, потому что никто еще оттуда не возвращался. Интересная очень местность. Что туда ни попадает, все пропадает. Очень может быть, что там замечательно, и именно поэтому никто оттуда не вернулся. Самолеты над ней не летают, чтобы никто не увидел, как там замечательно. Поезда, правда, ходят, потому что поезда ходят везде, это так положено. Но стоянка всего полминуты, и пассажиры всегда только сходят. Не заходят никогда, нет. Некому оттуда заходить. Машинисты стараются побыстрей проехать. Ну так вот, все деревни сделаны либо по дегунинскому, либо по вот этому второму образцу. В одних все есть, в других ничего нет, и никакой председатель этого не поправит. А почему это так распределено — никто не знает. Вероятно, от роду. Женька твоя сейчас едет в ту деревню и, по всей видимости, скоро узнает, хорошо там или плохо. А поскольку ты ей небезразличен, она уж как-нибудь даст тебе сигнал. Некоторые, говорят, умудряются.

Волохов молчал.

— Я тебе, Володя, должен был раньше сказать, но не хотел грузить, — мягко проговорил Гуров. — Ты, друг, не самого простого рода, это тебе помнить надо. Не высшая ступень иерархии, не жреческая, само собой, аристократия, — но волхв, волк, рудознатец и тайновидец, лозоходец и лесовод в лучшем виде. Знаешь, кто такой лесовод? Ты думаешь — он вроде садовника лесного? Брехня, Володя, искажение языка. Лесовод — тот, кто может людей два года по лесу водить и двум армиям глаза отводить, хорошо ли ты понял меня? Другой бы на твоем месте давно задумался — как это ты два года не воюешь, и никто еще тебя не поймал? Это, Володя, не всякому дастся, и не со всякой девушкой тебе, Володя, можно дело иметь. Мы тебе лучше найдем.

— А знаешь ты, Костя, как называется эта твоя деревня? — тихо спросил Волохов.

— Не знаю, милый, и тебе не советую.

— А я знаю, Костя. Деревня твоя называется Жадруново, хорошо ли ты слышал меня? Хочешь, Костя, пойти в Жадруново?

Гуров молчал, и лица его Волохов не видел. Он снова включил фонарик и вместо испуга увидел на этом лице не то жалость, не то досаду, словно Гуров раскусил горькую пилюлю и при этом пилюлю жалел.

— Это кто же тебя успел послать туда? — спросил он.

— Нашлось кому. Кстати, он тут неподалеку квартирует. Эверштейном звать.

— Убью суку, — зло сказал Гуров. — Какого человека в Жадруново послал. Волка в двадцатом колене, элиту нашу. Ну, погоди. Пойдешь ты у меня в Жадруново.

— Многовато нас будет в Жадрунове-то, — усмехнулся Волохов.

— Ничего, там просторно.

— А сам туда сходить не боишься?

— Я бы, может, и хотел, — спокойно ответил Гуров. — Интересно все-таки. Но, знаешь, не всякий меня туда и отправит. Человек-то я, Володя, не больно простой — понимаешь, в чем причина?

— Это точно, — кивнул Волохов. — Непростой.

— Да погоди, может, и на тебя не подействует. Эверштейн, конечно, много всего почитал и даже не без способностей, но каббала против наших умений слабовата. Я думаю, не пойдешь ты ни в какое Жадруново. В конце концов, ты и сам не последнего разбора волк...

— Нет, Костя, — твердо сказал Волохов. — В моем случае каббала работает как милая. В Жадруново я пойду, это как пить дать. Даже, что называется, к бабке не ходи.

— За Женькой, значит?

— Разумеется. Или ты думаешь, что я, альтернативщик с двумя образованиями, поверю в твою дурость насчет предсказания? Не смеши людей, Костя. Что ты ее туда отправил — Бог тебе судья, у меня, сам знаешь, не лежит душа людей убивать. Но чтобы я еще и поверил, будто ты мир спасаешь...

— Не мир, не мир, что мне мир? Я свое спасаю. И тут уж верь, не верь — дело твое.

— А как ты его спасаешь? — спросил Волохов, усаживаясь напротив. — Это вот хождение по кругу — и есть вечная жизнь в твоем варианте? Спасибо большое, не надо нам такого бессмертия. Это кого же ты спасаешь — население свое коренное, которое, кроме как вечно гнить, ничего больше не умеет? Нет, Гуров, погоди. Мы с Женькой в Жадрунове такой новый мир построим, такого начинателя родим, что вся ваша шарашкина контора с ее круговыми циклами треснет по швам, одна вонь останется!

— Что, и забеременела уже? — оживился Гуров.

— Представляешь, да! Только ты-то ее уже не догонишь, слабо тебе в Жадруново сунуться.

— Может, и слабо, — согласился Гуров. — А зачем мне ее там догонять? Есть у нас еще дома дела.

— Какие? Сохранять режим попеременной оккупации? Сильный проект, ничего не скажешь. Я тебе, Костя, всю твою мифологию разложу в пять минут. Любое общество раскалывается на варяг и хазар, любое, в полпинка! Потому, Костя, что Бог создал примерно поровну сторонников личности и поклонников общности, и это, к сожалению, как мужиков с бабами — ровно столько, чтобы не пресекся род человеческий. Так вот, во всем мире у людей есть что-то, кроме этого отличия. И только у нас — ничего, потому что мы не нация. А не нация мы, Костя, по милости таких, как ты, жрецов-охранителей, охренителей, сплотившихся в едином строю, чтобы у страны не дай Бог не завелась история. Понял ты, кто такие ваши варяги с хазарами? Это все наши, местные, у которых ничего нету, кроме первичного признака. Воюют члены с дырками, а толку чуть.

— Думай как знаешь. Каждый верит, как ему удобнее.

— Да что уж тут удобного, — окончательно разошелся Волохов. — Ты думаешь, на твоей земле два поработителя в очередь действуют? Так они на любой земле есть, и везде их терпят. Варяги в родной Скандинавии отлично себя чувствуют и по всему миру селятся, хазары в тех же Штатах и по прочему миру ни с кем не конфликтуют, кроме соседей по дому... И всем хорошо, и все довольны! Знаешь ты, почему они здесь превратились в такое дерьмо? И те, и другие? А я тебе скажу! Это все мы, коренное население. Мы это сделали, потому что мы такие.

— Какие же? — спросил Гуров ровным голосом.

— Да вот такие! Виктимность это называется, жертвенность, как угодно. Те вас насилуют, эти насилуют... Если все вас каждый день насилуют, может, вы как-нибудь не так лежите?

— О да, конечно. Жертва всегда виновата. Что-то на тебя, Володя, пребывание в варяжской армии странно действует, — сказал Гуров злым тонким голосом, и Волохов понял, что попал в цель. — Может, тебя в хазарскую пристроить, для равновесия? Я вот и там, и там свой человек.

— Ага. Друг на друга натравливаешь, чтобы нами не занялись.

— Конечно. Целое искусство.

— Ну, тебе-то легко, ты у нас гений. В этом нашем населении, Гуров, так все сбалансировано — любо-дорого! Девяносто процентов ничего не могут и не хотят, а десять умеют все. Вот как мы с тобой. Элита. Понимаю, Гуров, понимаю. Очень хорошо вижу, почему тебе нравится такая жизнь. На фоне этого населения ты кум королю. Кругом васьки, вон уж и догнили почти, — а тут ты, весь в белом, инспектор седьмой ступени. Начнется история — кто ты будешь? Дерьмо будешь. А так — страж порога, почетный караул, высшая доблесть. Судьбами вон рулишь.

— Ты, Володя, водички бы попил, что ли, — примирительно сказал Гуров.

— Сам попей, освежает. Сделали себе вечность, а? Да ты понимаешь, Гуров, что все варяжские зверства, все хазарские хитрости — от этого самого твоего населения, про которое ты мне столько распинался?!

— Почему же моего? Нашего, Володя.

— Нашего, нашего, черт бы нас драл! Нигде в мире больше нет такого населения! Это оно, оно же само все сделало, посмотри ты на милость, ведь от него действительно начнешь либо зверствовать, либо по лесам бегать! Ничего не усваивают, ничего не понимают, глядят сквозь тебя, не интересуются ничем, не хотят ничего! Это ты любишь? Ради этого все затеяно? Оно само и вырастило на себе таких захватчиков, потому что его только обманывать или только дубасить! Другое бы или скинуло их к чертям собачьим, или я не знаю что!

— Договаривай, — сказал Гуров. — Или вымерло.

— Да уж все лучше было бы!

— Не уверен. Ай, не уверен. Ты, Володя, хоть и волхв, а о коренных населениях мало знаешь. Они, Володя, и так уж вымерли почти. Мало нас осталось, наше вот живо, не в последнюю очередь усилиями сторожей, миллион извинений, конечно. Коренные населения — особая раса, Вова; это раса доисторическая, в полном смысле, ибо истории у нас не было. Зачем нам история, Вова? Мы и так друг друга понимаем.

Нам не надо лезть в начальники, волхвы, землевладельцы: мы ими, Вова, рождаемся. Все, за что прочие расы бьются, нам дано. Мы первое поколение земли, Володя. Певцы наши и странники, волхвы с их искусствами, лесоводы и лозоходцы с древним знанием — это давно, давно было, Володя. И почти ничего этого уже нет. Прочих истребили — я тебе рассказывал; выморила новая раса, народившаяся Бог весть откуда. Захватчики разные бывают. Почему они взялись — ну, тут не мне судить. Побочная ветвь, мутация. Агрессивные ребята, расплодились шибко, выживаемость высокая. У нас всего этого нет — мы мало что можем. Так, с землей иногда договориться, но в последнее время и земля не слушается. Мы знаешь почему выжили, Володя? Из всех коренных населений мира, индейцев, юкагиров, льянос, каско, майя, калигалов, бакаудов, торикасов, атлантов, цыган? Одни индусы остались, но тем уж очень с климатом повезло, и количество выручило... Лучше всех выжили мы, Вова, потому что такое уж нам выпало везение — два захватчика, по разные стороны. Это счастье наше, что они друг на друга так запали.

— И во что мы их превратили? — не сдавался Волохов. — Они же озверели тут с нами...

— Они совсем бы озверели, Володя. Они бы от нас человека живого не оставили, если б друг другом не занимались.

— Они и так озверели. Посмотри, что мы сделали с ними.

— Так и по заслугам, — ухмыльнулся Гуров. — Сами виноваты. На нас вины нет, Володя, тут не выбор наш — тут антропология. Не было у нас выхода, и не быть нам другими, хоть ты тресни. Оно, может, ты и прав — во всем прочем мире варяги с хазарами давно приличные люди, а у нас все завоеватели. Все никак завоевать не могут. Ну, так это наша миссия такая. Держали щит.

Волохов замолчал. Из него словно вынули скелет. Он сел на лавку, на которой еще так недавно, о Господи, лежала его Женька Долинская, ни в чем ни перед кем не виноватая, — и бессильно свесил руки между колен.

— Я все равно за ней пойду.

— Пойдешь, пойдешь. Думаешь, не пущу? Не буду я тебя останавливать, иди, пожалуйста...

— Но ее-то за что?! — не выдержал Волохов. — Что тебе баба сделала?!

— А кто ее звал сюда, твою бабу? — прищурившись, спросил Гуров. — Сбежала — там и жила бы... Нет, ЖД — ждущие дня! День настал, пора вернуть эту землю себе! Или, скажешь, она в гости приехала?

— Она приехала ко мне, — сказал Волохов.

— Ну да, ну да. И Эверштейн к тебе, проконсультироваться... И все они к тебе, повидаться...

— Ты мне вот что скажи, Гуров. Долго ты еще рассчитываешь за всеми местными бабами следить, как бы они варягу не дали? И за бабами хазарскими, чтобы с нами не спали?

— Следим покуда, — пожал плечами Гуров. — До сих пор получалось, глядишь, и дальше не пропадем...

— Не уверен. У меня такое чувство, что нельзя вечно бегать по кругу. Вагоны начнут отваливаться, колеса ржавеют...

— По крайней мере они ржавеют дольше, чем разваливается обреченный вагон первого класса, ездящий по прямой, — раздельно, как ребенку, объяснил Гуров. — Наше дело — подбрасывать щепки в костер: пусть они топчут друг друга и вообще живут как угодно — но пусть не прекращают отрицательной селекции и берут верх друг над другом. Потому что мы в это время продолжим единственно нам любезную жизнь вне истории, — при этих словах он потянулся и замурлыкал, как сытый кот.

— И тебе все это нравится? Вот это?! — Волохов обвел широким жестом шершавые мокрые стены убогой баньки. Одну стену он задел, и прочь побежала испуганная мокрица.

— Банька-то с пауками? — спросил Гуров, закуривая, и при свете зажигалки Волохов увидел, что инспектор ласково улыбается. — Ничего банька, других не хуже... С этими научились, с теми приспособились — ну и все, и пожалуйста, меняйтесь, пока не надоест. А не надоест им никогда, потому что они друг без друга жить не могут. Мы их топливо, они наша крыша. Вечный двигатель это, понимаешь ты, Волохов? Я же рассказывал тебе, да ты не понял. Это не они нас, это мы их на себе разводим. Коренные населения — они тем и отличаются от захватчиков, Володя, что сопротивляться не умеют. Работать — да, сопротивляться — уволь. Так вот, чем десять волн через себя пропускать, мы, по-моему, ловко устроились — не находишь? И не дам я такой хороший перпетуум мобиле разрушать даже из-за самой рыжей девки, хорошо ли ты меня понял, майор?

— Хорошо, — сказал Волохов. — Куда уж лучше.

— Что, скажешь, неправда все?

— Почему, правда. Нравится младенцу в утробе, вот он и решил не рождаться.

— Дело, дело. Чего рождаться-то? Кто родился, тот и умер, а нам и тут неплохо. Можно прекрасными вещами заниматься. Пока твои так называемые нации медленно помирают, наша думает о главных вещах. Понемногу странствует. Сочиняет очень недурные стишки на родном языке. Поет песни. Хранит фольклор. Девушки замечательные, жрецы талантливые, земледельцы такие, каких ни в одной другой стране не осталось. Земля у них сама родит, яблоня плоды приносит, печка пироги печет. О чем ни попросишь, само делается. Вот скажу я баньке — банька, топись! — и затопится банька, слышь, Волохов? А скажешь ты — и тоже затопится, потому что коренное население. Вот скажи: топись, банька!

— Рухни, банька, — сказал Волохов.

— Дурак ты, — беззлобно отозвался Гуров. — Рухни — варяжское слово, она на этом языке не понимает. А вот «топись» — понимает.

Влажный жар медленно поднимался вокруг. Голова у Волохова закружилась.

— Что, попаримся, майор? — спросил Гуров. — Банька — она ведь чтобы париться, а не чтобы с захватчиками спать.

Какого парку закажешь? Березового, облепихового, эвкалиптового?

— Серного, — сказал Волохов и выскочил наружу. В бане становилось жарко, он еле выдерживал липкий, обволакивающий пар. Из белого облака, которым окуталась баня, доносилось довольное, заливистое похохатывание Гурова.

До своих Волохов бежал опрометью, словно от погони. Он поднял отряд на рассвете, в шестом часу утра.

— Подъем! — закричал он. — Выступаем немедленно. Десять минут на оправку, пять на перекур, и вперед.

Серое, сырое пространство расстилалось вокруг него. Ближе к утру пошел мелкий дождь, он смутно сеялся на серые избы и старые заборы, и все вокруг было так невыносимо второсортно, так безысходно кисло, что сама мысль о бесконечной — сколько там еще до конца? — жизни без Женьки наводила смертную тоску. Если это не желает кончаться, мы кончимся сами. Даже птицы, кажется, собрались жить вечно и косились на Волохова презрительно. Ну да, говорило все вокруг, мы и это переживем, и очень отлично. Хорошо же, подумал Волохов, приятно вам покачаться на ваших вечных качелях. Одна приличная баба почтила собой это протухшее пространство, и ту оно попыталось сожрать — хорошо, посмотрим, посмотрим.

— Куда мы, командир? — несмело спросила медсестра Анюта на правах женщины, которой дозволялось любопытство.

— Есть такая деревня — Жадруново, — сказал Волохов. — Все пойдем туда.

Глава третья. Город Блатск

1

Город Блатск располагался в северной, болотистой части среднерусской равнины, за что и получил прозвание, — но в последние десять лет оправдывал его иначе. В силу странной особенности умирающих государств — сплочения населения в изолированные кланы, — Блатск стал меккой российской блатоты, у которой был здесь мозговой центр, штаб и средоточие светской жизни.

Объяснить, почему в гибнущих сообществах население кучкуется по возрастному, земляческому или профессиональному признаку, почему на третий год войны пенсионеры сосредоточились в спальных районах, блатные в Блатске, а красивые бабы, рыжие люди и велосипедисты расселились по немногим функционирующим городам средней полосы, — никто не брался. Сознавать себя и задумываться о происходящем больной может лишь до тех пор, пока страдание его не переходит за некую границу; после того умирание становится его главным делом, и докладывать себе или окружающим о переменах он уже не в силе. Между тем тут было над чем задуматься: наиболее вероятная причина состояла в отсутствии цементирующего начала, когда всякий спасается в одиночку или с ближайшими товарищами, а товарищей выбирает по так называемым имманентным признакам. И если для незначительного меньшинства, которому диктует дух, а не тело, родня в такие именно минуты становится всего непонятней и чужей, то большинство соединяется в кучки, спаянные общностью древнего и земляного, а на деле внешнего и случайного. Высшие формы жизни в умирающем теле утрачены.

Блатск не всегда был средоточием блатоты: еще лет за десять до войны он был обычной русской провинцией, с хиреющим драмтеатром и музеем местных промыслов (тут мастерски валяли ваньку — шерстяного человека с руками, ногами и, по особому заказу, хуем; правда, про последнее все больше ходили легенды — есть, мол, тайный мастер, но пьет и в последнее время капризничает). Постепенно, однако, в город стали наезжать на свои загадочные толковища те, кого называли теперь настоящими хозяевами страны. Причиной тому послужила труднодоступность Блатска: хотя хозяева и легализовались, и уж по телевизору открыто рассказывали, что только в их сообществе и осталась еще честь, а менты все суки, — но тайным своим инстинктом места для главных встреч они старались избирать особые, подальше от людных магистралей. В этом смысле Блатску повезло сказочно: добраться туда по нынешним временам мог только очень упорный турист. Во времена оны Блатск был важным перевалочным пунктом на пути из варяг в греки, но с тех пор, как варяги окончательно завладели Русью, греки им стали без надобности. Такая уж здесь была удивительная земля, что никуда отсюда не хотелось, — и торговый путь сначала захирел, а потом и заболотился. Так город, называвшийся прежде Братском в знак греко-варяжской дружественности, сделался Блатском и под этим названием упоминался в летописях с двенадцатого века. На гербе его изображался шерстяной валяный человек, раскинувший руки как бы для объятия, на ровном зеленом фоне, означавшем собою то ли болото, то ли стабильность.

Все русские города делятся на две категории, неспешно продолжал рассказчик, брезгуя переходить к сути. Одни стоят близ больших проезжих дорог, и жизнь там неспокойная. Жители таких городов кормятся с потока путников, текущего сквозь них, и сами всю жизнь мечтают, что вот когда-нибудь уедут; в таких городах непременно поддерживается легенда об одном счастливце-горожанине, который не просто мечтал, а вот уехал же! Он возвращался потом — исключительно чтобы дать прочим представление о бессмысленности всякой суеты. Города, стоящие у дорог, неспокойны и суетны. В них думают, что можно сняться с места, и это что-нибудь изменит. Люди, живущие там, боятся заглянуть в себя — и думают, что в путешествии, из вагонного либо самолетного окна, можно увидеть что-нибудь другое. В языке коренного населения, впоследствии почти забытом, противоположность понятий выражалась простой перестановкой букв — дорога и огород, то есть разомкнутое и замкнутое пространство. Так же противополагались рука и кура, гора и рога, добро и бодро — но подлинный смысл их забылся во времена первых оккупаций, когда захватчики наклеивали туземное слово, как этикетку, на первый попавшийся предмет: так кура перестала быть ногой и сделалась птицей, рога перестали быть оврагом и объявились принадлежностью скота, а бодрость из противоположности добра сделалась его странной принадлежностью, кто добр, мол, тот и весел. Мы давно уже пишем и говорим языком захватчиков, в котором слова все остались прежние, коренные, но смысл их непоправимо утрачен. Ах, корявая радость, громкий обморок передышки, угрюмство радужного выхода, раскосый булками взгляд бестелесной, скотски хромой обители, высоко убитой стенами недоверчивой хромоты, взрывы распухшей, обернувшейся жимолости, живописи, раскрученной сумеречной утраты в колченогой промоине грозно аукнувшейся стороны... только тайная струна какая-то вздрогнет в душе при звуках этой забытой речи, словно в бессмыслице отзовется вдруг древний смысл — и тут же милосердная память задернет занавеску: не смотри туда, там травма.

Но есть другие города — стоящие далеко от проезжих дорог: в них уже знают, что уехать некуда, и никуда не хотят. В городах этих живут, не сообразуясь с требованиями общепринятых условностей: улицы ходят распустехами, домишки давно не подновлялись, колодцы сгнили. Когда советская власть, замешанная на хазарском бунте и отвердевшая в виде варяжской мести, добирается до этих городов — она наводит кратковременный марафет, снося для порядку пару храмов и выстраивая магазин «Культтовары», в котором и по сию пору продаются уцененные грампластинки, но и это все быстро подергивается пылью, рутиной, тиной, будто и не было никаких перемен, а всегда стоял тут давно лишившийся мяча гипсовый баскетболист. Так жил и Блатск, привлекательный для блатоты именно тем, что здесь никому не пришло бы в голову искать ее. Что до местного населения, сразу опознававшего пришлых, — коренное население было смиренно и ко всяким гостям относилось по-братски, блатски, с равнодушием всепоглощающего болота.

Блатные всегда гордились подлинным интернационализмом — в их сообществах не было ни эллина, ни иудея, ибо на пределе падения все одинаковы, и в полной тьме не различают цветов. Блатные сочетали хазарский расчет с варяжским надрывом, варяжскую жестокость с хазарской хитростью — и гениально пользовались этой обоюдностью: хазар они приманивали на хазарское, а потом поступали с ними, как варяги. Случалось и обратное — даже и чаще. Варяги и хазары злились поопервости, но потом восхищенно цокали языками — они уважали блатных за шикарную непоследовательность. В блатные шли самые отмороженные захватчики — те, для кого не было вовсе уже никаких правил; хазары, которые не прочь продать варягам оружие, варяги, готовые сдавать своих за деньги чужих. Славно жилось им! Просто рядовые варяги, как и рядовые хазары, не дошли еще до той степени падения, при которой ненависть к роду человеческому становится сильнее ненависти друг к другу. Варяжские барды романтизировали блатоту и учились у нее — лучшие их патриотические песни были сочинены на блатные мотивы, а в кругах высшего варяжства ценились наколки и феня; хазары чтили блатных за отважное презрение к государству и называли их оплотом свободы.

До недавнего времени в Блатске кое-кто еще работал. Все уже знали, что это нерентабельно, что в качестве обычного города Блатск неэффективен, а выжить может только как блатная Мекка, где прогуливают шальные бабки и проводят темные сходки, — но коренное население умело только работать, а от праздности в буквальном смысле вымирало. Работа была его воздухом — не средством забвения, как думали иные, не тупой скотской повинностью, а нормальным состоянием, без которого никак. Когда при очередном хазарском пришествии работы нигде не стало, закрылись обувная фабрика, цементный завод и кружок хорового пения при дворце культуры, — население быстро сбежало или вымерло, так что из коренных жителей Блатска очень скоро остался один-единственный фермер, который и содержал весь город, не особенно напрягаясь. Звали его Иван Заварзин. Почувствовав, что работы в Блатске больше не будет, он на жалком своем приусадебном участке завел рогатый скот, принялся торговать молоком и соленьями, постепенно расширил дело, всю семью приспособил под обработку бывшей колхозной, а ныне бесхозной земли — а поскольку коренные умели с землей договариваться и получали в год по три урожая, ферма его процвела, как процветал прежде его обувной цех. Заварзин кормил весь Блатск яблоками и картошкой, мясо его коров было сочным, козье молоко — жирным, и он даже радовался поначалу этой новой власти — ведь так и проработал бы обувщиком, не узнав истинного признания; но тут на него наехал рэкет.

Блатные в первое время вели себя в Блатске как гости, но со временем перешли на положение хозяев. В городе решались главные дела, стрелялись стрелки, терлись терки — надо было подгребать под себя зарвавшееся население, решившее было, что руководить им теперь некому. Очень есть кому! Не сказать, чтобы от блатных было одно разорение: после того, как коренные начали вымирать, в Блатске образовался детский дом, где жили осиротевшие дети, и блатные, по страстной своей любви к вдовам и сиротам, стали этот детский дом подкармливать и обогащать. Для детей построили сауну, и многие блатные заезжали в эту сауну погладить детей, приласкать их. Количество вдов и сирот в Блатске неуклонно увеличивалось, ибо блатным требовалось где-то жить — а население не всегда готово было добровольно предоставить квартиру, и приходилось со старшими разбираться, а младших отправлять в детский дом с сауной. Дом вскоре озолотился, там настелили ковры, выстроили при нем и часовенку, куда блатные захаживали после сауны, иногда прихватывая и детей; им нравилось ласкать их в часовенке, в этом было что-то особенное, почти как в сауне, только здесь грелся и парился дух. Постепенно руки у блатных дошли и до Заварзина — он явно не понимал, кто в городе хозяин. Его обложили сначала сравнительно легкою данью, но он, словно не поняв сигнала, только пуще расцвел. Тогда за него взялись всерьез. Заварзин платил готовно, не возражая, — как печь, норовящая угостить путника пирогами, — и главная цель рэкета оставалась не достигнута. Всякий рэкет, как знает всякий рэкетир, имеет главной целью вовсе не рубку бабок: бабки можно отнять у прохожего, вынуть из сейфа, вытрясти из государства тысячей тонких способов. Рэкет призван показать работяге, кто есть кто; сделать труд из радости — позором, ибо единственной целью такого труда становится прокорм рэкетира; обернуть счастье — унижением, ибо каждый Божий день начинается теперь с мысли о том, что через десять-девять-восемь дней приедет настоящий хозяин, пригнет, рыгнет, с довольным хохотком выгребет дань и осведомится напоследок, хорошо ли поспевает младшенькая, а то со старшенькой ему уже скучно. Рэкет для того только нужен, чтобы работяга знал свое место, понимал, что настоящая жизнь — не его прозябанье в навозе, а разгул в ресторане «Золотой Сочи», широкий, с ковырянием в зубах, с перестрелкой в конце и пышными похоронами под ружейно-шампанский салют. Но Заварзин никак не желал сечь фишку, труд его продолжал оставаться радостью — и его облагали все новыми и новыми данями, от души гогоча на стрелках над тем, как платит лох и тамбовским, и солнцевским, и ташкентским, которые все теперь были блатскими, — и только когда очередная крыша, бодро посулив защиту от всех остальных, отобрала у него все дочиста и сожгла амбар, Заварзин повесился у себя в сарае. Жена его, спасая дочерей, быстро куда-то съехала. Поначалу блатота ликовала, показав лоху его истинное место, — и забеспокоилась только на третий день, когда в городе стало нечего есть.

Блатные призадумались. Выскребли все, что было в магазинах, — но там обнаружилось одно хозяйственное мыло; кроме Заварзина, никто ничего не производил. Обыскали все заварзинские сусеки — чисто, словно с собой все забрал; и точно, глубоко в небесах плыло облако, похожее на корову, а облако, похожее на Заварзина, ласково доило ее. Блатные поняли, что начались голодные галлюцинации. Один из них, самый слабодушный, попытался ковырять землю заварзинской лопатой — но земля была твердой, не поддавалась, да и кой черт ковырять, ежели что-то вырастет не раньше как через месяц! Кто-то сбежал из города, но оставлять резиденцию было западло — порешили поесть человечины, начали с сироток, — сиротки были кормленые, нежные, — но их не хватало на всех, и не за этим, в конце концов, они были нужны!

Разумеется, все как-то устроилось — и даже стало лучше прежнего. В Блатске немедленно раскатали бетонную взлетно-посадочную полосу (слова «посадка» здесь, однако, не употребляли, говорили, что самолет заземляется), и в город хлынул настоящий импортный продукт. В местные магазины он не поступал, распределялся сразу в рестораны, которых в городке открылось видимо-невидимо — почти по числу домов. Остаткам населения сбрасывались объедки пиршеств. Сироток поднимали с кроватей ближе к утру и вызывали подлизывать тарелки. «Маленькая Одесса», «Бичи Брайтона», «Камелек», «Привал романтика» и «Охотничья избушка», варяжские и хазарские, с гуслярами и скрипачами, отдельными кабинетами и подвальными банями, стриптизом и минетом — заполнили Блатск в считанные месяцы, и блатные говаривали не без гордости, что обеспечили жителей рабочими местами; суть, однако, была в том, чтобы работа эта была особенного свойства. В понимании коренного населения она не была работой вовсе, поскольку не вела к производству новых сущностей или хоть подлатыванию старых: все это было обслуживание, которое, согласно хазарскому учению, заняло наконец место производства. Новая хазарская доктрина утверждала, что в новой эре производство товара уходит на второй план (или загоняется в самое глубокое подполье), тогда как главной силой общества становится реклама этого товара и потребление его. Героем считается не тот, кто лучше произвел, но тот, кто больше потребил. Доктрина эта была по сути не столько хазарской, сколько блатной, потому что именно блатные считали трудом только то, что было направлено к их комфорту и благу. Позорно было вкалывать на заводе или пахать в колхозе, и тружеником мог считаться только тот, кто накрывал поляну, пел посетителям «Избушки» во время трапезы и делал минет после. Все прочее производство в Блатске надлежало упразднить, что и было исполнено.

Постепенно блатные обосновывались, обрастали недвижимостью, строили в Блатске и вокруг гигантские особняки — это называлось инвестициями в экономику города, который и вправду обогащался невиданными темпами. Блатные были теперь хозяевами, а в гости наезжала публика из столицы да из областных центров — решать вопросы. В Блатске действовал особый этикет, изучению которого со специальными педагогами политики посвящали досуг. Не дай Бог было не так встать или обратиться — в Блатске строго спрашивали за базар, причем только с приезжих: блатные, согласно блатному кодексу, имели право вести себя как угодно. Некоторые политики, заезжая за консультацией или услугой, заказывали себе наколки, дабы доказать, что и они не лыком шиты, — но их в Блатске живо разоблачали: тут была своя компьютерная база — кто зону топтал, кто коронован, кто закашивает. У татуированного тут же снимали отпечатки пальцев, прогоняли его по базе данных и, не обнаружив судимости, опускали. Смыть клеймо он мог только очень серьезной суммой — тогда его, что называется, «поднимали» (процедура эта заключалась в том, что поднимаемый обязан был в знак своей благодарности совершить такой же акт мужеложства с кем-нибудь из специально привезенных сироток, а потом купить ему конфет).

Громов с Вороновым прибыли в Блатск рейсовым автобусом — последним видом общественного транспорта в городе; местные жители давно, как в Америке, передвигались на машинах, даже таксисты съехали отсюда, потому что понадобиться могли только пьяным, а пьяные в Блатске с некоторых пор решительно садились за руль, потому что и полиция была из своих. Рейсовый автобус не отменяли только для виду, он и ходил-то сюда раз в неделю. Сразу же на площади перед автовокзалом начинался неутомимый лохотрон. Из желтых ларьков наперебой неслись песни «Лесоповала», «Колымского привета», «Конвоя», «Шмар» и «Шалашовок». О гастроли очередного состава «Шалашовок» извещала афиша на стене казино «Централ», названного так по причине центрального расположения. Семь наперсточников сидели в ряд посреди чахлого скверика. Наебывать в Блатске было некого — разве чудом забредет случайный лох, не знающий, что тут за город, — и они от скуки наебывали друг друга. В стороне артистически щипались трое щипачей. Еще трое жизнерадостных людей тотчас подошли к Воронову с Громовым и представились сотрудниками пятого канала, проводящими в городе беспроигрышную лотерею: приезжим страшно повезло, и теперь, заплатив по тысяче рублей каждый, они могли принять участие в розыгрыше призов: китайской мясорубки, китайской зубочистки и китайской мандавошки. Выигравший мандавошку после уплаты еще тысячи рублей получал право на участие в розыгрыше других призов, перечисления которых Громов не дослушал. Он с трудом сдержал желание сразу вырубить всех троих и спокойно, насколько мог, спросил, когда автобус на Копосово.

— Ай, нанэ-нанэ! Зачем тебе Копосово, братка? — спросил чернявый, с серьгой в ухе. — Оставайся тут, тут сладко!

— Автобус на Копосово когда? — громко, как глухому, повторил Громов.

— А в Копосово тебе зачем? — так же громко, под гоготание прочих, повторил чернявый.

— Я туда еду, — объяснил Громов.

— А едешь зачем? — Новый человек был в Блатске редкостью, и отпускать его без потехи здесь не собирались.

— Мне туда надо, — сказал Громов.

— А надо зачем? — спросил цыганистый. — У, ты скучный какой! Ты как мент. Ты мент, братка? Если ты мент, ты не братка.

Само собой, у Громова было оружие, но один против всех он бы тут не сладил: подтягивались наперсточники, заинтересованно приглядывались щипачи. В это мгновение Воронов снова удивил его:

— Нам бы к Руслану, братка, — сказал он просительно. — Маляву к Руслану имеем.

— Тю! — сказал цыганистый. — Что ж молчите? А говоришь, в Копосово. Какое Копосово, когда к Руслану?

— А потом в Копосово, — объяснил Воронов. — Повидаемся с Русланом, да и поедем. А?

— На Копосово давно нет ничего, — сказал цыганистый. — Это вам автобусом надо назад на Коноши, а из Коношей через день автобус ходит. Только на Коноши он нескоро пойдет, часа в четыре...

— Ну, а Руслан-то где, дяинька? — жалобно спросил Воронов.

— Руслан сейчас в сауне, — уважительно отвечал цыганистый. Громов с облегчением увидел, как наперсточники разочарованно возвращаются к своим наперсткам, а щипачи — к прерванному взаимному ощупыванию-ощипыванию. — А вот вечером Гоша Гомельский юбилей празднует в «Остапе» — там и Руслан будет, и все. Что за малява-то?

— Ой, такая малява, — сказал Воронов уважительно, — большая малява! Самому ему велено, в белы ручки. Спасибо, дяинька, — и потащил Громова за руку прочь с площади.

— Что за Руслан? — тихо спросил Громов, когда они отошли на безопасное расстояние.

— А вы не знаете разве, товарищ капитан? — изумленно переспросил рядовой. — Иерей Плоскорылов рассказывал.

— Я не слушаю лекции иерея Плоскорылова, — еле сдерживая ярость, ответил Громов. Сама мысль о том, что он, боевой офицер, мог таскаться на лекции штабного жирдяя, сроду не бывавшего в окопе, выводила его из себя.

— А... А то в Баскакове всех офицеров таскают.

— Это не офицеры, а штабисты.

— Да-да, конечно, — заторопился Воронов. — Он, короче, рассказывал — а они до солдат доводили, — что есть такой Руслан Блатский, спонсор православного воинства. Они в Блатске, конечно, не особо разбирают, кто за кого, но он очень в Бога верует. Поэтому спонсирует православное воинство. А Нодари Батумский не верует и спонсирует ЖД. Это у них игра такая, я еще дома слыхал. Вроде тотализатора. Но Руслан — он очень уважаемый в православном воинстве, он за границей консервы закупает и вообще, говорят, много помог.

— Надо было мне слушать Плоскорылова, — сказал Громов. — Интересные спонсоры у православного воинства...

— А для вас разве что-нибудь изменится? — простодушно спросил Воронов. — Вы же все равно долг исполняете. Так какая вам разница, на чьи деньги?

Громов хотел было сказать Воронову, что он много разговаривает, но вспомнил, что Воронов выручает его уже во второй раз. Вдобавок ему было стыдно перед ним — ведь это по его вине они вместо Копосова заехали в Блатск. Черт ногу сломит с этими названиями, бесконечными деревнями и автобусами, ходящими через день. Так они точно не поспеют в назначенный Гуровым срок и не встретят чертову девку с ее чертовым покровителем. Громов заблудился не по своей вине — он отлично ориентировался на местности, но все старые карты давно врали, а новых не составляли. Одних деревень не существовало уже к началу войны, другие спалили во время первых боев, когда еще стреляли по-настоящему, а третьи переименовывались захватчиками — одних Новых Иерусалимов и Китежей появилось по десятку. Правду сказать, уже на выходе из леса они взяли западней, чем надо, — или Черепанов нарочно указал неверный ориентир, — но вместо Копосова они вышли в Чумичкино, а в Чумичкине единственная старуха, доживавшая там век в серой избе среди засаленных тряпок, сказала им, что надо идти на бетонку, там ходит автобус. Автобус и завез их в Блатск — кто же знал, что там есть другой автобус, до Копосова? Чудом было то, что им встретился хоть какой-то...

— И что, теперь нам к Руслану? — спросил Громов.

— Нет, к Руслану не надо. У меня к нему нет никакой малявы.

— Я вот думаю, Воронов, — сказал Громов задумчиво. — Малый ты вроде неглупый, даже с реакцией. Что ж ничего не выдумал, когда тебя на дознание таскали? Тебя ж расстреляли без пять минут. Или нет?

— Почти расстреляли, — с готовностью произнес Воронов. Он даже не дергался, когда капитан прикасался к его главной болевой точке.

— Что ж ты, отмазаться не мог?

— Да я, как бы сказать... — замялся Воронов. — Они же меня не за что-то хотели расстрелять, а потому что.

— И почему же?

— Вот этого я, товарищ капитан, внятно не расскажу, — виновато сказал Воронов. — Что-то есть, наверное. Я и сам во время допроса, когда меня капитан Евдокимов вызвал, — что-то такое чувствовал с самого начала, а как сказать — не понимаю. В общем, мы разные с ним люди, совершенно разные. И рядовой Пахарев, который меня охранял, — тоже совершенно другой человек. И вот за это самое они меня, кажется, хотели расстрелять, потому что не мог же я, в самом деле, кого-то предать? Я и написать никому ничего не успел, кроме как домой. Они ведь не всех, это самое... А во мне, вероятно, что-то такое было...

— Может, именно реакция? — спросил Громов. — Они шустрых не любят, это я знаю. Если солдат соображает, СМЕРШевцы его всегда подозревают. — Ему неприятно, конечно, было ругать офицерство перед рядовым, тут было прямое нарушение воинской этики, — но Громов уже понял, что Воронов, вероятно, не совсем простой рядовой, и Гуров не просто так, для транспортировки в Москву, дал его Громову в дорогу. Не то чтобы он служил талисманом, но кое для каких ситуаций, в которых Громов пасовал, он безусловно годился.

— Да не реакция, — поморщился Воронов. — Какая у меня особенная реакция... Так, могу иногда что-то сказать к месту, а вообще-то я зоолог по образованию, и то незаконченный. Меня со второго курса призвали.

— Ну, с этой публикой только зоологу и разбираться, — сказал Громов. — Валить надо отсюда, да побыстрей.

— Автобус нескоро, — сказал Воронов. — Пообедать успеем. Можем мы пообедать, товарищ капитан?

3

Ресторан «Циля Целенькая» располагался неподалеку от автовокзала. В городе на каждом углу шла игра, девки заманивали прохожих в притоны, в любой подворотне кого-то резали — Блатск, казалось Громову, управлялся тысячей сложных законов, прописанных в блатном кодексе, а в этом кодексе он ничего не петрил. Если бы Громов был чуть сообразительней и не брезговал задуматься о блатных всерьез, он бы давно уже понял, что суть блатского закона чрезвычайно проста: надо вести себя максимально отвратительным образом, и тогда ты всегда будешь прав. В этом смысле блатные действовали строго по антихристианской доктрине: если христианство предполагает, что всегда надо быть чуть лучше оппонента, — блатные верили, что надо быть хуже, и не чуть, а значительно; это роднило их как с варяжством, так и с хазарством, у которых по этой части особенных расхождений не было. Среди блатных примерно поровну были представлены варяги, хазары и представители гордого Кавказа, тоже не отличавшиеся щепетильностью: от них блатные унаследовали гордость и культ внешней респектабельности. Именно на Кавказе додумались, что трусу и вору выгодней всего позиционировать себя, устраивая истерику по ерундовым поводам: кто-то не так отозвался о двоюродном дяде его тетки (именно для этой цели велся придирчивый учет разветвленной родни), кто-то посмотрел на его пятиюродную сестру, только что распустившийся цвэток, каковому цвэтку сам горец только что бросил «Пошла вон, сучка!» — за то, что цвэток в свою очередь не вовремя подал миску для омовения пальцев. Жизнь для того и ритуализируется, чтобы было кого опускать за нарушения ритуалов: спорить с людьми по серьезным поводам апологеты внешних приличий остерегаются, потому что серьезные люди могут и убить. Трусу нужно как можно больше мелких и легкодоступных поводов для самоутверждения: не так сказал, не так посмотрел. В блатном и горском мире сильному можно все, там он чихать хотел на все приличия, — а слабому на каждом шагу навязывают закон, изменяя его по своей прихоти. На деле же в блатном мире нет никакого закона, и бесчисленные баллады о героических ворах, отдававших жизнь за свои привилегии, имеют к реальности такое же отношение, как эпос короля Артура. Единственным определяющим правилом блатного мира является лозунг «Умри ты сегодня, а я завтра». Ради этого можно пойти на все, хотя зачем добывать себе еще один день такой жизни — загадка для любого непредубежденного человека.

У Цили Целенькой, против ожидания, Громов и Воронов оказались желанными гостями и попали на внезапную халяву: здесь праздновал свой юбилей Марик Харьковский, видный спонсор хазарской Миссии, давно уже увлекавшийся этой игрой в солдатики. В Блатске почти все кого-нибудь спонсировали — вкладывать деньги в войну было гораздо интересней, чем в гладиаторские бои (васьки все равно дрались посредственно), и уж наверняка увлекательней, чем в говенную благотворительность. В первые два года войны все вообще было очень интересно — это теперь настало нудное затишье, а поначалу тотализатор был одним из главных блатских развлечений. Сейчас Марик отмечал сорокалетие первой ходки: он с приятелями взял ларек и сдал всех приятелей. Потом он повторял этот фокус еще трижды и был коронован именно за легкость сдачи, весьма ценимую в блатных кругах. После коронации он уже не работал по ларькам — все больше по недвижимости. Его подручные покупали у алкоголиков московские квартиры, увозили этих алкоголиков под Москву и там быстро спаивали клофелином до смерти или до полного безумия, а московские квартиры продавали. Марик имел от московского правительства почетный значок «Санитар» и очень им гордился.

Когда Громов и Воронов зашли в ресторан, торжество уже было в разгаре.

— Солдатики! — закричал краснорожий Марик. — Ведите солдатиков! Где служишь, братка?

— Сто двадцать пятая артиллерийская бригада, — ответил Воронов. Громов молчал, предоставив рядовому выпутываться самостоятельно. Сам попросил жрать, в конце концов.

— Уважаю! — кричал Марик. — Иди сюда, сладкий, иди, зая! Угостить солдатиков. Федеральчики мои! Я не на вас ставлю, я старая хазарская рожа, да, но в Блатске, вы знаете, нету этого, — он помахал в воздухе короткопалыми ручками, изображая войну. — Нет этого бардака, все равны. Идите, покушайте, солдат вору — брат! Оба жизнью рискуем, оба баб любим, иди, зая! Клавонька, солнце, обслужи солдатиков. Отощали на перловке, да? Плохо вас Руслик кормит. Я говорил ему: Руслик, сладкий, нельзя так кормить солдата! Шо ты жалеешь на хавчик, шо ты жидишься, как ЖД! Шо ты вкладываешь усе в вооружение? Ведь голодная армия не навоюет много, зая! Надо кормить солдатика, надо хлебушка, маслица... Дети должны кушать, ты понимаешь, Руслик? Нет, Руслик не понимает. Старый ЖД Марик понимает, поэтому у ЖД есть кушать. Принесите им все, и водочки принесите! Ша! Пусть теперь будет музыка!

На эстраде проникновенно запели песню «Букет сирэни». Пел ее шансонье Глум, со сломанным носом, придававшим каждой выпеваемой ноте неповторимую гнусавость. В голосе Глума отвратительней всего было сочетание разнузданности с жалобностью, то есть варяжских интонаций — с хазарскими: он как бы все время жаловался и этим пугал. То же сочетание легко было заметить и в его песнях: блатной там всегда был несчастной жертвой, готовой, однако, уничтожить любого в случае чего при первом косом взгляде. В песне рассказывалось о том, как лирический герой Глума, молодой, но уже безжалостный воренок, украл с кладбища букет сирэни и принес возлюбленной, но возлюбленная, сука, как раз в это время отдавалась его соседу, отвратительному фраеру, — и первый ее букет стал последним: воренок пописа́л обоих, рыдая и, видимо, кончая, потому что какой же вор не кончает при виде крови? — а на трупы положил букет сирэни, потому что кладбищенский цвэток найдет дорогу к трупу. Убитую возлюбленную Глум называл «девочкой» и рыдал по ходу исполнения весьма натурально. Покончив с букетом, он взялся за следующую балладу — то был своеобразный гимн верным воровским подругам. Герой этой баллады все время жаловался на то, что у него напряжены нэрвы, — оно понятно при такой-то жизни, — но верная подруга, кроткая, как дерево, мягкая, как пух, снимала с него напряжение. Почему-то они сидели с ней в тавэрне и пили вино, хотя в настоящих тавернах, во времена их расцвета, никто не знал слова «нэрвы». «Ты кысанька пушистая моя!» — стонал Глум в припеве. Кордебалет кысанек в страусовых перьях выделывал у него за спиной неслыханные антраша.

— Ша! — воскликнул Глум после этой песни. — Марик, я пою для тебя, и я счастлив, что пою для тебя. Ты человек,

Марик, ты из тех людей, про которых никто не скажет, что они несправедливы. Никто из людей, собравшихся здесь, — Глум широким жестом обвел кордебалет, — не скажет, шо ты бываешь несправедливый. Ты мужчина, Марик, и держишь слово. Но я хочу выпить за тех, Марик, без кого и самый настоящий мужчина не может прийти в этот грубый мир. Я хочу выпить за родителей, Марик, и особенно за маму!

Воцарилась тишина, погасла многоярусная хрустальная люстра, по залу ресторана поплыл синий свет. Тост за маму был обязателен на блатских застольях. На сцену вынесли стул с мамой. Маму в каждом ресторане держали специально — ее отбирали из блатского дома престарелых; блатные редко давали на него деньги, поскольку привыкли жертвовать только на тех, в ком могли хоть отдаленно увидеть себя; стариками они себя не видели — не только потому, что редко доживали до старости, но прежде всего потому, что старики пришли в конце жизни вот к такому разбитому корыту. На самом деле к разбитому корыту приходит всякий, так устроена жизнь, — но блатные были убеждены, что это не про них. Они подкармливали либо сироток, годившихся для траха и еды, либо вдов, ибо овдоветь в Блатске в любую секунду могла всякая, даже и подруга Марика по кличке Зайка, чудовищно жирная сорокалетняя баба в перстнях, расползшаяся по креслу по правую руку от него. Единственным способом выживания для стариков была игра в маму.

Культ мамы у блатных — такой же результат вымысла, как и героическое поведение воров или их принципиальный отказ от убийства. На самом деле все отлично знают, что никакой мамы у блатного не бывает. Блатной выходит на свет, прогрызая маму и тем убивая ее при рождении: это особенность, по которой блатного можно отличить с первого дня. Обижать его опасно уже тогда. С этой травмой блатной живет и мучается, полагая себя сироткой, и потому очень любит попеть песню о беспризорном мальчишке, которого бросили жестокие родители. Никто никого не бросал, а сам загрыз. Всемерно скрывая эту главную свою тайну, блатной все время поет про маму, которая ждет его где-то там, прощая ему все его прегрешения. Прегрешения, понятное дело, тоже специальные: вор страдает исключительно за справедливость, так что просит маму простить его именно за то, что он такой хороший. Ты прости меня, мама, за то, что не волк я по крови своей. Эту строчку они подцепили у одного поэта, которого тоже загрызли. Крепкими, ровными белыми зубами блатные с легкостью перемалывают мелкие камни. Мама из числа богаделок считала большим благодеянием, что ее выбрали. Работы было много: застолья происходили ежедневно, иногда по два раза на дню, и мамы требовались часто. После застолья маму на кухне кормили объедками. Папы, к сожалению, не требовались, — кое-что старухи умудрились приносить им с собой, хотя на выходе мам строго досматривали. Старики были Блатску без надобности.

Стул с мамой установили в центре сцены, Глум подошел к маме сзади и застонал: «Прости меня, прости, мамуся, мама, мам!». В песне рассказывалось о том, что еще ребенком, пачкая штанишки, Глум уже не терпел никакой несправедливости, а мама защищала его от всех; теперь, когда ментовские суки опять разлучили Глума с мамой, он сидит среди снега и льда, мечтательно глядя в сторону заката, туда, где мама, а кругом запретка и жестокие конвоиры. В голосе Глума вскипели слезы. Марик уронил голову на сжатые кулаки. Зайка поморщилась: под столом в это время девушки из местного салона красоты ей обкусывали ногти на ногах — другого педикюра воровские подруги не признавали, — и невзначай откусили чуть больше.

— Ты пла-а-ачешь по ночам, — стонал Глум, — ты ждешь неча-а-астых писем...

Мама сидела на стуле с хорошо натренированной, каменной неподвижностью, олицетворяя незыблемую материнскую верность. Глум пел о том, что шмара предаст, а мама не предаст; по морщинистой щеке мамы отработанно покатилась мелкая слеза. «О-о-о!» — завыл Марик. «И буду целовать морщи-и-иночки твои!» — закончил Глум и принялся взасос целовать маму. В его поцелуе появилась даже некоторая чувственность: ведь мама как-никак была органическая материя, съедобный, в конце концов, предмет. Старуха округлила глаза и вжалась в спинку стула. Глум с трудом оторвался от нее и отвесил слушателям низкий поклон. Марик рыдал в голос, прочие бешено аплодировали. Зажглась люстра. С кухни внесли «Чудо в перьях» — фирменное блюдо Цили Целенькой, шедевр варяго-хазарской кухни: лося, фаршированного поросем, фаршированным гусем, фаршированным карасем, набитым в свою очередь деньгами. В каждую купюру была завернута сосиска.

— Выпьем за солдатиков! — провозгласил Марик.

— Не вставать, — сквозь зубы сказал Громов Воронову; тот с готовностью кивнул.

— У каждого из нас, с Божьей помощью, есть мама, — сказал Марик. — Но помимо такой мамы, есть и другая мама, общая у всех. Это мама-Родина, и солдатик служит маме-Родине. Вы знаете все, что у нас нет вот этого — хазар-шмазар, базар-вокзал… У нас у всех есть одна общая мама, и если ей надо вести зачем-нибудь войну, то дай Бог ей здоровья. Мы поможем ей и вот солдатикам, которые так вовремя сейчас присутствуют среди нас. Выпьем за них и за всех, кто выполняет сейчас долг, тяжелый долг, на разных рубежах, в караульном помещении и вообще, пьет, так сказать, березовый сок и вспоминает дом.

В интонациях и даже внешности Марика появилось что-то обкомовское; положительно, всякий истинный вор в истинном законе обладал безграничными способностями к трансформации! Складчатое лиловое лицо его стало похоже на залупу. Впрочем, оно и было.

— У каждого из нас свои интересы, — сказал Марик. — У меня интересы, у Ицика интересы, у Руслика огромные интересы и огромное, чем удовлетворять эти интересы. — Зал сдержанно хохотнул. — Но мы имеем общий главный общий интерес, чтобы была жива наша мама-Родина. Я предлагаю выпить за нее, чтоб она была здорова, и за солдатиков, которые обслуживают ей главную ее надобность, чтобы было что покушать, ну и нам чтобы было покушать, дай Бог здоровья!

Все повскакали с мест и потянулись чокаться. Из колонок зазвучало патриотическое попурри любимого блатского барда Бобзбзона, большого доки по части любви к Родине. Попурри состояло из упомянутого «Березового сока», блатного эмигрантского романса о ненаглядной колдунье и баллады «Комсомол — мое богатство». Бобзбзон обещал приехать лично, но не выбрался — в Москве тоже кое у кого бывали дни рождения. Марик был не та еще шишка, чтобы к нему на сорокалетие трудовой деятельности ездил Бобзбзон. Громов успел подивиться блатному представлению о Родине, которую солдатики неуклонно снабжали кровавой пищей. Этот блатной взгляд был очень похож на штабной. При таком раскладе любая жертва разборки воспринималась как павшая за Родину, и, наверное, в этом был свой резон, как пел Кобзон. Громов на секунду заподозрил, что в глазах Родины ничем не отличался от подручных Марика, и решил, что в конце вечера непременно врежет Марику меж глаз за такую трактовку воинского долга; он знал, что блатные посиделки часто заканчиваются хаосом, потасовкой и перестрелкой, но еще не догадывался, как лихо все закончится на этот раз.

Наступил черед поздравлений. Представитель мэрии Блатска, до шаровидности разожравшийся на ежедневных торжествах, огласил приветствие от мэра. Никакого мэра в Блатске давно не было, хотя некоторые блатные и верили в него, как в Деда Мороза, и даже держали в офисах его портрет — у каждого свой, потому что единого идеала государственного деятеля в их головах не складывалось. На всех портретах он был дорого одет и украшен галстуком с брильянтовой булавкой. У одних это был строгий, подтянутый бритоголовый Виторган с волчьими глазами, у других — Джигарханян с волчьей улыбкой, у третьих — нервический Смокнутовский с дряблым ртом и волчьими ушами, но все сходились на том, что мэр Блатска — абсолютный вождь преступного мира, король королей, прошедший все тюрьмы обоих полушарий. Пресс-секретарь мэра зачитал письмо, в котором особо отметил заслуги Марика перед городом: на его деньги была замощен Комсомольский проспект, названный в честь испытанной кузницы кадров. Чего-чего, а чувства благодарности у блатных было не отнять.

Приветствий было много: Марика поздравлял не только мэр Блатска, но и несколько ребят из Москвы, занимавших серьезные посты. Отдельный адрес прислал фольклорный ансамбль «Березка»: интернационалист Марик любил его солисток, одну из которых прислали ему в пользование вместе с адресом. Фольклорную дивчину усадили за стол и поднесли чарку, чтобы открыть чакру. Глума сменил на эстраде специальный поющий мальчик — желтый мальчик, гадкий, гладкий и сладкий; вздрыгивая попой, он запел про черные глаза. Такой мальчик запросто мог прикинуться нищим, а потом выхватить заточку и прирезать подающего; мог плакать, вспоминая о разлученной с ним сестренке и умалчивая, что сестренку он изнасиловал и загрыз как нежелательную свидетельницу; такой мальчик отличался ангельской внешностью и неотделимым от нее патологическим зверством. Он пел про то, как любит черные глаза, как хочет черные глаза, а жестокая не подпускает его к своим, сука, черным глазам; такой мальчик мог аккуратно, почти без крови выцарапать черные глаза, если бы их обладательница ему наскучила, и сожрать их, потому что именно черные, как и соответствующая икра, считаются у таких мальчиков изысканным лакомством. Сладкий и гладкий был в одной набедренной повязке. Марик нехорошо подмигивал ему. Мальчик подмигивал ему в ответ, как Саломея.

Громов почти не ел — он брезговал кровавой пищей; зато немного выпил, и в голове у него с отвычки зашумело. Воронов, напротив, начал есть жадно, но почти сразу перестал;

несколько позеленев с лица, он выбежал в сортир, и его вывернуло наизнанку. Эта еда была совсем нечеловеческой, еще более нечеловеческой, чем СМЕРШ или устав гарнизонной службы. Между тем приближался кульминационный момент всякого блатного сборища — ритуальная охота на лоха, ради которой солдатиков и позвали к столу. Если бы не они, Марик уже послал бы за сиротками, — но поохотиться на солдатиков было даже интереснее: сиротка ловилась быстро и сопротивлялась неинтересно. Громов догадался о том, что сейчас будет, за секунду до того, как Марик вытащил пистолет. Громов был боевой офицер и здесь оказался в своей стихии: левой рукой он сбросил Воронова под стол, чтобы тот оказался вне досягаемости хотя бы в первый момент (он помнил, что отвечает за него головой), а правой выхватил собственный пистолет и навел его на Марика. Побоища ему не хотелось: он знал, что в этом побоище у него мало шансов.

— Сука! — взвыл Марик, вскакивая со стула. Тут же повскакали со стульев его охранники, сидевшие за столом слева и справа. Они наставили пистолеты друг на друга и замерли.

— Мы сейчас уйдем! — крикнул Воронов, так ничего и не понявший. Ему, как всегда, казалось, что он здесь кого-то обидел, а потому все из-за него и теперь надо немедленно уходить.

— Уйдем! — загоготал Марик. — Ты сейчас, хлопчик, уйдешь очень далеко! (От наслаждения он, как Глум, тянул: «О-ачень, о-ачень!»). А ну встал, засранец федеральный!

— Лежать, — приказал Громов, и Воронов, поднявший было голову, забился под стол и постарался стать плоским. — Ты что ж это, Марик, в федеральных солдат стреляешь? Нехорошо, Марик! Положи пушку.

Марик мог бы разнести Громову голову, но это испортило бы весь интерес. Солдатиков надо было погонять. Он выстрелил, пуля прошла правей громовского уха, но Громов, не любивший шуток, не промазал. Марик рухнул, охрана рефлекторно выстрелила друг в друга, начался невыносимый гвалт, по Громову стреляли со всех сторон, но он отлично владел тактикой ухода от погони. Начался дурной боевик: блатные давно утратили навык нормальной перестрелки — лох обычно не сопротивлялся, и его преследование не представляло труда. Все стреляли друг в друга. Солистка «Березки» оглушительно верещала. Дело в том, что Марик давно нарывался, и подослали ее не просто так: она была своего рода троянская кобыла, призванная замочить Марика за то, что он плохо поделился с товарищами после покупки казино «Парадиз», и подарили ее не без умысла. Поскольку Марика свалили первым, она постреливала теперь в кого попало: досмотреть подарок никто не догадался, да и вряд ли кто-нибудь полез бы туда, где она прятала миниатюрный пистолет. Это место предназначалось имениннику.

Воронов выполз из-под стола и боялся поднять голову. К ресторану уже мчалась блатская полиция, имевшая по части отлова лохов солидный опыт. Блатных она не трогала никогда. Между тем перестрелка набирала обороты: у всех сидевших за столом оказались претензии друг к другу. Краем глаза Громов заметил маму, делавшую ему странные знаки от эстрады: она как будто указывала на дверь, ведущую в кухню.

— Воронов! — крикнул Громов, отстреливаясь, хотя на него уже почти никто не обращал внимания. — Пригнись! За мной!

На этот его крик кто-то из уцелевших охранников Марика отозвался выстрелом, но пуля лишь оцарапала громовскую руку. Воронов, пригнувшись и схватившись за живот, побежал к выходу. Оба они стремглав нырнули на кухню. Повар, глядя на них с детским восторгом, повел их было во внутренний двор, — но Громов успел сообразить, что это блатский повар, а в Блатске нельзя верить никому. Во время боя у него всегда включалась интуиция; он слегка придушил повара, уперся ему в ухо пистолетом и спросил:

— Выход где, сука?

— Там, — повар показал на дверь во внутренний двор.

— Правду говори, тварь! — прошипел Громов. Он чувствовал, что из внутреннего двора нет никакого выхода, что там глухой тупик, где повара к удовольствию уцелевших гостей будут их с Вороновым долго гонять, пока не пристрелят. У настоящего солдата во время перестрелки всегда открывается третий глаз, тогда как у труса слепнут оба. Громов выстрелил над ухом у повара.

— Туда, туда! — закричала мама, вбежав на кухню. Она показала на крошечную дверцу в конце коридора. Громов с удовольствием разнес бы повару башку, но ограничился тем, что отшвырнул его, как куль. К счастью, в заведении Цили Целенькой у поваров отбирали оружие при входе, чтобы не пострадали клиенты; так-то в Блатске стволы были у всех.

Крошечная дверь вела в узкий коридор, за ним была еще одна дверца — Громов вышиб ее шутя, за ним, задыхаясь, бежал Воронов, а за Вороновым уже слышался топот погони. За дверцей было темно, крутая лестница уводила вниз, в подвал, а в подвале пахло плесенью и не было видно ни зги.

— Там они! — услышал Громов визг перепуганного повара. Затопотали шаги. Громов чиркнул зажигалкой и увидел впереди что-то вроде узкой трубы. «Как на тот свет», — успел подумать он, но на том свете, кажется, в конце трубы должно было обозначаться мерцание. Никакого мерцания не было, но и вариантов — тоже, почти как у души, покинувшей тело. Громов прошептал: «За мной!» — и ринулся в трубу. Бежать приходилось пригнувшись, он оскальзывался, спотыкался и слышал за собой задыхающегося Воронова: парень вовсе не умел бегать, куда такого в армию? Преследователи в подвале палили, куда ни попадя. Труба петляла. Громов снова посветил: кирпичная кладка, старый замшелый свод… Они бежали глубже и глубже во тьму. На миг показалось, что запахло речной сыростью, что этот запах перебил вековую плесень, — с потолка закапало, от стен повеяло холодом; вдруг Громову почудилось, что тьма впереди бледнеет. Он увидел тот самый свет в конце трубы, о котором столько читал.

— Видать, в нас все-таки попали, — буркнул он вслух. Воронов не ответил — он еле дышал.

— Да ладно, не бойся, Воронов, — выговорил Громов. — Хуже смерти не будет.

Он и в самом деле не был уверен, что жив, и сколько ни щипал себя — не мог счесть это надежным доказательством: вдруг душа сохраняет с телом фантомную связь, чувствует, что у нее есть руки и ноги? Между тем прямо перед ним была лестница с выщербленными кирпичными ступенями, и откуда-то сверху тек слабый, сумеречный свет. Громов глянул на часы: четыре. Их автобус ушел, но до автобуса ли теперь?

— Что, товарищ капитан, полезем? — выдохнул Воронов.

— А куда деваться, — сказал Громов. — Я первый, ты за мной.

4

Прямо перед ними широко спускался к воде зеленый склон, а внизу текла серая, желтеющая у берега, спокойная и тяжелая река. Громов оглянулся: наверху виднелись остатки блатского Кремля, трижды выдержавшего польскую осаду в Смутное время. Полуразрушенная красная стена смотрела на реку узкими высокими бойницами — классическое варяжское укрепление; коренное население никогда не умело обороняться и крепостей не строило. Все древние города обнесены были стенами варяжского или хазарского происхождения, почти неотличимыми. Внизу вода поплескивала о глинистый бережок, хлюпала меж серых полусгнивших мостков, а у мостков поднималась и опускалась на местной воде деревянная плоскодонка.

— Будто люди? — удивленно спросил мужик в лодке. Он был бородат, одет в черное, на голове скуфья — не то крестьянствующий монах, не то крестьянин, юродствующий во Христе.

— Перевези, а? — задыхаясь, попросил Громов.

— Так я для чего тут и есть, — радостно сказал мужик. — Говорил отец Николай — поезжай, посмотри, вдруг из хода люди вылезут... Прямо сквозь землю видит человек. А откуда люди? Из этого хода сто лет никто не вылезал...

Он торопливо подгреб к самому берегу, Воронов поспешил в лодку, Громов толкнул ее и влез туда же. Лодка просела и черпанула, но выровнялась.

— Ну, поедем, люди добрые.

— А куда поедем? — спросил Воронов, представив вдруг, что их могут увезти в какое-то не менее страшное место.

— Да вон, — мужик указал на далекий пологий остров посреди реки. — Даниловский монастырь, слыхали, нет?

— Не слыхали, — сказал Громов.

— А и хорошо, — сказал мужик и налег на короткие весла.

Глава четвертая. Белая сила

1

Денег у Бороздина было в обрез. Пора жесткой экономии еще не пришла, но он к ней уже готовился. Ашины утешения на него не действовали: «мои прокормят», «волки не оставят» — брать деньги у волков он хотел меньше всего. Еще бы не хватало: губернатор на иждивении туземцев. В страшном сне не могло привидеться. А между тем он сам был теперь на положении туземца, а то и хуже: туземец по крайней мере ни в чем не виноват. А Бороздин был виноват — он приближал конец света.

Бегство оказалось куда более дорогим занятием, чем он предполагал. Еда — ладно, это последняя расходная статья: Аша почти не ела, у него тоже не было аппетита среди сплошных беспокойств. Надо было платить за ночлег, потому что волки водились не во всякой деревне; переплачивать таксистам, потому что городской транспорт почти не ходил (в Сибири губернатор передвигался на личном автомобиле); в каждом новом городе платить въездную подать... Одежда — отдельная тема: они сбежали в чем были. Аша оказалась выносливей, чем он думал, но все время зябла, словно в этом сказывался вечный неуют бегства. В общем, тратил он больше, чем рассчитывал, и не знал, где в ближайшее время пополнить ресурс: устраиваться на работу он пока не хотел. Да и некогда было — они все время ехали, преодолели уже больше половины расстояния до таинственного Дегунина, где все должно было решиться. При этом губернатор трезво понимал, что проблема Аши, может, и впрямь решится, но его собственная — едва ли: не в разрешении волков оставить ребенка состояло его спасение. А повлиять на власть волки вряд ли могли — разве что хором спеть «Не одна в поле дороженька».

Во время бегства губернатор подивился тому, как мало он умеет. О чем-то таком губернатор всегда догадывался, хотя и запрещал себе формулировать это вслух: он знал, что за самый нужный и сложный труд в России платят меньше всего. Впрочем, он утешал себя, что так везде. Губернатор боялся даже представить, что рано или поздно придется трудоустраиваться.

Искали его серьезно, хотя и с неизбежной поправкой на распад. Но если даже с этой поправкой ему и Аше старательно перекрывали все отходные пути, если в каждом городе уже был развешан фоторобот, если началась газетная кампания (его обвиняли в громадных хищениях и разврате, вся область его знала, даже туземцы, если читают газеты, наверняка смеются) — значит, надежды на легализацию тщетны. Он совершил главный грех — нарушил тайный уговор, покинул чиновничью касту, сословие государевых людей, куда и впускали туго, а выпускать избегали вовсе. Все верно, он так и предполагал. Тот, кто увидел изнутри главную тайну государства — его полную и окончательную бессмысленность, стояние на честном слове; тот, кто жил этой бессмысленностью, воздвигая замок государства не на сыпучем даже песке, а на девственно пустом месте, — никому не смел проговориться об этом. Государственная тайна заключалась в ее отсутствии, и приобщившемуся этой святой тайны, как всякому умирающему, не было хода назад. Только поэтому святые тайны и сообщались в последний момент. Теперь, варясь в низкой жизни и подчиняясь ее нуждам, он поневоле оскотинивался, начиная ненавидеть абстракции, ценя простые вещи вроде ночлега и пищи; то, что губернатор теперь называл про себя чиновничьим абстракционизмом, было уже почти недоступно ему.

Нечего было и надеяться на оправдание или последующею легализацию. Аша, против его ожиданий, вела себя сдержанно, не плакала, не жаловалась: все ее существо было теперь посвящено главной задаче.

Губернатор прошелся по базару, посмотрел кой-какого товару, привычно послушал причитания туземцев о том, что никто ничего не берет, а кто и берет, норовит не заплатить, — он слышал нечто подобное в азиатских странах, где бывал еще во время практики. Торговец яблоками уж так распинался, чтобы губернатор купил мелкие, кислые, раннего летнего сорта, явно недозрелые яблочки, — настоящий белый налив, как уверял потрепанный, пыльный, желтый мужичонка; но стоило губернатору отойти — он с прежним каменным спокойствием уставился в пространство. Все-таки власть все делала правильно: невозможно их выучить, бессмысленно просвещать, не стоит и лечить — дерево само себя лечит; в лучшем случае обеспечивать работой, в худшем — милостыней. Они ничего не хотели, вот в чем штука. Теперь эта природная сила ополчилась на Ашу так же беспричинно и слепо, как природа, ни в чем не дающая отчета. Странно было одно — что на стороне этой силы отчего-то выступала и власть. Ей-то Аша со своим ребенком чем опасна?

Губернатор всю жизнь принадлежал к так называемой русской партии, но не к почвенному, всегда побеждающему ее крылу, а к европейскому изводу. Собственно, истинные славянофилы всегда были в России большими европейцами, чем самые оголтелые западники: западники нерегулярно мылись, жили в запустении, не ценили хорошего белья и тонкого вина, — а умные и волевые славянофилы вроде Самарина знали себе цену, не замыкались в абстракциях, умели холить и баловать себя... Каждая фраза в их трудах была написана со здоровым аппетитом, словно во время вкусного сельского обеда в летней усадьбе: на первое окрошка, на второе дичь, и рюмочка запеканочки. Они живали за границей не по одному сезону, читывали французов и немцев в подлиннике, им было с чем сравнить — и потому их почвенничество чего-то стоило; но именно власти оно никогда не было нужно. Лучшее, на что они могли рассчитывать, — отдаленная губерния в мирное время, бегство и преследования в военное. К власти в России всегда приходили только те патриоты, которым для обустройства ее не надо было ни паровых труб, ни пульмановых вагонов, а только искоренение неруси как быстрейшая и доступнейшая мера; и начинались погромы, и летели головы — а Тамбов так и отапливался печами... Губернатор сам не понимал, почему именно его умная любовь к России всегда оказывалась никому не нужна; более того — она была вынужденно бездейственна. В любой стране — наша не исключение — ничего не сделаешь в одиночку, а для массового призыва во власть умных патриотов попросту не хватало. Теперь ее снова захватили бездари — и вместо того, чтобы обрушить все силы на ЖДов, они, как всегда, предпочитали разбираться со своими: ближе, доступней, да и не так страшно... Видимо, окончательной победой «зверски-патриотической партии», как называл он про себя всех этих вечно обиженных, агрессивно глупых людей, и объяснялся крах его карьеры, а теперь и это бегство.

В деревне, где они остановились и где была у Аши дальняя родня, они занимали комнату в темно-синем, ветхом деревянном доме, где царил первобытный беспорядок, строго и придирчиво организованный. Таким же хаосом кажутся человеку горы — а ведь Господь, наверное, что-то имел в виду, громоздя их; краем сознания губернатор подумал, что и дикарю часовой механизм покажется хаосом... Все в этом доме стояло не на своем месте, посуду никогда не мыли, с хозяйской кровати не убирали засаленных тряпок — в них и заворачивались, когда падали спать. Страшно сказать, губернатор, некогда полновластно управлявший туземным краем, впервые жил в туземной избе. Почему сделана вот эта приступочка вдоль стены, вроде плинтуса? Отчего в углу грязной комнаты всегда стоит эмалированная кружка с водой — домовому, что ли, наливают? Зачем рассыпана по столу крупа — всегда одной и той же кривоватой горкой, горсткой, которую небрежно сметают каждое утро на пол — и каждый вечер насыпают опять? Дом был полон невидимых существ, которым приносили сложные жертвы; во всех этих ритуалах смысла не было и на копейку, и вдобавок от них разводилась страшная грязь, — но, мнилось, именно они и поддерживали рассохшийся, стонущий дом, не давая ему рассыпаться окончательно. В комнате, отведенной губернатору и Аше, громко тикали часы, а на окнах висели кружевные занавесочки — желтые, грязные.

Он купил всякой моченой овощи — больше ничего пристойного на базаре не нашлось, все местное население, кажется, питалось семечками, семочками, как они с невыносимой мокрой ласковостью, причмокивая, называли этот саднящий продукт. Вошел в избу — первое время стыдился, что все работают, а он нет, шляется днем, мешает всем, как любой государственный человек, насильственно погруженный в пучину обычного быта. Но скоро стыд прошел: на сторонний взгляд они тоже ничего не делали. Старуха, сидевшая у стола в кажущейся неподвижности, на самом деле управляла ростом всех зерновых в окрестностях и вела с ними напряженный безмолвный диалог (что же, вы хотите, чтобы она вслух разговаривала с зерновыми? Но ведь зерновые не говорят по-человечески!); старик в углу, глядевший себе под ноги, шинковал гоноши, без которых никак, и невозможно даже объяснить свежему человеку, что такие гоноши, в чем их окурка. Даже мальчик, гонявшийся по двору за курами, не просто будковал, а грапал, но это вещь столь тонкая, что не всякий огурь отличит будкаря от грапаря. Губернатор, посетовав на неискоренимую туземную праздность, прошел в горницу, лег на кровать и включил телевизор.

2

По телевизору шла «Белая сила» — просветительская программа, запущенная в рамках реализации образовательного национального проекта. Вел ее Топтухин, в прошлом политический обозреватель, отличавшийся феноменальной способностью всюду усматривать оскорбление России и русского духа. Мир, окружавший Топтухина, был полон неизлечимой русофобии. Все только и думали, как бы уязвить русских. Губернатор догадывался о государственной необходимости такого подхода, но, признаться, считал его чрезмерным. Топтухин и ему подобные постоянно нуждались в предлоге для разжигания подпольной, подспудной ярости: а, мы опять самые плохие, самые грязные и бедные, — и мы действительно таковы, и в силу этой-то нашей неискоренимой бедности мы всем сейчас покажем! Жалеть Топтухина и топтухинскую Россию после этого становилось куда как затруднительно. Главное же — Россия каждым своим движением отчего-то плодила новых врагов, и понять, за что ее так ненавидят, из топтухинских проповедей было решительно невозможно. Весь мир только и делал, что желал русской погибели: в этой немотивированной, онтологической ненависти, видит Бог, было что-то хазарское. Скажи кто-нибудь Топтухину, что он ведет себя как сущий хазар, — и он, вероятно, умер бы от разрыва сердца, не успев даже врезать оппоненту (в русском национальном дискурсе отвечать на слова словами считалось трусостью, а без разговоров давать в морду — доблестью). Хазары тоже были уверены, что весь мир их ненавидит — за богоизбранность; своя богоизбранность была и у русских государственников, и называлась она богоноспостью. Истинное христианство, о котором Топтухин дважды в неделю рассказывал в «Белой силе», заключалось в любви к Отечеству, а любовь состояла в истреблении его врагов. Врагами были все, и потому христианство в конечном своем развитии состояло, надо полагать, в истреблении всех, кроме Отечества.

Топтухин, перешедший теперь из политических обозревателей «Времени» в авторы и ведущие собственной вторничной и четверговой лекционной программы, был толст, как большинство государственников, бородат, как все истинные варяги, и солидно, округло басовит. Разговаривая, он пристукивал кулаком по столу. В его одышливости было что-то грозное. Этой одышкой он как бы намекал, до чего довели враги приличного человека. Вот и говорить уж ему трудно, но он будет, будет говорить, все больше ярясь, доводя себя до все более сильной одышки, все отчаяннее ударяя по столу кулаком. После программы его долго отпаивали валокордином, валидолом, чаем. Вся студия ненавидела Топтухина. Он страшно потел. «Брань духовная», — с умилением говорил о Топтухине регулярный участник его программ, протоиерей Посысай (Купыкин). Школьников заставляли на уроках принудительно смотреть Топтухина, и они тоже ненавидели его. Топтухин был уверен, что все его обожают. Вот странность — он полагал, что Россию все ненавидят, а лично его любят. Тут был парадокс. Он воображал, что даже враги России глубоко чтут его, Топтухина, боятся его, заискивают перед ним, желали бы знать его мнение по любому вопросу: а это, Валериан Павлович? А как вам это? Враги России ненавидели Топтухина больше по обязанности; будь их воля — они приползли бы целовать его задние ноги, заскорузлые большие пальцы. Как всякий истинный варяг-захватчик, в душе Топтухин полагал, что сама Россия — довольно бросовый товарец. Он оттого так и ярился, защищая ее, оттого и любил Отечество с такой страстью, готовой стереть в порошок все окружающее: варяги догадывались, что захватили очень так себе землицу. Они уже жалели, что сюда пришли, но с тем большим показным пылом изо всех сил нахваливали этот надел. Между прочим, надел был действительно ничего себе, но не варягу это понять: варяг ли разберется в талантах коренного населения, оценит песни местных дервишей, красоту промыслов, кротость пейзажа, округлость гоношей, вкуплость одарей?

— Князь Владимир Мономах, — отдувался Топтухин, — государственник истовый, основатель российского государства в том виде, в каком мы и посейчас им благодарно пользуемся, установил так называемый Выдобогчский закон: «Ныне из всея Русския земли всех жидов выслать и впредь их не впущать, а если тайно войдут — вольно их грабить и убивать. С сего времени жидов на Руси нет, а когда который приедет, народ грабит и побивает». Эти великие, поистине золотые слова и сегодня остаются руководством для всякого истинно русского. Скажу более: кто не грабит и не побивает, тот плюет! плюет! на могилу Владимира Мономаха! — И Топтухин смачно сплюнул в угол, показывая, как именно надо это делать. — Разумеется, изгнанному проклятому народу ничего не оставалось, кроме как распускать безобразные слухи о земле, откуда их попросили добром. Зелен виноград! Однако у них зудело! У них чесалось! И уже во второй половине двенадцатого века некий Вениамин Тудельский, а за ним и раввин Петахия проникли на Русь. Они, видите ли, собирались описывать рассеянные по свету хазарские общины! Ведь им ясно было сказано, что на Руси нет, нет и никогда более не будет хазарских общин! Однако они сунулись — и конец их был так же печален, как и конец киевских ростовщиков, которых киевляне справедливо пожгли и погромили в 1124 году от Рождества Христова.

Зазвучала громкая музыка, по экрану заметались серые языки пламени (телевизор был черно-белый и при появлении титров жужжал), а в языках показался скорченный жид, изображенный в лубочной стилизованной манере. На жиде был почему-то нашит могендовид. Вероятно, прежде чем пожечь, киевляне их пометили.

Топтухин подробно остановился на ереси хазарствующих, сообщив, что сии еретики — он вообще предпочитал местоимения «сей» и «оный» — совершали вместо богослужения такие кощунства, что даже рассказать о них он почитает невозможным, после чего долго и со смаком рассказывал, особое внимание уделив групповым совокуплениям. Губернатор сроду не слыхивал ни о чем подобном: вероятно, Топтухин пользовался новейшими историческими разысканиями — не зря их спонсировали в рамках национальных проектов. Он не делал тайны из того, что татаро-монгольское иго — клевета и черный пиар хазарствующих историков, впервые разоблаченных Львом Гумилевым. Хазары неуклонно пытались вбить клин между Русью и дружественным ей монгольским народом, а также татарами; ислам был историческим союзником Руси, и именно этой давней дружбой объяснялись многочисленные тюркские заимствования в русском и русские — в тюркских языках; так, русские позаимствовали у тюрков слово «караван» и в ответ подарили слово «барабан». Никакого монгольского ига в таких условиях быть не могло — было хазарское, и именно с хазарским богатырем Черибеем (за кадром в исполнении сестер Берри зазвучало «Чирибим, Чирибом») бился русский инок Пересвет. После того, как Дмитрий Донской на поле Куликовом осенью 1380 года объяснил подлым хазарам, где им следует зимовать (отсюда же и выражение «где раки зимуют», происходящее от древнехазарского проклятия «Рака!»), хазары надолго оставили попытки проникновения на Русь и попятились в Европу (почему и речных тварей, ползающих задом наперед, стали называть раками, а впоследствии тем же именем нарекли страшную болезнь. Губернатор поморщился от смеха, представляя некролог «умер от жида»). Топтухин не удержался и на фоне стремительно несущихся по стенам теней зачитал блоковскую «Степную кобылицу». В начале семнадцатого века хазары предприняли очередной реванш, ринувшись на Русь в составе польского войска: прозвучали знаменитые строки из послания Минина. Поганый хазар Лжедмитрий Второй был умерщвлен русами с присущей им изобретательностью (Топтухин со смаком расписал пытки — подлинный интерес было не спрятать). Злокозненная Польша вообще служила главным каналом проникновения хазар на Русь.

Последняя попытка окончательного реванша была сделана в семнадцатом, но русские оказались не так просты — и отбросили хазар в 1937–1939 годах значительно дальше, чем за черту оседлости. Глаза Топтухина вновь увлажнились от умиления, когда он упомянул Молотова: «Больше всего, — вспоминал гранитный нарком великого Сталина, — мы боялись гражданской войны, уже принесшей нам однажды поистине неисчислимые бедствия. Не допустить ее было нашей главной задачей — и для этого все средства были хороши». Надо ли говорить, что под гражданской войной гранитный нарком великого Сталина разумел войну русских с мировым хазарством, спящим и видящим уничтожение последнего оплота православия?! Но великий Сталин с гранитными наркомами не дал уничтожить православие, окончательной его реабилитацией в 1943 году узаконив полную преемственность советской империи относительно российской. После сталинских ремиссий хазарский вопрос непременно был бы решен окончательно, если бы подлый британско-хазарский наймит Литвинов не вбил клина между руссами и исторически дружественными им тевтонцами. По экрану поплыли репродукции полотен Константина Васильева — тяжелогрудые Брунгильды, готические сосны и неотличимые тевтонцы в касках.

— Мы — люди Севера, белая сила! — трубно возгласил Топтухин. — Сегодня, когда Россия четвертый год кряду ведет величайшую из войн в своей истории, последнюю и великую битву с мировым хазарством, любые переговоры и компромиссы были бы возмутительной слабостью. Все силы мирового севера, вся белая мощь должна покончить с горсткой омерзительных ростовщиков, посягающих на нашего Белого Бога. Мужие, братие! Воздвигнем...

Бороздин выключил телевизор — пульта тут не было, пришлось вставать, но отвращение оказалось сильнее лени. Некоторое время он лежал на кровати, закинув руки за голову, и приходил в себя.

В лекции Топтухина не было ничего, о чем он не слышал бы раньше. Все это подробно излагалось в брошюрах типа «Русские боги» и «Русский реванш», но никогда еще не было государственной доктриной. Он знал, что идет война — точнее, локальные стычки с так называемыми либерал-радикалами (или радикал-либералами — в газетах не было единства на этот счет). Он понимал, как и все в России, что под радикалами понимаются ЖД. Он не мог лишь предположить, что за те несколько недель, что они с Ашей кочуют по стране, добираясь до Дегунина, — отечественная риторика набрала новые обороты и договорилась до того, с чем ни один приличный государственник солидаризироваться не мог бы.

Белая сила спасает мир. Ига не было. Ислам — исторический союзник христианства. Гитлер и Сталин вместе стремились решить хазарский вопрос и непременно решили бы, если бы не ЖД. Текущая война — величайшая в истории. Умри все живое. Вот почему его преследовали: он в своей Сибири отстал от жизни. На самом же деле его травили никак не за Ашу, дело вообще было не в ней — государство, стремглав перестраиваясь на военный режим, уничтожало всех, кто умел думать.

Это что же за страна у них получается, думал Бороздин, закуривая. Курить в хате Аша запретила, но тут уж было не до запретов. Если бы я беспрекословно отказался от единственной дорогой мне женщины, я прошел бы тест на мобилизационное поведение. А я не прошел. И они поняли, что для этого нового государства я не подхожу. Они отвергли меня и полюбили Топтухиных. Ясно же, что люди с какими-никакими мозгами не вписываются в это новое государство. Не сегодня, так завтра, не под этим предлогом, так под тем, не мытьем, так катаньем. В это самое время хозяйка избы занималась в огороде катаньем — полоскала белье не в воде, а в пыли, это был старый коренной способ, о котором русские не подозревали, почему и считали пословицу бессмысленной. Губернатор выбросил сигарету в окно и снова включил телевизор, надеясь, что Топтухин отговорил и начнется что-то другое. Ничуть не бывало — Топтухин только подбирался к финалу лекции.

— На беду нашу, — с надрывом говорил Топтухин, — доверчив и отходчив народ русский. В ущерб себе добр, в поругание себе безответчив на слово злобное, нерассудное. Неспешко, неторопко мыслит, несуетно живет. Враг же суетен и быстр, и опережает подчас даже и нашу государственность. (Постпозитивные определения могли относиться только к вещам варяжским, истинным; к мысли несуетной, делу неторопкому. Все препозитивное, неинверсированное было непременным атрибутом хазарства; его же прерогативой было действовать торопко, суетно — русский семь раз мерил, один раз резал, и чем медленнее, непродуктивнее трудился, тем это почиталось более патриотичным). Вместо труда на благо народное, во славу русскую иной муж государственный предпочитает подлую, плодную хазарскую корысть. Со слезами, с горечью неизбывной скажу, что и в высших эшелонах власти отечественной случаются предательства лютые, непрощаемые. Одного из таких предателей, братие, вы сейчас увидите.

И за полсекунды до того, как перед губернатором на экране возникло его собственное лицо — с официозной фотографии, украшавшей некогда его удостоверение, — Бороздин четко знал, что увидит именно себя; что это он теперь — враг государства, оклеветанный тупым ничтожеством и приписанный к хазарским войскам. Он, столько сил положивший на то, чтобы край его не окончательно превратился в болото; он, почти в одиночку придававший этой власти лоск, авторитет и так называемое человеческое лицо!

— Каждый, кто увидит презренного перебежчика, — гремел и пыхтел Топтухин, — пусть вспомнит грудь материнскую и славу отцовскую! Ни ему, ни полюбовнице его, — на экране возникло лицо Аши, откуда только взяли фото?! — не ходить по земле безнаказанно, не пить воды русской, не дышать воздухом отеческим, не топтать нив тучных и дорог пыльных! Хуже хазар предатели ненасытные, кровопивцы неупиваемые. Не пройди мимо изменника, человек русский!

Решение Бороздина оформилось мгновенно. В экстремальных ситуациях он соображал торопко, суетно — а по-русски говоря, быстро.

— Значит, к ним, — сказал он вслух. — К хазарам так к хазарам. После, сволочи, не жалуйтесь.

Глава пятая. Пентамерон

1

Долго продолжался доисторический век; ведь цель истории — как раз и разбить людей на страты, а если это с самого начала так, то и истории никакой не надо. Однако что-то случилось.

В некоторых мифологиях это называется грехопадением, в других — падением неба на землю, но то ли в результате мутации, то ли вследствие глобального похолодания на земли коренного населения пришли другие люди. Может, они были всегда, но жили отдельно. А может, они народились, как новая ветвь эволюции. Так или иначе, доисторическое время кончилось, и началась эпоха захватов. Так пошли легенды о подземных жителях и пропавших расах. Может, под землей кто и живет, Василий Иванович этого не знал. Он знал точно, что от атлантов ничего не осталось. Правда, и завоеватели не спаслись.

— А Китеж? — спросила Анька.

— В Китеже я не был, — уклончиво отвечал Василий Иванович. — Это, Анечка, не совсем наша была земля. Это другое было племя. Может, ушли, а может, просто озеро.

Страннее всего Аньке было думать, что она, оказывается, не коренное население. К этому она не была готова. Еще страннее было думать, что настоящее население — васьки. Если бы гастарбайтеры, которых перед войной расплодилось такое множество, она бы еще поняла, но васьки — с этим было уже никак не смириться. Почему они дали такое сделать с собой? Как надо было пострадать во время войны, чтобы от всего коренного населения остались только эти беспомощные бродяги? А если не только они — где же остальные?

— Да нас много, — объяснял Василий Иванович. — Есть — которые васьки, есть — которые волки, и воины были, да воинов всех убили. Редко когда родится воин. Для нашего воина первое дело — долг, а эти же без правил воюют... Давно уж все воюют без правил.

— А что ж вы не сопротивлялись, Василий Иванович?

— Да мы думали — обойдется... Ну, придут они, пограбят, а у нас много. Придут и уйдут. А они не пришли. Потом другие пришли. Ну, как они стали друг друга-то заваливать — так уж нам, конечно, полегче стало. А то никакого продыху не было.

— Василий Иванович! А что, если они объединятся и вместе вас начнут давить?

— Ну что ты, Анечка, — простодушно удивлялся Василий Иванович. — Как же такое может быть, чтоб они объединились. Это судьба их такая: нельзя им сходиться — всегда сцепятся.

— Что ж ты раньше мне про все это не рассказывал, Василий Иванович?

Василий Иванович робко отвечал, что к слову не приходилось, но Анька понимала, что это отмазка. Дело было в том, что раньше она была не совсем своя. Он жил у них на положении домашнего животного, а с чужими о главном не говорят. Теперь она уравнялась с ним, так же кругами ходила по России и могла узнать главное.

— А почему кругами, Василий Иванович? Почему напрямую нельзя?

— Земля такая, Аня. Напрямую ходят, да не туда приходят. Ты не знаешь разве, как говорят? Туда окольного пути четыре километра, а по короткому пути туда и вовсе не дойти.

— А почему вообще круг? Ты же говорил, ваши всегда в Москве по кольцевой линии ездили. Я и сама видала, пока их не выловили. Это зачем?

— Это нам так удобней, Анечка. Мы так думаем лучше, и вообще... Каравай-каравай — слышала? Это же наша песня. И карусель — наша. Исконные народы, коренные, все по кругу пляшут. Это когда пришлые являются — тогда начинаются все эти ваши танцы неприличные...

Современных танцев — вальса, карамболя и мазурки — Василий Иванович не любил. Все это был один разврат.

Они бродили уже месяц, и Анька успела узнать, что такое голод, и холод, и самое страшное — бесприютность. Она успела понять, что самое страшное — смотреть на мир глазами брошенного щенка, выгнанного гостя, потерявшегося ребенка; но ведь она всегда знала, что это так. Она вообще всегда все знала, поэтому и удивлялась мало чему. Нельзя все время смотреть на мир так, — но в душе надо все время помнить, что так оно и есть. У каждого в душе живет потерявшийся в чужом городе мальчик, потому что никто из нас ни в одном городе не свой. Поэтому ей стало даже легче, когда вечно жившая в ней бездомность вышла наконец наружу. Нечего делать вид, что мы дома.

По родителям Анька скучала страшно, плакала каждую ночь и при первой возможности звонила. Она старательно шифровалась, отключала мобильник, тем более, что и денег на него не было, — им с Василием Ивановичем едва хватало того, что давали добрые люди. Добрых людей оказалось на удивление много, у Василия Ивановича были помощники и кормильцы в каждом городе, но много они дать не могли, им теперь приходилось опасаться слежки, поскольку васек взялись отлавливать всерьез, не за страх, а за совесть. Это как-то было связано с эффективностью — новым главным лозунгом. Сначала неэффективными были объявлены васятники, потом благотворительность, потом больницы — в общем, тут здоровым и оседлым гражданам не хватало, где уж было возиться с васьками! Передвигались они с Анькой большей частью по ночам, днем отсиживались по чердакам или парадным, а иногда у тех самых добрых людей. Люди уходили на работу, а Аньку с васькой оставляли. Василий Иванович спал, беспомощно открыв рот, а Анька смотрела телевизор, но по нему давно не говорили ничего нового. Выходило, что во всех бедах виноваты хазары и васьки: хазары — потому что воюют, а васьки — потому что обжирают. И с теми, и с другими обещали в ближайшее время разобраться. Что делают с арестованными васьками — не уточнялось, но по телевизионным интонациям Анька научилась догадываться кое о чем. Загнанные люди, привыкшие отовсюду ждать опасности, понятливы.

Родителям она звонила два-три раза в неделю. Отец кричал, что объявил ее в розыск, но Анька знала, как разыскивают: она смотрела однажды передачу про трех сбежавших подростков, ее ровесников, и отлично знала, что милиция давно разучилась искать пропавших. Воевать с васьками было проще: ваську ни с кем не спутаешь, да он и не убежит. Так что она не возражала против объявления в розыск. Мать плакала и упрашивала вернуться, и Анька сказала, что обязательно вернется, как только препроводит Василия Ивановича в безопасное место. В самом деле, она думала вернуться домой сразу после Алабина, потому что там-то уж о Василии Ивановиче будет кому позаботиться. Не все же ей. Она очень устала за него отвечать. Василий Иванович ничего не умел сам, да вдобавок обленился, живя у них. Он уже плоховато видел, даже в очках, и Аньке самой приходилось оглядываться — нет ли патруля. Он быстро стал опускаться, как только они начали странствовать. Почти перестал мыться. Не менял одежду. Говорил, что страннику все это без надобности. Аньке было и противно, и стыдно ходить с ним, с таким. Его товарищи, которых он отыскивал в городах, в самых странных и неподходящих местах, были еще грязнее и зловоннее, и лица у них были желтые, и язвы по всему телу. Но ничего не поделаешь — васька другим быть не может. Васьки — хранители знаний, а за такой статус надо платить. Анька скоро перестала ими брезговать и научилась жалеть, и даже делала некоторым перевязки, как учили в школе на уроках противного, пригодившегося наконец ОБЖ.

Василий Иванович вел Аньку долгим кружным путем. В Дегунине что-то должно было решиться. Почему — Василий Иванович сам не понимал. Он знал только, что там не пропадет.

Анька еще раз убедилась, что в газетах никогда не писали правды. Васьки не были выходцами из тюрем или ворами, и даже алкоголики среди них попадались не так уж часто. Спиртное было опасно главным образом для варягов или хазар, впадавших от него в буйство, а коренному населению водка помогала войти в транс, нагоняла тихую мечтательность и позволяла увидеть удивительные штуки. Васьки пили много, но без всякого вреда для организма. Вред им приносила бродячая жизнь, погода, побои милиции, — а в остальном им не было переводу, и ходить по своим кругам они могли бы вечно.

Больше всего Аньку удивляло то, что далеко не все васьки стремились в Алабино. Многие надеялись пересидеть зачистку по окраинам, или у добрых людей, или в лесах. Зачищали выборочно, авось всю землю не пройдут. Василий Иванович был у васек на особом счету. Его уважали, с ним советовались, да и на саму Аньку смотрели почтительно: все-таки она была не просто так, а с ним. Анька не понимала, как могут люди настолько не заботиться о себе. Синдром Василенко в том и выражался, что человек не мог элементарно себя обслужить, не думал о будущем, не заботился о ночлеге и гигиене, и у него были серьезные проблемы с принятием решения. Василий Иванович мог решить хоть что-то, а, например, васька Коля, с которым свела их судьба на одной брошенной даче, два часа стоял на распутье меж двух дорог, пытаясь решить, по которой идти. Он делал несколько шагов по одной, возвращался, переходил на другую — ничего в конце концов не решил, плюнул и пошел обратно.

Василий Иванович, конечно, уговаривал всех бежать либо в Алабино, либо уж через горы, в Азию. Но ваcьки были удивительно покорным народом: их ловили, а они не убегали. Кроме того, почти все они были изранены или больны: после того, как закрылись васятники, те, кого никуда не взяли, с трудом привыкали к прежней жизни. Они уже привыкли, что по утрам дадут каши, а в обед — жидкого супу, и добывать себе пропитание им было теперь трудно. А когда их начали ловить, сил у них совсем не осталось — от страха и обреченности. Она понимала теперь, что и Василий Иванович без нее точно бы пропал, не добравшись до Алабина: он уже много раз хотел свернуть с пути, вернуться в город, где они уже были, и обходить его кругом.

— Понимаешь, Анечка, — говорил он виновато, — не очень нам просто вот так, сразу...

— Какое же сразу, Василий Иванович?! — устало говорила Анька. — Какое сразу, когда мы и так идем кружным путем?

— А и правильно, и правильно, что кружным, — лопотал Василий Иванович. Он говорил теперь тихо и временами неразборчиво. — Мы люди кружные, Анечка, мы напрямую не ходим...

Сам Василий Иванович лишь по старости и слабости пошел в васятник, а до этого так беспрерывно и нарезал круги по Москве и Московской области. Если верить ему, он так и стал васькой: ехал однажды с работы и вдруг почувствовал, что не может попасть домой. Но об этом он обещал рассказать в другой раз.

Кстати, Анька очень удивилась, узнав, что беспризорные дети — далеко не сплошь васята, и более того — едва ли не главные враги васек. Васятами были только те, кого беспризорники с их звериным чутьем выгнали из сообщества. Беспризорники распознавали чужаков безошибочно. Это они по ночам нападали на васек, били их и мучили, а ваcьки никуда не могли пожаловаться. Беспризорники были дети пришлого населения, которому до того надоело все на этой чужой земле, что и собственные дети казались чужими, ненужными. Тут никто ни о ком не заботился, и родители спивались, не думая о детях, и дети шатались по улицам, сбиваясь в страшные стаи. Этих Анька боялась больше всего: у взрослых были хоть остатки совести, а у этих совсем ничего.

— Василий Иванович, — спросила Анька однажды, — а я — коренное население?

— Не знаю, Анечка, — робко сказал Василий Иванович. — А сама ты как хочешь?

— Вот и я не знаю, — сказала Анька. Она действительно не знала. Ей до сих пор было странно, что она ходит с васькой, доставляя его в неведомую деревню Алабино, скитаясь по электричкам, заброшенным деревням и дачным поселкам. Ей очень не нравилась такая жизнь, часто негде было помыться, она успела один раз простыть, — ничего хорошего нет в том, чтобы принадлежать к такому населению, которое само не знает, чего хочет, и может два часа стоять на распутье, виновато почесывая в затылке. Но от Василия Ивановича исходила не совсем понятная сила, которая и делала это путешествие переносимым для хрупкой Аньки: что-то в нем было родное, роднее родителей, и в сказках его — что-то исконное, тайное, чего никто, кроме нее, не мог знать.

Однажды, когда они с Василием Ивановичем ночевали на свалке близ города Тамбова, в котором не оказалось добрых людей, четверо васек — с Василием Ивановичем выходило пятеро — сидели у костра и рассказывали каждый свою историю, о том, как впервые ощутили в себе предназначение и ушли странствовать. Это ведь не просто так, это у каждого по-разному. Жил человек, и вдруг ушел. Костер горел жарко, и пахло от него не свалкой, а дымом, родным дачным запахом. Васьки любили костер — как раз за то, что он из зловония делает дым, а свалку окутывает уютом. Вокруг костра темно, и потому свалки не видно, зато лица сидящих ярко и причудливо озарены. И если на лице язвы или струпья, их можно принять за тени.

Первым рассказывал васька Михаил Егорович.

2

Михаил Егорович, если верить его рассказу, спокойно прожил двадцать семь лет, пока в один прекрасный день, ранним июньским утром, его не вызвали в организацию, которой в России боялись больше всего. Организация эта бывала по очереди то варяжской, то хазарской, поддерживала то один, то другой тип государства, но к врагам этого государства бывала одинаково беспощадна. Вызов туда не сулил ничего хорошего, даром что время настало вроде как свободное, распад Союза. Михаил Егорович не был тогда васькой и многого не понимал. Ему казалось, что все движется ко благу.

Дом, куда его вызвали, был ничем не примечателен. Михаил Егорович сто раз ездил мимо него на работу, не обращая внимания на белую пятиэтажку. Вывески не было — мало ли, может, ведомственная поликлиника... Это и было районное управление, которое теперь упразднялось. Он никогда еще тут не был. В кабинете 402, куда его вызвали, уже сидел посетитель, и пришлось подождать у двери. Наконец бородатый мужик вышел в коридор, прижимая к груди растрепанную папку. Глаза у мужика были огромные, насмерть перепуганные. Он мельком глянул на Михаила Егоровича и стремглав побежал к выходу.

Михаил Егорович робко вошел. Человек с неопределенной внешностью, стертый, но подтянутый, протянул ему папку. Хозяин четыреста второго кабинета был изысканно вежлив, как все плохо воспитанные люди. Хорошо воспитанный человек разговаривает просто, ему незачем прятать под изысканной вежливостью свою ужасную, кровожадную душу, занятую только подмечанием чужих пороков и слабостей. У него не такая душа, а у хозяина кабинета была именно такая. Он объяснил Михаилу Егоровичу, что операция, в которой они оба участвовали, — один в качестве куратора, другой в качестве объекта, — закончилась, и весь отдел в связи с известными переменами расформирован. Вы можете быть совершенно свободны, Михаил Егорович, сказал стертый человек с блеклыми глазами. Вот ваше личное дело. Оно списано и, согласно распоряжению новой демократической власти, поступает в полное ваше распоряжение.

— А за что на меня дело? — растерянно спросил Михаил Егорович.

— Почему обязательно за что-то? — пожал плечами изысканно вежливый хозяин кабинета. — Это была программа, в рамках которой, так сказать... Теперь, в связи с расформированием отдела и сокращением штатов...

— Но могу я узнать, что это за программа?

— Вы все узнаете из дела, — сказал стертый человек, давая понять, что разговор окончен. Михаил Егорович вышел и, прижимая папку к груди, отправился домой.

Он раскрыл ее еще в троллейбусе. Там была его фотография — строгая, как на документы, но он не помнил такой. Наверное, кто-то снимал скрытой камерой. Дальше была анкета, заполненная не его рукой, а из остальных документов с непреложностью явствовало, что вся биография Михаила Егоровича была результатом чужой направленной деятельности, тайной сосредоточенной воли, — и все, что казалось ему счастливой или несчастной случайностью, происходило не просто так. Его устроили именно в тот детский сад, и именно в ту школу, куда не взяли, между прочим, девочку, с которой он дружил в детском саду, после чего она с ним разругалась навсегда. Школа была английская, престижная. В свой институт Михаил Егорович поступил потому, что на мехмат университета его не взяли, и тоже по звонку из соответствующей организации: работу-то он написал прилично. И в школу его распределили по звонку. И даже жена его была подобрана специально, после конкурса. Она, правда, об этом не знала, но пригласительный билет на тот вечер, где они познакомились, ей подкинули через местком ее института.

Михаил Егорович долго не знал, что ему делать с этой папкой и со своей жизнью, выстроенной по чужой воле. Главное, что и спросить было не у кого. Всемогущая структура, затеявшая весь этот эксперимент с непонятными целями и темным исходом, была частично расформирована, а частично ушла в подполье. Когда Михаил Егорович, измучившись сомнениями, снова пришел в белое здание, похожее на поликлинику, там уже шел ремонт и никого не было. Михаил Егорович долго думал, рассказать ли ему жене обо всех этих странностях, но потом решил, что не надо. Папку он уничтожил — сжег на даче, на костре. Одна мысль днем и ночью глодала его: что, если и вручение ему папки было частью эксперимента, и вся его жизнь была по-прежнему детерминирована? Страшные вещи начали мерещиться ему. Поздний прохожий смотрел со значением. По ошибке попавшее в ящик письмо содержало тайный сигнал. Вся история с распадом Союза была затеяна ради Михаила Егоровича, которому теперь, чтобы съездить к украинскому дядьке по материнской линии, требовалось пересекать границу. И так далее.

Михаилу Егоровичу надоело жить чужую жизнь и захотелось прожить свою. Но чтобы прожить свою, надо было полностью отказаться от прежней. Он оставил жену и ребенка, переехал к другу, потом к матери. Ей-то его никто не подбрасывал. Правда, в папке содержалось темное указание на то, что мать собиралась делать аборт по медицинским показаниям, но врачу деликатно намекнули, чтобы не смел, даже не думал, — и Михаил Егорович родился. Стало быть, здесь тоже было не без умысла, — и Михаил Егорович съехал от матери. Правда, снимать квартиру ему скоро стало не на что, потому что с работы он тоже ушел. Это была не его работа, а впрочем, в это время работу меняла вся страна, и Михаил Егорович опять оказался в струе. Он уже не знал, где история, где паутина чужого замысла, а где его собственная воля. Он сменил несколько работ, вплоть до самых экзотических, но ни одна не казалась ему своей. Скоро он понял, что и страна не совсем его. Самым печальным оказалось то, что он не мог теперь довести до конца ни одной линии в своей судьбе: всякое завершенное действие казалось ему искусственно подстроенным. Надо было все время ломать чужой замысел: тайные кураторы ждут, что ты пойдешь налево, но ты в последний момент передумаешь и пойдешь направо. Однажды он привел к себе женщину, которая ему нравилась, но в решительную минуту вдруг зажег свет и сказал, что ему надо срочно садиться за работу, — и женщина ушла, злая и недоумевающая. А Михаил Егорович ликовал. Он порушил замысел. Только одинокой ночью ему пришло в голову, что, возможно, эта-то его внезапная перемена в мыслях и была частью замысла — не просто же так ему дали папку. Может, так и было задумано, чтобы он теперь ничего не доводил до конца? Михаил Егорович обиделся и решил совсем уехать из города.

Он поехал на автовокзал, сел в ближайший автобус и поехал, куда фары глядят. Впрочем, на полдороге ему пришло в голову, что если он приедет в конечный пункт, это тоже может оказаться частью замысла. Была ночь. Он сошел на остановке среди пустого поля — когда-то здесь была деревня, но теперь чернело бесприютное сиротливое пространство, в котором ему предстояло жить до конца дней. Это пространство и было свободой воли. Надо было, однако, подумать о ночлеге. Вдалеке светились два слабых огонька. Михаил Егорович пошел на правый, но на полдороге свернул к левому. Он постучался в серую избу, стоявшую на окраине полупустой деревни. В избе старуха пряла бесконечную пряжу и пела бесконечную песню на незнакомом Михаилу Егоровичу языке. Все слова в нем были как будто привычные, русские, но стояли в странном порядке. Он узнал только одну строчку — «Не одна в поле дороженька». Дальше на дороженьку нанизывались новые и новые эпитеты, смысла которых Михаил Егорович не понимал, но странным образом это его не тревожило. Он понимал, что здесь его не обидят. Гораздо страннее было другое: он все время чувствовал чей-то взгляд. Старуха, впустив его, вернулась к пряже и на Михаила Егоровича не смотрела. Взгляд шел из угла. Там, на кровати, на груде тряпья, сидел хмурый тип, которого Михаил Егорович сперва не заметил. Этот человек был очень худ и грязен, но по взгляду его еще можно было узнать. Это был тот самый бородач, который вышел из четыреста второго кабинета прямо перед ним, — вышел, испуганно озираясь и прижимая к груди растрепанную папку.

Михаил Егорович посмотрел ему в глаза и кивнул.

Следующим рассказывал васька Саша, человек еще не старый, лет тридцати пяти, и очень вежливый.

3

У васьки Саши началось с того, что вокруг него начали подменять мир. Может, его и не подменяли, а в самом ваське Саше начало происходить что-то, — пробуждение, скажем, того самого синдрома Василенко, как назывался дар васек на медицинском языке, — но жить с людьми так и так нельзя, независимо от того, тебя подменили или всех остальных.

Девушка, которую он любил и с которой подал заявление, внезапно вызвала его в центр города и без всякого объяснения причин заявила, что уходит, причем уходит в никуда. Добро бы к другому. Последовали расспросы, уверения, мольбы, полный отказ от самолюбия — все зря. С этого, как он потом вспоминал, началось все.

Поначалу перемены можно было объяснять собственной уязвленностью, манией преследования — люди стали смотреть на него с тайной укоризной, а то и с откровенным презрением, словно только любовь ушедшей девушки и делала его приемлемым для окружающих, окутывала облаком счастья. Но увольнения уже никак нельзя было объяснить тем, что она ушла. Начальство вызвало его неделю спустя, когда он только-только начал приходить в себя. В его услугах больше не нуждались.

491

Он работал в некоем аналитическом центре, готовившем выборы, — надежная структура с хорошей перспективой, созданная сначала затем, чтобы изучать общественное мнение и выдавать результаты, а потом и для того, чтобы эти результаты ненавязчиво обрабатывать, доводя до кондиции. Он и сам втайне понимал, что кое-что подменяет, так что, очень может быть, цепочка подмен началась именно тогда; но все эти месяцы по крайней мере цель оправдывала средства. Он выходил на телевидение с отчетами о своих опросах и с небольшим идеологическим комментарием — необходимость свободы, примат частной жизни, самоценность личности, то-се, но тут вдруг потребовалось совсем другое.

— Вы еще не поняли? — почти сочувственно поинтересовался у него начальник отдела.

— А что я должен был понять?

— Установки меняются. Вы живете так, будто ничего не произошло. Надо говорить совсем другие вещи.

— Например?

— Например, о борьбе с нелегальной миграцией. Я же говорю, вы не сможете. Вам лучше уйти сейчас. Я вам выписал в последнюю зарплату двести долларов сверху.

Тут уж самолюбие у васьки Саши заорало в полный голос, и он не стал никого упрашивать. Взял деньги, ушел, иногда смотрел по телевизору выступления коллег, с которыми еще месяц назад курил на лестнице, и не узнавал их. Подмена произошла стремительно, — люди были прежние, а слова совершенно другие. Впрочем, что особенного? Актер сегодня играет ангела, завтра — злодея, но актер-то один и тот же, не все ли ему равно, что говорить?

Но Саша, по старинной привычке, все еще пытался валить на себя: в мире все нормально, это я изменился, называется «прохудилась защита», а возможно, и кризис середины жизни, восстановлюсь, ничего. По-настоящему он испугался, когда понес менять валюту: денег не хватало, он решил продать сто баксов, которые отложил в лучшие времена.

Он протянул в окошечко деньги и паспорт, ждал три минуты, охранник уже начал коситься... Саша просунулся в окошко:

— Скоро вы?

— Чего — скоро?

— Деньги мои где?

— Какие деньги?

— Я только что передавал, вместе с паспортом...

— Каким паспортом?

Но до него все не доходило:

— Я говорю, деньги мои давайте!

Охранник тронул его за плечо:

— Ты чего тут забыл, друг?

Саша обернулся:

— Я только что, при вас, отдал туда деньги! Сто долларов!

— Никаких денег ты не давал. Понял? Я тут стою, все вижу. Пошел.

— Какое «пошел»? Ты совсем охамел, мужик? Деньги где?

Вместо ответа охранник развернул его и дал здорового пинка, на который стоящий на перекрестке полицай никак не прореагировал.

Надо было выручить хотя бы паспорт. Не помня себя, Саша побежал в ближайшее отделение милиции, где — без особого доверия к собственным словам — изложил ситуацию.

— И что? — спросил дежурный.

— Как — что? Я хочу получить обратно хотя бы паспорт... — Соглашаясь на меньшее, он уже заведомо выдавал слабину.

— Потеряли паспорт — идите в паспортный стол.

— Я не потерял, вы не поняли, они не отдали...

— Будет п...ть-то, — сказал дежурный. — Я этот пункт знаю, ребята хорошие... А будешь скандалить — видишь вон тех?

Вон те сидели тут же, за решеткой, и требовали их выпустить — пара алкашей и вокзальная проститутка. И ведь был Саше знак, один из алкашей посмотрел на него узнающим взглядом и даже, кажется, подмигнул; и сказал несколько непонятных слов, то есть слова все были понятные, но в странном порядке, — что-то вроде «Стойкий обломок на короткий обмылок», — но Саша тогда еще ничего не понимал, молодой был.

Паспорт он восстанавливал еще полгода, собирая справки о своем существовании, — справки трижды терялись в паспортном столе, так что и впрямь впору было усомниться в собственном присутствии на свете.

Небольшим утешением ему служила Светка, одиннадцатиклассница, еще на первом уроке смотревшая на него так, что, собственно, для нее одной он и говорил. И когда его вызвал директор — провести разъяснительную беседу о том, что по новым временам, вы же понимаете, не следует делать акцента на репрессиях, а стоит подчеркнуть объединительную роль народной веры в вождя во время Великой Отечественной войны, — именно Светка поджидала его у выхода из школы:

— Александр Олегович, он вам нахамил, да?

— Никто мне не нахамил, Одинцова. Вообще — что за тон? Идите домой, ей-Богу...

— Александр Олегович, он идиот, не слушайте его. Мы его все терпеть не можем, а вас любим. У нас никогда еще не было такого историка.

«Скоро опять не будет», — хотел он ответить, но передумал: за последние два месяца появилась-таки эта привычка одергивать себя.

— Ладно, спасибо. Идите, вас дома ждут.

— Никто меня не ждет, там нет никого. Александр Олегович, вы только их не слушайте всех, ладно? Потому что если их слушать, можно в такое превратиться...

И он ухватился за эту соломинку, полупрозрачную девочку-акселератку, за эти хождения-провожания, разговоры по предмету и не по предмету, потому что мы любим тех, с кем нравимся себе, — а с ней он себе нравился, потому что был прежний. Не запуганный, отовсюду ожидающий удара, а уверенный, знающий, в каком мире живет. Она уже осталась у него однажды ночью, чего-то наврав довольно беззаботным родителям, и он с удивлением понял, что учителю есть еще чему поучиться у нового поколения. Только иногда он замечал у нее какое-то странное, отсутствующее выражение, она слушала и не слушала, но потом спохватывалась и принималась кивать. В классе никто ничего не знал — она держала слово.

Все кончилось зимой, когда это отсутствующее выражение стало появляться чаще и чаще, а восторженное внимание, на которое он так купился с первого урока, исчезало непонятно куда.

Однажды она не пришла в их сквер, где он, по обыкновению, поджидал ее после шестого урока (они всегда выходили врозь). На другой день, забыв про всякую осторожность, он подошел к ней на перемене:

— Что вчера случилось?

— Я не смогла… я потом объясню.

Но не объяснила.

Поговорили они только неделю спустя, когда он подкараулил Светку возле ее дома.

— Объясни по-человечески, что происходит.

Он смотрел на нее, не узнавая. Куда девалась та девочка? На него пустыми глазами смотрел незнакомый человек — ее возраста, ее роста, в ее белой вязаной шапке, с ее колечком на безымянном пальце, но с другим овалом лица, с другими волосами — вместо светлых, блестящих, были тусклые и темные, так не покрасишься.

— Ничего не происходит.

— Но ты от меня все время сбегаешь — в чем дело? Родители?

— Родители ни при чем. Вообще ничего не случилось.

Он не выдержал и, забыв о прохожих, схватил ее за плечи, затряс:

— Что со всеми вами делают? Где вас меняют?

Только тут в глазах ее мелькнуло что-то прежнее, как под свежей краской проступают иногда контуры прежнего рисунка; только тут он увидел в ее лице минутную борьбу, словно она собиралась рассказать, но не могла решиться, словно в темной реке, у самой поверхности, плеснула рыба и тут же ушла на глубину.

— Говори! Говори, Светка!

Она уже опустила глаза, а когда подняла — на него смотрела прежняя кукла.

— Ничего не случилось, Александр Олегович! Ничего ведь и не было. Не надо меня трясти.

Он повернулся и пошел домой.

Но и дома не было, потому что была метель, и он, пьяный, из горлышка выпивший бутылку «Слънчева бряга», не мог найти собственную улицу: не чувствуя холода, блуждал по району и района не узнавал.

— Скажите, это «Филевская»? — спрашивал он прохожих, встречавшихся все реже, и благополучные люди с собаками брезгливо говорили ему:

— Нет, Семеновская... Откуда здесь «Филевская»?

И он понимал, что в самом деле неоткуда, и низвергался в метро, падал на эскалаторах, просыпался на конечных станциях неведомых линий, в ужасе выбегал наружу:

— Скажите, это какая станция?

— «Битцевский парк».

Как он попал на «Битцевский парк», ведь точно помнил, что не пересаживался? Неужели его, пьяного, волокли, перетаскивали из поезда в поезд? И снова он ехал неизвестно куда, пока не очнулся в абсолютно пустом вестибюле. Поездов не было, он сидел на скамейке, женщина с красным семафорчиком в руке прошла мимо.

— Скажите, что это за станция?

— «Новый тупик».

— Такой станции нет.

— Есть такая станция, молодой человек. Позавчера открыли.

— А какая линия?

— Преображенская. Вы прямо как с Луны упали.

Опасаясь, что она сдаст его в милицию, он встал, минут двадцать дожидался одного из последних поездов, время было позднее, часа четыре он так мотался туда-сюда, — и на стене вагона увидел новую карту метрополитена. Преображенская линия пересекала Кольцевую властной и широкой черно-красной полосой. Она начиналась на глухих окраинах, шла через центр и терялась в дебрях пригородных станций. Он никогда не слышал об этой линии, но о чем он вообще в последнее время слышал?

...Вечерами он сидел теперь один, допиваясь до забытья. Включать телевизор стало уже не страшно, а как-то безнадежно тошно.

Более всего потрясла его программа «Молода, одинока, беременна». Некий аналог этой программы, сочувственно адаптировавший залетевших старшеклассниц к новой жизни, был ему знаком по давней поездке в Штаты. В отечественном варианте на экране появлялась огромная, рыхлая баба в белом колпаке, похожая не то на колхозную повариху, не то на сестру-хозяйку пионерского лагеря:

— Ну что? — спрашивала она с иезуитской лаской. — Влетела? Влетела?! Ах ты тварь! — и дальше, апоплексически краснея, топая ногой, брызгала слюной в кадр еще минут десять. — Да как глаза твои падлючьи не лопнули! Да как ты на родителей-то посмотришь! Да кому ж ты теперь нужна, тьфу на тебя! Ось, бачь, плюю: тьфу!!!

Тут рядом появлялся мужик, похожий на агронома, и принимался уговаривать повариху:

— Успокойся, Клавдя Тимофевна, что ты душу рвешь из-за этой курвы! — и добавлял, уже глядя в кадр:

— До чего ты рабочего человека довела!

Следом на экране появлялась торжествующая семья — пролетарий-отец, пролетарий-сын, только что обмочившийся красный внук, невестка в халате, необъятная свекровь у плиты, — и хором кричала:

— Вешайся! Вешайся!

Этим же утешением заканчивались программы для безработных, больных и одиноких.

В магазинах снова выстроились очереди, продавщицы хамили напропалую, да и сырки будто подменили. Однажды вместо сырка ему выдали странный твердый брикет; он откусил — пресно, немного мыльно.

— Я просил сырок «Московский»!

— Это и есть сырок «Московский».

Но сломался Саша, когда в начале весны пошел в овощной закупаться картошкой. На лотке лежали ярко-зеленые клубни некартофельной и вообще необъяснимой формы: правильно-овальные, но со множеством выростов, выбросов, причудливо застывших в фигурки. Картошка была словно рогатой, и рога эти росли повсюду, превращая клубень в диковинного зеленого ежа.

— Это картошка?

— Картошка, что спрашиваете, не задерживайте...

— Но она... странная какая-то...

— Это вьетнамская, гуманитарная помощь. Понимаете? Нам Вьетнам ее присылает...

— А обычной нет?

— Эта и есть обычная. Никакой другой не бывает. Где вы другую видели?

Он не мог объяснить, где видел другую. Он вообще не был уверен, что где-то когда-то видел что-то другое. И потому не особенно удивился, когда на свой вопрос «Который час?» (часы давно остановились, а денег на ремонт не было) услышал от прохожего:

— Асять кукут петого.

— Сколько? — переспросил он машинально.

— Асять петого, — буркнул прохожий и поспешил мимо.

То ли он забыл язык, то ли язык забыл его. Он уже почти не понимал того, о чем писали в газетах. Надо было сматываться. Пусть в Москве все менялось — на свете было нечто незыблемое, он продал всю мебель и купил плацкартный билет в Геленджик, к друзьям.

Он проспал всю дорогу под стук колес — отсыпался за полгода бессонницы и страхов: ему все казалось, что теперь-то кошмар кончится. Они могли подменить страну, но подменить море и горы им было слабо.

Друзья были рады. Его приняли. Его кормили. Он радовался прочности чужого уклада, незыблемости этого быта, и его так разморило, что выйти в тот же вечер к морю казалось подвигом. Ему отвели ту же самую комнату, что и всегда, — комнату уехавшего в Москву старшего сына, — только кровать стояла не так... изголовьем к двери... а он ясно помнил, что прежде спал головой вон к той стене... но какая разница, где уж тут на ночь разбираться! Насытившись впервые за несколько невыносимых месяцев, он заснул, едва добрался до постели.

С утра хозяева ушли на работу, только старуха — мать его друга — хлопотала в кухне. Дом стоял в пяти минутах ходьбы от моря. Он вышел на берег и замер.

Море было красным.

И все-таки это было выше их сил, они не могли заменить море! Задыхаясь, он бросился вверх, к людям, к базару:

— Что сегодня с морем? — крикнул он старухе, продававшей маслины прошлогоднего засола.

— Отходы прибило, — пояснила она миролюбиво. — Тут сбросили какую-то гадость, вот ее и прибивает иногда... Говорят, и плавать можно, говорят, безвредно...

— Но ведь это по всему побережью, на сколько глаз хватает!

— Да говорят, дальше-то чисто... Погоди, через денек волной разгонит...

Он долго не мог заставить себя спуститься к этой красной воде, но деваться было некуда. Надо было привыкать к тому миру, который теперь простирался вокруг.

Саша долго сидел на берегу, глядя на красную воду. Он не заметил, как стемнело, и только потом спохватился: прошло не больше трех часов!

Он поднял глаза.

В густо-зеленом, цвета вьетнамской картошки небе тускло горело ярко-синее маленькое солнце, на которое можно было смотреть без боли. Мимо прошел старик, подняв лицо к синим лучам; оно казалось мертвым.

— Вы не видите?! — не помня себя, крикнул Саша.

— Я ничего не вижу, — ровно сказал старик.

Только тут Саша увидел, что он слеп: старика вела собака, и на эту собаку лучше было не смотреть.

Он сел на гальку, закрыл глаза, потер виски. Затряс головой. Снова посмотрел в небо.

Синее солнце стояло в зените. Зеленое небо окружало его.

И тут он понял, что больше не боится. Ярость сильнее страха, она изгоняет страх. Здоровая, ясная, сухая ненависть пылала в нем.

— Ну и черт с вами, — процедил он сквозь зубы. — Черт с вами, пусть все будет так. Делайте что хотите. Я-то не изменюсь. Дулю вам всем, я не изменюсь. Сами меняйтесь как угодно. Со мной вы хрен чего сделаете. Я какой был, такой и есть. Я не изменюсь.

С этого дня он ушел бродить, ища настоящее небо и настоящее море, но нигде пока не встретил их. Синдром Василенко, Анька знала, выражается иногда и в том, что нарушается восприятие цветов, что-то вроде дальтонизма, только по всему спектру. Знание настоящего языка проснулось в Саше сразу, и теперь, под Тамбовом, ему уже трудно было говорить на русском. Но Анька понимала его.

Третьим рассказывал свою историю васька Петр Степанович, который заснул однажды в Крыму, в «Беседке ветров», — таинственном месте, где есть, говорят, дыра в другое измерение. Ветер там завывает на разные голоса, трава растет высокая, почти в человеческий рост, и место это скрытое, туристы про него не знают, только местные ходят иногда, в надежде оздоровиться.

Петр Степанович жил в Гурзуфе со старой матерью, работал шофером, был неудачно женат, развелся и ничего особенного от жизни уже не ждал. Сон, приснившийся ему, был ни на что не похож и так реален, словно Петр Степанович и в самом деле побывал в другом измерении. Ему снился северный город, в котором он, оказывается, прожил всю жизнь; у него был там другой отец и другая мать, но главное — другая жена. Он жил в доме пять по Большой Коммунистической, в квартире тридцать два; в городе было много других особых примет, но их Петр Степанович помнил смутно. У него были в этом городе сын и дочь, сын любил собирать легкие деревянные самолеты из тонких планок, с резиновым двигателем, а дочь играла на пианино и пела в хоре. Сам Петр Степанович работал водителем троллейбуса, ходившего по пятнадцатому маршруту. Это был прекрасный маршрут, начинавшийся у городского парка, на высокой горе над медленной рекой, а заканчивавшийся в парке, на низкорослой окраине, где уже вырастали, однако, новостройки, и простор за ними открывался такой, словно там, дальше, было море. Настоящего моря, у которого прожил всю жизнь, Петр Степанович во сне не видел и не скучал по нему.

Он проспал целые сутки, потому что в Беседке ветров легко забыться надолго, но за эти сутки успел прожить с новой семьей год или два, и все события этих двух лет — выпускной концерт дочери, сломанную руку сына, переход жены с одной работы на другую, — помнил отчетливей, чем всю свою гурзуфскую жизнь. Он был удивительно на месте в той семье, все его любили, никто ничем не попрекал, и жена у него была такая милая, а дети такие родные, все в него, что он проснулся в слезах и долго плакал, лежа в траве, вспоминая, кто он такой и откуда, и зачем здесь.

С тех пор гурзуфская жизнь и работа стали ему невыносимы. Он стал тратить все деньги и время на разъезды по стране, ища город с большой северной рекой, парком на горе и улицей Большой коммунистической. Правда, такие улицы были почти во всех городах. Еще он смутно помнил, что была в городе площадь Декабристов, — это навело его на мысль, что снился ему Иркутск или Якутск, но улицы или площади Декабристов были во многих еще городах. Однажды он решил не возвращаться в Гурзуф, дал матери телеграмму, что женился и остается в Братске, а сам отправился на поиски своего города. До сих пор он ходил, но так ничего и не нашел — лишь иногда ему в толпе попадалось лицо, похожее на лицо его выросшей дочери, или мелькал вдруг затылок сына, но никогда не мог Петр Степанович догнать его в толпе. Портретами жены, сына и дочери он беспрерывно изрисовывал любой клочок бумаги. Он показал несколько портретов и Аньке: печальная замордованная женщина стояла у плиты. Или просто Петр Степанович в нынешнем своем состоянии не мог изобразить никого веселого и цветущего. Он ходил уже два года.

Невыносимее всего была для него мысль о том, как же они там без него. И как, должно быть, им страшно знать, что его подменили, что в Иркутске или другом северном городе вдруг взял и проснулся рядом с ними чужой человек. Бывает же так, что душа во сне странствует и почему-то не может вернуться в прежнее тело, вот и попадает в чужое. Петр Степанович не знал, с кем он обменялся душами и как вообще это вышло, что он уныло прожил тридцать четыре года в Гурзуфе, не зная, что ему надо быть в совсем другом месте. Но он знал одно: от наваждения ему уже никуда не деться, пока он не найдет дом пять и квартиру тридцать два, и жена его Лариса с детьми Олей и Колей не выбегут навстречу ему.

— Хорошая история, — похвалил Василий Иванович. — Бесприютная.

5

Вслед за Петром Степанычем вступила васька Варька, женщина неопределенного возраста с клочковатой шевелюрой, слезящимися глазками-щелочками, но неожиданно глубоким и красивым голосом. Она прокашлялась и объявила:

— Покинутая. Народная баллада.

Сидевшие у костра одобрительно захмыкали. Васька Варька запела прочувствованным речитативом:

— Когда жила у папи и у мами, закусывала сливки калачом, с соседями дружили мы домами, восемь на семь, отказа я не ведала ни в чем. Но жисть моя сложилась так ужасно, что где-то там случился перегиб, и папа, оклеветанный напрасно, шесть на девять, отправился в тюрьму и там погиб. А мама полюбила машиниста, водившего железный паровоз, но он ее замучил очень быстро, на три счета, а падчерицу выгнал на мороз.

Дальнейшая жизнь васьки Варьки излагалась в бесчисленных (Анька сбилась после пятнадцатого) куплетах, в которых перечислялись ее мужчины, пройденные ею города и нажитые профессиональные заболевания. Анька уже поняла, что большая часть баллад, сочиняемых коренным населением, состоит из отчетов и перечней: ходил туда-то, видел то-то. Сюжет почти во всех песнях и сказках отсутствовал: герой все время куда-то шел, кого-то находил и тут же покидал. Васька Варька долго и со вкусом перечисляла профессии своих мужчин (все они рифмовались на -ист), потом свои болезни (все они рифмовались на -ит), и, наконец, пройденные ею места (все они рифмовались на -ово). Баллада, таким образом, делилась на пять частей: вступление, куплеты на -ист, на -ит и на -ово, после чего следовал эпилог. Анька уже успела заметить, что как традиционная баллада увенчивается «посылкой», то есть обращением к покровителю или адресату, — так и васькинская народная баллада увенчивалась просьбой о пище, с которой исполнитель обращался к слушателям. Каждый из сидевших у костра во исполнение ритуала кинул ваське Варьке медный гривенник.

— Василий Иванович, — сказала Анька неуверенно, — но вы же вроде рассказываете истории о том, как начали ходить?

— Точно так, — улыбнулся Василий Иванович, гордясь искусством соплеменников.

— Но ведь это все неправда, про что в балладе поется!

— Конечно, — кивнул Василий Иванович. — Это, Анечка, такой жанр. У нас два жанра, Анечка. Рассказ про то, как стали ходить, и народная баллада.

— А как же все было на самом деле?

— Ну, какой же васька про это расскажет, — снисходительно заметил Михаил Егорович. — Это опыт особенный, у всякого свой. Это только под пыткой можно рассказывать, и то не под всякой.

— Что же, — спросила Анька, — вы и друг другу не доверяете?

— Наоборот, — сказала васька Варька, — мы до того друг другу доверяем и друг друга бережем, что о самом главном не говорим. Такой разговор сил требует и всей жизни иногда, а нам силы для другого нужны.

— Так что ж, Василий Иванович, — сказала Анька, — ты никогда правды мне не расскажешь, как начал ходить?

— Отчего же, — задумчиво сказал Василий Иванович. — Будет время — и расскажу, а теперь спать надо. Ты и так уж одним глазом спишь.

— Не сплю я, — сердито ответила Анька.

— Да, да, — подтвердил васька Саня. — Пора укладываться. Эк звезд-то...

— Спой колыбельную, Варя, — попросил Василий Иванович.

Варя подперлась рукой и совсем другим голосом — грудным и тихим — запела, глядя в костер, что-то бесконечно древнее, чего Анька никогда не слышала ни от собственного отца, ни от матери, но почему-то знала. То ли она где-то вычитала слова, то ли всегда помнила их.

> — Спи, дитя мое, усни,
> Сладкий сон к себе мани.
> В няньки я себе взяла
> Ветер, солнце и орла.
> Улетел орел домой,
> Солнце скрылось за горой.
> Ветер, ветер, где ты был?
> Почему не приходил?
> Волны быстрые смущал?
> Звезды ясные считал?
> Не смущал я волн морских,
> Не считал я звезд златых,
> Я дитя оберегал,
> Колыбелечку качал.
> Что ты видел пред собой?
> Синий, красный, голубой,
> Метный, ятный, полотой,
> Омный, томный, завитой,
> Ясень, весень, остроград,
> Зелень, мелень, виноград,
> Остров, астров, пароход,
> Видел, слышал, не поймет...

Звезд было много, и под ними было спокойнее, чем под крышей. Вот я и на месте, и никто меня больше не выгонит, подумала Анька и заснула.

Глава шестая. Монастырь

1

— Давненько, давненько не заплывали с той стороны, — говорил седобородый в черном, распахивая тяжелые ворота. — Как вас, воины, угораздило?

— Извините, — говорил Воронов с той заискивающей радостью, какая всегда просыпалась в нем после избавления от опасности. — Извините, мы просто, знаете, попали в Блатск, хотя совершенно туда не собирались, а потом, понимаете, пришлось бежать...

— Блатские-то сюда не доплывают, — пояснил монах. — Из них если кто и знает про ваш ход, так не всякому и откроется. Он с тех еще времен, когда нормальный город был. Ну что, милые, надо вас к настоятелю. У нас правило — все новые люди представляются.

Однако, подумал Громов. Не попасть бы нам из огня да в полымя. Что за монастырь, почему за такой высокой каменной стеной, что за остров, не помню я тут никакого острова... Секта, ясное дело; в теперешней военной путанице как не процвести суевериям? Этот настоятель может еще оказаться пострашней Марика; ну, да посмотрим.

— Нам, собственно, — сказал он сухо, — надо бы в Коноши, и лучше до ночи...

— Ну, до Коношей отсюда далеко, — сказал монах. — Завтра, может, наши туда поплывут, так и вас прихватим. А до того никак не доберетесь — вниз по реке километров двадцать будет. Да и дождь крапает...

Попали мы, подумал Громов. Воронов между тем не чувствовал никакой опасности — он трещал без умолку, восхищаясь местными красотами. Восхититься было чем: Блатск на том берегу был почти не виден (вроде и плыли недолго — что за шутки пространства?), и теперь они стояли на острове — пологом зеленом холме, вершина которого была обнесена высокой белокаменной стеной. За стеной виднелись витые, цветные, золотые купола; впрочем, в проеме ворот Громов разглядел и обычные двухэтажные деревянные строения. К одному из них монах и направлялся.

— Что это за монастырь? — спросил Громов.

— Даниловский. Не слыхал?

— Что-то слыхал, — сказал Громов без особой уверенности.

Над рекой между тем заклубились серо-серебряные тучи. В небе свивались и разворачивались свитки, и уже поблескивала блеклая, словно никелевая молния, но где-то так высоко, что слабое ворчание грома долетало нескоро. Собиралась гроза, и далеко, над неблатским берегом, повисли хорошо видные темные плети дождя. На том берегу Громов различал стога, приземистую рощу и длинную деревню с красными крышами.

— Чивирево, — сказал монах. — Ну, проходите.

Громов шагнул за ним в ворота, Воронов вошел следом. Монах запер ворота на тяжелый засов и повел их к двухэтажному деревянному дому вполне дачного вида, с палисадничком вокруг. Перед грозой резко пахли цветы — табак, календула, несколько больших чайных роз.

На крыльцо вышел высокий и не старый еще настоятель — лет сорока пяти на вид. На носу у него сидели круглые очки в железной оправе.

— Добрый вечер, — сказал он весело. — Неужели из Блатска?

— Мы не оттуда, — поспешил объяснить Воронов, — мы не блатские... Случайно, извините...

— Ну, сюда какими только путями не приходят, — пожал плечами настоятель. — Некоторые даже через Блатск. Сами они тут, конечно, не бывают, да и мы туда в последнее время не ходим... Есть ощущение, что скоро никакого Блатска не будет.

— Почему? — спросил Воронов.

— Доиграются, юноша. Пойдемте в дом, попьем чайку.

Дом и внутри ничем не отличался от обычной подмосковной дачи, обставленной старой скрипучей мебелью; что до икон, так ведь и они на дачах встречаются нередко, пусть в меньшем количестве. Громов в иконописи ничего не понимал, но заметил, что рядом с досками старого письма висели во множестве и самые простые, бумажные, из тех, что продаются в церквах и особенно популярны у водителей-частников.

— Гроза будет, — с радостным предвкушением сказал настоятель, словно именно этой грозе и суждено было покончить с Блатском. — Я, кстати, отец Николай.

— Капитан Громов, — сказал Громов.

— Костя Воронов, — сказал Воронов, и Громов не стал его поправлять, хотя представляться надо было рядовым. Как-никак на Воронове была форма, хоть и изрядно испачканная, — да и сам он выглядел немногим лучше, но даже в подземном ходе Воронов умудрился испачкаться сильней. Положительно, бывают люди, совершенно не рожденные для службы.

— Ну и чудесно. Стало быть, чайку. Вы не из Дегунина следуете?

— Я был недавно в Дегунине, — ответил Громов, не желая распространяться о дислокации своего полка.

— У кого оно сейчас, не знаете? У федералов или у ЖД?

— Когда уходил, было у федералов.

— Ага, ага. Ну, это ненадолго. Удивительная деревня, сто лет там не был. С этой войной и не высунешься никуда, совсем озверели люди. Мы в последние годы особенно никуда не выходим, новостей почти не знаем. Нас ведь, вы знаете, с обеих сторон ненавидят.

— Почему? — не понял Громов. — У нас в каждом полку иерей...

— Ну, какой же это иерей? Это варяжский извод, ничего общего с христианством не имеющий. Они нас ненавидят больше, чем любого хазарина.

Точно секта, понял Громов. Но чтобы у секты был целый монастырь...

— Вы, наверное, не в курсе, — мягко сказал настоятель. — Немудрено. Сейчас вообще мало кто в курсе. Может быть, водочки? Сам не употребляю, но для гостей найду.

— До чего хорошо, — мечтательно говорил Воронов два часа спустя, глядя в мокрое окно. — И пахнет, как на даче. И уютно так.

— Любите уют? — спросил отец Николай, и Громову померещилась в этом скрытая недоброжелательность. Ему почему-то хотелось понравиться отцу Николаю, и он боялся, что Воронов понравится больше. Чувство это было настолько детским, труднообъяснимым и постыдным, что он его попытался заглушить; и в самом деле — никакой недоброжелательности в голосе отца Николая не было.

— Очень люблю, — с готовностью подтвердил Воронов. — Я в детстве, чтобы заснуть, всегда себе представлял, что лечу в маленьком самолете, войлочном изнутри, как валенок, там тепло и все оттуда видно... Звезды кругом... Такое со всех сторон подоткнутое пространство.

— Да, что подоткнутое, так это точно, — кивнул отец Николай. — Носа не высунешь.

Некоторое время все молчали. Отец Николай подкрутил фитиль в керосиновой лампе.

— Главное извращение христианства, которое воцарилось на Руси, — сказал он, — вполне в варяжском духе: воины, что же вы хотите. Они и победили. Все — долг, никакого счастья. Кто-то наврал, что в монастырях должна быть казарменная дисциплина; да отчего же? Монастырь — место радости, собрались единомышленники, проводят время в изучении единственно интересных вещей, иногда выходят в мир, находят новых людей для братства, кому надоело — ушел, кому наскучило в миру — вернулся... Все же свои, христианство в идеале и есть тот единственный язык, на котором всегда можно договориться.

— Я не очень верю в такие вещи, — деликатно сказал Громов.

— Дело ваше, дело ваше. Иной на Луну глядит и говорит — тарелка... Человек если идет в монастырь, и вообще как-то доходит до христианства, — это значит просто, что ему все остальное уже невыносимо. И тогда человек уходит в монастырь, и ему хорошо в монастыре... Это не бегство от жизни, это бегство к жизни, скажу я, предупреждая ваше возражение. Только в варяжском монастыре могли придумать ни на что не похожий институт послушания — все эти бессмысленные дисциплинарные упражнения, сажания редьки хвостом вверх... Варяжство сделало из христианства какой-то, извините, бред — апофеоз долга, насилия, изобрело Бога-командира, перед которым все виноваты, и он всех периодически — в наряд... Что хорошего может проистечь из чистого долга?

— Многое, — сказал Громов. — И потом, я слишком часто видел, что проистекает из его отсутствия.

— Да понятно мне, — с некоторой досадой отмахнулся отец Николай. — Я в людях отчасти понимаю, иначе какой бы я был настоятель? Только настойку на травах настаивать... Нормальная концепция, смешная, имеет право быть. Самурайский извод. Этот ваш подвиг какое-то время срабатывает, нет слов. Потом копятся ожидания — вы все-таки ждете благодарности, воздаяния, мир вам должен все больше и больше, и кончаете вы тем, что либо начинаете мучить всех подряд, либо кончаете с собой. Нельзя же вечно терпеть из чистого самоуважения — оно с годами раздуется в горб и вас расплющит... Но самый печальный вариант — знаете какой? Это если вы под занавес суровой жизни находите девушку, абсолютный идеал, чистого ангела, награду за годы самоотречения, и это ваша последняя ставка. Вы ей верите абсолютно, всячески пресмыкаетесь, возносите на немыслимую высоту — не всякая девушка такое выдержит. Очень, очень печальное зрелище. И противное, извините меня.

— Мотивация у всех своя, — сказал Громов, стараясь не выказать обиды. — В загробные сказки не всякий человек поверит.

— Да разве я спорю?! — горячо ответил отец Николай. — Очень может быть, что ничего и нет. Если есть — это так, бонус. Я вам больше скажу: очень может быть, что и Бога никакого нет.

— У нас, знаете, замполит был в училище, — усмехнулся Громов. — Тоже психолог. Очень любил убеждать от противного. Долго рассказывал, что Родину можно и не защищать. Рисовал жуткие картины незащищенной Родины.

— Ну, он-то вас пытался удержать в рядах, так сказать. А я совершенно не пытаюсь, нам и так неплохо, — скромно заметил отец Николай. — Тоже, агитатора нашли... Агрессивная проповедь, сетевой маркетинг, позднее католичество — кому надо? Я вам пытаюсь объяснить свои мотивации, потому что ваши вы и так знаете. Так вот, очень может быть, что Бога нет. Но поскольку без этой гипотезы мир приобретает вовсе уж сиротский и бессмысленный вид, голая смерть, никаких удовольствий — мы полагаем более правильным думать так, как думаем. И знаете, сколько раз уже такое бывало в истории — если вещь красивее выглядит с допущением, то так оно, как правило, и есть. Вроде планеты Плутон, которую никто не видел, но вот казалось, что она должна там быть, — она и есть. Пока вы не надстраиваете над миром этот купол — мир стоит голый, лысый, дождем его заливает... Ну, значит, он должен быть — вот и все рассуждение. Собственно, вся христианская картина мира — просто наиболее удобная схема для того, чтобы в этом мире жить по христианским правилам. Буддийская удобна, чтобы жить по буддийским, хазарская — по хазарским... В их мире, кстати, нет никакого бессмертия, это вы знаете. У местных бессмертия тоже нет, им нравится, когда из них лопух растет. Ну, они и живут, как живут.

— Кто это — местные? — спросил Воронов. — В Чивиреве?

— Не только в Чивиреве, юноша. Придумали себе, что там ничего быть не может, поэтому бессмертия надо достигнуть здесь: мир без развития, вечный бег на месте. Левая нога, правая нога... Но ведь это когда-нибудь кончится. И тогда, вероятно, нам можно будет отсюда выйти. А пока, не имея возможности подарить миру нашу веру, мы ее тут храним и приятно проводим время.

— Почему же у вас нет возможности проповедовать? — все еще не понимал Воронов. — Никого не преследуют, я и в Москве сколько раз видел странствующих монахов, и никто их не преследовал...

— Да мало ли кого вы видели, в рясу теперь кто только не рядится. Да, может, и не преследовали бы — чутье у них притупилось. Но какой толк? Пока тут эти двое рубятся, учения все равно никто не воспримет. Местным оно не нужно, им и так прекрасно в своем кругу, а эти уже переняли главные тезисы и извратили до предела. Их разубеждать бессмысленно, да нам это не очень-то и надо. А вот когда поломается весь этот вечный двигатель — тогда мы и понадобимся...

— Как же он поломается, если вечный? — совершенно по-детски спросил Воронов.

— Не бывает вечного двигателя, — назидательно сказал настоятель. — Какая пошлость, честное слово: всякий местный житель — варяг ли, хазар ли, прочее ли население, — так и мечтает найти уединенную избушку либо остров, чтобы там, значит, сидел бородач и все ему объяснил. Иной девочку изнасилует, до самоубийства доведет — и приходит исповедаться: объясни мне, отец Тихон, в чем я неправ! И автор всю жизнь мечтал о подобной же ерунде: идет, идет, бац — избушка. А в ней старец исключительной праведности, в чем душа держится: проходи, дорогой грешник, сейчас будет психоанализ. Выложу тебе все ответы на все вопросы: и почему ты убил, и где закопал, и почему это в конечном счете перед Богом оправдано. А как я могу вам что-то подобное предложить? Я не Бог, не царь, не герой, я монах, существо ограниченное. В лучшем случае могу рассказать, почему я сам живу так, а не иначе.

— Но двигатель все-таки сломается? — уточнил Громов. — Это вам отсюда видно?

— Ну, какие-то вещи я обязан понимать. Даже такая прочная конструкция, как русская, с этими ее двумя взаимообусловленными паразитами на неистощимом местном теле, — имеет свой предел, это я вам на Библии поклянусь. Причем, по некоторым признакам, скорый — мне удобнее полагать так.

— И кто победит?

— Никто не победит, — назидательно сказал отец Николай.

— Я думал — Христос, — усмехнулся Громов.

— Христос давно победил. Военные триумфы — это не по нашей части. Я же не говорю, что настанет царство истины. Просто кончится очередное царство лжи, это да. А что будет — никто не знает, только поэтому и интересно. Мы вам кое-что покажем ближе к ночи, когда на дежурство пойдем. Или спать хотите?

— Ничего, я не устал, — сказал Громов.

— И я не устал, — пробормотал Воронов, клюя носом.

— Ложитесь пока, — сказал отец настоятель. — Вон там у меня комната для гостей, ступайте. Я вас ближе к дежурству разбужу.

3

После недолгого, но освежающего сна на подушках, набитых душистыми травами, под стегаными одеялами, на темной веранде настоятельского дома, Громов и Воронов проснулись почти одновременно. Из-под двери пробивался слабый свет: видимо, отец Николай готовился к дежурству. Что за дежурство — он не объяснял.

Громов привстал на кровати. Обстановка вокруг никак не напоминала монастырскую. Он чувствовал себя, словно в гостях у однокурсника, собравшего друзей на выходные у себя в дачном доме-курятнике. На крыльце послышались шаги. Пожилой монах с фонариком — стеклянная сводчатая башенка с белой плоской свечкой внутри — стучался в двери отца Николая.

— Да! — крикнул настоятель.

— Брат Никодим к тебе, брат Николай.

— Тихо, гостей разбудишь.

— Мы не спим, — робко сказал Воронов.

— А и правильно, — ответил настоятель, выходя на веранду. — Я хотел вам дежурство показать. Это любопытно, для свежего человека в особенности.

Монахи один за другим входили на веранду и рассаживались вокруг шаткого стола. Отец Николай разливал чай с донником. Все вошедшие приветливо здоровались с гостями.

— Простите, капитан, — сказал один монах помоложе, пристально вглядываясь в лицо Громова. — Мне кажется, вы одно время жили в Воронеже и мы могли там встречаться...

— Я никогда не бывал в Воронеже, — признался Громов.

— И я также, — кивнул монах. — Должно быть, это были двое других христиан.

Все заулыбались, и Громов тоже, но больше из вежливости. Он никогда не одобрял дзенских штучек.

Монахи негромко разговаривали между собой — Громов против воли, по привычке прислушивался, подозревая умысел. Ему было слишком хорошо тут, чтобы вот так сразу расслабиться. Здесь никто ничего от него не хотел, и тем, кто здесь жил, хватало забот без него. Может быть, желая расслышать что-нибудь относящееся к себе, он втайне ревниво надеялся, что играет какую-то роль в жизни этих людей.

Когда на веранде собралось десятеро, не считая гостей, настоятель снова подкрутил фитиль, чтобы светил поярче, и предложил собравшимся приступить. Все расселись вокруг стола, разом посерьезнев. Громов испугался было, что собравшиеся возьмутся сейчас за руки, и начнется спиритический сеанс, но ничего подобного, к счастью, не произошло, хотя все и положили руки на столе перед собою; отец Николай сцепил их в замок.

— Что же мы видим, братие? — спросил он буднично.

То, что последовало за этими словами, больше всего напомнило Громову даже не дежурство по полку, а скорее ночной эфир в радиостудии: давно, в незапамятные времена, в прошлой и даже позапрошлой жизни он хаживал гостем на такие эфиры, отвечал на звонки, что-то читал. Никогда потом не было у него столь острого чувства связи с миром, тонкой, не радийной или телефонной: ночью из Останкина виделась вся страна, на которую таинственные наблюдатели набросили незримую сеть. В ночи бодрствовали бесчисленные дежурные: кто-то не спал в ночной машине на пустом шоссе, стремительно летя к югу, кто-то следил за контрольной полосой на границе, кто-то сидел у постели больного — и это братство бессонных, не имеющее ничего общего с защитой государственных интересов, странным образом гарантировало человечеству выживание. Днем они не узнали бы друг друга. Это чувство восходило к давнему, многажды забытому детству: память наша — как земля, новые слои скрывают прежние, но иногда внутри что-то аукнется, и увидишь свою жизнь как бы сквозь толщу стекла. Потом оно снова станет непрозрачным, закопченным, — но на секунду Громов в страшной глубине увидел себя, маленького, в ночной рубашке, у ночного окна, в страшном и радостном возбуждении. Иногда он просыпался ночью от страха, но это было совсем другое дело. Тут его вдруг охватила радость и сознание своего участия в великом и важном деле: может быть, провода невидимой связи как-то вдруг прошли через их квартиру. В небе двигалась звезда — Громов знал, что это спутник, и спутник тоже был вовлечен в мистерию. Все держали мир на весу, в сетке, которую сами сплетали, — через минуту Громов уже вернулся в постель и заснул счастливым сном, в полной безопасности. Чувство безопасности уже и в детстве редко посещало его: всегда казалось, что надо куда-то идти, что-то делать... Спокоен он был только в армии — вот, уже пошел и делаю; но и там было небезопасно. Чувство полной безопасности, страшно сказать, посетило его только в монастыре — вот почему ему так здесь нравилось: тут тоже все были мобилизованы, но в другую, собственную, явно родную армию.

— В Варсонофьевском монастыре болен отец Никон, — негромко отозвался коренастый монах с крупными волосатыми руками. — Болезнь его не тяжелая, но обременительная. Полагаю, суставы.

— Есть чем лечиться-то? — спросил монах, сидевший между коренастым братом и Вороновым.

— Травами лечится, — пожал плечами коренастый.

— Травами-то много не налечишься...

— А что делать, брат Иоанн?

— Может, мази выслать...

— К варсонофьевцам почта не проходит.

— Я придумаю, — сказал монах помоложе. — Есть человечек у меня на примете, может, с ним передам...

— Помолимся о брате Никоне, — сказал Николай, и все на минуту замолчали, сосредоточенно думая о далеком брате Никоне и его суставах.

— В Туруханском монастыре отец Андрей совершенно утратил смысл жизни, а может утратить и веру, — глухо сказал высокий худой монах, кашлянув в кулак. — Ему кажется, что вся эта канитель никогда не кончится и что от нас никакого толку.

— Ну и правильно, — сказал его толстый сосед с носом-картошкой и редкими зубами. — Нормальное самоощущение мыслящего христианина.

— Не совсем, — сказал Николай. — Если б он еще радовался такому ощущению, тогда конечно.

— Не соблазн ли это, отче? — спросил молодой робкий монашек. — От этого один шаг до того, что чем хуже, тем лучше.

— А что, не так? — обиделся толстый.

— Но жалость-то к миру? — спросил коренастый. — Нельзя же просто — гори все огнем... После того, как оно сгорит, нам и предстоит самое интересное. Надо дожить в пристойном состоянии, не впадая в тяжкий грех злорадования.

— Да мы еще доживем ли? — спросил хмурый монах, чьего лица Громов почти не видел — он сидел далеко от лампы.

— Если не доживем, то, может, и к лучшему, — заметил молодой. — Я бы не хотел...

— Тем не менее уже скоро, — подытожил Николай. — Ты-то, брат Георгий, доживешь наверняка. Не думаю, чтобы тебя скосила преждевременная дряхлость. Ты весьма здоров, брат Георгий.

— И прожорлив, — ехидно добавил высокий.

— Что до Андрея в Туруханске, — продолжал Николай, — скажи ему, брат Борис, что утрата смысла есть вещь, безусловно, хорошая. В мире, имеющем смысл, нам нечего было бы делать.

Брат Борис кивнул и сосредоточился. Все молчали.

— Сказал, — выговорил он наконец.

— И что?

— Сказал, что подумает.

— Подумать есть дело благое.

— Брат Игорь в Новосибирской обители передал, что впадает в тяжкий грех уныния, — сообщил очкастый монах с внешностью физика-Шурика.

— Передай ему следующее, брат Вячеслав, — радостно отвечал Николай. — Всякий раз, как впадаю в грех уныния, я испытываю огромную радость, улегшись на постель в своей келье и при открытом окне, в которое доносятся запахи монастырского луга, созерцая трещины в потолке. Они слагаются в причудливые узоры, я уношусь мечтаниями в удаленные обители и либо впадаю в благодетельный сон, либо придумываю забавный сюжет. Проделай то же, и сии трещины окажут на тебя не менее благое действие.

Брат Вячеслав задумался.

— Передал, — сказал он.

— И что созерцает брат Игорь?

— Брат Вячеслав сообщает, что, видимо, потолок в твоей келье давно не белен, — скрипучим голосом отвечал брат Вячеслав.

— Брат Игорь впадает в тяжкий грех занудства, — сказал настоятель. — Передай ему, что со своим потолком я сам разберусь, а он пусть перечтет «Женитьбу Фигаро».

— Брат Константин в Староволжской обители просил передать, что в окрестностях был бой, имеются раненые. Просит благословения на оказание первой помощи. Федералы отошли, раненых расквартировали у местных.

— А как он из монастыря выйдет? — спросил брат Борис.

Этого вопроса Громов не понял. Выйти из монастыря — легче легкого, так казалось ему.

— Но, может, он даст знать местным, и они привезут в монастырь особо тяжелых...

— Если повезут, — мрачно сказал монах, сидевший справа от Громова. От него приятно пахло «Золотой звездой» — он тер ею виски, страдая, видимо, от мигрени.

— Скажи брату Константину, что я его порыв одобряю, — после недолгого размышления выговорил Николай. — Что получится — решать не нам, а попробовать стоит.

Громов почувствовал, что Воронов смотрит на него вопросительно, но покачал головой: мол, сам не понимаю.

Николай с братьями обсудили еще несколько спорных случаев — кто-то болел, кто-то получил печальное письмо из дома, отец Марк в Бирюлевской обители влюбился и спрашивал совета (монахи долго хихикали, предлагая советы один непристойнее другого, — Николай строго осадил их, посоветовав брату Марку как можно скорее уйти к предмету своей страсти, а если не получится — усиленно молиться). Связь с братьями осуществлялась тут же, без всяких мобильных и иных телефонов, причем каждый из собравшихся имел на связи единственный монастырь. Громов подивился, что их на Руси осталось так мало.

— Ну-с, и что же мы видим? — спросил Николай, когда с монастырскими делами было покончено.

— Старик с девочкой идут на юг, — грустно сказал высокий. — Девочку жалко.

— Плохо девочке, — кивнул брат Георгий. — Девочке очень грустно.

— Слышит ли она нас?

— Иногда.

— Укрепите ее, чем сможете.

— Будем пробовать.

— Слышит ли нас старик?

— Не слышит, но знает.

— Старик не нравится мне, — твердо сказал толстый.

— Ты ему тоже не нравишься, — отрезал Николай. — Какая разница? Что с разочарованным?

— Разочарованный со своей дикаркой бегут в Дегунино, как и было сказано, — заметил брат Борис. — Тут кое-кого послали их остановить, но кое-кто не туда попал.

— Кое-кто попал как раз туда, — решительно заметил настоятель. — Бывает штабной умысел, а бывает и Божий промысел.

— Разочарованный до того уж разочаровался, что думает перебежать к хазарам, — хихикнул толстый.

— Ага, он им очень нужен, — сказал высокий.

— Я за него, кстати, боюсь, — тревожно сказал Борис.

— Думаешь? — резко спросил настоятель.

— Что-то больно быстро очеловечивается. А тогда ему не жить.

— Ну, совсем-то не очеловечится. А, брат Борис?

— Не знаю, слежу.

— Следи. Что с нашим лесоводом?

— Пошел догонять рыжую.

— Что с нашей рыженькой?

— Сие нам неведомо. В тех местах, сам знаешь, плохо видно.

— Но жива? — тревожно спросил брат Николай.

— Это да, — уверенно сказал монах, лица которого Громов не видел. — Пока точно.

— Помни, брат Мстислав, ты видишь дальше других, — строго сказал настоятель.

— Пока смогу, буду смотреть, — кивнул Мстислав.

— Ай, инспектор, инспектор, — сказал Николай. — Правильно ждешь, да не оттуда.

— А откуда? — спросил вдруг Воронов.

— Инстинкт выживания, юноша, силен у вас чрезвычайно, — одобрительно заметил Николай. — Придавая вас в спутники капитану, наш общий знакомый поступил дальновидно. В огне вам не гореть, в воде не тонуть. Должен заметить, что местные вообще очень ловко избегают опасности и отлично чувствуют ее. Но что предсказано, то предсказано: не знаю, как будет, но знаю, чем кончится.

— Не хочу, — тоскливо произнес Воронов. — Боюсь.

— Ничего, вон рыжая не боится, и вы не бойтесь. Девочка со стариком идет, тоже не боится. Капитан ваш едет останавливать неизвестно кого, и то не боится, хотя сроду в гражданских не стрелял. А стрелять-то ему и не придется, ушли они из Копосова, капитан. Не то б вы, чего доброго, и правда пальнули, — нет?

— Откуда вы все это знаете? — только и смог спросить Громов, окончательно переставший что-либо понимать.

— А откуда вот он догадывается? — кивнул Николай на Воронова. — Знаю, и все. Завтра поедете с миром в Москву, отвезете рядового да и отправитесь, куда собирались. Хотите посмотреть, как там Москва?

— А как? — спросил Громов совершенно по-детски. Он уже готов был поверить, что ему сейчас покажут Москву.

— Да вот так, — пожал плечами настоятель, и в тот же миг Громов почувствовал Москву. Она напряженно пульсировала где-то к западу от монастыря, и Громов чувствовал, как через весь город мучительно пробирается, увязая в бесконечных пробках, «скорая помощь». Он понимал при этом, что она успеет. Ничего больше во всей Москве не привлекало его внимания, да он и не видел ничего. В голове у него оглушительно завыла сирена. Он знал, что фельдшер в кабине кусает кулак от нетерпения. Это был хороший фельдшер, не из тех, что выезжали по вызовам в последнее время, — больной ему был небезразличен, и он хотел успеть, и должен был успеть. Громов чувствовал, что с пробками ничего сделать не может, но способен каким-то образом утешить фельдшера, внушить ему, что все кончится нормально; и фельдшер успокоился, он знал это.

— Интересно, — сказал Николай. — Вот бы не подумал. Я бы, честно говоря, решил, что какие-нибудь учения... Вам что, про войну неинтересно?

— Про войну я и так все знаю, — машинально ответил Громов, но тут же спохватился:

— Вы что, и это видите?

— Ну, примерно, — неуверенно ответил Николай. — Скорее догадываюсь.

— Способный, — завистливо сказал брат Георгий.

— Абы кто и не придет, — загадочно ответил Николай. — Есть ли у вас вопросы, брат капитан?

— Много, — сказал Громов. — Но для начала один: почему этот ваш брат Константин не может выйти из монастыря?

— Брат Константин в затворе, — пояснил Николай. — У некоторых есть такая клятва, вроде, знаете, барбудос. У нас же тоже бороды приняты, кстати... Брат Константин не может выйти из монастыря, пока не кончатся эти ваши чертовы качели. Он не сам это выбрал, просто в каждом монастыре должен быть затворник. Получилось так, что у староволжцев это именно Константин, а он врач.

— А у вас кто затворник?

— Брат Мстислав, — вздохнул Николай. — Ему отсюда хода нет даже к реке. Пока все не кончится — или, соответственно, не начнется.

— Просто нельзя — или он не может выйти? — уточнил Громов.

— У нас это одно и то же, — сказал Николай. — Но, в общем, даже если бы захотел — не сможет.

Громов пригляделся к Мстиславу, и тот, угадав его мысль, придвинулся к свету. Громов увидел необыкновенно кроткое и печальное лицо человека, давно смирившегося со своей участью. Затворнику было лет пятьдесят, он был светловолос и зеленоглаз.

— Ничего, — сказал брат Георгий. — Может, действительно уже скоро...

— Это не от нас зависит, — сказал Мстислав.

— Но мы это увидим, — твердо закончил Николай. — Благодарю, братие, все свободны.

Монахи поднялись и вышли, тихо переговариваясь.

Некоторое время Громов молчал.

— Ну, как вы это делаете — спрашивать не буду, — сказал он наконец.

— Вы же и сами это делаете, как только что убедились, — мягко сказал настоятель.

— Да, хотя тоже не совсем понимаю, как именно. Но почему это распространяется только на монастыри?

— Да вовсе нет, — удивился настоятель. — Это обсуждаем мы только монастырские дела, а видим больше. Почти все, если угодно. Есть некоторые области, принципиально для нас закрытые, но там, я думаю, ничего важного не происходит... Вот — Блатск, но там, как бы выразиться...

— Защита? — догадался Воронов, впервые вступивший в разговор.

— Нет, что-то вроде болевого порога. Сил же нет, какое омерзение. Ну так в Блатске и не может быть никаких событий.

— А будущее вы видите? — спросил Воронов.

— Только в самых общих чертах, — смущенно сказал настоятель. — Ну так у нас, собственно, в общих-то чертах и написано... Чего тут выдумывать, все понятно. Я вас должен огорчить, вы славный юноша, но есть сила, которую у вас там все равно не могут учесть. Например, пошли туда, зашли не туда. За всем не уследишь, дырок-то все больше. Это вас Господь оборонил, — обратился он к Громову. — Вы бы, чего доброго, дсйствительно убили. А там убивать решительно незачем.

— А что там вообще такое? — спросил Громов. — Это-то хоть могу я знать?

— С девушкой и чиновником? Там одна древняя закономерность, про которую я вам ничего определенного сказать не могу. Здешние какие-то дела. Существует поверье, — очень может быть, вполне обоснованное, в языческих обществах это дело хорошо поставлено, умеют предсказывать... Если, в общем, некий потомок древнего местного рода полюбит девушку из рода хазар, или, напротив, девушка древнего рода полюбит юношу из рода варягов, то будет волшебный ребенок и конец света. Глупость, в общем, полная, но именно такая глупость может сбыться. Тут для меня, что называется, темна вода. Христианство так много поставило на человека, что отвергло почти все мистическое знание. Очень может быть, что этот ваш рыжий Гуров имеет о нем представление. Но он человек, обычный человек, и потому не совсем там ищет. Это бывает с людьми, предусмотревшими все. Все предусмотрели, а детский какой-нибудь мячик забыли. Объясняется это просто: главная черта дохристианских божеств — ирония.

Николай разлил заварку и продолжал, глядя на Громова с уважением и состраданием, как врач на больного, героически и по доброй воле привившего себе опасную, но излечимую болезнь.

— Ну и вот. Это закон вроде ньютоновского, только не все понимают. Он простой на самом деле. Человек выстроил все, просчитал по законам математической логики, — а у него под ногами лежал детский мячик, которого он не учел, а в мячике бомба, и в задницу весь сопромат, простите за грубость. Гуров очень умный, очень. Я не желал бы с ним вступать в теологические дискуссии. Он бы меня побил обязательно, и я бы ушел формально посрамленный. Но потом он бы поперхнулся, или пукнул, и вся эта победа была бы немедленно дезавуирована — потому что Гуров со своей победой совершенно не нужен своему Богу, понимаете, какая ирония? Он так все отлично рассчитал, дал вам спутника, способного вылезти из любой переделки и не знающего об этом, маршрут расписал, везде посты расставил, — и смотрите, какая двойная насмешка судьбы. Пункт первый: девушка все равно пошла не туда. Пункт второй: тот, кого он послал по девушкину душу, завернул в противоположную сторону. Пункт третий: если бы даже вы и пересеклись с девушкой и всадили в нее пулю, а вы человек последовательный и приказы выполняете, — никакого толку от этого не было бы все равно, потому что не в девушке дело. Но Господь, наш Господь, у которого с иронией туго, а юмор скорее английский, — сделал все очень изящно, потому что вы ему, значит, небезразличны. В результате девушка идет себе, куда ей надо, а вы движетесь собственным маршрутом, который, теперь уж не сомневаюсь, тоже доставит вас в нужную точку.

— Ничего не понимаю, — раздраженно сказал Громов.

— Ну и правильно, и не надо. Это я разболтался, а вам спать пора.

— Все, что вы говорите, можно счесть законченным бредом, — сказал Громов. — Мне вообще интересно было бы спросить хоть одного честного священника: есть у него абсолютное доказательство бытия Божия, которое нельзя было бы списать на личный мистический опыт, непознаваемое, неописуемое, неназываемое и прочую демагогию?

— Нету, — развел руками отец Николай. — Это и есть основное доказательство. Если б оно было, у нас был бы не Бог, а воинский начальник. Там такое большое пустое место, что очистить его кто-то мог только сознательно, дабы оставить пространство для домысла и нормальной жизни. Вы и сами понимаете... просто во всякой вере есть одна ступенька, которую каждый берет в одиночку. Я могу вас провести, если захотите, по всем ступенькам до нее и после нее, потому что вся лестница мне отлично известна. Но у каждого эта ступенька своя, поэтому не знаешь, на какой споткнешься. Один уверовал после чуда или исполнившейся молитвы, это вариант простой. Другого восхитила красота творения, и он уверовал из благодарности. Третий логически умозаключил, что без Бога ни до порога. А как будет у вас — я понятия не имею, скорее всего, вы придете через образ жизни.

— Как это?

— Ну, как артист перед комедией: он пришел в дурном настроении, а тут надо играть, зал веселить. Он запирается в гримерке и полчаса улыбается, один, сам себе — и от движения мышц идет обратный сигнал в мозг, и вот он уже ликует. Так же и здесь: вы ведете монашеский образ жизни — при таком образе жизни как не уверовать? Вы, собственно, и уверовали уже, но хотите последнего доказательства. А на себя оборотиться?

— В смысле?

— Спать пора, вам завтра в дорогу, — сказал настоятель и, зевая, пошел к себе.

4

— Вы все говорите о местных, — сказал Громов, когда они утром стояли на пристани, готовясь к отплытию. — Кого вы, собственно, имеете в виду? Ведь местные — это русские, почему не назвать вещи прямо?

— Потому, что русские не местные, — удивленно ответил настоятель. — Я думал, вы знаете. У вас разве не объясняют этого, в войсках?

— У нас в войсках все и так знают, что местные — это мы.

— Ну, а в тех войсках знают, что они. Скучно, — сказал настоятель. — Вы бы хоть сами себя спросили: хорошо вам на этой земле? Коренное население — то, кому здесь хорошо.

А у вас каждый вечер тревога, все вас гонит отсюда… Вы тут — как душа в чужом теле. Посмотрите, какую жизнь ваши тут устроили себе и другим… Разве может коренное население так себя вести, как русские на этой земле? Да тьфу…

— А вы разве не русский? — неприязненно спросил Громов. Ему досадно было, что Воронов слушает все эти разлагающие разговоры.

— Не помню, — пожал плечами настоятель. — Вероятно, был русский, но теперь уже, конечно, нет. Сколько можно? Я удивляюсь, как вам еще не надоело.

— Отречься от своей крови — самое легкое, — сказал Громов резко.

— Да, да, это все предсказуемо… Еще вы можете сказать, что за земную родину надо умирать, а за небесную не требуется, вот я и дезертировал в монастырь.

— Я этого не говорил.

— Но подумали. Да мне-то что, я ведь понимаю, что при вашей установке любой живой — дезертир. Это симпатично, достойно уважения, но скучно. Самое коренное население — мы, потому что нам бывает хорошо везде, но вам это пока чуждо. Суть не в том. Я тут подумал, — стеснительно продолжал настоятель. — Ночью. Все равно не заснул. В общем, насчет вашего вопроса: одно доказательство у меня точно есть.

Настоятель подмигнул.

— Одно есть, да. Банальное, от противного. Я слишком четко вижу работу дьявола — и тот факт, что он не совсем еще преуспел, и вряд ли преуспеет окончательно, наводит на мысль о божественном начале. В идеале, конечно, надо видеть это начало просто так и общаться с ним, если получается. Но если нет биографической или другой предрасположенности… Мне представляется, что когда Господь запустил всю эту историю, он создал разделение на два пола, для продолжения жизни. А дьявол, то есть возгордившийся ангел, сноб в высшей степени, запустил разделение на эти две группы, каждая из которых недостаточна. Одни превыше всего ставят ценности одной личности, другие — ценности всего стада, и оба друг без друга ни на что не годятся. Разделение это ложное, как вы, вероятно, понимаете. Христианство пущено было в мир, чтобы его преодолеть. Для того и придуман крест, чтобы вертикаль сопрягалась в нем с горизонталью, и все это такая азбука, что стыдно повторять. Местное же население притерпелось к дьяволу, и это совсем не то, что преодолевать его. Вы воин, и вам это скоро станет понятно. От вашего самурайского понятия о воинском долге один только шаг от того, чтобы переменить вассала...

— Это будет уже не долг, — сказал Громов.

— Да откуда же вы взяли, что долгом может быть только от рождения определенная вам данность? Почему вы обязаны воевать только на той стороне, на которой родились? Вы воюете за одну из сторон и, следовательно, помогаете дьявольскому замыслу, а между тем на свете достаточно вещей, которым стоит послужить с вашей прямотой... Ну, ладно, я впадаю в грех поучительства. Если хотите, еще одно доказательство, очень простое, физическое. Заметьте наглядную вещь. В краткосрочной перспективе всегда побеждает зло. Это закон, такой же ясный, как физика: выигрывая в силе, проигрываем в расстоянии. Но в долгосрочной добро неизбежно одерживает верх, потому что эффективность зла — она ведь, понимаете ли, кажущаяся. В ней уже заложено самоубийство. Зло непременно переигрывает само себя. Я думаю, — хотя не вдавался, потому что очень уж далеко можно зайти, — что так вышло и с христианством. Есть такая версия — ее сейчас очень часто развивают федералы, мы же телевизор смотрим иногда, — что христианство вброшено в мир хазарами, чтобы растлить воинский дух северян и прочих боевитых народов. Ну вот, и вбросили, и сами себя перехитрили. Я не думаю, конечно, что это так. Но если бы это было так, это было бы в традиции, что ли. Перехитрить себя — это нормально. Все христианство — это выигрыш на длинной дистанции, и если вы понимаете, о чем я, то каких же вам еще доказательств?

Бог не то чтобы на стороне больших батальонов, но он мыслит длинными периодами. Подумайте на досуге, это так ясно, что смешно не видеть. Ладно, спасибо за терпение, плывите с Богом.

Громов и Воронов отправились к лодке. Брат Артемий сел на весла.

— Ну, — сказал настоятель Воронову, — с вами-то мы вряд ли увидимся. Удачи, молодой человек. А вот вы заходите, если что, — сказал он Громову и, резко повернувшись, пошел в гору, к монастырю.

Глава седьмая. Ворота

1

Женька шла от станции Жадруново в сторону деревни, и как-то пространство вокруг нее начинало искажаться. Кроме нее и сопровождения, в Жадрунове никто не сходил, и прочие пассажиры посмотрели на нее как-то странно; и поезд остановился всего на полминуты, и унесся, словно старался поскорее проехать это гиблое место. А место было самое обыкновенное, даже красивое.

Она сама не очень понимала, что происходит. Голова не кружилась, а, так сказать, подкруживалась, смещается все градусов на пятнадцать — и обратно. Иногда можно как-то удержаться в нашем, обычном пространстве — если, например, в это время мимо проходит человек, который тебя узнает и окликнет, или ты будешь думать о чем-нибудь будничном, очень целенаправленно, сосредоточенно держаться за эту мысль, крепко, крепко цепляться за нее, о чем-нибудь простом, вроде школы; но иногда и это не срабатывает, и тогда тебя усасывает туда, откуда нет возврата. Ничего подобного, конечно, не бывает. Мы будем гнать эту мысль. Но, наверное, что-то случилось с Володей, иначе почему же мне так трудно идти и я чувствую такое странное голово, во, вокружение, некоторые сбои дыхания, медленное поворачивание плоского горизонта вокруг своей, ей, оси, си.

Что-то с Женькой, думал Волохов, что-то совершенно непоправимое, но при этом, странное дело, не фатальное, не окончательное. Я понимаю, что она туда доехала, но не понимаю, что там с ней. Тут вещь какая: когда я был, в бытность мою, в мою бытность, надо как-то уцепиться за слова, иначе я тоже поплыву, в мою бытность в состоянии любви с ней еще пять лет тому назад я не мог так чувствовать ее, потому что между нами было, во-первых, гораздо большее расстояние, а во-вторых, мы виделись очень редко. Теперь же я почти месяц в течение каждой ночи ощущал ее рядом, связь наша стала физической, она тоже может ослабнуть, но не ослабнет, я сделаю так, что этого не будет, я дойду туда, где она. Он избегал слова «Жадруново», физически чувствуя, как с каждым его произнесением из него уходит немного жизни, изни, зни. Волохова крутило, тошнило и качало. Главное же — он понимал, что Женька проходит некую границу, и надо бы ее остановить, но с другой стороны, она ее все равно пройдет, ей деваться некуда. Он, однако, может сделать так, чтобы прохождение этой границы было ей немного облегчено. Все-таки действие происходит в его стране. Но вот что удивительно: он не чувствовал страха. Он понимал, что сейчас будет непонятное, но понимал и то, что понятное, среди которого он прожил последние тридцать пять лет, уже пугает его гораздо больше, чем ощущаемая теперь новизна.

Женька между тем шла по жаркому цветущему лугу, чуть впереди следующего за нею гурионовского отряда из пяти человек — отряда, как она знала, совершенно бесполезного. Стрекотали кузнечики, пахло медом и сухой почвой. Почему-то на горизонте виднелась коричневая мартовская земля с пятнами снега, и даже доносило оттуда весенний запах земли, навоза и талой воды, ах нет, показалось, ничего подобного. Откуда снег? Не может быть никакого снега. Признаков мятежного гарнизона также не наблюдалось. Женька шла, словно сквозь плотную теплую воду: между движением и образом движения был легкий зазор, как бывает, когда накуришься марь-иванны. Гурионовское сопровождение шло позади, несколько замедляя шаг; они отставали все заметнее. Женька оглядывалась и видела их, рощу позади, линию электропередачи, провода над железной дорогой. Все это немножко уже размывалось, но было пока отчетливо. Жаркий жадруновский воздух дрожал вокруг.

Посреди ровного звенящего и тикающего луга стояли ворота, похожие на футбольные: два глубоко врытых, гладко обтесанных столба, белых, как сухие кости, и коричневая поперечина над ними. Тропа шла прямиком к воротам, хоть обойти их было несложно — рядом не было ни забора, ни иной преграды. Женька решила обойти ворота слева. Ей показалось почему-то, что она не сможет соступить с тропы, — но она смогла, и ничего не произошло. Никто не мешал ей. Мяч пересекает линию ворот. В детстве она любила с отцом смотреть футбол. Потом они с матерью уехали в Каганат, а отец остался. Она прошла рядом с воротами, успев разглядеть, какие они шершавые даже на вид. Гол.

Она оглянулась. Гурионовские стояли в ряд, ровной шеренгой, типа отдавая последний долг. Они смотрели виновато и сочувственно. Гурион еще в Грачеве сказал им идти до ворот, так что они уже знали — ворота будут.

— Что же вы? — спросила Женька, но они смотрели все так же виновато.

— За мной, — сказала она, откладывая крик на потом как последний резерв: если не послушаются, она заорет, если не послушаются и тогда, выстрелит в воздух, а что потом с ними делать, она не знала.

Они молчали, не двигаясь с места. Потом повернулись и медленно пошли к станции. Женька вдруг заметила что-то не то, что-то странное, чего не было. Станции она больше не видела. И линии электропередач там, за рощей, тоже не было. Куда-то она делась за это время. Там начало все пропадать. Наверное, бывает такая местность, где все исчезает само. Она слышала такие местные легенды. Правда, названия деревни никто не знал. Ну, у каждого народа своя легенда о заколдованном месте. Но вот как наказывается трусость! Она прошла за ворота, и ничего с ней не было, а они повернули вспять, и теперь неизвестно, что с ними будет.

— Вернитесь! — закричала она. — Пропадете!

Они не оглядывались, словно не слышали. А может, и вправду не слышали.

Женька расстегнула кобуру, вынула пистолет и выстрелила в воздух. Никто не обернулся. Да и звук выстрела был, прямо скажем, так себе. Пукнуло что-то, словно шампанское открыли. Скромный салют по случаю перехода в новое состояние.

Она стремительно шагнула к воротам, думая, что тайная сила остановит ее хоть на этот раз, но тайная сила не снисходила до буквальных кинематографических проявлений. Женька легко вернулась за жадруновские ворота, только никакого гурионовского отряда впереди уже не было. Странная местность, трусоватые солдатики не заживались в этой местности. Они бледнели, бледнели и пропали совсем. Ничего не сделалось только роще вдали, и полю, и полевым цветам. Природа — она и есть природа.

Делать было нечего, нечего в таком буквальном и очевидном смысле, что на короткий миг ЖДовский комиссар Женька Долинская ощутила смертную тоску. Но она никогда не позволяла себе расслабляться, а потому решительно шагнула за ворота уже вторично. Надо было идти в Жадруново и в одиночку усмирять мятежный гарнизон. Странное дело, куда все-таки подевалось это дезертирское сопровождение.

Дезертирское сопровождение стояло перед воротами и в ужасе смотрело, как за воротами тает силуэт комиссарши. Когда ее стало совсем не видно, они переглянулись и, обливаясь потом, побрели к станции. Им было стыдно, но под стыдом билась жаркая, стыдная радость, знакомая всякому солдату, мимо которого только что просвистело и вот в очередной раз не задело.

2

Деревня Жадруново ровной темной линией тянулась вдали. Линия медленно утолщалась, вырастала Женьке навстречу и вот превратилась в ряд приземистых домов, отчего-то очень длинный. Это была большая, даже огромная деревня — больше всех деревень, когда-либо попадавшихся Женьке.

В первом же дворе возилась молодая красивая поселянка с гладкими темными волосами и полуоткрытым, как бы все время улыбающимся ртом.

— Здравствуйте, — сказала Женька. Ей было жарко, она давно расстегнула воротник гимнастерки и мучилась жаждой. — Водички не дадите?

Интересно, подумала она. Хорошо захватчица входит в чужую деревню. Хенде хох, водички не найдется?

Хозяйка, ни отвечая ни слова, зашла в избу и вернулась с большой глиняной крынкой в одной руке и большой глиняной кружкой в другой. Странно, что она не налила молока прямо там, в избе. Зачем-то надо было налить именно у Женьки на глазах. Она наклонила крынку, молоко полилось в кружку, лилось и лилось, и кружка наполнялась, а потом переполнялась, причем молоко не иссякало. Оно переливалось через край, полилось на сухую землю, сначала впитывалось, потом разлилось лужицей. Женщина добродушно засмеялась. Это был такой местный фокус. Женька протянула руку за кружкой. Женщина нехотя прервала фокус и дала ей полную кружку. На вкус молоко было как молоко.

— Спасибо, — сказала Женька, вытирая губы. — А не скажете, где тут стоит Жадруновский гарнизон?

— Да тут много, — низким голосом сказала женщина. — Тут порядочно.

Неожиданно из дома вышел молодой солдат в незнакомой форме. То есть где-то Женька точно видела эту форму, но не могла припомнить — где. Вероятно, Жадруновский гарнизон по случаю бунта пошил себе гимнастерки старого образца. Кажется, в такой форме в первые дни войны ходили русские, потом ее реформировали. Кубари заменили на погоны и все такое. Гимнастерка на солдате была расстегнута, ремень висел, что называется, на яйцах, и вообще, кажется, он только что оторвался от сиесты.

— Здравствуйте, — поздоровалась Женька и с ним.

Он поднял на нее глаза и кивнул.

— Вот интересно, — сказал он равнодушно. — Говорят, ничего нет, а тут все есть.

— Где тут Жадруновский гарнизон? — спросила Женька.

— Вы есть хотите? — спросил солдат.

— Я спрашиваю, где гарнизон, — повторила Женька уже зло. Ей было неловко срываться после того, как ее тут напоили молоком, но тупость местного населения начала ее раздражать.

— Сейчас, — испуганно сказал солдат и ушел в дом. Женщина стояла и улыбалась полуоткрытым ртом. Женька томилась жарой. Через пару минут солдат вернулся с тонкой цветной брошюрой в руках. Он виновато улыбнулся и протянул его Женьке.

— Вот, — сказал он робко. — Больше нет.

Женька взглянула на брошюру. Это был журнал «Мурзилка» за семьдесят восьмой год, зимний, с детской горкой на обложке. С горки катился на санках, так сказать, хоровод веселой детворы.

Он или косил под дурака, или действительно был местным дураком, которому ради развлечения пошили солдатскую форму.

— Вы на свалке были? — спросила женщина. — Попробуйте на свалку сперва. Если вам в гарнизон, то надо мимо свалки.

Она показала рукой куда-то в поле, и Женька действительно заметила метрах в двухстах от деревни большую кучу мусора. Раньше она ее почему-то не замечала.

Никакого Жадруновского гарнизона там, конечно, не было и быть не могло. Но она повернулась и пошла от этих психов к мусорной куче, оказавшейся гораздо ближе. Все расстояния тут странно искажались — явно из-за жары. То ли воздух так зыбился, то ли голова у нее шла кругом. Свалка была удивительная, на ней валялось страшное количество всего, многое еще в сравнительно приличном состоянии. Башмак, монета, рукав шинели, шариковая авторучка, книга «Справочник по элементарной геометрии», компас, детский пластмассовый меч, двуручная пила, граммофонная труба — в полном беспорядке, хотя само по себе, в отдельности, было еще пригодно. Женька поняла, что и ей надо что-то бросить. Почему — она понятия не имела, но что-то надо было. Это было что-то вроде входного билета. Она полезла в карман и вытащила фотографию Волохова, но поняла, что этого не выбросит никогда. Больше у нее ничего с собой не было, если не считать нескольких мятых купюр. Бросать купюры почему-то было не принято, тут была другая валюта. Она с трудом оторвала от гимнастерки пуговицу и бросила в мусорную кучу. Видимо, это надо было сделать давно, потому что воздух после этого перестал дрожать и вообще все стало как-то понятнее, но все-таки не совсем, потому что смерть была бы непозволительной пошлостью, и с ней явно происходило что-то другое. Она была жива, даже слишком жива, болели пальцы, которыми она отрывала пуговицу, и по-прежнему хотелось пить, и жить, и она все помнила. Женька отошла от свалки и направилась к жадруновским дворам. В следующем дворе сидел хорошо ей известный лейтенант Горовец и чинил радиоприемник.

Она понятия не имела, что Горовец в Жадруновском гарнизоне. Он был контрразведчик, раненный при наступлении на Заверюхино, маленькую деревню, ничтожную в стратегическом отношении, но именно за нее противник почему-то бился с непостижимым упорством — принципиальная алогичность варяжского военного искусства давно была ей известна. Его оставили в избе, где разместился госпиталь, а сами пошли дальше. Наступление развивалось стремительно, хоть и непонятно, зачем и куда.

— Здорово, Горовец, — сказала Женька. Только тут она поняла, что в облике Горовца ее смутило больше всего. Черт с ним, что этот аккуратист был лохмат, с репьями в шевелюре, и дня три не брит: он починял радиоприемник, а этого не могло быть ни при каких обстоятельствах. Горовец многажды ей признавался, что даже велосипеда не мог починить в детстве — когда соскакивала цепь, всякий раз бежал к соседу. Руки у него росли совершенно не оттуда. В хазарстве это было явление нередкое, не тем сильны, но у Горовца доходило до сверхъестественной неловкости: он и оружие разбирал медленно, и вообще Женька не понимала, куда такого человека в армию. Он держался на чистой идее.

Горовец поднял голову и близоруко сощурился.

— Добрый день, — сказал он неуверенно.

— Ты что, не узнал меня? — Женька в первый раз испугалась по-настоящему. Она знала Горовца с довоенных времен, с юности, — он хоть и не был ЖД, по нелюбви к военно-спортивным играм, но в Каганате все молодые друг друга знали, да и не только молодые, если честно.

— Почему, узнал, — сказал он все так же робко. Они все тут чего-то боялись, что ли.

— Как ты сюда попал? — спросила она.

— Да тут, видишь, — сказал Горовец, — ничего особенного, хотя с другой стороны, конечно, не сразу.

Все они тут отвечали на вопросы с тем же сдвигом на десять-пятнадцать градусов, с каким медленно покручивался местный пейзаж.

— Не так-то нормально, — сказал Горовец. — Бывают такие предметы, что надо идти на собрание. Но собрание редко. Вообще спокойно. Мне надо будет сейчас пойти, я разверну и подтолкну. Но когда смотришь, то в первое время все равно избегаешь. Иногда хочется, а иногда нет. Тут семь звезд, и там семь звезд.

Женька ничего не понимала, но чувствовала, что это хорошо: когда она начнет понимать эту сдвинутую на пятнадцать градусов речь, то станет совсем как Горовец, а этого она пока не хотела. Она додумалась вдруг, что чем дольше пробудет в Жадрунове, тем больше будет смещаться ее собственный взгляд и словарь: сначала на пятнадцать градусов, потом на девяносто, а потом занесет туда, что каждое слово и движение будут соотноситься со своим смыслом вовсе уже непонятным образом. На всякий случай она закрыла глаза и ткнула себя в кончик носа, причем попала, как всегда, безукоризненно.

— Это вот напрасно ты, — сказал Горовец с искренним сочувствием. Тут на секунду прорвалась его прежняя интонация, которую она хорошо знала. — Это не так, не туда, твоя детская кожа не может понимать...

Он жалел не столько ее, сколько себя, тщащегося и неспособного выразиться на понятном языке.

— Ты походи, — сказал он с усилием. — Походи, и будет иначе.

— Куда пойти-то? — спросила она.

— Ну, почему нет, — ответил он.

Женька повернулась и пошла в поле. Бывает такой цветок, который сначала желтый, а потом белый, пушистый. Он как-то называется. Вот, этих цветков было очень тут здесь достаточно. Небольшая группа солдат тренировалась, маршировала то вперед, то задом наперед. Пройдут пять шагов строевым шагом, остановятся, потом, не разворачиваясь, пять шагов задом наперед. Бывает такое состояние, когда очень сильно солнечно. Трудно его выразить одним словом, одним каким-то словом на букву, которую я помнила, но потом она мне перестала быть интересна. Вот я, кажется, поняла теперь, похожий шифр был описан в одной книге: первое слово еще бывает такое, как положено, а каждое следующее сдвигается на пятнадцать градусов, а следующее — еще на пятнадцать градусов от предыдущего, и так дальше, дальше, пока совсем не завернется. Мы получим тогда вот что. Мы получим фразу: «Она умерла и пошла погулять в поле», но она будет звучать «Она приехала, который улетел обратно не туда, а совсем нет». Надо попробовать теперь перевести то, что говорил Горовец, но она это уже забыла. Наверное, он не говорил ничего важного. Думать на мертвом языке, том, который она так долго принимала за живой, было теперь трудно, как идти в воде. Мысли уже закручивались той спиралью, которая и есть правильный язык, намеченный угрожать разностороннюю крышу пространства.

Куковала кукушка — сначала «Ку-ку», потом наоборот — «Ук-ук». Как хотела, так и куковала. Тут все наконец делали, что хотели, и к этому надо было привыкнуть.

Группа солдат все двигалась туда-сюда, в тысячный раз повторяя свой вход сюда и надеясь, что с какой-то стотысячной попытки у них получится ушагать обратно, но не получится. Маленькая рыжая девочка стояла рядом с ними и смотрела большими прозрачными глазами. Женька подошла к ней, девочка отвернулась от солдат и стала смотреть на нее. И чем внимательней она смотрела, и чем глубже всматривалась Женька в эти большие прохладные глаза, тем отчетливее Волохов там, у себя, в дальней деревне Соломино, чувствовал, что не чувствует ее больше. Так затягивается рана, долго мучившая болью, а потом вдруг выясняется, что без этой раны тебя здесь вообще ничто не держит.

3

Волохов так был поглощен этим новым ощущением абсолютной бессмысленности и свалившейся на него глухоты, что не обратил внимания на Громова, ввалившегося в тот же самый Дом колхозника, где стояла постоем волоховская летучая гвардия по пути в Жадруново.

— Хозяева, есть кто? — хрипло спросил Громов.

Волохов поднял голову.

— Нет хозяев, располагайся, — сказал он.

Громов обернулся к Воронову и кивком позвал его за собой. Они вошли в широкую комнату с коричневыми стенами и полом. В комнате стояло двадцать продавленных кроватей, на некоторых лежали матрасы в бурых пятнах. На кроватях валялась волоховская летучая гвардия.

— Что за бардак? — брезгливо спросил Громов. — Дом колхозника тут или что?

Волохов не ответил. Он только сейчас стал замечать окружающее, потому что до этого видел в основном поле и избы Жадрунова с их странно плывущими пропорциями. Теперь, когда Женьки не было с ним, он с ясностью трезвого, холодного, рвотного пробуждения видел коричневые стены и щелястый пол, и облупившиеся рамы окна, и пейзаж с ржавыми колесами и рессорами за этим окном. В голову ему отчего-то пришло ржавое, шершавое слово «хоздвор».

— Капитан, вы кто будете? — спросил Громов у Волохова.

— Волохов, — машинально ответил Волохов.

— Как? — переспросил Громов.

— Так, Волохов. А в чем дело?

Громов захохотал. Воронов и Волохов поглядели на него с испугом.

— Ах, ха, ах-ха-ха, — выдохнул Громов. — Вот она, провидческая способность воинского начальства. Ты хоть знаешь, капитан, что мне неделю назад было предписано соединиться с тобой под покровом ночной тьмы?

— Чего? — обиделся Волохов.

— Я тебе говорю, мне Здрок — помнишь Здрока? — приказал выступить в Дегунино и скрытно соединиться с тобой под покровом ночной тьмы. Ты же у нас летучая гвардия, нет? Жароносная Дружина?

— Ну, я, — нехотя признался Волохов.

— Ну вот! Я с тобой и соединился!

— А нахрен ты со мной соединился?

— Теперь уже не знаю. Теперь уже я в отпуске и следую в город Москву, при себе имея рядового для доставки туда же. Мне теперь и Здрок похрен, и ты, если честно, только не обижайся.

— Ну да, — равнодушно сказал Волохов. — Мне не в обиду. А ты сам-то кто?

— Я капитан Громов, командир девятой роты шестнадцатого батальона тридцать пятой гвардейской дивизии, — представился Громов. — Волохов, а почему тебя никогда в войсках не видно? Что, такой отряд скрытный?

— Нормальный отряд, — крикнул со своей койки боец Дылдин, обнимавший сестру Чапыгину.

— Я вижу, — сказал Громов. Отчего-то его перестал раздражать бардак. Видимо, чем ближе была Москва и отпуск, тем меньше в нем оставалось уставного духа.

— Да ни хрена ты не видишь, капитан, — тоскливо сказал Волохов. — Что ж я, не слышал про тебя? Слышал. Ты у нас есть главный зубец, слуга царю, отец солдатам.

— Ну, не главный.

— Какая разница. Важно, что зубец. И никак ты не поймешь, капитан, что вся твоя служба псу под хвост. Не зависит ничего от твоей службы, понял? Ты едешь по кругу и думаешь, что исполняешь долг. А исполняешь ты мотив на шарманке.

— А чего еще исполнять-то? — миролюбиво сказал Громов. — Шарманка — тоже музыка.

— Наливай да пей, — ответил Волохов. — Я с тобой с трезвым разговаривать не буду.

4

— Постой, — сказал Громов, когда они уполовинили огромную мутную бутыль. — Так, значит, это все вранье — летучий отряд, легендарные схватки?

— Ага, — совершенно по-детски усмехнулся Волохов. — Плоскорыловская лажа. Он тоже не дурак, сука. С самого начала смекнул — лучший отряд тот, которого нет. Это очень по-ихнему, по-варяжски.

— А как же — Волохов, гроза ЖД? Я читал, они за твою голову обещали что-то под лимон...

— Ты, Громов, чудило, — в голосе Волохова не было злости: чувствовалось, что он устал. — Что им опаснее: летучий отряд или рождение нации? Кстати, такой способ создания нации — его вовсе не ЖД придумали. Этот их завет... и даже все это христианство, извини, пожалуйста... все это с греческих образцов, не самых плохих. Про Сократа как прообраз Христа еще Гегель писал, это неинтересно. Но вот с Одиссеем... с Одиссеем все не так просто, капитан!

Волохов налил и выпил, Громов пригубил.

— Почему Одиссей плыл восемь лет? Итаку надо заслужить. Где их там носило, там по Средиземноморью, хоть оно и большое, восемь лет негде плавать, это можно его вдоль и поперек избороздить! Тирренское, Э-ге-гейское... Гейское море, прикинь, капитан, всех спутников Одиссея трахнули, один он хитрожопо спасся. Но суть не в том, не-ет, суть не в том. Почему мы вечно плаваем между Сциллой и Харибдой, капитан? Потому что у нас нет Итаки! Нам некуда возвращаться, она захвачена женихами, Пенелопа ткет, ткет, все уже выткала, все распустила, и вся литература наша, извини за выражение, капитан, ткет и распускает, ткет и распускает... Но чтобы дойти до своей Итаки, ее надо выслужить у богов, капитан, ее надо выбродить в долгом бродяжничестве, как выбраживает вино. Плавать, плавать, туда, сюда... Я теперь уверен, капитан, что это ведь он их нарочно. Потому и был такой хитрожопый, более хитрожопый, чем мог догадаться Гомер. Гомер, извини меня, оказался в функции Плоскорылова. Тот ведь тоже думает, что я брожу, повинуясь таинственным штабным предписаниям. Хренушки! Я не по воле богов странствую, а по личной инициативе. Прикинь, Одиссей — Моисей! Скрижали Одиссеевы... Тип-то один! Если бы я был академик Фоменко, я бы уже такой том тиснул, что это одно и то же лицо!

Волохов расхохотался.

— А Пенелопа... да, ткет. Между прочим, я виделся с Женькой.

— С какой Женькой?

— Господи, с ЖД. Ты что, не знаешь, что их главная комиссарша — на самом деле моя любимая женщина Женька Долинская?

— Не знал.

— Ну, а я знал. Я пять лет назад чуть не женился на ней.

Громов вылупил на него глаза и замолчал надолго.

— Надо было жениться, — сказал он после паузы.

— Да она и тогда уже была трехнутая на всю голову. Однако, должен заметить, славные бои с нею действительно имели место. Между прочим, в последний раз — не далее как неделю назад. Правда, она предупредила, что этот раз действительно последний. «Это, — говорит, — единственный раз, что дух уступил плоти, за последние пять лет». Вона как! Все-таки получилось у нас с ней на российской территории. Как ни звал — ни в какую. Очень я мечтал, понимаешь, с ней в России пожить. Ну, и пожил... недели три, урывками по ночам. В общей сложности сутки набегут. Огонь-баба, ты что.

Громов закурил.

— Что ж ты ее не удавил? Такой шанс!

— Да толку-то. Ты думаешь, они без нее сразу домой пойдут? Нет, милый, тут все серьезно — или они нас, или мы их. Сколько можно откладывать... И потом — она же меня не придушила, и ребятам своим не сдала... Могла запросто. Иногда надо, чтобы все было красиво. Победа, добытая некрасивым образом, гибельно влияет на судьбы наций — я об этом столько понаписал в бытность свою историком, что запомнил.

— Как она выглядит хоть? Всегда было любопытно...

— Она? — Волохов закурил и мечтательно затянулся. Глаза его по-котовьи сощурились. — Она... она такая рыжая, рыжая. У, блядь, какая рыжая! И горячая. Очень горячая вся. Всегда у нее температура тридцать семь и два. Во как у нас! Очень быстро соображает, вообще быстро все делает. Кончает быстро, что для женщины величайшее достоинство. Быстро и неоднократно. Росту в ней метр шестьдесят, примерно, пять. Глаза у нее, примерно, серо-голубые. И злая, ух, какая злая! Причем успокаивается сразу — то ли натренировалась хорошо, то ли наигрывает все время. И когда злая, и когда спокойная. И ключицы торчат. Не ходит, а летает. Это ей, значится, двадцать семь лет. И сиськи, тем не менее, в прекрасном виде! Она мне знаешь что напоминала? Вот этот ихний огонь, который не жжется. В первые десять минут священный огонь, добываемый хазарским хитрым способом в храме Тела Господня, не обжигает молящихся. Как они это делают — никто не знает. Короче, Женька — это такой огонь. Купался бы и купался. И ведь, что самое непонятное, — она любит меня! Любит, тварь такая, кричит, стонет... Но теперь фигу, нас теперь хрен проймешь. Если дело дошло до порабощения — на тебе. Меня, говорю, можешь убить, пожалуйста. Но всех, говорю, ты все равно не переубиваешь, как оно ни банально звучит. Будет, говорю, сколько-то лет вашей власти, а потом нация все равно свое слово скажет. Только надо сначала, чтобы нация была, — но это уж, говорю, мы постараемся.

— А она что?

— А что она? Смеется, плачет. Ты, говорит, Волохов, как был мой любимый дурак, так и будешь мой любимый дурак. Мда. Она точно будет еще ничего, если, конечно, свои не убьют. Таких всегда свои убивают, поверь мне, капиташа, я историк. А эти — особенно склонны убивать своих. Чуть в ком-то заведется душа, они его р-раз — и под корень. Чувствуют, сволочи. Это же... Они же понимаешь кто такие?

Волохов налил себе самогону, залпом выпил, задохнулся и, казалось, мгновенно протрезвел.

— Это же два вируса, капитан, — сказал он хриплым шепотом. — Два народа-вируса. Две модели абсолютного истребления. Два типа захвата. Злой и добрый следователь из одного ведомства. Мы сами их такими сделали, до полного совершенства довели, — они на нас свои способности отточили, как на манекене. Ты посмотри, капитан. Во всей Европе только они двое не приняли христианства. Эти так и верны своему язычеству, а те — своему Яхве, который их избрал и всю жизнь порет. Только они устояли, понимаешь? Эти двое не допускают в себя никакой души. Одни могут извести любого, если нападут извне, а другие — если поселятся изнутри; одни всех задавят властью, а другие вообще упразднят власть — в общем, набор «Черный истребитель». Я не знаю, как им противостоять. И это великий Божий промысел, что они увидели тихое место, стали драться за него и в результате намертво вцепились друг в друга. Только наши тогда глупость сделали. Они к себе пускали тех и других, а надо было уйти, капитан. Если бы они ушли, все было бы замечательно. Цыгане ведь ушли, и никто им ничего не сделал. Ты не знаешь разве про цыган?

— Нет, — сказал Громов, — не знаю.

— А напрасно, Громов, напрасно! Ты знаешь, почему они бродят? Это ведь индусы, только очень оторвавшиеся... Я когда еще догадался... Немножко язык изучал, потом курсовик писал по цыганологии на третьем... Интересно стало. — Волохова развезло окончательно. — У них была такая земля... вполне себе благодатная... Потом пришли захватчики — и амба. Коренные населения ведь разные бывают. Я когда-нибудь об этом докторскую напишу, когда мир окончательно рухнет, — он счастливо засмеялся. — Интересная вообще фигня. Одни терпят всех захватчиков и вырождаются, как индейцы. Другие хитренько так их между собой стравливают, как наши, — Гуров-то хитер, капитан, очень хитер, не следует недооценивать Гурова. Но есть третий вариант, Громов! Есть! Это вариант цыганский. Они ходят, чтобы никогда никому не достаться, и воруют, заметь себе, только коней — только средства передвижения! Видимо, в их случае травма захвата была слишком ужасна. А может, они просто не могут остановиться, потому что это ведь затягивает. Вот почему я думаю, что ходить надо не больше четырех лет. Но эти четыре года я прохожу, это как Бог свят. Потому что выбора нет, капитан, время близко. Больной когда подыхает? Когда вместо одной хронической болезни у него расцвел букет.

Они помолчали.

— У варягов ничего не получится, — с неожиданной бодрой уверенностью сказал Волохов. - Никто не готов за них помирать даже от безысходности. Но вторые, хазарские наши друзья, строят тут не империю, нет. Они строят тут кор-по-ра-ци-ю. Знаешь ты, что такое корпорация? Это, в отличие от центробежной империи, вещь принципиально центростремительная. Она сокращается все время. Заметь, во все времена хазарского владычества мы отдавали территории. Потому что у корпорации тоже принцип простой — она должна быть эффективна, а стало быть, капитан, миниминизи... Вот свекловица, а? Язык заплетается — башка ясная. Мини-минимизирована. Меньше народу — больше прибыли, все дела. Корпорация — это же вроде незверская такая вещь, необидная. Никто никого не убивает, а просто тебя не надо. И кого не надо — тот тихо себе, спокойно вымирает сам, не допущенный до жизненных благ. Они же не убийцы, капитан, сам видишь, они в войне не ахти эффективны. Если ты им не нужен, зачем уничтожать-то? Выбросить, и привет. Такая хрень, капитан. Но и корпорация их, капитан, неустойчива, потому что надо ведь служащим светлые перспективы нарисовать. А какие могут быть светлые перспективы, если ты на фиг не нужен никому? Служащий почему впахивает? — он может подняться. А в их корпорации, если ты не из их числа, хрен поднимешься. Нечего предложить, вот никто и не работает на них. И тебе неинтересно, ведь неинтересно?

— Я не пробовал, — сказал Громов.

— Как не пробовал? Ты же при всем этом жил! Но тут, прикинь, капитан, начинается самое увлекательное. Наши вечные противоположности, неизменные наши борцы начинают постепенно, постепненько... очень, конечно, аккуратно... но сближаться, капитан, будь я проклят! Они начинают строить третий вариант — имперскую корпорацию. Два гениальных способа истребления объединяются. Научились друг у друга, сволочи, за двести лет вместе, потому что на самом деле их не двести, Громов, а тысяча двести, кабы не больше. И в результате в их империях все больше воруют, а в корпорациях все больше маршируют, и получаем мы перед самой войной — при нарастании, конечно, внешнего антагонизма, низовых передряг и прочих видимостей, — почти абсолютное сходство будущих противников, что и является, капитан, главным условием войны. Это как у Сталина с Гитлером: не с Америкой же воевали, в конце концов! Подобное с подобным! Так вот и тут: прежде чем начать воевать, надо вовсе уж уравняться. И получается у нас, капитан Громов, принципиально новый тип государства: империя, в которой нет идеи, плюс корпорация, в которой нет свобод. Нефтянку вывозим, стабфонд складируем, народ морим. И помяни мое слово, они опять замирятся. Потому что все равно не умеют воевать, — разучились, понимаешь, за годы халявы, — а истреблять нас очень хорошо умеют. Эта война скоро кончится, капитан, вот увидишь, и кончится миром, это я тебе говорю. Ну, пошумят для порядку, а потом подпишут какой-нибудь кючук-карджайский договор, по которому к северянам отойдет север, к южанам юг, и пойдет совместное доедание народца. Гуров хоть и непрост, а не понимает, что воевать им не вечно. Он себе думал — они воюют, а мы под их сению... Дудки, не вечно нам быть под сению. Они вырождаются — и договариваются. Вот то, чего он не учел, Гуров-то, умная лысая голова! А как выродились — так и начали вместе нас морить, потому что делить давно уже нечего: и там и там звери, и там и там воры. Синтез ворюги с кровопийцей. А что это означает, Громов? Это означает, что время близко, что от населения ничего больше не останется, а так как защищать нас некому и спасателей не наблюдается, надо самим уходить в леса. В леса, Громов, в леса. Или в степи. Слава Богу, пространства у нас много, в этом пространстве нас никто не найдет. Правильно я говорю?

Громов уже перестал вслушиваться в волоховский пьяный бред и кивнул машинально.

— Степь я особенно люблю, — продолжал Волохов. — Больше леса. Особенно вечером люблю. И чтобы конь бежал одинокий. Никогда я этого не видел, а представляю замечательно. Есть такие песни… Они хоть и революционные, но по сути-то не про то, конечно. Революция ни при чем. Они про другое. Вот Шмаков… ты слышал бы, как поет Шмаков… Шмаков, спой!

Невысокий рябоватый Шмаков встал с ржавой матрацной сетки, оправил гимнастерку, прокашлялся и чистым серебряным тенором запел:

— Там вдали за… рекой за… гора-лись-аг-ни,

В не-бе яснаа-ам… заря да-га-ра-ла…

Со-отня юных ба-айцов… из буденновских во-о-ойск…

На разведку… в поля па-аскакала…

Громов закрыл глаза. Ему представилось мокрое росистое поле и всадники на нем. Болотная, рыже-зеленоватая заря текла по горизонту. Всадники скакали неизвестно куда. Вероятно, их всех поубивали.

— Во поет, черт?! — прошептал Волохов. — Откуда взял только! И ведь сам, заметь, ни слова не понимает. И почему мы их всех терпим, скажи ты мне на милость? Неужели этот мой, мой собственный, несчастный коренной народ вбил себе в башку, что никакие перемены не ведут к лучшему? Никакой активности, словно последнюю надежду у них отняли и хребет перерубили. Но не-ет, капитан! Это я тебе говорю, Волохов, водитель жароносной дружины, и помяни ты мое слово, капитан, — я нацию выведу, выведу! Как выводят цыпленка в инкубаторе! Вывести — наше слово, нашего языка. Только смысла никто не понимал, а я понял! Они же все знаешь кто, капитан? Они все, как этот твой рядовой. А, рядовой? Встать, когда со старшим разговариваешь!

Воронов вскочил, хотя ни с кем не разговаривал.

— Шутка, — прошипел Волохов. — Сит даун, рядовой Даун. Спасти рядового Дауна. Это тебя, что ли, выделили его сопровождать, капитан? А-а, инспектор Гуров бережет своих. В Москву везешь?

— Задание, — коротко сказал Громов. Он не желал объяснений.

— У нас задание, товарищ майор, — подтвердил Воронов с собачьей преданностью.

— Замолчите, Воронов, — брезгливо сказал Громов. — Вы в присутствии прямого начальника не имеете права обращаться без разрешения, сколько раз вам говорить...

— А ты его учи, учи, — зло улыбнулся Волохов. Он, кажется, опять начал понемногу трезветь. — Учи рядового. Ты не понял еще, капитан, — они же необучаемы! Нельзя с ними ничего сделать, то есть с нами, я имею в виду. Такой народ удивительный. Из всего этого народа дай Бог пять процентов способны к осмысленной деятельности. Все остальные либо по кругу бродят, либо песни поют, либо с кустами разговаривают. Они пребывают в особенном пространстве. И никак их нельзя вынуть из этого пространства, ты чуешь? Они в нем неуязвимы, вот почему никто и не вытопчет их до конца. Мы такие живучие, что ужас. Но ведь пока этот народ не изменится, ничего не начнется, так? А чтобы он изменился, никакого другого выхода нет... только бродить, бродить...

Громов встал.

— Пойдемте, Воронов, — сказал он строго. — До свидания.

— Куда ты ночью-то? — поднял голову Волохов. — Отдохнул бы, выспался...

— Задание, — повторил Громов. — Бывай, удачи тебе.

— Ну и тебе удачи. Ты знаешь хоть, куда идти-то?

— Представляю, — сказал Громов.

— Валяй, иди. Станция большая, на какой-нибудь проходящий обязательно вскочишь.

После его ухода Волохов почувствовал странное облегчение. Даже хмель, казалось, отпустил его. Все-таки Громов был варяг, хотя и настоящий, из продвинутых, с понятием о воинском долге. А в присутствии варягов и хазар, за исключением одной хазарки, Волохов чувствовал себя стесненно, как нога в новом сапоге. Впрочем, с этим варягом можно было говорить откровенно. И даже, пожалуй, водить его. Волохов взял бы его с собой, и этого придурка, возможно, прихватил бы тоже, хотя варяг Громов нравился ему больше соплеменника. Но Громов двигался собственным курсом. Что же, подумал Волохов, это неважно. Важно, что тоже двигается. Может, года за четыре он доберется до Москвы и научится в дороге понимать, чему стоит служить, а чему не надо...

— Шмаков! — крикнул он.

— Й-я! — отозвался Шмаков с койки.

— Спой еще, про Щорса. Знаешь, кто был Щорс?

— Командир полка, — сказал Шмаков.

— Ну вот и пой.

— Шел отряд по берегу, — затянул Шмаков с детской трогательной интонацией. Отчего-то эту песню очень любили в советских, да и постсоветских детсадах. — Шел издалека. Шел под красным знаменем командир полка...

— Э-эх, командир полка! — подхватила летучая гвардия.

5

Громов с Вороновым шли по темному влажному полю. Летали странные ночные птицы: быстро перепорхнет, зашуршит в траве, перепорхнет снова, — словно и хочет устроиться на ночлег, но все не найдет подходящего места. Может, птицам тоже хотелось спать, но они не могли успокоиться: надо было все время странствовать, иначе можно во что-нибудь превратиться. Но странствовать им не хотелось, поэтому они и попискивали так жалобно: фють-пюить, фють-пюить.

Впереди горела, не догорала все та же болотная, зеленая, рыжая заря. Мимо Громова с Вороновым промчался неизвестно куда одинокий конь, мягко стуча копытами по траве. Земля долго еще вздрагивала от его бесцельного бега. Конь тоже не мог остановиться и все странствовал непонятно почему — наверное, хотел наконец осознать себя конем, не варяжским и не хазарским, а каким-то третьим или, допустим, двенадцатым. Лошадью Пржевальского.

Все странствовало ночью. В июле, когда ночами еще светло и стоит над полями средней России долгая зеленая заря, мир таинственно мигрирует. Бродят вдоль железных дорог партизаны, закладывая свою бесполезную взрывчатку; бродят по их следам коренные жители, починяя пути, чтобы не прервалось круговое движение; шуршат ежи, ужи, летят комары. Расседланный конь в поисках седока пересекает призрачное пространство, полное дразнящих запахов. Запертые в монастыре монахи сходятся на строгие ночные дежурства. Ездят машины, а зачем и куда ездят, не знают. Ветер бегает по кругу, почему про него и говорят — на круги своя. Солдаты совершают перегруппировки из одной условной деревни в другую. Светлые облака идут по темному небу, и в разрывах облаков звезды меняются местами, стараясь соответствовать перемещениям земных судеб, чтобы не опозорились астрологи. Так мир представлялся рядовому Воронову, и потому рядовой Воронов не отвлекался ни на усталость, ни на стертую ногу. Он смотрел, как все движется, и ощущал себя частью всего этого сложного движения, у которого не было ни малейшего смысла в общепринятом — варяжском, хазарском или европейском — значении этого слова. Коренному населению вообще трудно было внушить понятия о цели. Ее не было. Коренное население умело упиваться процессом. Вот летают, например, комары. Громов идет и не видит, не чувствует комаров, в лучшем случае может прихлопнуть одного из них, — а ведь сколько вокруг всего! Вот, как дергунчики на веревочках, одни поднимаются выше, другие опускаются ниже, третьи стремительно пикируют, четвертые летят себе на зарю, пятые спиралью восходят вверх, чтобы, подобно шестым, роскошно спланировать в траву, — и еле слышный писк, почти ультразвук, сопровождает их виноватое копошение: простите, что мы вынуждены тут летать, но мы тоже часть з-з-замысла... Так же пищат мыши, водя свои полевые хороводы; Воронов слышал и мышей. Городской житель, он никогда прежде не гулял в ночном поле, хотя, само собой, выезжал на дачу — и там сразу чуть не терял сознания от количества разнонаправленных движений, от идущей вокруг сложной и бурной жизни. Так собака сходит с ума от множества запахов, на которые человек и внимания-то не обратит, как Громов.

Зато Громов слышал множество вещей, которые были недоступны Волохову. Привыкнув ждать опасности, он и теперь отслеживал тончайшие движения воздуха — и не упускал из виду ни коня, ни мелких ночных птиц. Конечно, такого внимания так просто в себе не воспитаешь — даже за три месяца учебки и почти два года боевых действий; но у него был опыт поэта, а от поэта до воина гораздо ближе, чем принято думать. Служба, служение... Во всяком случае, с чувством опасности все у него обстояло блестяще, — и потому он ушел от Волохова, потому что не хотел участвовать в его бреде. У него, может, был свой... Странным образом, давним опытом, — потому что поэзия в основном и фиксируется на таких разломах времени, — он чувствовал приближение границы, за которой могли начаться непонятные вещи. Провода паутинно темнели на фоне рыжей зари. Пахло травой и почему-то порохом, Громов знал и любил этот тревожный запах: словно бой прошел недавно. Но какой тут бой, у кого и с кем?

Пусто было на станции. Громов и Воронов прибрели к ней в третьем часу светлой июльской ночи. Станция называлась Рюхино. Расписание висело в аккуратно выпиленной рамочке около входной двери: Рюхино — Шабалино, Рюхино — Забава, Рюхино — Васятино. Был один проходящий московский поезд, ушедший, судя по всему, пять часов назад. Ждать до следующего вечера Громову не улыбалось — может, на попутных электричках доберутся? Ближайшая должна была пойти в пять утра. Но на станции, судя по запустению, давно никого не было, и вряд ли останавливалась на ней хоть самая заштатная электричка. Только несколько ржавых паровозов стояли поодаль, да еще один, черный, древний, смутно виднелся впереди.

— Что ж тут, вообще ни одной живой души? — спросил Воронов, забыв, что ему не положено открывать рот без особой причины в присутствии старшего по званию.

Нет, кто-то здесь был: в пыльном окне на втором этаже красного, разбитого станционного здания еле желтел огонек.

— Посмотрю, — сказал Громов. — Стой на месте.

Он вошел в зал ожидания — пусто, ряды сломанных стульев, забитое окошко кассы… Сверху, однако, доносилось неуверенное постукиванье — словно кто-то одним пальцем печатал на машинке.

Громов осторожно поднялся по лестнице, опасаясь зажечь карманный фонарь, чтобы не спугнуть невидимого обитателя. Он двигался ощупью, держась стены. Лестница упиралась в обитую железом дверь. Громов толкнул ее и вошел в длинный коридор, слабо освещенный в конце. Там одна из дверей была приоткрыта, и оттуда-то доносилось неуверенное постукиванье.

Там за старинным телеграфным аппаратом, который Громов видел прежде единственный раз в жизни, в музее революции, — сидел красноармеец в островерхой суконной будёновке и, сутуло склонившись над столом, выстукивал неведомое сообщение. Рядом с ним лежал ворох желтых бумажных лент — видимо, с ответными сообщениями.

Это было так невероятно, что Громов отошел, ущипнул себя изо всех сил за локоть, снова заглянул в комнату и снова увидел телеграфиста. Он стучал ключом, потом просматривал ленту, выползавшую из допотопного аппарата, шевелил губами, бросал ленту на пол, где скопился уже целый ворох, и снова принимался стучать.

Громов не выдержал. Точно крыша едет, подумал он. Он стремглав сбежал по лестнице. Воронов послушно стоял у входа в красное станционное здание.

— Воронов, — забыв к чертям обо всякой субординации, сухими губами прошептал Громов. — За мной марш.

Воронов перепугался, с него мигом слетело лирическое настроение, — но он пошел за Громовым на второй этаж, стараясь не слишком топотать. Громов тихо приблизился к двери. Красноармейский телеграфист сидел на прежнем месте, выстукивая бесконечное сообщение.

Воронов, как ни странно, не удивился.

— И что, товарищ капитан? — прошептал он.

Громов обернулся. То, что Воронов ничуть не испугался, испугало его самого больше, чем призрак.

— Как — что? Ты не видишь, что ли?

— Вижу, — робко сказал Воронов. — Телеграфист.

— Это же гражданская война, дурак! — еле слышно прошептал Громов.

— Ну, — кивнул Воронов. — Так и есть гражданская война...

Для него, похоже, все было в порядке вещей.

— Он что, с тех пор и сидит? — в ужасе спросил Громов.

— Так она с тех пор и идет, — кивнул Воронов.

— Ты что... ты знал, что ли?

— Ну... я слышал, — не очень уверенно сказал рядовой. — Говорили. Многие всадников видели. Даже книжка была про всадников со станции Роса. Это вроде летучего голландца, но настоящие. Они до сих пор кочуют, много лет. Потому что война не кончается. Когда кончится, они демобилизуются.

— Черт-те что, — сказал Громов. Нельзя было позволять этому бреду завладеть собой. Воронов был явно пьян, налакался, сволочь, пользуясь тем, что Громов совсем его распустил и сам отвлекся. Надо взять себя в руки. Откуда телеграфист? Откуда угодно. Может, кино снимают. Так, бред бреда бредовее. Какое здесь кино? Значит, кому-то просто не хватило обмундирования, и вот ему выдали обмундирование времен гражданской войны. Лежат же на складах консервы пятьдесят шестого года. Нет, ничего этого быть не может, этого нет и никогда не было. Черт бы их драл. Нет. Громов резко шагнул в комнату и тронул телеграфиста за плечо, ощутив под пальцами настоящий ворс настоящей суконной шинели.

— А? — телеграфист обернулся и уставился на него красными воспаленными глазами. — Смена, что ли?

Нет, смекнул Громов, ни в коем случае не смена. Нельзя, иначе я так и останусь здесь навсегда сидеть за телеграфным аппаратом, как Геркулес остался стоять за Атланта.

— Нет, не смена, — сказал он. — Сообщение срочное, браток.

— А, — разочарованно сказал красноармеец. У него было желтое, заросшее щетиной, старое лицо — а впрочем, могло ему быть и двадцать, и сорок. Бывают такие крестьянские печеные лица с печатью вечной усталости. — Некогда мне. Сам видишь, чего тут. Во всем недостача. И там нас бьют, и здесь бьют, а подмога не идет, не идет подмога, слышь ты...

— Так мне сообщение отправить, — удивляясь собственному спокойствию, сказал Громов. — Вэ че семьдесят пять сто пятнадцать, штаб, инспектору седьмой ступени Гурову. Можешь?

— Что, срочно? — устало спросил телеграфист.

— Молнию, если можешь.

— Валяй свою часть. Сколько там?

— Вэ че семьдесят пять сто пятнадцать, — повторил Громов. — Инспектору седьмой ступени Гурову. Ваше приказание не выполнено связи форсмажорными обстоятельствами. Готов нести ответственность. Следую Москву. Капитан Громов.

— Москву следуешь? — оторвался от ключа телеграфист. — Что в Москве-то?

— Не знаю, только следую.

Телеграфист простучал сообщение. Куда он его отправляет, думал Громов, откуда он знает адрес части? Или на этой станции мода такая — рядиться в красноармейское?

— Ушло, — сказал телеграфист. — Ответа будешь ждать?

— По возможности. Чего пишут-то?

— Много пишут, — зло сказал красноармеец. — Из Харькова нас выбили и с Волги подпирают, и на Дону бунтуют, сволочи. Голод в Поволжье, слыхал?

— Слыхал.

— И товарища Болотова убили, слыхал про такого товарища?

— Не слыхал.

— Потому и не слыхал, что убили, — мрачно ответил красноармеец. — На Москву через час поезд будет. На третий путь пойдешь, там поезд с углем. Угля надо дать Москве. Влезешь в вагон, через час пойдет. Стой, ответ тебе пошел.

Громов замер. Он готов был к любому гуровскому ответу и ждал разноса.

— Сле-дуй-те Моск-ву, раз-бе-русь, — прочел телеграфист. — Ин-спек-тор Гу-ров. Пы Сы. Ду-рак ты, ка-пи-тан, хотя и зу-бец. Не обижай-ся. Бы-вай.

— Ну что, все по делу, — сказал Громов. — Где, ты говоришь, третий путь?

— Найдешь, — сказал красноармеец. — Будешь проезжать Касимов — скажи там, что служу я исправно, и потому назад чтоб меня не ждали.

— Какую фамилию сказать?

— Там знают, — махнул рукой красноармеец. Аппарат опять застучал, и он углубился в чтение ленты.

Громов вышел, ступая неслышно, и за ним преувеличенно осторожно крался Воронов. На улице стоял все тот же зеленоватый свет июльской ночи, словно все листья, все травяные стебли огромной влажной земли сигналили друг другу через пространство: мы тут, мы живы, все еще лето. Вдалеке пыхтел, разогреваясь, огромный черный паровоз. Ему предстояло тащить пять древних вагонов. Створки одного были приоткрыты.

— Этот поезд в Москву пойдет, — сказал Громов. — Давай за мной.

Он первым полез в уютную темноту вагона. Никакого угля там не было, лежала только пара охапок сена, словно нарочно для случайного пассажира. Воронов растянулся на сене и тут же заснул, а Громов долго еще лежал, закинув руки за голову, глядя то в темный потолок, то в синевато-зеленый просвет.

На подъеме они замедлили ход. Проскакал мимо одинокий конь и пропал, и мягкий перестук копыт замер в отдалении. Много одиноких коней скачет ночью по степям, ищут новых всадников, не могут найти. Далекие зарницы, сырая пахучая трава, кони, поезда и звезды — хорошо в ничейных ночных степях времен гражданской войны.

Глава восьмая. Родительская суббота

1

Прямо за домом, в котором Громов жил ребенком, начиналось капустное поле. Там уже был колхоз, а за колхозом кольцевая дорога. Прямо перед кольцевой дорогой стояли три высокие толстые трубы — то ли ТЭЦ, то ли бетонный завод. Он так и не узнал этого никогда, и не хотел узнавать. Если узнаешь, трубы потеряют все свое очарование. Еще на закате был хорошо виден колхозный элеватор. Там кончалась Москва. Квартира выходила окнами на поле и три трубы, а балкон лестничной клетки — на окраинный спальный район. Громов любил туда выходить и смотреть, как люди возвращаются с работы. Почему-то все время была весна, небо было зеленое. Вероятно, он запомнил один-единственный вечер, самый первый, с горьким запахом пыли и почек, — и все остальные поместились в него. Мы ведь о каждом периоде нашей жизни помним что-то одно: одно пробуждение зимой, ознобный путь в школу, тошнотный контрольный свет зудящей лампы; один весенний вечер на балконе; один просторный июньский день со шторами на сквозняке и блаженной прохладой, гладящей разгоряченное тело.

Прямо к дому подходила железная дорога, и паровозы призывно трубили за капустным полем. Они там маневрировали, железный диспетчерский голос доносился до балкона, иногда поезд проходил мимо самого подъезда. Он шел очень медленно, таща за собой два-три грузовых вагона, и нетрудно было в них вскочить. Некоторые мальчишки вскакивали и уезжали навсегда. Об этом во дворе рассказывали шепотом. Никто не знал, куда уводит железная дорога. Однажды, уже десятилетним, Громов решился пройти по ней дальше обычного — она уходила на шаткий железнодорожный мостик, казалось, готовый развалиться от первого толчка, но выдерживавший весь этот гигантский чугунный груз; дальше шла по мокрым полям, вдоль рощи — и упиралась в тяжелые, наглухо запертые бетонные ворота. Конечно, их открывали перед паровозом, но что там — Громов не видел. Он пошел в другую сторону — там была грузовая станция, красное здание с белыми фонарями в жестяных конусах. Откуда поезд приходил на эту станцию, Громов не знал и никогда не хотел узнать. Он догадывался, что когда-нибудь ему это откроется.

По железной дороге можно уехать куда угодно, причем вопрос о конечной цели решает она сама — огромный чугунный, латунный стальной механизм, работающий по собственным законам. Можно ехать на юг, а приехать на север, причем дорога сама переводит стрелки. Громову купили игрушечную железную дорогу, но он никогда не любил в нее играть, потому что настоящая была интересней. Он мог ее представлять до бесконечности. На всех пунктах пересечений, поворотов и лучевых сгущений множества сходящихся путей дежурили таинственные, никогда не спавшие по ночам диспетчеры. Они жили в уютных будках, днем ненадолго ложились на топчаны, покрытые промасленной ветошью, и забывались коротким тревожным сном. Есть вещи, впивающие многолетнюю человеческую усталость — оттого на них так уютно спать, так хорошо ими укрываться; в учебке Громов иногда ходил помощником дежурного по батальону и, присаживаясь на топчан, на котором спал три часа этот дежурный, ощущал впитавшееся в него утомление; на таких же топчанах, на которых мгновенно засыпаешь, отдыхали в свои три часа и железнодорожные дежурные, но и во сне их сознание отсчитывало стыки, переводило стрелки, и снились им только паровозы. Ночами они пили черный чай из тонких стаканов с железными подстаканниками, грызли железнодорожный сахар, нажимали красные кнопки. Железная дорога снимала с пассажира всякую ответственность, но он зачем-то был нужен. Все было ради него. Можно было не раздумывать о всяких глупостях — куда повернуть, где остановиться. Можно было сосредоточиться на главном, заложив руки за голову и покачиваясь на стыках. Железная дорога, ж/д, раз и навсегда кем-то запущенная, решала тут все.

Громов всегда знал, что когда-нибудь приедет домой по этой дороге. Он не знал только, что дом будет тогда в совершенно другом месте. Москва переменилась, и закон, по которому население в эпохи катастроф и оскудений сбивается в тесные страты, сбылся и на ней. Она разделилась на элитные, спальные и трущобные кварталы, и район, в котором прежде жил Громов, стал теперь элитным. Колхоза больше не было, поле еще в девяностых застроилось коттеджами — тут был теперь очередной квартал «Золотые ключи», куда сползлись магнаты со всех нефтедобывающих регионов. После открытия флогистона и разразившейся катастрофы единственным видом вложений осталась недвижимость — все остальное уж вовсе никуда не годилось; постепенно главный элитный квартал оказался именно тут, а коренным жителям района новая жизнь оказалась не по карману. Отец и мать Громова продали квартиру на восьмом этаже и переехали на новую окраину — их собственная считалась теперь центром. Они жили уже за кольцевой, впритык к ней, и добираться до них от прежнего жилья, к которому вывез Громова и Воронова скрипучий, черный от копоти паровоз времен гражданской, надо было не меньше часа на метро и автобусе.

— Ну что же, бывай, Воронов, — сказал Громов, подавая спутнику руку. — В Москву я тебя доставил, дальше сам сориентируешься. Отвозить тебя непосредственно к мамке приказа не было.

— Разберусь, товарищ капитан, — радостно кивнул Воронов. Он глазам не верил, что оказался в Москве. Как это так — ехали-ехали, и вдруг Москва.

— В армию, я так полагаю, ты больше не вернешься, — полуутвердительно заметил Громов.

— Мне товарищ инспектор сказал — больше нет во мне необходимости до особого распоряжения, — ответил Воронов, испытывая легкое смущение.

— Ну и к лучшему. Зачем в армии солдат с даром выживания? Личных претензий к тебе не имею, спасибо, что выручал. Будь здоров.

— Спасибо, товарищ капитан! Я позвоню, — сморозил Воронов явную глупость, потому что телефона громовского не знал, да Громов бы и не дал. Наверное, он хотел позвонить ему в часть. Но он уже не очень хорошо соображал. Видно было, что душой он давно дома и что, сделав первый шаг к троллейбусной остановке, в ту же секунду забудет о Громове навсегда, насовсем. Пластичная психика была у этого солдата.

— Свободен, — с легким презрением сказал Громов, и Воронов помчался к остановке. Громов не стал смотреть ему вслед. Он поправил фуражку и вещмешок, постоял, вдыхая московский воздух, и под мелким дождем направился к метро. Запахло мокрым асфальтом и пылью. Много раз представлял он себе, как вернется и вдохнет этот запах. Теперь он его вдыхал — и почти ничего не чувствовал. Дело, наверное, было в том, что он вернулся не с победой, и радоваться было нечему. Да и не возвращение это было, а отпуск, и до конечного его пункта — Средней Азии — он совсем еще не добрался.

Резиновый запах метро не изменился, и те же белые и голубые поезда бегали по кольцевой, только васек в последних вагонах уже не было — правительство, надо полагать, взялось за серьезную чистку города. И правильно, а то что же за бардак. Почему-то и метро, и множество красивых девушек в летних платьях, легких плащах, с прозрачными сложенными зонтами, — тоже не радовали Громова. Наверное, он не успел прийти в себя, а может, слишком резким оказался переход от красноармейского телеграфиста и странного вагона к нормальному городу, каким даже в военное время была Москва. А может, он подспудно злился на нее за то, что она такая нормальная — он не мог бы сказать «мы там кровь проливаем», и на это злился вдвойне, но мы там в грязи копошимся, бессмысленно берем и сдаем деревню за деревней, а тут пьют латте, словно это так и надо: они в своих ролях, мы в своих. Им достались роли москвичей, нам — окопной швали, и что самое интересное, я выбрал эту роль сам, потому что москвича мне играть разонравилось. Какие же претензии? В том и беда моя, что я никому не могу предъявить претензии, потому и не радуюсь ничему. Никто не виноват, и никому я не благодарен. Нельзя воспитать душу, не утратив способности к сильному страху, отчаянию и радости: что же мне теперь удивляться, что моя воспитанная душа не выпрыгивает из груди при виде родного города? Я не знаю даже, обрадуюсь ли, увидев отца и мать. И не представляю, узнают ли они меня.

Он вышел на своей станции и принялся ждать маршрутку, прождал двадцать минут, пока случайный прохожий не объяснил ему с тайной радостью, что маршрутки здесь больше не ходят — либо лови такси, офицер, либо иди пешком. Денег у Громова не было, да он и не хотел ловить такси. Пройтись пешком даже лучше, решил он, можно успокоиться. Он не стал звонить родителям, мобильный разрядился. Можно, конечно, по автомату — мелочь-то найдется, — но он никого не хотел предупреждать: счастье, о котором предупредили, всегда обманывает. Надо явиться вот так, без звонка, — правда, он не знал, застанет ли родителей дома. Было около трех. Мать в это время обычно уже приходила из школы, а отец давно перешел на неполный рабочий день.

Громов шел по Москве и все отчетливее понимал, что именно его в ней смущает. Эта часть Москвы — сравнительно новый район, выстроенный в последние лет пять, — должна была походить на современный мегаполис, а походила больше всего на спальный район конца семидесятых. Тут даже стояли газетные стенды с ободранными газетами и афишами, по которым Громов когда-то учился читать. Кажется, он какие-то даже помнил по детству. Родители собрали вокруг себя все черты и приметы громовских первых лет, все скаталось на московской окраине, как тополиный пух скатывается в грязные валики. Словно не по городу путешествовал он, а по собственному мозгу, опускаясь глубже и глубже. Вообразим себе город, в котором гаснут огни, отключается канализация, темнеют и заселяются неведомыми сущностями окраинные улицы: старый, старый сюжет, нарисовавшийся ему еще в то время, когда он запоминал сюжеты. Что останется последним? Детский сад. Все, кроме детской памяти, сожрано безумием. Громов не ходил в детский сад, он был балованным ребенком.

2

Он долго представлял себе, какими увидит родителей, и больше всего боялся увидеть их постаревшими, слабыми — но увидеть их ничуть не изменившимися было еще страшней. Какие часы лучше, спрашивал Кэролл у испуганных студентов, — те, которые показывают правильное время дважды в сутки, или те, которые не показывают его вовсе? Первые, лепетали студенты. Вторые, торжествующе кричал Кэролл! Вторые, ибо первые стоят! Родители стояли в своем застывшем времени, как те часы: способность изменяться, хотя бы и к худшему, — примета живого. Родители были, слава Богу, живы, но существовали в особенном, не совсем человеческом пространстве, — Громов никак не мог освоиться в нем. Так, говорят, командировочный при возвращении не сразу вписывается в домашнее время. Столько всего с ним случилось, столько пространства пересек — а тут болото. Еще труднее вернувшимся с войны — когда Громов еще читал стихи, он прочел у одного поэта, как странно тому влезать в штатский костюм и в кармане находить бумажку с довоенным телефоном. Но солдату победившей армии проще не только выздоравливать — ему и в мирную жизнь легче вписываться; а Громов чувствовал себя как Иван-царевич, которого отправили за тридевять земель, а ни Кащей, ни Василиса так и не дались в руки. В первые же минуты дома Громов мучительно захотел на войну. На войне можно было не спрашивать, зачем он карабкается на ослизлую высоту, пинками поднимает солдат в бой, спит не раздеваясь, вскакивает в полтретьего ночи и уводит роту под дождь. Война есть война, и в нее-то он сбежал, устав жить без цели и оправдания. Война списывала все и всему придавала значение: это было какое-никакое, но дело, и ему оно подходило именно потому, что истинный подвиг не должен иметь ни причины, ни награды. Однако сидеть за столом и хлебать суп, глядя на родителей, значило возвращаться в предвоенный ад, где все требовало немедленной оплаты: и родители, и суп, и крыша над головой. Если ты всем этим пользуешься — изволь делать хоть что-то, а делать давно уже было нельзя ничего; не стишками же оправдываться. Стоило вернуться в довоенную молодость, в которой Громову было двадцать семь, — как тот же душный ужас навалился и уже не отпускал: что дальше и для чего все?

— Хлебушка кусай, — говорила мать, сидя напротив Громов и не сводя с него умиленных глаз. Ее умиляло то, что он ест. Когда-то, верно, ее умиляло то, что Громов зевает, чихает, улыбается; его любили тут просто так, и это было ужаснее всего. Он оттого и сбежал, что невыносима была жизнь просто так. Еще невыносимее было слышать, что он должен кусать хлеб. Он слышал это с детства — мать отчего-то уверилась, что суп надо есть с хлебом, что хлеб необходим для пищеварения. Отец сидел в углу и тоже смотрел на Громова. Он понимал, что надо бы спросить Громова о военных действиях, но ничего о них не знал, потому что по телевизору ничего не говорили, только орали. Их, может, и не было — действий. Громов просто служил в армии, без всяких огневых контактов с противником. Громов сам им когда-то так написал в первый, самый страшный год своей службы, когда огневые контакты еще были, и какие, — но грустнее всего было то, что родители поверили. Они поверили бы теперь всему, что успокаивало их, и считали своим правом пожить наконец спокойно — ведь такая была жизнь, еще советскую застали, потом все рухнуло, потом рухнули и руины, теперь было вообще непонятно что, и когда все так тревожно — нельзя волноваться еще и о сыне. В родителях проснулся здоровый старческий эгоизм: Громов привык, что они беспокоятся о нем — и с этим легче было жить, — но теперь они беспокоились уже только о себе, потому что сознание старика сужается и на двоих его душевных сил уже не хватит. Приходилось беспокоиться о слишком большом количестве вещей — беспрерывных очередях, покупках, страховках; у стариков так много забот, так мало сил! О том, чтобы у них всегда были заботы, государство думало в первую очередь. Мирное население надо было чем-то занять. Все время приходилось держать в голове бесчисленное количество обязанностей: не забыли ли заплатить за свет, за газ, за медицину, за жилище, одну страховку, вторую страховку, за телевизор, за кабельную сеть, за консьержку в подъезде… Все это, включая консьержку, могли отключить, и родители, с умилением глядя на Громова, ни на секунду не забывали о том, что надо зайти туда и сюда. Громов понятия об этом не имел, хотя мог бы догадаться.

— Ты знаешь, что тебе надо зарегистрироваться? — спросил отец.

— Нет, а зачем?

— Да что ж у вас, в отпуск никто не ездит? Тебе не рассказывали?

Громов чуть было не сорвался: в отпуск действительно почти никто не ездил; родители впрямь уверились, что у них там обычная работа, не хуже всякой другой, все вовремя уезжают на месяц куда-нибудь к морю...

— Не рассказывали, — ответил он.

— Нет, теперь новое правило. Теперь тебе обязательно надо зарегистрироваться.

— Я в комендатуре отмечусь завтра, этого достаточно.

— Нет, нет. Ты не знаешь. По радио говорили. (Это «По радио говорили» давно уже было для матери непререкаемым аргументом). У нас у одной женщины в подъезде сын не зарегистрировался, и их потом чуть не выселили. Обязательно завтра же с утра пойди зарегистрируйся, еще до комендатуры. Ты уедешь, а у нас потом неприятности.

— Где это?

— В паспортном столе. Обязательно пойди, и еще нужна справка из поликлиники.

— Какая справка? — Громов даже перестал сердиться, настолько это было смешно.

— Надо флюорографию. Обязательно сделай флюорографию, потому что без этого тебя снимут с учета. А если ты в поликлинике не на учете, могут снять и нас. У отца на работе один человек не прошел флюорографию, и всю семью сняли с учета, а потом чуть не выселили. (Во всех родительских историях про коллег и соседей обязательно возникало счастливое чудо в конце: чуть, а все-таки не выселили; истории с печальным концом были для них уже тяжелы).

— Но я же в армии, неужели они не знают?!

— В армии ты там, а на учете здесь, — назидательно сказал отец. — У Каповичей сын живет в центре, потому что купил квартиру, а прописан здесь. Он туда прописал жену. И хотя он по факту живет там, ему здесь надо было пройти флюорографию. Он не прошел, и их чуть не сняли с учета. Только когда старший по дому вмешался и подтвердил, что Костя по месту жительства прошел, тогда их оставили. Но ему все равно пришлось сделать и здесь, и там.

— Ну, — сказала мать, подавая сковороду с жареной картошкой, — ты хоть расскажи, как там. А то ты не рассказываешь ничего.

Это тоже была дежурная претензия, потому что ей вовсе не хотелось, чтобы Громов что-нибудь рассказывал. Более того, она боялась, что он начнет рассказывать. Этот рассказ мог пробить ее скорлупу, разворошить кокон, в котором она жила. Но расспросы о том, как там, на войне, входили в ритуал — ритуалами давно уже обходились тут все, от государственных мужей до васек. Потом, два-три века спустя, следование ритуалам можно было изобразить как подвиг. Отцу в разговоре с сыном полагалось сказать «Служи, сынок!» и добавить, что и сам он в свое время преодолевал тяготы и лишения воинской службы; сыну полагалось сказать «Служу, батя» — и потеплеть суровыми глазами. Матери полагалось пригорюниться.

— Да чего рассказывать, — ответил Громов. — Ничего не происходит почти. Гарнизон и есть гарнизон.

— Кормят хоть нормально? — спросила мать.

— Ну видишь, я даже пополнел.

— Ничего ты не пополнел. Как был шкелет, так и остался. — «Шкелет» было бабушкино слово; при упоминании о бабушке полагалось тихо прослезиться. — Почему ты пишешь так редко?

— Мам, когда будет о чем, я сразу напишу.

— Ты знаешь, что Шелапутина развелась? — Шелапутина училась когда-то с Громовым в одном классе. Убей Бог, Громов не помнил, как она выглядела.

— Серьезно? — переспросил он.

— Да, да. И уехала.

— Куда?

— Не знаю. Мне ее мать рассказала, мы встретились в троллейбусе.

— А что, они тоже теперь здесь? Они же там у нас жили, в том районе, где раньше...

— Нет, нет. Родители переехали. Почти все родители из вашего класса переехали сюда. Дети почти все в центре, а родители сюда.

— Почему?

— Ну, чисто, зелено. Район хороший.

— Инфраструктура, — с важностью сказал отец.

— Магазины все рядом, — сказала мать. — Поликлиника хорошая.

Громов не знал, о чем еще спросить. Еще немного, и он спросил бы о погоде. Мать сказала бы, что погода хорошая.

— Если завтра регистрация, я сегодня схожу в комендатуру, — сказал Громов.

— Сходи, сходи, — кивнул отец.

Громов встал из-за стола и хотел помыть посуду, но мать не дала, с преувеличенной энергией тут же взявшись за мытье. Громов поймал себя на том, что чувствует себя как в компьютерной игре, квесте, где надо в каждой определенной комнате сделать что-то одно — а потом можно идти дальше, хотя можно и задержаться в этой комнате до бесконечности. Задание выполнено, и что будут говорить нарисованные фигурки — давно известно Все, что полагалось сделать в этой кухне, Громов уже сделал. Можно было поговорить с отцом, можно с матерью, но и они, казалось, с молчаливым укором ждали, что он перейдет на следующий уровень.

Мать вышла проводить его в прихожую. Эта квартира была один в один похожа на прежнюю, но гораздо жальче, обшарпанней; зеркало затуманилось, поплыло.

— Расчеши головушку, — ласково сказала мать.

Господи, что расчесывать, что еще за головушка! Он был ротный командир, боевой офицер, схоронивший многих товарищей, поднимавший роту в бой, выдерживавший мат начальства, дебоши казаков, лень и тупость подчиненных; он несколько раз едва не погиб, забыл, что значит спать на чистом белье, сутками, случалось, ничего не ел, кроме неугрызаемого ржаного сухаря, — и мать обращалась к нему с той же фразой, какой провожала его когда-то в школу; может, когда-то она имела какой-то смысл, — что ему было теперь расчесывать, стриженному почти под ноль, как полагалось в русской армии?! Вероятно, ему следовало умилиться, — но, к ужасу своему, он ничего не почувствовал, кроме глухого раздражения.

— Осторожненько, — сказала мать ему вслед.

3

Весь район, по которому шел Громов обратно к метро, не пробыв дома и двух часов, — поражал его теперь той же второсортностью и обшарпанностью, которую он приметил у себя в квартире. Даже публика вокруг была облезлая, и вовсе не было молодежи; единственным молодым человеком, который встретился Громову за все время, был огромный, двухметровый, страшно толстый идиот, который иногда попадался ему еще рядом с прежней квартирой, на Университетском рынке. Рынок давно снесли, выстроив вместо него уродливую библиотеку, — но идиота Громов запомнил: его крошечная мать ходила с ним по рынку, навьючивая на него тяжелые сумки. Покупать приходилось очень много, он все время жрал. Покупали они в основном хлеб и печенье «Юбилейное», на другое не хватало денег, и поэтому идиота так разносило. Он и теперь шел рядом с матерью, трагически мыча, — трагизм относился, конечно, не к осознанию собственной участи, а к тому, что ему опять хотелось жрать. У всякого в жизни было тут свое наполнение, у идиота это был хлеб и печенье «Юбилейное». Пережеванным до жидкого мякиша печеньем «Юбилейное» он был весь набит внутри. Весь мир вокруг был набит тем же самым — паутиной, скатавшейся пылью, старыми ботинками, пахнущими так, как всегда пахнет старая обувь: засохшим потом, засохшим гуталином. В этот район свезли все московское старье, и здесь, в дальнем ящике, оно лежало, никому не мешая. Все тут было, как они привыкли: очереди в магазинах за колбасой в полиэтиленовой обертке, поликлиники с флюорографиями, административная ответственность за несвоевременно пройденную диспансеризацию, справки на все случаи жизни, старческая мокрота, клокочущая в легких при каждом вздохе. Старики, изредка дети: вот старуха прошла, выгуливая внучку, внучка ехала на трехколесном велосипеде, старуха каждые две минуты останавливала ее и сморкала, и внучка, покорно высморкавшись, ехала дальше.

О поездке в комендатуру Громов думал уже чуть ли не с облегчением — все-таки там было что-то военное. Громов, однако, не учел, что и комендатура была московская, далекая от войны, а потому все здесь делалось вовсе не так, как на фронте. Она располагалась в административном районе, неподалеку от Красных Ворот — туда сами собой постепенно переехали, скучковавшись, все государственные учреждения. Район к тому располагал — здесь много было сталинских домов, хватало и уцелевшего московского конструктивизма ранних тридцатых. В конструктивизме размещались воинские, карательные и судебные инстанции, в сталинском ампире — административные, регулирующие и распределяющие. Единственным неадминистративным сооружением в районе осталась детская площадка аккурат напротив комендатуры — ее никто не трогал: видимо, дети должны были любоваться солдатиками и следовать их примеру. Впрочем, и на площадку пускали по пропускам, распределявшимся среди жителей окрестных домов. Жилых домов было пять, и населяли их чиновники. Каждый носил из дома термос и бутерброды. Можно было, конечно, зайти домой пообедать, — но тогда посетитель в обеденный перерыв наталкивался бы на запертую дверь, а так он мог заглянуть, увидеть обедающего чиновника, разглядеть выражение гнева и презрения на его жующем лице — и в ужасе ретироваться, чтобы с благоговением ждать за дверью, пока закончится священнодействие.

Громов ткнулся в одну дверь — перерыв; постучал в другую — заперто; в третьей ему указали на десятый кабинет, он сунулся туда, там штатский чиновник придирчиво осмотрел его форму, замерил для чего-то расстояние между звездами на погонах, осмотрел стрелки брюк, — Громов чувствовал себя, как лошадь, которую на базаре щупает цыган. Когда чиновник пожелал осмотреть его белье — уставное ли, нет ли запретных цветов и фуфайки под кителем, — он взбунтовался.

— Я пришел на учет, а не на медосмотр.

— А откуда вы можете знать? — бабьим базарным голосом отвечал ему чиновник. — Кто вы такой, чтобы распоряжаться? Я вам скажу ягодицы раздвинуть, вы должны раздвинуть ягодицы. Я скажу сдвинуть, вы сдвинуть ягодицы. Я вам скажу сесть на ягодицы и ехать, вы ехать на ягодицах. Кто такой?

— Ты как с офицером разговариваешь, крыса? — тихо спросил Громов. Он умел так спрашивать — тихо, но убедительно.

— Знаю, какой ты офицер, — совсем уж по-бабьи завизжал чиновник. — Боевые офицеры, кровь проливаем. Знаем, какую вы проливаете кровь. Мы тут сиди за вас впахивай целый день, а вы там на лежанках с дуньками. Вояки. Вон что навоевали, — чиновник махнул на карту, утыканную вперемешку красными и желтыми флажками. — Не знает никто, где наша земля, где не наша. Вояки запечные. Я вас сейчас так поставлю на учет, что вы здесь все время своего отпуска будете плац мести и делать шагом марш. Я вам сказал заголить трусы, значит, заголите трусы. Я вам скажу обнажить головку, вы обнажить голов...

Громов мог бы обездвижить его одним ударом, но нарываться на конфликт в комендатуре ему не улыбалось. Он вышел, хлопнув дверью. Чиновник за ним не пошел — он вовсе не был заинтересован в том, чтобы наказывать странного посетителя. Ему надо было его отфутболить, и только.

На этот раз самая первая дверь — с табличкой «Учет личного состава» — была открыта. Там сидела горбатая старуха с очками на горбатом носу.

— Я хочу встать на учет, — сказал Громов.

Старуха молчала. Глухая, сволочь, подумал Громов.

— Я хочу встать на учет, — повторил он громче.

Старуха подняла на него глаза и посмотрела, как солдат на вошь.

— Я слышу.

— И что? — спросил Громов.

— Я слышу вас, — торжествующе повторила старуха, соскочила со стула и выпрямилась. На стуле горбунья казалась выше — стоя на полу, она едва была Громову по пояс.

— Он хочет встать на учет! — воскликнула она. — Он хочет, вы слышали?! Барин, хозяин всей здешней земли, помещик Кислодрищенский желает встать на учет! Вы русский офицер? Вы смеете называть себя русским офицером?! В мое время русские офицеры были не таковы. Выйдите немедленно и войдите по форме, и войдя, обратитесь ко мне так, как должен русский офицер обращаться к женщине!

Громов не двигался с места.

— Ну же! — Горбунья притопнула ножонкой. — Вы, вы! Я к вам обращаюсь, пень новомихайловский! (Смысла этого выражения Громов не понял, да он и вообще ничего уже не понимал). Вы должны сделать кругом, показать мне ружейный прием, да, ружейный прием! Я требую этого. Вы смеете называть себя интеллигентным человеком, вы! А перед вами, между прочим, стоит женщина, и вы не предлагаете мне сесть! Как вы смеете, как можете?! Я понимаю теперь, почему наша превосходная, превосходная армия сдает позицию за позицией. Вот наша армия, извольте полюбоваться. В то время как старики и дети в тылу до кровавых мозолей шьют шинели вот этому самому фронту...

Дверь открылась, и вошел толстый рослый подполковник; Громов с облегчением вздохнул, увидев человека в форме.

— Что ты разбушевалась, Клавдия Ивановна? — устало спросил подполковник. — Что ты здесь сидишь?

— Я зашла за справкой, — с достоинством отвечала старуха. — Да, да, за справкой! Мне для делопроизводства нужна форма шесть. Я вижу — вас нет, и тут этот подозрительный молодой человек. Я должна была с ним объясниться...

— Я только что вошел, — объяснил Громов.

— Да понимаю, — махнул рукой рослый. — Не обращай внимания, капитан, это наша архивистка Клавдия Ивановна. Она женщина патриотическая, но немного с прибабахом. Иди, Клавдия Ивановна, нет у меня формы шесть.

— То есть как это нет формы шесть? — Старуха была склонна к долгим самонакручивающимся монологам, что твой Здрок. — Как у вас, русского офицера, может не быть формы шесть? Может быть, у вас нет и формы семь? Почему вы вошли, не поздоровавшись? Разве так русский офицер входит к женщине? Русский офицер входит к женщине вот так! — Горбунья попыталась изобразить строевой шаг, рухнула, уронила очки и стала ползать по полу, ища их, как ползает по полу русской офицер в поисках женщины. Подполковник не помогал ей. Вероятно, любое прикосновение старуха восприняла бы как посягательство. Громов хотел ее поднять, но подполковник жестом остановил его.

— Вставай, Клавдия Ивановна, — сказал он равнодушно. — Вставай, хорош ползать. Иди отсюда, как женщина к русскому офицеру, не тяни кота за яйца, сделай милость.

Горбунья нашарила очки, тяжело поднялась и, пристукивая клюкой, удалилась. Проходя мимо Громова, она демонстративно отвернулась и зажала нос двумя пальцами.

— Суконное рыло, — прошептала она сквозь зубы.

— Видишь, капитан, с кем приходится работать? — спросил подполковник, когда она слабо хлопнула фанерной дверью. — Из ума выжила, ей дома на привязи сидеть, а она в архиве работает, справки людям выписывает. Я говорил — пришлите молодую, нет молодой! Не комендатура, а букет моей бабушки. Какого полка?

Громов показал документы.

— Завтра придешь со справкой по медучету, — вяло сказал подполковник, — переведешь на счет комендадуры взнос пятнадцать рублей, номер счета спишешь на двери семнадцатого кабинета.

— Я на два дня всего, — сказал Громов. Он надеялся, что хотя бы свой брат офицер не станет мурыжить отпускника попусту.

— И какая разница? — равнодушно спросил подполковник. — Мне что на два дня, что на три дня, что мамку за титьку. (Этого выражения Громов тоже не понял, он не слыхал его раньше). Спишешь номер счета, переведешь деньги, придешь с квитанцией об оплате и со справкой о флюорографии, а потом хоть на два дня, хоть на четыре. Остановиться есть где?

— Я москвич, тут написано.

— Мало что москвич. Возможны обстоятельства, родители там в эвакуации или что. Все как у людей, где прыщ, где кукла... Давай, капитан, не затягивай, ты по форме должен в день приезда регистрироваться. Это я тебе послабление делаю, потому что ты от Клавдии Ивановны пострадал, — подполковник хохотнул. Громов откозырял и вышел.

Начался мелкий дождь. Домой не хотелось. В скверике напротив комендатуры запахло тополями. Этот город знал лучшие времена, и Громов их помнил: тогда запах мокрого асфальта, пыли, тополей каждое лето напоминал о том, что кончилась нудная, двухцветная, недоверчивая поэтика зимы, настала поэтика весны, пришло время думать другими словами, двигаться в другом ритме, доверяться всему, зная, что опять обманут, — теперь все выцвело, даром что июль, и самый запах был эрзацем того запаха. Возрастное, подумал Громов. Он столько раз мечтал попасть в Москву и вдохнуть все, чем дышал здесь когда-то, — но теперь здесь нечем было дышать. Мы каждый раз хотим вернуться — и забываем, что, пока нас не было, возвращаться стало некуда. Громов оглянулся: он медленно шел в сторону центра, тут неподалеку было в незапамятные времена литературное кафе, где он иногда читал, пока еще писал, — стоило зайти, если оно цело: не для того, конечно, чтобы ностальгически умиляться, — но чтобы хоть где-то на него, боевого офицера, взглянули уважительно.

4

Клуб переехал на Новый Арбат — он знал об этом из письма приятеля, полученного еще в начале службы. Все московские рестораны, казино и ночные заведения скучковались теперь тут, в паутине арбатских переулков и на новоарбатской магистрали. Даже небо здесь золотилось по ночам. Дешевых клубов не осталось, даже студенческие стоили теперь дай Бог, поскольку не осталось и малоимущих студентов — образование давно уже сделалось уделом людей с годовым доходом от сотни. Почти все оно было теперь платным (два бесплатных места на каждом факультете МГУ разыгрывались в телевикторине, где от участников требовался отнюдь не интеллект, а ловкость и сексапильность: необитаемая местность, ураганы, кручи, сырые палатки, круглосуточно включенные камеры). Громов шел по Москве и радовался, что два года назад покинул ее. У него была одна короткая командировка сюда в прошлом году, но тогда он почти ничего не успел — три дня потратил на выбивание двух ящиков гвоздей (кому, зачем нужны были гвозди?!). В мокром асфальте дробилось и плавилось московское золото. Тут не пахло никакой войной. Громов купил аппетитный с виду пирожок (шавермы теперь было не достать — кавказцев турнули отовсюду), надкусил и плюнул: гниль, кислятина... Верно, было и тут не без умысла: пусть люди знают, что за пятнадцать рублей ничего приличного не купишь. Странно, что по дороге от Красных ворот до Арбата (часть пути он проехал на десятке) ни разу не попался васька — раньше Москва ими кишела, особенно в окрестностях трех вокзалов; только краем глаза увидел он двух ментов, выволакивавших нищего из подземного перехода. Нищий был одутловатый, с васькообразным, маскообразным, воскообразным лицом.

572

Ни в коем случае нельзя было позволять себе думать — вот они тут, пока мы там... Это было невыносимой пошлостью, предсказанной еще отцом Николаем в монастыре, и Громов не стал сравнивать свой быт с местным. В конце концов, не за то ли он воюет, чтобы дети в Москве были спокойны, а женщины красивы? На беду, ему не встречались ни спокойные дети, ни красивые женщины. Дети вообще подевались незнамо куда (лето, все в лагерях или на дачах, или дома, прилипнув к мониторам). Женщины были то крикливо размалеваны, то замордованы до полного безразличия к себе и миру; середины не осталось ни в чем, все стеклось к полюсам, да вдобавок полюс нищеты был замаскирован, спрятан с глаз долой, чтобы ничто в центре города не напоминало его счастливым обитателям о бывших соседях. Одни вымирали, другие эмигрировали, третьи и четвертые убивали друг друга на войне — земля медленно очищалась, как и всегда бывает с территориями, которые никто не ощущает своими.

Клуб размещался теперь в здании бывшего арбатского гастронома, где Громов ребенком часто покупал пирожные и виноградный сок. Он любил зайти сюда летом, среди жары, — тогда еще они жили неподалеку, он часто бегал в арбатский «Букинист», — любил прохладу гастронома, серо-мраморный пол и огромные прозрачные конусы сока. История похожа на этот конус — когда сока в нем еще много, на его поверхности возможны какие-то колебания и сотрясения, а когда в конусе почти ничего не останется, всей поверхности — крошечный пятачок; конец света всегда происходит в масштабах того самого света, который кончается, и потому катастрофа оказывается жалковатой. Многие не замечают ее вовсе. Громова не хотели пускать в литературный клуб. Мордатый охранник добродушно пояснил ему, что люди сюда ходят отдохнуть от войны, сами понимаете (словно все остальное время они только и делали, что рыли окопы где-нибудь в Химках), — и Громов, выругавшись про себя, повернулся было уходить, но откуда-то из глубин клуба выпорхнул Лузгин, друг былых игрищ и забав: он схватил Громова в охапку, закружил, что-то шепнул охраннику и увлек отпускника в зал.

Тут все было как в прежнем помещении, в районе проспекта Мира, — те же красно-зеленые рыбы по стенам, грубо намалеванные кактусы, заросли, водоросли — подводная прерия; вероятно, намек был на то, что весь мир пустыня. Играла та же невыносимо легкая музыка, которую Громов запретил себе слушать уже давно, и даже стоя у входа в клуб, препираясь с охранником, он запрещал себе слушать доносившиеся до него, страшно знакомые звуки. Это были песни времен романа с Машей, да что там — он знал их и прежде, ведь читал здесь когда-то, бывал, выпивал с тем самым Шуриком, который и теперь наяривал «Питерскую»... Эту музыку он любил, и эта любовь оказалась прочнее всех. В совершенной чистоте все эти черты были явлены в одном Шурике — вечном мальчике-одуванчике, тонком стебельке с кучерявым шаром шевелюры; Шурик, кажется, узнал Громова и кивнул ему, как кивал всем. Ему уж подлинно было безразлично, кто пришел его слушать. «А-адна такая девочка ходила по бульвару» — летние вечера, пыль, дворы, огромные старые московские квартиры... Всех расселят, переселят, выставят, никого не оставят.

— Ну ты как, Громов?! — тискал и тормошил его Лузгин. — Как ты сюда-то? Тебе дембель вышел, что ли?

— Какой дембель, Лузга, — сказал Громов. — Война идет, не до дембеля.

— Все еще идет? Неужели до сих пор еще воюем? — Лузгин цитировал всех и по любому поводу.

— Воюем.

— Ты, что ли, не дай Бог, раненный? Или отпуск?

— Отпуск.

— Лаконичный какой стал, сука, немногословный! Боевой типа офицер, охренеть можно! Из наших-то сегодня мало кто будет, вот жалко. Ты повидал бы всех. А где эта, подруга-то твоя? Я ее помню, такая длинная...

— В эвакуации.

— Что ж она поехала? Тогда, ты знаешь, всем предлагали, а потом оказалось — фигня, ложная тревога. Нечего было и париться.

— Ну, у нее все равно дом сносили...

— А, тогда да. Тогда правильно. Вернется — квартиру дадут. И тебе дадут, ты боевой офицер. Ты хоть расскажи, когда кончится-то?

— Не знаю, — сказал Громов.

— Но мы ломим? Гнутся шведы?

— Кое-как ломим.

— Что, секрет? Военная тайна? Да расскажи ты по совести! Ты пишешь там что-нибудь?

— Давно не пишу.

— А, ну правильно. Ты копишь. Издашь потом «Записки кавалериста». Ты в каком звании-то, капитан, что ли?

— Капитан.

— Темно, не видать ни хрена... Ты вообще мало изменился, Громыч. Я тебя сразу узнал. Люди, по-моему, очень мало меняются. Слушай, я тебе сейчас прочту...

И Лузгин прочел. Это было в его духе — немедленно обчитывать стихами всякого встречного; Громов с ужасом подумал, что и он когда-то был таким — написав новую вещь, немедленно должен был сообщать ее кому-то. Стихи, как всегда у Лузгина, были культурные, ироничные, со множеством цитат, с эффектной, хотя и снижающей пафос концовкой, — стихи хорошего московского мальчика, которому хорошо за тридцать. В них не было ничего от самого Лузгина, и это к лучшему — Лузгин и все остальные давно поняли, что людям времен упадка лучше не заглядывать в себя.

— Ничего, — сказал Громов. — Вполне.

— Какое ничего, это моя лучшая вещь! У меня подборка в «Новом мире» в августе будет! Она бы в мае вышла, но, сволочи, перенесли. Я тебе пошлю.

— Обязательно, — кивнул Громов. Лузгин всегда очень хотел напечататься в «Новом мире». Непонятно было, зачем это ему теперь. Громов даже не знал, что «Новый мир» еще выходит. Впрочем, все симметрично: Лузгин тоже не знал, идет ли еще война.

— А Черединского ты слышал?

— Нет, не помню.

— Ну, может быть. Когда тебя загребли, он только в славу входил.

— Да не загребли меня, Лузга, — сказал Громов. — Я сам пошел.

— Хорошо, хорошо, если тебе так больше нравится. Слушай, Черединский — это что-то. Наши все девки от него визжат. Говорят, что он голубой, но ты не слушай. Он с Марфой живет, с этой, которая в церковном хоре, — помнишь?

Марфу Громов помнил, хотя готов был поклясться, что за последние два года не вспоминал о ней ни разу. Поэтесса Марфа Попова специализировалась на церковно-эротической лирике. Странно было думать, что два года назад Громов слушал Марфу Попову, даже о чем-то говорил с ней — все-таки человек очень прочен. Позавчера ночью Громов пил с сумасшедшим Волоховым и видел сумасшедшего телеграфиста, вчера ехал в закопченном древнем поезде, а сегодня в «Венике» слушал болтовню Лузгина. Поверить нельзя было, что все эти миры сосуществуют, — но они потому и могли существовать одновременно, что никак не пересекались. Время, когда миры вынужденно пересекаются, — революции, настоящие войны, — оказывается самым плодотворным, но и самым страшным: на короткое время возникает общий мир, о котором все потом вспоминают с тоской, — мир, в котором салонная поэтесса бинтует раненых, конферансье бьет чечетку для солдат на передовой, крестьянин оборачивает сбитую ногу трофейным аристократическим бархатом, пущенным на портянки... Это длится недолго, и первый признак настоящего события — именно перемешивание, скрещивание параллельных миров; тогда, кажется, и Божественный план проступает сквозь земную реальность, и небеса с землею говорят — но теперь ничего подобного не было, и Громов яснее ясного видел, что его война была не война, а лишь одна из бесчисленных декораций того же квеста. Даже убить там не могли как следует.

— Черединского, конечно, только слушать, — продолжал Лузгин. — На бумаге все теряется. Но клянусь тебе, когда он читает — плачет. И вообще, хочешь ты того или нет — а я знаю, Громыч, ты не хочешь, — но устная форма вытесняет письменную... Черт, ты хоть рассказал бы, как ты там. Ты не встречал там Михельсона? — Михельсон был известный ЖДовский романтик, сочинитель балладных стилизаций под Киплинга, малорослый, но накачанный до безобразия мальчик со сросшимися бровями; лет пять назад он уехал в Каганат и теперь, по слухам, воевал на русской территории.

— Где ж я его там встречу?

— Да черт его знает. Собственно, я никогда не верил в его мачизм, и баллады мне его не нравились, но знаешь — не удивлюсь, если он где-нибудь при штабе. Такие вояки обязательно при штабах. Или поваром. Представляешь, Михельсон — повар?

— Не видал, — сказал Громов. — Мы, знаешь, редко с ними пересекаемся. Война сейчас позиционная. Больше выжидаем.

— А-а, — безразлично сказал Лузгин. — А то по телеку все дрянь, ни слова правды. Я, знаешь, тебе даже завидовал поначалу. Потом посмотрел пару репортажей — ну ее на хрен, что это за война? Ты понимаешь, что я не из трусости, да, Гром? Я же писал тебе. Но это не моя война, я не могу воевать на стороне этого государства, а воевать против этого государства мне совесть не позволяет. Все-таки Родина. Родина есть предрассудок, который победить нельзя, сказал автор получше нас с тобой. Пока не призывают, я не сунусь. Призовут — пойду.

Громов отлично знал, что лузгинский возраст призвали, но какой это был призыв? — так, название одно. Служить пошел дай Бог каждый пятый, и то все больше деревенщина, дети похмелья, жертвы хронического недокорма. Лузгин, впрочем, ошибался, думая, что Громов кого-то винит. Громов поглядывал по сторонам: клуб был прежний, и главным в нем была ностальгия. Это была удивительная черта интеллигентных московских заведений: они и начинались как ностальгические, ненавязчиво тоскующие по эпохе джаза, раннему Голливуду или московским шестидесятым с их второсортной придурковатой бодростью, но уже со второго посещения мальчики и девочки вовлекались в процесс, начиная тосковать по первому. В эту игру все старательно играли, в восемнадцать лет грустя о прошедшей молодости, вспоминая полулегендарных персонажей, имевших свойство исчезать и появляться, — помнишь братьев Левычей? А Батона? А Удивительную Девушку с Покровки — да-да, она ведь так и представлялась?

Между тем на сцену выскочил Черединский, приветствуемый хоровым женским стоном. Это был высокий, тощий до субтильности вечный мальчик, которому можно было дать и восемнадцать, и тридцать; на нем не было ничего, кроме ярко-алых шелковых обтягивающих трусов. Обвиваясь вокруг стальной колонны, он принялся громко, с придыханием и подвывом, читать пятистопные ямбы, содержания которых Громов не уловил. Все держалось на эллипсисах, якобы задышливых, торопящихся — в Москве года четыре назад установилась такая мода: писали полуфразами, обрывками — сказать давно было нечего, но имитировался надрыв. Черединский закидывал голову, приседал, встряхивал светлыми кудрями:

> — Люблю с утра — откинув одеяло —
> Как в первый раз — не знаю, не скажу —
> Нет, никогда — когда бы ты сияла —
> Когда бы я — откинув паранджу —
> Люблю сейчас — но смерть уже так скоро —
> А мне всего — но может быть, уже —
> Последний звук — из ангельского хора —
> Сними, сними — но лучше в парандже...

— А?! — шептал Лузгин. — Если бы глазами, то, может быть, ерунда, но согласись, что в таком виде...

— Сильно, — сказал Громов.

— Чего «сильно», чего «сильно»?! Ты небось думаешь — в армию бы его, в окоп, к моим ребятам?! Фельдфебеля, бля, в Вольтеры! Солдафон хренов.

— Не думаю.

— А что, если бы послать его в бригаде артистов, псред солдатами читать? Как думаешь, покатит? — похохатывал Лузгин.

> — И вот тогда — как птица в глубину —
> Нырнуть в окно, где тополь и направо
> Такой же мальчик, как когда-то я,
> Нагнать совсем, по голове погладить,
> Сказать — не бойся, девочка не съест,
> Не выдаст Аполлон, прощай, так лучше,—

выкрикнул Чрединский на одной ноте, повернувшись к залу спиной; потом стремительно вырвался из трусов, бросил их назад, не оборачиваясь, и ринулся за голубой вениковский занавес.

Вокруг трусов возникла небольшая потасовка; они достались толстой румяной девушке, тут же победоносно взметнувшей их над головой. Зал визжал. Девушка прижала трофей к лицу и разрыдалась от счастья.

— Слушай, Паш, — сказал Громов, — А вон там не Бахарев сидит?

— Узнал, гляди ты, — Лузгин прищурился, вглядываясь. — Точно, Бахарь. Ну, этот редкая птица, высоко залетел. Он знаешь теперь где? В администрации, курирует идеологию.

— Речи пишет?

— Да ну. У него книги, издательство «Евразия», мультикультурный проект... Он же вместе с Мышастиковым выдумал «Новую автономию». Ты слыхал анекдот про трех идеологов? Был Суслов, потом Сурков, потом Мышастиков. Все грызуны, мал мала мельче. Дотрахались до мышастиков.

Директивы Мышастикова Громов читал, их доводили на политзанятиях — это были витиеватые поэтизмы, где расплывчатая, кучерявая бледная мысль, как бледный кучерявый Урединский вокруг шеста, вилась вокруг нескольких опорных слов: великая степь, безоглядность, непрагматический масштаб, коридор пассионарности, бродящие вызовы, конспиративные месседжи, автономия белых, северная ориентация, трехпальцевая комбинация. Бахарева сильно разнесло за последние два года. Он мрачно курил трубку, глядя прямо перед собой — видимо, в коридор пассионарности.

— Пошли, пошли. Вы же с ним сколько не видались! Ему наверняка интересны вести с фронтов. Бахарь! Смотри, кого я веду!

Они протолкались к столику, где Бахарев сидел одиноко, отрешенно, без спутников: посетители «Веника» образовали вокруг него почтительное кольцо, избегая тревожить даже приветствиями. По Громову он скользнул неопределенным и, пожалуй, робким взглядом: в конце концов, Бахареву было всего двадцать восемь, и он не совсем еще зарос сановитостью. Он понимал, что боевого офицера надо приветствовать ласково и ободряюще, в соответствии с идеологией, — но понимал и то, что чиновник его ранга не может даже снисходительно общаться с бывшими однокашниками: он стал другим, и надо сразу же, без хамства, дать почувствовать это. Сейчас он попросит перевести его с фронта, подумал Бахарев. Сейчас он подумает, что я попрошусь в тыл, подумал Громов. Оба поняли, что для разговора им оставлен чрезвычайно узкий коридор; в России вообще не осталось разнообразия — все стало предсказуемо.

Громов подошел единственно потому, что когда-то, на поэтических собраниях его молодости, Бахарев пару раз сказал неожиданно умные вещи. Он и тогда уже курил трубку — для солидности, — но еще не мыслил теми странными сгустками, которыми были полны теперь их совместные с Мышастиковым послания. Теперь работа Бахарева заключалась в том, чтобы придумывать опорные слова. Никакого смысла за ними давно не было — нужен был человек, имитирующий смыслы, и для этого государственного символизма поэт годился лучше прочих. Стратегия камышовых тигров. Выпад. Глобализация провинции. Эскепизм родника. Глухота авгуров. Пластиковое варварство. Бахарев давно комбинировал свои вербализмы, как он называл их, методом Рембо — или, если угодно, методом тыка. Все политологи России, состоящие теперь поголовно на кремлевском пайке, наполняли эти формулы произвольным содержанием и растолковывали населению.

— А, здравствуй, — небрежно, но вежливо сказал Бахарев. — На каком фронте?

— В Дегунине. Здравствуй, Слава.

— Каков дух в войсках? — с иронической улыбочкой спросил Бахарев. Он старательно играл в умного чиновника, вынужденного спрашивать о дежурных вещах, сознающего как глупость, так и необходимость подобных условностей.

— Духом называется солдат первого года службы, — сказал Громов. — А не можешь ты как-то устроить, чтобы регистрация для офицеров была устроена попроще? У человека отпуск десять дней, максимум две недели. Он половину этого времени тратит на оформление, флюорографию всякую... Неужели упростить нельзя?

— Ну, это не моя компетенция, — холодно сказал Бахарев. — Вы присаживайтесь, что стоять-то?

Громов и Лузгин присели к столу.

— Чего пить будете?

— Я не пью, — сказал Громов.

— Быть не может, чтобы боевой офицер — и не пил, — повелительно возразил Бахарев, щелчком подозвал студентку-официантку и заказал «Белой силы» — новой беспохмельной водки, стоившей втрое против обыкновенного. — Я поговорю там, конечно, — сказал он, показывая глазами в потолок. — Все-таки ко мне прислушиваются. Но не думаю, что повлияю. Сам понимаешь, у военного начальства свои прибабахи. Без флюорографии никак. Ты смотрел в последнем «Репортере» сюжет про контейнер в желудке?

— Мать честная, да ведь это чистый бред! — влез Лузгин. — Я смотрел. Никто не поверил.

— Смею тебя уверить, — важно заметил Бахарев, — что все это чистая правда. Я лично курировал.

— Ну какая же правда, Слава... — начал было Лузгин, но осекся под ледяным взглядом Бахарева.

— Иногда кажется, что абсурд, а когда вдумаешься — все осмысленно, — обратился Бахарев к Громову. — Я думаю, что это как устав. И моя служба тоже в своем роде военная, так что не подумай...

Отчего-то все они были уверены, что он плохо о них подумает. Им давно не было стыдно перед собой, но перед боевым офицером они по привычке комплексовали. Знали бы они, насколько мне там легче.

— Но тогда, может, хоть отпуска продлить?

— Я поговорю, — с легким раздражением повторил Бахарев. — Они меня слушают.

Громов вспомнил, что он и в молодости любил сфотографироваться с известным автором, задать ему колючий с виду, но глубоко комплиментарный по сути вопрос — типа «Не слишком ли сложна ваша новая манера для современного читателя?»; любил похвастаться надписью престарелого мэтра на книге, гордился даже тем, что лично выкрасил несколько переделкинских заборов и бывал за это угощаем скромными обедами; впрочем, это выглядело невинной заботой о стариках, да и бороться в литературе давно было не за что — она не давала никаких привилегий. Видимо, Бахарев уже тогда угадал, что спасением для власти в который раз окажется именно поэзия с ее способностью говорить все и ничего.

— Впрочем... — Бахарев выдержал паузу. Надо было чем-то побаловать офицера от щедрот своих, а заодно и блеснуть осведомленностью. — Есть маза, что все это скоро кончится.

— Что именно?

— Война, вообще. Все главное получено. Автоматическое преодоление полномочий по военному времени — раз, мобилизационная экономика — два. Скажу тебе честно, он устал. Ты думаешь, он сам хочет продлевать полномочия до бесконечности? Он еще слабей Володи, хоть и держится огурцом. Это все-таки очень утомительно. Да и они понимают, что воевать бессмысленно. Против такой махины... прати против рожна...

— И что будет? — спросил Громов. Разговор принимал любопытный оборот.

— Да ничего не будет. Скорее всего, отдадим автономию. Будет небольшой русский Каганат, вроде черты оседлости. Где-нибудь на Востоке. Ну и чего они добились? Есть, правда, версия, что черта теперь будет жесткая, вроде границы. Отгородиться, как от Чечни. Почему не отдать им часть земли? Китайцам отдали, и что страшного? Скажу тебе честно, эффективность — не пустой звук. Лучше иметь гектар эффективной земли, чем двадцать гектаров пустоши.

— И что, они пойдут на это?

— В смысле на черту оседлости? Пойдут.

— С ними говорили?

— С ними постоянно говорят, — тонко улыбнулся Бахарев. — Современная война ведется не в окопах, уж прости. Современная война ведется за хорошо накрытыми столами, под тонкие вина. В постиндустриальном мире окоп — только декорация. А главные пружины — там, — он опять завел глаза к потолку. — Идет большая постановка, или даже, я бы сказал, пишется картина. Большой живописный проект. Мир должен двигаться, иначе он застынет. Надо писать сценарии.

— И ты, стало быть, их пишешь? — спросил Громов.

— Иногда — я, — со значением кивнул Бахарев. — Понимаешь, на определенном этапе тебе становится скучно оперировать просто словами. Ты начинаешь ставить свои пьесы на другой сцене. Это та же литература. Ты захотел делать литературу на войне, я — в политике, но оба мы по-прежнему литераторы. — Он нашел наконец формулу, уравнивающую его с Громовым и притом неунизительную для него самого.

— То есть вся моя окопная пьеса, выходит, бессмысленна. Вы уже договорились.

— Почему — бессмысленна? Бессмысленна для кого? Для тебя она полна смысла.

— И когда все кончится?

— Думаю, скоро, — неопределенно сказал Бахарев. — Я бы и раньше договорился... Они и сами наверху уже испугались — национализм ведь такая вещь, что может обернуться против системы. Наши цепные псы несколько зарвались. Там уже натягивают поводки, но они все лают. Скины оборзели совершенно. Ты видел отряды? Прямо по городу рассекают, пристают к прохожим...

— Ну, ясно, — сказал Лузгин. — К кому им еще приставать? ЖДов-то не осталось, и чурок поперли...

Бахарев скользнул по нему брезгливым взглядом и не удостоил ответом. Лузгин не был боевым офицером и не мог служить подходящим объектом для демонстрации дружеского демократизма.

— Так что пора, пора. Повоевали, и хватит. В армию люди не хотят, значимых успехов, уж извини, нет... Генеральчики рвутся во власть, а кому это надо, если они фронтом командовать не могут? Особенно не рассказывай про это, но я тебе как старому другу, — подчеркнул Бахарев, — скажу твердо: не позднее осени.

— До осени много чего может случиться.

— Например?

— Убьют много кого, — сказал Громов.

— Ну, не преувеличивай. Я смотрю за сводками. Пойми, всякая война в сегодняшнем мире нужна не для окончательной победы. Окончательных побед больше нет. Последняя была в сорок пятом, почему ее так и празднуют. Теперь — только встряски, чтобы кровь не загустела. Мы не заинтересованы в том, чтобы ЖДов не было вовсе. Полное истребление — это лозунги крайних, жупел, пугалка. Евразийская цивилизация не истребляет никого, у нее собственный цикл. Нам достаточно, чтобы они к нам не лезли — только и всего.

— Два года назад были совсем другие разговоры.

— Два года назад и война была другая, вспомни. Обе стороны очень быстро поняли, что в современном мире между двумя высокоразвитыми народами серьезной войны быть не может. Показали друг другу, и будет. Вернется черта, будут местечки, в столицы им ходу не будет, революций они теперь долго не захотят — идея поделить страну с самого начала была вовсе не так глупа.

— Вы немножко недодумали, — тихо сказал Громов. — Вы не учли, что война — это не так просто.

— В каком смысле? — насторожился Бахарев.

— Война меняет людей. Русская война — в особенности. Москва от нее отгородилась, но в стране она идет. И она не может кончиться просто так. Она переместится на улицы, как чеченская. Войны нельзя бросать недоигранными. Их надо либо выигрывать, либо проигрывать.

— Это двадцатый век, — пренебрежительно сказал Бахарев. — Он давно кончился. Сегодня другая геополитика.

— Геополитика всегда одна, — ответил Громов. — Либо они нас, либо мы их.

— Но пойми, есть цветущая сложность зрелой нации. Зрелая нация не может существовать изолированно от всех. Автономия белых — это не уничтожение черных или желтых. Это выработка культурных стратегий для всей страны...

— Не может быть общих стратегий, когда война проиграна, — упрямо повторил Громов. — Объединяет только победа. Если не будет победы, не будет и страны. Все распадется.

— Ну, кто же сказал, что не будет победы? Победа будет. Враг окончательно изгнан с нашей земли.

— На нашу же землю? — усмехнулся Громов.

— Мы обставим это как резервацию. Если угодно, как плен.

— И как ты заглушишь их радио? Телевидение? Интернет?

— Обо всем можно договориться, — успокаивающе ответил Бахарев. Он сам не знал, как заглушить радио, телевидение и интернет. Он об этом не думал. Наверху давно не считали даже на один ход вперед. Там понимали только, что если не закончить войну на условиях дележа территории, воевать скоро станет нечем. Судя по всему, это понимали и в противоположном лагере: сигналы возможного примирения двинулись практически навстречу друг другу. — Это же не будет перемирие. Будет генеральное сражение, боевая ничья.

— Генеральное сражение? — Громов насторожился. — Когда?

— Скоро, скоро. Но ты успеешь. Без тебя не начнут.

— И его результаты заранее известны?

— Ну, не вполне. Но это будет красивое, эффектное завершение войны. Только и всего. Мы уже многое придумали, не переживай, и жертв постараемся поменьше... Только, Громов, ты меня понимаешь — это действительно не для чужих ушей, — Бахарев сам испугался собственной откровенности. Неужели ему настолько хотелось произвести впечатление на этого вояку?

— И когда?

— Этого тебе никто не скажет. Когда время подойдет. Это ведь не просто так делается — все надо подсчитать, продумать...

— И чем оно закончится?

— Нашей полной победой. Такой, чтобы они убрались, — и достаточно.

— А они согласны?

— Ну, вспомни, сколько нас и сколько их. Думаю, они понимают, что вариантов нет.

— Скажи, — медленно произнес Громов, — а может так случиться, что вы все просчитаете, проговорите это ваше сражение на уровне генералов... а солдаты возьмут и сделают все иначе?

— Не думаю, — холодно сказал Бахарев. — Даже если они все переубивают друг друга, решение будут принимать не они.

— А если солдаты почувствуют измену и перестреляют генералитет?

— А потом друг друга? — усмехнулся Бахарев. — Слушай, кто из нас окопный офицер? Неужели ты сам не видишь, что люди не хотят больше воевать? Всех распустим по домам. Вернутся победителями. Каждому льготы. Кстати, ты не думал о том, что будешь делать после войны?

— Там о таких вещах мало думают, — сказал Громов. — Ты же сам видишь — война специальная. Никто не думает, что она скоро кончится.

— А о чем думают? Это интересно.

— Да ни о чем не думают. Говорят между собой, что это не война, а масштабные учения. Противник-то давно прячется. Кажется, мы ему не очень и нужны. Мы входим в деревни, берем их, они входят в другие и тоже берут, потом меняемся местами... Иногда артисты приедут, иногда кино покажут...

— Вот видишь, — сказал Бахарев. — Значит, пора все это кончать.

— Да нельзя это кончить, как ты не понимаешь! Война не кончается договором. Люди должны пойти по домам с чем-то внятным... Иначе они дома разнесут, жен побьют...

— Ничего, ничего. Будет нацпроект «Демобилизация», — этот нацпроект Бахарев придумал только что, но сообразил, что наверху оценят. — И нацпроект «Граница». Главное — прочертить границы. С территориальных начнутся идеологические. В конце концов, сам понимаешь — куда нам столько земли...

— А жителей той части, которую мы им отдадим, — кто-нибудь спросил, хотят ли они жить под ЖДами? — поинтересовался Громов.

— Ну, мы эвакуируем... Как тогда...

— А куда денем? Тоже как тогда, когда беженцам некуда было ткнуться?

— Найдем, найдем. В конце концов, Москва строится. Будет нацпроект «Жилье», — Бахарев сам усмехнулся очередному нацпроекту.

— Никогда это не кончится, Слава. — сказал Громов. — Так там и передай, если тебя слушают. И насчет отпусков тоже намекни, ладно?

Он встал, попрощался и выбрался из «Веника» на теплый, влажный воздух. Дождь перестал, висел легкий туманец. Из бесчисленных арбатских заведений доносился шансон, почти неотличимый от блатского.

Почему я его не убил, подумал Громов, почему не убил сейчас? Ведь это несложно. Он рыхлый, толстый. Я мог бы крикнуть: ах, гадина, ты играешь в свои игры, пишешь свои пьесы, а у меня в роте в первый год поубивало двадцать лучших людей! И это только у меня, а сколько всего было! А у ЖД сколько?! Но я его не убил, потому что это ведь не он убил. Он такая же пешка в этой игре и так же играет свою роль до конца. Просто я выбрал солдатскую, но разве я поэтому лучше? Я никогда не согласился бы играть идеолога, врать, выдумывать идеологическое обеспечение бойне, — но я пошел на бойню и убивал... И неизвестно еще, скольких я убил лично... Не он начал войну, и если теперь он хочет замириться — пускай. Просто мне больше нечего будет делать. Прав был Волохов: Одиссей без Итаки. Я думал вернуться, а тут вместо Итаки помесь борделя с ночлежкой, в одном отсеке ночлежка, в другом бордель. И всех женихов не поубиваешь, хотя Пенелопа когда-то была моей. Тут у тебя неувязка, Волохов, неувязка, командир летучей гвардии. Если бы этот Одиссей так долго странствовал, ему плевать бы стало на женихов. Это не воскресило бы его товарищей, и рабынь он вешать не стал бы... Он вернулся бы на Итаку, плюнул и пошел дальше, что, собственно, и случилось. Так он странствовал с веслом на плече, пока не встретил человека, спросившего: «Что у тебя за лопата?». Тогда он понял, что нашел наконец дом. Здесь не знали мореплавания, и он взялся учить их мореплаванию — бедный мужик с веслом, античная статуя, извращенная впоследствии развратным Римом. Я вернулся на Итаку и поехал дальше, спасибо. Впрочем, я не видел еще Машку.

— Если армию распустят, пойду в монастырь, — вслух сказал Громов. — Николай примет.

Он глубоко вдохнул и пешком отправился в сторону Бородинского моста.

5

Он медленно шел по теплой ночной Москве. Господи, есть ли что-нибудь на свете грустнее московской ночи? Мы забыли смысл слова «грустный». Мы называем грустным и грозное, и страшное. Что-то случилось с нашим языком, мы забыли язык, на котором говорили, и выдумали другой, умудрялись даже писать на нем стихи, отлично понимая, что этим искусственным наречием выразить ничего нельзя... Где-то есть настоящие слова, которыми говорят в Дегунине. Грустно — одно из таких слов. Оно не означает ничего грубого, ничего страшного. Это светлое, невыносимо острое чувство. Это чувство, что все уже было и ничего больше не будет; что это итог всякой жизни; что никому ничего не нужно. В переулках, где мы отлюбили, тишины стало больше и мглы. Постояли, пожили, побыли, разошлись за прямые углы. Сколько же лет он не вспоминал эту песню? И почему вспомнил ее теперь?

Надо было позвонить родителям. Домой не хотелось, хотелось бродить. Он набрал на мобильнике домашний номер — из армии звонки не разрешались; все, конечно, звонили все равно, мобильники сдавали только на передовой, чтобы никто не посмел нарушить секретность, — но тут, в городе, можно было хоть не прятаться от особистов.

— Я в центре.

— Осторожненько, — сказала мать. — Ты не забыл, что комендантский час? Патрули кругом.

— Да я ни одного патруля еще не видел.

— Это сейчас, а с полуночи уже нельзя.

— Я у Лузгина заночую, — соврал он.

— Ну хорошо. Утром приходи сразу. Осторожненько, — повторила мать.

Комендантский час, выругался Громов. Тоже мне. Человек приехал с фронта и не может погулять по ночной Москве. Плевал я на ваш комендантский час. Он спрятал мобильный и отправился домой пешком.

Странно, что мысль о подложности этой войны не явилась ему раньше. Большой мальчик, мог бы и догадаться. Волохов предупреждал, что война договорная, — он все счел пьяным бредом, но нет такого пьяного бреда, что не мог бы здесь осуществиться. Родители еще в первый год писали ему, что кавказцы постепенно возвращаются. Беспощадно выселенные в первый год, после нескольких серьезных побоищ со скинхедами, они отъехали подозрительно недалеко и уже полгода спустя окопались в Подмосковье, а потом стали заезжать на московские рынки, и никто их уже не бил — все выдохлось. Москва страшно опухла, болезненно разрослась — окрестные колхозы выселили, застроили элитным жильем, Подмосковье начиналось теперь аж в Серпухове, но зато уж за ним тянулись пустынные, безлюдные земли — в них-то и росли кавказские и цыганские поселки, своеобразный кавказский пояс вокруг города. То ли южане дали взятку городскому начальству, то ли центр тяжести в борьбе перенесся на ЖД (кстати, кавказцы и сами их не жаловали); скоро по телевизору стали говорить, что на Западе белую расу называют кавказской, а потому исторически мы дружим, это поганые хазарове нас рассорили, ловко спекулируя на российских геополитических разломах.

Громов шел по Москве, прежней и все же не прежней, замечая, что все здешние перемены фатально вели к одному: то, от чего только что брезгливо отмахивались, после нескольких лет распрей и разрухи начинало казаться небесной манной; так рабочие, сбросив самодержавный гнет, через десять послереволюционных лет радовались и половине тех послаблений и привилегий, которыми когда-то так брезговали. Всякая русская реформа возвращалась к статусу кво, ухудшенному еще на несколько порядков; вот, стало быть, и мы после решительной схватки с ЖДами получили то же самое, только хуже. И я посильно поучаствовал, спасибо большое.

В переулках, где мы отлюбили. Нет, сейчас все-таки еще не настоящая грусть. Совсем горько тут станет, когда начнет скрестись по асфальту сухая листва, побегут пятилапые кленовые листья, карябая истрескавшийся тротуар, словно пытаясь удержаться. Странно, он редко бывал счастлив в любви и еще меньше счастья приносил тем, кто любил его, — а вспоминает обо всем этом как о лучших временах: неужели и здесь исполнилась общая закономерность, и нынешняя его жизнь еще хуже прежней? Черт его знает, чем кончит он сам.

Он дошел до поворота на Кравченко, прошел мимо пустых, спящих троллейбусов автопарка — некоторые спали с открытыми дверьми, как люди с открытыми ртами. Неожиданно во дворах послышался топот и свистки. За кем-то гнался ночной патруль. Громов вжался в стену.

— Стоять, бля! — заорали во дворе. В следующую секунду раздался выстрел. Похоже, патруль шутить не собирался. Рядом с Громовым распахнулось окно.

— Лезь, идиот, — прошептал невидимый жилец.

Громов на заставил себя уговаривать. Он подтянулся и перевалился через подоконник.

— Обалдел совсем, да? — сказал шепот. — По ночам шляешься. Сейчас бы шлепнули к черту...

Громов присмотрелся к нежданному спасителю. В первый момент он не понял, мужчина перед ним или женщина. Кажется, юноша, бритый наголо, напоминающий новобранца. Спаситель решительно шагнул к окну, закрыл его, опустил штору, и Громов ясно увидел, что это девушка, худая, высокая и носатая; конечно, все это было сном, потому что это была Катя Штейн, а Катс Штейн неоткуда было взяться в городе в разгар войны.

— Чего уставился? — сказала она зло.

— Катя, — прошептал Громов.

Она подошла ближе и вгляделась.

— Громов?

— Да.

— Что, с фронта сбежал?

— Да нет, в отпуске.

— А, — сказала она вполголоса. — Доигралась.

— Почему доигралась?

— Сдавать пойдешь.

— Почему сдавать? Ты с ума сошла?

— А чего ты со мной будешь делать? Ты же офицер, нет? Служебный долг, присяга, все дела.

За окном топотал и свистел патруль.

— А что ты вообще здесь делаешь?

— А ты?

— Я в отпуск приехал, домой иду.

— В комендантский час?

— Я думал, его нет давно.

— В центре нет, а тут есть.

— Черт, — сказал Громов. — Катька, но ты же...

Меньше всего он ожидал увидеть в Москве эту девочку из своей прежней жизни, ЖД, каких мало было даже в тогдашней московской стихотворческой братии.

— Что я? — резко спросила она. — Договаривай, Громов, договаривай.

Прокурорский тон — это было что-то новое. Ей, значит, теперь что-то лет двадцать шесть. Громову никогда не нравились ее стихи, не нравилась и она сама — девочка из типичнейшей московско-хазарской семьи, с папой-урологом, с мамой — бывшей красавицей в восточном стиле, с сестрой, чьим талантам принято было умиляться, девочке пять лет, а уже и танцует, и рисует... Рисовала сплошных балерин на пуантах, в огромных пачках. Катина семья была настолько типична, что в этом просматривалось уже нечто героическое: чистоту жанра Громов уважал в чем угодно, даже и в пошлости.

Катя была тогда удивительно мягкой и во всех отношениях пушистой девочкой. Конечно, в этом тоже чувствовалась внутренняя фальшь, без которой хазар непредставим — еще бы, ведь он вечно мимикрирует; наверное, та же фальшь мерещилась Западу, когда с дипломатической миссией в Европу прибывал бывший матрос. Он пробовал говорить не по-нашему и даже пользоваться столовыми приборами, но в душе явно желал передушить контру; так и пушистые девочки из хазарских семей могли быть сколь угодно мягки и гостеприимны, но в самом духе этих семей, в застольных разговорах, в перемигиваниях угадывалась стальная тайная власть, непобедимое чувство превосходства. Теперь эта внутренняя сталь вылезла наружу, хотя уж в ком, в ком, а в Кате Штейн Громов не заподозрил бы вражеского лазутчика. Она так любила играть в хрупкость, уязвимость, колеблемость любым ветром, что маска срослась с лицом. Катины вирши были старательны, плоски, заемны. Она много писала о любви к родителям и сестре, ей нравились желтые московские окна и мокрые деревья, — только окна и только деревья. У семьи было много родственников в каганате, от окончательного отъезда Штейнов удерживала, кажется, только богатая практика отца да катино стойкое желание доучиться на филфаке.

— Почему ты здесь? — спросил Громов.

— А где мне быть?

— В Штатах, например.

— Я здесь родилась, — сказала Катя с вызовом. — Это моя страна, и я никуда не денусь отсюда.

— Но это сейчас опасно, — сказал Громов неожиданно мягко. Он чувствовал к ней странное уважение — куда большее, чем три года назад, когда эта девочка так старательно демонстрировала мягкость и хрупкость.

— Опасно, — сказала она.

— Почему ты здесь? — Громов отлично помнил их квартиру на Кропоткинской, в другом районе.

— Есть добрые люди.

— А все твои?

— А мои в Штатах.

— Ага, — сказал Громов. Он не знал, о чем еще говорить. Он вообще разучился говорить с людьми.

— Ну, спрашивай, — подначила она. — Ты ж у нас федеральный офицер. Или сразу сдашь?

— Я боевой офицер, — сказал Громов с нажимом. — Штатских не сдаю.

— Тоже трогательно. Сразу убиваешь.

— Я убиваю на войне, — сказал Громов.

— Ай, да какая разница, — она махнула рукой и отвернулась.

Громов молча курил, разглядывая ее. В нынешней Кате Штейн почти ничего не было от той уютной девочки, и теперь она не врала. Это нравилось ему. Он начал догадываться о причинах ее безумного упрямства, но обсуждать их пока не решался.

— Никогда так не будет, чтобы все наши уехали, — сказала она. — Понял?

— Я и не против.

— Это моя страна и мой язык, ясно?

— Ясно.

— У меня на все это не меньше прав, чем у тебя.

— А я и не спорю.

— Ну и не спрашивай тогда, что я здесь делаю.

— Диверсии устраиваешь?

— Да какие тут теперь диверсии. Скоро само все рухнет.

— Может, и так.

— Громов, — сказала она, уставившись на него в упор. — А ты мне нравился, между прочим.

— Да ну. Вот бы не подумал.

— Я тебе хамила от смущения. Дура была.

— Я тоже хамил, наверное.

— Ты не хамил. Ты молчал и не снисходил. А писал прилично, мне нравилось. Если бы тебя не было, а только стихи были, — ты бы много выиграл.

— Ну, а теперь и стихов нет, — сказал он. Был неловкий, неуклюжий, не умеющий жить с людьми человек, сочинявший приличные стихи. Теперь и с людьми не живет, и стихов не сочиняет.

— И как оно на войне? Много наших убил?

— Немного.

— Почему?

— Не пришлось. Война сейчас позиционная.

— Было бы в Москве подполье, я бы тоже ваших убивала, — сказала она. — Но подполья нет. Мало нас, Громов, понимаешь?

— Понимаю. Я вообще тебя первую вижу.

— Ты Володьку Усова помнишь?

— Помню.

— Ну вот, он меня и спрятал. Его призвали, он мне ключи отдал. Он один жил.

Володька Усов был полусумасшедший графоман, — кто его такого мог призвать?! Здоровое молодое хамье раскатывало по улицам в джипах, гоняло наперегонки, искало острых ощущений, — а убогий Володька Усов, не умевший отжаться от пола и ничем, кроме стихов, не интересовавшийся, где-то служил; вот уж кого Громов не мог представить в окопе!

— Тут патрулей мало, район спокойный, — сказала Катя Штейн. — Но это пока. Скоро наведаются, это уж как пить.

Она села к столу и закурила.

— Это чудо еще, что из соседей никто не сдал. Видишь, башку обрила, думаю — не узнают. Обязательно узнают в конце концов.

— Кать, — осторожно сказал Громов. — А чего ради все-таки?

— А чего ради мне валить отсюда? С какой стати? Пусть эти ваши суки едут в свою Гиперборею, понял?

— Ну, шла бы на фронт, в конце концов...

— Да чего мне твой фронт, Громов? Фронт, в рот... Сам иди на фронт, если тебе так нравится.

— Я и пошел.

— А я не хочу! Я не хочу убивать людей, понял, Громов?

— Ну так уехала бы...

— Никуда я отсюда не поеду, — зло сказала она. — Я хочу тут жить. Ты совсем, что ли, одурел там у себя на войне? Есть люди, Громов, которые не хотят никуда отсюда ехать. Я люблю этот город и этот язык, и этот район, кстати.

— Нет, я понимаю, — сказал Громов. — Но видишь, как вышло. Этот город и язык не любят тебя.

— А, — снова махнула она рукой. — Ну да, конечно. Ты же теперь тоже хазарофоб, вояка хренов. Вот такие, как ты, нас и сдавали всегда.

— Слушай, хватит, а? Я пока тебя никому не сдал.

— Пока? Спасибо тебе, Громов! Низкий поклон! Пока не начинается война — вы все милейшие люди, а приходит гестапо — и вы нас сдаете списочно, по подъездам, а когда нас уводят в гетто — говорите, что воздух стал чище, чесноком не пахнет...

— Катя, — спокойно сказал Громов. — Есть у тебя аргументы, кроме гетто?

— У меня для тебя, дурака, вообще аргументов нет. Иди, стучи.

— Катя!

— Заткнись, Громов. Зря я с тобой вообще трепалась. Просто насиделась дома в углу, говорить не с кем, вижу — живой человек, знакомый.

— А как ты меня впустила?

— А чего мне тебя не впустить? Вижу — стоит идиот, сейчас повяжут. Меня тоже однажды спасли, когда я днем в магазин вышла. Мне же редко кто продукты приносит, Громов. Осторожные все стали, и напрягать неудобно. Соседи приличные, грех жаловаться, но я сама стараюсь закупаться. Ночные-то лавки позакрывались все. Выхожу днем вся закутанная, платок, юбка длинная... А один мент все-таки заподозрил: документы. Я — бежать, хорошо, мужик какой-то в троллейбус втащил. А то взяли бы — и все, сидеть. Это в лучшем случае.

— Ну уж не расстреляли бы...

— А кто знает? Тут раз на раз не приходится. В общем, когда облавы, многие впускают. А то гребут кого ни попадя. Недавно врача загребли, он шел к однокласснице. Ей плохо, скорая не едет, она позвонила другу, он к ней пошел, а его загребли. Сюжет был по телевизору. Типа правильно сделали, бдительность. Он молдаванин оказался. Ты представляешь, Громов?

— С молдаванами-то мы не воюем.

— Не воюем, а все равно дело нечисто. Чужая кровь. Тут теперь такая борьба за чистоту расы, ты что.

— Ну, не знаю, какая такая борьба, — сказал он не очень уверенно. — Гастарбайтеров разрешили призывать, в обмен на гражданство...

— Это гастарбайтеров. Они нанятые, за гражданство что хочешь сделают. А которые живут тут всю жизнь, но не русские, — те все под подозрением. Хорошо, они по квартирам не ходят.

Они замолчали. Громов удивлялся ее новой речи — резкой, рубленой; прежняя Катя была многоречива, медоточива, любила мурлыкающие интонации, кошек, фотографировалась на фоне моря. Родители с детства вывозили девочек к морю: слабое здоровье, ангины. Еще она любила мягкие игрушки, сложные коктейли и пироги, бесконечные разговоры о способах варки кофе — с тмином, с кардамоном; все вместе было ужасно скучно, и пошло, и предсказуемо, хотя несчастная Катя Штейн была обычной доброй девочкой, ни в чем не виноватой. Громов понял наконец, что его в ней раздражало. За всеми этими кофиями, фотографиями на фоне пляжей, босоногими прогулками под дождем, мягкими игрушками, любовью к каминам, дачам и кисам чувствовалась незыблемая твердость, проявлявшаяся разве что в бешеной энергии, с которой Катя кидалась защищать авторов, которых любила, и друзей, которых, по ее мнению, недооценивали; тогда

Громов не верил ни одному ее слову. Теперь эта сталь вышла наружу, и появилась чистота порядка — единственное, что он ценил по-настоящему.

— Чаю дать? У меня ничего к чаю нет.

— Да мне не надо. Расскажи хоть, как ты тут.

— Никак. Иногда по суткам людей не вижу.

— Как же тебя родители оставили?

— Папа умер. А мама после его смерти совсем с ума сошла, ей главное было вывезти Лорку. — Лоркой звали младшую сестру, кладезь разнообразных дарований. — Я ей соврала, что выхожу замуж.

— И она поверила?

— А ей думать некогда было, Громов. Ты же помнишь, как тогда уезжали.

— Да, — сказал Громов. — Быстро.

— Ну вот.

— Слушай, — не понял он. — Ну, если бы какая-то дикая любовь... другое дело. Но ведь ты одна.

— А ты думаешь, Громов, бабы только из-за вас могут что-то делать, да? — Она склонила голову набок и сощурилась. Жаль, он не мог разглядеть ее как следует, — нельзя было зажигать свет, квартира считалась пустой, увидят — донесут...

— Нет, почему же.

— Думаешь, ясное дело. Ты всегда у нас не верил в человечество. Так вот, Громов, заруби себе на носу: ни из-за какой любви я бы тут не осталась сроду. Я бы сроду не влюбилась в местного человека, Громов, запомни это. Тут есть приличные люди, не более того. Максимум, на что они способны в смысле человечности, — это не сразу сдать в гестапо. Большего от них никто не требует. Но у них замечательный язык, Громов, и незаслуженно хорошие пейзажи. И я не понимаю, какого черта должна все это уступать. А?

Он не знал, что возразить, да и не хотел возражать. Пожалуй, в эту секунду он любовался Катей Штейн.

— А есть у тебя на что жить-то?

— У нас было отложено. Мать оставила.

Он не поверил. Прожить на сбережения больше двух лет нереально при самой жесткой экономии, особенно после запрета доллара, хоть и ходившего на черном рынке, но Кате и так приходилось рисковать, высовывая нос на улицу, — спекуляции явно не могли кормить ее. Громов решил не расспрашивать, но понял, что мир не без добрых людей.

— И подрабатываю, — сказала она с вызовом. — Детей по-прежнему надо в институт готовить. А русского языка ваши как не знали, так и не знают. Есть пара надежных детей, родители не сдадут, я дешево беру.

— Дело хорошее.

Он опять замолчал.

— Я пойду, наверное, Кать. Они убежали вроде.

— Оставайся, я тебе здесь постелю. Утром уйдешь. Расскажи хоть, что на войне.

— Ничего на войне. Бегаем друг от друга.

— Никогда не понимала, с чего ты туда пошел.

— Ну вот видишь. Ты не понимаешь, зачем я туда, я не понимаю, зачем ты сюда...

— Я-то никуда не ушла. Где была, там и осталась.

— Ну, а я... тут сложно. — Громов сам радовался возможности проговорить это вслух, — в разговоре оформляется то, чего самому себе не скажешь; все-таки другой человек нужен, хоть ты тресни. — Бывают обстоятельства, когда стихи писать нельзя. Вообще ничего писать нельзя. А когда человек пишет — ты должна понимать, сама писала, — у него масса черт, с которыми просто жить немыслимо. Мнительность там, я не знаю, подозрение, что все вокруг врут, включая пейзажи; что надо все время докапываться до какой-то истины... Не будешь работать — или помрешь, или рехнешься. Вот я и почувствовал, что обычная жизнь — уже не мое, и надо куда-то себя деть. Оказалось, это не худшее. Не так тошно, как здесь стало в последние годы. И главное — там, понимаешь ли... Там некогда думать, что я не могу больше писать.

— А ты не можешь? — спросила она с живым интересом. Все-таки кое-что общее у них было.

— Не могу.

— Обстановку сменить не пробовал?

— Видишь, сменил, — усмехнулся он.

— Нет, я в другом смысле. Может, тебе надо было уехать?

— Может. Здесь, по крайней мере, что-то такое случилось, как будто весь воздух выкачали, вообще. Какое там писать — вообще все смешно стало. Любить, думать... У меня и до сих пор чувство, что это здесь никогда не будет нужно. А чем это заменить — я не знаю. Иные идут в солдаты от несчастной любви, вот и у меня нечто вроде. Я вообще не мог на людей смотреть, понимаешь? Я не понимал, чем они занимаются.

— «Порой во сне я думаю, зачем живут они, но смысла не нахожу», — пропела она полушепотом.

— Да, близко к тому. «И не мог им простить того, что у них нет тебя и они могут жить». Вот и я смотрю — они не пишут и живут, а как я могу жить и не писать? Для чего я еще гожусь? Ты по себе должна знать, что это заменить нечем. Никакая любовь не помогает.

— Да, да. Любовью вообще бесполезно замещать... Если бы я уехала и влюбилась, у меня все равно было бы чувство... ну, не знаю. Картон вместо хлеба.

— Я одного не понимаю, — сказал Громов. — Что ты здесь так любишь?

— Ну... вот это все, — она указала на зашторенное окно, за которым смутно белел фонарь. Во всех здешних фонарях было что-то тюремное, казарменное — в учебке таким же белым цветом освещался ночной плац. И это правильно, и это хорошо, откровенно — вся жизнь ничем неотличима от казармы, такова ее тайная суть, надо отбросить все украшательства, ширмочки, соцветия, чтобы обнажился голый плац, залитый белым светом. Потому что ничего другого все равно нет. Этот город, эту страну, пожалуй, стоило любить за то, что все здесь было настоящее — белый тюремный фонарь, ночные патрули, доносящие соседи; жизнь без вранья, чистая изнанка, стопроцентная истина. Зимой, возвращаясь домой по железному и каменному холоду, он хорошо это понимал.

— Это стоит любить, да.

Ей почудилась в его словах насмешка, и она вспылила:

— Конечно, вам это все чужое!

— Нет, что ты, — мягко сказал Громов. — Самое настоящее наше. Я за это воюю, ты за это жизнью рискуешь, — пожалуй, только мы с тобой это и заслужили.

— Ну ладно. Я тебе чаю сделаю все-таки.

Она пошла на кухню, зажгла газ под чайником и вернулась.

— Усов как питекантроп жил. Даже электрочайника нету.

...Потом они разговорились — он выложил кое-какие подробности первого года войны, она рассказала о патрулях, облавах, бесконечных предосторожностях, с которыми покидала убежище. Он начал догадываться о быте немногих ЖД, оставшихся тут; в сущности, ей нечего было бояться — Громов мало был похож на человека, готового сдать нелегала в обмен на ночной приют. Они занимались чем-то вроде диверсий, но жалких, не слишком опасных: им до сих пор казалось, что в нынешней цивилизации все решают компьютеры. Хакерствовали, влезали в сеть, развешивали правду о военных действиях (то есть брали официальные сводки и переписывали наоборот) — все это никому не мешало, но разыскивали их, конечно, всерьез, как молодогвардейцев.

— Кстати, — сказал Громов со смехом. — Ты знаешь, что они договорились?

— Кто?

— Кто-кто, наши с вашими. Я от Бахарева слыхал, он теперь шишка. Раскидала нас судьба, Василь Иваныч.

— Как договорились? — не понимала она.

— Обычным образом. Наши с вашими. Договорная война.

— Этого не может быть, — сказала она с такой страстной убежденностью, что Громов устыдился собственного легковерия.

— А почему?

— Ваши еще могут. А наши никогда.

— Как же, как же. Ваши ведь чистые. Это наши за грош Родину продадут.

— Наши всякие, — сказала она. — Пойми, я не хочу сейчас наезжать... или что-то... Будем считать, что перемирие, два человека на голой земле. Я просто знаю. Наши могут быть плохие и хорошие, но они не будут договариваться.

— Видишь, я тоже думал, что наши не будут.

— Ты не понимаешь. Это в крови.

— А наша кровь — водица? — спросил Громов.

— Не знаю. Ваши столько раз...то есть никаких принципов, вообще. Угнетатель всегда — трус. Ваши, кроме этого, ничего не умеют.

— А ваши что умеют?

— Неважно. — Она хотела сказать что-то еще, но был барьер, которого в разговоре с чужими ЖД не переходят. — Наши не помирятся.

— А что они сделают? Переубивают друг друга? Вот мы с тобой сейчас вдвоем — что можем друг с другом сделать?

— Не знаю. Мы — другое дело, мы уроды. Выродки. А это... ну, оно должно как-то разрешиться. Не может так вечно быть. Кто-то из двух останется. Я же не говорю — переубивать. Пусть остальные уедут. Но надо как-то решить, потому что вечно это не бывает.

— Никогда так не будет, чтобы все уехали. Кто-то останется, вот как ты.

— Хорошо, останется, но тогда уже признает правоту победителя. Надо выработать закон, потому что иначе — это не жизнь. Пусть возьмет чья-то, чья-нибудь, но только чья-то одна.

— Слушай! — Он встал и подошел к Кате Штейн. — А не может быть такого закона, при котором мы как-то уживались бы? Я честно не знаю, самому интересно.

— Нет, — твердо сказала Катя Штейн. — Такого закона быть не может.

— Почему? Мы же с тобой уживаемся!

— Уже два часа целых уживаемся. Но это временно. И потом, всех же не сделаешь поэтами, да?

— Да какие мы поэты, к черту. Поэты были и все вышли.

— Нет, нет. У тебя было ничего себе. Вот это, про первую любовь.

— Откуда ты помнишь всякую дрянь?

— Помню вот. Ладно, ложись. Я сейчас постелю.

Она постелила ему на старом матрасе. Громов долго лежал без сна, смотрел на белый фонарь, яркий даже сквозь штору, на тени веток на стенах и потолке. Хорошо жить на первом этаже. Иногда далеко, на Ленинском, ревели машины ночных гонщиков. К Кате Штейн, так же без сна лежавшей в соседней комнате, Громов не прикоснулся. Солдат солдату брат, не более.

В половине седьмого утра он проснулся, взглянул на часы, оставил благодарственную записку и тихо вылез из окна, осторожно закрыв его.

6

— Надо платить за квартиру, — сказал отец.

Отношения с отцом были у Громова странные: отец и сын отлично понимали друг друга в главном и ничего не проговаривали вслух. Это было особенное целомудрие мужского взаимопонимания и дружбы. Теперь, увы, все выглядело подделкой — они молчали не потому, что хорошо понимали друг друга, а потому, что им нечего было сказать. Громов чувствовал, что глубоко на дне души отец понимает что-то и мучается, но собственная старость, слабость, привычка к заботе о собственном слабеющем теле мешают ему поговорить с сыном, как когда-то.

— Я заплачу, — сказал Громов. — Чего тебе таскаться, отдохни. Мне все равно в паспортный стол и еще в поликлинику эту идиотскую.

— Там очереди везде.

— Ничего, постою. Делать все равно нечего.

— Ты знаешь, — сказал отец после долгого молчаливого чаепития, — ты все-таки не торопись с выводами. У нас тут, конечно, убого. Я знаю, что ты скажешь. Погоди. Убого, да, но если бы тебе было, сколько нам, — Громов заметил это «нам», хотя отец был старше матери на семь лет, все-таки они, видно, очень несчастны, если уже сплотились в столь неразрывное целое, — если бы ты был, как мы, на пенсии, ты бы понял. У всего этого есть свои удобства. Не думай, пожалуйста. Ты, наверное, осуждаешь нас, что мы переехали. Это ведь была и твоя квартира, но...

— Ладно, пап, ладно.

— Нет, погоди. Тебя давно не было, я разучился с тобой разговаривать. Пойми, что так лучше. Тут зелено, — ах, опять не то. Я не про то говорю. Я хочу сказать, что здесь тот темп жизни, который нам подходит. Мы тут все время заняты, ты понимаешь?

— Понимаю, — машинально сказал Громов, отхлебывая жидкий чай; и чай они тут пили жидкий! Неужели так экономили, неужели им не присылали пособия за сына-офицера? Чай-то могли себе позволить!

— Когда вернешься, ты будешь жить отдельно. Как-нибудь разменяемся.

— Погоди, вернусь, не так долго осталось.

— Я просто... тут все удобно, под рукой, — торопливо заговорил отец, — и маме удобно, ателье близко, ей одно надо чинить, другое... Мы не покупаем нового, ты знаешь. Мы тебе откладываем.

— Не надо мне откладывать! — разозлился Громов.

— Ну, не сердись. Я все не то говорю. Я хочу тебе сказать, что такая жизнь, как у нас... не надо ее осуждать.

— Я никого не осуждаю.

— Но я же вижу. Я сам понимаю, что было лучше. Но и ты понимай, мы все-таки уже с матерью...

— Господи, пап. Я и так об этом много думаю, как вы здесь.

— Ну ладно. Все-таки сходи куда-нибудь... к друзьям... Что тебе в эту сберкассу?

— Нет, мне все равно на регистрацию. Это же по пути, наверное?

— По пути, да...

«По пути всякой плоти», — сказал бы ему отец, если бы мог. По вечному пути, по которому пройдешь и ты, — тебя тоже постепенно перестанут интересовать все вещи, кроме собственной физиологии; мир устроен справедливо — так, чтобы уходящий утратил почти все способности и не мог уже в полную меру переживать ужас своего распада и ухода; так, чтобы и миру не жаль было терять отработанный материал. Ты будешь когда-нибудь, как мы, и сам захочешь жить на окраине, по образцу спального района семидесятых, устроенного как раз для стариков, потому что и время было старческое, все в прошлом, — жалкое, неуверенное в себе. Всякий старик утешается тем, что молодые когда-нибудь раскаются, — других утешений нет. Все это Громов-отец обязательно сказал бы сыну, постаравшись передать всю свою заваленную глыбами старости тоску и нежность, — но сил у него уже не было, как и ни на что и ни у кого уже не было сил.

Старики не только не жаловались — они были горды такой жизнью. Очереди были их клубами, их митингами, их средством самоутверждения. Громов заметил, до чего медленно все тут делалось: в очереди на обследование старики успевали обсудить десятки своих болезней, в очередях на оформление пенсий — неблагодарность детей, в очередях за хлебом — дороговизну; все были больны и еле-еле скрипели, но скрип мог продолжаться бесконечно. Все были бессмертны. Смерть была исключена из этого мира, ибо очередь не убывает после того, как очередной очередник, в свою очередь, купит диабетическую булку. Куда исчезает купивший — никто не задумывается; ясно, что булка ему не нужна, ведь у него не диабет, а паркинсонизм, совсем другое дело; он просто переходит в другую очередь — в собес, на флюорографию, к райским вратам... Без флюорографии вообще ничего не делалось, без нее не выдавали даже карточки. Карточки, правда, ввели только в первый год войны, к майским праздникам частично отменили — оставили только на снотворные.

Громов высидел очередь в паспортный стол, оттуда его отправили за справкой в ЖЭК, в ЖЭКе должны были выдать бумажку о метраже родительской квартиры и о том, что родители не нуждаются в дополнительной жилплощади для размещения сына, прибывшего в отпуск; если бы нуждались, пришлось бы идти еще в инспекцию по распределению жилья, где должны были бы выдать справку о том, что свободной жилплощади в районе нет, но можно получить компенсацию в размере 13 рублей 29 копеек, обязательно с простыми числами; отказ от получения компенсации был чреват штрафом на сумму пяти компенсаций, который вычитался из пенсии. В ЖЭКе, несмотря на июль, пили чай две тетки в мохеровых кофтах, высоких шапках и зимних сапогах. Громов сначала заподозрил, что это чучела, но тетки периодически прерывали чаепитие и запускали по одному человеку; к часу дня он получил бланк, который следовало заполнить в ближайшей сберкассе, но сберкасса работала по прихотливому графику — по четным числам с утра, по нечетным с обеда, в первую половину месяца обед был с часу, во вторую с двух, к тому же была больна кассирша, и Громову пришлось час курить на качелях, на детской площадке в серо-зеленом дворе, обрызганном теплым дождиком. Маленькая девочка, похожая на старушку, крутилась на скрипучей карусели, отталкиваясь ногой и выкрикивая монотонное «Трамбал! Трамбал! Трамбал!». Что это было — то ли подслушанное у больной бабки название трамала, то ли странно искаженный трамвай, — Громов не догадался. По мусорным бакам шныряли пестрые кошки. К дверям сбербанка Громов подошел за десять минут до конца обеда, но выяснилось, что перед его началом старики успели записать свои номера и тут же восстановили искусственно прерванную очередь; Громов был теперь пятнадцатым. Все стояли за пенсией, от всех пахло гнилью и разложением, у всех было что-то с желудком или легкими, и у каждого в горле что-то булькало. Каждый старик, подходя к окошечку, униженно здоровался, после чего заявлял, что он инвалид второй группы. Далее извлекался ворох обтерханных справок. Девушки в сбербанке высохли прежде времени, ибо выслушивали эти разговоры ежедневно, с перерывом на чай с булкой или китайскую лапшу, и от едкой, с поддельными специями лапши сохли дополнительно. Все это Громов охранял, за это он воевал. Булькая мокротой, старики требовали по десять раз объяснить им, правильно ли они заполнили бланки и не будет ли чего, если в одну графу сведения не влезли и пришлось переносить их на другую строку. Старикам казалось, что сейчас их в очередной раз обманут. Они по пять раз собирались уходить и возвращались к окошечку с негодующим «Я стоял!», «Я стояла!» — старики, впрочем, были как-то стыдливее, оглядывались на Громова виновато, вот, мол, чем приходится заниматься, тогда как старухи были в своем праве.

Громов отстоял очередь в сбербанк, вернулся в ЖЭК, отстоял очередь за справкой, узнал все о состоянии здоровья пяти старух, томившихся в приемной под неизменным антиалкогольным плакатиком, и к семи вечера подошла его очередь регистрироваться в паспортном столе. Без пяти семь пыльный милиционер закрыл паспортный стол.

— Извините, — сказал Громов, — я в отпуске, может быть, можно...

— Послезавтра, — сказал мент.

— Почему не завтра? — опешил Громов.

— Что значит — почему? — сухо спросил мент. — Существует известный распорядок.

— Но мне надо в комендатуру...

— Что значит — в комендатуру? — спросил мент. — Всем надо в комендатуру. Надо было вовремя приходить, и вы бы имели успеть. Но как вы пришли, так вы и имеете. Не задерживайте, не загораживайте.

— Слушай, служивый, — сказал Громов. — Я офицер, у меня тоже служба...

— Что значит — тоже служба? — спросил мент. — Если вы будете тут разглагольствовать, если имеете тут загораживать, то мы можем поговорить иначе, и тогда выяснится, какая служба.

Громов повернулся и вышел. Он все уже понял и, если честно, втайне догадывался о том, что не зарегистрируется сегодня. Идти домой пешком ему было невыносимо. Он сел в троллейбус. От паспортного стола до дома было три остановки.

Троллейбус ехал медленно, тоже скрипя и дребезжа. Тут все делалось медленно, ме-е-едленно, ибо медлительность есть власть, а тут было сразу много властей: власть времени, власть распада, просто власть, а человек, существо быстрое, ничего тут не мог и не значил. Тесно мне, тесно мне. Мне душно, мне медленно. Так медленно идет жизнь, а когда проходит, оказывается, что все произошло очень быстро. Я вхожу в эту жизнь, как в воду, я чувствую, как она тормозит, расхолаживает, поглощает меня. Пожалуй, мне надо поскорей убираться отсюда. Пассажиров было мало. Молодой человек, то есть подросток, или там отрок, короче, существо лет восемнадцати, для которого в русском языке не было подходящего слова, не юношей же называть грязного, прыщавого типа в косухе, орал на толстую накрашенную деваху в платье с голубыми и розовыми разводами. Деваха оглушительно рыдала. Она хватала отрока за косуху. Еще бывает слово «парень». Я люблю, когда мой парень сзади. Мой парень требует, чтобы я себе брила. Подскажите, дорогая редакция, не опасно ли это. Ее парень отпихивал ее, упираясь в толстые сиськи. Она рыдала и умоляла. Он орал «Отвяжись, сука!» и наконец вмазал ей по толстой морде. Публика наблюдала без интереса, в сериалах она видала и не такое.

Тут в Громове наконец распрямилась пружина, сжимавшаяся весь день, а может, и все два года перед тем, а может, и всю жизнь. Он вскочил с изрезанного кожаного сиденья, одним прыжком достиг парня и принялся мутузить его так, что в первые секунды сквозь красный туман перед глазами и красный шум в ушах ничего не воспринимал. Ему казалось, что парень визжит толстым женским голосом. Это злило Громова дополнительно. Он бил его так и еще вот так, до хруста, повалил, уселся сверху, заломил руку и бил теперь лицом об пол. Каким-то образом парень, лежа на полу с заломленной рукой, ухитрялся хватать Громова за волосы и за уши, царапать ему щеки и звать на помощь. Вскоре до Громова дошло, что его оттаскивает девка.

— Убил! — орала она. — Петю убил! Сука, тварь, он убил Петю!

Никого в троллейбусе не удивляло такое развитие событий. Всем было понятно, что Громов первым напал на парня, подростка, что отрок выяснял отношения с отроковицей, а третий не лезь, и вообще коренное население, как знаем мы, но не знал Громов, не стремится вмешиваться в ситуацию, даже когда рядом кого-то насилуют, потому что насилуют, может быть, и за дело, мы же не знаем; девка молотила Громова по спине, плечам, голове, царапала ему щеки и шею и оглушительно визжала. Водитель вел троллейбус, не отвлекаясь.

— Петю убил, сука! — орала девка. — Гад, Петю! Люди, держите его!

Громов перестал бить юношу и переключил внимание на юницу. Он тупо смотрел на нее, не понимая. Потом до него дошло. Он понял, что девушка горячо вступается за любимого.

— Он же тебя бил, — пробормотал Громов.

— Кто бил? Он бил?! Кто видел, что бил?! Ты сам, сука, ты первый, сука...

Троллейбус остановился. Громов вышел. На остановке было пусто. Последним, что он видел в троллейбусе, был неуверенно поднимающий голову отрок — и отроковица, влюбленно хлопочущая над ним. Троллейбус уехал.

Громов стоял на городской окраине и вдруг увидел поезд. Поезд шел далеко за домами, медленно, как все на этой окраине. Над ним стоял бледный месяц. Небо на западе синело, а на востоке еще голубело, и по нему плыли розовые полосы. Поезд шел на восток.

Громов бросился бежать и в минуту достиг железной дороги, проходившей за тремя высокими, длинными серыми домами. Поезд был длинный, его оставалось еще много. Громов впрыгнул в ближайший вагон, приоткрытый ровно настолько, чтобы туда можно было пролезть. Поезд подали словно нарочно. Земля тут сама управляла поездами, переводила стрелки и меняла направления. Громов не знал, куда едет этот поезд, но с детства мечтал уехать на поезде, идущем мимо дома. В вагоне лежала охапка сена. Кажется, такая охапка сена лежала в каждом вагоне.

Делать тут больше было нечего. Громов улегся на сено и стал смотреть в приоткрытую створку вагона. Поезд медленно шел мимо домов, остановился, прошел в серые стальные ворота и двинулся дальше, прочь из этого города.

7

Если сесть на этот поезд, можно ехать вдоль окраин, мимо школ и поликлиник, гаражей и огородов, мимо фабрик и заводов, мимо свалок и отходов, медленно переходящих в состояние природы; если сесть на этот поезд, можно ехать вдоль природы, пригородов, переездов, полустанков, семафоров, элеваторов, заборов, рек под хлипкими мостами, текстов с темными местами, грядок, гравийных карьеров, недокрашенных сараев, перекрашенных бараков, перекошенных подъездов, недокошенных оврагов, недокушанных объедков, недостроенных объектов, недостреленных субъектов, многих слов с приставкой «недо» и других, с приставкой «пере», — а меж ними только поезд, золотая середина. Он идет с привычным грузом по дороге по железной. Если сесть на этот поезд, можно выехать отсюда.

Можно выехать в пространство промежуточное, в область умолчаний и догадок, пешеходов, пассажиров, путешествующих, плавающих и обремененных, в промежуточную область переходов, переносов, сдвигов и анжамбеманов, будок, стрелок и клетушек, станций, пристаней, причалов, накопителей и стоек регистрации; короче — в область меж собой и миром, в ту, где бодрствует дежурный и командует диспетчер, отправляя самолеты и встречая пароходы.

Миновавши эту область, можно выехать в другую, безграничную, в которой только небо, только ветер, только радость, но не радость, а какое-то другое; вот летит веселый аист, цапля серая пухпухга, или вещий Вяйнямёйнен — кто их знает, угрофиннов; вот растет степное чудо — гомерический подсолнух, вот цветут ночные травы, это те ночные травы, что не любят света солнца; вот гуляет глупый пингвин, жирной молнии подобный, шаровой, — а буревестник громко дразнится, подобный глупой молнии; а дальше стонут вещие гагары, ноют тощие верблюды, веют воющие ветры Средней Азии. И степи превращаются в пустыни.

Если сесть на этот поезд, наконец увидишь своды бледновыцветшего неба, арки, парки, минареты Ашхабада, Самарканда, Бухары и Хоросана, огнедышащее небо Закавказья и Кавказа, под которым копошатся и пируют дети юга, у которых нету сердца, но зато избыток фруктов. Если сесть на этот поезд, можно выпасть отовсюду — так солдат, уехав в отпуск, выпадает из сраженья. Вскочишь в темный куб вагона, проползешь по гулким рельсам, выйдешь из повествованья — и вернешься в эпилоге.

Глава девятая. Предательство

1

— Ну, вот оно и Дегунино, — сказала Аша с гордой радостью, какой он давно не слышал в ее голосе — одна загнанность да слезы. — Как?

Губернатор постоял на крутой железнодорожной насыпи, с которой спускалась широкая тропа среди сочной травяной зелени. Далеко за лугом темнели вдоль всего горизонта приземистые дома: деревня была большая.

Пассажирских поездов здесь уже полгода не было — как же, дегунинский котел, район боевых действий. Эшелоны шли — с людьми, техникой, фронтовыми бригадами артистов, — но в эти эшелоны Бороздину с Ашей лучше было не соваться: их и на полустанках-то уже оглядывали подозрительно, портреты успели разослать везде... Последние пятнадцать километров они шли пешком по шпалам, уступая дорогу проносящимся к Дегунину эшелонам. Впрочем, и эшелон-то пронесся всего один: война выдыхалась.

От рельсов пахло гарью, мазутом, нагретым железом — но в Дегунине этот запах перебивался густым медвяным настоем, духом теплой, разморенной травы и бесчисленными цветами, прячущимися в ней. Аша легко, словно и не было четырехчасового перехода и четырехмесячной беременности, сбежала с насыпи к лугу и почти потерялась в нем. Губернатор шел следом. После долгих дождей трава вымахала почти в человеческий рост. На другом краю луга пятеро чуть видных косарей медленно, без напряжения срезали хрусткие податливые стебли. Косари что-то пели, но губернатор не разбирал слов. Над лугом стояло звонкое, счастливое шмелиное жужжание. Пчелы, осы, бабочки вились вокруг, одна бабочка села губернатору на плечо, снялась и улетела. Губернатор мог бы покляться, что она хихикнула.

— Господи, — вслух сказал Бороздин, — и чего не жить?

В самом деле, жить здесь было одно наслаждение. Воздух полнился сытой, плавной ленью. Бывают в России такие дни в разгар позднего лета, когда природа отдыхает от самого отдыха, пресытившись всеми видами работы, нарожавшись, наплодоносившись, назагоравшись; в такие дни становится ясно, что делать ничего не надо, ибо то, что надо, происходит само, а все остальное от лукавого. Природа лежала, покорно отдаваясь любому пришлецу, и пришлец радостно накидывался на это доступное, сонное благоденствие, — не подозревая о том, что нужен он только для его сохранения; здесь его примут, накормят, напоят, примут в себя и превратят в часть захваченной территории, на которой он уже будет не он, а что-то совсем другое. Здесь он и останется навеки, охваченный блаженством сонного оцепенения, сонной полдневной сытостью, опутанный сетями избытка; здесь личное его время прервется навеки, и никому он ничего не сделает. Можно, конечно, иногда схватиться с другим пришлецом — погнать его отсюда либо сбежать самому, — но деревня Дегунино так устроена, что ей от всего этого никогда ничего не сделается.

— Как дома я, — говорила Аша, идя впереди него по еле видневшейся луговой тропке. — Что за место, а? Ну что за место! Нигде больше ни травы такой, ни цветов таких...

Они прошли луг и дошли до огромной деревни, раскинувшейся по сложно переплетенным, извилистым улицам. Точного плана Дегунина никогда не мог составить ни один военачальник — обязательно обнаруживалась пара неучтенных домов, а иногда казалось, страшно сказать, что деревня двигалась, не стояла на месте: тут улица изогнулась, там дом переехал... Дегунинское пространство шутило странные шутки с гостями.

— Там за деревней дальше Дресва будет, — сказала Аша. — Речка. Она здесь начинается, далеко течет...

— Ты хоть знаешь, где дом-то бабкин?

— Это ты, может, чего не знаешь, — все так же гордо отвечала Аша. — Мне тут каждый забор родной...

Странно, что во всей деревне не слышалось собачьего лая: собаки лениво чесались, подходили к заборам, ласково смотрели на прохожих и отходили прочь, не дождавшись от них чего-то важного. Некоторым из них Аша шептала еле слышные ласковые слова — губернатор их не разбирал. Несколько раз им встретились люди. Аша им кивала, и они кивали в ответ, но ни слова не говорили. В воздухе запахло тревогой.

Дом, к которому они шли, ничем не отличался от прочих, кроме густого плюща, обвивавшего северную стену. В палисаднике цвело великое множество всего — георгины, золотые шары, крупные садовые колокольчики...

— Бабушка! — крикнула Аша. Ей никто не ответил.

— Никого, что ли, — сказала она скорее себе, чем Бороздину, и решительно толкнула незапертую калитку. Губернатор вошел следом. В доме завозились, но встречать никто не вышел.

— Бабушка! — громче и раздельнее крикнула Аша.

Странное дело: пока губернатор шел по дорожке, засыпанной крупными стружками, к дому ашиной бабушки, — ему казалось, что цветы вокруг расступаются перед ним с некоторой брезгливостью или ужасом, да и сама земля слегка проваливается под ногами, словно не желая выносить его на себе; впрочем, в дегунинской жаркой тиши, в августовском мареве и не такое привидится.

Между тем никто не выходил к ним, хотя губернатор и чувствовал устремленный на него пристальный, несколько испуганный взгляд; может быть, это смотрели обитатели приземистого дома, прильнувшие к окну, а может, бабочки или георгины.

Аша обернулась на него, и в ее глазах, только что сиявших счастьем гордости и родства, губернатор увидел отчаяние. Если к ним не выходили — значит, спасения в Дегунине не было.

— Может, никого нет? — спросил он.

— Всегда есть! — отозвалась она с упрямством безнадежности, отвергающей всякие утешения. — Я знаю. Это так всегда у нас.

Дверь неожиданно открылась, и на крыльце очутилась высокая старуха в темном платке и черно-лиловом тряпье.

— Заходите, — сказала она негромко.

2

— Под кем Дегунино сейчас? — спрашивала Аша.

— Да под южными вроде. Не поймешь у них, сама уж путаю.

— Ражие, утюжие?

— А кто знает. С колого боку рожие, с колого талыжие. На полоток расколешь, да и боровик намажешь. И никакого.

— Бабушка, что же делать мне?

— А что я знаю? Голод бы намолоть, так и колоб не тупился бы.

— А если на улок?

— Улок не улок, а затолок на коробок...

Аша уронила голову на руки. Она не плакала, сидела молча. Губернатор тоже боялся нарушить молчание. Перед ним стояла нетронутая чашка темного отвара — местный чай с кипреем и еще какими-то бодрящими травами, тварями...

— Ты-то что же думал? — спросила ашина бабка, поднимая на него кроткие глаза. — Ну, она дура молодая, понятно. А ты что ж?

— Я думал жениться на ней, — сказал губернатор. Ему странно было отчитываться перед туземкой, но он понимал, что от этой туземки зависит теперь все.

— Так ведь ты спросил бы хотя, какого она роду. Разве у вас не спрашивают, какого роду? У вас разве бывает так, чтобы не пойми на ком, не спросясь, жениться?

— Редко, — признал губернатор.

— Ну так что ж ты? Ведь ей никак с тобой нельзя, неужто не слышал?

615

— Откуда ему слышать, бабушка? — проговорила Аша. — Где про это написано?

— Ну а ты куда смотрела?

— На него смотрела, — сказала Аша.

Бабушка была ничем как будто не опасна — чутье на опасных людей губернатору не изменяло никогда; самым страшным в ней было именно это сознание своего бессилия, полная беспомощность. Аша шла сюда за решением своей участи, но здесь ничего не могли решить.

— Или ты не видишь, как все стало? — спросила ее бабушка.

— А что? Вроде все хорошо...

— Да что ж хорошего? В этом году ничто не родит. И яблонька не так родит. Дресва вон среди ровного дня шумит. Трава-то — видишь, какая? Разве в прошлом такая была? У Марфы корова целыми днями воет, у Акулины скворец слова забыл...

Аша снова опустила голову.

— Нельзя вам тут. А уйдешь ты за горы — и тоже не знаю. Тут что у нас, что в загорье — разницы нет, всяко коломок на боловок...

— Я уйду, — сказала Аша. — Мы отдохнем два дня и уйдем.

— Куда вы уйдете? Ищут вас везде, он же говорит, — бабушка кивнула на губернатора. — И по телевизиру я видала.

— Не найдут, — сказал губернатор. — Я к ЖД пойду. Они спрячут.

— Никуда они тебя не спрячут, — махнула рукой бабушка. — Главное, от земли ты куда спрячешься?

— Авось земля не встанет, — ответила Аша. Бабушка покачала головой.

— Я вечером старух соберу, — сказала она. — Сделать мы тебе ничего не можем, это ты, Аша, знаешь, у нас на своих сроду рука не поднялась. А и помочь, Аша, не могу, это уж как обловок на поплавок, как колоб на желоб...

— Да ведь ребенок это! — крикнула Аша. — Это ведь ребенок, что он всем вам сделает?!

— Он-то ничего не сделает, — сказала бабушка. — А про то, что ребенок... Ты знаешь хоть, какой он ребенок?

— Был бы не такой — я бы чуяла.

— Что ты чуешь сейчас? Ты мать, откуда тебе чуять? А я знаю. Ребенок тот будет не простой. У ребенка того зубы будут от рождения, волоса от рождения, и первым делом, как родится, он мать убьет и отца убьет. А потом всех убьет, и начало начнется.

— Как он убьет отца? — не поверил губернатор. — Не может ребенок отца убить...

— Этот все сможет, — испуганно сказала бабушка. — Этот как родится, тут уж делать нечего. Знала бы я — сказала бы ей когда еще. Да ведь кто знает? Сторож знает, а сторож за всем не уследит. И не знаю я, где сторож и какой он из себя. Приезжал вроде один, говорил, что ты придешь. Говорил, чтоб донесла ему. А больше не приезжал.

— Донесешь? — спросила Аша с вызовом.

— Ты знаешь, что не донесу. Да и он знал, он для порядку сказал. А может, и не сторож. Сказано же про сторожа: никому не ведомо. Ему иногда самому не ведомо.

— А спрячешь, если опять придет?

— Спрятать спрячу, а помогать не буду. И оставаться нельзя тебе. Сама подумай, что будет, если в Дегунине земля встанет. Где хочешь можно, хоть и там бы не надо... Но если у нас встанет, Аша, если у нас-то, что ж это будет, Аша!

Она в первый раз обняла внучку и прижала к себе ее голову.

— Ох, что ж за напасть напала, что ж за припасть припала... Как быть, как быть...

— Ничего, — сказала Аша тихо. — Я отдохну и уйду. А своих ты вечером все-таки собери.

— Соберу. Но ты не жди, не согласятся.

— Знаю, что не согласятся. Хоть повидаю их всех.

— Ладно, — сказала бабушка. — Спать идите с дороги. Вечером разбужу.

3

Вспоминая потом дегунинских старух, губернатор сам не очень понимал, что за странное чувство владело им в тот вечер. Он не боялся их, нет. В них не было ничего грозного. Это они его боялись.

За годы работы с коренным населением он успел понять о нем многое, но никогда не отдавал себе отчета в истинной мере его беспомощности. Оно в самом деле ничего не могло, когда дело касалось будущего. Жизнь коренного населения протекала в бесконечно тянущемся настоящем. На все вопросы о завтрашнем дне ответ был один — «Как Бог даст»; и Даждь-бог давал завтрашний день, а Жаждь-бог отбирал вчерашний, и не было случая, чтобы завтра не наступило; так что же о нем и беспокоиться? Перед будущим, вторгающимся в сегодняшний день, коренное население испытывало панический ужас. Аша несла в себе угрозу, угроза росла с каждым днем, остановить ее не было сил, убивать коренное население не умело — оно только жалось да отступало, сбивалось в жалкую кучку... И старухи, волчицы Дегунина, жрицы тайной полузабытой веры, были не сумрачные рослые весталки, а маленькие, кругленькие, с писклявыми голосами бабки, улыбавшиеся робко и заискивающе. И говорили они в точности как Стрешин и Рякин, дополняя и перебивая друг друга:

— И будет тот человек белый, волос его черный, глаз его карий.

— Глаз карий, волос мягкий.

— Уже с зубами родится.

— С зубами, с зубами. Зубищи — во!

— Смущение сделает.

— Вас убьет, а нам смущение сделает.

— Вот как родится, так сразу и убьет.

— Ладно, — прервала Аша. — Сама все знаю. А если уйду?

— Никак нельзя тебе уходить, — запищали бабки.

— Ты уйдешь, а он что ж?

— Он же все равно родится!

— Родится и смущение сделает.

— Волос будет черный, а глаз карий. Беспременно.

— Уже и так времена последние.

— Печка не печет, яблонька не блонит.

— Ай, страшно.

— Ай, страшно, страшно.

И так жалобно они пищали, так невыносимо причитали, что губернатор не смог больше этого слушать. Он хоть и скитался уже месяц, но не утратил еще начальственных интонаций и в доме у ашиной бабки чувствовал себя как хозяин.

— Будет! — прикрикнул он решительно. — Вы другое объясните. Чем вам ребенок опасен? Что такое будет, когда он родится?

Странная тишина была ему ответом. Туземки переглядывались и пожимали плечами.

— Этого мы знать не можем, губернатор.

— Не можем, гублинатор.

— Прости, блинатор.

— Это такое знание, что не дадено.

— Нельзя, и все. Если знать, то это другое. А это не знается.

— Это не знается и не говорится.

— Ладно, — не выдержал он. Его бесили эти крики, словно вокруг них с Ашей водили хоровод, и эта детская тупая беспомощность, сильнее которой, однако, ничего нельзя было придумать: это болото хоть кого засосало бы. — Мы завтра уйдем.

— Кто ж вас пустит?

— Ищут вас, ищут вас!

— Об этом не беспокойтесь, — сказал Бороздин. — В Дегунине сейчас хазары, так?

— Южные стоят, — запели свое бабки, — южные, южные...

— По дворам стоят...

— Нас не забижают, нет, не забижают...

— Обходительныс такие.

— И те тоже обходительные. Все обходительные.

— Эти обходительные, а те обстоятельные. Те ходят, а те стоят.

— Где штаб у них? — спросил Бороздин.

— У Гали в избе, у Гали!

— По третьей улице пятый дом.

— Ну, пойду я, — сказал он решительно. Он уже куда угодно готов был идти, лишь бы не видеть эту толпу ласковых старух, чью отдельную от всего мира кроткую жизнь должен был разрушить его ребенок. В конце концов, Дегунино было сейчас под ЖДами. А именно к ЖДам он все это время и шел. Пока губернатор шел в штаб по пыльной, жаркой, пустой улице, вдоль дегунинских заборов, увитых плетьми вьюнка березки и бешеного огурца, вдоль вишневых садов и аккуратных огородов, ему все казалось, что эти сады и огороды смотрят на него с опаской, как на бешеную собаку, опасную, но обреченную. Он явился сюда нарушить дегунинский уют, и теперь от него надо было избавиться как можно скорее. Ему нечего было здесь делать. Его было здесь не надо. Он принес смущение. Хорошо, он уйдет. Может быть, его и Ашу смогут использовать ЖД. Может быть, их куда-то переправят.

Около большой, приземистой и просторной избы — пятого дома по третьей улице — он остановился. Часовой окликнул его.

— Я в штаб, — сказал Бороздин.

— По какому делу?

— Я русский губернатор, — сказал губернатор. — Я хочу сделать заявление о переходе на вашу сторону.

4

— И теперь, — закончил губернатор, — я от всей души надеюсь, что когда-нибудь смогу быть полезен... как представитель власти, имеющий опыт управленческой работы...

— Да-да, — сматывая провода и прочие удочки, забубнил интервьюер. — Покорно благодарим. Несомненно, несомненно.

Он ссутулился, словно для конспирации, и юрко исчез — слился с пейзажем, как это хорошо умели делать его коллеги. Вот уж кого Бороздин ненавидел всегда, но понял это только сейчас.

Губернатор чувствовал известную неловкость — примерно как партизан из классического анекдота: «И немцы не заплатили, и с ребятами нехорошо получилось». Он чувствовал себя ненужным. Главное сделано, публично покаялся, перебежал — теперь, вероятно, можно и в расход; но кто же станет тратить на него пулю? Пусть убирается...

— Ну что, Алексей Петрович? — ласково сказал Эверштейн. — Пройдемте ко мне, побеседуем.

В этом ласковом тоне чувствовалась уже начальственность — Бороздин никогда не ошибался в таких вещах. Он сам был когда-то начальником. В теперешнем Эверштейне ничего не было от благородного, благодарного идеалиста, который два часа назад доброжелательно встречал перебежчика. Губернатора обласкали, напоили чаем, срочно по мобильному вызвали оператора, чтобы зафиксировал признание... Теперь можно было и пинка.

— Чайку? — спросил Эверштейн благодушно.

— Давайте, — пожал плечами губернатор.

— Что делать думаете?

— Не знаю. Работать на вас. Если надо — воевать. Пути назад мне теперь нет, сами понимаете.

— Да вам давно его нет.

— Тоже верно.

Эверштейн почесал нос, лоб, ухо.

— Но воевать, как вы понимаете, мы вас тоже не пустим. Догадываетесь, почему?

— Догадываюсь. Не доверяете.

— Нет, дорогой Алексей Петрович. Не поэтому, Алексей Петрович. А потому, что вы не хазар, вот и все объяснение. Это варяги вербуют к себе всех, кого попало. А мы, если вы обратили внимание, даже и мужиков из захваченных деревень под ружье не ставим. Варяжская армия велика и обильна, хазарская невелика и мобильна. И нам совершенно не нужен человек в возрасте — вам ведь за сорок, я так понимаю, — не имеющий вдобавок никаких полезных навыков. Это ведь так, Алексей Петрович?

— Не пойму, куда вы клоните, — раздраженно сказал Бороздин. Он чувствовал, что надо обозначить границы, за которые ему заходить нельзя: да, перебежчик, да, покаялся, — но он человек, и человек государственный, с ним нельзя вот так... Он еще не знал, что с ним теперь можно всяко. Незнание это отчасти извинялось тем, что варяги относились к перебежчикам иначе. Для них перебежчик был все же иностранцем, гостем, туристом; он доказывал правоту варяжского дела, в которой варяги сомневались куда чаще хазар — ибо голос почвы всегда слабее, чем голос крови, в особенности если эта кровь так долго не знала почвы. Хазары потому и выглядели на первый взгляд мягче иных варягов, что могли себе это позволить: зверства происходят от неуверенности, а вышибить уверенность и правоту из хазара можно было только вместе с кровью. Именно поэтому таким бредом с самого начала были разговоры про кровь варяжских младенцев, которою питались хазары. Зачем им кровь варяжских младенцев, когда есть своя?

— Сейчас поймете, — все так же ласково сказал Эверштейн. — Вы, наверное, действительно думаете, что можете нам пригодиться в качестве организатора, да? Я буду с вами откровенен, Алексей Петрович. В принципе вы свое дело сделали. Ваша миссия этим интервью и ограничится. Живите как хотите, дорогой.

— Но вы же понимаете, что мне некуда идти, — зло сказал Бороздин. — Я только потому и перешел к вам, что оставаться на русской стороне больше не мог...

— Понимаю, Алексей Петрович, отлично понимаю, — мелко захихикал Эверштейн. — И вы решили, что нам резко пригодится раскаявшийся враг. До известной степени так оно и есть, и убивать вас действительно никто не будет. Но брать вас в наши ряды — сами понимаете... Я бы еще понял, Алексей Петрович, если бы вы были какой-нибудь специалист. Но вы ведь никакой не специалист, положа руку на сердце. Вы всю жизнь умели одну нехитрую вещь, за которую и пострадали. Вы умели трахать коренное население в хвост и в гриву, за что вам большое человеческое спасибо, — но ведь вы и хазарское население не очень жаловали, верно? Вы всю жизнь принадлежите к прелестной местной касте, которой все мы многим обязаны, — вы, верно, и не догадывались об этом никогда? Я вам сейчас объясню. Это ваше устройство, дорогой, изнутри никогда толком не поймешь. Только со стороны, и то не сразу. Я долго наблюдал.

Он явно тянул время, наслаждаясь своей властью над губернатором. Бороздин никогда бы не поверил, что этот человек два часа назад чуть не бросился ему на шею.

— Понимаете, как функционирует система? Ваша власть и те, кто ее осуществляет, — имеют тут простейшую функцию. Вот вы изволили говорить о бессмыслице — и говорили очень убедительно, я даже, видите, чуть не прослезился. Такая величественная, прекрасная в своей бессмысленности государственная машина. Но она на деле очень, очень даже осмысленная! Вы же ничего не умеете, кроме как трахать туземцев, — что, нет? Вопросы и негодования потом... Знаете ли вы, господин губернатор, что ежели бы британские колонии располагались друг к другу поближе — они бы тоже объединились в Британский Союз, и были бы ничем не хуже Советского? Ничто так не сплачивает, как общее угнетение, совместно пережитый стыд — то-то вы и не можете до сих пор избавиться от ностальгии по родному Союзу. Отсюда и феномен братской дружбы, — нет? Только два народа не покорились этому угнетению — всего два, Алексей Петрович, потому что один из них как раз и выступал главным угнетателем, а другой — его единственным антагонистом! Вы ничего не умеете, кроме угнетения, и это так задумано, но именно поэтому из вашей власти нет никакого выхода. В любой другой среде вы тут же задохнетесь, как рыбка!

Эверштейн замолк и ласково посмотрел на губернатора. Бороздин молчал.

— В этом, кстати, ошибка большинства начальничков, когда они перебегают на сторону восставшего народа. Таких, если помните, было не очень много. Инстинкт у вас развит, ничего не скажу. Это у вас любовь его притупила, или что человеческое вдруг проснулось. Вам нельзя перебегать, Алексей Петрович. Другого какого перебежчика я бы, может, и принял, и обласкал... Но у вас же инстинкт угнетателя, Алексей Петрович! Вы если начнете, то уже не успокоитесь. Вы ничем, ничем не можете руководить просто так. Чистое подавление, без малейшей примеси. Как же я могу вас запустить к себе, сами посудите? Я никогда вас не приму в хазары, дорогой Алексей Петрович. Да в хазары и вообще не принимают. Идите на все четыре стороны, но я ведь не совсем зверь, верно? Я понимаю, что за вами слежка, а после нашего интервью вам вообще недолго гулять. Верно?

Бороздин молчал. Никогда и никого на свете он не мог бы ненавидеть так, как этого человека.

— И потому я вам советую: здесь недалеко юг. Уходите на юг, в Краснодар и дальше, в горы. Вы там тоже, конечно, не нужны, но они вас по крайней мере спрячут. У них оставаться не надо, но помогут переправиться из страны — куда-нибудь в Азию или мало ли... На других границах вас возьмут быстро. А тут все-таки недалеко. Мы же не звери, Алексей Петрович. Мы не из ваших варягов. У нас человека преследовать не станут — иди себе куда хочешь. В этом и разница, понимаете?

Бороздин поднял глаза на Эверштейна, и Эверштейн выдержал его взгляд. Его не так-то просто было запугать взглядами. Губернатор отлично понимал теперь эту разницу — разницу из анекдота, подумать только, на все случаи успел придумать анекдоты наш веселый народ. Зять сбрасывает тещу с десятого этажа, держит за волосы: «Петя тещу убил, Вася задушил... А я — гуманист: я тебя от-пуска-ю!».

— Вы поймите, Алексей Петрович, — вкрадчиво сказал Эверштейн. — У хазар все просто: наш — не наш. Абсолютная нация. Даже самого расхазаренного хазарина, в жизни не открывавшего священных книг, можно потянуть за ниточку, одну такую ниточку, — и он вспомнит, кто он такой, и пойдет, куда идут прочие. Вы все очень завидуете нам, и завидуете давно. Что же мы, не видим? Но даже снисходя во всем вашим заслугам, Алексей Петрович, мы никогда не примем вас в хазары, даже в самые заштатные хазары.

Эверштейн говорил все это спокойно, даже без особого как будто энтузиазма, словно о вещи давно решенной, общеизвестной, не нуждающейся в пылких сторонниках и тщательных обоснованиях. Любое несогласие он выслушал бы со скучающим видом математика, которому предлагают поспорить о таблице умножения.

— Ведь у вашей элиты никогда не было другого желания, как только стать нами, — снисходительно продолжал Эверштейн. — Вы всегда хотели быть как мы, перенимали все наши черты, упоминали даже в вашей публицистике о необходимости, прости Господи, невротизировать детей — чтоб росли настоящими честолюбцами... Вам невдомек, что все это не имеет смысла без одного маленького элемента, без крошечной гаечки — без богоизбранности, богоизбранности, Алексей Петрович! Каждый хазар — частица мировой души; у каждого из нас, конечно, лишь бесконечно малая ее часть, ибо душ было сотворено, как сказано в книге, всего шестьсот тысяч, а нас уже гораздо больше. Но у других-то ее вовсе нет, понимаете? Поэтому у нас все получается и будет получаться, поэтому для Всевышнего только мы имеем цену, и именно поэтому к нам нельзя ни прибиться, ни затесаться. Вы можете помогать нашей победе, но это будет только наша победа. Все усилия варягов направлены только на то, чтобы хазары заметили их и приняли к себе. Не будет этого, Алексей Петрович.

Мы ничего не будем с вами делать. Мы вас не будем даже убивать. Обратите внимание, что в последнее время никто никого и не убивает. Вся эта война так идет: поначалу нам еще приходилось отвечать на ваши дикие провокации в городах, отвечать погромщикам... А теперь ясно, что надо только дать вам перезреть и сгнить, и все само рухнет, даже без особого треска. Мы ничего, ничего не будем делать с вами. Вас просто нет, понимаете?

Эверштейн посмотрел на Бороздина с невыразимым сочувствием. Он сделал бровки домиком, поцокал языком и покачал головой: ай-яй-яй, господин губернатор, как нехорошо получилось!

— Так что на юг, на юг, — спокойно сказал он. — Подальше куда-нибудь. Тридцать серебренников можете получить завтра в бухгалтерии штаба.

Бороздин встал и вышел, не прощаясь. Он знал, что ему надо сделать перед бегством на юг.

Глава десятая. Генеральное сражение

1

В это же самое время в Москве, в Генеральном штабе, пилили бюджет генерального сражения.

Крайне далеко от сути варяжства легкомысленное предположение, будто воровство — дурной признак либеральной хазарской природы, черта ненавистного рынка. Есть глубинное различие между хазарством и варяжством: почти каждый хазар от рождения чувствует себя властелином мира, но почитает долгом хоть как-то соответствовать этому высокому званию. Он искренне стремится к первенству во всем, дает детям образование, читает сложные книжки, делает стремительную карьеру в любой области, куда его допускают, и проявляет навязчивую активность. Не таков варяг: его право на все вещи, звания и территории ничем не подкрепляется. Это право имманентное, врожденное, не нуждающееся в обоснованиях, и потому любые упоминания о заслугах для варяга оскорбительны. Варяжский военачальник всегда был тупее и жесточе остального войска, поскольку демонстрировал тем самым врожденное право худших быть лучшими.

Главная проблема варяжства в мирные времена заключалась в том, что оно и тут не могло отказаться от идеи насилия и захвата. Собственность, которую варяг тырил, он тут же и уничтожал нерачительным хранением или нецелевым использованием: воин воюет не ради поживы, а ради наслаждения грубой красотой битвы. Эффективно использовать награбленное было для варягов так же постыдно, как заниматься любовью по расчету. Их воровство было бескорыстно, оно носило характер захватнический, воинственный и грубый. Земля давно уже принадлежала им, лежала покорно, не сопротивляясь, — но они рвали и рвали от нее куски, как если бы им кто мешал или, не дай Бог, ругался. Генералы воровали не потому, что хотели сладкой жизни. Воровство не приносило им счастья. Они воровали, чтобы доказать доминирование, подтвердить генеральство, а заодно и сделать жизнь солдат максимально невыносимой. Коренное население было робко, трусливо, лениво — такой солдат мог хорошо воевать только от полной безысходности; офицерству, впрочем, тоже не след распускаться — истинный варяг должен быть постоянно озлоблен и срывать зло на подчиненных, чтобы они боялись своих, варягов, больше, нежели врагов. В силу описанных причин генералитет не мог не воровать — это был священный долг и своего рода подвиг. Они воровали тяжело, мучительно, ибо ритуал требовал изобретения бесчисленных отмазок и предлогов, в чем варяги никогда не были сильны, — но что поделаешь, приходилось: чай, мы не хазарове поганые, чтобы брать просто так, как бабы пьют водку, не морщась.

— Идеологическое обеспечение, — брезгливо говорил генерал-полковник Колесов, огромный, обрюзгший, оплывший, словно сошедший с карикатуры времен хазарского засилья, но и видевший истинную варяжскую доблесть именно в том, чтобы воплощать собою тип варяжского служаки: не красотою силен генерал, и не в изяществе его очарование. Колесов сипло дышал, не мог отжаться от пола, любил баню и страдал после нее тяжелыми мигренями. Истый военачальник не должен много шевелиться, чтобы солдату, глядючи на него, было о чем мечтать. — Войсковой молебен. Проводит генерал-иерей Гундоскин, ответственный полковник Козяев.

— Я! — Козяев встал и щелкнул каблуками. Колесов с трудом подавил желание сказать ему что-нибудь вроде «Головка от патефона»: он любил пощеголять истинным окопным юмором.

— Плац-балет, — продолжал он зачитывать по списку. — Выполнение упражнений на раз-два-три, ружейные приемы, торжественное прохождение мимо трибуны, приветственная речь генерал-полковника Колесова. Я. Ну, это я скажу. Показательный расстрел отобранных СМЕРШем симулянтов — начальник Центрального отделения СМЕРШа генерал-майор Тютюнин...

— Я, — холодно сказал очкастый прямой Тютюнин, не привставая. СМЕРШ никогда не рубился перед начальством, все ходили под СМЕРШем.

— Лично будете расстреливать? — В голосе Колесова впервые появилась заинтересованность.

— По обстоятельствам, — еще холоднее ответил Тютюнин, не обязанный делиться с «зелеными», как в СМЕРШе презрительно называли боевиков, спецтайнами спецмероприятия спецслужбы.

— Ладно, — буркнул Колесов. — Не затягивайте с формальностями, в двенадцать ноль-ноль время «Ч». Подготовка поля?

Согласно новому варяжскому уставу гарнизонной, караульной и всенощной службы поле боя, как каток перед соревнованиями фигуристов, должно было готовиться загодя. На самом деле никаких работ не проводилось, только выгоняли роту-другую поутаптывать грунт и помахать метелками, но на расчистку поля перед каждым сражением выделялся серьезный бюджет, традиционно падавший в карман руководителя так называемых полевых работ.

— Поле готовится, — несколько суетливо доложил хозяйственник, генерал-майор Каблучный. — В процессе подготовки поля обнаружен холм, идет равнение холма.

— Вы что это, генерал-майор Каблучный? — брезгливо спросил генерал-полковник Колесов. — Вы в Дегунине ровного поля найти не можете? Вы, может быть, по Интернету рельеф выбираете? — В устах Колесова трудно было придумать ругательство страшнее «Интернета». — Вы за детей нас, может быть, держите, генерал-майор? Вэ че че пе, солдатская мать в душу... У меня послезавтра генеральное сражение с превосходящими силами Жэ Дов, а вы, солдатская мать, равняете мне тут холмы среди дегунинской равнины. Я вас в расход, генерал-майор Каблучный, я вами подотрусь, я топчу, я презираю вас и в ногах попираю! Я делаю с вами вот так, вот так! — Колесов встал, отшвырнул кресло и тяжело потоптался. Каблучный молчал, уставившись в пол. Он знал ритуал. — Вы будете жрать говно, генерал-майор Каблучный, и я лично прослежу, чтобы оно было жидкое! — Генералы услужливо улыбнулись. — Вы агент противника, генерал Каблучный, нет, полковник Каблучный, нет, прапорщик Каблучный.

С каждым понижением его в должности Каблучный опускался на подгибающихся коленях все ниже, а в момент производства его в прапорщики встал на четвереньки и гнусно завыл.

— Достаточно, — сказал Колесов, отдуваясь. — Если завтра не разравняете холма, я сделаю вам больно, я растерзаю вам жопу на британский флаг и глаз на нее натяну.

Генерал-полковник Колесов вернул кресло на место и сел. Успокаивался он мгновенно. И он, и генерал-майор Каблучный отлично знали, что в Дегунине нет никакого холма, но для более молодых генералов и прикрепленного к генштабу специального корреспондента газеты «Красная звезда» подполковника Тутыхина нужно было имитировать бурные разносы. Так создавались легенды о том, как, гонимый гневом штабного тучегонителя, генерал лично брал в руки лопату и вместе с подчиненными сравнивал холм с землей: без надрыва и пупочной грыжи деятельность генштаба была немыслима. Тутыхин так себе и записал: репортаж, холм.

— Размещение представителей прессы, — продолжал начштаба. — Корреспондентский пул утверждается генерал-майором Зубиковым.

— Я! — радостно вскочил Зубиков.

— Список, — потребовал Колесов. Зубиков положил перед ним поименную роспись штабного пула: двадцать человек, преимущественно первый и второй федеральный каналы, «Красная звезда» и трое проштрафившихся из прочей прессы, которых ссылали на фронт для исправления. Они призваны были вести репортаж непосредственно из окопов, тогда как группа мужественных репортеров программы «Специальный корреспондент» — в пуле их знали под кличкой «Три толстяка» — наблюдали за сражением непосредственно с генеральского НП. Они же получили аккредитацию на расстрел и почетное право крупным планом добить недобитых.

— Годится, — сдержанно одобрил Колесов. — Прочие расходные статьи: спектакль Московской артистической артели «А зори здесь тихие»... Это что такое, я спрашиваю?

— Это после сражения, в порядке отдыха, — браво рапортовал главный идеолог штаба генерал-майор Коромыслов.

— Какой отдых, генерал-майор Коромыслов? Солдат только что чуть не помер, в нем адреналин бушует, ему поспать теперь до следующего сражения, а вы ему зори свои тихие суете? Вы из Москвы на деньги народные попрете ему в Дегунино военным бортом свой монастырь стародевичий из московской артистической артели? Вы будете на деньги народные солдата после сражения кормить своими старухами растелешенными? Я буду вас так и так, генерал-майор Коромыслов! — кричал Колесов, но, конечно, уже не с тем пылом, с каким опускал Каблучного в прапорщики. Кончилось тем, что деньги на артистах он сэкономил, а сэкономленное выписал на себя.

Покончив с военным советом и окончательно распилив бюджет между идеологическими, интендантскими и тыловыми службами, а на собственно сражение выделив примерно двадцатую часть бюджета, Колесов тяжело поднялся и, небрежно попрощавшись, прошел к себе. В кабинете, щедро декорированном инкрустациями на темы русских берез и смиренных дев, машущих платочками вслед уходящему воинству (последнее вырезано было из мореного дуба), он сел за огромный стол и по вертушке связался с начальником ЖДовского штаба. Началась изощренная штабная игра.

Согласно тайной договоренности, достигнутой в верхах, после генерального сражения ЖД должны были получить Краснодарский край и часть Ростова, отделить их от основной территории непроходимым забором и зажить припеваючи в южной части бывшего Каганата, полное восстановление которого оказалось невыполнимой, а главное — бессмысленной задачей. Согласно тайной генеральской игре, войну следовало продолжать до последнего солдата, поскольку именно такова была стратегическая цель варяжства, более всего озабоченного истреблением собственного населения, а хазарские военачальники своих хоть и берегли, но заканчивать войну на условиях противника считали ниже своего достоинства. Наконец, хоть генералы и вступили в сговор, решившись саботировать действия своих же правительств, но варяги ненавидели хазар до того, что не верили ни одному их слову, а хазары не верили вообще никому. Из этих трех векторов слагался сложный тактический расчет. Плелась интрига, которую варяжский начштаба Колесов и хазарский начштаба Строцкий вели с наслаждением, самоуважением и изобретательностью. Все на свете обусловлено множеством факторов; проблема только в том, что и факторы эти говно, и все на свете говно, и скучно разбираться, что чем обусловлено.

Оба военачальника в соответствии с тайной договоренностью правительств сдавали друг другу результаты своих секретных совещаний, в соответствии с собственной установкой на войну перевирали их с точностью до наоборот, а в соответствии с варяго-хазарским взаимным недоверием даже и получившейся белиберде верили только наполовину, так что реальность войны, трижды преображенная, ускользала от них окончательно. Колесов наврал, что генеральное сражение назначено на полдень, хотя назначил его на одиннадцать; Строцкий решил, что варяги, как всегда, врут и выступать надо в десять. Колесов сказал, что сражение будет дано при Дегунине, и точно — обе армии давно топтались вокруг этого богатого и плодородного села, единственного, где можно было достать пищу (в прочих давно уже шаром покати, война, все дела). Строцкий, однако, не поверил и решил, что сражение будет дано при Баскакове, где размещался варяжский штаб. Наконец, Колесов точно знал, что ядерное оружие ввиду ведения боевых действий на своей территории применяться не будет, но Строцкому сказал, что будет; Строцкий, услышав это, заключил, что будет применено также и химическое. Всегда, знаете ли, лучше подстраховаться.

Организовав взаимную утечку, генералы удовлетворенно повесили трубки и потерли руки. Воцарилось благолепие. Хеллер отдыхал, Гашек сосал, и я тоже что-то плохо себя чувствую.

2

В это же самое время генерал-майор Пауков составлял диспозицию для будущего генерального сражения. Стратег, он хорошо знал, как пишутся диспозиции. Они все равно никогда не исполнялись. Варяги воевали как Один на душу положит, подчиняясь внезапным велениям сердца и прихотливому движению боя. В конце концов всегда наступал предел, за которым бесчестье и гибель, — и на этом пределе коренное население обязательно совершало подвиг, такова уж была его природа, не только ратная, но и бытовая. В реальном сражении Пауков пасовал, ибо не чувствовал ни духа войска, ни настроя противника; он не умел предугадывать чужие замыслы и внушать бодрость собственным подчиненным, — но диспозиции выходили у него круглы, пространны и внушительны.

«Первая колонна федеральных сил (батальон 1) марширует на северную оконечность деревни Дегунино, — писал он, одновременно нанося на карту толстую синюю стрелу, — и героическими усилиями, не жалея крови и самой жизни, удерживает высоту 23.30 в квадрате 2569. Вторая колонна (батальон 2) марширует на южную оконечность деревни Дегунино, где окапывается вдоль берега реки Дресвы, отрезая противнику возможную переправу через нее. Третья колонна (рота 13) марширует в обход деревни Дегунино в сторону деревни Баскаково, совершенно деморализуя противника и вводя его в заблуждение. Когда же противник отвлечет свои силы от штурма и оттянет их в сторону деревни Баскаково, третья колонна, не доходя упомянутой деревни, сворачивает налево и вместо Баскакова идет к восточной оконечности деревни Дегунино, где занимает оборону и в 13:18 переходит в решительное наступление свежими силами. Путем усиленной артиллерийской подготовки противник вынуждается к ответным действиям. Артиллерийская подготовка осуществляется силами дивизиона, при участии установок «Град», «Ливень», «Тайфун» и «Погода дрянь». Четырнадцатая рота под командованием капитана Фунтова выдвигается на западную оконечность деревни Дегунино и до особого распоряжения находится там. В 15:32 первая колонна перемещается на южную оконечность деревни Дегунино, а ее место занимает вторая колонна. Четырнадцатая рота ударяет в тыл противника и, посеяв панику в его рядах...».

Пауков как всякий военный, даже не открывавший «Войны и мира», отлично знал, что суть воинских распоряжений, делаемых начальниками разных рангов, заключается вовсе не в том, чтобы войска выполняли распоряжения, делаемые ими, и вследствие этих распоряжений занимали бы такие-то и такие-то позиции, но что суть эта заключается в том, чтобы несколько тысяч праздных и сытых людей имели возможность поставить себя в такие условия жизни, при которых они могли бы, не только не рискуя собой, но даже и не приближаясь к месту боевых действий, совершать бессмысленное и противное человеческой природе дело, а именно регулировать людские потоки, в то время как всякая война и 0,99 всех сражений выигрываются не маршировкою первой колонны, второй колонны и т.д., а тем неуловимым, но ясно чувствующимся духом войска, который не зависит ни от каких диспозиций и марширующих колонн, а лишь от совокупности тысяч воль, начитавшихся Шопенгауэра и никак не могущих закончить многострочный период, скучный, как война, и бессмысленный, как мир. Пауков отлично понимал, что диспозиция его, даже если бы кто-то и пожелал ее выполнить, не содержит и йоты смысла — потому что вся она сводится к перемещениям вокруг Дегунина, по почти ровному кругу, лишь бы солдатики ходили. Это была тонкая смесь психической атаки, стратегического расчета и наведения порядка в расположении.

Ближе к финалу эти перемещения становились все более хаотическими, словно колонны делались все легче, неуклонно теряя людей и начиная обращаться в образчики мобильности. Поредевшие колонны начинали бегать вокруг Дегунина, как поезда по Кольцевой. Наверное, этот маневр долженствовал вызывать у противника зависть, смешанную с ужасом: война, а они так бегают!

Но особенно он гордился маневром, придуманным для Жароносной Дружины. Не путать с летучей гвардией: эта гвардия скиталась, по его расчетам, где-то в окрестностях деревни Чумкино, вылавливая партизан. Такое последнее задание дал ей Здрок (на деле, конечно, ни с какой гвардией не связывавшийся, ибо Волохов с его орлами был давно вне пределов его досягаемости): надо было выловить распоясавшихся партизан. Кому же, как не летучим. Жароносная Дружина — совсем иное: элитный боевой отряд, мастера рукопашного боя по системе древних северных ратников. Национальные боевые искусства, перунизированное самбо, снабженное боевыми кличами вроде «Влесе, рцы!» или «Молонья, жги!». На «Влесе» — замах, на «рцы» — удар пяткой в грудь, в ключицу, в переносицу, чтобы хрустнуло в противнике. Жароносная дружина призвана была поражать противника мобильностью, мечась с одного участка фронта на другой: впервые появившись у Дресвы, она должна была затем промаршировать к южной оконечности Дегунина, дать там короткий показательный бой, метнуться к западной оконечности, поджечь пару домов, отправиться в лес, настигнуть там стремительно убегающих хазар, подойти к северу, взорвать правление бывшего колхоза, выйти к другому лесу, что направо, и там окопаться у болота в ожидании, пока разрозненные силы противника устремятся к нему в надежде укрыться за деревьями. Здесь-то Жароносная Дружина и должна была нанести решающий удар, своего рода coup d'etat, загнав варягов в болото и тем повторив в слегка усовершенствованном виде бессмертный подвиг Сусанина — он завел, а они загнали. Паукову больше всего нравилась схема этого маневра на карте: ровный круг, по которому бегали основные силы, прорезывался огненным зигзагом, прочерченным передвижениями Жароносной Дружины. Прочертив этот зигзаг, генерал откинулся на стуле и похлопал себя по туго обтянутым ляжкам. Все-таки что-то особенное в нем было, эту старую шлюху Гуслятникову можно понять.

3

Между тем у Гурова было самое горячее время. Он и так-то еле поспевал везде, а теперь и вовсе разрывался на части, и помощи ниоткуда не предвиделось.

Никаким особым всемогуществом Гуров не обладал. Он мог казаться могущественным только на фоне остальных девяноста пяти процентов своего народа, от которого, правду сказать, очень мало что осталось. И осталось бы еще меньше, если бы не пять процентов, которых обошел синдром Василенко или, по-простому говоря, национальный характер. Но таких, как он, было мало, хоть коренное население и отличалось разнообразными талантами.

Были дервиши, поэты и мудрецы; были выживальцы вроде бесполезного на вид, нежного душою рядового Воронова (нежные мальчики всегда неуязвимы, это уж закон — твердое ломается, мягкое гнется); были волки вроде Волохова, наделенные способностью маниакально думать одну мысль... Но дервиши и мудрецы не были способны ни к какой борьбе, выживальцы думали только о выживании, а волки в последнее время почему-то бывали особенно беззащитны перед любовью: влюбятся — и вот тебе маниакальная идея, и ни на что другое уже не годны. Гуров и сам знал, что последние времена близко. Сбывалось волоховское предсказание — ни один поезд не может бегать по кругу вечно. Дошло до того, что он, Гуров, вынужден был отдать приказ о ликвидации — не сразу, знамо, а в случае неповиновения, — своей, чего не бывало давно: туземка из древнего рода понесла от варяга столь же древних корней. Проглядел, прохлопал — губерния дальняя; теперь разводить их было поздно, разлучить не удалось — выход один. Воронову предписывалось поговорить с волчицей и уговорить ее вытравить ребенка; срок хоть и поздний, но волки знают и не такие секреты. Ребенку этому нельзя было рождаться никак, Гурову назначено было встать на его пути; одну задачу такого рода он уже выполнил, отправив в Жадруново волоховскую хазарку, — теперь ему предстояло любой ценой сделать так, чтобы не родился сын волчицы от потомка варяжских конунгов. Можно не сомневаться, он это сделает. Чай, сам из волков, да посильнее Аши. Он знал, что она в Дегунине, знал, в какой избе прячется, и знал, что деваться ей будет некуда. Сейчас Дегунино было под ЖДами, и в принципе он под именем Гуриона легко мог войти туда — но были еще дела перед генеральной битвой: волчица волчицей, пророчество пророчеством, а про людей помни.

Одно время он думал, что все уж, кранты — сама земля не пустила Громова с Вороновым выполнить задание. Земле Гуров доверял, как никому — да, собственно, никому и не доверял; совсем было померещился ему знак гибели в громовской неудаче, но, поразмыслив, он понял, что знак был другой. Никому нельзя перепоручать главное, его надо делать самому, и волчица Аша была предназначена ему одному. Убить ее он бы не смог — через этот древнейший запрет не может перепрыгнуть и самый сильный волк; значит, договоримся. И он знал, что договорится. У него, собственно, и вариантов не было. Вот почему Гуров готовился к генеральному сражению, — а ведь дел было по горло, не на Аше свет клином, были под его эгидой и еще люди.

Мудрецу должно бояться не тогда, когда он провидит хорошее или дурное будущее, а тогда, когда не видит никакого: собственная судьба от него скрыта, и если впереди темно — значит, что-то главное должно произойти именно с ним. Не тогда бойся, когда предчувствуешь страшное, а тогда, когда не предчувствуешь ничего. Тут бы Гурову и насторожиться, — потому что вместо привычной картинки видел он перед собой некое как бы затмение; но объяснял его тем, что все зависит теперь от главного разговора, а главного-то разговора он еще и не провел, наметив его на послезавтра.

Гуров мало, очень мало мог. И если бы нашлось кому спросить его, хочет ли он сам в очередной раз предотвратить конец своего мира, — он вряд ли нашелся бы, что ответить. Ну да, хочет; но Гуров знал цену своему миру и всем его составляющим. Он давно и с одинаковой силой ненавидел хазар и варягов — хазарскую властность, железную хватку, тщательно замаскированную под заискивающую робость и деликатность, и варяжскую неуверенность, упрятываемую за грубостью, дикостью и хамством. В них все было обоюдно-враждебно, все противоположно и одинаково омерзительно — все их ответы на главные вопросы били мимо цели, симметрично, слева и справа от нее. Промахиваясь мимо главного, они с дьявольской точностью попадали друг в друга. Параболические траектории их перелетов и недолетов словно надстраивали воздушную крышу над тем главным, что знало и умело коренное население, — и потому Гуров мог за него не беспокоиться: что-то угрожало здесь только тем, кто брал варяжскую и хазарскую сторону. И таких хватало. Но они были самым бросовым материалом — инфицируемым, индуцируемым, неустойчивым. Прочих никогда не удавалось вовлечь в эти пошлые разборки.

Но он знал цену и коренному населению с его непобедимой инертностью, с упорным и непобедимым нежеланием становиться нацией — ибо у нации есть начало и конец; он знал глухую, тайную, темную живучесть, непобедимую витальную мощь своего племени, сознавал ее и в себе, и никто из них, коренных соплеменников, не мог бы причинить ему вреда, даже если бы и захотел. Он знал их преданность кругу, циклу, болезненную тягу к езде по замкнутым траекториям — сам бы давно чего-нибудь изменил, но знал, что бесполезно. Он был из этого народа, хоть и из тех немногих мутантов, которых не затронул паралич воли. Но воля волей, а во всем остальном он был из тех самых, из коренных, которые даже название свое утратили или утаили глубже, чем достигает человеческая память: славяне — название грубое, оскорбительное, долго бывшее синонимом рабства. Было и настоящее, Гуров был из немногих, кто помнил его, но вслух не произносил никогда, как не показывают людям главного сокровища.

Всю жизнь, делая карьеру в варяжской среде и не забывая светиться в хазарской, поигрывая в двойного агента, становясь своим в обоих враждебных кругах, — он искал представителей своего народа, чистых, беспримесных, не опоганенных чуждой кровью. Иногда он выделял их чутьем, полагаясь на нюх, различая в других то же ползучее, непобедимое выживание; иногда выявлял нехитрым вопросом — всем казалось, что они где-то уже слышали эту загадку, хотя ни во дворе, ни в школе слышать ее не могли; из дальних генетических глубин всплывала память о языке — но это ведь и к лучшему, что никто ни о чем не догадывался. Околок на соколок, толобок на обмолок... Гуров знал язык в совершенстве, усвоил от родителей с поразительной легкостью — скорее вспомнил, ибо истинный волк хранит в памяти всю жизнь своего народа, не нуждаясь ни в учебниках, ни в справочниках. Гуров знал тысячи стихов и песен своего народа, но не читал и не пел их — разве что использовал для паролей. Только мурлыкал иногда про себя: «Не одна в поле дороженька»... О чем? О том, что нет никакой определенности; паутиной бессчетных дорог опутана их земля, и все никуда не ведут. Дороги — главный инструмент земли: сама переводит стрелки на железнодорожных путях, сама меняет направление лесных троп. Идет человек в одно место — она его выведет в другое. Вот почему здесь никогда ничего нельзя было предсказать. Сам он был как будто в заговоре с землей и выходил, куда хотел, но кто же знает, что скажет ему волчица Аша. Спросить бы мудреца Василья Иваныча, но Василь Иваныч ходил со своей спасительницей где-то по бескрайней России, и связи с ним давно не было.

А что ж, не жалко мать с ребенком? Жалко, очень жалко. Мы люди сентиментальные. Но разве мы не помним, как это уже было? Был мир иудейский, жестоковыйный и прочный, но отроковица из коренных, из славного древнего рода, понесла от захватчика; было там избиение младенцев, но отроковица оказалась хитра, ибо волки знают будущее. Нечего придумывать про ангелов: сама все знала, схватила мужа, которому изменила, да и сбежала в пустыню, и в пустыне родила. И родился мальчик, которого потом вся Иудея не остановила, — два раза сторожи проморгали, Гуров знал, чем это чревато. Ему проморгать было нельзя. И где теперь Иудея?

Он знал и то, что уцелевшие дети золотого века выродились, ничего не могут, и от них исходит зловоние. Но не просто так озаботилась земля изоляцией этого странного оазиса: везде есть флогистон, дух истории, а у нас нет и не предвидится. Не надо нам флогистона. Мы лучше останемся в нашем зловонии: зловонного можно отмыть, завшивевшего — переодеть, а вас, зараженных историей, не спасешь уже никак. Страшный дух истории принесли вам дети кровосмесительных браков, сыновья пантеры, бродячие учителя; ну нет, мы этого не допустим. Пусть другие молятся истории и верят в прогресс; что такое прогресс? Путь смерти. Кто выдумал его обожествлять? Вероятно, те, кто надеется переждать и на руинах общества, устремившегося к смерти, выстроить свое, вовсе уже беспощадное. Гуров не знал, чего хотят бродячие учителя, люди без нации, люди нечистой крови. Они бы весь мир, дай им волю, превратили в одно сплошное Жадруново, в царствие небесное. Вот пусть и идут в свое Жадруново — не зря оно заведено на нашей территории, есть куда послать делателей истории. Нечего лезть к нам с христианством, у нас и христианство перепрело. Мы и из него сделали карусель о двух кабинках, с Даждь-богом и Жаждь-богом, с днем Жара на Пасху и днем Дыма под Рождество. Мы умеем. Зачем нам христианство? Что это за учение? Или по Европе не видно, до чего оно довело? Или не его именем жгли и грабили коренное население несчастной Южной Америки, укрывавшееся за океаном от страшного старого мира? Или не христианские миссионеры разрушали последние островки блаженной первобытной идиллии? Не надо нам этого, не смейте вторгаться, сидите тайно по монастырям, но пока живы сторожа, не видать вам моей земли. Сама земля не выпустит вас из монастырской ограды.

Гуров знал свою землю. Он понимал, чего она хочет.

Христианства он не любил уже потому, что оно победило, — а в золотом веке никто никого не хотел победить. На деле, если отбросить маскировку и демагогию, это была обычная, хоть и эффектная по-своему самурайская религия, учившая не бояться смерти — не потому, что в раю ждут девственницы-гурии, а потому, что это красиво. Нечего здесь делать. В этом мире не о ком жалеть, презрение к нему — норма, и уход из него — лучшая часть. Гуров знал, что на том свете нет ничего, как нет и никакого того света: все уходит в землю и прорастает травой. Ненавидеть мир могут только незаконные дети, сыновья захватчиков и волчиц, — а нам, коренным, мир нравится. Это дом наш.

...Плоскорылов предупреждал о своем появлении громкой, булькающей одышкой; Гуров почуял его издали. Он постучал — интимно, ласково, почти скребясь, — как гость, которому явно рады, и потому предупреждать о своем появлении — чистая формальность. Гуров поднял глаза от листка, на который выписывал схему будущих нарядов.

— Да! — крикнул он.

— Капитан-иерей Плоскорылов по собственной инициативе прибыл, — мягко улыбаясь, произнес идеолог. — Разрешите присутствовать.

— Присутствуй, коли пришел, — сказал Гуров, нехорошо улыбаясь. — По делу или так?

— Можно сказать, что и по делу, — с нежным, обольстительным лукавством произнес Плоскорылов, присаживаясь. — Да, скорее по делу.

— Ну, излагай, — без особого гостеприимства пригласил Гуров.

— Видишь ли, — проворковал Плоскорылов, — я пришел тебе напомнить об инициации, Костя. Ты же обещал — конец июля, начало августа...

— Слушай, капитан-иерей. Ты что-то не о том думаешь перед генеральным сражением.

— Именно! Именно о том! — заторопился Плоскорылов. — Сам подумай, Костя. Оно ведь действительно генеральное. Это если не конец войны, то по крайней мере решительный перелом. Со мной может всякое случиться. Ты же знаешь. Если вдруг что... я умру, так и не узнав главного. Так нельзя,

Костя. Может быть, сегодня, перед сражением... все-таки ты инициируешь меня?

Гуров усмехнулся. Он уже придумал для Плоскорылова замечательный обряд инициации. Всякий раз, вспоминая об этом обряде, представляя его себе с необыкновенной живостью, он улыбался, даже когда у него было отвратительное настроение и хлопот по горло. Он собирался инициировать его эксклюзивным обрядом, принятым в спецслужбах варяжства: всякий, кого принимали на работу в главную службу государственной безопасности, включавшую в себя и внешнюю разведку, и проверку доносов, и провокации с заговорщиками, — проходил через это, чтобы неповадно было перебегать. Специнициация заключалась в банальном акте мужеложества, который совершали со всяким новеньким стукачом, пылко желавшем работать в тайной полиции. Существовал специальный инициатор, которого кормили на убой. Как только очередной шпион перебегал на сторону противника, главная спецслужба спешила обнародовать кадры, на которых он предается извращенной любви, да еще и в самой унизительной, пассивной форме. Конечно, инициируемый на пленке визжал, но пойди разбери, от боли или удовольствия. Все разведчики, нелегалы, строгие допросчики, адские следователи, у которых на допросах раскалывались и железные богатыри, — были пропущены через инициатора, легендарного Гуньку, и если им не хотелось, чтобы в один прекрасный день эти кадры сделались всеобщим достоянием, — они должны были трудиться не за страх, а за совесть, хотя какая же варяжская совесть без страха? Этот-то обряд инициации заготовил Гуров для капитана-иерея Плоскорылова, и человек у него уже был присмотрен надежный — Корнеев, могучий, страшно тупой, не побрезгует и скотиной; иногда среди варягов еще попадались былинные персонажи, несмотря на общее их вырождение. Может, и стоило бы инициировать Плоскорылова прямо теперь, развлечения ради, но не было времени на развлечения, и Гуров нахмурился.

— Подождешь. Как покажешь себя героем в генеральном сражении, так и инициируем. А если убьют — что ж ты сомневаешься, капитан? Сразу все и узнаешь, без всякой инициации.

Плоскорылов покраснел.

— Да, конечно... Но, понимаешь, Костя... Для того, чтобы как следует проявить себя — ну, в сражении... Мне хотелось бы все-таки понимать яснее, ты же знаешь, на богфаке не говорили последнего. Пятая ступень — она... как бы это... Ну вот представь: главное сражение выиграно. Оно и будет выиграно, я не сомневаюсь ни секунды. И победа. И что тогда?

— Битва до последнего ЖД, — пожал плечами Гуров. — Согласно гласу двунадесятому от пустынника Акакия...

— Я помню двунадесятый глас, — перебил Плоскорылов. — Но ты скажи мне: это и будет означать как бы исход борьбы? Как бы последнюю победу, за которой царство льда?

— Не думаю, — покачал головой Гуров. — Ты прекрасно знаешь, что варяжство не может остановиться, пока не истребит всех и не оставит последних жрецов.

— Да, да, я это знаю, — закивал Плоскорылов. — Это объясняли. Полное самоистребление до последних достойнейших. Но, Костя, согласись, я же должен знать, что будут делать последние достойнейшие?

— Капитан-иерей, — сказал Гуров и встал. — Вы спрашиваете о такой тайне, которая и на седьмой ступени доступна не всем, а лишь тем, кто способен делать самостоятельные выводы. Я посвящу вас в эту тайну не прежде, чем вы проявите исключительное мужество в послезавтрашнем генеральном сражении, да и то еще подумаю. Как можете, как смеете вы на вашей пятой ступени даже задаваться такими вопросами? Как вы можете обращаться к инспектору в момент, когда он, может быть, решает судьбу генерального сражения?!

Плоскорылов упал на колени и стал ловить губами гуровскую руку. Он только теперь понял, до какой степени забылся.

— Простите... простите... — лепетал он.

— Встаньте и изыдите, — тяжелым голосом сказал Гуров. — Я подумаю о вашей инициации. Все будет зависеть от вашего поведения в сражении. Если вы проявите себя истинным бойцом, я, быть может, рассмотрю вопрос в ближайшее время. Но вы проявили непростительное любопытство и забвение субординации, и, памятуя о вашем неполном знании обязанностей дневального...

— Я выучил, выучил! — вскричал Плоскорылов. — Дневальный есть военный солдат, в чьи непосредственные обязанности...

— Кру-гом! — зычно гаркнул Гуров, как он умел, когда хотел. — Прочь с глаз моих! Готовиться к сражению, стирать носки!

Плоскорылова сдуло. Настроение Гурова несколько улучшилось. Он всякий раз по-детски радовался, когда ему удавалось пнуть эту квашню. Надо будет придумать, что ему сказать после инициации. Полное самоистребление, покуда не останутся двенадцать вернейших? Их танцы с грубыми, рублеными телодвижениями вокруг ледяного кристалла, батюшки-холода? Многоступенчатое групповое совокупление? Тут он волен был придумывать что угодно. Штука в том, что у варягов не было эсхатологии. Она не была толком продумана, что и является первым признаком народа-вируса. Ни о каком собственном апокалипсисе не могло быть и речи. Главным условием бурного функционирования варяжства и хазарства было именно темное пятно на месте эсхатологии, отсутствие представления о цели — она должна была мистическим образом открыться ровно в момент ее достижения; никто не смел заглядывать за черно-звездную завесу, пока длится путь. Лишь очень немногие варяги и вовсе единичные хазары могли представить себе, что за темной завесой нет решительно ничего. Все они ждали генерального сражения, не представляя, за что сражаются. Это было даже забавно. Гуров жалел их в такие минуты.

А между тем глубоко в лесу, глубоко в земле, глубокой ночью зреет пузырь. В нем пирует, ликует, играет синими огоньками веселый газ флогистон.

Странен газ флогистон! Прочие полезные ископаемые в слепых, кротовьих земных недрах, в чернозеленых глубинах, в слепом мельтешенье корней, червей, кровей — гниенье бывших растений, костных останков, перепрелой органики. Чуть отлетит от живого душа, как бешено активизируется стремительная, броунова жизнь плоти: все мельтешит, роится, кружится. Душа еще сдерживала: постой, что делаешь? Тело не знает вопросов. Превращения материи увлекательней однообразных приключений души. Что за набор — любовь, тоска, обида? То ли дело распад, столько интересного.

Но пока гниет, перегнивает, перепревает темная земная плоть, — в черной сырой массе образуются пузыри, пустоты, прозрачные, ничем не заполненные пространства. Камни ли так лягут, почва ли провалится, крот ли выроет ход да забудет — в плотной земле возникает лакуна, вакансия, пространство умолчания. Что получится из материи — знают все: другая материя. Но никто не знает, что получается из пустоты. А из пустоты получается веселый газ флогистон.

Вообразим себе человека, которому назначено па четверть пятого. Что назначено — не знаем: дантист, интервью, собеседование с высокомерным боссом, принимающим его на работу. И вот он пришел, и вот ему сказали, что у дантиста флюс, интервьюируемый испугался и решил подготовиться, а высокомерный босс уволен и другого пока не назначили. В плотном графике униженного человека, лихорадочно устраивающего свои дела, образуется воздушный пузырь величиной в полтора часа. Можно пойти прогуляться, посмотреть в небо, чего наш герой не делал уже давно, принюхаться к тополям, присмотреться к детям, идущим из школы со второй смены. Купить бублик, в центре которого бушует веселый газ флогистон. Можно подумать, переглянуться с незнакомкой, которой посчастливилось ровно так же — шла рвать надоевшие отношения с вечно ревновавшим любовником, а он взял и сбежал к другой, и вот на месте затяжного угрюмого романа блаженная пустота и вакансия. Теперь она сидит в кафе ранней весной, смотрит на прохожих и наслаждается равенством всех возможностей. Можно так, а можно сяк. Из таких пустот и получаются потом вещи, меняющие жизнь, и изменил ее флогистон, газ пустот, веселый дух свободного времени.

Природа боится пустоты, потому что природа дура, тетеха, курица. История любит пустоту и начинается с нее. Нет ничего, все кончилось — и вот заплясал на пустом месте синий огонек, огневушка-поскакушка, радостный признак исчезновения материи. Где материи нет — пирует чистый дух: кончилась жизнь, и началось самое интересное. Но коренное население любит материю, производит ее в огромных количествах, тянет из себя, как паук паутину из брюшка: вечно что-нибудь есть в запасниках, никогда не выскребешь всех сусеков, и опять полным-полна коробушка, плотно, под завязку забит мир вещами и людьми, и негде бушевать веселому газу флогистону. Чуть бы сместиться, отойти в сторону, освободить куб пространства — какая удивительная жизнь тотчас начнется в нем! Здесь-то и запирует история, свободная от производительных сил и производственных отношений. Скучный бухгалтер Маркс, любитель вурста, все думал, будто история делается эволюцией материи; да ничего подобного, где он это видел! История начинается там, где исчезает материя, где нашлось полчаса времени отдохнуть от погромов и отгромов (ответный вариант погрома; такого слова нет, но я захотел, и стало). Праздность — повивальная бабка истории, праздник — ее локомотив. Только то и творчество, когда из ничего, а когда из чего-то — получается все то же самое, прежние атомы в новом порядке. Кой черт мне в порядке, когда я знаю, что от перемены атомов молекула не меняется!

Тесно мне, тесно мне.

Но есть пробелы в истории и провалы в земле, и блаженные окна в расписании; и копится, копится в пустотах веселый газ флогистон, и горят по ночам голубые болотные огоньки. О, веселый газ не чета природному, скучному, угарному, кишечному газу почвы, метеоризму недр, перистальтике магмы. Состав флогистона неведом и скорее всего отсутствует. Флогистон — чистая сила воображения: раз ничего нет, надо придумать. Пустота — возможность всех наполнений; флогистон — обещание всех возможностей. Автомобиль, работающий на нем, несется к небывалому, а потому его никогда не обгонит нудная нефтяная машина, плюющаяся вонючим дымом. Лучший двигатель работает ни на чем, силою одного самоусовершенствования. Растет, растет земной пузырь, ширится пустота, и первые выбросы первого русского флогистона протуберанчиками вспыхивают над болотом. Много на свете материи, а и ее на хватит забить все воздушные ямы; много тела, а есть дырка и для души.

5

Утро сражения было прекрасно, как прекрасно бывает только утро сражения — специально чтобы человек себе сказал: о ты, что в горести напрасно на Бога ропщешь! Чего ты хочешь, небо ясно. В семь утра варяжские полки были построены в каре, перед которым с боевой варяжской музыкой выступали специально приглашенные рок-фолк-ансамбли «Мельница», «Мыльница» и «Хлебница». Все три коллектива звучали, как задница. Телодвижения их были исполнены агрессии и задору. Звучали гимны перуновы. Войска переминались. За время дождя они так привыкли к бездействию, что не были морально готовы воевать. Они уже думали, что так будет всегда.

В центр каре выдвинулся генерал-полковник Колесов, прибывший лично руководить генеральным сражением, то есть орать на всех, кто отвечал за него на месте. Он уже учинил разнос Паукову (сдержанный), Здроку (серьезный) и капитану

Кукишеву (страшный), а дневальных приказал расстрелять за то, что нашел дохлую муху на одном из подматрасников. Приятное впечатление на него произвели только местный СМЕРШевец Евдокимов, отвратительней которого трудно было представить человека, и капитан-иерей Плоскорылов, явно не боец, но опытный демагог. Плоскорылов смотрел на Колесова влажно-собачьими глазами.

— Солдаты! — рявкнул Колесов. — Сегодня некоторых из вас убьют, такое наше дело. Я даже больше вам скажу, убьют половину. Посмотрите друг на друга хорошенько, может, больше и не увидитесь. И то сказать, кому охота помирать? Вон погода какая. Но если не помирать, то мать изнасилуют, сестру изнасилуют, отца изнасилуют, брата изнасилуют...

Колесов долго еще рассказывал, сколько народу изнасилуют, если не умирать. Солдаты переминались.

«Мельница» сыграла «Перуне, рцы!». Это была песня о пути на север, одиноком всаднице и златовласой спутнице. Упоминались эльфийские руны.

Настала очередь Плоскорылова. Он собирался говорить о геополитике, о великой исторической роли Дегунина, где сходятся север с югом, о том, что сама природа ликует, приуготовляя воинов к последней битве, о соборности и уборности (под нею он понимал необходимость убрать захватчика с наших полей), и о многом еще — сотни будущих покойников стояли перед ним, и всех хотелось благословить, и в горле у Плоскорылова сладко замирало, а в штанах сладко напрягалось, но тут случилось непредвиденное: вследствие штабной игры ЖД выступили в сторону Баскакова часом раньше, потому что Строцкий не поверил Колесову, и теперь по большому полю, выбранному для генерального сражения, чтоб разгуляться где на воле, — медленно и скрытно двигался в засаду передовой отряд под командованием капитана Зельдовича.

— Что за меб твою ять?! — выругался Колесов. — Генерал-майор Пауков! Почему проспала разведка?!

Истинный варяг, он и теперь, в экстремальной ситуации, когда им порушили весь митинг, прежде всего желал не принять срочные меры, а выругать виноватого.

— Па-а-а-батальонно! — истошно заорал Пауков. Офицеры кинулись к своим батальонам. «Мыльница», «Пятница» и «Хлебница» стояли по местам, сжимая бесполезные инструменты, и понятия не имели, куда им теперь бежать.

Первая колонна, в полном соответствии с диспозицией, нехотя двинулась в сторону северной оконечности деревни Дегунино. Марш-марш, цюмба-цюмба-цюмба. Впереди гнали новобранцев со стертыми ногами, в тапочках. Тапочники должны были пасть первыми. Однако ЖДовский начштаба Строцкий в полном соответствии со своим тайным планом начал на северной оконечности Дегунина газовую атаку, и, почуяв запах газа, смешавшаяся первая колонна отклонилась к востоку, куда со своими молодцами стремглав летел на холеных конях атаман Батуга. Батуга потоптал тапочников и смял первую колонну, которая, отступая в беспорядке перед превосходящими силами союзного казачества, уперлась в Дресву. Около Дресвы поспешно занимала оборону вторая колонна, но Дресва от дождей разлилась, а потому окапываться пришлось близ деревни, прямо под носом у ЖДов. ЖДы, первыми начавшие наступление, ждали атаки откуда угодно, но не со стороны Дресвы. Хазарский начштаба Строцкий срочно перегруппировал силы, сберегая людей, и отвел основные войска из Дегунина в сторону Чумкина, по которому ни о чем не подозревавшая третья варяжская колонна только еще маршировала в дегунинскую сторону.

И потоптала всю пшеницу.

Ударная бригада варягов «Возмездие» гнала перед собой толпу коренных жителей Дегунина — стариков, женщин и детей. В хвосте колонны ехал громкоговоритель.

— Вот старики, женщины и дети! — кричал комментатор. — Старики, женщины и дети предпочитают смерть такой жизни. Старики, женщины и дети, подберитесь, марш-марш!

— А вот кому пирожков! — кричали женщины.

Часть казачьего отряда Батуги набросилась на стариков, женщин и детей и принялась топтать их с утроенной силой, чтоб чужие боялись. ЖД радостно наблюдали и фотографировали.

Корреспондент журнала «Daily week», ангажированный ЖДами для освещения генерального сражения, заносил в портативный компьютер: «Нельзя сказать, чтобы спасение заложников было приоритетной задачей русских войск».

Наглядевшись на то, как конники Батуги топчут стариков, женщин и детей, отряд «Возмездие» с песней «Ых, тянем» отправился в сторону Баскакова.

И потоптал всю люцерну.

Завидев на горизонте противника, третья колонна генерал-майора Паукова в панике свернула на север и уперлась в лес. Завидев на горизонте третью колонну, противник свернул на юг и уперся в войска Батуги, которые, в свою очередь, стремглав ринулись к Дресве и потоптали собственные укрепления. Часть казачьей роты повернула в деревню с намерением одним ударом выбить оттуда силы ЖДов.

— А вот огурчиков, хлопчики, — ласково предлагали дегунинцы. — А вот яблочек!

Поскольку главные силы ЖДов были уже выведены из Дегунина, батугинцы заняли деревню, не встретив сопротивления, но в этот миг замаскированная хазарской хитростью колонна ЖДовских боевиков выскочила из леса на восточной оконечности деревни и, отчаянно лупя из автоматов, погнала батугинцев вон.

И потоптала всю рожь.

— А вот пирожков, — ласково предлагали жители деревни стремительно набегающим ЖДам. — А вот капустки.

Тем временем вторая колонна, державшая оборону у Дресвы, услышала перестрелку в деревне и поняла, что переправляться через реку никто не намерен, а вот в Дегунине началось, и снялась с окопанного места. Но на глинистом склоне, по которому карабкалась усталая пехота, она повстречала собственный третий батальон и, не разобравшись, вступила с ним в перестрелку. В это время из деревни с гиканьем вылетел Батуга, преследуемый ЖДами.

И потоптал весь овес.

— Куда! — заорал он с перекошенным лицом. — Своих бьете, хады!

Второй батальон одумался и с утроенной силой устремился в Дегунино, но в этот момент со стороны другого леса (там был еще другой лес) выкатилось несколько ЖДовских танков. Они медленно подняли башни, прицеливаясь. У варягов танки тоже были, но давно. Генералы их продали, а деньги хапнули. Настоящий варяг должен воевать без оружия.

— А вот картошечки! — закричали местные жители в сторону танков. — А вот помидорчика!

Башни плюнули огнем, и несколько снарядов, перелетев заговоренную деревню Дегунино, шмякнулись в том, другом лесу, где укрывалась третья колонна генерала Паукова. Послышались негодующие крики.

Чувствуя, что лес хорошо простреливается, третья колонна кинулась врассыпную, но заметила странную вещь. Только что они бежали по ровному месту — и вдруг оказались словно на дне огромной воронки. Земля словно встала дыбом, оставив их на дне глубокого оврага, вылезти из которого не было никакой возможности — трава отсырела, сапоги скользили.

— Воронка! — закричал капитан.

Тем временем и с Дресвой делалось что-то непонятное: она разливалась шире и шире, ближе и ближе подступая к деревне. Ее глинистый берег вплотную придвинулся к дегунинским домам, и второй батальон начал медленно сползать в воду.

Танки между тем перестали стрелять, поскольку начали вдруг уходить в грязь сначала по гусеницы, потом по башни — и скоро ушли совсем; экипажи успели выпрыгнуть и стремглав побежали врассыпную. С землей творилось непонятное: она норовила схватить за ноги.

Потрясенные увиденным солдаты первой колонны (которая, как вы помните, была потоптана Батугой и в беспорядке рассеялась по полю) ринулись в Дегунино, ища спасения. Вытаращив глаза, они побежали по широким дегунинским улицам.

— А вот сальца! — кричали поселяне. — А вот хлебушка!

ЖДовские силы вдруг почувствовали, что ни отступать, ни наступать, ни совершать обходные маневры больше не могут. Земля широко расступилась, как некогда Красное море, и, не особенно церемонясь, поглотила два батальона. Она отрыгнула их только за двадцать километров от Дегунина — солдаты были грязны, голодны и совершенно деморализованы.

И потоптали все сорго.

Однако часть диспозиции Паукова была все же выполнена. Жароносная дружина двинулась в сторону Дегунина, увидела танки, в ужасе свернула, уперлась в Батугу, в ужасе свернула, уперлась в Дресву, в ужасе свернула и в отчаянии кинулась в лес, где увидела поглощение ЖДовских сил и от греха подальше побежала во второй лес, в котором и очутилась в том самом болоте, в которое должна была примаршировать с самого начала. Так что, как и написано в варяжских учебниках стратегии и тактики, примерно десять процентов всякой диспозиции в ходе боя выполняются безукоризненно.

6

Аша сидела у окна и прислушивалась к телу. Ребенок еще не шевелился, тошнота уже не подымалась, никакой опасности не было, и вместе с тем ей было сильно, сильно не по себе. Не от войны, не от штурма ждала она худа: волку в войне ничего не делается, и даже шальной снаряд не ударит в дом, где прячут волка. Да и не попадет снаряд в Дегунино: либо не долетит, либо перелетит. А все-таки было страшно, очень страшно: что-то во всем этом было не то. Опасность двигалась к ее дому, опасность пересекала поле, опасность плотным рыжим шаром подкатывалась к ее убежищу. Аша не знала, что это было. Волки все видят, не видят только самых старших; Аша была древнего, славного рода и увидела Гурова, но ни бежать, ни даже встать не могла. Ноги словно к земле приросли.

— Сметанки? — спросила хозяйка за дверью.

— После, — сказал Гуров и вошел к Аше.

Он пробрался в Дегунино с казаками Батуги, одним из первых. Долго искать дом ему не надо было: это Аша видела его темно и как бы размыто, он-то видел и ее, и ребенка во чреве.

Мало что понял бы сторонний человек из их разговора. Слова были те самые, используемые всеми захватчиками, но смысл их другой, ибо говорили они подлинным, коренным языком, в котором не сместились еще смыслы. «Зеленая вдова», — говорил Гуров; «Отлично усиженный разбой, говорливый кран», — испуганно отвечала Аша. «Разве не отстала раскосая корысть? Не увилял банный отклик? Не разомкнуть красных троп?» — «Вылей меня», — отвечала Аша. Но тот, кто знал язык, услышал бы иное.

— Здравствуй, красавица, — сказал Гуров. — Как ни бегали, а встретились.

— Здравствуйте, — потупившись, сказала Аша.

— Кто я, знаешь?

— Не знаю.

— Врешь, знаешь. Не из простых девка. Зачем пришел, поняла?

— Поняла, — с трудом выговорила Аша.

— Сделаешь? — коротко спросил Гуров.

— Никогда, хоть убей, — ответила она.

Гуров понял, что разговор будет долгий. Он присел на лавку. За окном грохотало, и туда-сюда бегали обалдевшие солдатики, отвыкшие от боевых действий.

— Зачем убивать, — сказал он беззлобно. — Много нас, что ли? И так есть кому убивать, странников наших ловят, морят, знаешь?

— Видела, — тихо сказала она; в шуме он угадал скорее по губам. Вдруг все стихло — видимо, хазар ненадолго выбили из Дегунина, и бой переместился в поле.

— Ты хорошего рода. Не так бы нам с тобой разговаривать. Ваш род старый. Лес растит, землю заговаривает. Отец жив?

— Помер.

— Знатный был старик. Я самого не знал его, слыхал. Вас таких, почитай, не больше сотни осталось, кто плавать может.

Аша подняла на него огромные глаза.

— И сотни не будет.

— Ну так что ж ты! — вскочил Гуров с лавки. — Или не знала, с кем гуляла? Как волхву можно с северянином, да еще такого рода?! Кто б тебе слово сказал, если б ты от нашего понесла? Или нам не надо нового волхва? На руках бы носили! Но ведь ты понимаешь, что будет.

— Где мне понимать? Я по земле, сам знаешь.

Тут она не лгала. Их род, как и вся Сибирь, славился умением договариваться с землей, чувствовать ее, уговаривать, плавить, им удавалось выращивать хоть виноград в мерзлоте, хоть картошку на скалах, — но во всем, что касалось будущего, они были слепы и глухи; пророчества знали, но в исполнение их не верили.

— Ну, мне-то не ври, — сказал Гуров. — Или сама не чувствуешь?

— Я чувствую, что земля встала, — ответила Аша, и в наступившей тишине слова эти прозвучали внятно, властно и страшно. Гуров вгляделся в ее лицо. Она могла и лукавить, но если не лукавила, все обстояло хуже, чем он мог предполагать. Гуров верил земле и догадывался о некоторых ее намерениях, но все же был не из рода земледельцев, а потому что-то мог и упустить. Если земля встанет, срок и правда близок, и тут уж не в Аше дело.

— Ну уж и встала, — произнес он. — Голову-то мне не морочь, словами не бросайся.

— Мы такими словами не бросаемся. Скоро сам поймешь. Слышал, как гудит?

— Она всегда гудит, это ты раньше не слыхала. В тягости все чувства обострены, или не знаешь?

— Нет, то другое. Я слышу. Может, сегодня уже увидишь. По ночам дрожит.

— Это ты по ночам дрожишь!

— Я спорить не буду, — устало сказала она. — Все потом поймешь.

— Да хватит тебе! — вспылил Гуров. — Не про землю речь! Ты сама знаешь: твоему ребенку быть нельзя. Земля встанет, не встанет — про то не нам с тобой знать. А если твой родится, тут никому не жить.

— И что он сделает?

— Не знаю, что сделает, знаю, что от него пойдет начало. А я для того живу, чтобы начало не началось, это пост мой, как у тебя кусты растить, а у странников ходить, а у теберяков теберить, а у чернецов чернить, а у бахарей баять, и я свое сделаю.

— Делай, — усмехнулась она.

— И сделаю, — спокойно сказал Гуров. — Но я всдь не северный и не южный, — он назвал захватчиков их коренными, горькими именами, самыми черными словами в родном языке. — Мне, знаешь, не праздник — людей мучить. Своих особенно.

— Так и не мучай.

— И рад бы. Что ж я, не знаю? Ты мать. Но пойми и то, что ничего ведь не будет, ничего и никого. И тебя не будет.

— Не верю, — сказала Аша.

— Тут уж верь не верь, а мне видней.

— Что тебе видней? Что ты знаешь?

— Ты знаешь свое, а я свое. Нельзя тебе родить. От кого другого, потом, как хочешь, — от него нельзя.

— Если его сейчас вытравить, я никогда потом не рожу.

— Ну, не ври. Эти-то вещи вы умеете.

— Больше того, что человек может, никто не умеет. Хватит, я тебе говорю. Или ты меня убьешь, или я рожу.

— Да тебя-то мне зачем убивать? — усмехнулся Гуров. — Я не тебя убью. Где ж видано — своих-то. Я северянина твоего убью.

Он рассчитывал поразить ее этим, но либо она очень хорошо владела собой (сильные волки из древних сибирских родов умеют прятать чувства), либо ей и в самом деле ничто уже не было важно, кроме судьбы ее ребенка.

— Где ты его найдешь-то, — сказала она спокойно.

— Ладно, не дури, я знаю, что он с тобой.

— Был со мной, весь вышел, — сказала Аша. — Он к южанам побежал, у них будет убежища просить. Свои-то ему не простят.

— Так его и южане не возьмут.

— Пока взяли. Для телевизора снимали, как каялся. Он к ним пойдет, а я дальше.

— Куда?

— Мне мои сказали, в Дегунине, что пусть уйду.

— Не ври! — прикрикнул Гуров. — Не могли они тебе такого сказать. Им-то откуда знать, они не сторожа!

— Ничего, тоже волки.

— Не всякий волк знает! Ты что ж думаешь, уйдешь, родишь, ничего не будет?

— Если и будет, то не от меня. Земля встала, говорю тебе.

— Ну вот что, — сказал Гуров. — Встала земля, не встала — спорить не буду с тобой. Но если встала — значит, сама понимаешь: далеко зашло. Пугать не буду, вижу, ты не пугливая. Но подумай хоть раз: тебе что ж, никого не жалко?

— Кого тут жалеть? Северян с южанами?

— Дегунино жалеть. Баб, мужиков.

— Баб-то? Это которые всем огурчика предлагают, кто ни войди? Мужиков, которые дорогу строят, по кольцу ездить? Что жалеть? Ты сам жалеешь?

— Жалею, — сказал Гуров.

— А я не жалею. Темно живем, света не видим, сами как трава. Не хочу больше.

— А, — кивнул Гуров. — Ну, тогда понятно. Надоело, значит?

— Давно надоело. Всем надоело. Сколько можно? Конца не видно.

— Будет конец, — сказал Гуров. — Дождешься.

— Может, и дождусь.

Это было сказано без вызова, очень тихо, но очень твердо.

— Да тогда ведь и ребенку твоему конец, — так же тихо сказал Гуров. За деревней, в поле, грохнуло. Явно танки, понял инспектор. Смотри ты, как все серьезно. Северяне свои давно сперли, а у этих осталось еще. Грамотные ребята, никого не пожалеют.

— Ребенка я заберу, — сказала она. — Мы уйдем, не бойся, сторож.

— Не уйдешь.

— Уйду. Я слово знаю.

— Таких слов, какие я знаю, ты и слыхом не слыхивала.

— Что, спробуем? — сказала она.

— Поиграть захотелось?

— Зачем поиграть. Я так сказать могу, что будет мне дорога отсюда до самых гор, и уйду.

— Смотри, землю разбудишь.

— Земля и так проснулась.

Именно при этих ее словах в трех километрах от избы земля расступилась перед хазарским отрядом — двух батальонов как не было, выплюнулись за двадцать верст.

Не сказать, чтобы Гуров ничего не чувствовал. Он чувствовал, и даже очень, — но на то нам и воля, чтобы держать себя в руках. Сильна девочка, подумал он, сильна, и зря я недооценил ее. Сибирь есть Сибирь. Надо кончать с этим делом, и быстро. Последняя попытка, и довольно. Пока еще в ней говорит только ее собственная сила, но будет час — и добавится сила ребенка, она растет с каждым днем, с каждым часом.

— Землю-то не жалко тебе? — сказал он. — Мертвое место здесь будет, пустое место.

— Землю жалко, — сказала она и заплакала. Но и в слезах ее Гуров не почувствовал слабости — он знал, что не сдвинул ее ни на шаг.

— Эх, — сказал он горько, — не так бы нам встретиться, волчица. Мы с тобой могли бы неплохие дела делать...

— Не могли бы, — ответила Аша. — Не хочу твои дела делать, не хочу одних зверей на других натравливать. Не хочу длить. Сама не буду и тебе не дам.

— Ну, смотри, — сказал Гуров. — Защищать тебя некому. Бабка твоя ушла, сам знаю. Я за Дегуниным слежу, место не простое.

Аша молча кивнула.

Гуров знал, что не отступит, и знал, что деваться некуда им обоим. Она была девушка серьезная и ставила его перед выбором с решительностью умной волчицы: хочешь спасать свой мир — убивай меня, сама не поддамся. Пистолет был при нем. Думать об этом не хотелось. Страшно сказать, он никогда еще не стрелял в людей.

7

Плоскорылов ворвался в избу ровно в этот момент. Он не мог упустить случая: Гуров должен был видеть, что капитан-иерей сражается в первых рядах.

— Инспектор! — крикнул он, размахивая гранатой. — Вы в опасности?

Гуров окинул его таким взглядом, что более впечатлительный персонаж растаял бы в воздухе.

— Ты что здесь делаешь? — спросил он тихо.

— Вашу жизнь, инспектор… спасаю вашу жизнь… вы в опасности… кругом ЖД…

— Пошел на х…! — заорал Гуров, и западный ветер пролетел по Дегунину тяжелой холодной птицей.

— Инспектор… — попятился Плоскорылов. Он и вышел бы из комнаты, но сзади его вдруг похлопали по плечу.

— Тихо, тихо, капитан. Не спешите. Поговорим.

Это был Эверштейн, взявшийся непонятно откуда.

— Ба, Гурион! — воскликнул он. — Какая встреча! Контрразведка и тут впереди. Но уж этого вы не трогайте, не трогайте. Этот — мой.

Плоскорылов дрожал и покрывался крупным потом.

— Как это вы его выцепили? — без умолку трещал Эверштейн. — Я и мечтать не мог о такой удаче. Ну, думаю, этот-то мне никогда не дастся! Я ведь могу добраться только до тех, кто в бою, а патриотические мыслители всегда в обозе. Много, много про него наслышан. И как он при пытках любил присутствовать, и пленных расстреливал, и своих мог… Колоритнейший персонаж! Да, Плоскорылов, гранатку-то отдайте. Отдайте, нечего. Все равно не взорвется. Во-первых, не умеете, а во-вторых, небоевая.

— Она боевая! — завизжал Плоскорылов.

— Бросьте, бросьте. Боевое — вот, это настоящее, оно действительно стреляет, — он достал маленький хазарский пистолетик, прекрасное боевое оружие, мечту офицера. — Давайте ваш муляж, и нечего.

Поджимаясь, словно прикосновения хазара способны были отравить его, Плоскорылов отдал гранату.

— То-то же. А чего это вы со своими в бой пошли? Я видел, конечно, как вас солдатики прикрывали, — не боялись вы, Плоскорылов, что вас свои пристрелят? Вас же страшно любят в войсках, идеолог гребаный.

— Что вы знаете о войсках! — взвизгнул Плоскорылов. Он уже понял, что Эверштейн сразу не убьет, сначала поглумится. На богфаке учили: кто хочет убить, убивает сразу. Эверштейн часто производил обманчивое впечатление: слишком типичный с виду, совершенно стальной внутри. Тоже типично, но не так общепринято. Автор рисует Эверштейна с нескрываемой симпатией, но это не потому, что ему так уж симпатичен Эверштейн. Ему симпатичны любые нехазарские проявления в хазарах и всякое неваряжство в варягах. Эверштейн был человек последовательный — редкость в хазарах; они обычно последовательны только в одном — в святой уверенности, что им-то разрешена любая непоследовательность. Эверштейн укрепился в этом не до конца — слишком долго жил в России, много читал литературы.

— Знаю, — сказал он. — Знаю больше, чем достаточно. Удивительный народ — все никак не пойму, почему они не повернут оружие против начальства? Впрочем, это дэтали. Что ж вы, Плоскорылов, по избам отсиживаетесь во время боя? Ваши там уже побежали, а вы решили в погребе закрепиться?

— Я охраняю жизнь инспектора Гурова! — гордо сказал Плоскорылов.

— Похвально, похвально. Инспектор Гуров — наш человек, охрана его жизни вам зачтется.

Плоскорылов побелел еще раньше, поэтому теперь посерел.

— Костя, это правда? — спросил он с надрывом.

— Неправда, — спокойно сказал Гуров. — Вы, Миша, зря перед ним так распространяетесь.

— Думаете, он кому-нибудь успеет рассказать? — улыбнулся Эверштейн. — Дудки. Вы меня, Гурион, плохо знаете. Я за ним слежу с довойны. Интересный малый. Я его ЖД читал — прямо поэма. Так расписывал наше будущее четвертование на Красной площади — я плакаль! Говорил, что пусть мы только сунемся. Лично, лично! Зубами будет грызть! Ну и вот, мы и сунулись. А, Плоскорылов? Юзер Плоскорыл? Гроза живого дневника, ядерное православие? Что делать будем, Плоскорылов? Молиться или деньги предлагать?

Плоскорылов молча трясся, перебегая глазами с Гурова на Эверштейна.

— Деревня, кстати, за нами, — бросил Эверштейн. — Генеральное сражение проиграно блистательно. Вас уже земля не терпит — Дресва в ясный день из берегов вышла.

— Около заухало? (Твои дела?) — быстро спросил Гуров у Аши.

— Не я, — покачала она головой.

— Но не я же!

— Говорила я тебе — земля встает.

— Э, э! — заинтересовался Эверштейн, не опуская, однако, пистолета, направленного в живот Плоскорылову. — Что еще заухало?

— Так, пословица.

— А это еще кто? Прекрасная пленница? Что-то я вас в Дегунине не видал...

Эверштейн шагнул к Аше, не забывая поглядывать на Плоскорылова. Эта предосторожность, впрочем, была лишней — капитана-иерея парализовал ужас. Он вообще уже ничего не понимал.

— А-а! — радостно воскликнул Эверштейн. — Подтверждаются лучшие предположения! Интересно, интересно. Не ушли, стало быть. А где же наш возлюбленный? Наш доблестный губернатор Бороздин, якобы перебежчик? Вот оно как все оборачивается-то, а? Ну, Гурион, ну, умница! Не зря ценим. Как же вы их раскололи-то, Гурион? Вас же не было, когда он приходил!

Гуров молчал. В теперешней обстановке это было самое верное.

— Значит, вот оно как! — повторял Эверштейн. — Чудесная операция. И как масштабно! Сначала объявляем человечка преступничком. Потом он якобы перебегает к нам — психологически очень убедительно. Потом остается в Дегунине, и заметьте, что все это аккурат к генеральному сражению! Троянский губернатор, а? Чудесно. В наших лучших традициях. После чего во время боя за деревню включается наша пятая колонна! Ну-ка, говорите: что вы должны были тут делать?

В его голове мгновенно выстроилась истинно хазарская схема. В эту секунду он и помыслить не мог, что подобное хитроумие варягам не свойственно, что разведчиков они в последнее время не засылали, полагаясь исключительно на силу оружия, что поведение беглецов не объяснялось никакой логикой, ибо у губернатора были все возможности перестрелять половину штаба, и он этого не сделал; роковым дефектом варяжства и хазарства была именно неспособность допустить, что в мире существует иная логика, отличная от их собственной. Эверштейн направил пистолет на Ашу.

— Ну! Где он?

— Здесь! — заорал Бороздин и выпрыгнул из соседней комнаты. В руках у него была хазарская винтовка.

Эге, подумал Гуров. Хорош бы я был. Стало быть, я у него на мушке с самого начала?

— Я все думаю — где тебя искать, — сказал губернатор. — А ты сам пришел.

— Руки, — спокойно сказал Эверштейн. Он слишком привык, что перед ним все пасуют. Губернатор был хоть и варяжское начальство, но человек не вовсе испорченный и кое-что умел. Впрочем, чтобы снять винтовку с убитого хазара, много ума не надо.

— Руки тебе? — осклабился Бороздин. Он и так еле сдерживался, пока Аше угрожал Гуров, но разговора совсем не понимал, а потому не мог и вмешаться. Зато теперь все было слишком понятно. Эверштейн представлялся ему главным виновником его собственного предательства и падения, хотя в этом-то как раз не был виноват ни сном, ни духом. Бороздин обязательно нашел бы его. В том, что хазар явился сам, явственно обнаруживался перст судьбы. Конечно, Бороздин не хотел убивать его сразу. Он хотел подробно ему объяснить, как именно его ненавидит, — но палец дрожал на курке, и винтовка выстрелила как бы сама собой.

Все дальнейшее произошло стремительно и так же путано, как генеральное сражение. Эверштейн дернулся, осел, но успел нажать на курок. Губернатор рухнул на Гурова, Плоскорылов кинулся спасать инспектора, Эверштейн выстрелил в Плоскорылова, а когда дым рассеялся, Эверштейн оказался ранен в бедро, губернатор — в живот, а Гуров мертв окончательно и бесповоротно. Плоскорылов, на котором не было ни царапины, стоял среди избы и испуганно озирался.

Эверштейн лежал без сознания, все его силы ушли на последний выстрел. Губернатор хрипел, и на губах у него лопались красные пузыри. Гуров лежал лицом вниз, затылок его был разворочен — Эверштейн попал прямо в лоб. Аша не двигалась. Плоскорылов ничего не понимал. Он понимал только, что теперь никто не объяснит ему конечной цели войны, а стало быть, и инициация его — главная цель нынешнего генерального сражения — откладывается на неопределенное время. Больше того — он не уберег инспектора генштаба, погибшего у него на глазах вследствие цепи необъяснимых случайностей.

— А-а-а! — заорал он на Ашу, потрясая кулаками. — Это все ты! Ты, гадина! Из-за тебя все!

Она была единственной уцелевшей в этом побоище, и, как истинный варяг, он немедленно должен был провозгласить ее виноватой.

— Огурчиков? — испуганно спросила Галя, заглядывая в комнату, где только что стреляли. — Курочки?

Аша стояла молча, сжав кулаки. Потом наклонилась над губернатором и странно напряглась, словно пыталась вернуть ему здоровье усилием воли.

— Не этого! — заорал Плоскорылов. — Не этого спасать надо!

— Того уже не спасешь, — глухо сказала Аша.

— Сука! — взвыл Плоскорылов.

— Да пошел ты на х..., — сказала Аша, не глядя на него. Холодный западный ветер влетел в избу. Необъяснимая сила подхватила Плоскорылова, подняла в воздух и понесла за синие леса, за крутые берега, далеко-далеко, вон из нашего повествования.

Из этого мы видим, что и в генеральном сражении иногда перепадает кому надо.

Ниже приводится, для пользы читателя, заклинание западного ветра.

8

Западный ветер! Западный ветер!

Ты налетаешь полночью летней. Ты выметаешь сор многолетний. Ты задеваешь створы ворот. Ты затеваешь водоворот. Ветров веселых родина — запад. Холод и солод — главный их запах. Холоден, светел, весел, тяжел западный ветер — весть о чужом.

Западный ветер! Западный ветер!

Капли-отравы вещей Гекаты, буки, дубравы, Татры, Карпаты, пляски безумных, бред Кастанед, взвизги мазурок, треск кастаньет! Рвался и грабил, хапал и цапал. Музыка сабель, капель и цапель. Мчит, самочинный, в наш мезозой вальс с чертовщиной, вальс со слезой!

Западный ветер! Западный ветер!

Хладный, дождливый, плотный, болотный, лживый, глумливый, наоборотный, неимоверной мощи праща, ветер таверны, рощи, плаща! Лижущий долы, мнущий подолы, мат трехходовый, кукиш пудовый силе несметной сторожевой. Вечно предсмертный, вечно живой.

Западный ветер! Западный ветер!

Бьет батальоны, путает кроны, рушит колонны, мечет короны. Грают вороны, воют дома. У обороны шансов нема. Свежий, бродяжий, дюжий, пригожий, проклятый стражей дух бездорожий, — вейся, стоцветен, дуй и целуй, западный ветер, за-а-а-па-а-ад-ны-ы-ый

ХУ-У-У-У-У-У-УЙ!

Когда Эверштейн пришел в себя, в первое время он не понимал, где он, что он и зачем он. Какой-то чужой дом, в котором сильно воняет пороховым дымом. Вероятно, бабушка готовила к обеду порох, и он убежал, перекипел. Зачем она готовила порох? Мало нам несчастий, так еще обед сбежал. Мир не удерживается под контролем, вечно норовит сбежать к кому-то другому. Тут же он вспомнил все и застонал от боли. Повернув голову, он увидел Ашу, стоявшую на коленях над губернатором. Наклонившись к его развороченному животу, она что-то шептала, словно вытягивая оттуда смерть. Губернатор лежал с закрытыми глазами, лицо его было бледно, волосы мокры.

Прислушавшись к себе, Эверштейн понял, что нечто вытягивают вовсе не из губернатора, а из него. Из него явственно уходила жизнь. Он чувствовал, что рана его, в сущности, пустяковая, грамотный хазарский врач поставил бы его на ноги в три дня, но теперь случилось что-то необратимое, и было уже поздно. Дело было не в ране. Туземка забирала у него силу и отдавала своему идиоту-губернатору. Это было похоже на переливание крови, но кровь можно перелить обратно, а силу уже не вернешь. Место, занятое в теле силой, заполняется соединительной тканью, зарастает хрящом, и Эверштейн уже почти не мог пошевелиться. Слабой, макаронной рукой он потянулся к пистолету — Аша даже не удосужилась его отнять, он так и валялся рядом, — но пальцы не слушались. Самое ужасное, что он не мог ничего сказать; язык повиновался ему, но говорить в самом деле было нечего. Все было слишком понятно.

Эверштейн, однако, понимал и то, что шутки кончились и сейчас он, вероятно, умрет. Это было непонятно. Умирать от глупого колдовства глупой туземки, которая, будь он здоров и невредим, не имела бы над ним никакой власти, да еще и в конце войны, после выигранного генерального сражения, конечно, выигранного, потому что варяжство бежало, оставив деревню Дегунино, — участь не просто обидная, а позорная. Обидно было не просто умирать, унося все свое знание, — и какое знание! — но и уйти, не поняв, зачем все это знание было нужно. С этим он не мог смириться, хазарская обида сильна, и выкачивание жизни как будто замедлилось; он начал сопротивляться.

Губернатор застонал, но Аша и без того почувствовала бы, что операция осложняется. Она перестала шептать невнятные слова и посмотрела на Эверштейна очень спокойным и совершенно пустым взглядом. Эверштейн увидел бездонную пустоту ее глаз и обнаружил в ней следующий этап плана. Этот этап заключался в исчезновении Эверштейна и всех других Эверштейнов. Вся его безумная тяга к ускорению истории ускоряла движение в сторону этой бездонной пустоты, вся хазарская воля к оформлению аморфного оформляла только эту всепоглощающую кашу. Все, что могли ЖД сделать с коренным населением и с миром вообще, сводилось к одному: исчезнуть в этих совершенно пустых глазах, пустота — в пустоту. На фоне этого абсолютного, идеально замкнутого нуля ничто не имело смысла. Эверштейн вздохнул и перестал сопротивляться.

— Вот и ладно, — шептала Аша, — лежи, теперь все, теперь вытащу. Встанешь, в горы пойдем, через горы перевалим, в Азии перезимуем. В ноябре рожу, тихо сидеть будем, никто не найдет.

Глава одиннадцатая. Деревня Дегунино

1

Странное началось после генерального сражения.

Генеральные сражения — вещь привычная, не раз и не два случались они в Дегунине да и в других местах. Ни одно генеральное сражение не заканчивалось полной и безоговорочной победой. Причина заключалась в том, что захват куска земли ничего не решает, все это знают и не придают земле особенного значения. Главное, так сказать, — наложить руку сильнейшего духом противника. Рука накладывалась, противник все понимал и убирался, и хорошо еще, если земля его выпускала; а то бац, воронка, или река, где не было, и поминай как звали со всеми твоими двунадесятью языками.

Но ни один двигатель не вечен, и в Дегунинском сражении, которое непременно вошло бы в историю, если бы кому-нибудь захотелось написать такую историю, некому было накладывать сильнейшую руку на слабейшего противника. Неуязвимый проект, при котором два всадника по очереди седлали рабочую лошадь, закончился благодаря деградации всадников и износу лошади. Земля вступила в дело. Все и до этого было понятно, но теперь стало видно, а это совсем другой разворот событий.

Вроде и не сделалось ничего особенного — подумаешь, лопнуло поле боя и поглотило солдат; но ведь это бывало. Только варяги и хазары скрывали такие вещи, чтобы тем вернее приписать себе все боевые заслуги; а коренные-то знали, что действуют в завете с землей и что в случае чего она поможет. Множество раз помогала — то прятала своих, то разверзалась под чужими; коренное население, если его допускали до телевизора, намекало иногда, что война выиграна не без помощи земли, — но это считали безобразной клеветой. Варяги утверждали, что война выиграна жертвами и ничем иным, хазары упирали на заградотряды. Между тем где-где, а в Дегунине знали свою землю, и если она вступила в войну — значит, действительно край, но непонятно было, на чьей стороне она действует. Похоже, что ей надоели все три силы и, стало быть, сам процесс.

Страшно стало в деревне Дегунино.

Началось с того, что прославленные дегунинские яблоньки, росшие почти в каждом дворе, среди августа месяца стали ронять листву, яблоки на них сморщились и пожелтели, кора потрескалась. Главная яблонька, росшая в дегунинском лесу, та самая, от которой брали все черенки, отводки и семечки, вечно плодоносящая, даже зимой неутомимо рождающая мороженые рязанские яблоки, так и завязывавшиеся коричневыми, — потекла смолой, как слезами, и круглые сутки издавала тихий, едва слышный стон, словно просила прощенья, что не может больше угощать деревню Дегунино. Печка, стоявшая неподалеку, спрятанная лесом от посторонних глаз, невесть когда сложенная старая печка, неутомимо предлагавшая всем сдобные пирожки с непредсказуемой начинкой, — то с рисом, то с яблоками, а то вдруг с капустой, — сначала стала предлагать непропеченные, сырые, вязкие, а потом вовсе замерла, уставившись черной, нерожающей пустотой на потрясенных дегунинцев. В самые дикие, самые голодные времена, когда подчистую вымаривали коренные деревни то одной, то другой государственной инициативой, — яблонька плодоносила, а печка пекла, и население удерживалось на краю. А уж если печка и яблонька, основа основ всякой коренной деревни, отказываются жить дальше — это значило только, что дальше и некуда. В Дегунине жили люди непростые, им не надо было других пояснений.

Коренное население долго гадало, чем на этот раз прогневило своего Даждь-бога. Ведь оно жило, как всегда, — щедро и безропотно отдавая все, что имело; как прежде, на круглой поляне, служившей Даждь-божьим храмом, кружились хороводы. Как прежде, прятались в лесах от мобилизации дегунинские мужики, возвращавшиеся к женам лишь в краткие периоды затиший. Как прежде, дегунинские жители были неспособны к убийству и чужды воровству. Все шло обыкновенным порядком, но из Дегунина словно вынули душу, и случилось это в тот самый августовский день, когда в избе ашиной бабки убили сторожа.

Не сказать, чтобы сторож был главный человек для коренного насления. Были и такие, что думали — а, не надо сторожа, и без сторожа выживет Дегунино. Но те, что постарше и поумней, знали: если он убит, да еще и в самом Дегунине, — это не зря, ох, не зря. Сторожей немного, каждый на счету.

И ежели кто не углядит — прощай все: не миновать начала. Аша ушла из Дегунина со своим еле плетущимся спутником, провожаемая тяжелыми взглядами; что с того, что она поклялась уйти в горы? Какая разница, где родится страшный ребенок, который положит Дегунину окончательное начало? Кроме сторожа, остановить ее было некому — так и ушла, а Дегунино осталось ждать страшного.

Холодно стало в деревне, тихо стало в деревне. Даже и песен не пели, а только плакали.

2

— Яблонька моя, яблонька, — причитала Галя, гладя сухой ствол. — Яблонька моя кормилица, душенька моя голубушка. Что на тебя напало, что с тобой станет, что с нами будет? Земля моя землица, чем я тебя обидела? Печка моя печенька, что я не так сделала? Я ли тебя не благодарила, песен тебе не пела, сказок не рассказывала? Прощай, печенька, прощай, яблонька, холодное пришло на нас время, голодное время...

Галя чувствовала, что и печка, и яблонька изо всех сил стараются ей ответить, корнями цепляются за иссохшую, безответную дегунинскую землю, пытаются выдавить из себя хоть пирожок, хоть яблочко, чтобы утешить несчастных коренных жителей, но могут теперь только стонать — жалобно, еле слышно. А что вы думаете, и у печки корни. У всего живого корни, каждый дом в Дегунине корнями сосал из земли устойчивость и силу, — но земля не рожала больше, влага жизни ушла из нее, и дома рассыхались, трескались, скрипели дверями, стонали стенами. В доме ашиной бабки покосилась крыша, у ее соседки Фроси треснуло окно. Коренное население сохло с корня. Давно к этому шло, а почему — никто не знал; видно, и впрямь нет на свете ничего вечного.

Коренное население Дегунина боялось смерти. Смерти не было в дегунинском мире, ее не пускали, о ней не думали, — что уходит в землю, не умирает, а переходит в дерево либо травку, и длится бесконечный круг, и не иссякает живая вла-

669

га. Коренное население Дегунина не знало будущего в своем бесконечном циклическом настоящем. Коренное население думало, что если древние волчьи роды будут блюсти запреты и не смешиваться с завоевателями, то ничего плохого и не будет. Одного не знало коренное население Дегунина — что иссыхает любая почва и сужается круг, по которому ходит жизнь; и если не выйти из круга, пусть даже в опасное, чреватое смертью пространство, — круг сведется в точку, и поминай, как звали.

— Яблонька моя, яблонька, — причитали в каждом дегунинском дворе, — печенька моя, печенька.

Отдельная песня была для плюща, оплетавшего заборы, отдельная — для георгинов, отцветавших пышно и бурно, словно в последний раз, отдельная — для золотых шаров.

Стон стоял над деревней Дегунино.

3

В такое-то время, первыми, раньше срока наступившими осенними заморозками вошли сюда Анька и васька Василий Иванович.

— Что же это, Анечка, — залепетал Василий Иванович, вслушиваясь в тихий, нараставший по мере приближения стон, похожий на вой телеграфных столбов в сыром осеннем поле. — Что это делается, или ты не слышишь?

Анька не слышала, но чувствовала. Что-то было не так, очень сильно не так.

— Анечка, что же это делается. Это ведь Дегунино, или мы не туда пришли?

— Не знаю, Василий Иванович.

— Нет, точно Дегунино! Я-то знаю. Что же с ними сделалось?

Василий Иванович знал тут все дворы, каждый васька не раз и не два в своих странствиях заходит в главную коренную деревню и снова покидает ее, потому что не может нигде оставаться долго; если б не начали их распихивать по васятникам, так бы всю жизнь и ходили. К ашиной бабке зашел он сразу, потому что знал ее не один год.

— Василий Иванович! — запричитала она. — Что ж ты раньше не приходил! Пойдем, покажу тебе, что делается.

На Аньку никто из них не взглянул. Маленькие, круглые дегунинские бабки выкатились в двор и обступили высыхающую яблоньку.

— Вот, гляди, что стало. Отчего это, Василий Иванович?

— Ахти, беда какая, — заговорил Василий Иванович, опускаясь на колени. — Видно, корень пересох или ты как-нибудь еще недоглядела…

— Опомнись, Василий Иванович, когда же я могла недоглядеть? Отворот до роскоши, поворот на крепости, вывод из громкости не такой, чтобы утешить голубчика расхожего…

Дальнейшего Анька не понимала: слова все были знакомые, но в странной связи друг с другом, а стало быть, коренные жители перешли на свой язык. На этом языке обсуждалось только то, чему не было аналога в речи захватчиков, которую они давно приняли и считали своей; возвращение к коренному наречию причиняло им почти физическую боль, бередило самую глубокую память, и потому, раз уж на него перешли, дело шло и впрямь о главном, для чего не было слов в новой речи.

— Да ты коробок выливала ли?

— Ахти, выливала.

— Да ты уголок бормотала ли?

— Ахти, бормотала.

— Да ты, может быть, колосок не одобрила?

— Ахти, одобрила!

В другое время Анька посмеялась бы над всей этой белибердой, но по интонации Василия Ивановича и местной старухи понимала, что речь идет о чем-то страшном, крайне серьезном, и сам Василий Иванович был напуган едва ли не больше старух.

— Прежде-то не было так, а?

— Никогда так не было, Василий Иванович!

— Ахти, что же это. К печке, к печке пойдем.

— Ах, печка-то, печка-то! — запричитали хором старухи и пошли с Василием Ивановичем в избу. Анька подошла к яблоне, неотличимой на вид от тех, что росли у нее на даче, и погладила ствол. Желтая смола вытекала из трещин, сухие коричневые листочки лопотали на ветру.

— В лес надо, в лес надо, — быстро повторял Василий Иванович, выходя из покосившейся избы. — Хоть там погляжу, что делается. Ахти, если и там так, то что ж это, чего мы сделали…

— Да и там, и там, — плакали старухи. — Там и началося.

— Пойдем, Анечка, — приговаривал Василий Иванович. — Печку сейчас посмотришь, яблоньку посмотришь…

Посреди идеально круглой поляны возвышалась раскидистая, мощная, очень старая яблоня, а рядом с ней — приземистая уютная печка, которая словно стояла тут всегда; ее словно никто не складывал, не топил — она сама выросла тут непонятно откуда; нес ветер печное семечко, выбрал поляну покруглей, обронил, и взошло. Первой проклюнулась труба, а там и пошло, и пошло, — и вот уже первый пирожковый урожай снимают прохожие; а где принялась печка — там можно строить деревню, потому что место это правильное, благословленное. Яблоня не вся еще высохла, еще трепетала на ней живая листва, но по стене печки змеилась уже широкая трещина, такая зловещая, что ясно было — сколько ее глиной ни замазывай, ничем не починишь.

— Анечка, что же это! — в голос заплакал Василий Иванович.

Анька подошла к печке. Теперь, после двухмесячного скитания, она верила в свою силу — много раз вытаскивала она Василия Ивановича из безнадежных положений, привыкла заботиться о нем и теперь считала себя сильней, а то и старше. Ей казалось, что и здесь ее сила хоть как-то выручит, выправит положение — не может быть, чтобы ее любви не хватило на яблоньку и печку; она погладила трещину — и точно, в печке что-то зашуршало, задвигалось, заслонка выпала, и в теплом печном чреве наметилось некое движение. Анька сунула руку в черное зияние и нащупала одинокий подгоревший пирожок, черствый и остывший.

Это было все, чем могли ее тут встретить.

— Кушай, Анечка, — прошептал Василий Иванович. — Это она здоровается.

— Это она прощается, — сказала Анька. — Не могу я, Василий Иванович.

Она положила пирожок обратно в печкино чрево. Так никто и не узнал, с чем он был.

4

— Куда же ты пойдешь, Василий Иванович? На кого ты нас бросишь, Василий Иванович? — кричали круглые дегунинские бабки. Василий Иванович стоял посреди деревни и кланялся на четыре стороны.

— Вы знаете, куда я пойду, — говорил он робко.

— Да нельзя тебе, Василий Иванович! Никто же еще не приходил оттуда, Василий Иванович!

— Нет, надо, надо, — лепетал он. — Видно, уж не избежать. Надо Жаждь-бога попросить, надо умилостивить.

— Не ходи туда, Василий Иванович! Пожалей нас, Василий Иванович!

— Нет, милые, надо пойти. Думаете, не страшно? Еще как страшно. А вы ждите. Может, умилостивлю.

— Куда мы теперь, Василий Иванович? — спросила Анька, когда, провожаемые общим стоном бабок, печек и яблонек, они медленно брели по пыльной дороге к железнодорожной станции.

— Ах, не спрашивай, Анечка. Поезжай домой, туда-то я без тебя дойду.

— Что ты, Василий Иванович. Как же я теперь домой поеду. Надо же Дегунино спасать.

— Не надо тебе его спасать. Не твоя деревня, не тебе и спасать.

— Ты что же это? Ты гонишь меня, Василий Иванович!

— Да пойми ты! — сказал васька, останавливаясь среди дороги. — Нельзя туда ходить, никто еще не вернулся!

— Да, может, это потому, что там очень хорошо, — сказала Анька.

— Не поеду я с тобой! — рассердился Василий Иванович. — Что ты упрямая какая! На поезд садись, и чтобы к родителям!

— Никуда не поеду!

— Поедешь!

— Не поеду!

— Анечка, — плаксиво заговорил Василий Иванович. — Ну что мне делать с тобой! Ты же сама, сама видела...

— Видела, — решительно сказала Анька. — Нельзя так оставлять. Поехали что-нибудь делать.

Василий Иванович почувствовал ее спокойную силу, и ему стало легче.

— А и то, — сказал он. У васек против силы не было никакого иммунитета, они с облегчением сдавались, едва кто-то начинал решать за них. — Глядишь, еще и вымолим чего.

— А куда мы едем-то? — спросила Анька.

— Да есть одно место, — уклончиво ответил Василий Иванович. — По дороге расскажу.

Глава двенадцатая. Повесть о трех городах

1

— Можно, кажется, — сказал губернатор осторожно, и они выглянули из-за угла. Провинциальная серая улица была пустынна, облупленный серебряный Ленин указывал рукой на кинотеатр «Победа», словно укоряя — до чего дошли. В кинотеатре раньше был вещевой рынок, потом его закрыли и стали опять показывать кино, большей частью патриотическое, но на кино никто не ходил, и его тоже закрыли. Одно время там была выставка-продажа природных лекарств и оккультных услуг, но ее ограбили. Тогда там сделали православную ярмарку, но ее посещали плохо, так что сейчас кинотеатр пустовал. Иногда в зале пировала плохим пивом местная молодежь. В этом городе, как почти во всех других городах на этой территории — вам не нравилось, когда говорили «эта страна», хорошо, давайте говорить «эта территория», потому что страну вы благополучно уконтрапупили, — постоянно что-нибудь закрывали и открывали в новом качестве, но всегда с некоторым сдвигом по шкале, с небольшой, но заметной деградацией. Например, в этом городе был собор. Расписал его добрый купец Чунькин, художник-самоучка, рослый, круглолицый, пухлый, и весь собор был расписан такими же розовыми, круглолицыми, пухлыми ангелами. Все, за что бралось коренное население, получалось добрым и пухлым. Купец Чунькин впоследствии разорился и побирался у собора, расписанного им в лучшие времена: человек, рисующий пухлых ангелов, вряд ли может быть хорошим купцом по варяжским или хазарским законам, а другой торговли на этой территории не оставалось. И тогда купец Чунькин стал жить при соборе, и собор славился тем, что молитвенные просьбы в нем исполнялись, потому что пухлые ангелы доносили их непосредственно до престола Господня. Пухлые ангелы имеют преимущество.

В революцию собор закрыли и снесли вместе со всеми ангелами, и на месте его выстроили продуктовый магазин. Но собор имел такую силу, что молоко в магазине всегда было самое свежее, творог самый вкусный и продавцы самые добрые. Они тоже были розовые, пухлые и улыбались каждому покупателю, и те, кто ходил в этот магазин, были счастливы в личной жизни.

В следующую революцию магазин снесли и опять построили собор, и расписали его вертикальными готическими композициями в варяжском духе, потому что людей, подобных купцу Чунькину, на этой территории почти не осталось. И потому в соборе ютилась по углам мелкая нечисть, присутствие которой отлично чувствуют прихожане. Им было неуютно в соборе. А все молоко в городе стало кислое, и творог невкусный, а продавцы готические, с чертами варяжских мудрецов и воинов, неприступных и презирающих чужие мелкие нужды. Так всегда бывает, если что-нибудь долго строить, а потом сносить, и опять строить, и опять сносить. После второго сноса уже не получается ничего хорошего, а после третьего вообще все разваливается. В этом городе была улица Соборная, переименованная в улицу Розы Люксембург, а потом обратно в Соборную, а потом в Первую Патриотическую. Второй Патриотической в городе не было, потому что Родина у нас одна, сынок, да и от той, если честно, мало что осталось. Все улицы в этом городе были переименованы по три-четыре раза, и потому ходить по ним не было никакого удовольствия. Честно говоря, паршивый это был город. Его построили на берегу реки Мурки, прозванной так за миролюбивое журчание; варяги пришли и сделали из него крепость, хазары пришли и крепость перестроили, варяги вернулись, сожгли город и выстроили снова, во времена хазарского ига его разрушили и выстроили каменный, во время опричнины разрушили каменный, после опричнины отстроили, но разрушили во время смуты, а дальше он рушился и строился каждые сто лет, и ему самому это страшно надоело. Реку Мурку последовательно переименовывали в Красну, потому что на ней были бесчисленные побоища, Десну, потому что предводитель хазар уронил туда вставную челюсть, Шексну, потому что на языке варягов это означало «Ща как тресну!», Блесну, потому что первый секретарь обкома любил тут рыбачить на блесну, и Весну, потому что это соответствует светлому патриотическому духу, но ни одно из этих имен не прижилось, и в городе ее называли просто рекою. «Усну, — лепетала она, час от часу мелея, — усну...»

— Можно, — повторил губернатор, и они с Ашей медленно, чинно, типа обычная пара, пошли по улице. Они только что оторвались от преследователей, долго отсиживались в подвале, плутали, петляли, путали следы и вот теперь вышли на улицу Народного Сопротивления, бывшую Ленина. Идти по улице было трудно, сам воздух словно сопротивлялся. Ее пересекала улица Народного Напряжения, вся выгнутая горбом, словно от народного напряжения. Улицы Народной Силы Тока в городе не было, поэтому и с электричеством возникали перебои. Неожиданно в конце улицы показался полиционер. Сюда уже дошли фотороботы губернатора и Аши, а о предательстве губернатора рассказали все телеобозреватели. И хотя узнать Бороздина было теперь трудно — он зарос, исхудал и был грязен, вот что делает с людьми любовь, — все полиционеры его узнавали, потому что от губернатора и Аши исходили флюиды загнанности, а на эти флюиды полиция реагирует безошибочно. Вот и теперь, привлеченный запахом угнетения и унижения, полиционер, которого в случае драки или грабежа было не дозваться, возник в конце улицы и стал принюхиваться. Угнетение и унижение были где-то близко. Не поживимся, так хоть поглумимся. Он радостно заверещал всем телом и устремился к Аше и губернатору.

— Бежим! — крикнул губернатор и побежал в переулок. Погода была в великолепии. Пыльный зной изливался на южный город. Бежать было трудно. Аша была на пятом месяце, год — на восьмом, лето — на третьем. Ашу тошнило. Губернатор сжимал ее потную вялую руку и чувствовал, что на этот раз им далеко не убежать.

— Ага! — радостно закричал пьяный мужичонка в подворотне. — Лови, дяржи, бягуть!

— Бягуть! — радостно поддержала его огромная бабища, старшая по дому шесть в переулке Народного гнева. — Дяржи, бягуть!

Губернатор силком волок беременную Ашу. Они бежали медленно, толпа преследовала их немногим быстрее. Толпа растягивала удовольствие и попутно обдумывала — что бы с ними такое сделать? Зашить в мешок и бросить в реку было неинтересно, потому что мучения жертвы будут скрыты водой и мешком. Можно было зашить в мешок и заставить бежать, получится бег в мешках. Так и сделаем, а дальше придумаем. Губернатор бежал с трудом, воздух разрывал его легкие. Аша почти не могла бежать, задыхалась, сердце ее проваливалось. «Дяржи!» — заорала встречная кошка, черная от злобы, серая от пыли, и перебежала им дорогу.

— Убьем, убьем, и выблядка убьем! — кричало население этой территории. Им было неважно, кого и за что убивать. Оно уже так часто меняло название, веру и социальный строй с одного на другой и обратно, что начисто забыло себя и испытывало только глухое отвращение к себе и любым встречным. Встречных оно убивало, а себя изводило. В последний раз населению пришлось переворачиваться, когда через город дважды проходили сначала ЖД, а потом федералы. Тогда Народную переименовали в Кошерную, а все предки перевернулись в гробах. Потом Кошерную переименовали в Народную, и все предки перевернулись обратно. Не предки, блядь, а пропеллеры. То-то земля и шевелится на всех кладбищах этой территории, и падают надгробья. Все говорят: акт вандализма, акт вандализма... Ничего подобного, это всё предки.

Из переулка генерала Паукова, названного так при жизни генерала Паукова потому, что он родился в этом городе, да где бы еще могла и появиться такая дрянь, — выбежал небольшой отряд, вооруженный дрекольем, осмотрелся и тоже побежал за Ашей и губернатором.

— Бягуть! — кричала одна толпа.

— И выблядка! — кричала другая.

Аша вырвала у губернатора руку и упала.

— Не побегу дальше, — сказала она.

— Ветер! Вызови ветер! — прерывающимся шепотом попросил губернатор.

— Не могу. Сил нет. Здесь нет ветра.

— У-гу-гу! — загуготала толпа и замедлила шаг. Теперь можно было не торопиться.

— А и к черту все, — сказал Бороздин. — Хватит прятаться. Третий месяц бегаем.

Они с Ашей встали, держась за руки и шатаясь, и уставились на толпу.

В эту секунду первый пузырь газа флогистона, скопившийся под этим городом, оглушительно лопнул, разделяя жертв и преследователей широким осыпающимся рвом. Толпа в ужасе остановилась на краю рва и попятилась от него. Пропасть ширилась. Призрачный газ без цвета и запаха поднимался в небо.

— Землетрясение, — в ужасе прошептал кто-то из толпы.

Губернатор и Аша, не веря чудесному спасению, замерли на краю пропасти.

— Ты сделала? — спросил губернатор.

— Не я, земля. Худо дело. Земля встала, не носит нас больше. Старики говорят — когда земля встанет, значит, нет сил у земли. Не выдержала. Все, конец.

Губернатор сел на асфальт, обрывавшийся в трех шагах от них, и взялся за голову.

— Что же, это все мы? — спросил он. — Всему верю, а этому не верю. Неужели из-за ребенка, Аша?

— Не знаю, — сказала она блеклым голосом. — Идем.

— Погоди! Но если правда... из-за нас... конец всего этого...

— Идем, — сказала она решительно. — Этот мир ничего другого не стоит. Если все они так хотят убить одного ребенка, так им и надо.

2

В следующем городе уже почти не было народу. Все чувствовали, что надо переезжать — например, в Москву, где что-то еще осталось. Ходили слухи, что скоро Москву закроют, не резиновая же она, и так все поля вокруг города застроили в радиусе двухсот километров, — но пока туда еще пускали на всякую грязную работу, и надо было торопиться. В городе N+1 было очень много церквей и двухэтажных домов. Вода постепенно заполняла этот город, но дело было не в тихой и сонной, стоячей реке Энке, над которой зависали в дрожащем напряжении синие прозрачные стрекозы, а в какой-то подпочвенной, непонятной воде — может быть, минеральной. Она выступала из недр и осторожно, вдумчиво, спешить ей было некуда, подтопляла город N+1. Никаких грехов на нем не было, и наказания своего он не заслужил, и вообще смешно придумывать нравственные обоснования физическим процессам, вроде камнепада или затопления. Нравственные события бывают в нравственной истории, а в физической случаются только физические. Они — не расплата и не урок, а отсутствие заботы о земле. Когда земля пустеет, она естественным образом заболачивается, а когда болото не осушается, оно медленно превращается в озеро. Очень может быть, что и с градом Китежем случилось нечто подобное, а захватчики совершенно ни при чем. N+1 уходил под воду, стоял в ней по пояс, как новая Венеция, затопляемая по тем же причинам (со времени дожей здесь нет никакой истории, население деградирует, нельзя же считать населением бесчисленных туристов!), да тут еще лето случилось дождливое — сухих улиц не осталось. Во всем городе работал один магазин, где Аша с губернатором купили каменных пряников, и одно учреждение, а именно краеведческий музей, директриса которого, она же единственный экскурсовод, выращивала в собственном огороде влаголюбивые культуры и тем жила.

Директриса энплюсодинского музея была женщина интеллигентная, высокая, когда-то красивая, очень культурная. Униформой всем культурным женщинам провинции служила шаль местного производства — во всей провинции коренное население выживало тем, что шило платки, а если ткани не хватало, плело кружева. Библиотекарши, учительницы, директрисы провинциальных музеев, все, на ком так долго держалась истинная культура, то есть все, кто так долго и глупо делал вид, будто что-то еще есть, всегда кутались в шали. Их представление о культуре, однако, было стопроцентно варяжским: веди себя скромно, не харкай. Они любили, чтобы формуляры были заполнены разборчиво. Им нравились ритуальные вещи вроде отставленного мизинца при чаепитии, слов «спасибо» и «пожалуйста», варяжских паролей, не имеющих к культуре никакого отношения, и еще они любили варяжские народные романсы, в которых суровые варяжские женщины, поющие в нос, давали решительный отлуп, тоже в нос, любым мужским поползновениям. Разумеется, среди провинциальных библиотекарей и директрис были истинные подвижники, хорошие люди, и одна из таких подвижниц, Марья Семеновна, работала в городе N+1. Она любила свой приплюснутый купеческий город и крошечный музей, восстановленный местными умельцами. Она любила зал местных промыслов — изготовление грибов из любых подручных материалов, от дерева до глины; грибы были вытканы на местных шалях, украшали кружева, столовый прибор в виде грибов был когда-то подарен президенту, и только так он узнал о существовании данного города. Грибов в городе и его окрестностях водилось очень много. Вероятно, они питались подземной влагой, тогда еще скрытой, смирной.

Не найдя в городе ни одного работающего заведения, губернатор и Аша зашли в музей — просто потому, что там было открыто.

— Проходите, проходите, добрый день, — поприветствовала их директриса. — Я рада, что вы интересуетесь историей нашего города.

Она провела их по залам, стилизованным под купеческое жилище начала девятнадцатого века, где под стеклом на столах лежали извлеченные из семейных архивов гимназические сочинения про Дубровского, фрагменты частной переписки, в которой все благодарили Бога за то, что до сих пор живы, и страница рукописи писателя Кислопрядильщикова, видного народника, сотрудника журнала «Русское богатство»: очерк «Лесной пожар». По стенам висели портреты местных купцов и их детей. Купцы были насупленными, лица их —

каменными, и видно было, что купеческое слово их твердо. В лицах детей читался затаенный ужас перед тем, что когда-нибудь и им придется стать каменными, и купеческое слово их будет твердо. Купцы были по большей части варягами и люто ненавидели хазар, видя в них опасных конкурентов. Когда хазары стали комиссарствовать в городе, купцам мало не показалось.

— Это музыкальная шкатулка, — рассказывала Марья Семеновна. — Музыкальные диски хранились в доме казака Онуфрия Янова, впоследствии расказаченного, и купца Прокофия Жвакина, впоследствии раскупеченного. Музыкальные ящики Янова и Жвакина были сломаны во время революции, и диски негде было прослушать. Дети делали из них мишени для луков, и большинство дисков погибло. Уцелел один, завалявшийся на чердаке и содержавший вальс «Амурские волны». Музыкальный ящик случайно уцелел в хозяйстве трактирщика Прушкина, впоследствии растрактиренного. Его починил кустарь Зобов, впоследствии раскустаренный. Ящик долго хранился у комиссара Штейнмана, впоследствии комиссованного, а в 1937 году раскомиссаренного окончательно. Создатель нашего музея Борис Павлович Феклыгин, местный учитель, впоследствии разучившийся, обнаружил диск и совместил его с ящиком, потому что диск без ящика и ящик без диска не представляли никакого интереса. Да, в сущности, вся страна у нас состоит из дисков без ящика и ящиков без диска, и они вечно враждуют, вместо чтобы объединиться и произвести дивную музыку. (Это уже я говорю, а не она). Сейчас вы ее услышите.

Она поставила диск на ящик, накрутила ручку, пружина стала раскручиваться, диск завращался, задевая прорезями за шипы, и хрипловатые колокольчики заиграли вальс «Амурские волны». Аша выглянула в окно. Воды Энки, а может, какие-то другие воды уже поднялись до окна провинциального музея. Вода проступала сквозь крашеные доски пола. По воде бежали мелкие амурские волны: амур означает любовь, и вода как бы слегка трепетала от любви к заполняемому ею городу.

— Благодарю вас за внимание, — сказала Марья Семеновна, поправляя очки. — Теперь мы продолжим нашу экскурсию по городу, надо только взять лодку.

Она быстро надула с помощью насоса небольшую резиновую лодку, открыла окно, причем вода хлынула в дом; директриса забралась в плавсредство и помогла разместиться там губернатору с Ашей.

— Внизу под нами вы видите улицу Семеновскую и дом купца Кузина, пожертвовавшего три тысячи на создание городской библиотеки, — говорила Марья Семеновна, деловито гребя, лавируя меж постепенно скрывавшимися домами и возвышавшимися над водой храмами. — Вот эта удивительная церковь Николая Угодника казалась мне в детстве очень высокой, как бы длинношеей, и я называла ее «балерина». А вот эта удивительная церковь Параскевы Пятницы казалась мне кругловатой и приземистой, и я называла ее «бабушка». У нас был очень хороший город. Приносим вам свои извинения за то, что вы знакомитесь с ним в ситуации временных неудобств.

Вода прибывала неудержимо. Лодка поднималась выше и выше. Скоро над водой торчали уже только кресты колоколен. Вдалеке виднелся скалистый обрывистый берег — здесь начинался юг, горы.

— Благодарю вас за посещение нашего города, — сказала Марья Семеновна, причалив к скале. — Наша экскурсия окончена. Всего доброго.

Губернатор и Аша вылезли на скалу и хотели помочь Марье Семеновне, но она решительно отказалась.

— Я не могу оставить музей, — сказала она. — Надеюсь, экскурсия вам понравилась. Там между гор есть тропинка, она вас вывезет к жилью. До свидания. Не забывайте наш город.

Она взялась за весла и отчалила куда-то по розово-серой гладкой воде.

Глава тринадцатая. Деревня Жадруново

1

Глубже и глубже шел Волохов со своей гвардией в среднюю Россию, называвшуюся так потому, что окраинная осталась позади. Устройство этой земли только теперь открывалось ему. Он понял, что в согласии с циклическою историей и структура ее была концентрична, подобно обожествляемому здесь дереву, и нарастала подобно годовым кольцам. Варяжский, хазарский или иной вражеский клин мог войти в эту древесину глубоко, но сердцевины ее не затрагивал; в сердцевине-то и находилось Жадруново, к которому держал он теперь путь.

Чем дольше он шел, тем лучше понимал замысел, небольшой частью которого был. Прежде казалось Волохову, что предназначение его в создании нации, которую надо четыре года или сколько уж там получится водить по российским пустошам; у Одиссея было море, у Моисея — пустыня, а у русского человека лес да поле, зеленая равнина, пересеченная извилистыми тропами и железнодорожными путями. В некий момент воссоединение с возлюбленной показалось ему важнее всякой нации, которая еще неизвестно, создастся ли; подумав, он рассудил, что одно другому не мешает — может, странствуя в поисках Женьки, он как раз и сформирует отряд истинных воинов, бесстрашных мужей. Путь его все сбивался с прямой линии на спираль, Волохова как бы сносило течением земли, не менее мощным и ощутимым, нежели водное: то между городами не было прямого сообщения, то приходилось спускаться вдоль разлившейся от дождей реки до моста, то, добравшись уже было до железной дороги, по которой попала в Жадруново его возлюбленная, он узнавал, что сообщение прервано, ибо таинственные партизаны постарались и тут. К Жадрунову он приближался медленно, но неуклонно, нарезая вокруг него сужающиеся круги; глубже, глубже в центр спирали погружался Волохов со своими людьми, понимая, что прямого пути в искомую точку у него нет.

И Волохов доверился земле, понимая, что в Жадруново к Женьке она выведет его так и так, и уж верно, это зачем-нибудь нужно, — но попадет он туда не прямым, а кружным, спиральным ходом, теряя по дороге спутников и обретая знание. Он подходил к Жадрунову третий месяц — что ж было не подходить? Жарким и благодатным выдалось то последнее лето, и новым своим знанием, появлявшимся Бог весть откуда, Волохов знал, что оно последнее. Знал он и то, что есть жизнь и после, — но это будет совсем другая жизнь, столь отличная от прежней, что даже бледных ее контуров не мог он разглядеть в будущем. Словно пелена стояла между ближайшей осенью и будущей весною. Пока же все цвело, словно напоследок; Волохов шел прогретыми хвойными лесами, полями, в которых сладко пахло сухой травой и пылью, шел прозрачными пустынными березняками, в которых встречались ему подчас поселения странных людей, забывших, откуда они и как их зовут; шел, ничему не удивляясь и ни о чем не думая, не упуская из виду единственной цели и подходя к ней ближе, ближе, как спутник, обреченный упасть на Землю. И чем ближе он подходил, тем ясней понимал, что и за деревней Жадруново есть какая-то жизнь, но угадать ее невозможно, как невозможно из нынешнего лета увидеть будущее.

Он не то чтобы чувствовал Женьку, приближаясь к ней, — он знал о ее присутствии; вместо глухой пустоты ощущал он теперь странные сигналы, которыми она направляла его единственно правильным путем. Она не снилась ему и не говорила с ним мысленно; он чувствовал, что там, в Жадрунове, будет уже не совсем Женька, но какая-то часть ее души была то ли самой живучей, то ли просто вечной, и эта часть находилась в сложном соотношении с его собственной душой, а потому и подавала искаженные сигналы, доходившие, как голос с того берега. Дальнееауканье за туманом он слышал все ясней — а потому шел, хоть и знал заранее, что увидит не то, чего ждет, и вообще все будет иначе, а может, и вообще друг друга они не узнают, как было однажды предсказано.

И еще один странный звук слышал Волохов — слышал его все время, наяву и во сне; он был неотвязен, но ненавязчив, как тонкая песня проводов над равниной, как ветровое посвистывание, как пение снега, гонимого по ровному зеленому льду. Это был стон не стон, жалоба не жалоба, а ровный кроткий напев, приманивающий и засасывающий одновременно. Сама земля словно пела ему на одной ноте, и это можно было принять за сигнал — правильной, мол, дорогой идете, братцы, а можно и за тихий бессильный протест, а можно — и лучше всего — за мурлыканье одиноко играющего ребенка, которому в тихих его играх и дела нету до посторонних. В песне этой, однако, Волохов чувствовал странную нежность, легкую снисходительную радость — с такой улыбкой на него редко кто смотрел, но ею-то он и дорожил больше всего. В ней было лукавое одобрение — надо же, не ждали, а вот ты какой. То яснее, то глуше доходила до него эта песенка, но когда она начинала звучать отчетливей — он знал, что на верном пути, и по ней ориентировался.

Как-то раз он вышел со своей гвардией к ровному, черному, как тарелка, лесному озеру — в их устных преданиях оно получило название аукающего. Кто-то громко и радостно кричал «Ау!» с одного его края, кто-то так же весело отзывался с другого, — голоса были звонкие, девичьи, юношеские, раздавались они внезапно, с неравными интервалами и в непредсказуемых местах. Вот кто-то откликнулся совсем рядом с ними: они оглянулись — никого нету. Тогда сами они в детском восторге стали кричать: «Ау! Ау!» — и голоса звонко, ликующе стали откликаться им наперебой, то с одной, то с другой стороны, словно так и звала их к себе невидимая компания, разбредшаяся по грибы ли, по орехи, но никто так и не появился — только легкая рябь прошла по озеру, или ветер ее пронес?

— Не надо нам сюда ходить, — сказал Волохов. Страха он не чувствовал, но понимал, что попал в один из входов, вход этот ложный, сейчас он ему по случайности открыт, но предназначен другому; с сожалением поднялась летучая гвардия после короткого привала и направилась прочь от черной воды, над которой висели причудливо изогнувшиеся березы и вились голубые стрекозы. Голоса печально поаукали им вслед, да и стихли.

Много чудных чудес встречалось им по пути: видели они одинокую лесную избу, в которой решили заночевать — и перенеслись вместе с нею за двадцать верст, в новый лес, в незнакомую местность; видели серебряный лунный березняк, в котором одним слышалось пение, другим струнный оркестр, а третьим строевой марш; видели реку, над которой плыл колокольный звон, а никакого колокола в окрестностях не было. Впрочем, многое было объяснимо: когда долго странствуешь, поневоле всему веришь и на любой морок поддаешься. Ходить им не надоедало, Волохов набрал себе хороший отряд; одно было странно — чем дольше они ходили, тем различнее были их видения. Доходило до того, что один видел перед собою лес, а другой поле. Поразмыслив, Волохов понял и это: в процессе хождения, как он и предполагал, все они стали наконец людьми, догулялись до истинного своего облика, а люди все разные и на вещи смотрят неодинаково. До того дошло, что запевала рядовой Шмаков пошел в малинник, да так и пропал: виделся ему там не малинник, а троллейбус, он и сел в этот троллейбус и уехал восвояси. Остальные пошли в малинник — куда там! Только провода пощелкивают да машины гудят, но где-то очень вдалеке, там, куда уехал Шмаков. Горевать по нему не стали: верно, попал человек туда, куда ему надо было.

2

Шла и шла летучая гвардия, постоем заходила в деревни, и в каждой деревне спрашивали их по-разному.

— Это што ж, с войны, што ли? — говорил косматый дед-пасечник, угощая их свежим медом и разливая холодное, из погреба, молоко.

— С войны, дед, — отвечал ему Яков Битюг.

— И што, жмет немец?

— Да какой немец, дед? — удивлялся Битюг. — Немца побили давно.

— А-а, — кивал дед. — Глубоко живем, ничего не знаем. И вести не доходят, и радио што-то молчит. Раньше еще говорило, а теперь молчит. Давно побили-то?

— Да лет семьдесят уж, кабы не больше.

— Ну, и хорошо. А то ведь он и досюда не дошел, ходу сюда ему не было. Так вот и не знаем.

Битюг починил деду забор, перекрыл крышу, постучал молотком в сарае, подлатывая стены, — старик сетовал, что у самого уже сила не та. Деревня их, от которой пасека стояла в трех верстах, была полупустая, как большинство русских поселений: одни уехали, другие умерли, но тут еще теплилась жизнь, крепко устроенная.

— Что ж, уходят все? — спросил Волохов.

— Иные уходят, иные и приходят, — загадочно отвечал дед.

— Командир, — сказал Битюг, отведя Волохова в сторону. — Жалко деда, один живет. Я б ему на пасеке помог, да потом бы тебя догнал. Хорошо тут, командир, чую — мое тут место. Не серчай, я останусь. Прежде нигде остаться не хотел, а теперь знаю — пора.

— Так и оставайся, — широко разрешил Волохов. — Видно, и впрямь такое твое место. А если последние времена близко, подобное должно лепиться к подобному.

И Битюг остался.

Долго ли, коротко ли шли они без Битюга, а только пришли в другую деревню, еще поближе к Жадрунову, но поближе не напрямую, а, как бы сказать, по касательной. В этой деревне выбежала им навстречу девчонка в красном платьице в горошек, совсем молодая, лет пятнадцати.

— Ой, никак солдатики! — крикнула она. — Солдатики, а солдатики! Што, побили вы немца?

— Давно побили, красавица, — ответил за всех Михаил Моторин. — А у вас, чай, и не слыхивали о том?

— Не слыхивали, — покачала головой девка. — Говорят, у немца таньки и еропланы.

— Дак и у нас таньки, — в тон ей отвечал Моторин, подходя поближе и оглаживая ее ласковым взглядом.

— И газы ишо, — сказала девка. — Как пустит немец газу, так все и полягают.

— Никак нет, газы запрещены, — пояснил Моторин. — Молочка бы нам, или кваску...

— А как жа вы говорите, што побили его, а сами вон куда зашли?

— Это мы по домам расходимся, милая, — сказал Моторин.

— Долго воевали, — недоверчиво сказала она. — Отец бабки моей, мой прадед, как ушел, так и вести нету. Ишо до революции было.

Волохов с ужасом, а пожалуй, что и не с ужасом, а почему бы с ужасом, наоборот, с легким даже весельем догадался, что девка говорит о первой мировой войне, которая, по ее представлениям, все никак не заканчивалась; именно ею объяснялись все жертвы и пертурбации, включая колхозы и их последующий крах. В срединной России все давно уже объяснялось войной.

— Ну, теперь заживем, — сказал Моторин. — Отвоевались. Тебя как звать, красавица?

— Ксенией добрые люди называют, — хихикнула она.

— Ну, Ксения, пойдем, выпьем за победу! — сказал Моторин, и все они пошли пить за победу. Конца тут не было увлекательным рассказам про войну. В деревне жило пять стариков да шесть старух, да общая на всех внучка Ксения, чьи родители давным-давно из деревни уехали — тоже, видать, на войну. А куда ж ишо можно уехать из деревни, если не на войну. Прислали оттуда одно письмо, звали бабку Прянишну к себе, но бабка Прянишна для войны была уже старая и никуда не поехала. Если немец придет сюда, так она его ухватом, но чтой-то маловероятно. Никто еще не доходил, даже и в революцию приехал комиссар, плюнул и уехал.

— Ты не серчай, командир, — после застолья сказал Волохову снайпер Моторин, — но я чувствую к этой девице влечение и, если будет на то благоугодное твое согласие, останусь здесь.

Он уже заговорил в местном духе, это было заразительно. Пахло в деревне великолепно, и медом, и дегтем.

— Дак оставайся, — благословил его Волохов и после уютного ночлега на сеновале пошел с неуклонно уменьшающимся отрядом дальше.

Долго ли, коротко ли шел Волохов со своей убывающей гвардией, а только пришли они в следующую деревню, где жил одинокий бобыль с мальчиком. Мальчик был немой, а бобыль глухой и все толковал про какого-то хранцуза. Еще у них была говорящая собака. Правда, при Волохове и его гвардии она из застенчивости не говорила, но смотрела так, как будто при случае могла.

— Хранцуза мы победили, мальчик! — сказал Волохов. — Объясни ты ему, что уже давно победили, теперь не страшно.

Мальчик жестами показал бобылю, что француз не тяжеле снопа ржаного: взял вилы, покидал ими сено, объяснил, что сено изображает француза. Бобыль покивал — значит, понял.

— Уж ты прости меня, майор, — сказала медсестра Анюта с характерной для нее прямотою и резкостью, — но я останусь с мужиками. Трудно им одним, нет женской ласки.

Бобыль, хоть и глухой, пожал могутными плечами в том смысле, что нет.

— Он не сын мне, а так приблудился, — без связи с разговором заметил бобыль. — А мне одному что ж не взять.

Собака тоже покивала в том смысле, что бобыль не врет. Она была и слышащая, и говорящая, самая из всех полноценная, но не умела сама добывать пищу, ибо, обретя дивный дар разумной речи, не находила уже в себе сил загонять беззащитную дичь. Так они и жили, обеспечивая друг друга и не умея обходиться один без другого. Анюта должна была увенчать собою этот симбиоз, потому что когда люди и звери только обеспечивают друг друга — жить им скучно. Должен быть кто-нибудь, кто всем этим любуется и плодами их дел благодарно пользуется. И она осталась, а Волохов побрел дальше.

В двадцати следующих деревнях растерял он всю свою гвардию и не жалел о том. Все они нашли свое место на свете, а он никак не находил, и, стало быть, все его странствие было затеяно для того, чтобы достойные представители нации разошлись по деревням, оплодотворяя собою инертную русскую жизнь. Во всех деревнях радовались, что солдатики пришли с войны: интересовались только, побили ли уже ляхов. А то ходили тут, собирали ополчение, и робята ушли, но не вернулся еще никто. Волохов объяснил, что ляхов побили, а ополчение, наверное, осталось в Москве. Не могли же они погибнуть, в самом деле. И то, сказали старики, должно, в Москве. Если бы погибли, то уже вернулись бы. Обязательно все возвращаются лет через триста, а иные и раньше, иначе и народу бы уже не было. Откуда же Господу взять столько нового народу? Рожают-то давно уже меньше, чем помирают, а народ все не вымрет: стало быть, это мертвые належатся в земле да и приходят по домам. Показали ему и кладбище, с которого все иногда возвращаются; у одной могилы сидела старуха и ждала мужа, утонувшего шестьдесят лет назад, пора было бы ему и встать, а то ведь она может и не дожить. Увидевши деревню, где покойники приходят назад, навоевавшись, наотдыхавшись и восстановившись, Волохов смекнул, что Жадруново близко.

Скоро он остался один, и так-то легко стало ему идти.

3

Ходят тучи, да алеют зори, да летают журавли. Это точно было сказано в каких-то стихах, которые Волохов раньше помнил наизусть, а теперь забыл начисто, помнил только самое главное. В срединной России вообще забывалось случайное. Волохов вспомнил тут, что он настоящий волк, волхв, и на-

691

учился смотреть на вещи правильным образом — соединяясь с ними и не думая о смысле. Русь вокруг лежала былинная, билибинская: бел-горючи камни со стершимися надписями, полупустые деревни, где одинокие старики безмолвно его угощали, пыльные дороги, поля с налитым колосом, островерхие ельники на тревожном закате. Долго шел Волохов полями, неуклонно веселея сердцем, чувствуя приближение цели, словно говорившей ему: не взыщи, мил-человек, что долго тебя сюда не пускали, так у нас устроено, что дойдет не всякий; но коли уж дошел, мы тебе не враги, пользуйся. Входи, забирай свою девушку, хочешь — уводи, да смотри, не оглядывайся. Не певец ли ты часом? Ах нет, это ведь была греческая история, а у нас не греческая, у нас, верно, будет иначе: зайдешь в Аид — а там совсем не то, что думаешь, и захочется ли еще назад — неизвестно.

Ходят тучи, да алеют зори, да летают журавли.

Тучи ходили, низкие, синие, и перемещались таинственно, кругами, словно и ветер тут дул по кругу, вернувшись на круги своя. Так и покойники возвращались — ушли, пришли; и правда, откуда бы иначе брались люди? Волохов сам изумлялся, как это раньше не пришло ему в голову. Обработанная земля кончилась, пошли поля сплошной высокой травы с синими колокольчиками: трава была Волохову сперва по пояс, потом по грудь. В густой траве пропадешь с головой, в тихий дом войдешь, не стучась. Вот здесь у меня куст белых роз, вот здесь вчера — повилика вилась. Где ты был, пропадал, что за весть принес, кто любит, не любит, кто гонит нас? Никто нас не гонит, все любят, а пропадал я так долго потому, что не сразу ведь и дойдешь.

Дождик прошел и кончился.

Волохов шел, теряясь в густой траве, и сам не заметил, как пропал в ней — и не тропа это была уже, а лес, густой и пестрый, смешанный, хвойно-лиственный; вот он все гуще, вот уже и продираться сквозь него трудно, и ни тропы, ни просвета. Волохов, однако же, шел, замечая, что лес отчего-то чахнет: вот был зеленый, вот рыжий, а вот и совсем сделался мрачный, одни сохлые ели да болото. Под ногами у него пружинили иглы, пахло хвоей и гнилью. Волохов присел отдохнуть на пень, задрал голову — вот и вечер, косые золотые лучи сквозь паутину. Далеко я зашел, никогда так далеко не был.

Тут у ног его раздался шорох, а потом деликатное попискиванье; нагнулся Волохов и увидел малую мышку. Мышка была не совсем обыкновенная: человека не боялась, села на задние лапки, а передними стала его подманывать, наклонись, мол. Нагнулся Волохов, подставил ладонь, и мышка на нее взобралась, словно того только и ждала.

— Здравствуй, дяденька, — сказала мышка, — дай мне хлебца, а я тебе добренькое скажу.

Ах ты, разумница какая, сказал Волохов, достал из-за пазухи горбушку, подаренную ему стариком в последней деревне, и накрошил мышке по мышиным ее возможностям. Деликатно покушавши, мышка снова села на задние лапки и передними показала, чтобы Волохов приблизил ухо.

— Ну, чего? — спросил он.

Оглянувшись, не подслушивает ли кто, мышка ему прошептала, как себя вести при таких-то и таких-то обстоятельствах; поблагодарив разумную зверюшку, отпустил ее Волохов и двинулся дальше.

Как и предсказала мудрая мышь, вскоре открылась ему ровная поляна с шестью деревьями; деревья были не простые, а какие — Волохов сам не знал. На одном сидела птица Сирин, на другом Финист, на третьем Феникс, на четвертый Алконост, на пятом Гамаюн, а на шестом прельстительный воробей. Волохов никогда прежде этих птиц не видел, но легко узнал бы, да и мышка его предупредила.

— Здравствуй, молодец, — сказала птица Сирин. — С какой поры льны топтать?

Волохов отвечал, как следовало.

(Ответ: с середины грязника).

Птица Сирин вспорхнула и скрылась, то есть ответ был правильный.

— Здорово, молодец, — весело проклекотал Финист. — До Дмитра девка хитра, а после Дмитра?

Волохов отвечал, как должно.

(Ответ: еще хитрее).

Финист вспорхнул и улетел, то есть верифицировал.

— Здрав будь, молодец, — сказала птица Феникс. — Балабол на толобол, а коломок не растолок, что это будет?

Волохов задумался. Птица Феникс нацелилась слететь к нему и стремительным темно-золотым клювом ударить в глаз. Она принялась пожимать крыльями, как разбойник пожимает плечами: ничего, мол, нету, начальник! — и вдруг выхватывает нож из рукава.

Волохов сосредоточился и ответил как положено.

(Ответ: не твое дело).

— Знатно! — прочирикал Феникс, снялся и с ободряющим поухиваньем, широко маша зелеными крыльями, вертикально поплыл в темно-синие небеса.

— И что теперь будет? — глубоким контральто спросил Волохова Алконост.

Волохов отвечал правильно.

(Ответ: не знаю).

— А я знаю, да толку-то, — сказал Алконост. Он засунул голову под крыло и немедленно уснул. Перо у него был сплошь кобальтовое, с переливом, на шейке воротник цвета червонного золота.

— Добрый, добрый молодец, — снисходительно заметил Гамаюн. — Ну-ко, скажи: бежит свинка, золотая щетинка, на кого глянет, того обманет, кого полюбит, того и погубит, а кого забудет, тот жив не будет.

Волохов поскреб затылок, чтобы не выглядеть легкомысленным всезнайкой, и после небольшого молчания ответил в соответствии с этикетом.

(Ответ: разгадка утрачена).

— Ну, и ладно, — удовлетворился Гамаюн. — Послушай теперь воробушка.

— Ах, ах! — принялся обольщать Волохова прельстительный воробей. Это была небольшая, очень суетливая серая птичка, бурно жестикулирующая крыльями и оттого в избытке чувств приподнимавшаяся над сухою словою веткой. — Как хороша жизнь, сколько в ней удовольствий! Проснешься с утра — и уже замечательно! Покушаешь — и совсем хорошо! Как гармонично, как разумно все устроено. Как, в сущности, неблагодарны те, кто ропщет на Бога, даже и неприятные вещи вроде зимы обставившего красиво, с белеными холстами и алмазными россыпями! Сколько удовольствий таит в себе непринужденная беседа в дружеском кругу: ляпнешь что-нибудь умное — а все: ах! И, наконец, жалко маму, очень жалко маму. — Воробей прослезился и сел на ветку, умильно сложив крылышки.

Волохов почувствовал, что здесь можно ответить независимо от этикета, в соответствии с личными вкусами, и сказал учтивый экспромт: «Лети, пока цел».

— Ах, ах, какая прелесть, — враз поскучнев, пролепетал воробей и, обратившись в филина, скрылся в дупле. «Дурак ты, братец, как есть дурак», — послышалось оттуда. Вероятно, это был пароль, условное слово вроде симсима. Деревья расступились, и Волохов увидел бледно-зеленое ночное небо над огромной деревней впереди. Он подходил к Жадрунову со стороны леса. Навстречу ему шла рыжая девочка с прозрачными глазами. Она подала ему руку и повела сквозь полосы тумана. Ничего особенного пока не было, если не считать легкого разочарования: и только-то?

— Слышь, — сказал Волохов девочке, держа ее за маленькую холодную руку. — Женька Долинская не у вас, часом?

— А то, — сказала девочка. — На кого глянет, того обманет, кого полюбит, того погубит, а кого забудет, тот жив не будет.

— А, — сказал Волохов. — Значит, она меня забыла?

— И правда дурак, — сказала девочка. — Ты разве не жив?

— Жив, — не очень уверенно признал Волохов.

— То-то же, — сказала она наставительно. — Да вон она, белье полощет.

Далеко, на реке, кто-то шумел и плескался, и русалочий смех доносился оттуда. На середине реки холодно мигал зеленый бакен. В том, что Женьке вздумалось полоскать белье именно ночью, не было ничего удивительного. Весь день она, вероятно, была занята, а может, ей просто хотелось, чтобы Волохов застал ее именно за таким мирным, несвойственным ей занятием.

— Почему-то я ее не чувствую, — пожаловался Волохов. — Раньше все время, а сейчас никак.

— Врать-то, — сказала девочка укоризненно, и в ту же секунду Волохов понял, что и правда врет: он точно чувствовал Женьку, но совсем не так, как раньше. Та ровная, одобрительно-ласковая нота, которая все пела у него в душе, пока он шагал с редеющим отрядом по концентрической среднерусской равнине, — как раз и была женькин голос, но он никогда не слышал ее такой. Он помнил ее разной — злой, тоскующей, радостной, — но всегда стремительной; он и не знал, что в душе ее течет подспудный тихий поток, но всегда стремился именно к этой, самой глубокой ее глубине. Он подумал вдруг, что Женька, в сущности, очень добрая. Сам он не был уверен, что смог бы любить кровного врага, — а вот она смогла, хотя кровь ей и не велела. Он вспомнил, как она все прощала ему, как мало и коротко говорила о своей любви, снисходительно выслушивая его неуклюжие монологи, — но как любовалась всякой его удачей, и восхищалась всяким вовремя сказанным словом, и как звонила изредка по ночам, помня о разнице во времени, но зная, что он не обидится на такое пробуждение, — звонила сказать, что не может удержаться, просто хочет его слышать, ну все, пока, — и понял, что зря он всю жизнь с ней соперничал. Ее не надо было удивлять и завоевывать силой, она ничего от него не хотела, кроме того, что уже было; он впервые понял, как спокойно, верно и навсегда она полюбила его, и как ровно и неотступно хранила его эта любовь до войны, на войне и в странствии. А их размолвки душными, жаркими, еще каганатскими ночами! Идиот, ничтожество, он злился на нее всерьез, стараясь на ее упрек ответить обиднее и язвительнее — не понимая, что они не в царстве варягов и не в юрисдикции хазар, где каждый озабочен первенством и доминированием; ей просто хотелось видеть его совершенным, идеально ей подходящим, таким, каким он задуман, и оттого ее так коробило любое неверное слово, и оттого она с таким детским изумлением смотрела на него после его особенно колючих ответов. И как она гордилась им, когда у него что-то получалось! Только это и помнил он о ней сейчас — а не стремительность, не жажду деятельности, не припадки внезапной тоски; все это было дело двадцать пятое. Господи, что сделала с нами жизнь в этой стране: мы во всех предполагаем худший мотив! Мы, привыкшие, что нас на каждом шагу запрягают или подкупают, не верим, что нас могут просто любить! Но ясный голос, различимый теперь с небывалой ясностью, сказал ему, что особо самоедствовать тоже не следует: в конце концов, ты нашел меня, полюбил меня и пришел за мной. Да, сказал Волохов, действительно, чего это я?

Девочка стояла рядом, выжидательно глядя на него. Ровная свежая ночь плыла над Жадруновом, с реки доносился нежный смех, подмигивал бакен, и весь мир говорил: ну да, да, а ты что же думал? Да, конечно! Да, мой милый дурак! Спускалась сине-зеленая тьма, окутывая Волохова нежным пахучим одеялом; пахло травами и речной илистой сыростью, и звенел, звенел смех на реке. Так смеются нам с далеких печальных берегов, мимо которых мы плывем, плывем непонятно куда и все не можем остановиться, а ведь на них счастье. Вот я и на таком берегу, а мимо кто-нибудь станет проплывать и махать. Что же, пойдем?

— В одной книжке, помнится, герои получают покой, — сказал Волохов девочке. — Идут в сад, в саду типа дом, в доме будет прекрасная жизнь. Так вот, по идее надо, чтобы в этот момент все загрохотало, раздался сатанинский смех, и вместо дома открылась пустая печальная местность. Потому что никогда и ничего не надо брать у определенных дарителей. И вот я думаю: а что, если сейчас — ? Но не может же быть все это...

— Ты с кем разговариваешь? — спросила девочка.

— Да так, — сказал Волохов.

— Ну ты чего? — повторила она. — Пошли.

Синее, синее спускалось на него.

Глава четырнадцатая. Отпускник

1

В Махачкалу Громов добирался десять дней. Поезда уже ходили неважно, и потому на все про все оставалось у него не больше недели. Правда, из разговоров с попутчиками он узнавал смутные новости о том, что войне вроде как крышка, по крайней мере боевые действия окончены, но достоверной информации не было, и вернуться, думал он, все равно придется. Что бы с ним ни сделал Гуров за невыполненное задание — долг есть долг, присяга есть присяга.

Ближе к югу стала меняться земля: потянулись ровные степи, потом солончаки, потом гнилые озерца, болотца, из которых торчали кустики сухой травы; небо выцвело, и повеяло Каспием. Каспий — особое место, недаром сюда всегда тянуло главного русского дервиша, последнего, кто умел хорошо слагать стихи на языке коренного населения. Долгая, сухая каспийская степь лежит на берегу моря, начинающегося как-то вдруг, сразу; здесь ясно, что стихии степи и воды не противоречат друг другу. Одна сухая, второе мокрое, но в обеих нет места человеку: он делает вылазки в них, любуется ими, но понимает, что терпят его до поры.

В Махачкалу, в эвакуацию, отправляли в начале войны, когда казалось, что все всерьез; ехали главным образом отрепья среднего класса, городские мещане, те, по кому война ударила бы в первую очередь, ибо элите ничего не делалось ни при каком раскладе, а низам нечего терять. Брали самое необходимое. Эвакуация была организована из рук вон плохо, жилья в Махачкале не хватало, толком устроились только те, у кого были деньги, — жилье вздорожало и стоило почти как в московских спальных районах; Маша писала обо всем этом скупо, и Громову о многом приходилось догадываться. Он знал, что она живет на улице загадочного Ахметова, местного поэта и просветителя, что мать ее устроилась в магазин, а сама она работает то письмоводителем, то учителем и кормится еле-еле.

Поезд остановился за пятнадцать километров до города. Все поезда, в которых ехал Громов, останавливались, не доезжая до станций. Что-то странное стало твориться с расписаниями: никто не желал доезжать до конца. Один Громов шел, не сворачивая и не раздумывая, — прямо в Махачкалу. Он даже думал, что это и к лучшему — проделать последние пятнадцать километров пешком, чтобы лучше приготовиться к встрече. Как-никак, ради этой встречи он вытребовал отпуск, только ее и ждал два года, и, если вдуматься, ничего у него больше на свете не осталось. Кроме, само собой, долга.

Он шел по степи, в которой пахло морем, к морю, похожему на степь. Какие-то крупные птицы перепархивали вокруг, взлетали, опускались, косились круглыми золотистыми глазами. Город возник неожиданно, как мираж. Дома были серые, пыльные, старые. Во дворах играли дети. Скоро Громов дошел до набережной, посмотрел на плоскую мутно-зеленую воду, покурил, облокотившись на парапет. Смуглый мальчик посмотрел на него с любопытством. Громов спросил, где улица Ахметова. Мальчик показал направо. Громов долго блуждал, ища хоть одну табличку с названием улицы, но ничего не находил и уже отчаялся разобраться в этой путанице узких персулков, застроенных хрущобами, как вдруг его окликнул голос, ради которого он и приехал сюда.

Как она бежала, как она бежала к нему! Ради этого стоило воевать два года и добираться на поездах, никогда не доходящих до пункта назначения. Она была в коротком ситцевом платье, которое он знал; она посмуглела, и волосы ее выгорели. Она обхватила его длинными загорелыми руками и стояла молча, уткнувшись ему в грудь. Громов с небывалой остротой понял две вещи: во-первых — что приехал, а во-вторых — что скоро уедет. Она всегда приносила с собой ощущение скорой утраты, не могла иначе, состояла из этого; он сам не знал, в чем тут дело.

2

— Ну, говори.

— Да что говорить. Ты ведь и не представляешь, что такое эта эвакуация. Да?

— Нет, я только то, о чем писали...

— Да ничего не писали. Я думаю, что и вся война была из-за этого. Они просто чистили Москву.

— Нет, это ты брось.

— Точно тебе говорю. Они специально объявили: все больные, увечные, малоимущие — все в эвакуацию. Если бы могли, высылали бы силком, конечно. Но зачем им было силком, когда все и так ломанулись? Твои не уехали?

— Нет, остались.

— Вот и слава Богу. А мама как с ума сошла. Войдут, всех перебьют... Знаешь, она никогда особенно не любила ЖД, а тут просто обезумела. Еще по телевизору истерики каждый день... Все, что могли, продали. Пианино отдали за гроши какие-то. Ну, и уехали. В теплушке, совершенно военной. Я иногда думаю, знаешь, Громов, может, они нарочно устроили игру в войну? Все же как в фильме. И все понарошку. Они помнят, что во время войны у них что-то получалось. Ну и подумали, что теперь опять получится, если все сделать, как тогда.

— Да ну, глупости. Ты же помнишь, как все началось.

— Помню, ну и что? К этому давно подводили. Они же понимают, что у них получается, только когда война. Война — это решение всех проблем, Громов, глупый. Ты представляешь, сколько они хапнули квартир? Наших квартир ведь нет больше, Громов. Ты был в Москве и не стал заходить ко мне, правда?

— Правда. Я боялся. Грустно очень.

— А надо было зайти, правда. Ты бы увидел, что там давно чужие люди. Барак снесли, что-то элитное построили. Мне Лизка написала, она осталась. Они очень правильно все сделали. Выперли из города всех самых уязвимых. Тебя, меня. Дураки вроде тебя ушли служить, дуры вроде меня уехали в Махачкалу. А город достался тем, кому он должен принадлежать. Понял теперь?

Громов молчал.

— Ну и вот. С мамой вообще что-то страшное делалось. Знаешь, я когда в детстве выбрасывала, допустим, старую газету или одноразовую посуду — все думала, что эта посуда меня умоляет: не бросай, я тебе пригожусь... Было у тебя такое?

— Наверное, было. От меня мало что осталось, Маша.

— От меня тоже, но я помню. И вот мама — она все время всех умоляет: подождите, может быть, я пригожусь! Все время идиотская надежда, на что угодно, на любую отсрочку, снисхождение какое-то, из всего делается повод для оптимизма, всем положено улыбаться... Она ходит и упрашивает, ест и упрашивает, спит и упрашивает: позвольте, я побуду тут из милости! Это давно началось, но здесь дошло черт-те до чего. Это были полтора года такого унижения, Громов, что я сама сбежала бы на фронт, если бы не знала с самого начала, чего этот фронт стоит. Нет, подожди, не надо, — она ложно истолковала его порыв, тогда как он хотел только обнять ее от тоски и жалости. Обоим было совершенно не до того, что называется физической стороной любви. Они лежали рядом и говорили, мучительно привыкая к близости, и не смогли бы ничего сделать, не выговорившись.

— Чем ты тут зарабатываешь?

— Я зарабатываю тут всем, Громов, всем, кроме торговли собой, и то потому, что я мало кому нужна. Здесь востребован более пухлый тип. Я работала в писательском бюро — писателей же эвакуировали сразу, все творческие союзы тоже. Половина на фронт, а кто постарше — сюда. Тоже бесполезный народ, пусть едут в Махачкалу. У них было бюро пропаганды, давали какой-то гороховый концентрат, я оформляла им путевки на сельхозпредприятия... Потом встречи с местным населением, которое по-русски уже ни бельмеса... Много, много было интересного, Громов, ты что. Я хотела на компьютере — так здесь не так много компьютеров, эти места все разобраны. Мать в магазине, то продавщицу подменяет, то пол моет. Я на местное телевидение толкалась — но там русские ни к чему. Одно время в больнице работала, тоже выперли, конкуренция. Перебиваюсь с хлеба на воду. Я давно бы вернулась, но сейчас трудно с поездами, а на самолет у нас нет.

— Я пришлю.

— Хорошо, пришлешь, и куда я денусь? Мне в Москву ехать некуда.

— Найду.

— Не знаю, как ты будешь искать. Я слышала, Москву закрыли.

— Я тоже слышал. Неправда. Я там был.

— И что? Многие вернулись из эвакуации?

— Не знаю. Я не встречал.

— А я тебе скажу. Никто не вернулся. Нас никогда не пустят обратно, Громов. Нас там не надо, точно тебе говорю.

Он опять промолчал.

— Вот за кого ты воюешь, мой прекрасный. А теперь расскажи, как воюется.

— Да как воюется, — сказал Громов. — Никак, в сущности. В первый год еще воевалось. Это, как ты понимаешь, было довольно неприятно. Когда у человека кишки вон — ничего хорошего. Говорили, привыкаешь, — так это неправда. Никто не привыкает. Сначала убивали по-настоящему. Потом пошли затишья между боями, потом они стали все дольше. Я в какой-то момент понял, что силы на войну нет ни у нас, ни у них. А демобилизовать стыдно.

— Да зачем же им демобилизовать? Что ты за ребенок у меня, Громов, милый? Им же не надо, чтобы вы все возвращались по домам. Им надо, чтобы вы воевали, они ничего другого не делают. Это как армия перед войной, помнишь? Когда они все только драили территорию?

— Помню, да. Эта армия и не умела ничего в первые полгода.

— Ну вот. Я одного не понимала: почему все безропотно едут воевать, а когда выдадут оружие — не повернут его, по классическим образцам, против начальства. А потом поняла. Безнадега, Громов. Ну, повернут они, и дальше что? Это тупик по всем фронтам, чистое самоуничтожение. С обеих сторон. И ты туда пошел ради самоуничтожения, не говори мне, что это не так.

— Я и не говорю.

— Ну вот. А то — долг, долг...

— Маш, а что не самоуничтожение? Тут никогда ничем другим не занимались. Тут нельзя просто жить. Если просто жить — ты всегда или вор, или убийца. А когда служишь — ты по крайней мере чист.

— Ага. Как славно быть ни в чем не виноватым.

— Молчи, я знаю, что ты скажешь. Ты скажешь, что я мог спасти тебя, а вместо этого ушел спасать себя.

— Никогда я этого не скажу. Я не хотела, чтобы ты меня спасал.

— Не ври.

— Я не вру. Если бы ты меня стал спасать, я бы тебя не любила. Очень мне нужен тупорылый ловкач, который косит от призыва и устраивает мне квартиру в Махачкале. Я сама себе устроила квартиру, меня дальняя родня пустила. Ты же знаешь, что у нас тут родня.

— Что же она тебе ни в чем не помогает?

— Жить пустила, и то спасибо.

Что это за родня и что за жилье, Громов уже знал. В этом самом жилье, в единственной комнате на втором этаже утлого барачного дома, ничем не отличавшегося от того, медведковского, они теперь ночевали. Машина мать караулила магазин и должна была прийти к утру, на следующую ночь уже надо было искать другое помещение — Маша обещала сбегать к писателям, те могли пустить к себе по старой дружбе.

— Так ты вернешься?

— Говорю тебе, мне некуда возвращаться. Я не хочу больше в Москву, там делать нечего.

— Что же, здесь останешься?

— Не знаю. Посмотрю. Если захочешь ко мне, приезжай сюда. Но ведь ты не захочешь, верно? Ты теперь опять на фронт?

— А как иначе? У меня отпуск, я обязан вернуться, если под трибунал не хочу.

— Да какой трибунал, кто тебя здесь будет искать?

— Неважно.

— Ну, правильно. Это мне и нравится, хотя не только это. Громов, Громов. Я никогда не смогла бы с тобой жить.

— Почему?

— Не знаю. Мне кажется, я вообще ни с кем не могу жить. Меня все оскорбляет — чужие люди, чужие привычки. Мне здесь проще, потому что здесь по крайней мере ВСЕ чужое. Язык, люди. На этом фоне как-то скрадывается эта общая чужесть, она здесь, что ли, честнее. В Москве меня все в людях оскорбляет, потому что хотя бы формально они моей породы. А здесь все, все люди не моей породы, все другие, и мне проще. Я никогда больше не поеду в Москву.

— Что, и я чужой?

— Ты — нет. Но если бы мы жили вместе, ты обязательно стал бы чужой. Я, наверное, не должна тебе всего этого говорить, но мне уже проще тебя любить, когда ты где-то. Я люблю тебя, Громов, страшно люблю тебя, но для этого ты должен быть не со мной. Ты поймешь потом, что у тебя так же. Наверное, нельзя так говорить солдату, тебе же надо на что-то надеяться, пока ты воюешь. Но война ведь уже почти кончилась, так что...

— Да нет, ты всегда была честная.

— Пойми, это не от жестокости. Это просто я такой урод. Я не могу быть с людьми, мне этого нельзя. Я бы давно сдохла, но это так безвкусно — накладывать на себя руки... И потом мама.

— И потом я.

— Да, конечно. Я не знаю, может быть, я оттаяла бы с тобой. Я сама уже не знаю, что говорю. Я все-таки очень обиделась, когда ты пошел в армию.

— Правда? — Он приподнялся на локте. — Никогда бы не сказал. Мне казалось, ты одобряешь.

— Громов, как я могла это одобрять? Ты оставил меня одну среди войны.

— Я думал, ты не простишь, если я останусь.

— Это глупости все. Я все-таки, знаешь, существо женского пола. Это ты себе выдумал какую-то валькирию, которая провожает бойца на позицию. Я не хотела, чтобы ты уходил.

— Так сказала бы!

— Ты бы не послушался.

— Почем ты знаешь?

— Я тебя знаю. А теперь я привыкла одна и уже не знаю ничего. Подожди, у тебя ведь пять дней. Может, за пять дней я опять привыкну. Не обижайся. Я, наверное, должна изображать сплошную радость, и я действительно страшно рада. Но я не знаю, что с нами будет, Громов, правда, не знаю.

— Будет то, что я довоюю и приеду за тобой.

— Я не знаю, Громов, правда. Поспи, ты ведь на себя уже не похож.

— Не хочу спать, — он обнял ее и поцеловал в шею.

— Подожди, не надо. Я за два года вообще забыла, как это бывает.

— Ну, сейчас вспомнишь. Я же люблю тебя, Маш.

— Не говори так, Громов. Не надо. Это все давно не значит ничего. Никто никого не любит, когда слова не имеют смысла. А они не имеют, пойми. Нельзя любить, когда вместо эвакуации отбраковка, а вместо войны черт-те что, нельзя, Громов. Позор — устраивать среди всего этого что-то человеческое, это значит оскорбить человеческое, ты правильно все сделал, когда ушел, пусти, не хочу...

Он все-таки заставил ее вспомнить, как это бывает, — но она не чувствовала ничего, кроме боли, и Громов окончательно уверился в том, что с войны не возвращаются. Выжженный человек приходит на выжженную землю, и все надо начинать с нуля, даже если когда-то эта земля при виде его зеленела всеми травами, пестрела всеми цветами. Победитель, пришедший с войны, и то в первый момент не знает, что делать; а отпускник, явившийся в разоренный мир с войны, где нет победителя, вообще не должен надеяться ни на что.

И привыкать друг к другу им не следовало, хоть к концу пятого дня Громов и добился от нее прежнего смеха и прежних словечек. Никогда ни к кому не надо привыкать, особенно в отпуске.

3

Вокруг них кипел вокзал: торговали семечками, медалями, вяленой дыней. Инвалид играл на гармони. Поезда из Махачкалы ходили редко: один в неделю уходил, один приходил, и вокзал был одна декорация: на нем делалось то, что обычно делается на вокзале. Но поскольку весь этот мир давно уже одна декорация, причем спектакль закончился, а зрителям просто некуда расходиться, то и торговля семечками, и игра на гармони, и вяление дыни продолжались в прежнем темпе, и даже, возможно, бойчей. Отдельные участники представления давно уже догадывались о его сугубой декоративности, а Маша и Громов так и попросту знали, и знание это объединяло их крепче всякой любви. Я даже вам скажу ужасную вещь. Я даже вам скажу, что любовь и есть это знание о последних вещах, и только те крепко любят друг друга, кто понимают эти вещи и понимают, что другой понимает. Красота — дело двадцать пятое, она лишь знак причастности к последним вещам, принадлежности к ним: она сама — одна из них. Нет никакой красоты, кроме обреченности; красота и есть высшая форма обреченности, она для того, чтобы мы острей, ясней чувствовали: умрет все, все, даже и это. Более точного определения любви нет и никогда не было. Это я понял, потому что знаю последние вещи. Теперь я вам их рассказал, и вы тоже их знаете, и я вас люблю. Гудел паровоз, играл инвалид, без жалоб и слез стоял индивид.

— Ну, прощай, Громов, — сказала Маша. — Был бы ты другой, не любила бы тебя; была бы я другая, не любил бы ты меня.

— Правда и это, — сказал Громов.

— Вместе жить нам нельзя, сам знаешь, — какая жизнь вместе у героя и красавицы? Красавица ждет, герой воюет, дракон издыхает. Они вернулись жить долго и счастливо, но кто же когда рассказал о том, как недолго и несчастливо они жили? Герой не может жить долго и счастливо.

— Правда и это, — сказал Громов.

— Но это еще нескоро, Громов, и мы будем с тобой тосковать друг по другу долго и счастливо. Ты всегда будешь обо мне мечтать и никогда не будешь со мной жить. А я всегда буду тебя любить, петь и плакать, шить и распускать. Я же не нужна тебе рядом, я нужна тебе где-то. Ты всегда будешь уезжать за день до того, как тебе станет скучно со мной. Сейчас ты обнимешь меня, чтобы еще год или два помнить только это объятие, и я буду помнить только его, и с тобой никогда ничего не случится.

— Правда и это, — сказал Громов и обнял ее, худую под тонким платьем; он вдохнул его домашний ситцевый запах, и запах ее смуглой кожи, и лиственный запах волос, и почувствовал ее слабость, усталость и непреклонность, и гордость, и твердость, и обреченность, и перелом ее возраста от юности к зрелости. Он обнял ее и оторвался от нее, и стоял, прямой, пока она, не дожидаясь сигнала к отходу поезда, пошла прочь от него, и один только раз обернулась помахать, и помахала. Это тоже было по правилам жанра, оба они знали эти правила. А Громов вошел в свой поезд, дрянной, обшарпанный, сообразно бюджету постановки, и сел у окна за исцарапанный матом стол. Множество пассажиров и новобранцев, генетической памятью коренного населения помнивших главные заклинательные слова, исписывали ими все доступные поверхности, в критические минуты вырезали их на столах, стенах, заборах, — но бесполезно, волшебные слова утратили смысл, никто никому не помогал. Пишет новобранец на стене вагона — «Х...!» — но никакой ветер не прилетит спасать его от армии; вырезает бедный васька ножиком в тамбуре — «Х...!» — но язык давно не слушается бродячего поэта, забылся, ушел на глубину, не значит ничего.

Поезд тронулся, и Громов поехал по железной дороге на войну, которой больше не было, за страну, которой больше не было. Только и была железная дорога. Врут, что можно сойти с поезда. Ну, сойдешь ты, а дальше что? Дальше снова дорога, которая только кажется степной и пыльной. На самом деле она тоже железная. Других на этой территории нет.

Глава пятнадцатая. Эпилог

1

Высоко в горах над Махачкалой, в пещере, где губернатор Бороздин обустроил убогое ложе, туземка Аша рожала будущего антихриста.

Они с губернатором пришли в Махачкалу через горы, долгим кружным путем, и только здесь вздохнули свободно — здесь их не преследовал никто. Фотографии сюда не добрались, власти почти не было, город жил собственной жизнью, а эвакуированным было не до них. Они пропали бы без жилья, но Аша безошибочным чутьем нашла девушку, готовую им помочь. Девушка так ненавидела этот мир, что не возражала против его уничтожения. Сама она была не из коренных, а из того среднего слоя, который составлял большинство: то ли варяжские, то ли хазарские отпрыски, безнадежно утратившие память о корнях. Но ненависть ее была сильна, она ненавидела этот мир почти так же, как Аша. Аша не рассказывала ей, что собирается родить антихриста, и вообще не посвящала в свою историю. В этом не было необходимости. Довольно было того, что ее преследовали, согнали с места, мужа лишили работы и собирались арестовать — ни за что, просто за то, что в новое государство он не вписывался. Девушка была из числа эвакуированных, из самых бесправных, и готова была помогать таким же бесправным. До ноября Аша умудрялась прятаться, губернатор устроился на базар сторожем, и они уже думали, что благополучно родят. Аша ждала этого дня с радостным нетерпением. Она знала, как знает всякая волчица, что новорожденный зверь убьет ее первой, но за то, чтобы привести его в такой мир, не жалко было и умереть. Нельзя было умирать только до его рождения, а потом будь что будет.

Губернатор случайно увидел на базаре добравшиеся наконец до Махачкалы листовки. Хозяин, нанявший его, то ли не узнал его на портрете, — да и мудрено было узнать после полугода голода, — то ли не подал вида. Но то, что их продолжали искать, было серьезным знаком. Надо было уходить в горы — туда, где никто не достанет.

Последнюю неделю перед родами Аша жила в пещере. Девушка Маша ее сторожила, губернатор приносил еду. В горах было холодно, лежал снег, но Аша уже ничего не чувствовала. Всем ее существом владел ребенок, огромный и страшный. Она знала, какой это будет ребенок и что он принесет в мир, и ждала этого радостно и нетерпеливо, как ждут освобождения.

— А у тебя есть муж? — спросила она однажды у Маши. До этого они избегали разговоров о будущем.

— Он не муж, — сказала Маша. — Он воюет.

— За кого?

— За нас. Против ЖДов.

— За нас никто не воюет. А когда он придет?

— Не знаю. Когда война кончится.

— Война не кончится, — радостно сказала Аша. — Я рожу того, от кого придет конец миру.

— Ладно тебе, — сказала Маша. Она решила, что это обычный психоз, часто посещающий рожениц.

— Не маши руками, я знаю. Я должна тебя предупредить. Я умру первая, а ты его сохрани. С мужем моим останься и сохрани его. Он вырастит и убьет этот мир, и отомстит за всех нас.

Маша не стала слушать этот бред. Аша была глупая туземка, может быть, даже немного сумасшедшая. Правда, она как-то умела гипнотизировать торговок на рынке и добывала Маше всякую вкуснятину, и разговаривать с ней тоже было забавно — она без конца выдумывала странные сказки про коренное население, про райскую деревню, где есть все, и адскую деревню, где ничего нет. Наверное, она сошла с ума, когда ее мужа, крупного чиновника, выгнали с работы. Мало ли было уволенных чиновников, по телевизору каждый день говорили о новых раскрытых заговорах. Теперь безумие Аши становилось опасным — она могла что-нибудь над собой сделать или в самом деле умереть от страха. Маша должна была поговорить об этом с губернатором. Он в очередной раз пришел к ним тайными тропами, и Маша, улучив момент, отозвала его из пещеры.

— Вы знаете, что Аша боится родить антихриста? — спросила она.

— Нет, не боится, — твердо сказал Бороздин. — Она хочет родить антихриста.

— Но вы-то понимаете, что это бред?

— Из-за этого бреда нас выгнали отовсюду. Скорее всего, это именно так.

— Слушайте, Леша. Я понимаю, что вы пережили потрясение. Но надо же сохранять остатки здравомыслия. Никто и никогда не родит антихриста, это бред и безумие, и вы должны с ней поговорить.

— Я не буду ни о чем с ней говорить. Я хочу, чтобы она родила антихриста или как это у них называется. Я хочу, чтобы она родила нашего ребенка и чтобы наш ребенок уничтожил этот мир.

— Я сама охотно уничтожила бы этот мир, но не хочу, чтобы человек сознательно гробил себя. Она умрет, если будет думать так.

— Не знаю. Во всяком случае она этого хочет.

— Вы что, тоже этого хотите?

— Не знаю. Я знаю, что должно быть, как будет. Не мешайте ей.

— Ну вас к черту, — сказала Маша и больше не возвращалась к этому разговору.

Накануне ашиных родов ей приснился антихрист — красивый мальчик с зубами и волосами. Он ползал по пещере, где спала обессиленная родами Аша, и не понимал, что это его мать. Он понимал только, что перед ним лежит кусок чего-то съедобного, и набрасывался на нее, как голодный пес. Маша вскрикнула во сне. Она проснулась от собственного крика, слившегося с ашиным. Так это началось.

Это началось в полночь и продолжалось шесть часов, и Аша не умерла. Она лежала в беспамятстве, а губернатор и Маша смотрели на антихриста. Это был обычный красный ребенок, без зубов и волос, и похож он был на мать, и никаких признаков сверхчеловечности в нем не обнаруживалось.

Губернатор во время родов сидел в пещере, зажмурившись, заткнув уши и раскачиваясь взад-вперед. Он не мог слышать, как кричит Аша, и первого крика своего сына тоже не слышал. Маша сделала все сама, хоть и не имела не малейшего опыта в таких делах. Когда выхода нет, опыт приобретается сам собой.

— Это не антихрист, Леша, — сказала Маша, пошатываясь от слабости; губернатор едва успел подхватить ее. — Это обычный ребенок, сами теперь видите. И нечего было бегать.

— Не знаю, — сказал губернатор. — Что ж они, все с ума сошли?

— Да конечно, — сказала Маша. — Или вы. Они вас выгнали совсем не за это. Ну признайтесь, что вы сами все придумали, чтобы хоть как-то себе объяснить гонения.

— Я не сумасшедший, — жалобно сказал губернатор Бороздин. — Мне не надо ничего выдумывать.

— Знаю, знаю. Она рассказывала. Все это глупости. Вот же перед вами обычный ребенок. И ему надо жить. И всем нам придется это делать, понимаете? Не будет никакого конца света. Слишком все было бы легко, если бы случился конец света. Я бы сама не против, но как-то пока не получается.

— Не знаю, — сказал губернатор. — Подождите, он вырастет, и тогда посмотрим.

— Посмотрим, — сказала Маша.

Что-то они упустили, думал губернатор. Чего-то они все не поняли. Он же в самом деле обычный, я вижу, я чувствую это. Значит, мир опять уцелел, хотя так явно, так наглядно двигался к концу. Может, они просто выбрали не ту пару? Может, и я никакого не древнего рода, и Аша никакая не волчица? Не может же быть, чтобы все зря.

Маша подошла к выходу из пещеры и некоторое время молча смотрела на белую долину и бурый город внизу. Рано или поздно в этот город предстояло спуститься и как-то жить дальше. Ребенок у нее на руках проснулся и запищал.

2

В это же самое время в один из холодных ясных дней, когда снега еще нет и потому все особенно невыносимо, капитан Громов в воинском эшелоне ехал на юг, где еще бродили, говорят, разрозненные группировки ЖД. Война явно исчерпывалась, но все не могла закончиться. Ясно было, что никаким перемирием такие войны не увенчиваются — все прекратится ходом вещей, самым отвратительным способом, медленным вымиранием, долгой болотистой деградацией. Деревни обезлюдели, поживиться в них было нечем, перемещения армий окончательно лишились смысла. Громов знал, что обязан доиграть комедию до конца. Честно говоря, ему самому было интересно, как именно все придет к концу, — но это тянулось несколько дольше, чем он предполагал.

Солдаты пели песни, играли в карты, дрались от скуки. В армии уже было голодно, снабжение к осени стало ни к черту. О Москве доходили смутные слухи, но она была где-то далеко и выглядела почти недостоверно. Полковник Здрок дезертировал, и следы его затерялись.

На небольшой станции, возле которой эшелон замедлил ход, словно боясь разбудить некие тайные силы, Громов почувствовал неодолимое желание сойти на платформу. Платформа была как платформа, самая обычная, только название ее было смутно ему знакомо. Кажется, инспектор Гуров — странный инспектор, погибший в его отсутствие, — отправляя Громова в отпуск, говорил что-то вроде «Ты у меня пойдешь в Жадруново». Но это, конечно, была поговорка, что-нибудь вроде Макара, гонявшего телят, или кудыкиной горы.

Между тем сила, толкавшая Громова на платформу, была поистине страшной. Это было что-то вроде тяги перевалиться за перила балкона на пятнадцатом этаже — тяги, знакомой ему с детства. Он ехал мимо черного безлиственного леса, окружавшего платформу, мимо черного поля, видневшегося вдали, и чувствовал страшное, нечеловечески сильное желание сойти с поезда, чтобы узнать наконец, как выглядит деревня Жадруново. Он никогда здесь не был, но ему казалось, что в этой деревне он получит ответ на некоторые вопросы.

Громов стоял в тамбуре, держась за ледяной поручень. Он удержался бы и не спрыгнул, и поехал бы дальше на юг, воевать в бесконечной войне, но вдруг увидел на платформе девочку лет пятнадцати, очень худую, черноволосую, и сутулого старика, сидевшего прямо на асфальте. Что-то столь бесприютное, жалкое и беспомощное было в этой паре, что Громов не выдержал и спрыгнул прямо на перрон, оставив вещи в поезде и не особенно о них заботясь. Да и какие вещи у офицера.

Он приземлился удачно, да и поезд шел очень медленно. Машинист словно того и ждал — эшелон тут же набрал ход и исчез в осенней дали.

— Что вы тут делаете? — спросил Громов девочку. У нее было тонкое, нервное, изможденное лицо и худые красные руки.

— Понимаете, — сказала девочка, — мы шли, шли в Жадруново, теперь пришли, а Василий Иванович не хочет туда идти.

— Почему? — спросил Громов, ничего не поняв.

— Да ведь как пойдешь-то, — залопотал старик. — Ведь никто же не возвращался-то… Так хоть живешь, а что там будет — никто же не знает…

— Василий Иванович! — плачущим голосом сказала Анька. — Может, ты сумеешь там этого вашего Жаждь-бога уговорить… Может, он печку починит и яблоньку вернет…

— Ничего он не вернет, — сказал Василий Иванович. — Не могу я, Анечка. Пойдем отсюда.

— Столько времени добирались! — закричала Анька. — Чуть в милицию не попали столько раз! Пошли, Василий Иванович, не могу я больше просто так ходить. Надо же уже куда-нибудь прийти, честное слово!

— Не могу я, Анечка, — повторил Василий Иванович. — Силы нет.

— Стоп, — сказал Громов. — Давай по порядку. Как ты тут оказалась?

— Это васька, — сказала Анька. — Он у нас жил, мы его домой взяли. Потом их в Москве стали отлавливать, ему пришлось уйти. А я пошла с ним, чтобы он не пропал.

— Как? — не поверил Громов. — Бросила все и пошла?

— Ну а как? Он же один не может ничего. Ну и пошла. Пришли мы сначала в Алабино, а там говорят — идите в Дегунино. Пришли мы в Дегунино, а там печка сломалась и яблонька засохла. Пришли мы в Жадруново, а Василий Иванович не хочет туда идти.

— Так ведь нельзя, — заскулил Василий Иванович. — Никто из наших туда своей волей не пойдет...

— Не понял, — сказал Громов. — А зачем в Жадруново?

— Попросить Жаждь-бога, чтобы вернул печку, — сказала Анька. — А вообще, какая разница. Вы все равно не знаете, кто такой Жаждь-бог. Просто отсюда надо куда-нибудь идти, а дороги никакой нет, кроме как в Жадруново. Оттуда никто еще не приходил, ну так это, может быть, потому, что там прекрасно? Мы же не знаем ничего. Нельзя же все время кругами. Если уж пришли, то надо туда идти, правда?

— Конечно, надо, — сказал Громов. — Не бойтесь, я с вами пойду.

Васька взглянул на него с надеждой.

— Правда пойдете?

— Конечно, пойду, — сказал Громов. — Надо же как-то решить с печкой и яблонькой.

— Вот и идите, — сказал васька. — Вот и очень хорошо. А я в Дегунино.

— Как, Василий Иванович?! — не выдержала Анька. — Ты меня бросишь?!

— Ты же не одна теперь, Анечка, — залепетал васька. — С тобой вон товарищ офицер. Ну, вы и идите, а я не могу. Мне нельзя в Жадруново, Анечка. Мы никогда туда сами не ходим. Я своим ходом в Дегунино пойду. Может, печку починю. Может, яблоньку вылечу.

— Ну, иди, — упавшим голосом сказала Анька.

— А ты не грусти, — сказал Громов. — Тебя Аней зовут?

— Да, — кивнула она. — А тебя?

— Максим, — сказал Громов.

— Хорошее имя, — сказала Анька и заплакала.

— Не плачь, — Громов прижал ее к себе и стал гладить по грязным, растрепанным, мягким волосам. — Ничего страшного, Анька. А может, оно и к лучшему. Никогда же такого не было, а мы попробуем. Это интересный вообще вариант — такое сплошное милосердие, взяла и все бросила, и пошла спасать последних из последних. Это очень хорошо, Анька. Это можно попробовать. Долг и милосердие, если их скрестить, получаются удивительные вещи. Тут это никогда не получалось, а у нас, может быть, получится. Так что ты не бойся.

— Я не от страха, — повторяла Анька сквозь слезы. — Знаешь, как страшно ходить? Ходишь, ходишь, все гонят, ни приюта нет, ни помощи, помыться негде, и все вокруг воет, воет, словно вот-вот умрет и никак не соберется... Перед снегом такое бывает, знаешь? Как мне грустно было, Максим, как мне страшно было, Максим... Ходишь, ходишь... Они же все не могут ничего, а что я-то могу? Я только жалею... И нигде помощи ни от кого...

— Ладно, ладно, — повторял он. — Теперь все позади.

В это же самое время в Даниловском монастыре брат Мстислав, пребывавший в затворе, почувствовал вдруг, что может выйти за пределы монастыря.

— Брат Николай! — крикнул он. — Я, кажется, свободен!

— Очень интересно, — улыбнулся брат Николай. — Я с утра догадывался о чем-то подобном.

— Стало быть, нечто кончилось? — спросил брат Мстислав.

— А нечто началось, — ответил умудренный брат Николай.

— Кто же это сделал? Было две пары, и обе они сделать этого не могли. Одна была разлучена прежде времени, а другая не представляла большого интереса, ибо государственный чиновник был самого обычного рода, и ребенок его не мог ничего изменить в мире.

— Брат Мстислав, — сказал брат Николай. — Как не стыдно тебе верить в туземные сказки? Какая тебе разница, кто какого рода? Важно, что двое встретились и с этой встречи что-то начнется. Неважно, что она случайно оказалась полухазаркой, а у него есть часть туземной крови. В конце концов, не в этом дело. Не заставляй меня пересказывать тебе весь смысл этой путаной истории и довольствуйся тем, что стены нашего монастыря, благодарение Богу, трескаются.

— Значит ли это, — спросил подошедший к ним брат Андрей, — что весь тысячелетний опыт замкнутой истории был ошибкой?

— Он не был ею, — ответил брат Николай, светясь тихой радостью, — ибо чем дольше был затвор, тем с большею силой вырвется наружу копившаяся в бездействии история. Не знаю насчет нового неба, хотя и в нем я вижу определенные знамения, — но уж новую землю, братия, я вам обещаю.

Брат Мстислав вышел за ворота и радостно, как выздоравливающий после долгой болезни, пошел к пристани.

— Так я пойду, — сказал Василий Иванович.

— Ну, ступай, — сказала Анька, улыбаясь сквозь слезы. — Осторожнее.

И Василий Иванович пошел — сначала медленно, а потом все быстрее. Он шел по рельсам вспять от деревни Жадруново, и земля не противилась ему. Он шел, а чтобы идти было легче — пел песню, единственную, которую знал.

> — Не одна в поле дороженька,
> Не одна неплакучая,
> Не одна в поле дороженька,
> Не одна негорючая,
> Не одна в поле дороженька,
> Не одна беспечальная,
> Не одна в поле дороженька,
> Не одна безначальная...

Анька и Громов стояли на платформе и слушали удаляющуюся песню. Потом она смолкла, и сразу смолк стон, который Анька слышала все последнее время. Напротив, из-за леса донеслись какие-то смутные, но веселые голоса, явно обещавшие что-то еще небывалое.

— Ну, пошли, что ли? — спросил Громов.

— Пошли! — весело сказала Анька.

И, взявшись за руки, они пошли в деревню Жадруново, где их ждало неизвестно что.

2001–2006–2024
Mountain View, Arc. — Москва – Аделаида

В издательстве Freedom Letters
вышли книги:

Проза
Дмитрий Быков.
VZ. ПОРТРЕТ НА ФОНЕ НАЦИИ
Сергей Давыдов. СПРИНГФИЛД
Алексей Макушинский. ДИМИТРИЙ
Александр Иличевский. ГОРОД ЗАКАТА
Александр Иличевский. ТЕЛА ПЛАТОНА
Дмитрий Быков. БОЛЬ/ШИНСТВО
Сборник рассказов МОЛЧАНИЕ О ВОЙНЕ
Ваня Чекалов. ЛЮБОВЬ
Юлий Дубов. БОЛЬШАЯ ПАЙКА
Первое полное авторское издание
Юлий Дубов. МЕНЬШЕЕ ЗЛО
Послесловие Дмитрия Быкова
Ася Михеева. ГРАНИЦЫ СРЕД

Серия «Отцы и дети»
Иван Тургенев. ОТЦЫ И ДЕТИ
Предисловие Александра Иличевского

Лев Толстой. ХАДЖИ-МУРАТ
Предисловие Дмитрия Быкова

Николай Карамзин, Александр Пушкин,
Евгений Баратынский, Михаил Лермонтов,
Григорий Квитка-Основьяненко, Тарас Шевченко
БЕДНЫЕ ВСЕ
Предисловие Александра Архангельского
Александр Грин. БЛИСТАЮЩИЙ МИР
Предисловие Артёма Ляховича

Драматургия

Светлана Петрийчук.
ТУАРЕГИ. СЕМЬ ТЕКСТОВ ДЛЯ ТЕАТРА

Сергей Давыдов. ПЯТЬ ПЬЕС О СВОБОДЕ

Сборник ПЯТЬ ПЬЕС О ВОЙНЕ

«Слова України»

Генрі Лайон Олді. ВТОРГНЕННЯ

Генри Лайон Олди. ВТОРЖЕНИЕ

Генрі Лайон Олді. ДВЕРІ В ЗИМУ

Генри Лайон Олди. ДВЕРЬ В ЗИМУ

Андрій Бульбенко, Марта Кайдановська.
СИДИ Й ДИВИСЬ

Максим Бородін. В КІНЦІ ВСІ СВІТЯТЬСЯ

Олег Ладиженський.
БАЛАДА СОЛДАТІВ. Вірші воєнних часів

Олег Ладыженский.
БАЛЛАДА СОЛДАТ. Стихи военных дней

Сборник современной украинской поэзии
ВОЗДУШНАЯ ТРЕВОГА

Ксандра Крашевска. КОЛЫБЕЛЬНАЯ ПО МАРИУПОЛЮ
Предисловие Линор Горалик

Ирина Евса. ДЕТИ РАХИЛИ

Александр Кабанов. СЫН СНЕГОВИКА

Анатолий Стреляный. ЧУЖАЯ СПЕРМА

Валерий Примост. ШТАБНАЯ СУКА

Артём Ляхович. ЛОГОВО ЗМИЕВО

Алексей Никитин. ОТ ЛИЦА ОГНЯ

Юрий Смирнов. РЕКВИЗИТОР

www.ingramcontent.com/pod-product-compliance
Lightning Source LLC
Chambersburg PA
CBHW070358310726
48977CB00003B/488